中央高校基本科研业务费中山大学青年教师培育项目

"明清之际'西陵十子'诗学研究"（项目编号：18wkpy84）结项成果

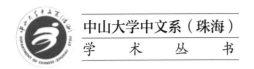

中山大学中文系（珠海）
学术丛书

明清之际"西陵十子"
诗学研究

蓝青／著

上海三联书店

中山大学中文系(珠海)学术丛书　出版前言

简称为"中文系"的"中国语言文学系"的称谓与实质到了新的世纪,尤其是21世纪以来似乎也有了新的指涉,如果我们不能及时更新中文系的更宏阔边界与崭新内涵认知,似乎也就变成了冬烘。这里的"中国"显然已经不是单纯的政治、地理限囿,更该是文化涵容;而语言显然也不是单纯靠纯粹性作为唯一的指标,正如中国性(Chineseness)的载体与呈现不单纯是中文一样,我们既关注普通话、方言,同时也关涉可能的混杂及其历史语境中的文化演绎;而"文学"的边界也在日益拓展,从传统的文体研读到经典的流行歌词介入,从对文字书写的文本细读到图文并茂的视觉转向,其间的变异令人耳目一新也呼唤新的解读与研究。

创建于2015年10月的中文系(珠海)学术丛书的现实依据是因应中山大学建设世界一流大学的战略目标,珠海市提升其城市"软实力"、参与"一带一路"倡议实施的需要;而从学理上看,"中文系"的当代包含日益扩大,也日新月异,因此一个国际化、现代化、特色化、跨学科的中文系也势在必行:我们既要建设一个传统意义上完整丰厚的中文系,同时又要特色鲜明引领可能的新传统。

我们朝气蓬勃却又秉承丰厚传统,我们锐意创新却也兼容并蓄,我们"迈步从头越"却也互补融合、错位承接。我们努力打造中山大学珠海校区的人文旗舰系,假以时日必然特色明显、教研俱佳,我们持之以恒开拓奋斗,期冀无愧于中山大学的光荣历史,也助益学校的辉煌未来!

不必多说,我们必须从方方面面建设好我们的新平台,而学术发展与学科建设自然是题中应有之义,中文系(珠海)学术丛书就是基于此目的应运而生,我们期冀经由此道,一方面可以助益我们(年轻)同事的学术成长,另一方面也可以向社会汇报我们的逐步壮大和感恩各种各样的关爱。

朱崇科

2018 年盛夏

Contents

目 录

摘　要

　　"西陵十子"是清初杭州地区著名的文学群体,成员有陆圻、毛先舒、柴绍炳、张丹、沈谦、丁澎、孙治、吴百朋、陈廷会、虞黄昊十人,他们在诗、词、文、音韵学等方面皆取得了较高的成就,且与陈子龙、吴伟业、顾炎武、陈维崧、施闰章、宋琬、王士禛、魏禧等文坛名流俱有交游,对清初文坛产生了一定的影响。在"西陵十子"带动下,杭州成为东南文坛一个声势显耀的文学中心,虞山顾祖禹即称"一时诸名宿竞以风雅主坛坫,而西泠尤为英隽薮,娄东、云间皆推服恐后"(《孙宇台先生遗集序》)。顾氏将西陵置于娄东、云间之上,或许是出于其与"西陵十子"成员孙治的深厚交情,即便如此,亦可见"西陵十子"在当时的地位与影响力不容小觑。"西陵十子"与云间派、娄东派遥相呼应,共同推动了明末清初宗唐复古之风的盛行。本书以"西陵十子"及其诗学为研究对象,在全面梳理原始文献的基础上,首先对"西陵十子"的形成过程及地域文化、时代政治、周边文学风气等背景条件进行深入分析,并揭示"西陵十子"文学观形成的原因;接下来对"西陵十子"的家世、生平、著述进行全面细致的梳理,并对其诗学思想进行深入考察,着力发掘其对明代复古派诗学的修正与突破,同时对其诗歌创作进行个案分析,展现各成员诗歌的独特风貌;最后考察"西陵十子"对于后世文学的影响,同时勾勒出杭州诗坛自顺治至嘉庆百余年间诗歌发展轨迹。

　　本书共分为五章。

　　绪论部分概述"西陵十子"的文学成就及其在当时的地位,说明本书的选题意义。同时,考察学界对于"西陵十子"的研究现状,找出现有研究存在的不足及本书的突破处,并阐明研究思路与研究方法。

　　第一章明清之际的"西陵十子",主要探讨"西陵十子"的形成过程及其所处的特定的时空背景。第一节考察"西陵十子"的形成。本节对"西陵十子"成员交谊、形成过程、确立时间逐一进行细致考证,并对"西陵十子"的诗学宗旨及"西陵体"的特征予以阐述。第二节至第四节分别对"西陵十子"所处的地域、时代环境及与其他地域流派的关系进行深入探究,发掘"西陵十子"诗学观形成的背景因素。第二节研究"西陵十子"与杭州地域文化。杭州秀逸的自然景观和高度发达的商业与娱乐业使"西陵十子"形成了隐逸恬澹、风流自适的价值取向，亦促成了其重风韵、尚绮丽的诗学倾向，颇多山水之音与旖旎之情，这也使其更偏向以丰神情韵见长的唐诗而非好说理议论的宋诗。第三节研究"西陵十子"与明清易代。面对清兵对杭州的劫掠与蹂躏，"西陵十子"对满清政权大多持不合作态度，绝意仕进，但随着时间的推移以及清廷恩威并施的政策，加之杭州长期以来形成的达生、自适的地域文化传统，"西陵十子"大多由最初的抵制变为认同与接受，由怀恋亡明的遗民转为不问世事的逸民与顺应新朝的臣子，故形成了平和雅正的诗风，这与越中遗民长期坚持反清斗争，倡导凄厉哀愤的变风变雅之音形成了鲜明对比。第四节研究"西陵十子"与云间派的文学交往。在提倡文学复古上，"西陵十子"与云间派颇为一致，二者往来甚密，互通声气，共同掀起了明末清初宗唐复古高潮。

第二章全面梳理"西陵十子"各成员的家世、生平、著述。"西陵十子"大多出身杭州望族，一门之内诗人众多，声名赫赫，且"十子"身经明清易代，考察他们的家世与生平，展示其深厚的家学渊源和特殊的人生经历，对"西陵十子"诗学研究有着重要价值。"西陵十子"大多倾力于著述，撰著宏富，本章对各成员的著述情况进行了梳理考证，辨别版本源流，厘清存佚状况，为诗学研究奠定基础。

第三章主要论述"西陵十子"的诗学思想。学界往往将"西陵十子"诗学视为对明代前后七子的因袭。"西陵十子"诗学的确有源自明代复古派的一面，但亦多有突破，本章即重点论述"西陵十子"对明代诗学的反思与新变。第一节考察"西陵十子"对明代复古派的继承与修正，认为"西陵十子"鉴于前后七子的模拟蹈袭，强调诗歌的本质在于言志抒情，反对将格调凌驾于情志之上，并主张对"情"有所规范，力图将诗歌创作导向温厚和婉；在情志为本的基础上，"西陵十子"高度重视法度格调，但不同于七子派尺寸古法，强调"遗筌舍筏"，体现出更为鲜明的主体精神。第二节研究"西陵十子"对明前诗歌的批评，通过分析"西陵十子"对前代诗歌的具体批评，进一步发掘其诗学旨趣。"西陵十子"虽然延续了明代复古派"格以代降"的文学退化论，认为整个诗歌史就是古意逐渐凋丧的过程，但在具体批评中，能够做到以创作实际而不是时代先后论体格高下。"西陵十子"在论历代诗时，观点与前后七子多有不同。如评汉魏诗，以尚和婉、忌讦露为标准，认为班婕妤诗优于卓文君，阮籍诗优于嵇康；评六朝诗，一反明代复古派对六朝的鄙夷，不仅认为六朝诗的骈偶、用典、巧思等技法"未乖古调"，还从唐人对六朝诗的接受来肯定六朝诗的价值；评唐诗，对前后七子所不屑的晚唐诗予以高度评价，而对他们所尊奉的盛唐李白、杜甫诗颇有微词；评宋元诗，虽批评其俚俗与议论，但较明七子派"自郐以下无讥焉"的态度更为理性与通达。第三节考察毛先舒的诗歌理论。在诗歌理论方面，毛先舒是"西陵十子"中最为出色者，其《诗辩坻》在清初诗学史上占据重要地位。毛先舒对明代七子派、公安派、竟陵派的诗学弊病进行了深刻的反思，提出"法由彼立，杼自我成，始即临摹，终期脱化"，在调和各派诗学偏至的基础上建立起自己的诗学体系；并提出艳不碍雅，为齐梁与晚唐艳体诗争取合理地位，而尚绮艳、宗晚唐正是其针对明代七子派之赝古、公安派之俚俗、竟陵派之枯寒所提出的新的诗学路径。

第四章考察"西陵十子"的诗歌创作，结合具体创作进一步探究其诗学倾向。本章选取了"十子"中成就较高，且较具特色与代表性的四位成员的诗歌创作进行个案分析，他们分别为毛先舒、张丹、沈谦与丁澎，四人皆主张宗唐复古，但在具体宗法对象上有所差异，呈现出不同的创作风貌。第一节考察毛先舒的诗歌创作。毛先舒于诗歌既有宗法汉魏盛唐者，慷慨悲凉，浑厚壮阔；又有追摹齐梁与晚唐者，绮思华藻，艳而不冶，丽而不俗；尤其是其五言、七言绝句，清新流丽，情韵兼胜，倍受清初诗家推许。第二节考察张丹的诗歌创作。张丹早年身经丧乱，流落饥寒，对杜诗产生了强烈的心理共鸣，其诗歌在主题倾向与艺术风貌上皆类似杜诗；晚年隐居秦亭山下，生活较为安定，故更多取法王维，呈现恬澹自然的风格特征。张丹的行旅诗尤为引人注目，在感慨身世的同时，以纪实的笔法沿途叙写民生多艰，具有"诗史"特质；在艺术形式上亦颇具特色，多采用组诗及五古形式记录游踪，且多押仄韵尤其是入声，彰显奇崛兀傲，赢得了诗学家的高度称誉。第三节考察沈谦的诗歌创作。沈谦生于繁华，中年家道沦落，虽受云间派及其师陆圻复古理论影响，有效仿汉魏杜诗、沉郁悲凉者，但敏感多情、易于感伤的自身气质使其更偏于大历及晚唐，诗风衰飒冷漠，与盛唐之调迥别；沈谦诗歌以七律成就最高，深婉流利，缠绵缱绻，最受时人推崇。第四节考察丁澎的诗歌创作。丁澎早年以艳体著称，绮靡婉丽；中年入京为官，宗唐复古，雅正典丽；后因科场案谪戍尚阳堡，谪居期间人格心态经历了巨大转变，关外的恶劣气候与雄壮景观，伴随着诗人的复杂情绪，使其创作风格豪迈雄壮，气魄宏大，呈现出独特的艺术魅力。

第五章主要研究"西陵十子"对杭州诗坛的影响。"西陵十子"作为清初杭州诗坛执牛耳者，对乡邦后学产生了深远的影响。梳理"西陵十子"的影响，亦是勾勒杭州诗坛自顺治至嘉庆间的传承演变，对于深化浙派研究具有重要意义。第一节考察"西陵后十子"。"后十子"成员有洪昇、徐逢吉、吴允嘉、李延泽、钱璜、俞士彪、沈用济、陈煜、丁文衡、张潞十人，可谓清代杭州第二代诗人群体中最负盛名者。"后十子"大多出自"西陵十子"门下，继承了"西陵十子"宗唐复古、温厚和平、晚年崇尚清雅的诗学主张，同时亦有突破，不仅在廓清拟古弊病上较"西陵十子"更为进步，而且对宋诗的态度较前辈更为缓和，甚至在一定程度上将宋诗纳入取法范围。第二节考察钱塘四子、东江八子等西陵十子其他后学。这些诗人名气虽不及"后十子",但亦出自"西陵十子"门下,并与"后十子"共同促进了杭州诗坛的繁荣,故对其生平、师承及诗学等一一考述。第三节考察厉鹗对"西陵后十子"的传承与变革。以厉鹗为首的杭州诗坛第三代诗人群体虽然对西陵前辈的复古诗学进行了较大的变革,但亦有继承。厉鹗早年即与"西陵后十子"往来密切,其对唐诗的浸润以及对醇雅的追求,宗宋仅取永嘉四灵、陈与义等小家而非似浙东诗人取法苏轼、黄庭坚等大家,均与"西陵后十子"有着密切关系。第四节考察以朱彭为首的抱山堂诗人群体。以朱彭为首的第四代杭州诗人群体不满于厉鹗等人的宗宋取向与"枯瘠琐碎",重新标举乡先辈"西陵十子"宗唐复古诗学,使杭州诗坛在乾嘉之际重新流行起唐诗风,可见"西陵十子"对后世影响之深远。

本书最后有附录四则,分别是"西陵十子"成员家族世系表、"西陵十子"年谱简编、《西陵十子诗选》序文资料以及"西陵十子"集外诗文辑佚。

关键词:明清之际;"西陵十子";诗学思想;诗歌创作;影响

绪　　论

一、选题价值与意义

　　"西陵十子"(一作"西泠十子")①是清初颇为重要的一个文学群体,其成员有陆圻、毛先舒、柴绍炳、张丹、沈谦、丁澎、孙治、吴百朋、陈廷会、虞黄昊十人。这一文学群体结社于西湖畔,有着明确的文学纲领与较为一致的审美倾向,且从理论到创作实践都产生了一定的影响②。"西陵十子"虽然是一个地域性的文学群体,但他们积极与外界往来酬唱,与陈子龙、吴伟业、顾炎武、陈维崧、施闰章、宋琬、王士禛、魏禧等文坛名流俱有交游,"西陵十子"的名号亦广为四方所知,颇具声望。以"西陵十子"为核心,杭州地区聚集起一大批主张复古的文士,文藻之盛,为一时瞩目。在"西陵十子"推动下,西陵在清初成为一个颇具影响力的文学重镇。如柴绍炳称:"近日之以诗名家者,海内共推我郡。"③丁澎称:"吾乡诸同学独忾以复古为志,……我西陵之诗因是遂甲海内。"④盛枫称:"时江左以文社相雄,有虞山、娄东、金沙、云间、西泠之目。"⑤康熙后期诗学家张谦宜则将西陵与历下、竟陵、云间相提并论,称其"各有盛时"⑥。可见"西陵十子"在清初诗坛

---

① 西陵,又写作西泠,因杭州孤山西麓的西陵桥而得名,亦指代杭州。"西陵十子"亦写作"西泠十子"。

② 陈康祺《郎潜纪闻》:"陆圻景宣、毛先舒稚黄、吴百朋锦雯、陈廷会际叔、张纲孙祖望、孙治宇台、沈谦去矜、丁澎飞涛、虞黄昊景明、柴绍炳虎臣,称西泠十子。所作诗文,淹通藻密,符采烂然,世谓之西泠派。"即称"西泠十子"为西泠派。朱则杰《清诗史》一书亦将"西泠十子"视为一个诗歌流派,即西泠派。在宗唐复古这一点上,"西陵十子"具有一致性,但他们在创作风格上存在一定差异,故笔者认为"西陵十子"更像一个因地缘聚集在一起的文学群体,而不是文学流派。

③ 柴绍炳:《吴玉汝诗序》,《柴省轩先生文钞》卷6,《四库全书存目丛书》集部第210册,济南:齐鲁书社,1997年,第280页。

④ 丁澎:《西江游草序》,《扶荔堂文集选》卷2,《清代诗文集汇编》第78册,上海:上海古籍出版社,2010年,第477页。

⑤ 盛枫:《嘉禾征献录》卷18,《续修四库全书》第544册,上海:上海古籍出版社,2002年,第518页。

⑥ 张谦宜:《𬓛斋诗谈》卷1,《续修四库全书》第1699册,上海:上海古籍出版社,2002年,第634页。

声名颇著,倍受瞩目。

"西陵十子"在文学、音韵学等方面取得了较高的成就,并对清初文坛产生了一定影响。在诗学方面,"西陵十子"与以陈子龙为首的云间派、以吴伟业为首的娄东派往来密切,共同掀起了清初宗唐复古之风;在词学方面,"西陵十子"前期与云间派一道,推崇《花间》《草堂》,后期则逐渐转向苏、辛一派,与以陈维崧为首的阳羡派相呼应,为清词的振兴作出了重要贡献;在骈文方面,"西陵十子"与陈维崧均出自陈子龙门下,皆继承了陈子龙对骈文的提倡,共同揭开了清代骈文复兴的序幕;"西陵十子"在音韵学方面的成就尤为突出,甚至令顾炎武叹服①。顾炎武曾至杭州与毛先舒、柴绍炳探讨古音学,三人共同扭转了古音学研究之风,在理论与研究方法上为清代古音学研究开辟了道路。然而,目前学界对"西陵十子"的研究很不充分,迄今尚无"西陵十子"研究专著出现。

清初宗唐、宗宋论争甚为激烈,云间派坚持前后七子复古宗唐思想,而钱谦益等人则推崇宋诗、猛烈抨击复古派。具体到浙江地区,浙西诗人如"西陵十子"、朱彝尊等更多受云间派影响,主张宗唐;而浙东诗人群则提倡宗宋,黄宗羲开浙东宗宋之风,吴之振《宋诗钞》愈加促进了宋诗风的流行。"西陵十子"推崇明代复古诗学、排斥宋元诗,故在世时即受到诗坛宗宋派的批判与攻评。如吕留良《子度归自晟舍以新诗见示》曰:

> 依口学舌李与何,印板死法苦不多。滥觞声调称盛唐,词场从此伪传讹。七子丛兴富著作,沙饭尘羹事剽掠。攀龙无忌恣欺狂,世贞拉杂自言博。景陵两伧矫此弊,不学无术恶其凿。至今流毒各纵横,狰吽龃吾聚族争。云间未已西陵起,一吠百和迷形声。古来骨朽不能言,夜台魂啸天呼冤。音亡弹歇长已矣,千秋万世那可论。……去春抱砚行吴门,吴门派作云间孙。西陵继云间,今吴门又继西陵矣。吞声急返故园桌,到家自喜舌尚存。②

吕留良力主宋诗,对前后七子的复古模拟之风深恶痛绝,对于继承前后七子的云

---

① 柴绍炳《柴氏古韵通自序》后有顾炎武评语,称:"西陵诸名士风雅都长,省轩、驰黄、去矜皆精韵学,而省轩尤能辨晰于毫芒,真于此道有掩前绝后之叹。曩读与余往复辨难诸书及全序,不觉目瞠舌咋。"(见柴绍炳:《柴省轩先生文钞》卷6,济南:齐鲁书社,1997年,第253页。)顾炎武对柴绍炳、毛先舒、沈谦韵学成就之赞赏,于此可见一斑。

② 吕留良:《子度归自晟舍以新诗见示》,《吕晚村诗》,《续修四库全书》第1411册,上海:上海古籍出版社,2002年,第5页。

间派与西陵派亦予以猛烈抨击,甚至讥其为犬吠。又如《寄晦木次太冲韵》其五曰:"闲抄宋律违时派,自刻方书恼俗医。"①诗中所言"时派"即指云间、西陵等宗唐复古诗派。吴之振亦抬出宋诗以抵制浙西诗坛的宗唐风气,尝曰:"两宋诗篇古墨香,删除几涤俗人肠"②"力屏西泠删俗派,功摹北宋张吾军"③。是时"西陵十子"尚在世,吕留良、吴之振即大加贬斥,丝毫不留情面,不仅出于诗学取向截然不同,亦有政治因素。入清后,浙东尤其是越中士人激烈反对"忠臣不死节"④的观点,坚持民族气节,进行着如火如荼的反抗斗争,"凡一歌一咏,类多'西台恸哭'之音,其遇可悲,而其碧血丹心,固历万古而不可磨灭也"⑤。基于民族情感的注入,越中诗人群对宋诗产生了强烈的共鸣,而以"西陵十子"为中心的杭州诗人群更多关注自身遭际而不是社会,他们对明清易代的态度较越中要平和、超然得多,诗歌亦以抒写闲情逸致为主,故黄宗羲称"浙西之诗,吾看他好处不出,恐不待五百年,堕野狐身者即若辈也"⑥,即批判浙西诗人对政治的疏离。黄宗羲与"西陵十子"多有往来,故并未言语相诋,但尝讥陈子龙"嘘北地、历下之寒火"⑦,不难推测其对"西陵十子"诗学的态度。

尽管在当时颇受非议,但"西陵十子"始终坚守唐音、不为宋调,而好之者则对其予以高度评价。如神韵派领袖王士禛即对柴绍炳的才学甚为推服,尝曰:"省轩高才夙学,海内所推,《柴氏古韵》《三唐诗辨》可见一斑矣。敬服,敬服。"⑧王士禛对柴绍炳《唐诗辨》一文尤为叹赏,评其"论核渊微,源流精晰。如暗室一光,洞心耀目。觉三颂、二雅、两汉、六朝、初盛中晚诸君子共坐一堂,并听约法",并赞柴绍炳为"千古风雅宗盟,亿万来学师表"⑨,推崇之语无以复加。"西陵十

① 吕留良:《寄晦木次旦中韵》其五,《吕晚村诗》,《续修四库全书》第 1411 册,上海:上海古籍出版社,2002 年,第 11 页。

② 吴之振:《次韵答毗陵杨古度》,吴之振撰,徐正点校:《吴之振诗集》,杭州:浙江古籍出版社,2012 年,第 279 页。

③ 吴之振:《陆鹤亭赴孝丰广文任次韵赠之》,吴之振撰,徐正点校:《吴之振诗集》,杭州:浙江古籍出版社,2012 年,第 288 页。

④ 全祖望:《书毛检讨〈忠臣不死节辨〉后》,全祖望撰,朱铸禹汇校集注:《全祖望集汇校集注》中册,上海:上海古籍出版社,2000 年,第 1431 页。

⑤ 梁秉年:《跋续甬上耆旧诗》,全祖望辑选:《续甬上耆旧诗》下册,杭州:杭州出版社,2003 年,第 1019 页。

⑥ 全祖望辑选:《续甬上耆旧诗》中册,杭州:杭州出版社,2003 年,第 139 页。

⑦ 叶矫然:《龙性堂诗话初集》,郭绍虞编选,富寿荪校点:《清诗话续编》上册,上海:上海古籍出版社,1983 年,第 996 页。

⑧ 柴绍炳:《柴省轩先生文钞》卷 3,《四库全书存目丛书》集部第 210 册,济南:齐鲁书社,1997 年,第 191 页。

⑨ 柴绍炳:《柴省轩先生文钞》卷 3,《四库全书存目丛书》集部第 210 册,济南:齐鲁书社,1997 年,第 190—191 页。

子"不仅赢得了时人的高度认可,对后世亦产生了深远的影响。朱庭珍称"浙派自西泠十子倡始,先开其端①,即将"西陵十子"视为浙派之发端。厉鹗亦称"往时吾杭言诗者,必推西泠十子"②。"西陵十子"多以授徒为业,门下弟子众多,他们不仅以立身行事来影响西陵后辈,亦对其文学创作予以悉心指导,西陵后学大多继承了"西陵十子"的文学理论。在"西陵十子"之后,复有后辈洪昇、徐逢吉、吴允嘉、沈方舟、李延泽、钱璜、俞士彪、陈煜、丁文衡、张潞组成西陵后十子,振起诗坛,并对厉鹗早年诗学观的形成产生了重要影响。杭州文坛正是有了以"西陵十子"为核心的先行者及继起的传薪者,才逐渐迎来了雍、乾时期以厉鹗为首的浙派文学之鼎盛。及至乾隆后期,郡人朱彭有鉴于厉鹗以后杭人诗"皆不脱宋人门户"③,遂以乡贤"西陵十子"为楷模,"独振以唐音,四方名士过武林者,无不出所业就正。抱山堂④之名,几与随园并峙江浙"⑤。相隔百余年后,仍有后学继承"西陵十子"诗风,可见"西陵十子"不仅促进了杭州诗坛的活跃与繁荣,还作为一种文化标志与文学情结烙印在乡邦后学心中,激励着他们对于乡贤的文化认同与承续。因此,深入研究"西陵十子"的诗学思想与诗歌创作,勾勒杭州诗坛自顺治至嘉庆间的传承演变轨迹,对于浙派研究有着重要意义。

二、研究综述

尽管"西陵十子"在清代诗学史上有着重要地位,历来学者对其评价也存在很大争议,但"西陵十子"诗学与诗歌研究一直深受遮蔽,并未引起学术界的高度重视。学界对"西陵十子"的研究更多集中在词学方面,至于诗学方面,则往往在谈及清初诗学尤其是云间派时顺带提及,少有专门深入研究;而对于单个成员的论述,则聚焦于毛先舒、沈谦与丁澎上,对于"西陵十子"其他成员诗学关注度不够。目前学界对于"西陵十子"的研究成果大致可分为以下两方面:

---

① 朱庭珍:《筱园诗话》卷2,《续修四库全书》第1708册,上海:上海古籍出版社,2002年,第31页。
② 厉鹗:《懒园诗钞序》,厉鹗著,董兆熊注,陈九思标校:《樊榭山房集》中册,上海:上海古籍出版社,2012年,第734页。
③ 叶德辉:《郋园读书志》卷13,上海:上海古籍出版社,2010年,第629页。
④ 朱彭家有抱山堂。
⑤ 阮元、杨秉初辑,夏勇等整理:《两浙輶轩录》补遗卷8,杭州:浙江古籍出版社,2012年,第3566页。

（一）"西陵十子"群体研究

1."西陵十子"诗学研究

朱则杰《略论明清之际诗坛上的西泠派》①发表于1989年,可以说是首篇专门以"西陵十子"诗学与诗歌为研究对象的论文,该文将"西陵十子"视作云间派的分支,认为十子继承了明代前后七子的诗学主张,宗法盛唐,提倡复古,在创作上"大致都以反映家国之感为主",并举例分析了陆圻与丁澎的诗歌创作,为以后的"西陵十子"诗歌研究奠定了基础。张健亦将"西陵十子"视为云间派的继承者,其《清代诗学研究》②第二章"云间、西泠对七子诗派诗学价值系统的重建与调整"即将云间派与西泠派放在一起论述,认为云间、西泠派均继承了前后七子派的主流倾向。虽主张以性情为本,形式风格为次,但认为诗歌在形式风格上的雅俗之辨要优先于性情之正与邪的考察,实际上还是以格调优先。该书还注意到云间派与西泠派崇尚华丽的审美取向,启人深思。蒋寅《清初钱塘诗人和毛奇龄的诗学倾向》③一文主要介绍毛奇龄的诗学思想,同时略谈及毛先舒及西陵派,认为毛先舒的诗学渊源及艺术倾向皆本自明代格调派。王兵《论明清之际宗唐派诗歌选本对七子诗学的继承与修正》④一文主要介绍明末清初宗唐派诗歌选本,涉及到《西陵十子诗选》,认为包括"西陵十子"在内的明清之际宗唐派基本继承了明代七子派的复古诗学主张,即古体以汉魏为宗,近体以初盛唐为尚。笔者硕士学位论文《清初西泠派及其诗学思想研究》⑤对西泠派崛起的时代背景、形成过程、诗学思想等进行了细致分析,认为西泠派号召反经汲古、经世致用,主张重新确立儒家经典的权威地位;诗学上提倡温厚和平、反对变风变雅,试图对明代七子派与公安派理论进行综合,强调以情志为本,认为性情优先于格调,同时又高度重视法度;在取法对象上,主张五言古诗师法汉魏、兼采六朝,七言古诗、近体尊初盛唐,兼及晚唐。

---

① 朱则杰:《略论明清之际诗坛上的西泠派》,《杭州师范学院学报(社会科学版)》1989年第5期,第87—90页。该文后来被收入朱则杰《清诗史》,即第二章第三节"西泠派",南京:江苏古籍出版社,1992年,第28—35页。

② 张健:《清代诗学研究》,北京:北京大学出版社,1999年,第43—103页。

③ 蒋寅:《清初钱塘诗人和毛奇龄的诗学倾向》,《湖南社会科学》2008年第5期,第160—164页。该文后来被收入蒋寅《清代诗学史(第一卷)》,即第五章第五节"钱塘诗人群的宗唐倾向",北京:中国社会科学出版社,2012年,第539—559页。

④ 王兵:《论明清之际宗唐派诗歌选本对七子诗学的继承与修正》,《东岳论丛》2010年第4期,第119—123页。

⑤ 蓝青:《清初西泠派及其诗学思想研究》,山东大学硕士学位论文,2012年。

2. "西陵十子"词学研究

严迪昌《清词史》①第一章第二节第二部分提到了"西陵十子",将其视为"云间词派的余韵流响",并简单地介绍了张丹、毛先舒、沈谦、丁澎四人的词作。吴熊和《吴熊和词学论集》收录有《〈西陵词选〉与西陵词派》一文②,该文围绕《西陵词选》,叙述了明天启至清康熙初这一时间段杭州词坛的创作情况,其中第三部分"西陵词人的命运"对陆圻、沈谦、丁澎、张丹、毛先舒、柴绍炳的生平著作情况作了简要介绍,并得出西陵词派"与云间词派交往甚密,但不是云间支派"的结论,对于"西陵十子"词学研究具有启发意义。李康化《明清之际江南词学思想研究》③第三章第三节"'西陵十子'词学思想的合同与歧异"对毛先舒、沈谦、丁澎的词学主张进行了细致分析,认为三人词风宗尚各有偏好,"毛先舒主清真,沈谦主屯田,丁澎主稼轩"。陈水云《清代前中期词学思想研究》④第二章"西泠派的词学思想"分别对沈谦、毛先舒、丁澎的词学思想进行了深入细致的考察,颇见功力。孙克强《清代词学》⑤第七章第二节"'西泠十子'的词学观",从以大雅为旨的尊体论、词体特性的探讨、宏通的词体风格取向三个方面对"西泠十子"的词学观进行了细致分析,引人深思。

(二)"西陵十子"成员研究

1. 毛先舒研究

在诗学方面,邬国平《毛先舒及其文学批评》⑥一文将毛先舒的文学思想归纳为求理、崇大、贵真、重法四点,颇具卓识,之后邬国平、王镇远《清代文学批评史》⑦一书第三章第二节第三部分论毛先舒的诗文理论即延续了该观点。在词学方面,孙克强、岳淑珍《毛先舒词论简论》⑧认为毛先舒主张尊体,强调诗词之别,肯定豪放词风,并在词体艺术上提出了"离合"说。该文对毛先舒的词学予以高度评价,认为其"无论在深度、广度和影响上看都是清初的翘楚",洵为知言。

① 严迪昌:《清词史》,南京:江苏古籍出版社,1990年,第21—24页。

② 吴熊和:《吴熊和词学论集》,杭州:杭州大学出版社,1999年,第404—422页。

③ 李康化:《明清之际江南词学思想研究》,成都:巴蜀书社,2001年,第121—141页。

④ 陈水云:《清代前中期词学思想研究》,武汉:武汉大学出版社,1999年,第40—67页。

⑤ 孙克强:《清代词学》,北京:中国社会科学出版社,2004年,第146—156页。

⑥ 邬国平:《毛先舒及其文学批评》,复旦大学中国语言文学研究所编:《中国语言文学研究的现代思考》,上海:复旦大学出版社,1991年,第71—84页。该文亦被收入邬国平《明清文学论数》,南京:凤凰出版社,2011年,第102—117页。

⑦ 邬国平、王镇远:《清代文学批评史》,上海:上海古籍出版社,1995年,第183—187页。

⑧ 孙克强、岳淑珍:《毛先舒词论简论》,《南开学报(哲学社会科学版)》2008年第4期,第101—107页。

李康化《沈谦、毛先舒词学思想异同论》①对毛先舒与沈谦词学思想的异同有精
到论述,认为二人在对待词体的态度、词的功能和填词技法上多有一致,但在词
的体貌与拟议对象上则存在较大分歧。在曲学方面,郭娟玉《毛先舒〈南曲正韵〉
考析》②一文以毛先舒的音韵论见为研究对象,认为毛先舒不仅勘正了清初曲韵
混杂的讹谬,亦为南曲用韵以及南曲韵书的撰拟立下了准式,在南曲韵史上具有
承先启后之功。在音韵学方面,张民权《清代前期古音学研究》③第三编第五章
至第八章以毛先舒的音韵研究为对象,对毛先舒的音理说、古今音韵变迁说、古
韵分合及演变、四声说进行了深入细致的分析,认为其韵学研究虽存在一定缺
陷,但毕竟矫正了当时韵学的拘挛,对清代古音学的建立有着重要意义。在毛先
舒对后世的影响方面,冷桂军《毛先舒对洪昇的教诲及对其创作的影响》④一文
认为洪昇的韵学功底、温雅忠爱的立心观及温柔敦厚的立言观皆来自其师毛先
舒的教诲。

2. 沈谦研究

目前学界对沈谦的研究主要集中在词学方面。谢桃坊《中国词学史》⑤第三
章第七节"沈谦的《词韵略》"对沈谦在词韵方面的成就予以高度评价。谢桃坊认
为,沈谦的《词韵略》是根据宋词用韵实际情况归纳整理出的,基本上符合唐宋词
用韵规律,并将词韵的创始轮廓归功于沈谦。周焕卿《清初遗民词人群体研
究》⑥第六章第三节"沈谦《词韵略》与清初词韵研究"对沈谦《词韵略》一书产生
的背景及其与清初学术风气、词坛风尚的关系等相关问题作了详细讨论,认为
《词韵略》既是清初词韵研究的阶段性总结,同时也是清代词韵研究的一个良好
开端,该书对当时的词韵研究起到了一定的推动作用。江合友《明清词谱史》⑦
第四章对沈谦《词韵略》的韵部编排、成就及对后世的影响作了深入细致的分析。
南京师范大学储博的硕士学位论文《沈谦词学思想研究》⑧对沈谦的词体观、正
变观、词法等进行了详细深入的考察,并将其词学与毛先舒比较,得出了较有价
值的结论。汪超宏《明清浙籍曲家考》⑨收录有《清代至少有六沈谦》《研雪子〈翻

① 李康化:《沈谦、毛先舒词学思想异同论》,《中国韵文学刊》2002年第1期,第89—96页。
② 郭娟玉:《毛先舒〈南曲正韵〉考析》,《文学遗产》2010年第3期,第101—107页。
③ 张民权:《清代前期古音学研究》下册,北京:北京广播学院出版社,2002年,第57—102页。
④ 冷桂军:《毛先舒对洪昇的教诲及对其创作的影响》,《苏州大学学报(哲学社会科学版)》2006年第6
　期,第34—37页。
⑤ 谢桃坊:《中国词学史》,成都:巴蜀书社,1993年,第117—122页。
⑥ 周焕卿:《清初遗民词人群体研究》,上海:上海古籍出版社,2008年,第344—371页。
⑦ 江合友:《明清词谱史》,上海:上海古籍出版社,2008年,第227—268页。
⑧ 储博:《沈谦词学思想研究》,南京师范大学硕士学位论文,2009年。
⑨ 汪超宏编著:《明清浙籍曲家考》,杭州:浙江大学出版社,2009年,第282—354页。

西厢〉非沈谦〈翻西厢〉》,二文对学术界有关沈谦著述的一些舛错进行了纠正,该书还录有《沈谦年谱》,为研究沈谦生平提供了丰富的资料。

3. 丁澎研究

邓长风《周稚廉、丁澎生平考》①、多洛肯与胡立猛《〈中国回族文学史〉中清初诗人丁澎生平考辨》②《清初著名回族诗人丁澎生平补考》③皆对丁澎生平事迹进行了细致的考证。诗学方面,多洛肯与胡立猛《清初回族诗人丁澎诗学思想探析》④一文以丁澎的诗学思想为研究对象,认为丁澎早期遵循儒家诗学和唐诗学范畴,讲究诗品与人品相统一,持"诗史说",后期则偏向宗宋,崇尚"气力"。西北民族大学胡立猛在其硕士学位论文《清初浙籍回族诗人丁澎及其诗歌创作研究》⑤中较为细致地梳理了丁澎的生平、诗歌创作与诗学理论。词学方面,西南大学谷利平的硕士学位论文《回族词人丁澎及其词研究》⑥对丁澎的生平、词学理论与词创作进行了深入分析。

4. 柴绍炳研究

目前学术界对柴绍炳的研究主要集中在音韵学方面。李新魁《汉语等韵学》⑦一书较早注意到柴绍炳的《古韵通》,该书第七章第一节即以《古韵通》韵图部分为研究对象。张民权《清代前期古音学研究》⑧第三编第一章至第四章对柴绍炳在古音学上的成就进行了深入探索,认为柴氏反对通转叶音说,对于转变时人的古音观念起到了很大作用,而其注重音理分析的研究方法,对后来江永等人的古音研究有着直接影响。

综上所述,现今学界对于"西陵十子"的研究虽然取得了一定的学术成果,然而,相对于"西陵十子"在清代文学史上的地位与意义,目前学界对其所作的研究远远不够,尚存在较大的研究空间。迄今为止,尚未有研究"西陵十子"的专著问世。目前学界关于"西陵十子"研究存在以下不足,这正是本书所要重点研究的,亦是本书的价值与意义所在。

① 邓长风:《周稚廉、丁澎生平考》,《戏剧艺术》1991 年第 3 期,第 141—145 页。
② 多洛肯、胡立猛:《〈中国回族文学史〉中清初诗人丁澎生平考辨》,《民族文学研究》2011 年第 6 期,第 21—26 页。
③ 多洛肯、胡立猛:《清初著名回族诗人丁澎生平补考》,《西北民族研究》2013 年第 3 期,第 160—166 页。
④ 多洛肯、胡立猛:《清初回族诗人丁澎诗学思想探析》,《西北民族大学学报(哲学社会科学版)》2013 年第 4 期,第 111—114 页。
⑤ 胡立猛:《清初浙籍回族诗人丁澎及其诗歌创作研究》,西北民族大学硕士学位论文,2011 年。
⑥ 谷利平:《回族词人丁澎及其词研究》,西南大学硕士学位论文,2009 年。
⑦ 李新魁:《汉语等韵学》,北京:中华书局,1983 年,第 215—217 页。
⑧ 张民权:《清代前期古音学研究》下册,北京:北京广播学院出版社,2002 年,第 2—56 页。

（1）"西陵十子"的产生背景、形成过程以及成员的家世、生平、著述有待全面梳理考订。

"西陵十子"自相识至交谊加深最后到相聚唱和经历了一个较长的过程，然而目前尚未有专文予以梳理。而且，作为一个文学群体，"西陵十子"的崛起与地域、时代、周边地域诗派等因素息息相关，对于这些背景条件，目前少有学者涉及，而这恰恰对"西陵十子"诗学研究有着重要意义。例如张健《清代诗学研究》注意到"西陵十子"崇尚华丽的审美取向，颇具启发意义，然未究其产生的原因①。笔者认为，这与杭州高度发达的娱乐业以及尚绮丽的地域诗学传统有着密切关系。而"西陵十子"对温厚平和的强调、对变风变雅的排斥亦与杭州好隐逸、重适意的文化传统有关。除地域外，政治、周边文学流派等因素亦值得引起高度重视。"西陵十子"的政治态度、与云间派的关系、浙西与浙东在宗唐宗宋上截然不同的取向，这些问题都有待深入发掘。

关于"西陵十子"的家世、生平、著述，考证具有较大难度。现今对"西陵十子"生平著作的研究多集中在沈谦与丁澎，其他成员则未有专门论述。笔者对陆圻、毛先舒、柴绍炳、张丹等成员的家世、生平、著述等进行了全面细致的梳理，不仅发现了诸如陆圻《威凤堂集》等新材料，即便对学术界已有涉及的丁澎生平亦有突破。

（2）"西陵十子"诗学理论研究有待深入。

目前学术界对于"西陵十子"文学研究更多侧重于词学。例如严迪昌先生《清词史》设专节论述"西陵十子"，但其《清诗史》在论及清初浙江诗人群体时却并未提到"西陵十子"。"西陵十子"于词学方面固然取得了较高的成就，但其作为一个群体，更多是凭借诗文而不是词作。如陈康祺《郎潜纪闻》称："陆圻景宣、毛先舒稚黄、吴百朋锦雯、陈廷会际叔、张纲孙祖望、孙治宇台、沈谦去矜、丁澎飞涛、虞黄昊景明、柴绍炳虎臣，称'西泠十子'。所作诗文，淹通藻密，符采烂然，世谓之'西泠派'。"②可见世人将"西陵十子"视为一个文学流派主要是由于他们在诗文方面的成就与特色。如前所述，学界亦出现了有关"西陵十子"诗学研究的成果，但大多篇幅较小，未有详细论述。张健《清代诗学研究》虽对"西陵十子"诗学多有涉及，见解精辟，但该书相关章节主要介绍陈子龙及云间派，未能将"西陵十子"单独作为一个整体进行更为深入的分析。

学界大多将"西陵十子"诗学视为对明代前后七子的因袭，而对二者的差异未能予以高度重视。笔者认为，"西陵十子"诗学的确有源自明代复古派的一

---

① 张健：《清代诗学研究》，北京：北京大学出版社，1999 年，第 97 页。

② 陈康祺著，晋石点校：《郎潜纪闻初笔、二笔、三笔》上册卷 14，北京：中华书局，1984 年，第 293 页。

面,但亦多有修正与突破。首先,"西陵十子"虽认为诗歌的本质在于抒情言志,但他们更强调温厚和婉,这就与李梦阳等人强烈的现实批判意识与悲愤亢直诗风拉开了距离。其次,"西陵十子"虽高度重视体格声调,但反对前后七子刻意范古,而是主张"遗筌舍筏",其最终目的在于脱离古人,而不是赝古。此外,"西陵十子"在宗法对象上较前后七子有所扩大,对六朝及中晚唐诗多有汲取,尤其是将艳体创作写入《西陵十子诗选》凡例,突破了前后七子的诗学藩篱。

(3)"西陵十子"诗歌创作研究需要加强。

蒋寅先生在《清代诗学史》中指出,"诗学"一名"意味着与诗歌有关的所有学问,或者说是一门关于诗的学问",诗学应包含五方面内容,即"诗学文献学,诗歌原理,诗歌史,诗学史,中外诗学比较"[1]。目前学界对"西陵十子"的文学研究集中在诗学理论方面,诗歌创作研究明显不足,对于十子单个成员诗歌创作的研究尚不多见。事实上,对诗歌创作的重视程度不及诗学理论,正是当前清诗研究的特点之一。学界对于清代诗学理论投入了大量的精力,亦取得了丰硕的研究成果,而对于诗歌作品却缺乏深入开掘。诗人的诗学理论与诗歌创作有时会存在一定差异,所以有必要加强对"西陵十子"诗歌创作的考察。朱则杰先生曾指出,"他们(笔者按:指"西陵十子")一般都擅长七言律诗,规模盛唐,步武云间,才情飙举,音节浏亮。但他们当中,既没有以身殉国之士,也很少出仕清朝之人,基本上属于普通遗民,因此,诗歌创作不像云间派那样几个主要作家各自都有相对突出的特色,而大致都以反映家国之感为主"[2],这样的结论或许与"西陵十子"诗集材料"很难寻找"[3]有关。笔者认为,"西陵十子"虽同属宗唐派,但在创作风格上存在一定差异,柴绍炳在《西陵十子诗选序》中即指出这一点。毛先舒、沈谦喜作艳体,宗法六朝、晚唐,而张丹则以宗法杜甫与王维著称,诗集中少有晚唐艳体。在诗歌体裁上,"西陵十子"成员各自所擅长者亦有不同,如毛先舒最擅绝句,自然天成,韵味无穷;沈谦最长于七律,深婉含蓄、轻快流利,尤为世人推崇;张丹则以五言古诗最为见长,朱彝尊、沈德潜皆对其予以高度评价。就题材内容而言,张丹的行旅诗、丁澎的谪居诗均呈现出独特的艺术魅力,值得进行专门研究。

---

① 蒋寅:《清代诗学史(第一卷)》,北京:中国社会科学出版社,2012年,第6—7页。

② 朱则杰:《略论明清之际诗坛上的西泠派》,《杭州师范学院学报(社会科学版)》1989年第5期,第87—88页。

③ 朱则杰:《略论明清之际诗坛上的西泠派》,《杭州师范学院学报(社会科学版)》1989年第5期,第88页。

（4）"西陵十子"对杭州诗坛的影响应当引起重视。

朱则杰先生《略论明清之际诗坛上的西泠派》文末认为，"西泠派在清代诗坛上的地位和影响也并不小"，"直接受它熏陶的诗人也仍然存在，如朱彝尊、洪昇便都是相当突出的例子"①，即指明"西陵十子"对清代诗坛产生了重要影响。然而，除冷桂军《毛先舒对洪昇的教诲及对其创作的影响》②一文外，学界尚未有专门研究"西陵十子"影响的文章发表。实际上，"西陵十子"以宗唐复古之风振起杭州诗坛，他们积极提携后进，对杭州诗坛产生了深远的影响。在"西陵十子"之后，复有洪昇、徐逢吉、吴允嘉、沈方舟、李延泽、钱璟、俞士彪、陈煜、丁文衡、张潞组成"西陵后十子"，而厉鹗早年对唐诗的浸染即与"后十子"有关。在厉鹗之后，以朱彭为首的抱山堂诗人群体重新标举"西陵十子"的宗唐主张，反对以厉鹗为首的浙派的宗宋之风，其声势之大，几可匹敌随园诗人群体。因此，梳理"西陵十子"对杭州诗坛的影响是很有必要的。

三、研究思路及创新点

（一）研究思路

本书拟对清初"西陵十子"的形成过程、成员生平著述、诗学思想、诗歌创作以及对后世的影响作全方位的考察，其中文献搜集考辨是基础。"西陵十子"作为一个文学群体，著述宏富，现存文献亦十分繁富。本书首先对"西陵十子"的著述及与"十子"相关的清代文献尤其是杭州文献进行了较为全面的搜集，主要包括：

1. "西陵十子"的总集、别集，以及与"十子"相关的杭州文人别集

"西陵十子"著述浩繁，仅毛先舒一人就有著作三十余种，且著述类型丰富，涉及文学、史学、经学等诸多方面。文学方面数量最多，纳入主要研究范围的有毛先舒的《毛驰黄集》《潠书》《思古堂集》、陆圻的《威凤堂集》、柴绍炳的《柴省轩先生文钞》、张丹的《张秦亭诗集》、沈谦的《东江集钞》、丁澎的《扶荔堂文集选》《扶荔堂诗集选》、孙治的《孙宇台集》等。与"西陵十子"密切相关的杭州文人如徐继恩、张右民、毛奇龄、毛际可、林璐等人的诗文集也是研究"西陵十子"生平与

---

① 朱则杰：《略论明清之际诗坛上的西泠派》，《杭州师范学院学报（社会科学版）》1989年第5期，第90页。

② 冷桂军：《毛先舒对洪昇的教诲及对其创作的影响》，《苏州大学学报（哲学社会科学版）》2006年第6期，第34—37页。

创作的重要资料。

2. 清代杭州地方志、地域总集

地方志包括郑沄修、邵晋涵的《(乾隆)杭州府志》,徐逢吉、陈景钟的《清波小志》,姚礼的《郭西小志》,卢崧修、朱文藻等辑《吴山城隍庙志》,丁丙的《武林坊巷志》等。地域总集包括阮元的《两浙辅轩录》,潘衍桐的《两浙辅轩续录》,吴颢的《国朝杭郡诗辑》,吴振棫的《国朝杭郡诗续辑》,丁申、丁丙的《国朝杭郡诗三辑》,赵时敏的《郭西诗选》等。

3. 各类正史和杂史、笔记

正史如《清史稿》《清史列传》等,杂史、笔记如朱溶《忠义录》、钱林《文献征存录》、徐象梅《两浙名贤录》、王晫《今世说》、梁章钜《退庵随笔》等。

在充分占有原始资料的基础上,本书采用历史研究的方法对"西陵十子"的形成过程及各成员的家世、生平、著述加以细致考证,使本研究建立在详实的考据基础上。同时运用文化研究的方法,结合杭州地域文化传统、明清易代背景以及周边地域诗坛风气等外部因素对"西陵十子"进行综合研究,并贯穿着以"西陵十子"为代表的浙西诗坛与以黄宗羲、李邺嗣为代表的浙东诗坛的对比,从而使视野更加开阔。

接下来对"西陵十子"的诗学理论和诗歌创作进行深入考察。诗学理论方面,运用比较的方法,突出"西陵十子"对于前代诗学的修正与突破;诗学创作方面,在把握共同特征的基础上,采用文本细读法着力发掘单个成员诗歌的独特价值。

最后论述"西陵十子"对杭州后世的影响,同时勾勒出顺治至嘉庆百余年间杭州诗坛的演变轨迹。

总的来说,本书采用文献考察法、综合分析法、比较分析法、个案分析法等研究方法,力求既全面又重点突出,旨在还原"西陵十子"的诗学原貌。

(二) 创新点

"西陵十子"是清初重要的文学群体之一,他们的文学活动与文学成就在清初文坛尤其是杭州文坛占有重要地位,朱庭珍即将"西陵十子"视为浙派的开端。近年学界虽略有关注,但对于除丁澎、毛先舒之外的"西陵十子"其他成员以及该群体的整体性考察相对不足。本书对"西陵十子"及其诗学进行了全面系统的研究,对于深化明清杭州地域文学及浙派研究均具有一定价值。

1. 本书首次对"西陵十子"的形成过程及成员的家世、生平、著述进行了全面细致的梳理和考察,对于现有"西陵十子"研究具有补缺和澄清问题的意义。例如"西陵十子"的确立时间,学界众说纷纭,自清代起即多有错误。如《四库全书总目》认为崇祯末即有"西陵十子"之称，陈康祺《郎潜纪闻》则认为形成于康熙年间。朱则杰《"西陵十子"系列考辨》①一文认为"最准确的说法自然应该就是《西陵十子诗选》成书的清顺治七年庚寅(1650)，或者笼统扩大到顺治年间"。笔者首次考证出"西陵十子"于顺治四年(1647)始相聚"朝夕吟咏"②，至顺治七年(1650)毛先舒、柴绍炳编刻《西陵十子诗选》，则将"西陵十子"的名号正式以书面形式固定下来。又如据丁澎《教款微论序》及毛奇龄《沈方舟诗集序》《杭志三诘三误辨》等，将学术界尚未有定论的丁澎卒年确定为康熙三十年(1691)腊月，还根据稀见钞本《幽恨集》，得知丁澎谪戍辽东期间曾号"荷蒉山人"。朱则杰先生曾指出"西陵十子"集子流传不多，很难寻找，故其生平著述考证颇具难度。本书对各成员著作撰述时间、版本及佚著等予以钩沉，发现了诸如陆圻《威凤堂集》等新材料，并据《威凤堂集》将史学界众说纷纭的《明史纪事本末》篇末史论的作者确定为陆圻，对于"西陵十子"研究具有重要意义。

2. 学界现有"西陵十子"诗学研究大多侧重于"十子"对明代前后七子的继承，本书在深入探究"十子"诗学基础上，着力发掘"十子"对明代复古诗学的反思与新变，认为"西陵十子"在诗歌本质的认识上，主张将抒情言志放在首位，反对将格调凌驾于情志之上；同时，强调对"情"有所规范，力图将诗歌创作导向温厚和婉。其次，在情志为本的基础上，高度重视法度，但不同于七子派尺寸古法，强调"遗筌舍筏"，体现出更为鲜明的主体精神。此外，"十子"还提倡文采华丽，并将六朝与晚唐纳入宗法对象，拓宽了诗学视野。"西陵十子"虽主张复古，但力避前后七子诗学之弊，其主张更为圆通与合理，这也是由明入清后诗学发展的普遍趋势。

3. 在通行的清代诗歌史著作中，对于"西陵十子"诗歌创作研究多为只言片语，并未深入探究各成员诗歌的独特价值。本书选择典型个案，深细考察了"西陵十子"重要成员的诗歌成就及突出特点。如提出毛先舒在宗法汉魏盛唐的同时追摹齐梁及晚唐，突破了前后七子诗学藩篱；张丹早年宗法杜甫，晚年则更多取法王维；沈谦虽受陆圻指导，宗法汉魏盛唐，但敏感多情、易于感伤的自身气质使其更偏于大历及晚唐，衰飒冷寞，与盛唐之调迥别。本书还着重发掘了各成员诗歌最具价值处，如毛先舒的绝句，沈谦的七律，张丹的行旅诗，丁澎的边塞诗，这对于清代诗歌研究亦具有一定价值。

4. 杭州诗坛在顺治间以宗唐复古著称，至乾隆时期则变为宗宋重镇，其间

---

① 朱则杰：《"西陵十子"系列考辨》，《浙江树人大学学报》2015 年第 3 期，第 77—80 页。
② 张丹：《从野堂诗自序》，《张秦亭诗集》卷首，《四库全书存目丛书》第 210 册，济南：齐鲁书社，1997 年，第 491 页。

如何演化,学术界尚未有专门研究。本书借梳理"西陵十子"的影响,勾勒出杭州诗坛自顺治至嘉庆百余年间的传承演变,这对于深化浙派研究具有重要意义。本书还对厉鹗与"西陵后十子"的文学交往进行了深入考究,认为在崇尚清雅这一点上,厉鹗与西陵前辈有着明显的传承关系。杭州诗坛自"西陵十子"起即崇尚清幽醇雅,猛烈抨击宋诗的粗嚣俚俗。厉鹗早年深受西陵前辈影响,对唐诗浸润颇深,并继承了尚清雅的诗学倾向,故虽宗法宋人,但并非如查慎行取法苏轼、陆游或全祖望取法黄庭坚等大家,而重在学习永嘉四灵,四灵即与江西诗派背道而驰,以贾岛、姚合为宗。厉鹗并不是崇宋弃唐,而是唐宋互参,这与自"西陵十子"以来杭州诗坛强大的宗唐传统有着密切关系。本书考察"西陵十子"的影响,探究厉鹗早年宗唐的起因,对于厉鹗研究亦有裨益。

第一章

明清之际的"西陵十子"

　　"西陵十子"是明清之际活跃在杭州西湖畔的一个文学群体,他们积极开展文学活动,雅集酬唱,集体发声,在诗、词、文等领域均有建树,推动了清代西陵文化与文学的兴盛。然而,相对于"西陵十子"在当时的影响力,目前学界对其研究远远不够,尤其是"西陵十子"的形成过程、确立时间,亟待进行全面梳理与考订。作为一个文学群体,"西陵十子"的崛起必然存在着孕育它的背景和条件,而对于背景条件的考察则少有学者涉及。因此,本章对"西陵十子"文学群体的成员交谊、形成过程及确立时间进行细致考察,并从地域、时代和与其他流派的关系三个方面来深入考察"西陵十子",以期弥补目前"西陵十子"研究的欠缺。

第一节 "西陵十子"文学群体的形成

一、"西陵十子"成员及其交谊

　　西陵,又写作西泠,因杭州孤山西麓的西陵桥而得名,亦指代杭州。杭州既擅山水之奇,亦以人文称胜,不仅吸引着外地文人纷至沓来,本郡亦形成了"风流儒雅,喜诗尚文"的传统。郡人柴绍炳曾这样评价杭州:"诚仁潮义摩之城,礼明乐备之乡。上恬下熙妥其俗,时和年登辟其疆。风俗既淳,人伦拔萃。冠冕皇华,络绎藩卫。南渡于是建都,本朝因为首会。物力甲于上供,才望尤云出类","山川葱郁,江介特雄。人物奇杰,海寓无双。非惟包络于郭外,实乃浚发于郡中"[①]云间蒋平阶曰:"钱唐介于吴越,当牛斗之交,尤光气所出入,灵物攸萃。

---

① 柴绍炳:《明圣湖赋》,《柴省轩先生文钞》卷1,《四库全书存目丛书》集部第210册,济南:齐鲁书社,1997年,第127页。

故一介之士咸能怀铅握椠,谱宫度商,斌斌乎成文雅之俗焉。"①自宋室南渡以来,杭州的经济与文化得到迅速发展,文人结社之风亦大兴,吴自牧《梦粱录》称南宋时杭州有西湖诗社,"乃行都搢绅之士及四方流寓儒人,寄兴适情赋咏,脍炙人口,流传四方,非其他社集可比"②。至明末清初,西陵人才辈出,涌现出诸如陆圻、毛先舒、柴绍炳等名士,他们频为社集,倡雅乡邦,使西陵成为一个声势显耀的文学中心,为四方所企慕。王嗣槐称:"于时名社林立,云间、西陵为盛。四方贤士大夫过武林者鸡坛盟会,殆无虚日。"③柴绍炳称:"我郡为人文渊海,自西陵九子外,其作者尚复林立。后来之秀,多我以上。人顾鸣笔角胜,各有所长。"④毛际可称明清之际"西陵为人文渊薮,诗才佳丽,云蒸霞蔚"⑤。以"西陵十子"为中心的西陵文学群体,在明清之际与云间、娄东、阳羡等并立文坛、竞显风流。

(一)"西陵十子"成员考辨

1."初西陵十子"考辨

《清史列传》载陆圻"与陈子龙等为登楼社,世号'西泠十子体'。'十子'者,圻与同里丁澎、柴绍炳、毛先舒、孙治、张丹、吴百朋、沈谦、虞黄昊、陈廷会也"⑥。顺治七年(1650),毛先舒与柴绍炳辑《西陵十子诗选》,十子"源流始明"⑦。侯方域称:"西陵十子之诗,俱有源委者是也。"⑧学界大多根据《西陵十子诗选》所录十位作者,认定"西陵十子"成员为陆圻、毛先舒、柴绍炳、张丹、沈谦、丁澎、孙治、陈廷会、吴百朋、虞黄昊十人。然而,对于"西陵十子"之前是否存在"初西陵十

① 蒋平阶:《巢青阁集序》,陆进:《巢青阁集》卷首,《四库未收书辑刊》第8辑第20册,北京:北京出版社,1997年,第148页。
② 吴自牧:《梦粱录》卷19,杭州:浙江人民出版社,1984年,第181页。
③ 王嗣槐:《文学沈九牧先生传》,《桂山堂文选》卷7,《四库未收书辑刊》第7辑第27册,北京:北京出版社,1997年,第443页。
④ 柴绍炳:《陆丽京全集序》,《柴省轩先生文钞》卷6,《四库全书存目丛书》集部第210册,济南:齐鲁书社,1997年,第275页。按:柴绍炳为"西陵十子"之一,故文中称陆圻、毛先舒等其他成员作"西陵九子"。陆圻《威凤堂集》卷九有《与西陵九子游湖上》一诗,所言"西陵九子"亦指除己以外的"西陵十子"成员,非在"西陵十子"外另有"西陵九子"。
⑤ 毛际可:《岁寒堂文集序》,《安序堂文钞》卷6,《四库全书存目丛书》集部第229册,济南:齐鲁书社,1997年,第557页。
⑥ 王钟翰点校:《清史列传》卷70,北京:中华书局,1987年,第5684—5685页。
⑦ 张丹:《从野堂诗自序》,《张秦亭诗集》卷首,《四库全书存目丛书》集部第210册,济南:齐鲁书社,1997年,第491页。
⑧ 张丹:《从野堂诗自序》,《张秦亭诗集》卷首,《四库全书存目丛书》集部第210册,济南:齐鲁书社,1997年,第491页。

子",学术界尚存在争议。

吴颢辑《国朝杭郡诗辑》卷二有吴百朋《西泠十子咏》组诗,共十首,分别题咏陆圻、徐继恩、柴绍炳、陈廷会、沈兰先、孙治、陆堦、张丹、毛先舒、虞黄昊,名单与前列"西陵十子"有所区别,列入徐继恩、沈兰先、陆堦,而遗漏沈谦、丁澎、吴百朋。李康化先生《明清之际江南词学思想研究》第三章《西陵词人群及其词学思想的源流变迁》引言部分曾引用此则材料,称"'西陵十子'初无定指"①;朱则杰先生《"西陵十子"系列考辨》亦据此认为"该'西泠十子'应该出现在前'西陵十子'之前",并冠以"初'西泠十子'"②。为便于考析,现将吴百朋原诗引录于下:

> 陆生倜傥士,风雅发高唱。卖药学韩康,读书薄刘向。豹文既以隐,凤翮何由飏。抱此珪璧姿,天机日澄旷。陆丽京圻
>
> 世臣虽沦迹,志朗识亦深。不作洛生咏,时为梁父吟。博艺既文府,谈禅亦道心。岁月浩漫漫,能无悲滞淫。徐世臣继恩
>
> 虎臣嵚崎人,长不满七尺。萧萧弹蒯缑,便便富文籍。既安原宪贫,复精扁鹊脉。十年风雨交,讥弹见肝鬲。柴虎臣绍炳
>
> 矫矫陈鹓客,幽尚弹毫素。秀健孔璋书,丽则长卿赋。威凤困樊笼,神龙阻云雾。委怀在山林,寥廓恣高步。陈鹓客廷会
>
> 沈子西泠秀,兄弟若机云。纂史隆本朝,博物多异闻。孤鹤云间蓍,兰茝谷中芬。匪无竹帛志,且勒翰墨勋。沈匄华兰先
>
> 任侠周急难,之子气如云。慕义重然诺,谈道殊纷纭。作赋比孙绰,草字同右军。顾余蹇驽姿,好与骐骥群。孙宇台治
>
> 结庐在河渚,膝上横鸣琴。良田自薦蓑,浊胶时酌斟。松柏挺劲节,山水助高吟。偃息意已足,珠忘逝景侵。陆梯霞堦
>
> 张子何磊落,顾盼旁无人。醉倚临平树,坐啸西湖春。四愁发河间,双剑跃延津。试歌从野草,髯公真绝伦。张祖望纲孙
>
> 吾爱小毛子,消渴能读书。伏枥鸣騕褭,被褐怀璠玙。纵酒秇叔夜,情深王伯舆。世无高阳客,谁与结相与。毛驰黄先舒
>
> 我怜虞仲子,同党最年少。高文既绮丽,诗章复窈妙。遭乱怆深情,登山恣遐眺。末世无知音,之子可同调。虞景明黄昊③

---

① 李康化:《明清之际江南词学思想研究》,成都:巴蜀书社,2001,第99页。
② 朱则杰:《"西陵十子"系列考辨》,《浙江树人大学学报》2015年第3期,第79页。
③ 吴百朋:《西泠十子咏》,吴颢辑:《国朝杭郡诗辑》卷2,浙江图书馆藏清嘉庆五年刻本。

该诗的写作时间直接关系到在"西陵十子"之前是否存在"初西陵十子"。据咏虞黄昊一诗所言"遭乱怆深情"以及描写诸子隐逸沉沦,可证明该诗的写作时间当在入清后。据毛奇龄《陆三先生墓志铭》,顺治二年(1645),陆塎兄陆培自缢,陆塎奔横山为其收尸,后奉母隐居于河渚之骆家庄。吴百朋诗言陆塎"结庐在河渚",则该诗作于顺治二年之后。据陈廷会《寿陆配孙夫人文》,陆圻在入清后到处逃匿,并继续从事秘密反清活动,于顺治四年(1647)方自闽归里,"归则与虎臣、魏美及余同讲灵芝、金匮诸书,将以医隐",吴百朋咏柴绍炳诗中提到"复精扁鹊脉",则该诗的写作时间不早于顺治四年。另,陆圻《张潜庵诊籍序》自称"岁庚寅余卖药长安道,张子为余守邸舍"①,而吴百朋咏陆圻诗中有"卖药学韩康"一句,则此诗应作于顺治七年庚寅(1650)之后。毛先舒初字驰黄,顺治十六年(1659)改字稚黄;徐继恩初字世臣,顺治十八年(1661)入寺为僧,从此隔绝尘世。而吴百朋诗尚称毛先舒为驰黄,称徐继恩世臣,则该组诗当作于顺治七年(1650)至顺治十六年(1659)之间,而此时"西陵十子"的名号已广为人知,所以在"西陵十子"之前并无"初西陵十子"。笔者认为,吴百朋此诗仅为吟咏西陵当地的十位名人,并不意味着他们曾结为社团。

2. "西陵十子"之密友

徐继恩、沈兰先、陆塎虽非"西陵十子"成员,但与"十子"往来密切,诗学观亦颇为相似。"西陵十子"周围聚集了一些诗人,他们与"十子"频有交流唱和,且文学主张趋同,与"十子"共同推动了杭州文学的兴盛,故将其基本情况胪列于下:

徐继恩(1615—1684),字世臣,别字逸亭,仁和人,明遗民。顺治十八年(1661)剃度为僧,法名净挺,号偈亭。著有《十笏斋诗集》《十笏斋文集》《逸亭易论》等。孙治《孙宇台集》卷十五有《偈亭禅师生传》、毛奇龄《西河集》卷一百九有《洞宗二十九世传法五云偈亭挺禅师塔志铭》。

张右民(1608—1690),字用霖,号东皋,仁和人,明遗民。著有《东皋诗文集》《甲申疏稿》《竹窗语录》等。张右民《东皋诗文集》附录有张韩《先处士崇祀乡贤东皋府君行略》。

沈兰先(1618—1677),字甸华,后改名昀,字朗思,人称朗思先生,仁和人。入清后,绝意仕进。著有《爱日堂文集》《粤游草》等。王昶《湖海文传》卷六十三有张庚《西湖二先生传》。

陆彦龙(1612—1647),字骧武,仁和人,明遗民。著有《燹余稿》《从军杂草》《市箫录》等。陆圻《威凤堂集》卷十五有《陆彦龙传》,称陆彦龙"尝喜与同郡朱东

---

① 陆圻:《张潜庵诊籍序》,《威凤堂集》卷1,南开大学图书馆藏清钞本。

观、梁次辰、江之浙、徐继恩、柴绍炳、吴百朋、陈廷会、孙治、沈兰先、丁澎、毛先舒及圻兄弟辈游,而日相与切劘诗歌古文"①。

陆培(1618—1645),字鲲庭,号部娄,钱塘人,陆圻二弟。崇祯十三年(1640)进士,未谒选,归而读书。崇祯十七年(1644)九月,赴南京福王政权谒选,授行人司行人。顺治二年(1645),自缢殉国。著有《旃凤堂集》。张右民《东皋诗文集》有《陆鲲庭传》。

陆堦(1620—1702),字梯霞,钱塘人,陆圻三弟,明遗民。著有《白凤楼集》《大成录》《四书大全》等。毛奇龄《西河集》卷一百五有《陆三先生墓志铭》。

3."西陵十子"之领袖

正如王葆心所言,"文家须先有并时之羽翼,后有振起之魁杰,而后始克成为流别,于以永传"②。一个团体中通常有一位建树标帜的领袖人物,"西陵十子"亦是如此。至于谁为"西陵十子之冠",笔者据搜集到的大量材料,认为是陆圻。例如:

> 柴绍炳《与陆丽京书》称:"驰黄西陵十子之选,忝与共事,并推大陆为首唱。足下欣然把臂,鼓吹一时,其效如此矣。"③《威凤堂偶录序》称:"西陵功首,必推丽京。"④
>
> 王士禛《渔洋诗话》卷上称陆圻为"西泠十子之冠"。
>
> 朱彝尊《静志居诗话》称:"杭有西陵十子诗,丽京居其首。"⑤
>
> 徐釚称:"杭有西陵十子,丽京居其首。"⑥

"十子"之中,陆圻最为年长,沈谦、虞黄昊皆受其指教,毛先舒、柴绍炳等皆以兄事之。如柴绍炳《威凤堂偶录序》称:"丽京于同业诸公为少长,若不侫炳获以兄事,亦雁行相次也。乃先我而力古文词几十年所,盖赫赫有名,天下人号之为'人陆'。"⑦从《西陵十子诗选》中亦可见陆圻的领袖地位,是集除风雅体、四言古诗、

---

① 陆圻:《陆彦龙传》,《威凤堂集》卷15,南开大学图书馆藏清钞本。
② 王葆心编撰:《古文辞通义》,武汉:武汉大学出版社,2008年,第210页。
③ 柴绍炳《与陆丽京书》,《柴省轩先生文钞》卷10,《四库全书存目丛书》集部第210册,济南:齐鲁书社,1997年,第404页。
④ 柴绍炳《威凤堂偶录序》,《柴省轩先生文钞》卷6,《四库全书存目丛书》集部第210册,济南:齐鲁书社,1997年,第271页。
⑤ 朱彝尊著,姚祖恩编,黄君坦校点:《静志居诗话》下册卷21,北京:人民文学出版社,1990年,第666页。
⑥ 徐釚辑:《本事诗》卷6,《四库禁毁书丛刊》集部第94册,北京:北京出版社,1997年,第594页。
⑦ 柴绍炳《威凤堂偶录序》,《柴省轩先生文钞》卷6,《四库全书存目丛书》集部第210册,济南:齐鲁书社,1997年,第271页。

五言排律、七言排律外,其余诗体皆以陆圻诗为首。陆圻"年德既升,领袖群彦"①,无论是年龄还是威望,都当得起"十子"的领袖。然而,陆圻为人至谦,王晫《今世说》载:"陆丽京年德转升,往往领袖群彦,然虚怀冲挹,不自满假。或问:'卿自比稚黄、志伊如何?'陆曰:'志伊学海,稚黄雅宗,故当不及。'"②就实际创作而言,陆圻的文学成就并非"十子"中最高者,故近人陈田尝有质疑,其《明诗纪事》辛签卷二十三云:"景宣诸体,劲健不及祖望,藻丽不如去矜,而当时推为风雅领袖,岂不以名德足重,有在言语文字之外者耶?"③

除陆圻外,毛先舒、柴绍炳亦为"十子"中之佼佼者,颇具声望与影响力。例如毛奇龄称:"当甲乙之际,士君子弃置今学,学古人为文辞,往往萃一二指名者互相标许。维时临安诸君则有所谓'西泠十子'者,实以稚黄为项领。"④黄云《澩书序》称毛先舒"以古学振起西陵,天下士翕然宗之"⑤。屈大均《屡得友朋书札感赋》称"西泠十子首驰黄"⑥。柴绍炳亦尝被学者目为"十子"之冠,周清原《崇祀理学名儒柴省轩先生传》称"少闻先生名为'西陵十子'之冠"⑦。《清史稿》卷四百八十四称柴绍炳"在'十子'中文名最著"⑧。毛先舒与柴绍炳是"西陵十子"唱和活动的积极组织者与参与者,并合编《西陵十子诗选》,为"十子"社集作出了较大贡献。

(二)西陵诸子之交谊

目前学界据《西陵十子诗选》确定"西陵十子"为陆圻、毛先舒等十人,但对于"十子"成员内部关系并不清楚,至今无人作专门研究。"西陵十子"成员之间存在世交、姻亲、同门等密切关系,正因此才会聚集在一起朝夕唱和,成为一个文学群体,故考察西陵诸子之交谊,对于"西陵十子"研究具有重要意义。

"西陵十子"居同里闬,"年齿相次,望若肩背"⑨,不少人自幼即相识,张丹与

① 吴颢辑:《国朝杭郡诗辑》卷2,浙江图书馆藏清同治十三年钱塘丁氏刻本。

② 王晫:《今世说》卷5,北京:中华书局,1985年,第54页。

③ 陈田辑撰:《明诗纪事》第6册,上海:上海古籍出版社,1993年,第3361页。

④ 毛奇龄:《毛稚黄墓志铭》,《西河集》卷99,《景印文渊阁四库全书》集部第260册,台北:台湾商务印书馆,1986年,第114页。

⑤ 黄云:《澩书序》,毛先舒:《澩书》卷首,《四库全书存目丛书》集部第210册,济南:齐鲁书社,1997年,第616页。

⑥ 屈大均:《屡得友朋书札感赋》,屈大均著,欧初、王贵忱主编:《屈大均全集》第2册,北京:人民文学出版社,1996年,第1349页。

⑦ 周清原:《崇祀理学名儒柴省轩先生传》,柴绍炳:《柴省轩先生文钞》卷首,《四库全书存目丛书》集部第210册,济南:齐鲁书社,1997年,第119页。

⑧ 赵尔巽等撰:《清史稿》卷484,北京:中华书局,1977年,第13354页。

⑨ 陆圻:《西陵十子诗选序》,《威凤堂集》卷2,南开大学图书馆藏清钞本。

孙治、柴绍炳与吴百朋甚至结为兄弟。柴绍炳称:"昔之君子载笔主盟,千里比肩,恨相知晚。独武林人士生同里闬,捬藻蜚英,比难指屈。"①"十子"同居武林,彼此之间有着深厚的交谊,是一个联系紧密的群体。"西陵十子"的交谊主要有以下四个方面:

一是家世、姻亲之交。孙治称:"仆结发与诸君子友,盖多累世之好。而至柴子虎臣、严子子餐、吴子兴公兄弟、许子道济兄弟,则自高大父思泉以来,奕世相善。"②可见孙治与柴绍炳自高祖辈即交厚,累世为好。孙氏与陆圻一族亦为世交,孙治伯父孙弘先与陆圻父亲陆梦鹤素交好,陆圻娶孙治堂姐为妻。孙治《陆景宣五十寿序》曰:"始吾伯父宏先府君与吉安君为至交,两家约为婚姻,而吉安君贵不寒盟,流离患难,历有年所。余自竹马之年以至今日,追惟奕世婚姻盟誓之好,不觉言之长如此。"③世交、姻亲关系使孙治与陆圻格外笃契,孙治直言"余同人之以肺腑称者莫吾两人若也"④。陆氏与柴氏亦为世交,柴绍炳自称与陆圻一族为"通家世好",故对陆圻"素以兄事之"⑤。西陵诸子交谊甚厚,多结为姻亲。如吴百朋长子吴鹰少负奇才,"生数岁,资性开朗,陆丽京见之,喜以女字之"⑥,及长,即娶陆圻次女。陆氏与沈氏亦有姻亲之好,陆圻三女即归沈兰先之子沈穆如。徐氏亦为钱塘望族,徐继恩子徐汾娶吴百朋长女,子徐邺娶毛先舒长女毛媞。

二是同门、师生之交。毛先舒与孙治年纪相仿,崇祯七年(1634),二人同拜于闻启祥门下。孙治《赠毛稚黄序》称先舒"负笈读书,与余同席也"⑦,同游一门使二人情谊甚为深厚,彼此以亲友相视,孙治称"自吾十六七时,即与稚黄为亲友"⑧,所言即为同窗时期。孙治少时还曾师从张丹父张光球,孙治《张志林先生

① 柴绍炳:《与陈际叔论文书》,《柴省轩先生文钞》卷 10,《四库全书存目丛书》集部第 210 册,济南:齐鲁书社,1997 年,第 396 页。

② 孙治:《许太君六十寿序》,《孙宇台集》卷 9,《四库禁毁书丛刊》集部第 148 册,北京:北京出版社,1997 年,第 745 页。

③ 孙治:《陆景宣五十寿序》,《孙宇台集》卷 9,《四库禁毁书丛刊》集部第 148 册,北京:北京出版社,1997 年,第 738 页。

④ 孙治:《陆景宣五十寿序》,《孙宇台集》卷 9,《四库禁毁书丛刊》集部第 148 册,北京:北京出版社,1997 年,第 737 页。

⑤ 柴绍炳:《赠陆寅人学序》,《柴省轩先生文钞》卷 6,《四库全书存目丛书》集部第 210 册,济南:齐鲁书社,1997 年,第 269 页。

⑥ 潘衍桐辑:《两浙輶轩续录》卷 2,《续修四库全书》第 1685 册,上海:上海古籍出版社,2002 年,第 63 页。

⑦ 孙治:《赠毛稚黄序》,《孙宇台集》卷 8,《四库禁毁书丛刊》集部第 148 册,北京:北京出版社,1997 年,第 730 页。

⑧ 孙治:《赠毛稚黄序》,《孙宇台集》卷 8,《四库禁毁书丛刊》集部第 148 册,北京:北京出版社,1997 年,第 730 页。

暨元配沈孺人墓志铭》曰:"余少受知于先生,先生赏余文,以为大受之器。"①而张丹亦从父亲学诗,故与孙治诗学观颇为相似。孙治与张丹尝结为兄弟,孙治称"张子拜吾父吾母,仆亦拜其父稚青先生、母沈太夫人也"②。而共师陈子龙不仅使"西陵十子"联系愈加紧密,亦令他们的文学观愈加趋同。崇祯年间,陈子龙任司理绍兴,其宗法汉魏、盛唐的复古诗学深刻地影响了"西陵十子"。陈子龙自撰《年谱》崇祯十四年辛巳条"附录"引《白榆集小传》曰:"先舒著《白榆集》,流传山阴祁中丞之座,适陈卧子于祁公座上见之,深赏,遂投分引欢,即成师友。其后'西泠十子'各以诗章就正,故'十子'皆出卧子先生之门。国初,西泠派即云间派也。"③除陈子龙外,刘宗周门下亦多西陵弟子,毛先舒、吴百朋、沈兰先皆游于其门。西陵诸子内部亦存在师徒关系。如"西陵十子"领袖陆圻于崇祯十四年(1641)馆于沈谦家,时沈谦受时风影响,喜作温、李艳体,陆圻"以华亭陈给事诗授之",沈谦遂"去温、李之绮靡,而效给事所为"④。"十子"最少者虞黄昊亦为陆圻门人。

三是患难、莫逆之交。语云"一死一生乃见交情","西陵十子"平日相聚甚欢,及临难时,愈见情深。《国朝杭郡诗辑》卷三载陈廷会"与陆鲲庭有性命之契,鲲庭殉国难,留书与别,以书籍尽遗之。际叔奔赴为书以报地下,美其得死所,后教其子繁弨。学既成,举其父所遗书籍返焉。"⑤顺治二年(1645),陆培殉节,临终前将子陆繁弨托付与陈廷会,并将生平所藏书籍悉数赠之。陈廷会不但将陆繁弨培养成著名文士,而且将陆培所赠书全部归还,堪称性命之交。孙治与陆氏兄弟亦为莫逆之交,孙治自称:"姊婿圻与弟大行培、处士堦皆与余为性命交。"⑥康熙元年(1662),陆圻因明史案被株连下狱,西陵诸子皆倾力相救。陆莘行《老父云游始末》载事发后"伯姊翁锦雯吴司李、仲姊翁甸华沈文学二父执手持火把,至班房窗外,泣谓母曰:'事已如此,惶遽无益。闻二郎尚未见收,意欲藏之王店朱近修家,以延一脉。'大舅父宇台孙公亦怵哭而至,谓母曰:'弟力微不能脱姊。

---

① 孙治:《张志林先生暨元配沈孺人墓志铭》,《孙宇台集》卷22,《四库禁毁书丛刊》集部第149册,北京:北京出版社,1997年,第64页。

② 孙治:《张母沈太夫人寿序》,《孙宇台集》卷9,《四库禁毁书丛刊》集部第148册,北京:北京出版社,1997年,第745页。

③ 陈子龙:《陈子龙诗集》附录,上海古籍出版社,1983年,第669页。

④ 陆圻:《东江集钞序》,沈谦:《东江集钞》卷首,《清代诗文集汇编》第70册,上海:上海古籍出版社,2010年,第180页。

⑤ 吴颢辑:《国朝杭郡诗辑》卷3,浙江图书馆藏清同治十三年钱塘丁氏刻本。

⑥ 孙治:《先伯姊陆夫人传》,《孙宇台集》卷16,《四库禁毁书丛刊》集部第149册,北京:北京出版社,1997年,第32页。

程婴之事,当力任之。'"①张右民《孙宇台传》云:"陆子丽京以史书牵累,当事操兵到门,无男女少长皆不免封贮其家。郡丞见其尊人梦鹤先生像,犹是汉室衣冠,取火焚之。治从烈焰中出其遗像,陆氏岁时至今悬以纪之,治之力也。至于因事营救,不可胜纪。"②孙治《亡友吴锦雯行状》曰:"当陆丽京为庄氏波累时,独挺身营救。□③家百日,皆周恤之,又自为典屋措资以待,其高谊尤人所难于采。"④以上诸材料,皆可见诸子患难真情。西陵诸子情谊笃深,多有临终托孤、为友治丧之举。如张右民云:"吴子锦雯改授南和,屈治同往,未几锦雯卒于官署,治为之经纪丧事,御其孥以归。"⑤吴百朋卒于官,友孙治为料理丧事。陆彦龙卒,"执治手以一女未字为托",孙治"择高才吴子志伊为之婿,更为之立其后于容苕上"⑥。西陵诸子之情谊,可谓至深。

四是文字之交。柴绍炳与陈廷会同居于城之东偏,相隔不远,自少时即为文学密友。柴绍炳《陈际叔四十寿序》曰:"予于同郡相友善,称异姓昆弟者,无虑什数人,乃得交陈子际叔最早。时方崇祯癸酉,予年未弱冠,际叔则总发童子耳。两人皆处城东偏,密迩往还。而予居尤僻,瓦屋数楹,厕于短垣废圃间,枯桑败竹,丛杂三径。际叔时一过从,辄剧谈角艺,奋褰低邛,击节起舞,故虽樵苏不爨,意气足豪也。乘兴即登城揽胜,此地去凤山只尺,徘徊其上,南望富春,东眺海门,目极千里,凭吊古今,不胜欷歔。"⑦二人自崇祯六年(1633)始结交,三十余年诗文往还不辍,彼此皆受益良多。毛先舒与沈谦亦是一对文学挚友。毛先舒《东江集钞序》曰:"当卯、辰之间,两人俱弱冠。予时并卧清平山中,去矜就访余,且赠以诗。予望而遽,霍然起谢曰:'读子诗已疗我醒之疾,而亲其人且饮我以瑶浆之凉。子殆示吾天壤,而吾之即发于踵。子不从人间来邪?'"⑧崇祯十二年(1639),沈谦过清平山访毛先舒,二人初识,先舒即十分推崇沈谦之诗才。此后三十余年间,二人多书信往还,论及诗学、韵学等。顺治初年,毛先舒与沈谦以及

---

① 陆莘行:《老父云游始末》,傅以礼辑:《庄氏史案本末》卷下,《四库未收书辑刊》第 9 辑第 4 册,北京:北京出版社,2000 年,第 168 页。

② 张右民:《孙宇台传》,《东皋诗文集》文集,天津图书馆藏清钞本。

③ 此处字迹模糊不可辨。

④ 孙治:《亡友吴锦雯行状》,《孙宇台集》卷 24,《四库禁毁书丛刊》集部第 149 册,北京:北京出版社,1997 年,第 75 页。

⑤ 张右民:《孙宇台传》,《东皋诗文集》文集,天津图书馆藏清钞本。

⑥ 张右民:《孙宇台传》,《东皋诗文集》文集,天津图书馆藏清钞本。

⑦ 柴绍炳:《陈际叔四十寿序》,《柴省轩先生文钞》卷 7,《四库全书存目丛书》集部第 210 册,济南:齐鲁书社,1997 年,第 291 页。

⑧ 毛先舒:《东江集钞序》,沈谦:《东江集钞》卷首,《清代诗文集汇编》第 70 册,上海:上海古籍出版社,2010 年,第 181 页。

张丹三人更是于沈氏南楼诗酒唱酬,终日不倦。而孙治自崇祯九年(1636)初识陈廷会,即对其文才大为叹赏,不仅自叹弗及,甚至将其置于前后七子、云间陈子龙之上。孙治《陈际叔文集序》曰:"有明一代,若瑯邪综博而微伤庞杂,历下规摹先秦而不能自出机杼,其后云间大樽欲度诸公之前,然错综变化未尽也。嗟乎,以视际叔何如哉?余少与际叔读书南北山中,即肄志古文辞,今其班班成家,颉颃古作者如此,余于论定之下,益不免有夸父逐日之叹。"①二人一同读书山中,皆以复古自任,往来谈诗论文长达四十余年。

二、明季西陵文社

社团具有较强的凝聚力,对于文学群体的形成有着重要作用。明季西陵文社甚为兴盛,师古社、登楼社、揽云社前后相继,极大地促进了西陵文人的内部交流。如孙治称:"景宣为余姊婿,余同人之以肺腑称者莫吾两人若也,而己卯、庚辰以来屡与同好有盟会之事,余益兄事景宣。"②柴绍炳称崇祯末年"郡中文事大盛,予且因际叔交道渐广,更识孙、陆、徐、吴什数君子者,与予两人俱得次第,相约结定甲乙盟,时则西陵雅集,箫鼓楼船与衣冠盘敦,并为四方景附。"③通过一系列的社集活动,"西陵十子"交情日益加深,最终成为一个紧密的文学群体。师古社、登楼社、揽云社对于"西陵十子"的形成有着重要作用。关于师古社及揽云社,目前学界尚无人提及,朱倓、郭绍虞、何宗美虽涉及到登楼社,但在成立时间及成员方面尚有待商榷补充之处,现对其一一考述于下。

(一) 师古社

笔者新见两则材料,可说明师古社的基本情况。柴绍炳《敬学集序》称:"仆束发受书,尊闻行知,幸为二三兄弟所推挽,切磋文义,身在其间。盖西陵学者咸归我党旧矣。往昔师古经始,而登楼、揽云继之,虽三集题拂小殊,互为鼓吹,要以通经合雅、深于义理之文,未始不相得益彰也。"④可见师古社为最先,登楼社、

---

① 孙治:《陈际叔文集序》,《孙宇台集》卷 4,《四库禁毁书丛刊》集部第 148 册,北京:北京出版社,1997 年,第 702 页。

② 孙治:《陆景宣五十寿序》,《孙宇台集》卷 9,《四库禁毁书丛刊》集部第 148 册,北京:北京出版社,1997 年,第 737 页。

③ 柴绍炳:《陈际叔四十寿序》,《柴省轩先生文钞》卷 7,《四库全书存目丛书》集部第 219 册,济南:齐鲁书社,1997 年,第 291 页。

④ 柴绍炳:《敬学集序》,《柴省轩先生文钞》卷 6,《四库全书存目丛书》集部第 219 册,济南:齐鲁书社,1997 年,第 247 页。

揽云社相继,三者皆为文社,以切磋文章制艺为主。陆圻《威凤堂集》有《师古集序》,文曰:"余友徐子世臣、吴子锦雯皆年少负俊才,与余辈参论天人,指陈得失,余尝绌于其辨。……今兹所为同郡之人为文苑之业,以告四方者,余窃以为有所托也。"①则陆圻、徐继恩、吴百朋皆为师古社成员,社员之文辑为《师古集》。

(二)登楼社

师古社、登楼社、揽云社三社中,以登楼社名声最著。《处士崇祀乡贤东皋张公通志传》称张右民"与龙门诸子创为登楼文社,风行宇内"②。至于登楼社的创立时间,学界现有多种说法。朱倓《明季杭州登楼社考》据朱彝尊《静志居诗话》"杭州先有读书社,后乃入于复社,而登楼□□③继之",及杜登春《社事始末》"壬午之春,又大集于虎阜。……武林登楼诸子如严子岸先生渡、严子问先生津、严子餐先生沆、吴锦雯先生百朋、陆丽京先生圻、陆鲲庭先生培、陈元倩先生朱明、吴岱观先生山涛、禹穴张登子先生陛及锦雯之徒丁子澎飞涛,……皆与焉"④,认为崇祯十五年(1642)复社虎丘大会时已无读书社之名,而登楼社诸子皆参与,得出"读书社之改为登楼社,殆发轫于崇祯十五年"⑤的结论。何宗美《文人结社与明代文学的演进》亦采用此则材料,认为读书社改名为登楼社当在崇祯十五年之前⑥。郭绍虞《明代的文人集团》一文同样引用这则材料,但认为"读书社之改为登楼社,殆在崇祯十年至十五年之间"。⑦ 这一说法较朱倓及何宗美更为精当。笔者新发现了几则材料,据此将登楼社成立时间确定在崇祯十三年(1640)。现将所据材料列于下:

> 全祖望《陆丽京先生事略》:"大行举庚辰进士,当是时,先生兄弟与其友为登楼社,世称为'西陵体'。"⑧庚辰即崇祯十三年(1640)。
>
> 陆彦龙《报鲲庭书》:"别后潦倒支离,犹赖有同盟伯季,时时过从,痛饮高吟。"⑨题下署"庚辰孟夏"。

---

① 陆圻:《师古集序》,《威凤堂集》卷1,南开大学图书馆藏清钞本。
② 张右民:《东皋诗文集》,天津图书馆藏清钞本。
③ 原文此处缺字,笔者推测所缺之字可能为"揽云"。
④ 杜登春:《社事始末》,北京:中华书局,1991年,第7页。
⑤ 朱倓:《明季杭州登楼社考》,《明季社党研究》,上海:商务印书馆,1945年,第234页。
⑥ 何宗美:《文人结社与明代文学的演进》上册,北京:人民出版社,2011年,第457页。
⑦ 郭绍虞:《明代的文人集团》,《照隅室古典文学论集》上编,上海古籍出版社,1983年,第600页。
⑧ 全祖望:《陆丽京先生事略》,《鲒埼亭集》卷26,《四部丛刊正编》第85册,台北:台湾商务印书馆,1979年,第276页。
⑨ 陆彦龙:《报鲲庭书》,周亮工辑,米田点校:《尺牍新钞》卷4,长沙:岳麓书社,1986年,第143页。

孙治《陆景宣五十寿序》："己卯、庚辰以来屡与同好有盟会之事,余益兄事景宣。"①己卯即崇祯十二年(1639)。

毛奇龄《五贤崇祀乡贤祠记》："当予见五贤在崇祯之末,维时己卯、庚辰间,修里社之废,而集乡之文人学士以为社在。五贤立社则有所为登楼与揽云者,其人尚气节,以东汉诸儒为宗,而其为文则精深奥博,破陋学之藩而一归于古。……五贤者,一汪沨、一陈廷会、一柴绍炳、一沈昀、一孙治也。"②

综上可知,崇祯十三年(1640年),陆培进士及第,与陆圻、陆彦龙、汪沨、陈廷会、柴绍炳、孙治、沈兰先等人结登楼社。另,据前引孙治《陆景宣五十寿序》、毛奇龄《五贤崇祀乡贤祠记》皆载崇祯十二年(1639)西陵诸子已有社举,而师古社成立在登楼社之前,可推测师古社或成立于崇祯十二年(1639)。

对于登楼社之成员,朱倓《明季杭州登楼社考》录有二十二人,其中严渡、严津、严沆、吴百朋、陆圻、陆培、陆楷、陈朱明、吴山涛、陈子龙、张溥、张右民、沈兰先、朱一是十四人有入登楼社的明文证据,而柴绍炳、陈廷会、孙治、张丹、沈谦、毛先舒、丁澎、虞黄昊八人"虽无入登楼明文,然相互引证,考知必为登楼人物"③。何宗美《文人结社与明代文学的演进》、郭绍虞《明代的文人集团》均未见新证。笔者找到了柴绍炳、陈廷会、孙治、丁澎加入登楼社的证据,现补充于下:

章藻功《处士柴虎臣先生墓碑》称柴绍炳"补仁和县儒学生,经通夺席,坐以十重。社结登楼,卧于百尺"④。毛奇龄《柴征君墓状》："君集同社生更相砥砺,其社名登楼,君与陆行人兄弟主之。"⑤可知柴绍炳尝参与登楼社。

丁辰槃《扶荔堂跋》称丁澎"秉性醇厚,博学能文,弱冠即为东林诸先达所推重,迨复社登楼并建坛站,声名益以大振。"⑥李天馥《扶荔堂诗集选序》

---

① 孙治:《陆景宣五十寿序》,《孙宇台集》卷9,《四库禁毁书丛刊》集部第148册,北京:北京出版社,1997年,第737页。

② 毛奇龄:《五贤崇祀乡贤祠记》,《西河集》卷66,《景印文渊阁四库全书》集部第259册,台北:台湾商务印书馆,1986年,第597页。

③ 朱倓:《明季杭州登楼社考》,《明季社党研究》,上海:商务印书馆,1945年,第258页。

④ 章藻功:《处士柴虎臣先生墓碑》,《思绮堂文集》卷10,《清代诗文集汇编》第198册,上海:上海古籍出版社,2010年,第834页。

⑤ 毛奇龄:《柴征君墓状》,《西河集》卷113,《景印文渊阁四库全书》集部第260册,台北:台湾商务印书馆,1986年,第241页。

⑥ 丁辰槃:《扶荔堂跋》,丁澎:《扶荔堂文集选》卷首,《清代诗文集汇编》第78册,上海:上海古籍出版社,2010年,第447页。

称:"予少即知临安有丁药园先生,能以制举义雄视海内,号曰'登楼',一时为制举家无不争相矩步,以为楷模,而先生则复以诗古文为登楼之宗。"①则丁澎亦为登楼社成员。

毛奇龄《柴征君墓状》称:"陈际叔者,同社友也。尝于高会间辨论人物。"②朱溶《忠义录》称陆圻"与汪沨、柴绍炳、沈昀、陈廷会、应㧑谦、孙治等游,名其会曰'登楼'。"③陆圻《登楼集序》称鼎革后昔日登楼社成员"骧武窜居于军伍,虎臣客寄于外家,世臣市肆诮比羊皮,锦雯危橧深同永巷,升煌斗室以明器给丧事,际叔尺地为邻人所揶揄"④,可知陈廷会、孙治、陆彦龙等皆参与登楼社。

这里还要特别提一下陈子龙。崇祯十三年(1640),陈子龙任绍兴推官,其间参与了登楼社活动,对西陵诸子多有指导。温睿临《南疆逸史》载陈子龙任职绍兴期间"折节下士,与诸生多叙盟社之交"⑤,"西陵十子"受陈子龙影响甚深,故不少学者将"十子"视作继云间派而起,甚至是云间派的一部分。

关于登楼社的成立背景及社团宗旨,朱倓《明季杭州登楼社考》认为,登楼社成员大多为读书社的后进,其宗旨盖与读书社同,均以词章之业为主,"职思其居,言不出位,有古人读书尚友之志,而无复社、应社游光扬声之习"⑥。笔者新见两条材料,可作补充说明。陆圻《威凤堂集》卷一有《登楼集序》,载登楼社员文章尝汇为一集,为《登楼集》。序文称:"我郡人才郁然相望,虽曰天意,类亦有地气焉。诸子平居恂恂,执子弟之节,诵诗读书,能知治体、合时务。年来复有所戒,以为图事者贵智深而勇沉,不在哓哓多言。多言则有得失,不足以属大事,即诗歌词赋之流、经解释难之作,亦可以勿为之,可以勿为者也,而无如地气之迫人。复有四方学者飞章驰檄,责我郡以迂疏,强我党以时艺,诸子间有起而应者,余亦出囊篇附之。"⑦据此序言,登楼之集乃迫于学者责难、不得已而出之。另据查继佐《东山国语》"浙语五":"壬午秋,登楼社中友有得隽者,玄倩辄讥切其闱陵。培固登楼社中人也,益怒,偕其党檄攻玄倩。杭士多忌玄倩,群攘臂起。……于是

---

① 李天馥:《扶荔堂诗集选序》,丁澎:《扶荔堂诗集选》卷首,《清代诗文集汇编》第78册,上海:上海古籍出版社,2010年,第354页。

② 毛奇龄:《柴征君墓状》,《西河集》卷113,《景印文渊阁四库全书》集部第260册,台北:台湾商务印书馆,1986年,第242页。

③ 姜垓、解瑶等撰,高洪钧编:《明清遗书五种》,北京:北京图书馆出版社,2006年,第799页。

④ 陆圻:《登楼集序》,《威凤堂集》卷1,南开大学图书馆藏清钞本。

⑤ 温睿临:《南疆逸史》卷14,北京:中华书局,1959年,第99页。

⑥ 朱倓:《明季杭州登楼社考》,《明季社党研究》,上海:商务印书馆,1945年,第234—235页。

⑦ 陆圻:《登楼集序》,《威凤堂集》卷1,南开大学图书馆藏清钞本。

陈与陆两社宾客子弟各数十百人,列舟为阵。"①可知明季浙地文社之间火药味甚浓,陆圻《登楼集序》所言四方学者之责难,此或为其中之一。

(三)揽云社、西陵大社

继登楼社之后,西陵诸子复有揽云社。毛奇龄为徐继恩所撰墓志铭曰:"先是文社大起,娄东张溥、漳浦黄道周并属公领袖,公为社名'登楼',又名'揽云',聚临安名士于其中,主东南坛坫凡三十年。"②辉山堂主人《刻西陵十子诗选启》曰:"登楼雅集,不唯风月之观;揽云缀思,具有神仙之气。"③则"西陵十子"似乎皆参与登楼、揽云二社。目前所见揽云社资料甚少。林璐《丁药园外传》载丁澎"家有揽云楼,'三丁'读书处也"④。丁澎经常在揽云楼宴客雅集,陆进《巢青阁集》卷五《客维扬,闻顾舍人华峰将返西泠之棹,简寄》曰:"我归应不远,相待揽云楼。时寓丁药园揽云楼"⑤揽云社或许因集会于丁澎的揽云楼而得名,姑存于此,聊备一说。

崇祯十六年(1643)春,陆培举西陵大社。据张右民《祭吴锦雯文》,"癸未鲲庭有正盟之集,余与公与焉,嗣后情好日笃"⑥。张右民《祭严颢亭文》:"继有西陵大社,癸未春有正盟之举。"⑦则吴百朋、严沆、张右民皆参与其中。

三、南楼唱和

甲申(1644)后,西陵诸子或殉国,或隐居不仕,如陆圻自鼎革后"乃弃明经,举游方之外。始则间关闽峤,托迹桑门,既而卖药长安,逃名市井"⑧,柴绍炳自称甲申以后"托迹方外,绝远雄坛"⑨,故明末以研习制举为主的西陵诸社亦不复

① 查继佐:《东山国语》,《四部丛刊广编》第16册,台北:台湾商务印书馆,1981年,第2042—2043页。
② 毛奇龄:《洞宗二十九世传法五云俍亭挺禅师塔志铭》,《西河集》卷109,《景印文渊阁四库全书》集部第260册,台北:台湾商务印书馆,1986年,第205页。
③ 辉山堂主人:《刻西陵十子诗选启》,毛先舒、柴绍炳辑:《西陵十子诗选》卷首,国家图书馆藏清顺治七年还读斋刻本。
④ 林璐:《丁药园外传》,张潮辑,王根林校点:《虞初新志》卷4,上海:上海古籍出版社,2012年,第46页。
⑤ 陆进:《客维扬闻顾舍人华峰将返西泠之棹简寄》,《巢青阁集》卷5,《四库未收书丛刊》8辑第20册,北京:北京出版社,1997年,第189页。
⑥ 张右民:《祭吴锦雯文》,《东皋诗文集》文集,天津图书馆藏清抄本。
⑦ 张右民:《祭严颢亭文》,《东皋诗文集》文集,天津图书馆藏清抄本。
⑧ 柴绍炳:《陆丽京全集序》,《柴省轩先生诗钞》卷6,《四库全书存目丛书》集部第210册,济南:齐鲁书社,1997年,第275页。
⑨ 柴绍炳:《与友人论止诗社书》,《柴省轩先生诗钞》卷10,《四库全书存目丛书》集部第210册,济南:齐鲁书社,1997年,第398页。

存在。沈圣昭称沈谦入清后"家计益落，风鹤屡惊"，"乃托迹方技，寄情翰墨，绝口不谈世务，亦无欣羡仕进意。入侍先王父母，出与二三知己如毛稚黄、张祖望两夫子登南楼长啸赋诗，凭吊千古，时称'南楼三子'"①。入清后，毛先舒、张丹、沈谦夙夜集于沈氏南楼，烧烛盟誓，抒啸高吟，时称"南楼三子"，又称"钱塘三子"。关于"南楼三子"，目前学界大多一语带过，并未展开详细论述②。现对"南楼三子"情况作一考析。

据毛先舒《沈去矜墓志铭》："忆己卯、庚辰之间，流贼蹯躅蜀豫。……越四年，天下乱，客皆散去。于是去矜遂自托迹方技，绝口不谈世务，日与知者余与张祖望登南楼抒啸高吟。楼东眺海，西望皋亭，群峰苍然，大河南流，酌酒临风，凭吊千古，时称'南楼三子'，景宣故亦南楼客也。"③故陆圻亦参与了南楼唱和活动。南楼唱和时间既在明亡之后，三子身为遗民，发为歌咏，往往沉郁悲怆。如张丹《钱唐三子歌》曰："钱唐东流众星奔，倾沙陷石泻孤村。潮声直撼临平湖，湖上高楼动云根。中有三子烧烛拜，冬雷夏雪盟弗败。云是张姓及沈毛，晤言不知日月迈。……须髯三尺空老大，中夜悲歌萝薜幌。秦宫玉虎游人间，汉苑铜驼埋草莽。沈子此时同戚戚，援琴奋袖弹霹雳。寂寂古井哀王粲，荒荒野鸡舞祖逖。……座中毛子感相泣，斗酒不醉葛巾湿。少年诗赋动公卿，傲气轩轩但长揖。避世已同梅市隐，出游未羞早囊涩。几时还制屈子衣，几时还呼桃叶楫。"④《雨中与毛稚黄、沈去矜南楼夜眺》曰："纵目南楼上，凭阑暮色连。夜深云出水，雨细竹藏烟。寂莫鱼龙气，苍茫雁鹜天。不知故国里，箫吹有谁怜。"⑤诗中弥漫着浓重的黍离之悲，苍凉沉痛，感人至深。

南楼唱和持续的时间并不长。不数年，沈谦产业破碎、生计艰难；毛先舒因艰于生计欲入仕，遂忙于制举；张丹则漂泊南北，为客异乡。沈谦《与张祖望》曰："南楼之盟，足下与稚黄不皆夙夜相聚哉？雪风较猎，花月征歌，骧首论心，通宵

---

① 沈圣昭：《先府君行状》，沈谦《东江集钞》附录，《清代诗文集汇编》第 70 册，上海：上海古籍出版社，2010 年，第 270 页。

② 马兴荣等主编《中国词学大辞典》"南楼三子"条载"南楼三子"为清初词人沈谦、毛先舒和张纲孙的并称（杭州：浙江教育出版社，1996 年，第 270 页）；钱仲联等总主编《中国文学大辞典》"沈谦"条载沈谦"常与毛先舒、张丹登南楼啸吟，时称'南楼三子'"（上海：上海辞书出版社，1997 年，第 1115 页）；李康化《明清之际江南词学思想研究》，周焕卿《清初遗民词人群体研究》，许伯卿《浙江词史》亦在谈及"西陵十子"时对"南楼三子"一语代过。

③ 毛先舒：《沈去矜墓志铭》，沈谦：《东江集钞》附录，《清代诗文集汇编》第 70 册，上海：上海古籍出版社，2010 年，第 268 页。

④ 张丹：《钱唐三子歌》，《张秦亭诗集》卷 5，《四库全书存目丛书》第 210 册，济南：齐鲁书社，1997 年，第 537—538 页。

⑤ 张丹：《雨中与毛稚黄、沈去矜南楼夜眺》，《张秦亭诗集》卷 7，《四库全书存目丛书》第 210 册，济南：齐鲁书社，1997 年，第 554 页。

秉烛,时虽小创,意气尚豪,一时翕然称为三家,比于西园竹林之盛。不数年而稚黄浮湛制举,局为诸生;仆则叠构家艰,产业破碎;足下又南辕北马,作客依人,尺素稀传,十年不面,求南楼一夕之乐,邈若河山。每与毛生言及,未尝不叹也。"①虽然三人无法再聚首南楼,但南楼唱和无疑加深了诸子的情谊,并在他们心中留下了深刻的记忆。

四、《西陵十子诗选》与"西陵十子"的确立

通过参与师古、登楼、揽云诸社以及南楼唱和,"西陵十子"联系日益紧密,为日后朝夕相聚唱和奠定了基础。至于"西陵十子"的确立时间,后人叙述中出现了不同的说法。

或曰崇祯末年,例如《四库全书总目》卷一百八十沈谦《东江集钞》提要载:"崇祯末,杭州有西陵十子之称,谦其一也。"②吴熊和《〈西陵词选〉与西陵词派》据《清史稿》卷四八三《文苑下》有关陆圻、丁澎、柴绍炳等人生平的记载,推测"西陵十子"之确立时间"是在明末"③。

或曰康熙年间,如陈康祺《郎潜纪闻》称:"康熙间,陆圻景宣、毛先舒稚黄、吴百朋锦雯、陈廷会际叔、张纲孙祖望、孙治宇台、沈谦去矜、丁澎飞涛、虞黄昊景明、柴绍炳虎臣,称西泠十子。所作诗文,淹通藻密,符采烂然,世谓之西泠派。"④

以上两种说法皆是不准确的。王嗣槐《桂山堂诗文选》文选卷七载:"甲申,李闯袭破京师,江淮扰乱。秦亭奉母舍都宪旧宅,出郭就相鸟居栖止焉。尽力以养其母,不复干时,与其友陆丽京、柴虎臣、陈际叔、孙宇台、吴锦雯、毛驰黄、丁飞涛、虞景明、沈去矜为诗唱和,世传《西陵十子诗选》,秦亭其一也。"⑤可见"十子"唱和时间当在鼎革之后。朱则杰先生认为"西陵十子"形成时间"最准确的说法自然应该就是《西陵十子诗选》成书的清顺治七年(1650),或者笼统扩大到顺治年间"⑥。笔者通过考证,将"西陵十子"始朝夕相聚唱和的时间确定在顺治四年

① 沈谦:《与张祖望》,《东江集钞》卷7,《清代诗文集汇编》第70册,上海:上海古籍出版社,2010年,第243页。
② 永瑢等:《四库全书总目》下册卷180,北京:中华书局,1965年,第1630页。
③ 吴熊和:《吴熊和词学论集》,杭州:杭州大学出版社,1999年,第413页。
④ 陈康祺著,晋石点校:《郎潜纪闻初笔、二笔、三笔》上册卷14,北京:中华书局,1984年,第293页。
⑤ 王嗣槐:《张秦亭先生传》,《桂山堂文选》卷7,《清代诗文集汇编》第73册,上海:上海古籍出版社,2010年,第303页。
⑥ 朱则杰:《"西陵十子"系列考辨》,《浙江树人大学学报》2015年第3期,第77页。

(1647)。"西陵十子"中,吴百朋、陆圻于明亡后皆流寓外地,孙治《亡友吴锦雯行状》载吴百朋"甲申春遂因痰疾得惊悸症,不省人事者阅五七月。乙酉从江上归,即迁家于江南"①,顺治三年方返回故里;陈廷会《寿陆配孙夫人文》载顺治二年陆培殉节后,陆圻"弃夫人崎岖入闽越,凡两历岁始归"②,顺治四年始归乡。至顺治四年(1647),"十子"皆身在杭州,方具备了相聚唱和的条件。柴绍炳《西陵十子诗选序》称:"近世士大夫,风流丕扇,户被弦管,人怀珠玉。雌黄相轧,私衷酷薄,第屈指闻见。时论共推,即青土、皖城、云间及我郡耳。三邦之秀,各有成书。我郡英彦如林,竞飏菁藻。曩仆与景宣将举《西陵文选》之役,拟网罗群制,勒成一编,遭乱忽忽,兹事不果。年齿增长,旧游凋谢,鲲庭玉折,骧武兰摧。因念岁月逡巡,事会难必,相知定文,宜属何等。于是毛子驰黄,悯焉叹兴,要仆暨诸子,先以次第唱酬有韵之言,斟酌论次,录而布诸。"③可见"西陵十子"唱和时间当在"鲲庭玉折,骧武兰摧"之后。据孙治《亡友陆彦龙、赵明镳、胡介合传》,"周亮工既以迁任,遂挈彦龙还钱塘,会其父汝同遭无妄病死"④。而林佶《名宦户部右侍郎周公亮工传》载周亮工于顺治四年(1647)四月由扬州兵备道参政擢福建按察使,是年夏过杭州。又,陆圻《陆征君传》载陆彦龙闻父殁,哀哭至呕血,"抵家一月而卒"⑤,故陆彦龙卒于顺治四年(1647),"西陵十子"形成时间当在顺治四年夏之后。而张丹《从野堂诗自序》自称"二十九岁时与友人陆大丽京、柴二虎臣、孙大宇台、沈四去矜、毛五稚黄、丁七飞涛朝夕吟咏,因有西陵十子之选,而源流始明。"⑥张丹二十九岁时即顺治四年(1647),此时"西陵十子"已相聚赋诗,故"十子"相聚唱和时间可确立为顺治四年(1647)。而顺治七年(1650),毛先舒与柴虎臣编刻《西陵十子诗选》,则将"西陵十子"的名号正式以书面形式固定下来。通过《西陵十子诗选》的刊刻流传,"西陵十子"的名号广为四方所知。

《西陵十子诗选》共十六卷,现存还读斋刻本,国家图书馆藏足本,福建师范大学图书馆藏残本;另有辉山堂刻本,藏于上海图书馆。诗集按诗体分卷排列,收入"西陵十子"诗作计955首。除风雅体、四言古诗、五言排律、七言排律之外,

① 孙治《亡友吴锦雯行状》,《孙宇台集》卷24,《四库禁毁书丛刊》集部第149册,北京:北京出版社,1997年,第73页。
② 陈廷会:《寿陆配孙夫人文》,丁丙:《武林坊巷志》第8册,杭州:浙江人民出版社,1990年,第258页。
③ 柴绍炳:《西陵十子诗选序》,《柴省轩先生文钞》卷6,《四库全书存目丛书》集部第210册,济南:齐鲁书社,1997年,第273—274页。
④ 孙治:《亡友陆彦龙、赵明镳、胡介合传》,《孙宇台集》卷15,《四库禁毁书丛刊》集部第149册,北京:北京出版社,1997年,第19页。
⑤ 陆圻:《陆征君传》,《威凤堂集》卷15,南开大学图书馆藏清钞本。
⑥ 张丹:《从野堂诗自序》,《张秦亭诗集》卷首,《四库全书存目丛书》第210册,济南:齐鲁书社,1997年,第491页。

其他诸体诗歌皆以陆圻为首。各诗家均有小传,小传多援引众家的评论。诗后缀有评语,多为"西陵十子"互评。卷首有柴绍炳、辉山堂主人所作序文以及毛先舒撰凡例六则。

沈德潜《清诗别裁集》评《西陵十子诗选》刊刻动机为:"悯诗教陵夷而斟酌论次,以期力追渊雅也。"①洵为知言。"西陵十子"有着明确的活动宗旨与诗学主张,《西陵十子诗选·凡例》其一曰:"我党相期立言居末,诗赋小道抑益其次。徒以世更衰薄,心存忧患,慷慨讴吟,颇积篇帙,聊当风谣,稍存讽谕。且也斯道屡变,正声寖衰,今兹所录,义归百一,旨趣敦厚,匪徒感物攸关,庶亦颓流之障矣。"②确定了以大雅为归的诗学宗旨。而选者柴绍炳在《西陵十子诗选》序言中,更是非常明确地表明了"西陵十子"诗学的复古倾向:"诗者,古六经之一也。采风观俗,立言明志,是以君子重之,学者不废。自三百篇而降,厥体屡变,大抵根极情性,缘于文藻,轨因代殊,要归雅则。是故骚词、乐府,长句胚胎;《十九》、河梁,五言堂构;陈隋、李唐,则律绝之褅祫也。然祖构相沿,折衷论定,古风极于元嘉,近制断自大历,人代更始,邺下无讥,抑何哉?考镜五言,气质为体。俳俪存古,仰逮犹近;浏亮为工,失之逾远。近体务竭情澜,求谐音节,托兴汉魏,选材六朝,意语融贯,气格宏达,变调无取,旁171益乖,故武德而降难为古,元和而还难为近也。又况宋习鄙钝,元音俚下,艺林厄运者乎。明初四家,扫除不尽,廓清于何、李,再振于嘉、隆,斯道嗣兴,斌乎大雅。然七子颓流,驯趋浮滥;竟陵矫之枯率,狷浅殊恶。"③柴绍炳梳理古今诗歌盛衰演进轨迹,认为诗歌史即古风古意逐渐凋丧的过程,这种"格以代降"的诗学观可以说是明代复古派的典型论调。"西陵十子"在一定程度上承续了明代复古派的诗学主张,如柴绍炳称"古风以选体为尚,近体以唐人为归"④、陆圻称"近者我党诸子,选体则家号曹、刘,律绝则人夸李、杜,譬之燕函秦庐,不得迁乎其地"⑤,《西陵十子诗选》中的诗作即"十子"复古诗学的具体实践,辉山堂主人称该集"方建安而弥富,较大历以争奇"⑥。集中"十子"互评亦体现出复古旨趣。如毛先舒评陆圻诗曰:"不汰雕章,而格度清

---

① 沈德潜编:《清诗别裁集》上册,上海:上海古籍出版社,2013年,第324页。
② 毛先舒:《西陵十子诗选·凡例》,毛先舒、柴绍炳辑:《西陵十子诗选》卷首,国家图书馆藏清顺治七年还读斋刻本。
③ 柴绍炳:《西陵十子诗选序》,毛先舒、柴绍炳编选:《西陵十子诗选》卷首,国家图书馆藏清顺治七年还读斋刻本。
④ 柴绍炳:《与越中潘献赤论诗赋书》,《柴省轩先生文钞》卷10,《四库全书存目丛书》集部第210册,济南:齐鲁书社,1997年,第379页。
⑤ 陆圻:《毛驰黄诗序》,《威凤堂集》卷2,南开大学图书馆藏清钞本。
⑥ 辉山堂主人:《刻西陵十子诗选启》,毛先舒、柴绍炳编选:《西陵十子诗选》卷首,国家图书馆藏清顺治七年还读斋刻本。

逸，能撮初盛之长。"评沈谦诗曰："五言上溯汉潜，下泛唐波。"柴绍炳评张丹诗曰："托体汉魏，时见峥嵘，自是祖望五言杰构。"评孙治诗曰："诸绝句藏宕逸于沉浑，寓浏亮于雅质。自唐开元后，此调便不恒见。"

"西陵十子"在创作上形成了独具特色的西陵体，盛称于时。关于"西陵体"的体式特征，学界尚无深入研究。笔者据所搜集到的材料，对其分析如下。

关于"西陵体"的文体，史料有多种记载。一说指诗。例如《清史稿》载陆圻"少与弟阶，培以文学志行见重于时称曰'三陆'，所为诗号'西陵体'"①。方象瑛称柴绍炳诗歌"一洗俗陋，气格声律以汉魏三唐为宗，当时效之，号'西陵体'"②。冯景称柴绍炳"隐居授徒，以实学开群蒙。为诗高浑雅健，方驾三唐，不落宋格，当时效之，号'西陵体'"③。

一说指文。例如王晫《今世说》："吴锦雯博物洽闻，贯串经史。尝与徐世巨辈创为恢丽瑰玮之文，天下诵之，号为'西陵体'。陆丽京目之曰：'天下经纶徐世臣，天下青云吴锦雯。'"④张韩《先处士崇祀乡贤东皋府君行略》称张右民"为文始事弘博巨丽，同骆升煌、丁叔范、柴虎臣、陈际叔、陆梯霞、叶纬如诸父执创为登楼文选，风行宇内，时称'西陵体'，与东海观社相颉颃，而接踵于娄东复社、云间几社。"⑤林璐《陆忠毅公传》称陆培"少时丰神英毅，博学擅江右。文成，四方目之曰'西陵体'"⑥。周清原《崇祀力学名儒柴省轩先生传》称柴绍炳"由县府以至学使，三试三第一，大江南北遂无不争颂先生文，称'西陵体'"⑦。

一说指诗、文。例如毛奇龄《柴征君墓状》曰："先是君瞻古今学，自九经诸史以及秦汉、魏晋、六朝诸家文，不及唐以后，故其所著书亦往往以秦汉、六朝为指归，而宋、元以后不及焉。时同社吴君锦雯、丁君飞涛、张君用霖、孙君宇台、陆君丽京、陈君际叔皆以古文词名世，而君为倡始。自前朝启、祯以迄今顺、康之间，别有体裁，为远近所称，名'西泠体'。故终君之世，不敢以宋、元诗文入西泠界

① 赵尔巽等撰：《清史稿》卷 484，北京：中华书局，1977 年，第 13353 页。
② 方象瑛：《柴虎臣先生传》，《健松斋续集》卷 6，《清代诗文集汇编》第 128 册，上海：上海古籍出版社，2010 年，第 441 页。
③ 冯景：《柴处士传》，《解春集文钞》卷 12，《清代诗文集汇编》第 182 册，上海：上海古籍出版社，2010 年，第 428 页。
④ 王晫：《今世说》卷 3，北京：中华书局，1985 年，第 25 页。
⑤ 张韩：《先处士崇祀乡贤东皋府君行略》，张右民：《东皋诗文集》附录，天津图书馆藏清钞本。
⑥ 林璐：《陆忠毅公传赞》，朱梅叔著，熊治祁标点：《埋忧集》续集卷 2，长沙：岳麓书社，1985 年，第 254 页。
⑦ 周清原：《崇祀理学名儒柴省轩先生传》，《柴省轩先生文钞》卷首，《四库全书存目丛书》集部第 210 册，济南：齐鲁书社，1997 年，第 118 页。

者,君之力也。"①《(民国)杭州府志》卷一百三十载陆培"读书里中,所为诗文,一时争效之,号'西陵体'"②。温睿临称陆培"时年少,出而与之上下,其议论人人以为弗如也;其所为诗文,一时争效之,号'西陵体'"③。

综合上述言论,并结合《西陵十子诗选》,可知"西陵体"诗歌当以"高浑雅健,方驾三唐,不落宋格"④为主要特征。如孙治《过峡川悼周、郑二子》:"溅溅流水峡川鸣,似入山阳笛吹声。门外野花穿蛱蝶,庭前丛竹走鼯鼬。桂旗彤度愁云暝,萝径山寒白露明。从此那堪回首望,五湖一片故人情。"毛先舒评曰:"怆深更见藻色,盛唐之秀作。"⑤又如丁澎《送刘石生之秦》曰:"万里咸阳道,三年复此行。雁声寒渭水,秋色上蒲城。日蚀秦碑断,天空汉畤平。尚留双剑在,风雨试长鸣。"黄机评曰:"沉亮苍浑,何减盛唐合作。"⑥而"西陵体"文章则以"恢丽瑰玮"为主要特征。如柴绍炳评吴百朋文曰:"涉笔为文,千言立就,烂烂徐庾俦也。"⑦崔南山评柴绍炳赋曰:"有起结,有顿挫,脉络分明,步武井井。浮夸则左氏之腴,和平则葩诗之奥,淡宕则两汉之神,堆垛则六朝之富。"⑧

第二节 "西陵十子"与杭州地域文化

袁行霈先生在《中国文学概论》一书中指出:"中国文学的研究,除了史的叙述、作家作品的考证评论,以及文体的描述外,还有一个被忽视了的重要方面,就是地域研究。"⑨地理环境和地域文化传统对于作家和文学作品有着重要影响,值得引起高度关注。"西陵十子"是一个地域性的文学群体,其成员皆为杭州人,自幼生长于斯。正所谓一方水土养一方人,"十子"无论是性情品格还是文学创作均带有鲜明的地域特征。从文化地理学视阈来看,杭州清嘉的山水自然孕育

---

① 毛奇龄:《柴征君墓状》,《西河集》卷113,《景印文渊阁四库全书》集部第 260 册,台北:台湾商务印书馆,1986 年,第 242 页。

② 龚嘉儁修,李榕纂:《(民国)杭州府志》卷130,台北:成文出版社,1974 年,第 2504 页。

③ 温睿临:《南疆逸史》卷 13,北京:中华书局,1959 年,第 92 页。

④ 冯景:《柴处士传》,《解春集文钞》卷 12,《清代诗文集汇编》第 182 册,上海:上海古籍出版社,2010 年,第 428 页。

⑤ 孙治:《过峡川悼周、郑二子》,《孙宇台集》卷 36,《四库禁毁书丛刊》集部第 149 册,北京:北京出版社,1997 年,第 150 页。

⑥ 丁澎:《扶荔堂诗集选》卷 3,《清代诗文集汇编》第 78 册,上海:上海古籍出版社,2010 年,第 377 页。

⑦ 柴绍炳:《吴锦雯诗序》,《柴省轩先生文钞》卷 7,《四库全书存目丛书》集部第 210 册,济南:齐鲁书社,1997 年,第 284 页。

⑧ 柴绍炳:《柴省轩先生文钞》卷 1,《四库全书存目丛书》集部第 210 册,济南:齐鲁书社,1997 年,第 132 页。

⑨ 袁行霈:《中国文学概论》,北京:高等教育出版社,1990 年,第 46 页。

了"西陵十子"的隐逸情怀,繁荣的商业与娱乐业使"西陵十子"形成了风流重情的品性。从文化地理学视阈下观照"西陵十子",不仅有助于深入理解"十子"的文学理论及创作倾向,对了解杭州文化品格与文学传统亦有着一定的价值。

一、隐逸之风

杭州枕山带水的自然环境是"西陵十子"诗风形成的重要地域因素之一。杭州地处浙西丘陵与浙北平原的交接地带,且位于钱塘江下游、京杭大运河南端,山川蔚秀,湖泊密布,素为"东南胜境",宋仁宗赞其"地有吴山美,东南第一州"①。杭州境内环山叠翠、澄波千顷,山则有吴山、紫阳山、孤山、南屏山、秦亭山、葛岭、栖霞岭、风篁岭、飞来峰等;水则有西湖、湘湖、白马湖、青山湖、金沙涧、九溪十八涧、桃溪、长桥溪、梅坞溪等。这些山岭往往与湖涧相依,"群山屏列,湖水镜净,云光倒垂,万象俱俯,画舫往还,恍若鸥凫"②,可谓触境即诗。孙治称:"贤人君子之与山川为臭味也,自昔然矣。西湖为武林名胜地,轮蹄所至,篇咏滋多,固然无足怪。"③山水掩映的自然环境成为激发文学创作的重要源泉。"西陵十子"寄情于山水自然,对当地风光进行了细致的刻画,如张丹有五绝《钱唐十景》十首,歌咏西湖风光,其四《六桥烟柳》云:"三月堤草绿,烟柳已丝丝。无边春色里,莺语最高枝。"其十《西湖夜月》云:"月出吴峰树,清光带露色。渔舟沙际炊,烟惹芦花黑。"④另如《秦亭山》曰:"月上闻樵唱,迷离乱草丛。寥寥人不见,落叶满秋空。"张丹的家就在秦亭山下,秦亭山峰岭高峙,地多幽情,张丹不仅以秦亭山人为号,其文集、诗集、词集及所辑诗选集均以"秦亭"为名,足见其对家乡风景的挚爱之情。沈谦居近临平湖,即古东江地,故号东江子,其别集亦以"东江"为题名。毛先舒自称"自快吾生,生长钱塘,西了湖头。爱净慈南岸,藕花烂漫,林逋西岭,梅树清幽"⑤,其成名之作即以西湖为题,诗曰:"杨柳千条绿,桃花万树红。船行明镜里,人醉画图中。"⑥诗虽寥寥数语,却将西湖的绮丽明秀勾勒

① 陈焯编:《宋元诗会》卷1,《景印文渊阁四库全书》集部第402册,台北:台湾商务印书馆,1986年,第2页。
② 古吴墨浪子辑:《西湖佳话》,上海:上海古籍出版社,1980年,第61页。
③ 孙治:《吴门徐电发诗序》,《孙宇台集》卷5,《四库禁毁书丛刊》集部第148册,北京:北京出版社,1997年,第706页。
④ 张丹:《钱唐十景》,《张秦亭诗集》卷12,《四库全书存目丛书》集部第210册,济南:齐鲁书社,1997年,第601页。
⑤ 毛先舒:《沁园春·自快》,南京大学中国语言文学系《全清词》编纂研究室编:《全清词·顺康卷》第4册,北京:中华书局,2002年,第2198页。
⑥ 陶元藻辑:《全浙诗话》卷40,《续修四库全书》第1703册,上海:上海古籍出版社,2002年,第551页。

地栩栩如生、真切自然,为一时传诵。毛先舒还有《西陵漫兴》二十首,咏西陵之佳山秀水,如《瓜山》云:"流水落千峰,桃花夹岸浓。叶惊眠草鹿,云断隔溪钟。浣女不相避,仙人疑可逢。何时遂幽兴,终日醉扶筇。"①该诗将瓜山的诗情画意,尽现读者眼底。以上种种,皆可见"西陵十子"对家乡山水之倾心。

杭州具有典型的"江南水乡"特征,明净秀丽的山水风貌往往孕育出清幽、明丽的诗境。如毛先舒《南屏藕花》云:"南山西苑芰荷生,翠色红芳映水清,石洞飞云凝藕白,沙堤余锦带花明。楚臣旧怨怀湘佩,越女新歌倚棹声。我欲采之秋正好,商飙玉露会纵横。"②张丹《望南湖》云:"叶艇泛绿茞,竹筏拂紫蓼。含欢羡浴凫,惬意冲飞鸧。"③荷花、越女、茞、竹筏、飞鸟,构成一幅幅清新明丽的画面。值得注意的是,"西陵十子"虽处于南方,但其诗歌并非皆为婉丽秀逸之境,亦有雄浑壮阔者。如沈谦《钱唐江观潮》云:"开襟遥睇大江皋,八月秋风正怒号。蜃气南生渔浦暗,潮声西上钓台高。犹怜古堑沉飞弩,谁向寒沙洒浊醪。吴越兴亡才转眼,勋名此日愧吾曹。"④钱塘潮是杭州境内著名景观,起潮时海水从宽阔的江口涌入,受两旁渐狭的江岸约束,波涛后推前阻,涨成壁立江面的一道水岭,奔腾澎湃,势若千军万马,声如雷霆轰鸣,"吞天沃日,势极雄豪"⑤。沈谦诗写钱塘潮之汹涌壮阔,兼抒壮志难酬之慨,沉郁雄壮,激荡澎拜。又如《吴山晓望歌》云:"吴山突兀气旁礴,下瞰钱水水波恶。第一峰头鸡始号,群星未落金盘高。须臾赤焰射江水,南北千山忽青紫。海门堆雪蛟龙吼,小儿看潮今白首。呜呼雪浪空崔嵬,吴越兴亡谁是非。"⑥吴山突兀位于杭城隅,雄出云表,巍然壮观,登顶有凌空超越之感,另有钱塘江水奔腾其南,愈添雄莽。沈谦诗首句描绘吴山的巍峨雄壮,接下来写钱塘江水之奔腾汹涌,雄奇壮阔,给人以一种崇高感。再如张丹五绝《浙江秋涛》:"万里西风吹,洪涛撼江阁。挂帆白塔前,瞥眼富春郭。"⑦诗境甚为阔大壮观。钱塘江、吴山这些壮阔之景在一定程度上熔铸了"西陵十子"诗风中雄豪的一面。毛先舒、张丹、沈谦三人于明亡后聚于沈谦的南楼,"酾酒临风,

---

① 毛先舒:《瓜山》,《东苑诗钞》,《四库全书存目丛书》集部第211册,济南:齐鲁书社,1997年,第31页。
② 毛先舒:《南屏藕花》,《东苑诗钞》,《四库全书存目丛书》集部第211册,济南:齐鲁书社,1997年,第32页。
③ 张丹:《望南湖》,《张秦亭诗集》卷3,《四库全书存目丛书》集部第210册,济南:齐鲁书社,1997年,第512页。
④ 沈谦:《钱唐江观潮》,《东江集钞》卷4,《清代诗文集汇编》第70册,上海:上海古籍出版社,2010年,第211页。
⑤ 四水潜夫辑:《武林旧事》卷3,杭州:浙江人民出版社,1984年,第44页。
⑥ 沈谦:《吴山晓望歌》,《东江集钞》卷2,《清代诗文集汇编》第70册,上海:上海古籍出版社,2010年,第200页。
⑦ 张丹:《浙江秋涛》,《张秦亭诗集》卷12,《四库全书存目丛书》集部第210册,济南:齐鲁书社,1997年,第601页。

凭吊千古"①,苍茫壮阔之景与三子郁勃之气相鼓荡,格外震撼人心。如张丹《钱唐三子歌》曰:"钱唐东流众星奔,倾沙陷石泻孤村。潮声直撼临平湖,湖上高楼动云根。中有三子烧烛拜,冬雷夏雪盟弗败。……意气俱干青云端,管鲍相交乌足怪。"②于雄壮中飞腾驰骋,豪荡激越。"西陵十子"颇推崇雄豪之境,如毛先舒批评时人"偏于情艳,一涉雄高,谓非本色",他认为"诗亡论南雅三颂,即十三国风,颇多壮节。倘欲专歌'东门之茹蘆'而废《小戎》,非定论也"③。当然,杭州城内虽不乏雄伟之景,但绝大部分属明净秀美,而"西陵十子"早期创作亦以婉丽清逸为主。如丁澎早年诗风如"少女风舒,绣锦万谷",至中年贬居塞外,转而变为"雄丽高苍"、"沉莽纵横"④,这也正体现了南北不同的地域环境对于诗人风格影响之巨。

山林隐逸自古即为杭州士人之传统。陆圻称"武林为东南都会,引湖控江,衣冠相望于道,车盖交错于途,是宜不少人杰相与发摘精微,坐论王霸,何其不好立名迹也。盖武林之以学识自负者多散处山谷,遗落世事"⑤,即指出杭州士人淡泊名利、好为幽隐的品性。方象瑛亦称"两湖三竺间多隐君子"⑥。杭城内多幽僻之境,树木掩映,且佛寺林立,尤其适于栖隐。如毛先舒曾卜馆南郭,其地"松径槿篱,上有闲云,下有清泉",且临近净慈寺,毛氏时常过访,寺内有古树两株,枝干可二十围,"时将一壶置而酌之,空翠下映,酒色俱绿"⑦。临平沈谦一族与仁和张丹一族更是世好隐居,以逍遥山水为乐。对隐逸生活的描述是"西陵十子"诗歌的重要主题。如张丹《两水亭杂咏》:"开凿自何岁,孤亭入夏阴。影摇朱槛直,光接翠檐深。走鼠追藤架,鸣蝉曳竹林。晚来卷幔赏,凉月满幽襟。江湖作客久,幸此闭双扉。良友频推食,高歌漫解衣。竹声喧月静,桐子落风稀。直似山居好,悠然古木围。"⑧沈谦《山居》:"小筑青山下,柴门不可寻。桃花流水

---

① 毛先舒:《沈去矜墓志铭》,沈谦:《东江集钞》附录,《清代诗文集汇编》第70册,上海:上海古籍出版社,2010年,第268页。

② 张丹:《钱唐三子歌》,《张秦亭诗集》卷5,《四库全书存目丛书》第210册,济南:齐鲁书社,1997年,第537页。

③ 毛先舒:《题吴舒凫诗余》,《东苑文钞》上卷,《四库全书存目丛书》第211册,济南:齐鲁书社,1997年,第7页。

④ 丁澎:《扶荔堂诗集选》卷7,《清代诗文集汇编》第78册,上海:上海古籍出版社,2010年,第407页。

⑤ 陆圻:《师古集序》,《威凤堂集》卷1,南开大学图书馆藏清钞本。

⑥ 方象瑛:《霞举堂集序》,《健松斋续集》卷2,《清代诗文集汇编》第128册,上海:上海古籍出版社,2010年,第401页。

⑦ 毛先舒:《题诗偶记》,《东苑文钞》上卷,《四库全书存目丛书》第211册,济南:齐鲁书社,1997年,第7页。

⑧ 张丹:《两水亭杂咏》,《张秦亭诗集》卷7,《四库全书存目丛书》第210册,济南:齐鲁书社,1997年,第551—552页。

外,有客听鸣琴。"①青山流水、竹林凉月,充满了清幽闲雅的生活情调。而鼎革之际,山林更是成为"西陵十子"的避难与遣忧之所。如张丹《夏日村兴》其一:"遁迹深篁里,荒村长夏幽。晚山孤鸟去,近水数萤流。农圃藏身拙,干戈老鬓愁。萧条薜荔外,渔火照滩洲。"其四:"崩雨过朝幔,惊雷起夕岑。沐身须振葛,散发必投林。朱李交庭密,青麻接涧阴。寸心聊自赏,乘兴发长吟。"②诗人内心弥漫着浓重的黍离之悲,惟借山林暂为排遣。而随着时间的推逝,"西陵十子"更多呈现出幽雅闲适的情调,少见故国之思。如毛先舒《秋兴》:"高枕看云过,闭门无客来。寻香双蛱蝶,知为菊花开。万木醉秋色,一峰留晚晴。行行且住杖,此处好溪声。"③孙治《题张秦亭从野堂》:"闲情憩此地,野望更悠然。竹密何知暑,村深可忘年。殷云渡岭树,溪水走町田。吾与二三子,垂纶足老焉。"④没有惆怅落寞与愤懑不平,只有闲云清泉与密林钓叟,与世无争,优游山水,感情轻松愉快,诗境清旷幽远。"西陵十子"继承了杭地好隐逸、重适意的地域文化传统,加之大多性格温和、锋芒内敛,故形成了平和雅正的诗风。如姜定庵评张丹诗曰:"秦亭诗雄奇精浑,悉以平淡出之,此所以游泳山泽间,徜徉适志而傲然长啸也。"⑤

二、旖旎之情

西湖又名西子湖、美人湖,风景旖旎,历来有美人之喻。查继佐称:"西湖向比西子,若楼台池馆,则西子之锦衣袀服也;嫩柳夭桃,则西子之歌喉舞态也。近日西子乃罢歌舞,去靓妆,拔簪珥,解衣盘礴,政当西子澡盆出浴之时,须看其冰肌玉骨,妖冶动人,何待艳服乔妆,方为绝色也哉?"⑥士人对此旖旎风光,易生风流之想,《西湖佳话》中的一段描写颇能说明问题:"乐天因山山水水,日对着西湖这样的美人,又诗诗酒酒,时题出自家这般的才子,一片尤滞之魂,那里还按纳得

① 沈谦:《山居》,《东江集钞》卷5,《清代诗文集汇编》第70册,上海:上海古籍出版社,2010年,第223页。
② 张丹:《夏日村兴》,《张秦亭诗集》卷8,《四库全书存目丛书》第210册,济南:齐鲁书社,1997年,第564页。
③ 毛先舒:《秋兴》,《思古堂集》卷4,《四库全书存目丛书》第210册,济南:齐鲁书社,1997年,第836页。
④ 孙治:《题张秦亭从野堂》,《孙宇台集》卷35,《四库禁毁书丛刊》集部第149册,北京:北京出版社,1997年,第145页。
⑤ 张丹:《从野堂诗自序》,《张秦亭诗集》卷9,《四库全书存目丛书》集部第210册,济南:齐鲁书社,1997年,第571页。
⑥ 查继佐:《西湖梦寻序》,张岱著、栾保群点校:《西湖梦寻》卷首,杭州:浙江古籍出版社,2012年,第128页。

定,遂不禁稍稍寄情于声色。"①西湖的旖旎风光激发了士人雅好风流之性,加之商业与娱乐业高度繁荣,遂使此地成为富贵风流之地、粉黛温柔之乡。唐代有白居易"日日游于湖上,笙箫歌妓,时常不辍"②,宋代有苏轼"放浪湖山,耽昵声色"③,元末杨维桢更是载妓泛舟,"风流之名,彻于都下"④。至明清时期,杭州士人之纵情享乐较前代有过之而无不及,载酒狎妓,"朝朝车马翠烟流"⑤。征歌选妓、命觞染翰是杭州士人日常生活的重要内容,"西陵十子"亦不例外,"坐客呼樽兽炭红,邻姬掩袖鹍弦断"⑥,流连于绮楼锦槛、红烛芳筵。他们时常"张歌舞之筵"⑦,陶醉于清歌妙舞之间,如沈谦《东园观妓即席为长句》云:"东园雪晴月复华,堂开绮席画鼓挝。更催西曲六朝车,迎取吴姬兼楚娃。入帘半醉髻鬖影,娇若能语屏前花。银笙玉管弹琵琶,能者节乐擎红牙。四筵荡荡静不哗,碧云偷驻连朱霞。言情诉怨非淫哇,欲得郎顾时复差。"⑧《西陵》云:"西陵携妙伎,春晚称幽期。坐久湖烟淡,歌清野日迟。紫钗摇燕子,黄酒泼鹅儿。苏小风流尽,空余松柏枝。"⑨由以上二诗,可见"西陵十子"之风流雅韵。

"西陵十子"自幼生长于杭,"少小熟游歌舞地"⑩,西湖的红妆紫陌、莺歌燕舞浸染着他们的品格与创作风格,故"十子"颇多风花雪月之作。毛先舒《西陵十子诗选略例》即指出"西陵十子"对艳体多有涉及:"诸子巨篇雅什,亦既斌斌;宫体闺襜,时或染指。若锦雯《湘烟》之作,虎臣《霁雪》之唱,去矜《秋怀》之篇,景明《白罗》之咏,美人芳草,托寓固多,转蕙氾兰,流连不少。间存少作,罔讳忧思。或是元亮白璧之瑕,无假才伯理还之喻。"⑪"十子"对艳体的偏好以沈谦最为突出,毛先舒《五子歌》云"去矜缓綮桃花,子房孺子状巾帼,举体金锡珪珙璧"⑫,即

---

① 古吴墨浪子辑:《西湖佳话》,上海:上海古籍出版社,1980年,第29页。

② 周清原著,周楞伽整理:《西湖二集》,北京:人民文学出版社,1989年,第235页。

③ 田汝成辑撰:《西湖游览志馀》卷10,上海:上海古籍出版社,1980年,第167页。

④ 周清原著,周楞伽整理:《西湖二集》,北京:人民文学出版社,1989年,第371页。

⑤ 张丹:《酒楼》,《张秦亭诗集》卷13,《四库全书存目丛书》第210册,济南:齐鲁书社,1997年,第610页。

⑥ 沈谦:《春雪行寄马侯玉》,《东江集钞》卷2,《清代诗文集汇编》第70册,上海:上海古籍出版社,2010年,第199页。

⑦ 沈谦:《章庆堂宴集记》,《东江集钞》卷6,《清代诗文集汇编》第70册,上海:上海古籍出版社,2010年,第233页。

⑧ 按:东园系毛先舒宅。沈谦:《东园观妓即席为长句》,《东江集钞》卷2,《清代诗文集汇编》第70册,上海:上海古籍出版社,2010年,第199页。

⑨ 沈谦:《西陵》,《东江集钞》卷3,《清代诗文集汇编》第70册,上海:上海古籍出版社,2010年,第209页。

⑩ 沈谦:《十六夜》,《东江集钞》卷4,《清代诗文集汇编》第70册,上海:上海古籍出版社,2010年,第216页。

⑪ 毛先舒:《西陵十子诗选略例》,毛先舒、柴绍炳辑:《西陵十子诗选》卷首,国家图书馆藏顺治七年还读斋刻本。

⑫ 毛先舒:《五子歌》,《毛驰黄集》卷2,山东省图书馆藏清康熙刻本。

指出沈谦之性情风调有偏于婉柔的一面。沈谦"少多艳情"①,时常有表现闺阁女性及书写狎妓生活的诗作,如《刘园妓集》:"姝丽谁令至,喧呼我更豪。翠盘堆雪藕,雪髻绽绯桃。斜日衔山速,东风向晚高。斯游须秉烛,拼得困香醪。"②内容轻艳柔靡,语言秾丽。这类偎红倚翠之作在沈谦集中还有不少,像《赠扬州陆姬》《赠泰州王姬》《陆娘曲》等皆属此类。除沈谦外,其他成员集中亦有不少裾裙脂粉之语,如陆圻有《赠妓赵秀》《新宠姬人》《丁姬》等,缛采轻艳,绮靡温馥。丁澎早年风流放浪,少时即以艳体诗著称于时,"士女争相采撷,以书衫袖"③,其《扶荔堂诗稿》中保存了大量的艳体诗作,描写少女思春、少妇怀人等,如《惆怅辞》其二曰:"兰房香烬凤膏明,悍拨新调玉树筝。宛转歌中犹有恨,合欢帐底不胜情。"其五曰:"洗妆楼上卷流苏,翠黛香微减玉肤。一自宝钗分散后,更无人与握珊瑚。"④可谓情浓意挚,丽不伤雅。

诗尚绮丽乃西陵之习。晚明杭人黄汝亨在《绮咏序》中指出:"陆士衡有云:'诗缘情而绮靡。'绮自情生者也。万物之色艳冶心目,无之非绮,惟名花名姝二者来香国,呈媚姿,令人飘飘摇摇而不自禁,则情为之萦。"⑤西湖擅花柳之盛,名姝佳丽云集,故诗多绮丽之音,地气使然也。"西陵十子"普遍重视词藻的华美妍丽,"尚华饰,恶质素"⑥,且对艳体颇为肯定。毛先舒曰:"盖闻柴桑高韵,非无西轩之曲;楚士贞心,亦有东邻之赋。虽托兴于艳歌,实权于大雅者也。"⑦认为艳体无伤于大雅。"淹通藻密,符采烂然"⑧是"西陵十子"诗歌创作的一大特征,如陈田《明诗纪事》称柴绍炳"以行谊重,小诗却自绮丽"⑨;毛先舒称丁澎为诗"抽骚激艳,自然发采"⑩;吴百朋称虞黄昊"高文既绮丽,诗章复窈妙"⑪。由尚华采

---

① 柴绍炳:《西陵十子诗选序》,毛先舒、柴绍炳辑:《西陵十子诗选》卷首,国家图书馆藏顺治七年还读斋刻本。

② 沈谦:《刘园妓集》,《东江集钞》卷3,《清代诗文集汇编》第70册,上海:上海古籍出版社,2010年,第207页。

③ 姚礼撰辑:《郭西小志》卷10,杭州:浙江工商大学出版社,2013年,第183页。

④ 丁澎:《惆怅词》,《扶荔堂诗稿》卷13,南京图书馆藏顺治间刻本。

⑤ 黄汝亨:《绮咏序》,《寓林集》卷3,《四库禁毁书丛刊》集部第42册,北京:北京出版社,1997年,第90页。

⑥ 柴绍炳:《与陆丽京论诗书》,《柴省轩先生文钞》卷10,《四库全书存目丛书》集部第210册,济南:齐鲁书社,1997年,第397页。

⑦ 毛先舒:《赠王采生诗四首并序》,《晚唱》,《四库全书存目丛书》第211册,济南:齐鲁书社,1997年,第100页。

⑧ 陈康祺著,晋石点校:《郎潜纪闻初笔、二笔、三笔》上册卷14,北京:中华书局,1984年,第293页。

⑨ 陈田辑撰:《明诗纪事》第6册,上海:上海古籍出版社,1993年,第3453页。

⑩ 毛先舒:《题扶荔堂诗卷》,《潠书》卷2,《四库全书存目丛书》集部第210册,济南:齐鲁书社,1997年,第642页。

⑪ 吴百朋:《西泠十子咏》,吴颖辑:《国朝杭郡诗辑》卷2,浙江图书馆藏清同治十三年钱塘丁氏刻本。

出发,"西陵十子"对齐梁及晚唐诗欣赏有加,频频加以仿习。如毛先舒《白纻变歌》其一曰:"绿珠含羞娇不前,碧玉新声柔可怜。丹唇缓奏鸳鸯曲,纤指低拂凤凰弦。茱萸绣领香欲散,莲花金埒步轻旋。非烟复非雨,疑神复讶仙。"①轻绮靡艳,词藻华美,颇具齐梁风调。陆圻虽自称"放愁亡路,赋恨多歧,难忘绮丽之怀,爱写缠绵之什"②,《望远曲》十四首即标明效西昆而作,仅以其四为例:"艳姿新居响屦廊,瑠璃为匣桂为梁。踟蹰常待东方婿,窈窕谁迎西曲娘。被里蒙羞曾举袂,口中吹气本含芳。莫嫌箧笥恩情绝,掩泪还歌团扇郎。"③诗写闺中女子的体态与情思,雕润密丽,音调婉转,深得晚唐遗韵。

"西陵十子"还有不少描写西湖当地风情的乐府、绝句及竹枝词,这些诗作大都清丽自然,别有一番情韵。如毛先舒《秋江辞》曰:"越女罗裙映水红,钱唐潮落见西风。一双乌榜晓烟外,几处菱歌明月中。"④丁澎《江南采菱曲》其六曰:"白榜出长荡,素腕扬轻罗。弄潮各归去,齐唱采菱歌。"⑤沈谦《西湖竹枝词》曰:"绿柳红桃夹酒船,买歌买笑用金钱。两峰日夜多云雨,侬在孤山独自眠。"⑥这一类诗歌与"十子"的其他诗体明显不同,语言通脱,自然清新,风流俊爽,毫无矫饰且真情毕现,这正是得益于杭城的旖旎风光与风俗人情。

综上,"西陵十子"的文学观和创作与其所处的地域文化及其特定时代有着密切关系,杭州秀逸的自然景观与高度发达的商业和娱乐业,使"西陵十子"形成了隐逸恬澹、风流自适的价值取向,颇多山水之音与绮艳之情。法国史学家兼批评家丹纳提出,文学的产生与发展是种族、环境、时代交互作用的结果,"伟大的艺术和它的环境同时出现,决非偶然的巧合"⑦。"西陵十子"重风韵、主艳情、尚绮丽的诗学倾向体现出鲜明的地域风格与文化特质,这正印证了自然环境与地域传统对于文学创作风格影响之深。

第三节 "西陵十子"与明清易代

除地域外,时代是影响诗人思想心态的又一重要因素。在明清易代之际,士

---

① 毛先舒:《白纻变歌》其一,《毛驰黄集》卷1,山东省图书馆藏清康熙刻本。
② 陆圻:《威凤堂集》卷9,南开大学图书馆藏清钞本。
③ 陆圻:《望远曲》其四,《威凤堂集》卷9,南开大学图书馆藏清钞本。
④ 毛先舒:《秋江辞》,《东苑诗钞》,《四库全书存目丛书》集部第211册,济南:齐鲁书社,1997年,第35页。
⑤ 丁澎:《江南采菱曲》,《扶荔堂诗稿》卷12,南京图书馆藏清顺治十一年刻本。
⑥ 沈谦:《西湖竹枝词》,《东江集钞》卷5,《清代诗文集汇编》第70册,上海:上海古籍出版社,2010年,第227页。
⑦ [法]丹纳:《艺术哲学》,傅雷译,北京:人民文学出版社,1963年,第114页。

人的出处选择成为一个异常重要且敏感的问题。"西陵十子"是杭州遗民群体的典型代表,面对遭乱后"阖城四十里,半化为瓦砾"①的破败景象,他们心中异常哀愤,对满清政权大多持不合作态度,绝意仕进,正所谓"大节苟不亏,乞食又何云"②。然而,随着时间的推移以及清廷恩威并施的遗民政策,加之杭州长期以来形成的达生、自适的地域文化传统,当越中遗民尚持续着如火如荼的反清斗争时,"西陵十子"大多由最初的抵制变为认同与接受,丁澎、吴百朋、虞黄昊甚至入仕清廷。考察"西陵十子"的政治倾向,不仅有助于深入了解"十子"的心态与文学创作,对于明遗民群体研究亦具有一定价值。

明清鼎革之际,朱明王朝统治下的华夏民族遭到了空前的灾难,清兵以迅雷不及掩耳之势入主中原,并颁布残酷的"剃发令"。面对明清易代,士人的态度与人生选择是不同的,以备受战火摧残与清朝政治高压的浙江为例,大体可分为以下四种类型:一是誓死抗清、一意复国的志士,如黄宗羲、魏耕、朱舜水等;二是绝意仕进、坚守气节的遗民,如陈确、汪沨、张右民等;三是逍遥世外,不问世事的逸民③,如汪汝谦、李明睿等;四是曾仕朱明、复仕清朝的贰臣,如曹溶、陈之遴、方大猷等。浙江一地很少有贰臣,乾隆时所编《贰臣传》收录仕明清两朝者一百二十余人,其中浙江籍仅有三位。值得注意的是,浙东与浙西虽皆多遗民,但浙东更多投身抗清、一意复国的志士,而浙西遗民的态度则消极得多,尤以越中与杭州对比最为明显。越中士人"固多奇节,即山海遗民亦惓惓于故国故君,而不忘麦秀、黍离之痛"④,至康熙元年(1662)尚发生了震惊四海的"通海案",可见张煌言、魏耕、祁理孙等越人的复国决心;相比之下杭州则消极得多,如汪汝谦、李明睿、冯云将等人于"顺治开元,太平既告",即订孤山五老会,此时正值丧乱之后,"焚如突如,陵夷鋬改","孤山五老"却"命觞载妓,左弦右壶,聊复以吹嘘朔风,招邀淑气"⑤,又开始了明亡前安闲逸乐的生活。清初浙东尤其是越中以顽

---

① 孙治:《台庄阻风忆旧寄三子孝桢孝梅》,《孙宇台集》卷33,《四库禁毁书丛刊》集部第149册,北京:北京出版社,1997年,第130页。

② 孙治:《辛卯秋九月陈胤倩赠诗五章率尔作答》,《孙宇台集》卷32,《四库禁毁书丛刊》集部第149册,北京:北京出版社,1997年,第123页。

③ 本书所言"逸民"并非遗民,而是不问世事,关注自我的一类人,他们对亡明并没有多少眷恋之情,对清廷也没有多少抵触情绪,可以说对社稷民生颇为淡漠。如汪汝谦于顺治元年作《同李太虚先生、冯云将、顾林调、张卿子五老会》,诗曰:"一朝聚首西湖滨,衮衮奎垣占辐辏。紫绶黄金非所求,杖藜群逐商山游。……人生行乐当如此,何用浮名混青史。楚国三生少见机,竹林七子徒然尔。洛社风流迹已稀,文章道德留余徽。即今四海正清晏,急须携酒烹鲜肥。"明清易代似乎并没有对他们的优游行乐的心态造成多大的影响。

④ 全祖望辑选:《续甬上耆旧诗》下册,杭州:杭州出版社,2003年,第1019页。

⑤ 钱谦益:《新安汪然明合葬墓志铭》,钱谦益著,钱曾笺注,钱仲联标校:《牧斋有学集》下册,上海:上海古籍出版社,1996年,第1154页。

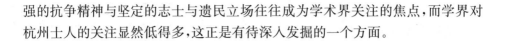

强的抗争精神与坚定的志士与遗民立场往往成为学术界关注的焦点,而学界对杭州士人的关注显然低得多,这正是有待深入发掘的一个方面。

一、消极逃隐:"西陵十子"对清廷的排斥

明清易代之际,杭州城惨遭重创,凡战火所至,通都大邑夷为瓦砾之场,沃壤奥区化为白骨之地,"荒凉刺目"①,繁华成灰。据张岱《西湖梦寻·自序》记载,"前甲午、丁酉,两至西湖,如涌金门、商氏之楼外楼、祁氏之偶居、钱氏余氏之别墅及余家之寄园,一带湖庄,仅存瓦砾,则是余梦中所有者,反为西湖所无。及至断桥一望,凡昔日之弱柳夭桃,歌楼舞榭,如洪水淹没,百不存一矣。"②"西陵十子"生当此际,对于劫后杭城的惨状多有记载。如孙治《台庄阻风忆旧寄三子孝桢孝梅》:"是时西陵道,战场纷骚屑。白骨蔽郊原,旨膏润野薄。鸟鸢绕喙争,虎狼豪欲夺。悯余为恻怆,掩骼高壘岉。江潮郁崩霍,松柏多萧瑟。"③沈谦《叙哀诗》其四:"西山何律律,其旁有故庐。荆杞生广庭,高台成废墟。嘉木摧为薪,猿猴相追趋。堂构犹仿佛,飘零愧安居。先志亮莫承,含悲徒踌躇。"④他们以深挚悲凉的笔触,再现了乱后萧条破败、满目疮痍的凄凉之景,沉郁悲怆,刺痛人心。柴绍炳《苦妇弃儿叹》则具体描写一位妇人被逼抛弃亲生骨肉的经过,揭露了清兵的残暴:"苦妇亦良苦,未述先悲酸。云是民间女,择对住江干。鸡狗乐相逐,遭乱鲜安全。扬旗号义军,唐突南楼端。辄复疆要劫,不见故所欢。吞声与之俱,遗孩恐就残。寄生未几时,鸟骇各散奔。健丁割杀尽,内舍宁孤骞。累累系颈踵,屈折罕得言,拘囚空墙屋,杨息徒衔冤。犹依怀抱儿,哺乳时拊扪。旦夕忽闻令,各各还惊魂。侵晨起摧督,前驱散军门。散军在须臾,逼迫恶容辞。蓬跣揭上道,凫儿行稍迟,鞭笞怒发骂:'乳臭胡恋之!'格掷捐路傍,肠断涕涟洏。昔为儿隐忍,今行更弃儿。一步一回头,步步闻儿啼。谓儿且莫啼,母命苦如斯。生亦不得顾,死亦不得知。"⑤清兵南下,江浙一带民众纷纷组织义军抵抗,遭到残酷屠杀,无辜百姓也为此付出了惨重的代价,柴绍炳诗中所述妇人即遭到清兵

---

① 沈奕琛等撰:《湖舫诗》卷首,王国平主编:《西湖文献集成》第 26 册,杭州:杭州出版社,2004 年,第 197 页。

② 张岱:《自序》,张岱著,栾保群点校:《西湖梦寻》卷首,杭州:浙江古籍出版社,2012 年,第 131 页。

③ 孙治:《台庄阻风忆旧寄三子孝桢孝梅》,《孙宇台集》卷 33,《四库禁毁书丛刊》集部 149 册,北京:北京出版社,1997 年,第 131 页。

④ 沈谦:《叙哀诗》其四,《东江集钞》卷 2,《清代诗文集汇编》第 70 册,上海:上海古籍出版社,2010 年,第 194 页。

⑤ 卓尔堪选辑:《明遗民诗》卷 12,北京:中华书局,1961 年,第 495—496 页。

的拘囚、鞭笞,甚至被逼迫丢弃待哺的婴儿,清兵之残暴行径,令人发指。

这场浩劫令杭州许多家庭流离失所,蒙受了巨大的苦难,"西陵十子"亦未能幸免。陆圻《登楼集序》曰:"今以诸子笔挟春华,声出金石,要当入承明之庐,抚兰台之座,而奈何桑户卷枢,荜门圭窦,不惟不见其登楼,即所谓楼者,亦安在邪?骧武窜居于军伍,虎臣客寄于外家,世臣市肆绡比羊皮,锦雯危槛深同永巷,升煌斗室以明器给丧事,际叔尺地为邻人所揶揄,余兄弟亦各五迁无定,炊用尿廖,余即碌碌无足数。"①战争不仅粉碎了他们"居庙堂之高"的人生理想,亦使其流落饥寒,备极困顿。孙治一家就遭受了极大的灾难,他在《先室沈孺人行实》中写道:"甲申改革,余遂弃儒依栖田间,所有资妆尽劫于兵。归就祖庐,两遭迁徙,至于流离展转,兵之所遗者,尽被窃盗。呜呼!是余之困顿,至此极也。"②吴百朋于顺治二年(1645)携家避难江南,"丙戌阻兵于越,乱兵钞其资囊,矢及于夫人之幄。……乱靖,还归旧里,家益贫,不能名一钱。"③而顺治初清廷实行的圈屋令更使不少杭人无家可归,流离失所。《(康熙)仁和县志》记载:"自顺治二年,大兵抵浙,清泰、望江、候潮三门一带民房,悉为抚院、总镇、标兵垒矣。至五年,议以江海重地,不可无重兵驻防,以资弹压。于是遣一将军,组练马兵数万,踹圈民屋以居之。北至井字楼,南至将军桥,西至城,东至大街,皆不获免。军令甫出,此方之民,扶老携幼,担囊负箦,或播迁郭外,或转徙他乡。而所圈之屋,垂二十年输粮纳税如故。"④张丹的居所即遭清兵圈占,《国朝杭郡诗辑》载其"所居第宅,国初圈入满城,播迁无定所"⑤,张氏一族亦因此家道败落,张丹自述:"运会遭百六,战马嘶江湄。门户既衰落,茕茕何所依。同父惟三人,遁迹向郊圻。"⑥孙治住所亦遭清兵屯营,"丙戌至戊子,连遭屯营,家室数迁,资装尽归盗"⑦,一贫如洗,无以自存。

易代战火在很大程度上破坏了"西陵十子"的正常生活,他们对清廷明显持抵触情绪。如钱塘陆氏"合门义烈"⑧,陆圻弟陆培闻清攻入浙江,与陆彦龙等集

---

① 陆圻:《登楼集序》,《威凤堂集》卷1,南开大学图书馆藏清钞本。

② 孙治:《先室沈孺人行实》,《孙宇台集》卷24,《四库禁毁书丛刊》集部第149册,北京:北京出版社,1997年,第79页。

③ 孙治:《亡友吴锦雯行状》,《孙宇台集》卷24,《四库禁毁书丛刊》集部第149册,北京:北京出版社,1997年,第73页。

④ 丁丙:《武林坊巷志》第8册,杭州:浙江人民出版社,1990年,第430页。

⑤ 吴颢辑:《国朝杭郡诗辑》卷3,浙江图书馆藏清同治十三年钱塘丁氏刻本。

⑥ 张丹:《述怀》,《张秦亭诗集》卷2,《四库全书存目丛书》集部第210册,济南:齐鲁书社,1997年,第508页。

⑦ 孙治:《先考文学复庵府君行实》,孙治:《孙宇台集》卷24,《四库禁毁书丛刊》集部第149册,北京:北京出版社,1997年,第76页。

⑧ 温睿临:《南疆绎史》卷17,《台湾文献史料丛刊》第5辑第89册,台北:大通书局,2000年,第232页。

合壮士数百人以保卫家乡,后杭州失守,誓不降清,作《绝命诗》,从容自缢。陆圻亦尝参与抗清活动,顺治二年(1645)由海滨至越中,复入闽南,剃发为僧,一方面躲避清兵搜捕,一方面"崎岖兵甲之间"[①],继续从事反清活动。孙治于易代之际绝意仕进,坚节不出,"日从行僧往江干收遗骸"[②],此举赢得了爱国志士的高度称赞。张丹亦对明王朝充满了浓重的怀念与眷恋,明亡后尝于大雪中从老宫监至天寿山,次第伏谒前明诸陵,"识其道里远近、寝隧规制,而详为之记焉"[③]。清朱溶撰《忠义录》,赞陆圻、柴绍炳、陈廷会、孙治等人"当明室倾覆,确然远引,讲学授经,若卖药自给,终身困约,不稍怨悔"[④]。孙治称赞柴绍炳、陈廷会"皆钱塘节志士也。遭世之末流,甘贫贱,不厌死而后已"[⑤]。

朱则杰先生指出:"明清易代之际,大批诗人从明朝进入清朝。在这个民族斗争和阶级斗争异常激烈复杂的战乱年头,诗人们无论其政治态度如何,都积极运用诗歌这种文学体裁,深刻抒发家国之感,广泛反映社会现实,形成了一个共同的主题。"[⑥]以"西陵十子"为中心的钱塘诗坛与以黄宗羲、李邺嗣等为代表的越中诗坛虽皆弥漫着浓重的黍离之悲,但激烈程度有别,杭地更多表现出王朝覆灭后消沉伤感的情绪,而越地较杭地更多呈现出重整山河、至死不屈的豪壮之气。如黄宗羲《山居杂咏》其一:"锋镝牢囚取次过,依然不废我弦歌。死犹未肯输心去,贫亦其能奈我何!廿两棉花装破被,三根松木煮空锅。一冬也是堂堂地,岂信人间胜著多。"[⑦]李邺嗣《善哉行》:"采薇硁硁,是为末节。臣靡不死,复兴夏室。"[⑧]屡屡表白矢志不渝的顽强精神。诚如全祖望所言,甬上"诸公之可死者身也,其不可死者心也。昭昭耿耿之心,旁魄于太虚,而栖泊于虞渊、咸池之间,虽不死,而人未易足以知之,其所恃以为人所见者此耳"[⑨]。而"西陵十子"在诗中表达的更多是哀叹悲泣,少有矢志复国的决心与捐躯赴难的壮烈之气。例如《九日》曰:"衰飒秋风朔气同,中原何地可登台。五湖极望层波渺,四野吹篰薄

---

① 全祖望:《陆丽京先生事略》,《鲒埼亭集》卷26,《四部丛刊正编》第85册,台北:台湾商务印书馆,1979年,第276页。

② 张右民:《孙宇台传》,《东皋诗文集》文集,天津图书馆藏清钞本。

③ 吴颢辑:《国朝杭郡诗辑》卷3,浙江图书馆藏清同治十三年钱塘丁氏刻本。

④ 朱溶:《忠义录》卷8,高洪钧编:《明清遗书五种》,北京:北京图书馆出版社,2006年,第804页。

⑤ 孙治:《亡友柴汪陈沈四先生合传》,《孙宇台集》卷15,《四库禁毁书丛刊》集部第149册,北京:北京出版社,1997年,第17页。

⑥ 朱则杰:《清诗史》,南京:江苏古籍出版社,2000年,第5页。

⑦ 黄宗羲:《山居杂咏》其一,黄宗羲著,吴光主编:《黄宗羲全集》第11册,杭州:浙江古籍出版社,2012年,第234页。

⑧ 李邺嗣:《善哉行》,李邺嗣著,张道勤校点:《杲堂诗文集》,杭州:浙江古籍出版社,1988年,第162页。

⑨ 全祖望:《杲堂诗文续钞序》,《鲒埼亭集外编》卷25,《四部丛刊正编》第86册,台北:台湾商务印书馆,1979年,第769页。

暮哀。江燕塞鸿纷自代,紫萸黄菊已徒开。最怜此日凭高处,短发萧萧照酒杯。"①全诗在衰飒的秋气中展开,首联"中原何地可登台"一句,即点明易代后士人无处归依的悲哀。中间四句为目之所及,描绘了一幅苍茫萧瑟的秋景。尾联以潦倒颓然的形象作结,传递出面对清朝定鼎心有不满却又无可奈何的心境。孙治《七哀诗》曰:"带剑上圆陵,祠庙郁草莱。矫首桃叶渡,瞻望黄金台。煌煌帝京阙,黍离诚悲哀。"②《怀祖望》曰:"披帷坐拥千秋业,抚剑心悬万里槎。平子四愁何所以,残灯夜半听悲笳。"③诗中皆可见亡国的悲哀与无奈,颇令人唏嘘。"十子"多持消极退隐而不是誓死抵抗的态度,例如陆圻于顺治四年(1647)由闽返乡,即过起了隐居生活;毛先舒自称"兼值云雷世,偃息守蓬蒿"④;张丹亦称"愿从耕钓终,明哲早自省"⑤。他们"或避迹空山,或阖门教授"⑥,故诗中较少越中士人那种至死不渝的复国之志。

　　浙东与浙西士人对动乱现实的书写亦存在明显差异。正如《(雍正)浙江通志》所云"浙东多山,故刚劲而邻于亢;浙西近泽,故文秀而失之靡"⑦,浙东士人面对沧桑变革往往采用赋笔,对血淋淋的残酷现实予以实录,且直斥清兵暴行、哀叹民生疾苦,更多呼天抢地、声嘶力竭的呼号,读来震撼人心。如李邺嗣《江上》其四:"乱余野老哭,天地黯然愁。绝爨吹磷火,颓垣凑骷髅。梦依荐黍定,家对旅葵秋。尚有征租吏,频从白屋搜。"⑧可谓字字血泪,愤恨难消。相较越中诗人的泣血悲歌,"西陵十子"则平和得多。他们虽亦有"苦雾沉荆棘,青磷见骷髅"⑨之类令人触目惊心的句子,但数量极少,更多避开了惨烈的现实,含蓄委婉地表现易代的伤痛。如毛先舒《答沈去矜》:"南楼华月共徘徊,乱后池亭长绿苔。双眼但看鸿雁逝,颓颜偏就故人开。谁堪作赋多秋兴,正有悲歌寄酒杯。拟傍柴

---

① 沈德潜编:《清诗别裁集》上册,上海:上海古籍出版社,2013年,第327页。

② 孙治:《七哀诗》,《孙宇台集》卷32,《四库禁毁书丛刊》集部第149册,北京:北京出版社,1997年,第122页。

③ 孙治:《怀祖望》,《孙宇台集》卷36,《四库禁毁书丛刊》集部第149册,北京:北京出版社,1997年,第150页。

④ 毛先舒:《夏夜独坐》,《毛驰黄集》卷2,山东省图书馆藏清康熙刻本。

⑤ 张丹:《焦山》,《张秦亭诗集》卷3,《四库全书存目丛书》集部第210册,济南:齐鲁书社,1997年,第517页。

⑥ 孙治:《亡友柴、汪、陈、沈四先生合传》,《孙宇台集》卷15,《四库禁毁书丛刊》集部第149册,北京:北京出版社,1997年,第17页。

⑦ 嵇曾筠等监修,沈翼机等编纂:《(雍正)浙江通志》卷99,《景印文渊阁四库全书》史部第282册,台北:台湾商务印书馆,1986年,第518页。

⑧ 李邺嗣:《江上》其四,李邺嗣著,张道勤校点:《杲堂诗文集》上册,杭州:浙江古籍出版社,2013年,第234页。

⑨ 吴颢辑:《国朝杭郡诗辑》卷3,浙江图书馆藏清同治十三年钱塘丁氏刻本。

桑学耕凿,淹留十日未言回。"①沈谦《半山即事》:"归棹一何速,春游正此时。客呼田舍酒,花覆女郎祠。艳曲临风苦,明妆渡水迟。重看行乐事,野老不胜悲。"②上引二诗皆流露出伤感、悲凉的情绪,毛诗以"废池生绿苔"、沈诗以"艳曲临风苦"等具有象征意味的意象,代替了血淋淋的正面描写,情调上偏于低沉、哀婉。"西陵十子"尤其擅长借助写景、怀古来委婉地传递易代之悲,如张丹《雨》:"萧瑟云阴野,空斋细雨余。江鸣春夜静,雷动暮沙虚。击水翻丹鹤,跳波映白鱼。故园杳不见,矫首独踟蹰。"③毛先舒《万松岭怀古》:"闲步万松岭,林峦春气多。凤凰原耸峙,麋鹿怅经过。玉殿归榛莽,朱楼没绮罗。南回高白塔,东逝见沧波。遥想千官会,时鸣双玉珂。水边宫柳发,陌上御烟和。几处惊巢燕,千门系橐驼。梦魂摇鼓角,天地老兵戈。"④通过写景、怀古来感慨沧桑巨变,比直述其事委婉得多,且有意在言外、余味不尽的艺术效果。

相较社稷民生,"西陵十子"更多侧重个体之遭遇与感受,尤其多抒写对昔日风流的留恋与繁华不再的伤感。杭州物产丰富,且为交通枢纽,"闾阎易于富贵⑤,"西陵十子"往日多生活优渥,游山玩水,花月征歌,一旦遭兵火之劫,落魄江湖,生计艰难,常常追忆昔时浪漫生活。如张丹《述怀三首》其三曰:"少年处闺阃,时序届阳春。佳人何窈窕,罗衫白紵巾。娇容洵可悦,逸趣自不群。才降紫燕楼,辄过绿蒲津。……差池流莺囿,檀乐修竹邻。秉烛夜夜短,描眉旦旦新。此乐谓可久,变故起纷纭。流离适远郊,飘荡逃荒榛。"⑥《沈郎行与门人圣昭》追忆昔日于沈谦南楼欢聚之景:"忆昔汝父南园日,芍药花香蝴蝶出。一时宾客俱风流,把酒与我坐稠密。帘下轻吹弄玉箫,灯前再鼓赵女瑟。高谈沉醉忘却归,东池月上光满室。此时欢乐乘夜游,题诗更唱晚娱楼。掉头长吟千百句,春风吹过芳兰洲。朝来挥手且别去,满目烽烟不知处。"⑦诗人回忆过去风流逸乐的生活,对比眼下,倍增伤感,也隐寓着对鼎革的不满与愤懑。

"西陵十子"抚今追昔,往往产生富贵无常、朝不保夕、命运不可把握的无奈与悲哀。如沈谦《行路难》其十五曰:"君不见昭阳殿,飞燕留仙今不见。君不见

① 毛先舒:《答沈去矜》,《毛驰黄集》卷3,山东省图书馆藏清康熙刻本。
② 吴颢辑:《国朝杭郡诗辑》卷3,浙江图书馆藏清同治十三年钱塘丁氏刻本。
③ 张丹:《雨》,《张秦亭诗集》卷8,《四库全书存目丛书》集部第210册,济南:齐鲁书社,1997年,第565页。
④ 毛先舒:《万松岭怀古》,《毛驰黄集》卷4,山东省图书馆藏清康熙刻本。
⑤ 王士性撰,吕景琳点校:《广志绎》卷4,北京:中华书局,1981年,第68页。
⑥ 张丹:《述怀三首》其三,《张秦亭诗集》卷2,《四库全书存目丛书》集部第210册,济南:齐鲁书社,1997年,第508页。
⑦ 张丹:《沈郎行与门人圣昭》,《张秦亭诗集》卷5,《四库全书存目丛书》集部第210册,济南:齐鲁书社,1997年,第534页。

西陵田，灵衣寂寞无管弦。富贵荣华难久留，昔时华屋今山丘。君看白骨露青草，当年万乘称王侯。生时有酒各尽醉，慎勿郁郁怀长忧。”[①]既然人生无常、富贵难久，那么纵情山水诗酒、尽欢当下成为“西陵十子”排遣抑郁的一大途径。如沈谦《京岘行赠汪露繁》曰：“君不见赭衣三千凿京岘，长坑未成祖龙死。南游鞭石何其雄，硭砀山中出天子。君今远来自润州，买船载妓西湖游。山色讵异甘露寺，潮声欲惊万岁楼。吴陵草花春再发，临安旧宫映江月。古来兴废尚转眼，何怪红颜生白发。假桥小娘色胜花，醉里唤来双鬓斜。当筵不乐复何意，柳絮漠漠飞寒鸦。”[②]杭地长期以来形成的达生、自适传统往往容易使士人消解易代之沉痛，复归平和逸乐的心态。而越地山丘崎岖，生存环境艰难，民众自古“尚古淳风，重节概”[③]，其深重的忧患意识、坚韧不拔的斗争精神加之险峻难攻的地貌使士人怀抱复国之希望，长期坚守抗争，与杭地有着明显区别。

二、从排斥到接纳：“西陵十子”对清廷的认可

随着时间的推移与清王朝统治的日渐稳固，“西陵十子”的家国之恨与民族对立情绪逐渐淡退，心态亦渐趋平和。而杭地长久以来形成的优游山水、逍遥自适的地域文化传统更使士人易于走出鼎革阴影，复归轻松恬澹的心境。实际上，早在顺治二年(1645)，沈谦便作有描绘闲适逸乐生活的诗歌，如《同友人集西公竹林讶》：“西公有精舍，春日更来过。修竹啼莺换，斜阳醉客多。钟鸣殷洞壑，泉响咽松萝。堪讶浮生事，风尘奈尔何。”《饮天竺山楼》：“闲登天竺路，春酌可销忧。乱石沉山磬，飞花扑酒楼。野禽如解意，溪女不知愁。此地堪幽赏，何妨日暮留。”[④]是时尚处于清兵南征的血雨腥风中，“晓月映塔，流尸触船”[⑤]，沈谦在哀叹乱离之苦的同时，并未断绝西湖风流。而陆圻诗中“幸把刘伶酒，休悲宋玉秋”[⑥]、张丹诗中“淑慎保厥身，百年惟乐康”[⑦]之句，更是“西陵十子”生活态度的精辟概括。故至康熙年间越中尚有“通海案”，仍在继续反清斗争，而以“西陵十

① 沈谦：《行路难》其十五，《东江集钞》卷1，《清代诗文集汇编》第70册，上海：上海古籍出版社，2010年，第188页。

② 沈谦：《京岘行赠汪露繁》，《东江集钞》卷2，《清代诗文集汇编》第70册，上海：上海古籍出版社，2010年，第199页。

③ 王士性撰，吕景琳点校：《广志绎》卷4，北京：中华书局，1981年，第67页。

④ 吴颢辑：《国朝杭郡诗辑》卷3，浙江图书馆藏清同治十三年钱塘丁氏刻本。

⑤ 吴庆坻撰，张文其、刘德麟点校：《蕉廊脞录》卷4，北京：中华书局，1990年，第118页。

⑥ 陆圻：《十八滩舟行即事》，《威凤堂文集》诗部，《四库未收书辑刊》7辑第20册，北京：北京出版社，1997年，第67页。

⑦ 张丹：《怀友人毛五稚黄诗七章》，《四库全书存目丛书》集部第210册，济南：齐鲁书社，1997年，第502页。

子"为代表的杭州士人大多已认同了清廷的统治。这不仅与"西陵十子"为人谨慎低调、锋芒内敛有关,亦与地理环境及人文传统有着密切关系。王士性《广志绎》指出,"两浙东西以江为界而风俗因之"①,浙东与浙西虽仅一江之隔,然而自古以来民风迥异。越人地处浙东"丘陵险阻"②,不仅以好勇善斗著称,正所谓"锐兵任死,越之常性也"③,而且有着卧薪尝胆、兴邦复仇的韧性精神,故越地子裔于明亡后往往能够忍辱负重、抗清到底。李邺嗣《偶作》其八"甬中勾践国,宿愤未曾销。山出钝钩铁,江洄奔马潮"④,即以勾践"十年生聚,十年教训"的史实表白不死的复明之心。王思任称"越乃报仇雪耻之国"⑤,洵为知言。此外,浙东多崎岖隐蔽的山林,易于藏身及开展反清活动,且地处滨海之隅,便于与海上义师联系接应。而浙西"舟楫为居,百货所聚,间阎易于富贵,俗尚奢侈繁华,人性纤巧"⑥,素为风流旖旎之地,且多为平原水乡,易攻难守。顺治二年(1645)清兵南下攻浙,湖州、嘉兴虽有义军抵抗,均迅速破灭;潞王朱常淓"监国"杭州,仅三日即降,浙西士人于易代之际更多选择闭门不出,"寄情翰墨,绝口不谈世务"⑦。

自顺治九年(1652)起,"西陵十子"成员吴百朋、丁澎、虞黄昊相继出仕,以实际行为表明已在政治上奉满清为正朔。吴百朋家庭在动乱之际惨遭重创,家资被洗劫一空,迫于生计,于顺治九年出任理官,顺治十四年官姑苏司理,康熙三年任广东肇庆司理,康熙八年迁南和令,在官期间一意为民,颇有政绩。而丁澎对满清政权的态度亦发生了巨大转变。虽然现存丁澎作品集中很难找到反对满清的作品,但通过为数不多的几首诗歌仍可见丁澎曾对亡明怀有眷恋。如《望天寿山》其二曰:"高峰突兀散流霞,天外钟声一径斜。认道前朝功德寺,老僧还着旧袈裟。"⑧明十三陵即先后营建于天寿山,鼎革后此地几乎成为前朝的象征,丁澎诗中"老僧还着旧袈裟"一句即道出了对亡明深刻的怀念。此外,《听旧宫人弹筝》《听石城寇白弦索歌》《寻聚远楼故迹感旧》,或隐或显,皆传递出黍离之悲与故国之思。然而,顺治十二年(1655),丁澎即出仕为官。虞黄昊则于康熙五年

---

① 王士性撰,吕景琳点校:《广志绎》卷4,北京:中华书局,1981年,第67页。
② 王士性撰,吕景琳点校:《广志绎》卷4,北京:中华书局,1981年,第68页。
③ 袁康、吴平辑录:《越绝书》卷8,上海:上海古籍出版社,1985年,第58页。
④ 李邺嗣:《偶作》其八,李邺嗣著,张道勤校点:《杲堂诗文集》上册,杭州:浙江古籍出版社,2013年,第279页。
⑤ 张岱:《王谑庵先生传》,《琅嬛文集》卷4,杭州:浙江古籍出版社,2013年,第151页。
⑥ 王士性撰,吕景琳点校:《广志绎》卷4,北京:中华书局,1981年,第68页。
⑦ 沈圣昭:《先府君行状》,沈谦:《东江集钞》附录,《清代诗文集汇编》第70册,上海:上海古籍出版社,2010年,第270页。
⑧ 丁澎:《望天寿山》其二,《扶荔堂诗集选》卷12,《清代诗文集汇编》第78册,上海:上海古籍出版社,2010年,第440页。

(1666)中举,官临安教谕。毛先舒虽未出仕清廷,但"念门户计,且贫无以养"①,顺治间复为诸生,"浮湛制举"②。其余诸子虽拒不出仕,但对丁澎等人的出仕行为皆予以接纳。如吴百朋迁南和县令,孙治即陪同其赴任。实际上,孙治在顺治十七年(1660)后,即在诗文集中频繁使用清朝年号纪年,表明已接受了满清政权的统治。

"西陵十子"的政治倾向对其文学创作产生了深刻的影响。如果说"西陵十子"前期更多以凄冷孤寂的景色描写,渲染出大势已去、无可奈何的怆然,那么后期诗歌更多感慨自销,描绘闲情逸致为主,呈现出闲适悠远的风格。如张丹《从野堂遣兴呈赵珍留、孙宇台》:"我居一草堂,隐几堪时眺。其阴背河岸,其阳面林表。周垣茸茅茨,开圃散竹筊。槐盖自亭亭,松枝何矫矫。日上芙蓉寒,露滴海棠晓。玉兰冬蕊香,枇杷夏果小。风篁湖柳清,雪牖墙梅摽。密干交虚檐,繁花映浅沼。偏喜琴书静,转觉尘务少。披衣苔细细,脱帻萝袅袅。蜂蝶或群游,鸡犬亦不扰。远山翠易摘,余烟青未了。"③王嗣槐《张秦亭先生传》载张丹归里后隐居秦亭山下,"时过夹城陆芟思及予桂山草堂,饮酒弈棋,留滞不厌。家有龙爪槐,清荫南窗下,独坐吟哦,自言如对老友"④。张丹此诗细致地刻画了从野堂清雅迷人的佳景以及诗人静谧恬澹的日常生活,诗中不再有对易代的愤懑不平,而是代之以平和、超然的态度,作者的遗民身份亦变得模糊。又如毛先舒于康熙十七年(1678)自铁冶岭移家螺峰,自称:"仆废人也,又劣劣多病。移家螺峰,适此幽邃,省人务之烦,松云盘曲,曳杖不返,暝烟蔽眼,以迷为乐。"⑤他的诗《冷泉亭》即以潇洒闲逸的笔调描绘了隐于密林深处的幽寂之境:"谁筑此亭好,胜游良在兹。澹云生古瓦,流水过方池.委曲山逾静,玲珑石转奇。竹深藏白日,松老断游丝。是物含真态,忘形与道期。洞猿呼或出,野鹿卧无疑。独往已如此,相从更有谁。景来心不著,泉冷齿应知。上古桃源客,幽怀我得之。"⑥竹林幽深,诗人独坐亭中,没有人知道他的存在,只有潺潺的流水为伴。如此境界,可谓幽清

---

① 孙治:《赠毛稚黄序》,《孙宇台集》卷8,《四库禁毁书丛刊》集部第149册,北京:北京出版社,1997年,第730页。

② 沈谦:《与张祖望》,《东江集钞》卷7,《清代诗文集汇编》第70册,上海:上海古籍出版社,2010年,第243页。

③ 张丹《从野堂遣兴呈赵珍留、孙宇台》,《张秦亭诗集》卷4,《四库全书存目丛书》集部第210册,济南:齐鲁书社,1997年,第528页。

④ 王嗣槐:《张秦亭先生传》,《桂山堂文选》卷7,《清代诗文集汇编》第73册,上海:上海古籍出版社,2010年,第303页。

⑤ 毛先舒:《答徐竹逸书》,《小匡文钞》卷1,《四库全书存目丛书》集部第211册,济南:齐鲁书社,1997年,第47页。

⑥ 毛先舒:《冷泉亭》,《东苑诗钞》,《四库全书存目丛书》集部第211册,济南:齐鲁书社,1997年,第34页。

寂静之极。尤其是末句"上古桃源客,幽怀我得之",追求一种远离尘嚣、超然世外的寂静之乐。王嗣槐称:"予城居时,日与稚黄、东琪诸子集白榆堂相乐也。已居北郭,又日与祖望、丹麓数人饮酒唱和,不复知人间乐事有过于此者。"①在他的叙述中,西陵诸子更像一群与世无争、优游自适的高士,沉醉于诗酒清欢,自得其乐。

　　顺治中后期,社会逐渐安定,"西陵十子"亦主张发平和雅正之音,这与清朝逐渐走向兴盛的趋势是一致的。张丹、孙治、毛先舒等布衣诗人更多集中平和安闲生活的记录和写照,而在仕清者的诗集中则有不少为清王朝歌功颂德的作品。丁澎就是一个典型例子。顺治十二年(1655),丁澎中进士,任刑部广东司主事,改调礼部主客司,后升至仪制司员外郎。丁澎在居京期间创作了一系列颂扬新朝的庙堂之作,例如《元日早朝太和殿赐宴歌》:"羲和光射双阙高,鸡人唱晓铜鼍号。玉历初开正元朔,五楼天乐垂云璈。紫袖昭容引龙衮,虎贲鹖尾陈星旄。内阁传言赐春宴,千官蹈舞延休殿。捧出金盘御馔鲜,擎来碧瓮葡萄见。朝官尽佩鸬鹚勺,小臣昧此眼空羡。跽抱银罂仰入唇,淋漓满袖真珠溅。至尊笑盼龙颜开,岁首欣逢九重春。……共乐升平大酺时,御赐分颁退食迟。圣主恩深歌湛露,群臣惭和柏梁诗。"②《东省归沐蒙御赐春酒同严黄门、秦庶常恭赋》:"宜春晓禁直鸾班,会散鸣珂退食闲。赐出蒲桃从少府,传来银瓮到人间。东方据地容臣醉,西苑朝天雾圣颜。共沐恩波何以报,相期酩酊曲江还。"③诗写清王朝之恢宏、堂皇以及君臣共宴的祥和场面,鸣盛感恩,歌咏升平,格调雅丽雍容。丁澎在京期间,与施闰章、宋琬、张谯明、周茂源、严沆、赵锦帆往来酬唱,号称"燕台七子",意气风发,力振风雅,一派盛世昂扬气象。丁澎《严少司农颢亭六裘和白侍郎代简寄元微之百韵诗》曰:"章皇临御日,同第祝鸿司。并辔瞻天阙,齐名受主知。螭头常独捧,骥足讵能羁。特羡弘文秘,宁嫌执戟里。上林多讽谏,大宝献箴规。圣德惭匡弼,良朋爱切偲。……陪游戏狐苑,校猎斗鸡陂。酬唱惟同调,朝参不误期。开樽尝索俸,出署每留诗。博涉千门赋,精探一字师。……曝书夸北阮,买艇载西施。燕市吹箫侣,邯郸挟瑟姬。商歌壶尽缺,革孔带频移。大雅宣城倡,新声汴水遗。开襟舒一笑,岸帻倒千卮。北宋濡毫健,髯张觅句迟。短

① 王嗣槐:《巢青阁偶集诗序》,《桂山堂文选》卷1,《清代诗文集汇编》第73册,上海:上海古籍出版社,2010年,第36页。

② 丁澎:《元日早朝太和殿赐宴歌》,《扶荔堂文集选》卷2,《清代诗文集汇编》第78册,上海:上海古籍出版社,2010年,第365页。

③ 丁澎:《东省归沐蒙御赐春酒同严黄门、秦庶常恭赋》,《扶荔堂文集选》卷6,《清代诗文集汇编》第78册,上海:上海古籍出版社,2010年,第396页。

长皆合格,出入必联骑。胜事千秋在,诗名七子垂。"①鸣国家之盛、感君王之恩的同时,亦流露出入仕新朝的得意与自豪。

通过以上分析,可见"西陵十子"对满清政权的态度由最初的抵制转变为徘徊、认同,甚至出仕清廷。在这一过程中,清朝统治者实行的一系列遗民政策起到了重要作用。在清兵南征途中,浙江尤其是浙东的反抗程度尤为激烈,清兵对包括杭州在内的诸多城市蹂躏抢掠,不少家庭流离失所。清王朝建立之后,清廷对汉族士人恩威并施,在一定程度消解了遗民的敌对情绪。例如重开科举考试,三年一科,吴百朋、丁澎等人即由此走上仕途;特设"博学鸿词科",以竭力笼络明遗民,"西陵十子"挚友、杭人王嗣槐即以六十岁高龄应试,出仕新朝;诏令荐举"山林隐逸",上行下效,地方官对遗民礼遇有加,康熙二十二年(1683),浙江巡抚修通志,毛先舒即被延入馆。清政府在推行怀柔政策的同时,亦采取了政治高压。如顺治十七年(1660),诏令严禁士人结社,此举正针对"江南之苏松、浙江之杭嘉湖"②。陆圻作《辞盟社启》,柴绍炳作《与友人论止诗社书》,宣称"一切盟社,不复相关",并号召"凡我同志,谓当冲怀味道,养气息机,绝口会盟"③,愈加小心谨慎。且杭州当地"安娱乐而多驰驱"④的文化心态更是渗透人心,故而当越中遗民尚穷伏山野、伺机复明时,杭州遗民大多在清廷的感召与压制之下,由最初的敌对变为认同和接纳,由心系故国的"遗民"转为超然世外的"逸民"与适应了新朝的顺民。

第四节　"西陵十子"与云间派

作为明末清初一个重要的文学群体,"西陵十子"的崛起与密迩杭州的云间派之间有着千丝万缕的联系。前人论"西陵十子",多将其视为云间派的羽翼。如吴伟业称:"云间诸子继弇州先生而作者也,龙眠、西陵继云间而作者也。"⑤朱彭称:"陈卧子先生司李绍兴,诗名既盛,浙东西人士无不遵其指授,故张纲孙等

① 丁澎:《严少司农颙亭六裘和白侍郎代简寄元微之百韵诗》,《扶荔堂文集选》卷10,《清代诗文集汇编》第78册,上海:上海古籍出版社,2010年,第434页。

② 王先谦:《东华录》,《续修四库全书》369册,上海:上海古籍出版社,2002年,第457页。

③ 柴绍炳:《与友人论止诗社书》,《柴省轩先生文钞》卷10,《四库全书存目丛书》集部第210册,济南:齐鲁书社,1997年,第399页。

④ 嵇曾筠等监修,沈翼机等编纂:《(雍正)浙江通志》卷99,《景印文渊阁四库全书》史部第282册,台北:台湾商务印书馆,1986年,第519页。

⑤ 吴伟业:《致孚社诸子书》,《梅村家藏稿》卷54,《四部丛刊正编》第80册,台北:台湾商务印书馆,1979年,第235页。

所撰西泠十子诗,皆云间派也。"①所以,研究"西陵十子"的形成,必然要论及其与云间派的关系。在陈子龙司理绍兴之前,陆圻、陆培等人即以复古相倡,并且受地域文学传统影响表现出尚绮艳的倾向,这与以陈子龙为首的云间派颇为相近。至崇祯十三年(1640),陈子龙任职绍兴,期间对杭州"西陵十子"提携推赏,且频有诗文往来,相交甚密,对"西陵十子"产生了重要的影响,杭州亦成为明末清初复古运动的又一重镇。本节即考察"西陵十子"与云间派尤其是陈子龙的交游及文学影响,这不仅有助于深入了解"西陵十子"的文学活动与文学理论,对于明末清初复古文学研究亦有一定价值。

明末,文人结社空前兴盛,切磋时艺诗歌的文社、诗社遍布大江南北。崇祯五年(1632),张溥、张采合江南、江北数十社为复社,与此同时,松江陈子龙与同邑夏允彝、周立勋等创立几社,此二社成为当时最具影响力的文人团体。崇祯十四年(1641),张溥病卒,陈子龙遂成为两社共同拥戴的领袖,云间宗唐复古诗学亦一时间风靡海内。吴伟业即称"天下言诗者辄首云间"②。韩诗亦称:"吴越荆楚间宗华亭独盛,以华亭接七子。"③杭州地理位置密迩松江,文人习尚与文化传统多有类似,诗学主张亦颇为一致。两地文人交往甚密,互通声气,共同掀起了明末清初宗唐复古运动的高潮。

一、"西陵十子"与云间派的交游

谭钟麟称:"武林为东南一大都会,湖山之胜甲天下。"④杭州素以风景秀美著称,吸引着四方士人前来游赏。松江与杭州距离较近,交通方便,两地士人频有往来。云间派领袖陈子龙对杭地风光甚为倾心,作有大量刻画西湖风景的诗歌作品,据陈子龙自撰年谱及王澐续陈子龙年谱,知陈子龙一生至少有六次至杭州,可见其与杭地结缘之深。

"西陵十子"皆为杭州当地人,其与陈子龙的关系,可追溯至父辈。如陆圻父陆运昌在当时声名甚著,"文名驰四方,士多归之"⑤,且"居平以汲引天下贤士为

---

① 王昶:《春融堂集》卷24,《清代诗文集汇编》第358册,上海:上海古籍出版社,2010年,第285页。

② 吴伟业:《宋直方林屋诗草序》,吴伟业著;李学颖集评标校:《吴梅村全集》中册,上海:上海古籍出版社,1990年,第672页。

③ 韩诗:《水西近咏序》,田茂遇:《水西近咏》卷首,《四库未收书辑刊》7辑第23册,北京:北京出版社,2000年,第311页。

④ 谭钟麟:《武林掌故丛编序》,丁丙辑:《武林掌故丛编》第1册,台北:京华书局,1967年,第1页。

⑤ 丁丙:《武林坊巷志》第8册,杭州:浙江人民出版社,1990年,第247页。

念"①,好奖掖后进,陈子龙少时即获赏于陆运昌。陈子龙《吉水令梦鹤陆公传》文末曰:"公负人伦鉴,予为童子时,公见予文于给事中李公坐,叹赏过实,此亦公千虑之一失矣。故予交陆氏父子,如孔融在纪、群之间也。"②陈子龙以孔融与陈纪、陈群父子之交比喻与西陵陆氏父子的交往,可见交谊之深。陈子龙与张丹伯父张垲亦为挚友,崇祯七年(1634)十一月,陈子龙偕彭宾来杭州,曾与张垲夜游西湖,并作《仲冬十二日湖上方暖,夜二鼓,呼小艇循两堤并南山环湖而归,抵岸则鸡三唱矣,同游者为彭燕又、张幼青诸君》。崇祯十一年(1638),陈子龙等辑《皇明经世文编》成书,张垲曾予以参阅。陈子龙还与杭州读书社成员如闻启祥、严调御等人相交游、"称侪偶"③,而这些人正是"西陵十子"的先辈,毛先舒与孙治即为闻启祥门生。陈子龙与以上杭州名士的交往,在一定程度上拉近了与"西陵十子"的距离。

崇祯十三年(1640),陈子龙出任绍兴推官,期间结识"西陵十子",且往来颇密。陈子龙自撰《年谱》崇祯十四年辛巳"附录"引《白榆集小传》曰:"先舒著《白榆集》流传山阴祁中丞之座,适陈卧子于祁公座上见之,称赏,遂投分引叹,即成师友。其后'西泠十子'各以诗章就正,故十子皆出卧子先生之门。国初,西泠派即云间派也。"④此时陈子龙已成为海内贤士大夫领袖,"士以其夙有文望,争师事之"⑤。"西陵十子"亦不例外,他们与陈子龙大多以文定交。现将"十子"与云间派的交往介绍如下:

陆圻首开杭州复古之风,其主张与陈子龙甚合,二人交谊颇厚。陆圻对陈子龙之才华可谓推崇备至,《投谢陈公大樽》赞其"华胄标名阀,群才擅国香。谭经推服郑,作赋掩班张。世仿吴均体,人传王氏箱。风文常吐白,骏足自飞黄"⑥。陈子龙对陆圻的文才亦颇为欣赏,任职绍兴期间,二人多有往还。崇祯十四年(1641),陆圻父陆运昌卒于京口,陈子龙为其作传。陆圻《投谢陈公大樽》题下注"陈公常邀余金陵幕中"⑦,可见二人交往之密切。陈子龙对陆圻弟陆培亦以"友"相称,尝为其文集作序,称其人"弱冠射策,名动公卿",其才"沉博绝丽,无所

---

① 陈子龙:《吉水令梦鹤陆公传》,《安雅堂稿》卷13,《续修四库全书》第1388册,上海:上海古籍出版社,2002年,第115页。

② 陈子龙:《吉水令梦鹤陆公传》,《安雅堂稿》卷13,《续修四库全书》第1388册,上海:上海古籍出版社,2002年,第115页。

③ 陈子龙:《严印持先生传》,《安雅堂稿》卷13,《续修四库全书》第1388册,上海:上海古籍出版社,2002年,第119页。

④ 陈子龙著,施蛰存、马祖熙标校:《陈子龙诗集》下册,上海:上海古籍出版社,1983年,第669页。

⑤ 陈子龙著,施蛰存、马祖熙标校:《陈子龙诗集》下册,上海:上海古籍出版社,1983年,第669页。

⑥ 陆圻:《投谢陈公大樽》,《威凤堂集》卷7,南开大学图书馆藏清钞本。

⑦ 陆圻:《投谢陈公大樽》,《威凤堂集》卷7,南开大学图书馆藏清钞本。

不洽"①，对其人品及文章均甚为推赏。

　　毛先舒与陈子龙是典型的因文相识。吴颢辑《国朝杭郡诗辑》卷三载毛先舒"弱冠刊《白榆堂诗》，陈卧子方司理绍兴，见而嗟赏。读至'沧海春潮随日落，潇湘暮雨带云还'，叹曰：'吐句可谓落落孤高，惜非功名中人耳。'"②毛奇龄《毛稚黄墓志铭》载先舒"十八岁著《白榆堂诗》，镂之版，华亭陈子龙为绍兴推官，见而咨嗟，于其赴行省，特诣君。君感其知己，师之。时复有《歊景楼诗》质子龙，子龙为之序。后因过绍兴，谒子龙官署"③。是时毛先舒年仅二十二岁，尚未有名气，陈子龙屈尊就访，使先舒倍感荣幸。陈子龙对毛先舒倾心推许，甚至欲传以衣钵。黄云《渼书序》曰："往时陈卧子先生为当代宗匠，《歊景楼》一序，倾心推与，欲以斯文相属。"④不仅如此，陈子龙念毛先舒生计艰难，还为其作书援荐。毛先舒《报施愚山书》载："忆仆昔亦苦困顿，卧子先生尝作书援荐，有云'西陵毛子，年才弱冠，不但制举艺为士类所推服，即为诗古文辞，亦复丝簧合律，灿乎可观'云云。"⑤陈子龙司理绍兴期间，与毛先舒多有往来，感情甚深。崇祯十七年（1644），陈子龙秩满归乡，毛先舒赶赴北门为之送行，时恩师驺骑已发，毛先舒作《呈卧子先生书》，文曰："某不肖，幸以薄技待罪门下，私窃自庆，兼侧侍抵掌，使某益闻所未闻，益深自愉怿，不敢谖之于心。"⑥可见陈子龙在先舒心中的崇高地位。顺治四年（1647），陈子龙投水殉节，其忠君爱国精神对毛先舒产生了深刻的影响。毛先舒作《读华亭卧子先生诗有感》，以闭门不出缅怀先师，诗曰："高咏遗编满泪痕，黄河碧水几清浑。非时麟见身难免，一代龙门众让尊。市过孙阳曾顾骏，才惭宋玉未招魂。何从地下酬知己，秋色蓬蒿独掩门。"⑦陈子龙对毛先舒影响甚深，先舒尝托人制印一枚，文曰"犹及山阴、华亭之门"⑧，可见其对恩师陈子

---

① 陈子龙：《陆鲲庭旃凤堂文稿序》，《安雅堂稿》卷 2，《续修四库全书》第 1387 册，上海：上海古籍出版社，2002 年，第 690 页。

② 吴颢辑：《国朝杭郡诗辑》卷 3，浙江图书馆藏清同治十三年钱塘丁氏刻本。

③ 毛奇龄：《毛稚黄墓志铭》，《西河集》卷 99，《景印文渊阁四库全书》集部第 260 册，台北：台湾商务印书馆，1986 年，第 114 页。

④ 黄云：《渼书序》，毛先舒：《渼书》卷首，《四库全书存目丛书》集部第 210 册，济南：齐鲁书社，1997 年，第 616 页。

⑤ 毛先舒：《报施愚山书》，《渼书》卷 7，《四库全书存目丛书》集部第 210 册，济南：齐鲁书社，1997 年，第 739 页。

⑥ 毛先舒：《呈卧子先生书》，《渼书》卷 7，《四库全书存目丛书》集部第 210 册，济南：齐鲁书社，1997 年，第 714 页。

⑦ 毛先舒：《读华亭卧子先生诗有感》，毛先舒：《毛驰黄集》卷 3，山东省图书馆藏清康熙刻本。

⑧ 按："山阴"指刘宗周，刘宗周为浙江山阴人；"华亭"指陈子龙，陈子龙为松江华亭人。二人皆为毛先舒老师，对先舒的思想与文学产生了深刻影响。参见毛先舒：《与王启人书》，《思古堂集》卷 2，《四库全书存目丛书》集部第 210 册，济南：齐鲁书社，1997 年，第 808 页。

龙之仰慕。

柴绍炳结交陈子龙亦在陈氏任职绍兴期间。孙治为柴绍炳所作传记称其"善为诗,云间陈子龙理绍兴时,见而奇之,为序其《青凤集》行世"①。毛际可《西陵五君子传》亦提及陈子龙为柴绍炳文集作序一事:"华亭陈卧子负重名,为序其《青凤轩集》以传,曰:'东南奇士也。'"②该序文收入陈子龙《安雅堂稿》,文曰:"武林柴虎臣,年在英茂,深湛有思致,众推其雅才。好为古文,文多渊赡,赋诗合于作者。虽在被褐,意量广远,诚东南之奇士。"③可见其对柴绍炳文才韬略的赞许。不仅如此,陈子龙还对柴绍炳寄予厚望,《寄柴虎臣》云:"君家才名辈起,如王谢乌衣子弟,而更得足下为之后劲,何其盛也!所拟诸乐府,逸而不缚,工而不袭。昔人摹拟刻画,形神不属者,足下缠绵惋恻,而古趣弥多,其为千古绝唱无疑。但才如足下,不即令起草明光,给上方笔札,尚尔抱膝苦吟,不为英雄短气耶?"④认为才高如绍炳,当位居庙堂,为君主分忧。以上种种,皆可见陈子龙对柴绍炳才华的赏识。

崇祯十五年(1642),陈子龙出任浙江乡试同考官,陈子龙《自撰年谱》称"予所拔多名士及才而单寒者,虽于贵游不甚餍,而终事帖然。"⑤丁澎与吴百朋皆于此次乡试中举,与陈子龙的暗中提携有着密切关系。孙治《亡友吴锦雯行状》云:"云间陈卧子先生实暗中揣摩为名士,本房得士七人,君为殿,而实以君为国士也。君自此益抱击楫中原之志矣。"⑥

除陈子龙外,"西陵十子"与李雯、宋征舆等云间派诗人亦多有往来,交谊颇深。陆圻《彭古晋诗序》称:"近古之以诗鸣者,大抵称'七子',其余则缙绅,或颇阙不道。而岁壬申以还,诗乃独盛于云间。云间之诗,以大樽先生为之倡,而二三君子和之,余时时往还,知其含风吐骚,投颂合雅,斌斌乎可弦而讽也。而今年壬辰,余复与蒋子篆鸿客云间,得遍交游诸公间,而作者为弥盛,其稍细者不具论,其尤工者不啻三十有余家。"⑦陆圻对云间派文学复古甚为推崇,不仅与云间

---

① 孙治:《亡友柴、汪、陈、沈四先生合传》,《孙宇台集》卷15,《四库禁毁书丛刊》集部第149册,北京:北京出版社,1997年,第17页。

② 毛际可:《西陵五君子传》,《安序堂文钞》卷12,《清代诗文集汇编》第130册,上海:上海古籍出版社,2010年,第448页。

③ 陈子龙:《柴虎臣青凤轩文稿序》,《安雅堂稿》卷4,《续修四库全书》第1387册,上海:上海古籍出版社,2002年,第722页。

④ 陈子龙:《寄柴虎臣》,《陈子龙全集》中册,北京:人民文学出版社,2011年,第843页。

⑤ 陈子龙:《自撰年谱》,《陈子龙全集》中册,北京:人民文学出版社,2011年,第952页。

⑥ 孙治:《亡友吴锦雯行状》,《孙宇台集》卷24,《四库禁毁书丛刊》集部第149册,北京:北京出版社,1997年,第73页。

⑦ 陆圻:《彭古晋诗序》,《威凤堂集》卷1,南开大学图书馆藏清钞本。

三子酬唱往还,顺治九年(1652)更是亲赴松江,遍交云间名士。陆圻《威凤堂集》中存有不少与云间派诗人雅集酬赠之作,如《云间王胜时、王玠右、吴日千、吴六益、张洮侯、董得仲、彭师度诸子有九日登高之约,赋此却寄》《春日游云间集彭燕又宅,同人分赋,得歌字支字》《云间王玠右名世躬耕情村却寄》等等。丁澎亦与云间诸子交情甚笃,彭宾、宋征舆、张安茂、沈荃皆为丁澎别集作序,并予以极高的评价。此外,参与复社活动亦促进了"西陵十子"与云间派的交流,如崇祯十五年(1642)春,复社大会于虎丘,杜登春《社事始末》载"武林登楼诸子如严子岸先生灏、严子问先生津、严子餐先生沆、吴锦雯先生百朋、陆丽京先生圻、陆鲲庭先生培、陈元倩先生朱明、吴岱观先生山涛"及"云间之后起"①皆参与了集会活动。

　　如此频繁的往来使西陵与云间关系甚为紧密,两地文风亦颇为类似,故彼此往往以同盟视之。例如华亭蒋平阶称:"吾郡昔为风始,诸方莫能和,独钱唐起而和之。三十年来,哲士蔚兴,闻于四远。予所把臂称同调者丽京、骧武、药园、祖望稚黄十数子,以为擅人伦之胜选,馨川宝之英翘矣。"②张安茂称:"大历以来,诗亡七百有余岁矣。献吉氏出而修明之,信阳起而和之。历下既没,邪说横流,诗亡又六十有余岁矣。我云间二三子出而修明之,西陵起而和之,一盛一衰,一晦一明,岂不系乎人哉?"③可见云间派已将"西陵十子"引为同调,两地文人遥相呼应,共同将明末清初复古运动推向高潮。

二、"西陵十子"与云间派文学理论之"合"

　　"西陵十子"崛起之前,统领杭州文坛的是闻启祥、严调御、张岐然等人主持的读书社。黄宗羲称:"崇祯间,武林有读书社,以文章气节相期许,如张秀初岐然之力学,江道暗浩之洁净,虞大赤宗玫,仲嵩宗瑶之孝友,冯俨公悰之深沉,郑玄子之卓荦,而前此小筑社之闻子将、严印持调御亦合并其间。是时四方社事最盛,然其人物固未之或先也。"④杭州读书社虽以读书研理、崇尚古义为宗旨,但成员大多出自居士虞淳熙门下,深受佛禅影响,对现实政治多有疏离,黄宗羲即

---

① 杜登春:《社事始末》,北京:中华书局,1991年,第7页。

② 蒋平阶:《巢青阁集序》,陆进《巢青阁集》卷首,《四库未收书丛刊》8辑第20册,北京:北京出版社,1997年,第148页。

③ 张安茂:《扶荔堂诗集选序》,丁澎:《扶荔堂诗集选》卷首,《清代诗文集汇编》第78册,上海:上海古籍出版社,2010年,第452页。

④ 黄宗羲:《郑玄子先生述》,黄宗羲著,吴光主编:《黄宗羲全集》第10册,杭州:浙江古籍出版社,2012年,第581—582页。

对其颇有微词,称"武林之读书社,徒为释氏之所网罗"①,并讥其"经生之学,不过训故熟烂口角,圣经贤史,古今治乱,邪正之大端,漫不省为何物"②。读书社成员与钟惺、谭元春多有往来,文风亦以闲旷清醇、自然玄远为主,如萧士玮《读书社文序》称:"予至武林,闻子将出读书社诸君子文与予,视之,脱口落墨,不堕毫楮,独留一种天然秀逸之韵,倏忽往来,扑人眉端,如山岚水波,风烟出入。"③陈子龙虽时过杭州,亦与读书社成员时有往还,但陈子龙毕竟是晚辈,并未对杭州诗坛产生多大影响。闻启祥《陈卧子先自云间寄余著作,今来湖上口占二章答之》其二曰:"文章非一途,胡独尊汉魏。为怜世趣卑,如毒中肠胃。所以洒濯之,醒醐只一味。读书鉴苦心,毋徒哗纸贵。"④可见杭州士人对陈子龙的复古诗学并不认同。

至崇祯十三年(1640),登楼社取代读书社,成为杭州文坛的主导力量。登楼社成员虽为读书社后辈,如毛先舒、孙治为闻启祥门生,虞黄昊为虞宗瑶之子,但他们并未继承乡里前辈的文学主张,而是号召通经汲古、经世致用,反对佛禅之风与竟陵派,自觉树立起复古大旗。登楼社成立之时,除年龄最长的陆圻二十七岁,柴绍炳、吴百朋二十五岁,其余年纪皆在二十岁左右,大多寂寂无名,但意气风发,以经世济民自许,汲汲于仕途。时陈子龙年已三十三岁,正值盛年,且为叱咤文坛的领袖人物。陈子龙着力提携后学,"西陵十子"亦感激陈子龙的知遇之恩,大多以师尊之。"西陵十子"对陈子龙的文学成就予以高度评价,如孙治《题陈卧子先生诗后》曰:"先生诗直步草堂以前,驾瑯琊而含沧溟,所不必言。古文辞经术淹通,粹然一出于正,有明三百年固当独步者乎?"⑤"西陵十子"与云间派诗风多有一致之处,以下具体析之。

(一)崇复古

以陈子龙为首的云间派在文学上最突出的特点即绍述前后七子复古论调:"文当规模两汉,诗必宗趣开元。吾辈所怀,以兹为正。至于齐梁之赡篇,中晚之新构,偶有间出,无妨斐然。若晚宋之庸沓,近日之俚秽,大雅不道,吾知免

---

① 黄宗羲:《陈夔献墓志铭》,黄宗羲著,吴光主编:《黄宗羲全集》第10册,杭州:浙江古籍出版社,2012年,第453页。

② 黄宗羲:《高古处府君墓表》,黄宗羲著,吴光主编:《黄宗羲全集》第10册,杭州:浙江古籍出版社,2012年,第272页。

③ 姚礼撰辑:《郭西小志》卷14,杭州:浙江工商大学出版社,2013年,第275页。

④ 陈子龙著,施蛰存、马祖熙标校:《陈子龙诗集》下册,上海:上海古籍出版社,1983年,第138页。

⑤ 孙治:《题陈卧子先生诗后》,《孙宇台集》卷28,《四库禁毁书丛刊》集部第149册,北京:北京出版社,1997年,第99页。

夫。"①陈子龙明确反对宋代的庸沓文风,对公安、竟陵之俚秽亦嗤之以鼻。他自觉以前后七子的后继者自期,其为张溥《七录斋集》所作序称:"国家景命累叶,文且三盛。敬皇帝时,李献吉起北地为盛。肃皇帝时,王元美起吴又盛。今五六十年矣,有能继大雅、修微言,绍明古绪,意在斯乎?天如勉乎哉!"②陈子龙认为前后七子所引导的复古运动极大地推动了明代文学的繁荣,并以继承前后七子而自豪。

"西陵十子"亦对前后七子掀起的复古之风予以极高的评价。如柴绍炳《西陵十子诗选序》曰:"宋习鄙钝,元音俚下,艺林厄运者乎。明初四家,扫除不尽,廓清于何、李,再振于嘉、隆,斯道嗣兴,斌乎大雅。"③"西陵十子"将前后七子视为扫除宋元鄙俚、复兴大雅的功臣,亦以复古派的继承者自居。如张丹诗曰:"大雅日荒秽,古道何山敦。云间与钱塘,戮力删其繁。岳势崔魏峻,江波屈曲翻。上讨汉魏作,下变陈隋言。"④"十子"于古体宗汉魏、近体追盛唐,走的正是前后七子及云间派的路子。邓之诚评"十子"诗曰:"予尝读陆圻《威凤堂集》、丁澎《扶荔堂集》、沈谦《东江集》,规模云间,才情飙举,声调于七子为近。"⑤

在陈子龙任职绍兴之前,杭州陆圻、陆彦龙即已以复古自命。陆彦龙《报鲲庭书》曰:"因念足下独留京师,拜政之余,自当肆力诗古文辞,远追建安,近逼嘉靖诸子。虽非时所急,然以英雄兼才子,差足豪耳。"⑥该文题下注"庚辰孟夏",即崇祯十三年四月,而陈子龙于是年八月方至绍兴为官,可见在此之前,陆彦龙便开始提倡复古。陆繁绍称:"崇祯以前数十年,西陵无工诗者,自余伯景宣公起,与执友骧武陆公一唱一和,诗教郁然并兴,功烈不可诬也。始乃诘倔聱牙,亦少苦矣。后十年余伯卓然与古人同风,五言则本汉魏,歌行、近体驰骚乎开元、天宝之间。……伯父作诗盖数十万言,已乃自汰其少作凡十五六,于是录为《威凤堂诗集》,远追汉唐,近则李历下、王司寇及华亭陈黄门诸公,风调渊洁最高,飒飒乎大雅之音也。"⑦据此可知陆圻与陆彦龙首先开启了杭州诗坛的复古风气。而陈子龙任职绍兴之后,愈加推动了复古诗学在杭州的流行。如沈谦早年受时风影响,尤喜晚唐温、李之风,后陆圻授以陈子龙之诗,沈谦遂"去温、李之绮靡,而

① 陈子龙:《壬申文选凡例》,《陈子龙文集》上册,上海:华东师范大学出版社,1988年,第667页。
② 陈子龙:《七录斋集序》,《陈子龙文集》上册,上海:华东师范大学出版社,1988年,第365页。
③ 柴绍炳:《西陵十子诗选序》,毛先舒、柴绍炳选编:《西陵十子诗选》卷首,国家图书馆藏清顺治七年还读斋刻本。
④ 张丹:《答洮侯五兄》其二,《张秦亭诗集》卷3,《四库全书存目丛书》集部第210册,济南:齐鲁书社,1997年,第512页。
⑤ 邓之诚:《清诗纪事初编》上册,上海:上海古籍出版社,2013年,第258页。
⑥ 陆彦龙:《报鲲庭书》,周亮工辑,米田点校:《尺牍新钞》卷4,长沙:岳麓书社,1986年,第143页。
⑦ 陆圻:《威凤堂文集》诗部,《四库未收书辑刊》第7辑第20册,北京:北京出版社,1997年,第57—58页。

效给事所为"①。王昶曰:"每言浙江明季多学钟、谭,渐乖于正。自云间陈卧子先生司李山阴,差知复古。后如'西泠十子'皆奉司李之余绪。西河毛氏,幼承赏识,亦宗其旨。即竹垞太史,初时并效唐音。百余年来,浙中诗派,实本云间。"②"西陵十子"与陈子龙一道,在杭州不遗余力地推行复古思想,使该地成为明末清初复古运动的又一重要阵地。

(二)重美刺

明末社会危机的加剧激发了士人的社会责任感,以陈子龙为首的云间派具有强烈的经世精神,他们要求学术文化要为现实服务,表现在文学上,即儒家文学政教精神之复兴。晚明公安派继承李贽的童心说,提倡从社会政治道德中脱离出来,回到初始的本真状态,强调抒写人的"嗜好情欲"③,而竟陵派则深受佛禅思想影响,将"幽情单绪"、"孤行静寄"④这种远离尘世的境界当作文学的全部蕴涵,把创作引向幽深奇僻、冷寂孤峭之路,这皆背离了儒家诗学的政教精神。有鉴于此,陈子龙主张诗歌要反映现实,具有深广的社会政治与道德内涵,《六子诗稿序》宣称:"夫作诗而不足以导扬盛美,刺讥当涂,托物连类而见其志,则是《风》不必列十五国,而《雅》不必分大小也。虽工而予不好也。"⑤陈子龙不满于沉溺于一己之情而缺乏政教价值的作品,强调诗歌要关乎时代与现实,注重诗歌的社会功用,这正是士人面对社稷危亡所表现出的忧患意识和经世精神的反映。"西陵十子"亦高度重视诗歌有益教化之精神。如毛先舒称:"维诗作诂,赜有烦名,六艺群纬,义洽理备,均以宣其堙郁,节其波荡,陈美以为训,讽恶以为戒,上既足以彰知贞淫,而下亦得婉寓怨讥,而亡所讳。故乃微之以词指,深之以义类,干之以风力,调之以匏弦,质之以捡括,文之以丹彩。用之当时,感人灵于和平;播之历祀,挹芳流乎无穷。"⑥毛先舒亦主张诗歌应当反映社会治乱,能对统治者起到美刺规谏的作用。

---

① 陆圻:《东江集钞序》,沈谦:《东江集钞》卷首,《清代诗文集汇编》第 70 册,上海:上海古籍出版社,2010 年,第 180 页。

② 王昶著,周维德辑校:《蒲褐山房诗话新编》卷下,济南:齐鲁书社,1988 年,第 150 页。

③ 袁宏道:《叙小修诗》,袁宏道著,钱伯城笺校:《袁宏道集笺校》上册,上海:上海古籍出版社,2008 年,第 188 页。

④ 钟惺:《诗归序》,钟惺、谭元春编:《诗归》卷首,《四库全书存目丛书》集部第 337 册,济南:齐鲁书社,1997 年,第 656 页。

⑤ 陈子龙:《六子诗稿序》,《安雅堂稿》卷 3,《续修四库全书》第 1387 册,上海:上海古籍出版社,2002 年,第 698 页。

⑥ 毛先舒:《诗辩坻》卷 1,郭绍虞编选,富寿荪校点:《清诗话续编》上册,上海:上海古籍出版社,1983 年,第 6 页。

陈子龙高度重视诗歌的政治教化意义,在他看来,只要出于忠爱规谏之心,无论"美"与"刺"都应予以充分肯定:"诗者,非仅以适己,将以施诸远也。诗《三百篇》,虽愁喜之言不一,而大约必极于治乱盛衰之际,远则怨,怨则爱;近则颂,颂则规。怨之于颂,其文异也;爱之与规,其情均也。"①然而,相较变风变雅,陈子龙更倾向和平之音:"词贵和平,无取伉厉。乐称肆好,哀而不伤,使读之者如鼓琴操瑟,曲终之会,希声不绝,此审音之正也。"②他认为诗歌应当怨而不怒,哀而不伤,通过温厚和平的情感表达感染人心,教化民众,这亦是陈子龙评价他人作品的一大标准。如评文德翼诗曰:"采往事,发所见闻,微而章,直而和,痛而不乱,瑰丽诘曲而不诡于正,其远者,刺当时之失,抒忠爱之旨;其近者,迫于忧谗畏讥之怀,而其要归不失于和平婉顺。"③在陈子龙看来,即使身处衰世,也要不失温厚和平,这也寄寓了其对王朝重兴的期望。以"西陵十子"为代表的杭州诗人群体亦强调温柔敦厚。毛奇龄称:"予幼时颇喜为异人之诗,既而华亭陈先生司李吾郡,则尝以二雅正变之说为之论辨,以为正可为,而变不可为,而及其既也,则翕然而群归于正者,且三十年。"④"西陵十子"身经鼎革之际的血雨腥风,他们虽不否定怨怒哀思,但在表现方式上更侧重温厚含蓄。如柴绍炳曰:"《诗》之为教,本于先圣王,与《书》《礼》《春秋》并重,而《诗》又善言其志,曲平乎情,以渐摩于至谊。故出盛时,宣德美雅颂之音,流于金石。即不幸而身际乱离,卑贱不得志,犹复咏歌唱叹,感物造端,使言之无罪,闻者足戒。如'山榛'、'衡泌'、《伐檀》诸篇,不可谓非栖遁违时矣,乃其词流连蕴藉,怨而不怒,哀而不伤,但兴忠孝悱恻之思,绝少下士诽谤之累。故诗者最足以观德,而善诗者为能日近乎道也。"⑤柴绍炳认为即使处于国破家亡之乱世,哀怨激愤已极,发为歌咏,亦要含蓄蕴藉,怨而不怒,不能肆意发为凄厉之音。温厚和平不仅是"西陵十子"对文学创作的一大要求,亦是其在严密文网下自我保全的一种手段。邓之诚《清诗纪事初编》评毛先舒《诗辩坻》曰:"《诗辩坻》四卷,论诗极精。举诗疢凡十有七端,深以讥刺

---

① 陈子龙:《白云草自序》,《安雅堂稿》卷3,《续修四库全书》第1387册,上海:上海古籍出版社,2002年,第698页。

② 陈子龙:《李舒章古诗序》,《安雅堂稿》卷2,《续修四库全书》第1387册,上海:上海古籍出版社,2002年,第685页。

③ 陈子龙:《文用昭雅似堂诗稿序》,《安雅堂稿》卷2,《续修四库全书》第1387册,上海:上海古籍出版社,2002年,第686页。

④ 毛奇龄:《苍崖诗序》,《景印文渊阁四库全书补遗》集部第7册,北京:北京图书馆出版社,1997年,第644—645页。

⑤ 柴绍炳:《赠莆田林衡者诗叙》,《柴省轩先生文钞》卷6,《四库全书存目丛书》集部第210册,济南:齐鲁书社,1997年,第264页。

为戒,故所作篇章,不涉时事,可谓善于自全者。"①因此,"西陵十子"在反映鼎革现实时,很少正面描述血腥惨烈的战争与屠戮,亦较少凄厉激愤的哭号,更多借助写景与怀古,和平委婉地传递亡国哀思,在情感的浓度与力度上较越中弱得多。

(三)尚华艳

尚华艳是以陈子龙为首的云间派区别于前后七子的一大特征,具体而言,即内容上写艳情,艺术上崇绮丽,师法对象上宗齐梁、晚唐。对于陈子龙这一诗学倾向,"西陵十子"的重要成员柴绍炳与毛先舒之间曾有过一场争辩。约顺治二年(1645)前后,柴绍炳曾致书毛先舒,对其效仿"云间三子"的绮艳诗风有所不满,他称:"曩吾极推足下,每所引绳,靡弗叹服。顷则甲乙篇第,似乎偏尚云间三子之制,艳逸相高,务目新体制。矫枉太甚,亦复是累;爱而知辟,古以为难。'芳草多所误',古体中作何位置?'火照纱窗人影红',小词致语耳。彼集中竞爽,不乏名章,而猥以闺阁情多,相为称说,然则四始所训,徒尊《国风》,而善作新声,便靡雅奏乎?"②"芳草多所误"出自陈子龙五古《暮春晦前一日语溪道中》③,"火照纱窗人影红"或源自陈子龙《探春令·上元雨》"火微红,明灭纱窗里,知有玉人低语"④,柴绍炳举此二例,旨在说明前者破坏了古体诗的质朴,后者不过是难登大雅之堂的俗艳小词,诗歌不当沉溺于闺阁情中。柴绍炳还对"云间三子"取法齐梁、晚唐提出异议:"今世作者,古体师汉魏,近体追盛唐,企而不及,顾欲矫之乎?且玉台新制,靡加于南皮、江右;西昆丽体,宁过乎神龙、天宝?……究之《三百》以降,下迄有明,篇章次第,诸体各备,纵有哲匠,何所创更?仲尼不云'述而好古',呵佛骂祖,未易轻道,矫情新艳,相扇风流,《花间》《草堂》势必阑入,是则每况愈下耳。"⑤他认为古体至魏晋、近体至盛唐已达到极盛,后人所要做的是借鉴、效仿前人,而不是着力求新、以绮艳替代大雅。

对于柴绍炳的批评,毛先舒并不认同。首先,他认为艳情无妨大雅。陈子龙

---

① 邓之诚:《清诗纪事初编》卷7,上海:上海古籍出版社,1984年,第803页。
② 柴绍炳:《与毛驰黄论诗书》,《柴省轩先生文钞》卷10,《四库全书存目丛书》集部第210册,济南:齐鲁书社,1997年,第385页。
③ 陈子龙:《暮春晦前一日语溪道中》,陈子龙著、施蛰存、马祖熙标校:《陈子龙诗集》下册,上海:上海古籍出版社,1983年,第194页。
④ 邹祗谟、王士禛辑:《倚声初集》卷8,《续修四库全书》第1729册,上海:上海古籍出版社,2002年,第295页。
⑤ 柴绍炳:《再与毛驰黄论诗书》,《柴省轩先生文钞》卷10,《四库全书存目丛书》集部第210册,济南:齐鲁书社,1997年,第386页。

即提出"夫风骚之旨,皆本言情。言情之作,必托于闺襜之际"①,为艳体辩护。毛先舒亦宣称:"夫古人作诗,取在兴象,男女以寓忠爱,怨诽无妨贞正,故《国风》可录,而《离骚》、经辞乃称不淫不乱,诗《三百篇》,大抵言情为多,乃用《尚书》《礼运》之义相绳,何其固耶?"②他从男女喻君臣的传统出发,将艳情诗纳入风骚正途。其次,肯定云间三子在设色上的新变之功。陈子龙认为于诗"不必专意为同,亦不必强求其异",后人在体格与音调上已无法超越前贤,而"色彩之有鲜萎,丰姿之有妍拙,寄寓之有浅深,此天致人工各不相借者也"③,主张在色彩上求变。毛先舒引陆机"虽杼轴于予心,怵他人之我先"之语,亦认为不能仅局限于步趋古人,而应当"第设色欲稍增新变"④。对于"云间三子"的艳逸新篇,毛先舒予以充分肯定:"华亭新撰而仆所耽玩者,其于古调在离合之间所为妙也。若居然工部,宛尔于鳞,则浣花、白雪,曩编具是,安用是捧罂耶?"⑤认为云间派的华采丽藻,正是对前后七子复古藩篱的突破。基于以上两点,毛先舒对陈子龙兼宗六朝、晚唐的诗学取向表示赞同:"梁陈绮丽,四杰雄整。沈、宋以谐稳称工,李、杜以变化见妙。钱、刘、韩、李之婉缛,岂无一长? 庭筠、义山之艳藻,乃亦绝世。"⑥毛先舒充分肯定六朝与晚唐诗的绮丽婉缛,反对柴绍炳贵质素轻华采的审美观点。

这场论争的最后,柴绍炳提出要互汲所长:"仆体制粗具,苦乏华腴;君波宕有余,微乖整栗。彼己通怀,甘酸交和。柴子茹其菁英,毛生严夫格律,岂不两善?"⑦但实际上,柴绍炳与毛先舒就该问题的分歧一直存在,这与二人的性格及家学有着密切关系。柴氏一族世代学者,柴绍炳为人端肃,"自幼不好嬉戏"⑧,入清后"潜心关闽濂洛之学"⑨,其文学观较为保守;而毛氏一族以经商为生,毛

---

① 陈子龙:《三子诗余序》,《安雅堂稿》卷3,《续修四库全书》第1387册,上海:上海古籍出版社,2002年,第704页。

② 毛先舒:《诗辩坻》卷1,郭绍虞编选、富寿荪校点:《清诗话续编》上册,上海:上海古籍出版社,1983年,第8—9页。

③ 陈子龙:《李舒章仿佛楼诗稿序》,《安雅堂稿》卷3,《续修四库全书》第1387册,上海:上海古籍出版社,2002年,第693页。

④ 毛先舒:《诗辩坻》卷1,郭绍虞编选、富寿荪校点:《清诗话续编》上册,上海:上海古籍出版社,1983年,第9页。

⑤ 毛先舒:《答柴虎臣论诗书》,《毛驰黄集》卷5,山东省图书馆藏清康熙刻本。

⑥ 毛先舒:《答柴虎臣论诗书》,《毛驰黄集》卷5,山东省图书馆藏清康熙刻本。

⑦ 柴绍炳:《三与毛驰黄论诗书》,《柴省轩先生文钞》卷10,《四库全书存目丛书》集部第210册,济南:齐鲁书社,1997年,第387页。

⑧ 朱协咸:《书征君柴省轩先生传后》,柴绍炳:《柴省轩先生文钞》卷首,《四库全书存目丛书》集部第210册,济南:齐鲁书社,1997年,第120页。

⑨ 周清原:《崇祀理学名儒柴省轩先生传》,柴绍炳:《柴省轩先生文钞》卷首,《四库全书存目丛书》集部第210册,济南:齐鲁书社,1997年,第119页。

先舒自幼文采风流,是典型的文人才子,为文更容易偏于绮艳。不过,至顺治七年(1647)刊刻《西陵十子诗选》,"西陵十子"在尚艳情这一点上与云间几社颇为一致:

> 托美人于君王,寄良媒于哲辅。淫思怨感,实始风骚。舒章置蜡之篇,勒卤散钗之句,伟男西陵之什,子龙秋雨之章,本非大雅所讥,岂云盛德之累?
>
> ——陈子龙《几社壬申合稿凡例》①
>
> 诸子巨篇雅什,亦既斌斌;宫体闺襜,时或染指。若锦雯《湘烟》之作,虎臣《霁雪》之唱,去矜《秋怀》之篇,景明《白罗》之咏,美人芳草,托寓固多,转蕙氾兰,流连不少。间存少作,罔讳忧思。或是元亮白璧之瑕,无假才伯理还之喻。
>
> ——毛先舒《西陵十子诗选略例》②

钱瞻百称"云间七律,多从艳入"③,指出以陈子龙为首的云间派的绮艳特质。"西陵十子"亦提倡华采、兼宗六朝与晚唐。如柴虎臣《西陵十子诗选》评陆圻诗"绮丽为宗,符采昭烂,云津龙跃,不厌才多",称丁澎诗"宛尔妍好,譬则合德入宫,芳馨竞体"④;朱彝尊称沈谦"采组于六朝,故特温丽"⑤;毛先舒自称喜晚唐李贺、温庭筠、李商隐、韩偓"既悲艳而能不失雅"⑥,于诗往往效之;"十子"中最为保守的柴绍炳亦时作艳体,有绮丽的倾向。"西陵十子"与云间派一道,以华采丽藻大大突破了前后七子的审美价值体统。

三、"西陵十子"与云间派文学理论之"离"

"西陵十子"与以陈子龙为首的云间派在文学理论上虽有一致处,但二者并非完全相同,尤其在散文与词学方面分歧颇大。

① 陈子龙:《几社壬申文选凡例》,杜骐徵等辑:《几社壬申合稿》卷首,《四库禁毁书丛刊》集部第34册,北京:北京出版社,1997年,第489页。
② 毛先舒:《西陵十子诗选略例》,毛先舒、柴绍炳选编:《西陵十子诗选》卷首,国家图书馆藏顺治七年还读斋刻本。
③ 陈子龙著,施蛰存、马祖熙标校:《陈子龙诗集》下册,上海:上海古籍出版社,1983年,第780页。
④ 柴绍炳:《西陵十子诗选序》,毛先舒、柴绍炳选编:《西陵十子诗选》卷首,国家图书馆藏顺治七年还读斋刻本。
⑤ 朱彝尊著,姚祖恩编,黄君坦校点:《静志居诗话》下册卷22,北京:人民文学出版社,1990年,第682页。
⑥ 毛先舒:《晚唱自序》,《晚唱》卷首,《四库全书存目丛书》集部第211册,济南:齐鲁书社,1997年,第92页。

对于云间派的诗学成就,"西陵十子"认为其并未尽善尽美。如柴绍炳《与陈际叔论文书》宣称:"国朝弘嘉返古为力,二李何王后先唱和,艺林考镜,于是焉归。暨光禧之际,此道芜秽,则有华亭、娄东廓清之功,等于筚路。然识者扬搉犹复,互有利钝。故模楷先民,沐浴大雅,惟我土为烈。"①在他看来,云间派与娄东派在清扫公安派、竟陵派之俚俗幽僻,令文学复归大雅上功不可没,但仍存有疵处。孙治则在为陈廷会文集所作序中指出陈子龙在创作上的具体不足:"有明一代,若瑯琊综博而微伤庞杂,历下规模先秦而不能自出机杼,其后云间大樽欲度诸公之前,然错综变化未尽也。"②赝古的确是明代复古派文学的一大弊病,陈子龙对此有所警惕,他批评前后七子"摹拟之功多,而天然之资少"③,并为自己"时堕于拟议"而"深痛"④。"西陵十子"虽对陈子龙模拟之弊有所指摘,但他们的创作尤其是早期创作亦未尽脱蹈袭。

在散文方面,陈子龙继承前后七子师法秦汉的散文主张,排斥唐宋文,艾南英称其"谈古文,辄诋毁欧、曾诸公,以为宋文最近,不足法,当求之古,而其究竟则归重李于鳞、王元美二人尔"⑤。陈子龙持文学退化论,认为《易》修辞最难,时代最古,故文最高,《书》《经》次之,《春秋》又次之⑥,对先秦文的佶屈深奥表示极大的欣赏。而"西陵十子"则对云间派所贬斥的唐宋散文多有首肯,他们广泛涉猎唐宋诸家,对学古对象的择取较陈子龙宽泛得多。例如毛先舒早年在文宗法秦汉的同时,"间取法于唐宋韩、欧诸子"⑦;吴百朋于古文辞自觉取法唐宋,为文遒健,"以方柳之洁、轶韩之劲焉"⑧;陈廷会为文经历了"三变","始学为秦汉,继从事于六朝,近乃好为唐宋大家","以秦汉为体,六朝敷其华,八家达其气"⑨,可见"西陵十子"皆将唐宋文列为学习对象,较陈子龙专法秦汉更为宏通博取,这一倾向在入清后表现得愈加明显。鉴于明亡与党争存在密切关系,"西

---

① 柴绍炳:《与陈际叔论文书》,《柴省轩先生文钞》卷10,《四库全书存目丛书》第210册,济南:齐鲁书社,1997年,第395页。

② 孙治:《陈际叔文集序》,《孙宇台集》卷4,《四库禁毁书丛刊》集部第148册,北京:北京出版社,1997年,第702页。

③ 陈子龙:《仿佛楼诗稿序》,《陈子龙文集》上册,上海:华东师范大学出版社,1988年,第379页。

④ 陈子龙:《思讪室集序》,《陈子龙文集》上册,上海:华东师范大学出版社,1988年,第368页。

⑤ 艾南英:《答陈人中论文书》,《重刻天佣子全集》卷5,复旦大学图书馆藏清光绪五年艾舟重刻本。

⑥ 艾南英:《答陈人中论文书》,《重刻天佣子全集》卷5,复旦大学图书馆藏清光绪五年艾舟重刻本。

⑦ 毛际可:《家稚黄五兄传》,《会侯先生文钞》卷10,《四库全书存目丛书》集部第229册,济南:齐鲁书社,1997年,第806页。

⑧ 孙治:《吴锦雯全集序》,《孙宇台集》卷4,《四库禁毁书丛刊》集部第148册,北京:北京出版社,1997年,第703页。

⑨ 方象瑛:《陈际叔集序》,《健松斋集》卷2,《清代诗文集汇编》第128册,上海:上海古籍出版社,2010年,第39页。

陵十子"对明代各流派互相攻讦、"互相水火"①的局面颇为不满,主张不拘家门,博取秦汉与唐宋文之长,并将这一原则贯彻到实际创作中,例如李周望称柴绍炳文"荟萃儒先之窟而湛深经术,又于子史百氏汉魏唐宋诸大家靡不搜抉穿穴,以自成一家言"②;陆嘉淑称孙治文"以简约为宗,以冲澹醇洁为体,虽间作六朝语,亦皆天骨自秀,不假雕锼,绝去茅蘼乔宇姚佚之态,一以归之大雅,有波澜而无枝叶,此真唐宋大家之别子,小雅骚人之苗裔也"③。相较法度,"西陵十子"更强调性情,如毛先舒自述其与陈廷会的师古经历:"尝与同郡陈际叔约东汉以后书戒勿得窥,骎骎有西京、先秦之思。如是又累年,乃又知文唯事与理,无古无今。凡文见于色泽调辞者,皆形器也。故事可述则文传事,理可明则文传理。吾以明吾理与述吾事,而遑问乎文。"④从写性情出发,"西陵十子"对前后七子及陈子龙多有微词,称其"失于揣摩体假,无掉臂游行之妙"⑤;而对陈子龙所极力贬斥的唐宋派及其后继艾南英多有认同,称"本性而求情"、"一气浑成,而无琐屑割缀之病",故虽平易朴素,但"近而反真"⑥。"西陵十子"还吸取了明代公安派重性灵、重生趣的文学主张,其小品文尤为隽妙。如毛先舒《题堆云》曰:"余馆净慈东房,曰'堆云'。湖南本少喧杂,而堆云虽在寺中,去殿阁复远。病僧一二人守之,自晨至暮,不闻人声。余亦病,不亲书卷,兀坐终日而已。一日之长如数日。日午酣寝至足,起犹未晡也。松声鸟声时来侵耳,日光穿屋隙,树影附之入,交横满地。翠竹映窗,几榻尽绿。微闻鸡鸣,远在下界。于时也,空观内外,身心洒然。"⑦清幽静谧的佛寺景色与闲适悠然的心情构成澄明朗彻的艺术境界,韵味隽永、意境超然,确为妙品。毛先舒对苏轼、黄庭坚及晚明王穉登、陈继儒等人的尺牍小品甚为倾心,尝赞其"能纯乎本色,质叙无不臻妙"⑧。"西陵十子"的小品

---

① 毛先舒:《答文体策》,《潠书》卷5,《四库全书存目丛书》集部第210册,济南:齐鲁书社,1997年,第705页。

② 李周望:《柴省轩先生文钞序》,柴绍炳:《柴省轩先生文钞》卷首,《四库全书存目丛书》集部第210册,济南:齐鲁书社,1997年,第114页。

③ 陆嘉淑:《孙宇台先生遗集序》,孙治:《孙宇台集》卷首,《四库禁毁书丛刊》集部第148册,北京:北京出版社,1997年,第681页。

④ 毛先舒:《与王轸石书》,《潠书》卷6,《四库全书存目丛书》集部第210册,济南:齐鲁书社,1997年,第723页。

⑤ 毛先舒:《与柴虎臣书》,《潠书》卷5,《四库全书存目丛书》集部第210册,济南:齐鲁书社,1997年,第707页。

⑥ 毛先舒:《答文体策》,《潠书》卷5,《四库全书存目丛书》集部第210册,济南:齐鲁书社,1997年,第705页。

⑦ 毛先舒:《题堆云》,《潠书》卷2,《四库全书存目丛书》集部第210册,济南:齐鲁书社,1997年,第641页。

⑧ 毛先舒:《与徐野君书》,《潠书》卷6,《四库全书存目丛书》集部第210册,济南:齐鲁书社,1997年,第735页。

文大多素雅简练,却兴趣盎然、轻灵悠远,体现出较高的艺术水平。

词学方面,陈子龙推崇五代北宋,以小令为主,他早期创作了不少香艳的闺词,并在评他人词时一再强调"秾丽之态"①、"妍绮之境"②。沧桑变后,陈子龙悲愤难抑,不时染指长调抒写复明之志与黍离之悲,风格上亦趋于豪迈,突破了闺房儿女的纤柔靡曼。然而,云间后学所延续的则是陈子龙"秾纤婉丽"③的词风,如沈亿年叙述云间后学词风曰:"吾党持论,颇极谨严。五季犹有唐风,入宋便开元曲。故专意小令,冀复古音,屏去宋调,庶防流失。"④云间蒋平阶及其门人专意五代小令,甚至连北宋词也排斥在外,取径愈加狭窄。"西陵十子"早期以五代北宋小令为尊,词风绮丽婉艳,与云间词风颇为一致,后期则感于国破家亡,词风丕变,创作了大量沉郁悲慨的长调。如张丹《贺新郎·过天寿山》:"白满天山路。试冲寒、马蹄朝发,冰花飞舞。望里千峰多似簇,一带红墙深护。多应是,一抔陵土。古殿虚无人不到,有苔痕绣满椒香柱。荆棘里,断碑仆。　当时守卫多军伍。到今来,悲风莽道,寒烟凄楚。只恐夜台无晓日,烧尽漆灯仍暮。又谁把、玉鱼偷取。石兽如云成对立,看般般牙爪犹威武。荒坎内,野狐语。"⑤词中感慨沧桑巨变,抒发亡国后的巨大哀痛,悲风苦雪,凄怆沉郁,在一定程度上拓展了词的表现领域及情感空间。"西陵十子"不满于云间派专意婉媚之境,对以苏轼、辛弃疾为代表的豪放词风颇多肯定。例如毛先舒《题吴舒凫诗余》曰:"谐韵之文屡变,而极于词曲,要皆本源于《三百篇》,论者偏于情艳,一涉雄高,谓非本色。余以为诗无论南雅三颂,即十三国风,颇多壮节。倘欲专歌东门之茹蘆而废《小戎》,非定论也。"⑥相较陈子龙及云间后学,"西陵十子"的词学观更为宏通。"十子"中词风最为豪壮者当属丁澎,他早年效法陈子龙,"缠绵婉恻",后谪戍边塞,词格变为高亢激越,且一反云间派对南宋豪放词之鄙夷,推辛弃疾为最上:"唐宋以来,言词必推辛,犹言诗必推杜,横视角出,一人而已。"⑦丁澎后期词悲壮苍凉、沉郁顿挫,明显取法稼轩。如《宝鼎现·遣怀》曰:"壮夫长耻落魄,何事归来

---

① 陈子龙:《王介人诗余序》,《安雅堂稿》卷3,《续修四库全书》第1387册,上海:上海古籍出版社,2002年,第705页。

② 陈子龙:《三子诗余序》,《安雅堂稿》卷3,《续修四库全书》第1387册,上海:上海古籍出版社,2002年,第704页。

③ 陈子龙:《幽兰草词序》,《安雅堂稿》卷5,《续修四库全书》第1387册,上海:上海古籍出版社,2002年,第726页。

④ 沈亿年:《支机集·凡例》,赵尊岳辑:《明词汇刊》上册,上海:上海古籍出版社,1992年,第556页。

⑤ 张丹:《贺新郎·过天寿山》,南京大学中国语言文学系《全清词》编纂研究室编:《全清词·顺康卷》第3册,北京:中华书局,2002年,第1585页。

⑥ 毛先舒:《题吴舒凫诗余》,《东苑文钞》卷上,《四库全书存目丛书》集部第211册,济南:齐鲁书社,1997年,第7页。

⑦ 丁澎:《梨庄词序》,周在浚:《梨庄词》卷首,国家图书馆藏清康熙刻本。

弊褐。乘下泽、饭牛大野。豪气樽前曾似昨,酒酣后、但摩挲一剑,直欲老兵景略。何况小儿赵括。此意不堪牢落。 手中斜挽双繁弱,拥头上、如箕幖帜,见狡兔、草间突起,怒马山头方一跃。长空外、皂雕齐发,耳后西风飒飒。还挥手、金樽引满。寻取狗屠旧约。 有客吹箫予和,以渔阳三拍,向秋风弹筑。羞整冲冠素发,念富贵、于我浮云耳,及早须行乐。纵行乐、牵犬东门,何若归耕负郭。"①该词抒发沉寂落魄、壮志难酬的悲愤与不甘,慷慨豪迈,气势非凡。宋实颖评曰:"余最爱辛稼轩《永遇乐》一词,豪迈不群,有金戈铁马之气,祠部此作可谓一时瑜亮。"②他将丁澎该词比之辛弃疾的《永遇乐·京口北固亭怀古》,可见气势之磅礴壮阔。"以文为词"是稼轩词的惯用手法,丁澎亦频频使用,如曹尔堪评其《哨遍·简施愚山》"章法句法抑扬顿挫,竟可作一篇古文读"③。丁澎还学习辛弃疾将众多典故嵌入词中,前引《宝鼎现·遣怀》即引用了不少史传典故,故卓天寅评其"豪宕处古气错落,全从史迁传记中得来"④。

崇祯十三年(1640)至崇祯十七年(1644)间,陈子龙任职绍兴,但他对越中文学的影响较杭州要小得多。以"西陵十子"为核心的杭州诗坛始终坚守唐音,使四方"不敢以宋元诗文入西泠界"⑤,与云间派一道掀起复古之风;而以黄宗羲、李邺嗣等为代表的越中诗坛却"诋卧子诗嘘北地、历下之寒火"⑥,崇尚宋诗,这与两地的地理位置及文化积淀有着深厚的关系。越中与杭州虽皆属浙地,但前者地处浙之东,距江苏较远,体现出鲜明的越文化特质,"以孤峭之质,传幽渺之音,自辟町畦,不随时好"⑦,不易被时风同化;后者位于浙之北,密迩江苏,自古深受吴文化影响。梁启超《近代学风之地理的分布》即将江南的苏、常、松、太与浙西的嘉、杭、湖视为一个文化区域⑧。松江、吴中、杭州皆为平原水乡,景色秀丽,经济富庶,且为举足轻重的商业重镇,士人往往追求人生快适,"俗多奢少俭,竞节物,好游遨"⑨,且酒肆歌楼甚盛,不少士人流连于裙屐风流,故对明朗高华、温婉绮丽的唐诗更为倾心。吴伟业《太仓十子诗序》称:"今此'十人'者,自子俶

---

① 丁澎:《宝鼎现·遣怀》,《扶荔词》卷3,《续修四库全书》第1724册,上海:上海古籍出版社,2002年,第644页。
② 丁澎:《扶荔词》卷3,《续修四库全书》第1724册,上海:上海古籍出版社,2002年,第644页。
③ 丁澎:《扶荔词》卷3,《续修四库全书》第1724册,上海:上海古籍出版社,2002年,第645页。
④ 丁澎:《扶荔词》卷3,《续修四库全书》第1724册,上海:上海古籍出版社,2002年,第644页。
⑤ 毛奇龄:《柴征君墓状》,《西河集》卷113,《景印文渊阁四库全书》集部260册,台北:台湾商务印书馆,1986年,第242页。
⑥ 叶矫然:《龙性堂诗话初集》,郭绍虞编选,富寿荪校点:《清诗话续编》上册,上海:上海古籍出版社,1983年,第996页。
⑦ 张廷枚辑:《国朝姚江诗存》卷4,吉林大学图书馆藏清乾隆三十八年张氏宝墨斋刻本。
⑧ 梁启超:《梁启超全集》第7册,北京:北京出版社,1999年,第4264页。
⑨ 范成大撰,陆振从校点:《吴郡志》卷2,南京:江苏古籍出版社,1986年,第13页。

以下,皆与云间、西泠诸子上下其可否?"①明末云间、娄东与西陵三地共同以复古为尚,与乡贤有着重要联系。后七子领袖人物王世贞即为太仓人,后学张溥、张采及吴伟业皆继承前辈,"相率通经学古为高"②。复社成员陈子龙深受张溥影响,后任职绍兴,与"西陵十子"一道,使复古之风笼罩杭州文坛。而越中多山地丘陵,地形崎岖复杂,水旱频繁,造就了越人质朴、刚烈的品性,在王朝倾覆之际,秉勾践之劲烈遗风,发为"蕉萃枯槁之音"③,故对宋诗尤其是宋遗民诗别有会心,如黄宗羲曰:"故文章之盛,莫盛于亡宋之日,而皋羽其尤也。然而世之知之者鲜矣!"④以黄宗羲、李邺嗣等为代表的浙东士人则高度肯定变风变雅,如黄宗羲曰:"向令风雅而不变,则诗之为道,狭隘而不及情,何以感天地而动鬼神乎?"⑤认为变风变雅比平和的庙堂之音更具震撼人心的力量。黄宗羲还提出"怒则掣电流虹,哀则凄楚蕴结,激扬以抵和平,方可谓之温柔敦厚"⑥,将儒家诗学的"温柔敦厚"解释为愤懑哀怨之情的抒发。而杭地于易代之际殉节志士明显少于越中,相较社稷民生,他们更多关注一己之性情,毛奇龄更是提出"忠臣不死节"⑦的观点,杭人对清王朝的态度较越人缓和得多,故杭州士人往往崇正黜变,对温厚含蓄的唐诗更为倾心,这也正适应了清廷对"盛世清明广大之音"⑧的提倡。此外,杭人与越人对复古的不同态度亦与学术传统有关。浙东学术以史学为根基,士人往往将史学观念融入诗学,李邺嗣即提出"诗与史学,更相表里"⑨,他们于诗重赋法,好议论说理,故"以筋骨思理见胜"⑩的宋诗尤适合其师法;而

---

① 吴伟业:《太仓十子诗序》,吴伟业著,李学颖集评标校:《吴梅村全集》中册,上海:上海古籍出版社,1990年,第694页。

② 吴伟业:《太仓十子诗序》,吴伟业著,李学颖集评标校:《吴梅村全集》中册,上海:上海古籍出版社,1990年,第693—694页。

③ 全祖望:《湖上社老晓山董先生墓版文》,《鲒埼亭集外编》卷6,《四部丛刊正编》第86册,台北:台湾商务印书馆,1979年,第577页。

④ 黄宗羲:《万贞一诗序》,黄宗羲著,吴光主编:《黄宗羲全集》第10册,杭州:浙江古籍出版社,2012年,第95页。

⑤ 黄宗羲:《陈苇庵年伯诗序》,黄宗羲著,吴光主编:《黄宗羲全集》第10册,杭州:浙江古籍出版社,2012年,第48页。

⑥ 黄宗羲:《陈苇庵年伯诗序》,黄宗羲著,吴光主编:《黄宗羲全集》第10册,杭州:浙江古籍出版社,2012年,第48页。

⑦ 全祖望:《书毛检讨〈忠臣不死节辨〉后》,全祖望撰,朱铸禹汇校集注:《全祖望集汇校集注》中册,上海:上海古籍出版社,2000年,第1431页。

⑧ 施闰章:《佳山堂诗序》,施闰章撰,何庆善、杨应芹点校:《施愚山集》第1册,合肥:黄山书社,1992年,第133页。

⑨ 李邺嗣:《万季野诗集序》,李邺嗣著,张道勤校点:《杲堂诗文集》,杭州:浙江古籍出版社,1988年,第562页。

⑩ 钱钟书:《谈艺录》,北京:中华书局,1984年,第2页。

浙西学术则重经学与小学,多风流名士,尤其强调诗歌的言情属性以及比兴手法,故对"以文字、才学、议论为诗"的宋诗多持排斥态度。以上种种因素,促成了杭州与越中在清初形成了宗唐、宗宋两种不同的诗学取向,亦使两地对陈子龙复古文学表现出截然相反的态度。

第二章

"西陵十子"成员家世生平著述考

"西陵十子"大多出身名门望族,在当地颇具声望与影响力,家族文化与文学传统对于他们的文学观有着重要影响。且"十子"身经易代丧乱,入清后大多倾力于著述,考察他们的家世、生平与著述,展示其深厚的家学渊源、特殊的人生经历与宏富的撰著,对"西陵十子"诗学研究有着重要价值。家世、生平、著述是作家作品研究的基础,然而,这恰恰是目前"西陵十子"研究的薄弱环节。因此,本章对"西陵十子"各成员的家世、生平、著述进行全面细致的梳理与考订,为诗学研究奠定基础。

第一节 毛先舒家世生平著述考

毛先舒系明末清初著名学者、文学家,"西陵十子"之一,一生著述颇富。然而,据笔者所见,尚未有学者对毛先舒的家世、生平、著作的成书时间及版本等作详细梳理,本节即对此逐一进行细致考察。

一、毛先舒家世生平考

在"西陵十子"中,毛先舒可谓佼佼者。毛奇龄称:"当甲乙之际,士君子弃置今学,学古人为文辞,往往萃一二指名者互相标许。维时临安诸君则有所谓'西泠十子'者,实以稚黄为项领。"①黄云《溉书序》称先舒"以古学振起西陵,天下士翕然宗之"。宋琬称毛先舒"以文章操行鞅词坛者殆三十年"②。可见毛先舒在

---

① 毛奇龄:《毛稚黄墓志铭》,《西河集》卷99,《景印文渊阁四库全书》集部第260册,台北:台湾商务印书馆,1986年,第114页。
② 宋琬:《毛继斋先生八十寿序》,宋琬著,马祖熙点校:《安雅堂全集》,上海:上海古籍出版社,2007年,第483页。

学术与文学上的影响力。

毛先舒,一名骙,字驰黄,后更字稚黄,仁和(今浙江杭州)人。毛先舒与顾炎武、吴伟业、屈大均、施闰章、宋琬、王士禛、朱彝尊等诗坛名家多有交游,《清史稿》列传二百七十一、《清史列传》卷七十均有传,毛奇龄《西河集》卷九《毛稚黄墓志铭》对毛先舒生平记载颇详。

(一)毛先舒的家族世系

据毛先舒《毛氏家乘·大传》:"家子俊公故汴人,为宋御史。自九子构南渡,而子俊公扈跸南渡,考宅于杭之丰乐楼,而买田湖州道场山下,遂为杭人。"①毛先舒的祖先原为河南开封人,南宋初,毛子俊由汴京南迁至杭州,遂世代定居于此。《毛驰黄集》卷八收录毛先舒所撰《毛氏家乘》,对仁和毛氏家族世系有着详细的记载。毛奇龄《毛稚黄墓志铭》载:"自宣和御史扈跸而南,九传。入明有平易公者,其兄凤仪公,举洪武乡试,官教谕。平易公再传至孟远公,其弟竹轩公举景泰乡试,官南安府知府。孟远公四传至继斋公,则君父也。君祖慎斋公笃行,而君父继之,号继斋生。"②毛先舒《潠书》卷七《先考继斋公行略》曰:"赵宋有子俊公为御史,扈跸而南,卜宅于杭之丰乐楼,遂为杭人。子曰诚,提举佑圣观。诚生澹庵,澹庵三传至松庵,松庵生惟立,惟立生拂庵,拂庵生平易。拂庵兄子翔举洪武丙子乡试。平易以次子晟为清远县知县阶文林郎,亦得封如子官。生长子拙庵,拙庵生孟远。……孟远生菊轩公,是为先舒高祖。菊轩公生合溪公,合溪公生慎斋公,慎斋公生先考继斋公。"③毛先舒祖先现可知最早者为毛子俊,宋宣和间为御史。毛子俊生子毛诚,官佑圣观提举。毛诚生子毛澹庵,始迁居睦亲坊(今弼教坊一带)。据《毛氏家乘·大传》,毛氏家谱于明成化三年(1467)毁于火,故元以前资料可知者甚少。《毛氏家乘·族传》现存一世至十世祖传记,现列其世系如下:

一世毛麒(1273—1329),字仁夫,号松庵。娶何氏,生子三人:长子善,次子本,季子用。卒葬玉泉山北合水之源。

二世毛本,字惟立,号小五处士。娶胡氏,生子二人:长子明善,次子从善。

三世毛明善,字复初,号拂庵。娶周氏,生一子,即毛仲贤。周氏卒,继舒氏。舒氏卒,续娶姚氏。

---

① 毛先舒:《毛氏家乘·大传》,《毛驰黄集》卷8,山东省图书馆藏清康熙刻本。

② 毛奇龄:《毛稚黄墓志铭》,《西河集》卷99,《景印文渊阁四库全书》集部第260册,台北:台湾商务印书馆,1986年,第114页。

③ 毛先舒:《先考继斋公行略》,《潠书》卷7,《四库全书存目丛书》第210册,济南:齐鲁书社,1997年,第756页。

四世毛仲贤,字德甫,号平易。娶单氏,生子四人:长子昱,次子晟,三子昇,季子出为道士。

五世毛昱,字公正,号拙庵。娶张氏,生子二人:长子鹏,次子为道士。

六世毛鹏,号孟远,以织绒锦发家,甚腴,卒年九十。赘张氏,生子五人:长子震,次子霆,三子霖,四子霖,季子霁。

七世毛霁(1455—1537),字公启,号菊轩。娶妻张氏,纳妾邹氏、余氏。生子二人:长子珣,邹氏所出;次子环,余氏所出。生女二人:长女淑端,次女淑方,皆为张氏所出。

八世毛环(1506—1598),即毛先舒曾祖,字鸣朝,号合溪。毛霁晚年得子毛环,故甚宠溺,"不令习业"①。毛环"弱好声音戏弄之事,善吹箫踏鞠"②,结交少年为狎游,挥霍无度。至中年家贫,不能立,而毛环仍未改狎游之好,后贫困至极,不能自给。毛霁颇饶于赀,然家产被弃毛环挥霍殆尽。毛环娶苏氏,生子四人:长子希曾,次子希孟,三子希周,季子希仲。生女二人。毛先舒有《合溪公传》,对曾祖毛环生平记载颇详。

九世毛希周(1546—1598),即毛先舒祖父,号慎斋。毛希周生时家甚贫,故自幼勤勉作业,"早作晏卧,唯恐不及"③,中年家境稍宽裕,然甚为俭朴,却"与人宽惠"④。《毛驰黄集》卷八有《慎斋公传》,记祖父毛希周生平事迹。毛希周娶张氏(1559—1622),系农家女。晚年生子二人:长子应镐,次子应镛。毛希周与张氏合葬于青芝坞。

十世毛应镐(1586—1666),即毛先舒父,字叔成,号继斋。毛应镐少而砥节修行,"为乡里所推服"⑤。虽以经商起家,且家道小康,然崇尚俭朴,孙治《毛继斋先生寿序》曰:"太史谓货殖之人与万户侯等,而扬雄亦称千金之公。先生家虽不富,然要非贫俭者,然而僮指不盈数十,角抵优排之戏穷年未有闻也。即如余初见先生,年犹未及五十,自年六十、七十悬弧之辰,亦未尝置酒一会宾客。"⑥毛先舒《先考继斋公行略》对其生平记载甚详。毛应镐娶许氏(1588—1645),"性刚方"⑦,能诗擅文,毛先舒幼时即从母学诗。毛先舒《先母许孺人述略》对母许氏

---

① 毛先舒:《合溪公传》,《毛驰黄集》卷8,山东省图书馆藏清康熙刻本。
② 毛先舒:《合溪公传》,《毛驰黄集》卷8,山东省图书馆藏清康熙刻本。
③ 毛先舒:《慎斋公传》,《毛驰黄集》卷8,山东省图书馆藏清康熙刻本。
④ 毛先舒:《慎斋公传》,《毛驰黄集》卷8,山东省图书馆藏清康熙刻本。
⑤ 宋琬:《毛继斋先生八十寿序》,宋琬著,马祖熙点校《安雅堂全集》,上海:上海古籍出版社,2007年,第483页。
⑥ 孙治:《毛继斋先生寿序》,《孙宇台集》卷9,《四库禁毁书丛刊》集部第148册,北京:北京出版社,1997年,第737页。
⑦ 毛先舒:《先母许孺人述略》,《毛驰黄集》卷8,山东省图书馆藏清康熙刻本。

生平记载颇详。毛应镐与许氏生一子,即毛先舒。生女四人:长女受聘于张氏,九岁卒;次女归邑诸生喻于义,亦早卒;三女归邑诸生邵然;季女归严大法。

毛先舒娶妻胡氏,纳妾王氏、曹氏、朱氏、裴氏、宋氏。生子三人,皆为妾曹氏所出:长子熊臣(1656—?),娶孙氏(1658—1683);次子鸠臣;季子豹臣。生女三人:长女毛媞,妾曹氏所生,归徐世臣仲子徐邺;次女早逝;季女为妾王氏所生,归金大章。

毛先舒长女毛媞,字安芳,清初著名女诗人,"蕉园七子"之一。著有《静好集》二卷(与夫徐邺合刻),关键①、毛先舒为撰序。徐邺北游,毛媞有"君去马蹄声未远,妾心先已到长安"②之句,为时人所称。毛媞性至孝,"母病,刲股者三",夫徐邺病,毛媞"又自割臂和药"③。

(二)毛先舒生平考述

关于毛先舒的生卒年,毛奇龄《毛稚黄墓志铭》有着明确记载:"君生于泰昌元年十月十五日寅时,卒于康熙二十七年十月初五日子时,享年六十有九","康熙庚午八月日,孝子熊臣等将卜葬于西湖青石桥先茔之傍"④。可知毛先舒生于明泰昌元年(1620),卒于康熙二十七年(1688)。

毛先舒自幼聪颖不凡,六岁能辨四声,八岁能诗,至西湖,有"船行明镜里,人醉画图中"⑤之句,为一时传诵。十岁能文,"纷华外夺,每为文,欲人人赏之"⑥。后从父命学贾,持筹市上,自此有三年束书不观。崇祯七年(1634),师从闻启祥,每下笔,"辄踞老师宿儒之上"⑦,时孙治亦游于闻氏门下,闻氏称二人为"二俊"。十八岁刊《白榆堂诗》,后陈子龙任绍兴推官,于祁彪佳座上见先舒诗,甚为欣赏,遂于赴杭时造访先舒。毛先舒感念陈子龙知遇之恩,遂结为师友。之后先舒又著有《歊景楼诗》,陈子龙为之作序。崇祯十五年(1642),毛先舒以父命为诸生,转攻制艺。崇祯十六年(1643),刘宗周讲学于蕺山,毛先舒拜其为师。刘宗周对

---

① 关键,字六钤,钱塘人,明遗民,著有《送老诗钞》《送老词钞》等。毛先舒与关键时常相聚饮酒吟诗,毛先舒有《为关六钤先生五十赋》。
② 姚礼撰辑:《郭西小志》卷13,杭州:浙江工商大学出版社,2013年,第260页。
③ 阮元、杨秉初辑,夏勇等整理:《两浙輶轩录》卷40,杭州:浙江古籍出版社,2012年,第2919页。
④ 毛奇龄:《毛稚黄墓志铭》,《西河集》卷99,《景印文渊阁四库全书》集部第260册,台北:台湾商务印书馆,1986年,第116页。
⑤ 陶元藻辑:《全浙诗话》卷40,《续修四库全书》第1703册,上海:上海古籍出版社,2002年,第551页。
⑥ 毛先舒:《与王轸石书》,《潠书》卷6,《四库全书存目丛书》集部第210册,济南:齐鲁书社,1997年,第723页。
⑦ 孙治:《赠毛稚黄序》,《孙宇台集》卷8,《四库禁毁书丛刊》集部第148册,北京:北京出版社,1997年,第730页。

毛先舒影响很大,先舒论天人性命,在很大程度上承袭了蕺山之学。毛先舒于明末曾入登楼社,明亡后尝与张丹至沈谦宅,夙夜聚于沈氏南楼,抒啸赋诗,烧烛盟誓,称"南楼三子"。顺治间,与陆圻、柴绍炳、张丹、沈谦、孙治、丁澎、陈廷会、吴百朋、虞黄昊朝夕吟咏,号"西陵十子"。又与李式玉、周禹吉等人相砥砺,称"八子"。后"念门户计,且贫无以养"①,复屈首为诸生,益攻制艺。然而连数蹉跌,终未获功名。康熙五年(1666),毛先舒父卒,先舒遂弃诸生,悉心著述。康熙二十二年(1683),浙江巡抚修通志,毛先舒被延入馆,先舒"所登载必择忠孝节义事"②。康熙二十七年(1688)夏,得脾疾,自此不起,十月五日卒。

毛先舒生而多病,自述"自堕地以至于数日,砰砰皇皇然,母苦百方。及至十八九后,益有为母劳其心者。……嗣是遂复大病,沉顿五、六年,几死而苏,而病,而又苏"③。毛先舒体弱易病,一生大半在病床上度过。王晫《今世说》卷二称:"毛稚黄负才善病,六载起处,不离床榻。"④毛奇龄称其"有奇疾,夏月衣重裘如五石,帉首戴帻数重,叠蓐三十层于床上,干覆斗而僵其中"⑤。疾病对毛先舒的出行多有限制,尽管如此,毛先舒仍旧声名籍甚,广为人知。例方象瑛称:"毛子以诗文名天下四十余年,海内著述家盖无不知钱唐毛先生者。"⑥毛奇龄《毛稚黄墓志铭》载,"浙中三毛,东南文豪"⑦之称已流传至京师,时毛奇龄与毛际可均在京师,而毛先舒一直居家杭州,竟广为京师所知,足见毛先舒名气之大。

毛先舒身兼学者、诗人,博学多闻,颇具声望。孙治《赠毛稚黄序》曰:"稚黄固倦游,悉心著述,薄风骚,躏汉魏,捎六朝,掩三唐,驰骋韵学而视之标的,天下咸以稚黄为娴风雅。及其贯穿六经,析微辨疑,则又与郑玄、王肃、刘向父子相上下,天下又咸以为稚黄通经术,乃稚黄意且不止。铲弃浮华,深入阃奥,即格物一义,发明去欲,为说数千万言,与新会、姚江共为树帜,天下又以稚黄为鹅湖鹿洞

① 孙治:《赠毛稚黄序》,《孙宇台集》卷8,《四库禁毁书丛刊》集部第149册,北京:北京出版社,1997年,第730页。

② 毛奇龄:《毛稚黄墓志铭》,《西河集》卷99,《景印文渊阁四库全书》集部第260册,台北:台湾商务印书馆,1986年,第115页。

③ 毛先舒:《祭母文》,《潠书》卷8,《四库全书存目丛书》集部第210册,济南:齐鲁书社,1997年,第759—760页。

④ 王晫:《今世说》卷2,北京:中华书局,1985年,第17页。

⑤ 毛奇龄:《毛稚黄墓志铭》,《西河集》卷99,《景印文渊阁四库全书》集部第260册,台北:台湾商务印书馆,1986年,第116页。

⑥ 方象瑛:《毛稚黄十二种书序》,《健松斋集》卷2,《清代诗文集汇编》第128册,上海:上海古籍出版社,2010年,第42页。

⑦ 毛奇龄:《毛稚黄墓志铭》,《西河集》卷99,《景印文渊阁四库全书》集部第260册,台北:台湾商务印书馆,1986年,第114页。

人也。稚黄又精二氏说,空空玄玄,凡为习黄庭、熟宗乘者莫之能过。"①毛先舒诗文兼擅,尤以诗歌见长,陆圻《毛驰黄诗序》中即指出这一点:"余友人毛子驰黄以风流翘秀之姿,读书好古,其为文无不淹雅足尚,而尤长于诗歌,其他皆其学为之,而此独加性焉。是盖一径之望第,而四始之大宗也。"②毛奇龄称先舒:"作诗以大雅为主,文不一格,自两汉以暨唐宋皆有之,至于辨析则反覆侃侃,必本经术,往有郑玄、王肃之概。"③

二、毛先舒著述考

毛先舒一生潜心著述,撰著宏富,恽格称其"生平所撰述三千余叶,凡百五十六万言"④。毛先舒生前尝两次汇编其著作:其一,《七录》。据孙治《毛驰黄集序》,毛先舒于顺治中叶汇编其早年著作为《七录》。是集收书 7 种,为《毛驰黄集》《诗辩坻》《填词名解》《南唐拾遗记》《平远处楼外集》《古逸诗乘》《南曲正韵》。今仅存前四种。其二,《毛稚黄十二种书》(一名《思古堂十二种书》),清康熙间崇道堂刻本,国家图书馆、中科院图书馆、浙江图书馆、日本内阁文库等藏。是集收书 12 种,依其编排次第为:《思古堂集》4 卷卷首 1 卷、《匡林》2 卷卷首 1 卷、《潠书》8 卷卷首 1 卷附刻 1 卷、《圣学真语》2 卷卷首 1 卷、《格物问答》3 卷卷首 1 卷、《东苑文钞》2 卷、《东苑诗钞》1 卷、《蕊云集》1 卷、《晚唱》1 卷、《诗辩坻》4 卷、《韵学通指》1 卷、《韵白》1 卷。卷首载毛奇龄序、康熙二十四年(1685)方象瑛序及康熙二十五年(1686)恽格序。可知《毛稚黄十二种书》的编订时间当在康熙二十四年(1685)之前。

毛先舒殁后,其著作又被后人汇编刊印,为《毛稚黄十四种书》(又名《思古堂十四种书》《毛稚黄先生全集十四种》),盖后人取《毛稚黄十二种书》增益而成。是集收毛先舒《思古堂集》4 卷卷首 1 卷附《稚黄子文浄》1 卷、《匡林》2 卷卷首 1 卷、《潠书》8 卷卷首 1 卷附刻 1 卷、《小匡文钞》4 卷首 1 卷、《螺峰说录》2 卷、《圣学真语》2 卷卷首 1 卷、《格物问答》3 卷卷首 1 卷、《东苑文钞》2 卷、《东苑诗钞》1 卷、《蕊云集》1 卷、《晚唱》1 卷、《诗辩坻》4 卷、《韵学通指》1 卷、《韵白》1 卷附《鸾情集选》1 卷,成为收录毛先舒著作最完备的集子。现存两个版本,一为康熙间

---

① 孙治:《赠毛稚黄序》,《孙宇台集》卷 8,《四库禁毁书丛刊》集部第 149 册,北京:北京出版社,1997 年,第 730 页。

② 陆圻:《毛驰黄诗序》,《威凤堂集》卷 2,南开大学图书馆藏清钞本。

③ 毛奇龄:《毛稚黄墓志铭》,《西河集》卷 99,《景印文渊阁四库全书》集部第 260 册,台北:台湾商务印书馆,1986 年,第 115 页。

④ 恽格:《毛稚黄十二种书序》,毛先舒:《毛稚黄十二种书》卷首,国家图书馆藏清康熙间崇道堂刻本。

毛氏思古堂刻本,国家图书馆、南开大学图书馆等藏;一为乾隆五年(1740)刻本,国家图书馆、复旦大学图书馆等藏。另有将《鸾情集选》视为一种,题《思古堂十五种书》者;将《稚黄子文泝》《鸾情集选》皆另作一种,题称《毛稚黄先生全集十六种》者,二书实录内容与《毛稚黄十四种书》并无差异。现综合各家著录,将毛先舒著述列于下。各条就其撰述时间、版本、内容等略作考述。

1.《丧礼杂说》一卷

是集对丧葬礼俗进行了系统论说,包括丧时生者对死者之称谓、长幼亲疏间行礼之异同、居丧期间之禁忌、服丧时间、祭祀名目等规定,还记录了一些地方丧葬习俗。收入王晫、张潮辑《檀几丛书》,有康熙三十四年(1695)刻本,上海图书馆、北京图书馆、中国人民大学图书馆等藏。

2.《常礼杂说》一卷

是集记述自古至今婚俗之变迁,以及亲族之间应遵循的礼节,对于古代礼仪习俗研究具有一定的参考价值。收入王晫、张潮辑《檀几丛书》,有康熙三十四年(1695)刻本,上海图书馆、北京图书馆、中国人民大学图书馆等藏。

3.《声韵丛说》一卷

音韵学书。是集杂论《诗经》《楚辞》及古有韵之文,剖析古今韵学分合异同,共计40则。收入张潮辑《昭代丛书》,康熙三十六年(1697)刻本,国家图书馆、北京大学图书馆、中国人民大学图书馆等藏。卷首、卷末分别载张潮题辞、跋。

4.《韵问》一卷

音韵学书。是集采取问答形式,发挥《声韵丛说》的观点。收入张潮辑《昭代丛书》,康熙三十六年(1697)刻本,国家图书馆、北京大学图书馆、中国人民大学图书馆等藏。卷首、卷末分别载张潮题辞、跋。

5.《韵学通指》一卷

音韵学书。是集前有目录,目录前有陈维崧序及毛先舒自序。该书杂论古今韵,观点与柴绍炳《古韵通》及沈谦《词韵》多有类似。陈维崧称:"钱塘先舒毛氏撰《韵学通指》一卷,汇说古今声韵之沿革通关,既取柴氏绍炳、沈氏谦与所撰诸韵而荟撮之。"①毛奇龄称毛先舒之韵学"大旨与柴氏《韵通》、顾氏《韵正》相表里"②。

---

① 陈维崧:《毛驰黄韵学通指序》,《陈迦陵文集》卷3,《四部丛刊正编》第82册,台北:台湾商务印书馆,1979年,第37页。

② 毛奇龄:《毛稚黄墓志铭》,《西河集》卷99,《景印文渊阁四库全书》集部第260册,台北:台湾商务印书馆,1986年,第115页。

版本有：清康熙间崇道堂刻本，收入《毛稚黄十二种书》；清康熙间毛氏思古堂刻本、清乾隆五年（1740）刻本，收入《毛稚黄十四种书》，今《四库全书存目丛书》据国家图书馆藏清康熙刻思古堂十四种书本影印。

6.《韵白》一卷

音韵学书。是集前有目录，目录前有毛先舒自序。该书杂论古韵、今韵、词韵、曲韵，其中论今韵观点颇具价值。现存清康熙间崇道堂刻本，收入《毛稚黄十二种书》；清康熙间毛氏思古堂刻本、清乾隆五年（1740）刻本，收入《毛稚黄十四种书》，今《四库全书存目丛书》据国家图书馆藏清康熙刻思古堂十四种书本影印。

集中《南曲入声客问》（凡 3 篇）与《歌席解纷偶记》被收入张潮辑《昭代丛书》，题为《南曲入声客问》，一卷，卷首、卷末分别有张潮所撰序、跋，《四库全书总目》"南曲入声客问"条曰："初，先舒撰《南曲正韵》一书，凡入声俱单押，不杂平上去三声。复著此卷，谓南曲入声俱可作平上去押，设为客问以达其说。"[1]《南曲入声客问》当作于《南曲正韵》之后，系补足《南曲正韵》所未尽之作，针对当时关于南曲入声字的纷争，提出北曲入声"音变腔不变"、南曲入声"腔变音不变"之观点。文中论述南曲中入声字的发音歌唱方法，以及在具体应用中的注意事项等，颇具参考价值。全文通篇采用主客问答形式，故书名"客问"。现存康熙三十六年（1697）刻本，国家图书馆、北京大学图书馆、清华大学图书馆等藏。

7.《格物问答》三卷

是集分上、中、下三卷。前有目录，目录前有汤来贺、林云铭、释济日、柴世雄、周琼莹序及毛先舒撰略例 5 则。是集成书于康熙十八年（1679），凝聚了毛氏大量心血。毛先舒《与罗西溪令君书》称："仆所著《格物问答》，是二十余年苦心。虽数十张，而中间费纸千余叶矣。"[2]是集通篇采用问答形式，大旨主王守仁之说，以格物为格去物欲，力斥朱熹穷理之非。

版本有：清康熙间崇道堂刻本，收入《毛稚黄十二种书》；清康熙间毛氏思古堂刻本、清乾隆五年（1740）刻本，收入《毛稚黄十四种书》，今《四库全书存目丛书》据国家图书馆藏清康熙刻思古堂十四种书本影印。

8.《螺峰说录》二卷

是集作于康熙二十七年（1688）。大旨有二：一曰格物欲，一曰尽伦常。是

---

① 永瑢等撰：《四库全书总目》下册卷 200，北京：中华书局，1965 年，第 1836 页。

② 毛先舒：《与罗西溪令君书》，《圣学真语》卷 2，《四库全书存目丛书》子部第 95 册，济南：齐鲁书社，1995 年，第 104 页。

集分上、下二卷。前有目录,目录前有毛先舒撰综概。现存清康熙间毛氏思古堂刻本、清乾隆五年(1740)刻本,收入《毛稚黄十四种书》,今《四库全书存目丛书》据国家图书馆藏清康熙刻思古堂十四种书本影印。

9.《文浙》一卷

是集收录毛先舒文 15 篇,按文体排列,首为记 1 篇,次为书 3 篇、题跋 7 篇、传 2 篇、寿序 2 篇。间附评语 12 则,未署姓名。现存清康熙间毛氏思古堂刻本、清乾隆五年(1740)刻本,收入《毛稚黄十四种书》,今《四库全书存目丛书》据国家图书馆藏清康熙刻思古堂十四种书本影印。

10.《圣学真语》二卷

是集分上、下二卷。前有目录,目录前有林云铭序及毛先舒自序。是集多解释《大学》《中庸》,取《大学》"格物"二字为宗旨,主格去物欲。林云铭《圣学真语序》称该书"大旨不离于去欲,而更谓尽伦常者完性命,完性命者了生死"[1]。

版本有:清康熙间崇道堂刻本,收入《毛稚黄十二种书》;清康熙间毛氏思古堂刻本、清乾隆五年(1740)刻本,收入《毛稚黄十四种书》,今《四库全书存目丛书》据国家图书馆藏清康熙刻思古堂十四种书本影印。

11.《匡林》二卷

笔记。是集分上、下二卷。前有目录,目录前有毛先舒自序。卷首题"钱唐毛先舒稚黄著初名骙,昆陵陈玉璕赓明批"。自序称尝读苏轼《志林》,有感于其"稽诸事理,时或戾焉。因偶为驳正数段,更取他作之类似者并录之,得若干篇,名曰《匡林》。大略必有所为,非徒作也"[2],旨在力排俗论。"匡",即纠正。题名"匡林",即匡正苏轼的《志林》;然书中仅有二三条与苏轼论辨,其余则与近人论辨。

版本有:清初刻本,国家图书馆藏,今《四库全书存目丛书》据此本影印;清康熙十七年(1678)年刻本,厦门大学图书馆藏;清康熙间崇道堂刻本,收入《毛稚黄十二种书》;清康熙间毛氏思古堂刻本、清乾隆五年(1740)刻本,收入《毛稚黄十四种书》。

12.《谚说》一卷

谚语杂书。是集取近世谚语之谬者而纠之,以防其流传广泛,危害世风,共

---

[1] 林云铭:《圣学真语序》,毛先舒:《圣学真语》卷首,《四库全书存目丛书》子部第 95 册,济南:齐鲁书社,1995 年,第 84 页。

[2] 毛先舒:《匡林自叙》,《匡林》卷首,《四库全书存目丛书》子部第 114 册,济南:齐鲁书社,1995 年,第 644 页。

计 8 则。有《昭代丛书》本，清道光间吴江沈氏世楷堂刻本，国家图书馆、北京大学图书馆、武汉大学图书馆等藏。

13.《语小》一卷

格言集。是集杂论修身处世之道，凡 17 则。收入张潮辑《昭代丛书》，康熙三十六年(1697)刻本，国家图书馆、北京大学图书馆、中国人民大学图书馆等藏。卷首、卷末分别载张潮序、跋。

14.《家人子语》一卷

是集阐扬孝悌之理，多引用谚语及典籍名言，张潮称其"不蔓不枝，恰中窾会"。收入张潮辑《昭代丛书》，康熙三十六年(1697)刻本，国家图书馆、北京大学图书馆、中国人民大学图书馆等藏，卷首、卷末分别有张潮撰小引、跋。亦收入黄秩模辑《逊敏堂丛书》，清咸丰年间宜黄黄氏木活字本，国家图书馆、北京大学图书馆等藏。

15.《南唐拾遗记》一卷

野史著作。是集卷首有毛先舒自序，称该书"略采《江南遗事》诸不见正史者，附于马、陆二书，郑文宝《近事》、陈彭年《别录》、陈霆《唐余纪传》之后，名曰《南唐拾遗记》，以备览古者之搜择"。书中所记皆史书常见之事，并无异闻。

版本有：清钞本，题"明钱塘毛先舒稚黄撰"，半叶 9 行，行 21 字，无格，北京大学图书馆藏；《昭代丛书》本，清道光间吴江沈氏世楷堂刻本，国家图书馆、北京大学图书馆、武汉大学图书馆等藏；曹溶辑《学海类编》本，民国九年(1920)上海涵芬楼影印清道光十一年(1831)六安晁氏活字本，国家图书馆、河南大学图书馆等藏。

16.《白榆堂集》

诗集。据毛奇龄《毛稚黄墓志铭》，毛先舒"十八岁著《白榆堂诗》，镂之版。华亭陈子龙为绍兴推官，见而咨嗟"[1]。陈子龙自撰《年谱》崇祯十四年辛巳"附录"引《白榆集小传》云："先舒著《白榆集》，流传山阴祁中丞之座，适陈卧子于祁公座上见之，称赏，遂投分引欢，即成师友。"[2]可知此书当成于崇祯十年(1637)，今佚。

17.《歊景楼诗》

诗集。据毛奇龄《毛稚黄墓志铭》，毛先舒"时复有《歊景楼诗》质子龙，子龙

---

① 毛奇龄：《毛稚黄墓志铭》，《西河集》卷 99，《景印文渊阁四库全书》集部第 260 册，台北：台湾商务印书馆，1986 年，第 114 页。
② 陈子龙著，施蛰存、马祖熙标校：《陈子龙诗集》下册，上海：上海古籍出版社，1983 年，第 669 页。

为之序"①。黄云《溟书序》云:"往时陈卧子先生为当代宗匠,《歆景楼》一序,倾心推与,欲以斯文相属,遗翰犹存,他不具论也。"②此书系毛先舒早年之作,今不存。

18.《井幹轩诗集》

诗集。柴绍炳《柴省轩先生文钞》卷6有《井幹轩诗集序》,云:"钱唐毛子驰黄者,今年二十有二,学诗数年,所已逾数伯子万言,而投诸笥箧,箧且饱,不胜录,顷乃汰什存一而裒为集,得凡乐府选古近体律绝如干首,其友人柴绍炳为之序。"③可知此书当成于崇祯十四年(1641),今不存。柴绍炳序评集中诗歌曰:"大都乐府众篇,几于抵掌优孟,从容得之,而调入齐梁者尤工。五言古不必全似建安,而去彼差近,要以自然为宗,语无旁溢。五七律师诣唐人,即雄浑小不逮,而风格超然。至排律无虑长短,遒丽兼有错综,合璧连珠,殆无遗憾。五七绝尤称神,至曲终余奏,逸响袅袅,青莲少伯之伦,蔑以远过也。七言古近始为之,亦已驰骤合节,缛来有余。总而论,诸绝为最上,排律次之,乐府五七言古次之,律体又次之。然而上下今昔,变本增华,亦各有所长,非苟而已者。"④

19.《毛驰黄集》八卷

诗文集。是集按文体分卷排列:卷1拟古乐府、古乐府、五言古诗,卷2五言古诗二、七言古诗;卷3五言律诗、七言律诗,卷4七言律诗二、五言排律、七言排律、五言绝句、七言绝句,卷5七言绝句二、书,卷6序、论、议、铭,卷7传、墓志、祭文、说,卷8毛氏家乘。卷首载孙治序及毛先舒自序。孙治《毛驰黄集序》曰:"五古掇颜、谢之菁藻,而近体则颉颃高、岑、李、杜之间。……诸序杂论,高者极于汉魏,次亦伯仲柳州、庐陵,虽时有齐气,无害其能。"⑤是集诗作以汉魏六朝及初盛唐为宗,多模拟痕迹,毛先舒自序即称:"余于是刻,多同临法帖书。即手腕罢弩,未能绝尘而逝。"⑥是集收入毛先舒《七录》,故最晚成书于顺治中叶。而

① 毛奇龄:《毛稚黄墓志铭》,《西河集》卷99,《景印文渊阁四库全书》集部第260册,台北:台湾商务印书馆,1986年,第115页。
② 黄云:《溟书序》,毛先舒:《溟书》卷首,《四库全书存目丛书》集部第210册,济南:齐鲁书社,1997年,第616页。
③ 柴绍炳:《井幹轩诗集序》,《柴省轩先生文钞》卷6,《四库全书存目丛书》集部第210册,济南:齐鲁书社,1997年,第272页。
④ 柴绍炳:《井幹轩诗集序》,《柴省轩先生文钞》卷6,《四库全书存目丛书》集部第210册,济南:齐鲁书社,1997年,第272页。
⑤ 孙治:《毛驰黄集序》,《孙宇台集》卷4,《四库禁毁书丛刊》集部第148册,北京:北京出版社,1997年,第703页。
⑥ 毛先舒:《自序》,《毛驰黄集》卷首,山东省图书馆藏清康熙刻本。

集中卷5《与沈去矜论填词书》称:"仆九岁学诗歌,今且三十有二",则是集成书不早于顺治八年(1651)。现存清康熙刻本,卷首题"毛氏七录之一",国家图书馆、浙江省图书馆、山东省图书馆等皆有藏。

20.《蕊云集》一卷

诗集。前有目录,目录前有毛先舒自序,称题名"蕊云",盖取自温庭筠《织锦词》"锦中百结皆同心,蕊乱云盘相间深"①。此集收录诗歌45首,皆为艳体。如《朝起来曲》云:"交疏结绮钱,晓日玻璃鲜。新著连烟绣,互景耀红圆。小鬟扶对镜,移时更侧肩。不是浓妆怯纤手,宿髻蓬松自可怜。"师法齐梁、晚唐,婉丽绮艳。据沈谦《东江集钞》卷四《雪霁寄稚黄》:"去岁严冬汝出城,草堂烧烛待鸡鸣。……《蕊云》新制能携赠,共赏东湖烂漫晴。"②毛先舒与沈谦严冬相聚在顺治十四年,可推算出《蕊云集》的成书时间约在顺治十五年(1658)。

版本有:清康熙间崇道堂刻本,收入《毛稚黄十二种书》;清康熙间毛氏思古堂刻本、清乾隆五年(1740)刻本,收入《毛稚黄十四种书》,今《四库全书存目丛书》据国家图书馆藏清康熙刻思古堂十四种书本影印。

21.《潠书》八卷

文集。是集按文体分卷排列,前有目录,目录前有顺治十八年(1661)黄云序。《四库全书总目》评曰:"中颇多考证之文,而不能皆有根据,其议礼尤多臆断,行笔颇隽爽,而不免于作态弄姿。大致好辨如毛奇龄,而才与学则皆不逮之。"③

版本有:清康熙间崇道堂刻本,收入《毛稚黄十二种书》;清康熙间毛氏思古堂刻本、清乾隆五年(1740)刻本,收入《毛稚黄十四种书》,今《四库全书存目丛书》据国家图书馆藏清康熙刻思古堂十四种书本影印。

22.《东苑诗钞》一卷

诗集。是集按诗体排列,前有目录,目录前有毛先舒宗弟毛甡序及毛先舒自序。该集收诗96首,多为交游题赠之作,《四库全书总目》评曰:"大抵音调浏亮,犹有七子之余风焉。"④

版本有:清康熙间崇道堂刻本,收入《毛稚黄十二种书》;清康熙间毛氏思古堂刻本、清乾隆五年(1740)刻本,收入《毛稚黄十四种书》,今《四库全书存目丛

---

① 温庭筠:《织锦词》,温庭筠著,曾益等笺注:《温飞卿诗集笺注》,上海:上海古籍出版社,1998年,第3页。
② 沈谦:《雪霁寄稚黄》,《东江集钞》卷4,《清代诗文集汇编》第70册,上海:上海古籍出版社,2010年,第214页。
③ 永瑢等撰:《四库全书总目》下册卷181,北京:中华书局,1965年,第1638页。
④ 永瑢等撰:《四库全书总目》下册卷181,北京:中华书局,1965年,第1639页。

书》据国家图书馆藏清康熙刻思古堂十四种书本影印。

23.《东苑文钞》二卷

文集。是集收文34篇,按文体排列,分上、下两卷,前有目录,目录前有毛先舒自序。因毛先舒尝读书于杭州之东园,即宋时东苑故址,故以之名其集。

版本有:清康熙间崇道堂刻本,收入《毛稚黄十二种书》;清康熙间毛氏思古堂刻本、清乾隆五年(1740)刻本,收入《毛稚黄十四种书》,今《四库全书存目丛书》据国家图书馆藏清康熙刻思古堂十四种书本影印。

24.《晚唱》一卷

诗集。是集按诗体排列,首古乐府8首,次古诗5首、近体诗77首。前有目录,目录前有毛先舒自序。卷末载毛先舒自跋,称是集成书未几,沈谦去世,可知《晚唱》当成书于康熙八年(1669)。该集所录皆为艳体,系拟晚唐李贺、温庭筠、李商隐及韩偓之作,故题名"晚唱",以别于初唐、盛唐之格。

版本有:清康熙间崇道堂刻本,收入《毛稚黄十二种书》;清康熙间毛氏思古堂刻本、清乾隆五年(1740)刻本,收入《毛稚黄十四种书》,今《四库全书存目丛书》据国家图书馆藏清康熙刻思古堂十四种书本影印。

25.《思古堂集》四卷

诗文集。是集前有目录,目录前有康熙二十四年潘耒序及毛先舒自序。卷1论、议、辩、说、驳难、诫,卷2策、启、书,卷3序、题跋书语、记、传,卷4诗歌。据潘耒序可知此集系毛先舒晚年所作。

版本有:清康熙间崇道堂刻本,收入《毛稚黄十二种书》;清康熙间毛氏思古堂刻本、清乾隆五年(1740)刻本,收入《毛稚黄十四种书》,今《四库全书存目丛书》据国家图书馆藏清康熙刻思古堂十四种书本影印。

26.《小匡文钞》四卷

文集。是集按文体分卷排列,前有目录,目录前有毛先舒自序。收文84篇,卷1书,卷2论、议,卷3议、辨、说,卷4说、序、传、杂文、诫、箴。是集旨在"小有所匡",故题名"小匡"。现存清康熙间毛氏思古堂刻本、清乾隆五年(1740)刻本,收入《毛稚黄十四种书》,今《四库全书存目丛书》据国家图书馆藏清康熙刻思古堂十四种书本影印。

27.《古逸诗乘》

诗总集。毛先舒早年所编,收入《七录》。今未见。

28.《西陵十子诗选》十六卷

诗歌总集。毛先舒、柴绍炳辑。首载柴绍炳序,次载辉山堂主人顺治七年仲春《刻西陵十子诗选启》,次载毛先舒《西陵十子诗选略例》6 则。是集共收录"西陵十子"诗作 955 首,按诗体分卷排列。因陆圻为"西泠十子之冠"①,故是集除风雅体、四言古诗、五言排律、七言排律外,其他诗体皆以陆圻诗为首。是集内有"西陵十子"小传,多援引众家之评论。诗后间附评语,多为"十子"互评。"十子"于诗深受陈子龙影响,古体宗汉魏,近体师盛唐,有着明显的复古倾向。据毛先舒《万里志序》,"庚、辛间,余辈有西陵十子之选。"②则此书成于顺治七年(1650)。

版本有二:顺治七年(1650)还读斋刻本,国家图书馆藏足本,福建师范大学藏残本;顺治七年(1650)辉山堂刻本,上海图书馆等藏。

29.《合卺新章》

诗集。毛先舒编。毛先舒《文浒》有《冢妇孙氏传》,云:"孙氏,余长儿熊臣妇也。……先是伯适我公取于孙,为妇之祖姑;从兄用仪再娶于孙,为妇之姑;至熊臣,则毛氏三取于孙,孙氏三嫁于毛。其世次又皆相值,宗亲美之,为赋诗以贺。余集为一帙,题曰《合卺新章》。"③该集系众人为毛先舒长子熊臣成婚贺诗之汇编,今不存。

30.《德寿录》

诗文总集。毛先舒编。柴绍炳《柴省轩先生文钞》卷 6《毛氏德寿录序》云:"同郡毛继斋先生今年秋仲为八十初度,其子毛稚黄先舒之执友若四方雅游,皆以通门之谊登堂,修敬择言而侑之卮,凡为诗文如干篇,稚黄汇而集之,一时士大夫莫不乐观其盛,且请题之曰《德寿录》,本众志也。"④该集系众人为毛先舒父祝寿诗文之汇编。据《漢书》卷 7《先考继斋公行略》,先舒父毛应镐生于万历十四年(1586),可知此书当成于康熙四年(1665),今不存。

31.《思古堂雅集》

诗文词曲总集。毛先舒编。诸匡鼎《鹭集思古堂记》云:"今年四月七日,同人复大集于斯堂,睦陵则方子渭仁、毛子会侯,同郡则李子东琪、陆子荩思、徐子武功令、华徵,暨令侄次瀛,贤嗣靖武、云门、文直,及不佞匡鼎,烧烛传杯,快饮终夜。……于是分题唱和,文藻竞发,或文或诗,或填词,或南北曲,遂有《思古堂雅

① 王士禛:《渔洋诗话》卷上,丁福保辑录:《清诗话》,北京:中华书局,1963 年,第 178 页。

② 毛先舒:《万里志序》,《思古堂集》卷 3,《四库全书存目丛书》集部第 210 册,济南:齐鲁书社,1997 年,第 809 页。

③ 毛先舒:《文浒》,《四库全书存目丛书》子部第 95 册,济南:齐鲁书社,1995 年,第 80 页。

④ 柴绍炳:《毛氏德寿录序》,《柴省轩先生文钞》卷 6,《四库全书存目丛书》集部第 210 册,济南:齐鲁书社,1997 年,第 268 页。

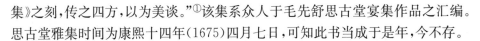

集》之刻,传之四方,以为美谈。"①该集系众人于毛先舒思古堂宴集作品之汇编。思古堂雅集时间为康熙十四年(1675)四月七日,可知此书当成于是年,今不存。

32.《诗辩坻》四卷

是集前有目录,目录前有陆圻序。卷末载毛先舒自序,曰:"《诗辩坻》四卷,作于乙之首春,成于壬之秒冬,首尾八年。"可知该书始作于顺治二年(1645),成书于顺治九年(1652)。是集评历代诗歌,自《诗经》迄明,中略宋、元,一一论及。论诗承明代前后七子复古余绪,以"盛唐以上,《三百篇》以下"为极则,尤推崇李攀龙。卷4末有词曲论8则。是集收入《七录》。题名"坻"者,盖扬雄称所作《方言》如鼠坻之与牛场,用则实五稼、饱邦民,不用遂为粪壤,故取之为集名。

版本有:清康熙间崇道堂刻本,收入《毛稚黄十二种书》;清康熙间毛氏思古堂刻本、清乾隆五年(1740)刻本,收入《毛稚黄十四种书》,今《四库全书存目丛书补编》据河南省图书馆藏清康熙间毛氏思古堂刻本影印。今上海古籍出版社1983年版《清诗话续编》(郭绍虞编选,富寿荪校点),收有点校本的《诗辩坻》。

33.《平远楼外集》一卷

词集。毛先舒早年所著,收入《七录》。王昶《国朝词综》、李格《(民国)杭州府志》皆著录。毛先舒《潠书》卷1存《平远楼外集自序》。毛先舒初居于丰乐桥,家有平远楼,故以此名其集。柴绍炳《柴省轩先生文钞》卷七有《平远楼外集序》,称该集所录词作"大抵以庐陵眉山之清疏,兼淮海、屯田之艳逸,按名部度新声,一唱而三叹,能不及于滥"②。是集今不存。

34.《鸾情集选》一卷

词集。共收录毛先舒小令66首,中调29首,长调36首,附录北曲散套《戏拟关汉卿骋怀》。间附沈谦评语5则。据毛先舒《鸾情集自题》,该集所收词作大多系毛先舒早年所为,"其中旷然者有之,亦颇有涉昵者,然率多叙宫闺情事,间作善和坊题帕语,亦有所托形。其别思若桑间、墙阴,一无敢染"。

版本有:清康熙间毛氏思古堂刻本、清乾隆五年(1740)刻本,收入《毛稚黄十四种书》;孔传铎编《名家词钞六十种》本,题名《鸾情集》,清钞本,国家图书馆藏。

35.《填词名解》四卷

词论。旨在辨解词调名称之缘起、流变等问题,按词调字数多少编排,卷1

---

① 诸匡鼎:《鹭集思古堂记》,诸匡鼎辑:《今文短篇》,杭州市余杭区图书馆藏清康熙刻本。
② 柴绍炳:《平远楼外集序》,《柴省轩先生文钞》卷7,《四库全书存目丛书》集部第210册,济南:齐鲁书社,1997年,第285页。

小令,卷 2 中调,卷 3 长调,卷 4 补遗。是集偏重从前人诗句中寻求词名缘起,颇有新见。收入查继超编《词学全书》,有康熙十八年(1679)刻本,乾隆十一年(1746)世德堂刻本,民国五年(1916)木石山房石印本,国家图书馆、北京大学图书馆、山东大学图书馆等藏。

第二节　陆圻、柴绍炳、张丹家世生平著述考

一、陆圻家世生平著述考

陆圻,字丽京,一字景宣,号讲山,浙江钱塘人。明末清初著名学者、诗人。王士禛称其为"'西泠十子'之冠"[①],应㧑谦称其"高才博学,名遍东国"[②]。康熙六年(1667)出家为僧,法名法龙,字谁庵,后至丹霞山谒函昰长老,长老为之易名今竟,字与安。陆圻才思敏捷,学识甚富,姚礼称其"采组六朝,触口皆成俪语,每见客扪虱而谈,娓娓不倦"[③]。陆圻与黄宗羲、吴伟业、施闰章、宋琬、王士禛、王士禄等著名学者及文学家相交游。著有《威凤堂集》《新妇谱》《冥报录》等。《清史稿》卷四百八十四、《清史列传》卷七十、朱溶《忠义录》卷八均有传,全祖望《鲒埼亭集》卷二十六《陆丽京先生事略》、陆莘行《老父云游始末》对其生平有着较为详细的记载。关于陆圻的家世、生平、著述等内容,学界大多语焉不详。现就笔者所搜集到的资料,对陆圻的基本情况考证如下。

(一)陆圻的家族世系

陆氏系"西泠名阀"[④],颇具声望与影响力。方象瑛称:"西陵阀阅之盛,首推陆氏。"[⑤]柴绍炳称陆圻"家世儒宗,不异东京荀氏、竹林阮公"[⑥]。钱塘陆氏文人辈出,陆圻"父叔昆季并有人龙之目"[⑦]。陆宗楷《陆氏家谱》引应㧑谦语曰:"建

---

① 王士禛:《渔洋诗话》卷上,丁福保辑录:《清诗话》,北京:中华书局,1963 年,第 178 页。

② 应㧑谦:《跋陆丽京训子书及遗像后》,丁丙:《武林坊巷志》第 8 册,杭州:浙江人民出版社,1990 年,第 254 页。

③ 姚礼撰辑:《郭西小志》卷 10,杭州:浙江工商大学出版社,2013 年,第 179 页。

④ 徐乾学:《皇清例赠孺人陆母孙夫人墓志铭》,丁丙:《武林坊巷志》第 8 册,杭州:浙江人民出版社,1990 年,第 256 页。

⑤ 方象瑛:《陆冠周诗序》,《健松斋集》卷 3,《清代诗文集汇编》第 128 册,上海:上海古籍出版社,2010 年,第 57 页。

⑥ 柴绍炳:《威凤堂集序》,陆圻:《威凤堂集》卷首,南开大学图书馆藏清钞本。

⑦ 柴绍炳:《威凤堂集序》,陆圻:《威凤堂集》卷首,南开大学图书馆藏清钞本。

炎初,有讳彦端者,以院使扈跸南迁,居会城之义和里,遂为仁和人。"①林璐《陆忠毅公传》:"始祖彦端公自汴州扈跸而南,十三传至公父吉水公,俱为钱塘人。"陆圻之祖先原居于河南开封,建炎初年南迁至杭州,遂世代定居于此,"自宋迄元,代有闻人"②。钱塘陆氏现可考最早者为陆彦端。九传至陆廷璧,明天顺六年(1462)进士。十二传至陆东,即陆圻祖父。陆东,字宗望。三中副榜不第,"遂入国学"③。《(雍正)浙江通志》载其天性友爱,"长兄没燕邸,亲往扶榇。嫂严病瘁,而弟妇少寡,悉敬养之终其身。兄弟皆有子,俱夭,悉敛葬如己出。又为两嫂连举大丧,动皆循礼。"④陆东妻沈氏,性至孝,"事长伯、长姒,敬礼与舅姑等"⑤。生子三人:长子运昌;次子鸣时,字悫中,官兵部郎中,无子,后以兄陆运昌三子陆堦为嗣;季子鸣煜,字梦文,官理刑推官,无子,后以兄陆运昌四子陆垣为嗣。陆运昌成进士,陆鸣时、鸣煜次第举于乡,时人称"三凤"。陆氏三兄弟皆以文章气节名于世,时人比之河津有三门山,称其为"陆氏三龙门"⑥。

　　陆圻父陆运昌(?—1641),初名鸣勋,字梦鹤。天性孝谨,警颖绝伦,举孝廉,"文名驰四方,士多归之"⑦。父陆东善治《易》,陆运昌遂以父为师。万历四十六年(1618)举孝廉,崇祯七年(1634)进士,官江西永丰知县,后迁吉水知县。陆运昌任职期间,"以古廉能吏相勖",抗疏蠲逋,条治清丁,为官七载,"不入吉水民一钱"⑧。崇祯十三年(1640)因母丧还家,崇祯十四年(1641)卒于京口。著有《大易吴学》《元圃集》《学制肤言》《西江治谱》等。娶妻裘氏(1594—1661),秉质严正,而治家循柔爱之道,"一门之中,子妇雍睦"⑨。子陆培殉节后,裘氏与子陆圻、堦、垣、堂卜居骆村,阖门课农桑终老。孙治《孙宇台集》卷二十三有《陆太孺人墓志铭》,详载其生平。陆运昌生子六人:长子陆圻;次子陆培;三子陆堦;四子陆垣;五子陆堂;季子陆墀,早夭。陆氏一门自陆圻以下"皆大贤有志节,能文

① 丁丙:《武林坊巷志》第8册,杭州:浙江人民出版社,1990年,第279页。
② 丁丙:《武林坊巷志》第8册,杭州:浙江人民出版社,1990年,第279页。
③ 嵇曾筠等监修、沈翼机等编纂:《(雍正)浙江通志》卷183,《景印文渊阁四库全书》史部第282册,台北:台湾商务印书馆,1986年,第100页。
④ 嵇曾筠等监修、沈翼机等编纂:《(雍正)浙江通志》卷183,《景印文渊阁四库全书》史部第282册,台北:台湾商务印书馆,1986年,第100页。
⑤ 丁丙:《武林坊巷志》第8册,杭州:浙江人民出版社,1990年,第247页。
⑥ 毛奇龄:《陆三先生墓志铭》,《西河集》卷105,《景印文渊阁四库全书》集部第260册,台北:台湾商务印书馆,1986年,第169页。
⑦ 丁丙:《武林坊巷志》第8册,杭州:浙江人民出版社,1990年,第247页。
⑧ 丁丙:《武林坊巷志》第8册,杭州:浙江人民出版社,1990年,第247页。
⑨ 孙治:《陆太孺人墓志铭》,《孙宇台集》卷23,《四库禁毁书丛刊》集部第149册,北京:北京出版社,1997年,第69页。

章者,海内人士宗之"①,五兄弟皆以凤名其集,世称"陆氏五凤"。女四人:长女归诸生周骅;次女归倪元璐族人倪攀龙;三女、季女亦归名家。

陆圻娶妻孙氏(1612—1679),系孙弘先之女,孙治堂姐。陆圻与孙氏患难相知,感情甚深。生子四人:长子陆繁祉;次子陆寅;三子陆超,早夭,皆为孙氏所出;季子陆繁葛,陆圻妾徐氏所出。生女四人:长女陆莘行,归海宁祝翼棐;次女归吴百朋长子吴鴌,生子吴磊;三女归沈兰先之子沈穆如;季女早夭。

陆圻长子陆繁祉(? —1662),字桂林。自幼聪颖不凡,"歌诗习礼,秀外慧中"②,然不幸康熙二年(1662)即病卒,士人甚为惋惜。

陆圻次子陆寅,字冠周。性至孝友,颖悟过人。十三能为诗,有惊人句。陆寅师从陆圻挚友沈兰先,"其才无所不通,凡天文、地理、风角、青鸟等书,靡不究心,殚其精微"③。康熙二十六年(1687)举于乡,康熙二十七年(1688)进士。著有《玉照堂集》(一名《陆冠周诗钞》),《(雍正)浙江通志》著录。潘耒《遂初堂集》文集卷八有《陆冠周诗集序》,称其诗"天材骏发,高朗秀丽,纵横驰骋,能极其才之所至,而沉思独往,一饭不忘亲之意,横见侧出,不可掩抑"④。陆寅生子陆邦玠,字勉之,有文名,雍正八年(1730)进士,官户部主事。

陆圻长女陆莘行,字缵任,海宁祝翼棐室。陆圻弃家远游,莘行念父不归,作《老父云游始末》一卷。另有《尊前话旧》一卷(《(民国)杭州府志》卷八十九著录)、《秋思草堂集》一卷(《(民国)杭州府志》卷九十四、《拜经楼藏书题跋记》卷五著录)。陆莘行幼颖悟,《全浙诗话》卷五十一称其"七岁即能诗文"⑤。陆莘行为诗多承其父,《晚晴簃诗汇》称:"丽京与弟阶、培称'三陆',所为诗号'西陵体',缵任传其余绪。"⑥

陆圻二弟陆培(1618—1645),字鲲庭,号部娄。崇祯十三年(1640)进士,不谒选,归而读书,"究天文、河渠、农政诸书,旁及五纬图谶、开方勾股之学"⑦。陆培"善属文,行谊修谨",里中多名士,"培时初冠,出与之上下议论,咸以为弗如

① 孙治:《陆太孺人墓志铭》,《孙宇台集》卷23,《四库禁毁书丛刊》集部第149册,北京:北京出版社,1997年,第69页。
② 丁丙:《武林坊巷志》第8册,杭州:浙江人民出版社,1990年,第259页。
③ 丁丙:《武林坊巷志》第8册,杭州:浙江人民出版社,1990年,第260页。
④ 潘耒:《陆冠周诗集序》,《遂初堂集》文集卷8,《四库全书存目丛书》集部第250册,济南:齐鲁书社,1997年,第27页。
⑤ 陶元藻辑:《全浙诗话》卷51,《续修四库全书》第1703册,上海:上海古籍出版社,2002年,第722页。
⑥ 徐世昌辑:《晚晴簃诗汇》卷183,《续修四库全书》第1633册,上海:上海古籍出版社,2002年,第318页。
⑦ 张右民:《陆鲲庭传》,《东皋诗文集》文集,天津图书馆藏清钞本。

也"①。张右民称其文"高壮磅礴,出其光气,可烛日月"②。陆培在明末声名颇著,黄道周对其品行文采颇为推重,曾致书曰:"执鞭结袜,所倾慕焉。"③崇祯十七年(1644),陆培与汪沨游闽之温陵,闻京师陷落,恸哭而返。是年九月,赴南京福王政权谒选,授行人司行人,执掌朝廷传旨、册封等事。后闻清军攻入浙江,返归故里,与陆彦龙等集合壮士数百人以图保卫家乡。顺治二年(1645),杭州被清兵攻占,闰六月十三日,陆培作《绝命诗》,从容自缢。诗曰:"谁谓朝廷一命轻,行人使节本皇明。春秋官叙诸侯上,周礼班从司马名。雍国尚惭收采石,荆胥无计泣秦兵。荡阴徒有渐衣血,烈帝孤臣恨未平。"④陆培娶陈氏,"为人大抵娴婉慈孝"⑤,闻陆培殉节,自楼上堕地,绝而复苏,后为陆培守节三十八年。陆圻有子一人,曰繁弨。屈大均《皇明四朝成仁录》、查继佐《东山国语》"浙语七"、陈鼎《东林列传》卷十一有陆培传,对其生平有详细记载。陆培著有《旃凤堂集》一卷,现存明崇祯刻本,南京图书馆藏。

陆培之子陆繁弨(1635—1684),字拒石,号儇胡,一作儇吾,终身不仕。著有《拒石子》二十卷、《善卷堂四六》十卷(《四库全书总目》卷一百八十四集部著录)、《善卷堂集》四卷(《清史稿》志一百三十《艺文四》《(民国)杭州府志》著录)、《小赋杂著》二卷、《诗续》二卷(《(民国)杭州府志》著录)。陆培殉节前,将陆繁弨托付与陈廷会。陆繁弨师从陈廷会读书山中,善文辞,机敏过人。王晫《今世说》载:"陆丽京云:'西陵俪语,家有灵蛇。若儇胡秀如春采,仲昭绚若朝霞,故当并推。'"⑥"陆拒石年十五,作《春郊赋》,词藻流美,笔不停缀,丽京云:'王筠《芍药》逊其敏,正平《鹦鹉》让其工。'"⑦《(雍正)浙江通志》载:"(陆繁弨)尤工四六,……单行侧注,脱去排比之迹,与陈维崧方驾云。"⑧

陆圻三弟陆培(1620—1702),字梯霞。少颖悟,勤苦为学,"甫弱冠时,即拥皋比,请业者满户外"。明亡后,隐居不出,以授徒为业,"从游者如归市,自东西

---

① 张道:《定乡小识》卷13,《丛书集成续编》第233册,台北:新文丰出版公司,1989年,第334页。

② 张右民:《陆鲲庭传》,《东皋诗文集》文集,天津图书馆藏清钞本。

③ 丁丙:《武林坊巷志》第8册,杭州:浙江人民出版社,1990年,第262页。

④ 朱彝尊著,姚祖恩编,黄君坦校点:《静志居诗话》下册卷20,北京:人民文学出版社,1990年,第623页。

⑤ 毛先舒:《陈夫人五十序》,《潠书》卷1,《四库全书存目丛书》集部第210册,济南:齐鲁书社,1997年,第631页。

⑥ 王晫:《今世说》卷5,北京:中华书局,1985年,第54页。

⑦ 王晫:《今世说》卷5,北京:中华书局,1985年,第55页。

⑧ 嵇曾筠等监修,沈翼机等编纂:《(雍正)浙江通志》卷178,《景印文渊阁四库全书》史部第282册,台北:台湾商务印书馆,1986年,第16页。

浙至他省,多有景行"①。晚年受聘讲学于万松书院,"集通省学士读书其中,奉之为十一郡之师,每大会赴试者数千人,惟先生进退焉"②。陆堦在清初颇具声望,姚礼称其"长负海内文望,四方耆宿道出钱塘,必问讯于先生,停车握手以为快"③。陆堦著有《白凤楼集》十四卷;辑有试帖房椟《龙门集》,陆圻为作序,称"其风婉而秀,其辞丽而则,前光后辉,左宜右有"④;晚年辑先儒之文,搜罗考订,为《大成录》,又著《四书大全》六十卷。《国朝杭郡诗辑》载其"卒年八十三"⑤。陆堦娶赵氏,贤而早卒,继娶纪氏。生子三人:长子丰,次子兆爵,皆为赵氏所出;季子正夫,纪氏所出。陆丰兄弟三人皆为诸生,能文章,其中以陆丰尤著。陆堦有孙曰陆祖授,字绍之,诸生,承家学,乐天守道,"诗学东坡,间有唐人风格"⑥,著有《眉洲山房稿》。毛奇龄《西河集》卷一百五《陆三先生墓志铭》详载陆堦生平。

陆圻四弟陆垣,字紫躔,亦能诗,著有《彩凤堂集》,生平事迹不详。

陆圻五弟陆堲,字士登,一字左城。少有文名,急声气,"为文藻思绮合,于吴越间修缟纻欢,所至皆有逢迎"⑦。师从应㧑谦。著有《丹凤堂集》三卷,陆圻为作序,评其诗"英姿杰出,秀质天成。藐姑独立,冰雪称神。康乐再生,芙蓉可爱。旨则风人之义,道以正雅为归"⑧,《(雍正)浙江通志》《(民国)杭州府志》著录。又有《经世骊珠》,《(民国)杭州府志》著录。《国朝杭郡诗辑》载其"卒年四十四"⑨。陆堲娶胡氏,生子一人,曰陆冠,康熙二十九年(1690)中北场乡试。

陆圻长妹(1626—1651),自幼婉娩淑慎。稍长,娴女红,习诗书,善作诗。十四五岁时归诸生周骅,夫妻感情甚笃,常吟咏唱和。卒,陆圻作《哭亡妹周孺人》,称"尔昔自娴班氏诫,吾生常愧左芬才"⑩,另有《周孺人传》,对其生平记载甚详。

陆圻二妹(1630—1659),生而聪颖,喜读书,"凡周易、诗、史略上口,终身不忘"⑪,尤好作诗,崇祯十七年(1644)归倪元璐族人倪攀龙,伉俪情深。陆圻二妹

---

① 丁丙:《武林坊巷志》第8册,杭州:浙江人民出版社,1990年,第272页。
② 丁丙:《武林坊巷志》第8册,杭州:浙江人民出版社,1990年,第273页。
③ 姚礼撰辑:《郭西小志》卷10,杭州:浙江工商大学出版社,2013年,第181页。
④ 陆圻:《小品〈龙门集〉序》,《威凤堂集》卷1,南开大学图书馆藏清钞本。
⑤ 吴颢辑:《国朝杭郡诗辑》卷2,浙江图书馆藏清同治十三年钱塘丁氏刻本。
⑥ 丁丙:《武林坊巷志》第8册,杭州:浙江人民出版社,1990年,第278页。
⑦ 丁丙:《武林坊巷志》第8册,杭州:浙江人民出版社,1990年,第278页。
⑧ 陆圻:《家弟左城〈丹凤堂集〉序》,《威凤堂集》卷14,南开大学图书馆藏清钞本。
⑨ 吴颢辑:《国朝杭郡诗辑》卷2,浙江图书馆藏清同治十三年钱塘丁氏刻本。
⑩ 陆圻:《哭亡妹周孺人》,《威凤堂集》卷9,南开大学图书馆藏清钞本。
⑪ 陆圻:《孝女倪孺人传》,《威凤堂集》卷15,南开大学图书馆藏清钞本。

性笃孝,"勤苦耐劳"①,卒,陆圻为作《孝女倪孺人传》。

(二)陆圻的生平遭际

陆莘行《老父云游始末》称:"吾父生于前明万历甲寅九月初五日寅时,……壬子春,父已逾期。仍命褚从余舅翁郭皋旭入广,至丹霞迎父。方知一月之前,已去武担。仆追至武担,不能踪迹。盖吾父意在弃家,不欲人知,每至即易姓名,无从察也。后值三藩之乱,往来不通,虽仲兄复分险阻,遍为寻觅,终不能得。兄幸成进士,竟以神竭咯血而卒。"②则陆圻生于明万历四十二年(1614),卒于康熙十一年(1672)以后。

陆圻少颖异,"读书过目不忘"③。六七岁时即能诗,父运昌甚爱之。少与弟培、堦咸皆以文章经世自任,并有盛名,"高文异采,一门竞爽,号为'三陆'"④。陆圻为人谨慎,平生未尝言人过,有语及者,辄曰:"我与汝,姑自尽,毋妄议。"⑤这与其弟陆培形成了鲜明对比,父陆运昌尝曰:"圻温良,培刚毅,他日当各有所立。"⑥崇祯十二年(1639),陆圻参加两浙乡试,下第而归,作《旅中下第》,诗曰:"已误刀头约,何年猿臂封。诗科看九试,文史足三冬。头责劳张敏,途穷泣嗣宗。雄心还破浪,风雨待蛟龙。"⑦虽有落第的失落与不甘,更有着昂扬奋发的雄心壮志。崇祯十三年(1640),陆圻与陆培、柴绍炳、汪沨、孙治等人结登楼社,"以东汉诸儒为宗,而其文则精深奥博,破陋学之藩,而一归于古"⑧。崇祯十四年(1641),授书于沈谦家,时孙治授书于临平赵元开家,读书之暇,二人常饮酒赋诗为乐。

崇祯十七年(1644),李自成攻陷京师,崇祯帝自缢。消息传至浙西,陆圻与陈廷会等人哭崇祯于学宫。顺治二年(1645),清兵占领杭州,弟陆培自缢,这件事对陆圻影响很大。此后陆圻到处藏匿,从海滨至越中,后至福州,剃发

① 陆圻:《孝女倪孺人传》,《威凤堂集》卷15,南开大学图书馆藏清钞本。
② 陆莘行:《老父云游始末》,傅以礼辑:《庄氏史案本末》卷下,《四库未收书辑刊》9辑第4册,北京:北京出版社,2000年,第171页。
③ 戴启文:《西湖三祠名贤考略》,王国平主编:《西湖文献集成》第25册,杭州:杭州出版社,2004年,第1165页。
④ 吴颢辑:《国朝杭郡诗辑》卷2,浙江图书馆藏清同治十三年钱塘丁氏刻本。
⑤ 全祖望:《陆丽京先生事略》,《鲒埼亭集》卷26,《四部丛刊正编》第85册,台北:台湾商务印书馆,1979年,第276页。
⑥ 全祖望:《陆丽京先生事略》,《鲒埼亭集》卷26,《四部丛刊正编》第85册,台北:台湾商务印书馆,1979年,第276页。
⑦ 陆圻:《旅中下第二首》其二,《威凤堂集》卷8,南开大学图书馆藏清钞本。
⑧ 毛奇龄:《五贤崇祀乡贤祠记》,《西河集》卷66,《景印文渊阁四库全书》集部第259册,台北:台湾商务印书馆,1986年,第597页。

为僧。陆圻并非意欲遁入空门,而是躲避清兵的一种策略。《威凤堂集》卷九有《坐禅二首》,其一曰:"北来有客悲秋气,南内何人问月明。法鼓从翻新调曲,禅灯不断故园情。"①可见其并未忘却故国。全祖望《陆丽京先生事略》载陆圻匿闽期间"尚崎岖兵甲之间"②,仍然从事反清活动。顺治四年(1647),奉母命由闽归乡,隐居于河渚骆家庄,业医为生,"提囊三吴间,颇奇效"③。陆圻医术甚高,"吴越之间争求讲山先生治疾,户外屦无算"④。隐居期间尝"访殉节故人遗迹"⑤,辑殉节士人遗文若干卷。顺治九年(1652),陆圻至松江,遍交云间名士。

顺治末年,湖州庄廷鑨私撰《明史》,称努尔哈赤为建州都督,不书清代年号,而采用隆武、永历等南明年号。陆圻并未参与是书编纂,但因其名声赫赫,故被庄氏列于卷首。康熙元年(1662),庄廷鑨《明史》案发,陆圻被株连下狱,同被牵连者尚有查继佐、范骧。时陆圻全家皆被捕入狱,惟弟陆堦幸得脱身,奔走营救。康熙二年(1663)三月,事白还家。这件事对陆圻打击很大,毛奇龄《陆三先生墓志铭》载陆圻出狱后"辄郁郁不自乐",每曰"几以我故覆宗",遂萌生了修道念头,曾叹曰:"余自分定死,幸而得保首领,宗族俱全,奈何不以余生学道耶?"⑥康熙六年(1667),陆圻祝发入黄山为僧。陆寅思父甚切,入山长跪,以祭扫母墓为由劝归。康熙七年(1668)正月,陆圻归里,但坚决不还家。五月,弟陆堦病危,陆圻至其家为之医病。九月陆堦痊愈,陆圻随即入广东丹霞山学道。康熙十一年(1672)春,陆圻家仆褚礼与陆莘行舅翁郭皋旭入广东丹霞寺寻陆圻,得知其于一月之前入四川武担山。褚礼至武担山寻之,未得。此后再无陆圻消息。康熙二十七年(1688),陆寅中进士,然辞之寻父,数年不得,郁郁而终。洪昇尝作《答友人诗》,曰:"君问西泠陆讲山,飘然一钵竟忘还。乘云或化孤飞鹤,来往天台雁荡间。"⑦至于陆圻卒年,亦无从得知。

---

① 陆圻:《坐禅二首》,《威凤堂集》卷9,南开大学图书馆藏清钞本。

② 全祖望:《陆丽京先生事略》,《鲒埼亭集》卷26,《四部丛刊正编》第85册,台北:台湾商务印书馆,1979年,第276页

③ 丁丙:《武林坊巷志》第8册,杭州:浙江人民出版社,1990年,第252页。

④ 全祖望:《陆丽京先生事略》,《鲒埼亭集》卷26,《四部丛刊正编》第85册,台北:台湾商务印书馆,1979年,第276页。

⑤ 孙治:《题陆丽京集殉节诸公卷后》,《孙宇台集》卷28,《四库禁毁书丛刊》集部第149册,北京:北京出版社,1997年,第98页。

⑥ 全祖望:《陆丽京先生事略》,《鲒埼亭集》卷26,《四部丛刊正编》第85册,台北:台湾商务印书馆,1979年,第276页。

⑦ 沈德潜编:《清诗别裁集》上册,上海:上海古籍出版社,2013年,第622页。

（三）陆圻的著述

陆圻著作现有三种广为人知：分别为《威凤堂文集》八卷，《四库未收书丛刊》7辑20册据清康熙刻本影印；《新妇谱》一卷，《四库全书存目丛书》子部第95册据清康熙三十四年新安张氏霞举堂刻檀几丛书本影印；《冥报录》二卷，《四库全书存目丛书》子部第249册据清康熙刻说铃本影印。

笔者在南开大学图书馆见钞本陆圻《威凤堂集》三十六卷，末附陆圻《革命纪闻》一卷，是集乃收罗陆圻著述最全的一部。此本《威凤堂集》系孤本，故长期以来罕为学界关注，诚为憾事。

该版本《威凤堂集》版心宽12.9厘米，高18.2厘米，白口，四周单边，半叶10行，行22字，每卷卷首题"曾侄孙宗楷编次"。陆宗楷为陆圻五弟陆堦之曾孙。据王同《杭州三书院纪略》卷四，陆宗楷，字健先，号凫川，仁和人。雍正元年（1723）乡试第一，旋成进士，官至兵部尚书，任职京师几四十年，"推挽后进，勤勤如不及"①，归田后主敷文书院讲席。据书中避乾隆（"弘"字作"宏"、"歷"字有缺笔）但未避嘉庆讳，则是集当辑于乾隆间。钞本《威凤堂集》较《四库未收书辑刊》所收刻本《威凤堂文集》多出许多内容，有着较高的版本价值。现将二书基本内容对比介绍如下。

康熙刻本《威凤堂文集》分为论部、记部、诗部、祭文部、俪语部，卷首有康熙五年（1666）刘鲁桧序、曾子愉序，祭文部末有施闰章《重建永丰陆侯祠堂记》，诗部仅存五言古诗、五言律诗、拟古乐府、古乐府四体。集中有毛先舒、柴绍炳、丁澎、陈廷会、虞黄昊、施闰章、张右民等人评语。

钞本《威凤堂集》卷首共有序四篇，首篇不知名，后三篇分别为陆彦龙、柴绍炳、陆培作。集中无评语。卷1、卷2分别为序38篇、55篇。卷3为拟古乐府，所录篇目与刻本诗部"古乐府"相同。卷4为古乐府，所录篇目与刻本诗部"拟古乐府"相同。卷5为五言古诗，钞本较刻本多出2首，为《上黎博庵师》《寄怀礼垣金道隐》，而刻本有3首为钞本未收，为《寻谢康乐石壁画像》《寿王圣翼》《寿严伯母江太夫人》。此外，刻本中《哭骧武九首》前有小序，钞本作《挽陆骧武》，诗前无小序。钞本卷6为七言古诗29首，卷7为五言排律15首，皆为刻本所无。钞本卷8为五言律诗，较刻本多出17题18首，为《怀王元趾》《赠张祖望客游》《试前与梁天署》《赠孙岂闻》《旅中下第二首》《赠御儿吴霆发》《春日访吴大雍不遇》《赠徐孝先敬舆粥书自给》《闽中曲》《送别文灯岩先生》《赠倪二妹时妹丈游京邸》《陈

---

① 王同：《杭州三书院纪略》卷4，王国平主编：《西湖文献集成》第20册，杭州：杭州出版社，2004年，第527页。

其年令弟索赠》《挽梯霞内人》《闻季父司李莅中》《中秋后赠南云还楚》《赠青乌徐丈》《长至前一夕张百梅宴集朱人远裴靖公葛子崧王子允司诸子其公郎八岁赋诗闻此有赠》。钞本卷 9 为七言律诗,共 143 题 182 首;卷 10 为五言绝句 47 题 49首,卷 11 为六言绝句 10 首,卷 12 为七言绝句 19 题 56 首,卷 13 为赋 3 首,皆为刻本所无。

钞本卷 14 为骈体 35 篇,较刻本俪语部多出 32 篇。卷 15 为传 18 篇,为刻本所无。卷 16 为记 5 篇、书 1 篇,较刻本记部少《陈孺人五十寿记》《李笠翁新居记》2 篇。卷 17 为寿序 6 篇,为刻本所无。卷 18 为祭文 2 篇,卷 19 为《南华经论》1 篇,分别为刻本祭文部与论部收录。卷 20 为《洛神赋辩注》,卷 21 为杂剧《刘纲斗法》《王维郁轮》《张说赠姬》,皆为一折短剧。卷 22 为《诗经吴学论》,共79 篇,其中仅《太史陈诗论》《桑中论》《小雅论》《棠棣论》4 篇为刻本论部所收。

钞本卷 23、24 为《明史纪事本末论》,共 80 则,内容与谷应泰《明史纪事本末》篇末"谷应泰曰"的史论完全一致。谷应泰(1620—1690)的《明史纪事本末》是一部得到学界高度评价的经典之作,清代四库馆臣赞其"排比纂次,详略得中,首尾秩然,于一代事实极为淹贯"①。该书自刊行以来,广为流传,一直被史学界认为是"研究明代史事的基本史籍之一"②。是书每篇末尾的史论论点精湛,文字典雅,尤为学者称赞,傅以渐评其"无不由源悉委,揣情抒实"③,谢国桢评其"洞见当时症结,颇具见地"④。关于《明史纪事本末》的作者,自清代以来众说纷纭,清初学者姚际恒即认为篇末史论系陆圻所作⑤。毛奇龄则认为陆圻并未答应谷应泰的请求,《陆三先生墓志铭》曰:"会督学使谷君仿张君天如作《明史纪事始末》,以金币聘丽京作史论,已辞矣。"⑥当代学者徐泓《〈明史纪事本末〉的史源、作者及其编纂水平》引毛奇龄语,认为史论部分并非陆圻所作⑦。今见《威凤堂集》所收《明史纪事本末论》,可证明谷应泰《明史纪事本末》每篇篇末史论部分实出自陆圻之手。毛奇龄系陆圻挚友,之所以称陆圻并未参与撰写谷应泰《明史

---

① 永瑢等撰:《四库全书总目》上册卷 49,北京:中华书局,1965 年,第 443 页。

② 陈祖武:《〈明史纪事本末〉杂识》,中华书局编辑部编:《文史》第 31 辑,北京:中华书局,1988 年,第173 页。

③ 傅以渐:《明史纪事本末序》,谷应泰:《明史纪事本末》卷首,上海:上海古籍出版社,1994 年,第 1 页。

④ 谢国桢编著:《增订晚明史籍考》,北京:中华书局,1964 年,第 55 页。

⑤ 梁章钜《浪迹三谈》卷三"明史纪事本末"条载:"《明史纪事本末》人皆知为谷应泰所撰,而姚际恒《庸言录》云:'本海昌一士人所作,后为某以计取之,攘为己有。其事后总论一篇,乃募杭州诸生陆圻所作,每篇酬以十金。'"(梁章钜:《浪迹三谈》卷 3,上海:上海古籍出版社,2012 年,第 307 页。)

⑥ 毛奇龄:《陆三先生墓志铭》,《西河集》卷 105,《景印文渊阁四库全书》集部第 260 册,台北:台湾商务印书馆,1986 年,第 170 页。

⑦ 徐泓:《〈明史纪事本末〉的史源、作者及其编纂水平》,《史学史研究》2004 年第 1 期,第 68 页。

纪事本末》,与清初严酷的文网有关。据陈祖武《〈明史纪事本末〉杂识》一文,《明史纪事本末》成于顺治十五年(1658),而顺治十七年(1660)谷应泰即遭御史黄文骥弹劾,斥责书中有违碍之处。虽经朝廷查阅,书中并无违碍之处,但谷应泰因这次弹劾结束了仕宦生涯,从此"寄情古董以远祸","与修史宣告绝缘"①。谷应泰遭弹劾时,陆圻作为此书的撰者之一,想必亦胆战心惊,不愿与此书扯上关系。至康熙元年(1662)庄廷鑨"《明史》案"发,陆圻被捕下狱,愈加强烈地感受到清初文网之严酷,故很有可能否认曾参与撰写《明史纪事本末》。毛奇龄《陆三先生墓志铭》原文为:

> 会督学使谷君仿张君天如作《明史纪事始末》,以金币聘丽京作史论,已辞矣。乌程庄氏辑伪史,艳丽京名,阴窃同时指名者曰范君文白、查君伊璜与丽京作参定姓氏,不告诸本人,而标名卷端。

毛奇龄称陆圻拒绝参与谷应泰《明史纪事始末》撰写,紧接着叙述庄廷鑨私自冠陆圻名于《明史》卷首,致使陆圻被牵连入狱,重在突出陆圻之冤。当然,也有可能陆圻本人即否认参与撰写《明史纪事始末》,归根结底,这与清初文字狱的高压有着密切关系。毛奇龄《陆三先生墓志铭》的撰写时间约在康熙四十一年(1702),而陆宗楷编《威凤堂集》时间则在乾隆时期,此时不仅据"《明史》案"时间已远,而且该集为钞本形式,并无刻本,亦不欲广为流传,故将陆圻不少史学著作收入其中。而乾隆间《四库全书》将谷应泰《明史纪事本末》收入其中,说明该书已得到官方认可。虽然笔者不确定《威凤堂集》编纂时间是否在《四库全书》之后,但四库馆臣收入《明史纪事本末》之举,可说明陆宗楷将《明史纪事本末》史论部分重新归于陆圻名下,并无政治顾忌。

钞本《威凤堂集》卷25为《食货志》,卷26为《舆服志》,卷27为《赋役志》,为研究明代制度、社会生活的重要史料。卷28为笔记体《纤书》,记载明代梃击、红丸、移宫三大案颇详。卷29为《新妇谱》,较《四库全书存目丛书》子部所收檀几丛书本多出15则,为《绝尼人》《不看剧》《听言》《责仆婢》《劝夫孝》《妯娌》《待婢妾》《抱子》《失物》《勤俭》《有料理有收拾》《事继姑》《事庶姑》《逞能》《火烛》。卷30为《恭寿堂诊集》,系陆圻的诊断记录,卷首有张标、柴绍炳序,卷末有陆圻自序。柴绍炳序文称陆圻医术高明,入清后业医数年,"所存活不下数千百人"。卷31为《冥报录》,较《四库全书存目丛书》子部所收说铃本多出《醒世诗》8首,均为

① 陈祖武:《〈明史纪事本末〉杂识》,中华书局编辑部编:《文史》第31辑,北京:中华书局,1988年,第174页。

七律。卷 32 至卷 36 为《陆生口谱》,卷首有陆圻自序。卷末附《革命纪闻》一卷,记载清兵入关及南明弘光朝事,是研究明清鼎革历史的重要史料。

二、柴绍炳家世生平著述考

关于柴绍炳的家世、生平、著述,学界较少涉及。张民权《清代前期古音研究》下册第一章第一节曾有提及,但限于篇幅,较为简略,且并未涉及柴绍炳的家世①。现就笔者所搜集到的资料,对柴绍炳的家世、生平、著述全面梳理考证如下。

柴绍炳,字虎臣,号翼望山人,晚年慕曾子省身之学,取"曾氏三省"之意,更号省轩,浙江仁和(今属杭州)人,明末清初著名学者、诗人。《清史稿》称柴绍炳"在'十子'中文名最著"②。柴绍炳与顾炎武、黄宗羲、吴伟业、吕留良、施闰章、王士禛、朱彝尊等文坛名家相交游。著有《柴省轩先生文钞》《古韵通》《考古类编》等。《清史稿》卷四百八十四、《清史列传》卷七十均有传,毛奇龄《西河集》卷一百十三《柴征君墓状》、冯景《解春集诗文钞》文钞卷十二《柴处士传》、章藻功《思绮堂文集》卷十《处士柴虎臣先生墓碑》、杭世骏《道古堂全集》卷三十八《移志局理学名儒柴先生状》对其生平有着较为详细的记载。

(一) 柴绍炳的家族世系

柴氏在仁和号称望族,有明一代,"甲科孝秀,先后蝉声",颇具声望与影响力。姚礼称:"武林诸柴,声名赫奕"③。据柴绍炳《柴氏家乘自序》:"宋建炎中有士宗公从汴京扈跸南迁,实始居杭,后累百余年,或仕或隐。"④柴绍炳的祖先原居于河南开封,建炎年间南迁至杭州,遂世代定居于此,"世有文学,敦质行至"⑤。《柴省轩先生文钞》卷八有柴绍炳撰家传 26 篇,对于研究仁和柴氏家族有着重要的参考价值。柴绍炳《柴氏家传自序》曰:"吾家谱牒自万历壬午毁于火,宋南渡以来,但知有士宗公,数传间不可考。"⑥柴氏谱牒于万历十年(1582)

---

① 张民权:《清代前期古音学研究》下册,北京:北京广播学院出版社,2002 年,第 2—3 页。

② 赵尔巽等撰:《清史稿》卷 464,北京:中华书局,1977 年,第 13354 页。

③ 姚礼撰辑:《郭西小志》卷 10,杭州:浙江工商大学出版社,2013 年,第 175 页。

④ 柴绍炳:《柴氏家乘自序》,《柴省轩先生文钞》卷 6,《四库全书存目丛书》第 210 册,济南:齐鲁书社,1997 年,第 248 页。

⑤ 柴绍炳:《兴化府儒学训导洞山府君传》,《柴省轩先生文钞》卷 8,《四库全书存目丛书》第 210 册,济南:齐鲁书社,1997 年,第 321 页。

⑥ 柴绍炳:《柴氏家传自序》,《柴省轩先生文钞》卷 6,《四库全书存目丛书》第 210 册,济南:齐鲁书社,1997 年,第 249 页。

遭焚毁,除始祖柴士宗外,可考得最早者为柴绍炳烈祖。据柴绍炳《赠征仕郎中书舍人淳斋公传》,柴绍炳烈祖为柴政,天祖为柴质,二人皆布衣终身。高祖柴嵩,号巽庵,娶毛氏,生三子,次子即柴绍炳曾祖柴龙。

　　曾祖柴龙(? —1557),字舜臣,号淳斋。为人甚孝,"杭州之称为人后而能尽孝者必曰柴君"①。柴氏家世厚积,颇饶于赀。至柴龙时,"以息业益起家"②。然柴龙性好俭朴、恶侈靡,晚年闭门自适,终日不问外事,拥书在前,"时出评榷,多经生所未道"③。柴龙娶田复斋之女田琼英(1497—1582),天性端严不苟,其教子"最敦大义,耻事姑息"④。生子二人:长子柴祯,早卒;次子柴祥。柴龙终生布衣,以子祥贵,赠征仕郎。柴绍炳有《赠征仕郎中书舍人淳斋公传》,对曾祖柴龙生平记载颇详。

　　祖父柴祥(1526—1592),字汝嘉,号醴泉,学者称醴泉先生。柴绍炳《福建按察司副使醴泉公传》载其"生而凝重,幼不好弄"⑤。柴祥天资敏绝,一目数行下,且甚嗜学,"夙兴至夜分,诵读不辍"⑥。嘉靖二十五年(1546)举于乡,嘉靖三十五年(1556)进士,授中书舍人,"廉直忠孝,为海内模楷"⑦。柴祥笃于事亲,恬于名位,先后历宦游不及十年。尝与里中许岳、孙枝等结十友社,游览湖山,觞咏酬唱,性质类似白居易香山耆老会。柴祥喜博极群书,"为学老而不衰"⑧。柴绍炳评其诗文曰:"弱冠以制义名家,醇厚典雅,在王、瞿之间;论策疏畅,学眉山;诗绝喜彭泽、右丞,有风调,不失素心;书牍裁净有法。"⑨著有《诸疏稿》《三疏陈情稿》

---

① 柴绍炳:《赠征仕郎中书舍人淳斋公传》,《柴省轩先生文钞》卷8,《四库全书存目丛书》第210册,济南:齐鲁书社,1997年,第308页。

② 柴绍炳:《兴化府儒学训导洞山府君传》,《柴省轩先生文钞》卷8,《四库全书存目丛书》第210册,济南:齐鲁书社,1997年,第321页。

③ 柴绍炳:《赠征仕郎中书舍人淳斋公传》,《柴省轩先生文钞》卷8,《四库全书存目丛书》第210册,济南:齐鲁书社,1997年,第309页。

④ 柴绍炳:《田太孺人传》,《柴省轩先生文钞》卷8,《四库全书存目丛书》第210册,济南:齐鲁书社,1997年,第309页。

⑤ 柴绍炳:《福建按察司副使醴泉公传》,《柴省轩先生文钞》卷8,《四库全书存目丛书》第210册,济南:齐鲁书社,1997年,第311页。

⑥ 柴绍炳:《福建按察司副使醴泉公传》,《柴省轩先生文钞》卷8,《四库全书存目丛书》第210册,济南:齐鲁书社,1997年,第311页。

⑦ 柴绍炳:《兴化府儒学训导洞山府君传》,《柴省轩先生文钞》卷8,《四库全书存目丛书》第210册,济南:齐鲁书社,1997年,第321页。

⑧ 柴绍炳:《福建按察司副使醴泉公传》,《柴省轩先生文钞》卷8,《四库全书存目丛书》第210册,济南:齐鲁书社,1997年,第313页。

⑨ 柴绍炳:《福建按察司副使醴泉公传》,《柴省轩先生文钞》卷8,《四库全书存目丛书》第210册,济南:齐鲁书社,1997年,第313页。

等。柴祥妻虞氏(1527—1609),系虞竹坡之女,"幼有贵征,端终寡言笑"①。妾二:张氏、夏氏。生子四人:长子应椿、仲子应楠皆为虞氏所出,三子应槐为张氏所出,季子应权为夏氏所出。

父柴应权(1577—1632),初名应梓,字季良,后更名应权,字巽行,号洞山。天性孝谨,警颖绝伦,博学工文词,弱冠补邑诸生,试辄高等。尝与葛屺瞻、来道之、沈无回、孙思泉等人读书灵鹫寺中,"以文义切磋"②。中年尤精内典,与僧人居士往来密切。天启七年(1627),以明经为兴化府训导。崇祯三年(1630),海氛告警,柴应权撰《守御策》《洞中机要》,"文词华赡而达于时务"③,深得吴旭如、祁彪佳、吴麟征等人器重。崇祯五年(1632)卒于官。柴应权笃志好学,"虽之官,犹日手一编不忍释"④,"论文根本经术,然喜拔遒警"⑤。著有《周易奥衍》《深息斋藏稿》《宗镜录》等。柴绍炳《兴化府儒学训导洞山府君传》对其生平记载颇详。柴应权娶江绳川之女,万历二十九年(1601)卒;继娶许氏,性至孝,万历四十一年(1613)卒;继娶钱氏,系才媛,八九岁时即耽书史,遇塾师讲席,时时窃从屏间听,辄能通晓大义,精熟《论语》《孝经》《列女传》等书,"口自陈说,略无脱误"⑥。柴应权生子二人:长子绍然,许氏所出;次子绍炳,钱氏所出。女二人:长为许氏所出;次宪英,为钱氏所出。

柴绍炳兄柴绍然,字景明,号梦筠。幼聪颖。弱冠,文声籍甚,然屡试不售,家苦贫。平生好禅诵,著有《类典宝池》《金刚经疏抄》,藏于家。柴绍然娶许玄昭之女,生子五人:长子世珧、次世坤、次世型、次世㙟、次世垣。

柴绍炳娶妻张氏(1617—1650),性笃孝,无子。柴绍炳与张氏感情甚深,妻亡,作《感逝赋》及《亡妇张氏传》。娶妾蔡氏,生二子世堂、世台,朱溶称二子"皆有文行"⑦,周清原称二子"有父风,能世其学"⑧。

---

① 柴绍炳:《虞恭人传》,《柴省轩先生文钞》卷8,《四库全书存目丛书》第210册,济南:齐鲁书社,1997年,第314页。

② 孙治:《武林灵隐寺志》卷5,杭州:杭州出版社,2006年,第91页。

③ 柴绍炳:《兴化府儒学训导洞山府君传》,《柴省轩先生文钞》卷8,《四库全书存目丛书》第210册,济南:齐鲁书社,1997年,第322页。

④ 柴绍炳:《兴化府儒学训导洞山府君传》,《柴省轩先生文钞》卷8,《四库全书存目丛书》第210册,济南:齐鲁书社,1997年,第322页。

⑤ 柴绍炳:《兴化府儒学训导洞山府君传》,《柴省轩先生文钞》卷8,《四库全书存目丛书》第210册,济南:齐鲁书社,1997年,第323页。

⑥ 柴绍炳:《先妣钱孺人传》,《柴省轩先生文钞》卷8,《四库全书存目丛书》第210册,济南:齐鲁书社,1997年,第325页。

⑦ 朱溶:《忠义录》卷8,高洪钧编:《明清遗书五种》,北京:北京图书馆出版社,2006年,第801页。

⑧ 周清原:《崇祀理学名儒柴省轩先生传》,柴绍炳:《柴省轩先生文钞》卷首,《四库全书存目丛书》集部第210册,第119页。

柴绍炳长子柴世堂,字陛升,号胥山,师从柴绍炳挚友毛际可。雍正元年(1723)举孝廉,方正不就。著有《柴胥山先生诗稿》二卷,现存清稿本,重庆图书馆藏。是集共录诗歌一百五十余篇,系康熙四十五年(1706)至康熙四十八年(1709)间所作,大多抒发游览、怀古、思乡之情,其中感慨山河壮阔与人生倥偬者,尤为感人。另有与柴升、吴陈炎、吴朝鼎合刻《浙西四子诗钞》,王暠为之序,《(民国)杭州府志》著录。《两浙辅轩续录》引章藻功语曰:"胥山幼有至性,七岁而孤,以孝称。生平砥节砺行,为吾党推重。"①柴世堂与冯景交谊甚厚。

柴绍炳次子柴世台,号北溟,亦能诗,生平事迹不详。

(二)柴绍炳的生平遭际

柴绍炳《柴省轩先生文钞》卷九《吴威卿传》称:"始锦雯与予同庚,而得子最早且慧。"②柴绍炳与吴百朋系同年生。而孙治《亡友吴锦雯行状》载吴百朋"生于万历丙辰八月二十八日寅时"③,则柴绍炳生于明万历四十四年(1616)。毛先舒《沈去矜墓志铭》曰:"先舒自己酉春病剧,乃明年正月,虎臣死。"④周清原《崇祀理学名儒柴省轩先生传》载:"庚戌寝疾,卒年五十有五。"⑤杭世骏《移志局理学名儒柴先生状》称柴绍炳"卒时年五十有五。巡抚赵士麟、督促学王揆檄所司祀之乡贤。明年,葬西湖之花家圩"⑥。则柴绍炳卒于清康熙九年(1670),葬西湖之花家圩。

柴绍炳生而颖异,"早岁善属文,下笔数千言立就"⑦。父柴应权授莆田教谕,柴绍炳随任。崇祯六年(1633),应莆田县试,取第一,府试再第一,补莆田诸生。时吴麟征为理刑,见柴绍炳文,甚为叹赏。后归乡,复试仁和,亦第一,为仁和诸生。柴绍炳于文师从葛寅亮,并与同里汪沨、应㧑谦、陈廷会等以古学相倡。陈子龙任绍兴司李,读柴绍炳《青凤轩集》,赞其为"东南奇士",并为之撰序,柴绍

① 潘衍桐辑:《两浙辅轩续录》卷5,《续修四库全书》第1685册,上海:上海古籍出版社,2002年,第134页。

② 柴绍炳:《吴威卿传》,《柴省轩先生文钞》卷9,《四库全书存目丛书》第210册,济南:齐鲁书社,1997年,第364页。

③ 孙治:《亡友吴锦雯行状》,《孙宇台集》卷24,《四库禁毁书丛刊》集部第149册,北京:北京出版社,1997年,第75页。

④ 毛先舒:《沈去矜墓志铭》,沈谦:《东江集钞》附录,《清代诗文集汇编》第70册,上海:上海古籍出版社,2010年,第268页。

⑤ 周清原:《崇祀理学名儒柴省轩先生传》,柴绍炳:《柴省轩先生文钞》卷首,《四库全书存目丛书》第210册,济南:齐鲁书社,1997年,第119页。

⑥ 杭世骏:《移志局理学名儒柴先生状》,《道古堂文集》卷38,《清代诗文集汇编》第282册,上海:上海古籍出版社,2010年,第380页。

⑦ 丁丙:《武林坊巷志》第4册,杭州:浙江人民出版社,1990年,第447页。

炳声名益振,"一时声望翕然"①。明季,柴绍炳与陆圻、陆培等人先后成立登楼社与揽云社,"集同社生更相砥砺","各以气节相矜高至"②。毛奇龄《柴征君墓状》称曾于崇祯末年见柴绍炳于陆培席上,"意气忼忼,纵谈天下事,娓娓可听,不减王景略披褐扪虱见桓温"③。时柴绍炳声名甚著,清军南下,马士英奉福王太后奔至杭州,人情汹汹,马士英欲引柴绍炳以压人望,请太后诏奉翰林官。诰命既出,而柴绍炳不为所动,并撰《鄙夫事君说》,抨击马士英等权奸。

弘光朝立,柴绍炳欲应黄道周檄召,未果。后挚友吴麟征、刘宗周、倪元璐、黄道周等人先后殉国,柴绍炳"乃依东汉宋子浚等为郭有道服心丧期年之例,为位哭于都亭"④,遂弃诸生,"以理学经术授生徒,不入城"⑤。据柴绍炳《亡妇张氏传》,"比岁遭乱,虎臣与丽京及廷会混迹医家者流"⑥,则柴绍炳亦尝业医为生。入清后,柴绍炳反思明亡,认为士人空谈心性、不重实学是一大祸根,尝曰:"明亡,寡实学,大率通籍致身,并以八比为惑溺,即究心章句,喋喋谈性命,何益?"⑦遂于理讲外更肆力于象纬、舆地、律历、礼制、农田、水庸以及戎兵、赋役之事,与及门子弟共相砥砺,曰:"毋使后世袭经生空言,徒误人国也。"⑧柴绍炳家甚贫,无长物,然四方名公卿遇有馈饷,悉麾去不受。康熙七年(1668),朝廷下诏举山林隐逸之士,巡抚范承谟多次登门拜访,柴绍炳力辞之。范氏又请刻其所著书,柴绍炳亦辞之,足见其绝意仕进之坚定。

柴绍炳诗文兼擅,皆著称于时。陈子龙《寄柴虎臣》评其诗曰:"所拟诸乐府,逸而不缚,工而不袭。昔人摹拟刻画,形神不属者,足下缠绵惋恻,而古趣弥多,其为千古绝唱无疑。"⑨然诗与文相较,以文更胜一筹,尤其是三试三第一,"大江

---

① 李桓辑:《国朝耆献类征初编》卷395,北京:中国书店,1983年,第77页。
② 毛奇龄:《柴征君墓状》,《西河集》卷113,《景印文渊阁四库全书》集部第260册,台北:台湾商务印书馆,1986年,第241页。
③ 毛奇龄:《柴征君墓状》,《西河集》卷113,《景印文渊阁四库全书》集部第260册,台北:台湾商务印书馆,1986年,第243页。
④ 杭世骏:《移志局理学名儒柴先生状》,《道古堂文集》卷38,《清代诗文集汇编》第282册,上海:上海古籍出版社,2010年,第380页。
⑤ 毛奇龄:《柴征君墓状》,《西河集》卷113,《景印文渊阁四库全书》集部第260册,台北:台湾商务印书馆,1986年,第241页。
⑥ 柴绍炳:《亡妇张氏传》,柴绍炳:《柴省轩先生文钞》卷8,《四库全书存目丛书》第210册,济南:齐鲁书社,1997年,第338页。
⑦ 毛奇龄:《柴征君墓状》,《西河集》卷113,《景印文渊阁四库全书》集部第260册,台北:台湾商务印书馆,1986年,第242页。
⑧ 毛奇龄:《柴征君墓状》,《西河集》卷113,《景印文渊阁四库全书》集部第260册,台北:台湾商务印书馆,1986年,第242页。
⑨ 陈子龙:《寄柴虎臣》,《陈子龙文集》上册,上海:华东师范大学出版社,1988年,第505页。

南北遂无不争颂先生文"①。毛先舒评其文曰:"虎臣之文,精到为理,雅赡为法。有体验,有综核,有层次,有首尾。其掩映姿制之妙,亦时见之,此如史氏之有孟坚,大家之有子固也。"②倾慕之意,可见一斑。

(三)柴绍炳的著述

入清后,柴绍炳隐居不出,"一以著述为事"③,"遗书甚富"④。姚廷谦《考古类编序》称:"先生一代儒宗,博通今古,著书行世共有一十九种。"⑤柴绍炳著述虽多,但不甚爱惜,散佚严重。程其成称:"先生生平著述几于等身,不自爱惜,多半随时散失,而四方录有副本者则昆山徐氏、宣城施氏暨及门江端木、陆拒石,俱有多寡不等,独同郡高士徐孝先于先生分属甥舅,而情契倍笃,凡遇脱稿,悉为手录无遗,积有八十余帙,最为大备。近求先生遗稿,其远在四方者,存亡莫考,而近地如陆如江皆毁于火,独徐高士录本则尚散落艺林。昨符又鲁云:于癸巳秋曾见有书贾携先生遗稿四十余本求售,其为徐本无疑,今不知归于谁氏。"⑥可见柴绍炳著作散佚之严重。

现综合各家著录,将柴绍炳著述胪列于下。各条就其撰述时间、版本、内容等略作考述。

1.《柴氏家诫》二卷

是集为柴绍炳对后辈的训诫教诲之作,凡20篇。现存清抄本,北京师范大学图书馆藏。

2.《柴氏家传》二卷

毛奇龄《柴征君墓状》称柴绍炳著有"家传二卷"。柴绍炳《柴省轩先生文钞》卷六存《柴氏家传自序》,称"吾家谱牒自万历壬午毁于火",有鉴于此,柴绍炳作家传。《柴省轩先生文钞》卷八有家传26篇,或录自《柴氏家传》。

① 周清原:《崇祀理学名儒柴省轩先生传》,柴绍炳:《柴省轩先生文钞》卷首,《四库全书存目丛书》集部第 210 册,济南:齐鲁书社,1997 年,第 118 页。

② 毛先舒:《评柴子文语》,《溪书》卷二,《四库全书存目丛书》集部第 210 册,济南:齐鲁书社,1997 年,第 644 页。

③ 周清原:《崇祀理学名儒柴省轩先生传》,柴绍炳:《柴省轩先生文钞》卷首,《四库全书存目丛书》集部第 210 册,济南:齐鲁书社,1997 年,第 119 页。

④ 周清原:《崇祀理学名儒柴省轩先生传》,柴绍炳:《柴省轩先生文钞》卷首,《四库全书存目丛书》集部第 210 册,济南:齐鲁书社,1997 年,第 119 页。

⑤ 姚廷谦:《考古类编序》,柴绍炳:《考古类编》卷首,《四库全书存目丛书》子部第 227 册,济南:齐鲁书社,1995 年,第 2 页。

⑥ 程其成:《柴省轩先生文钞引言》,柴绍炳:《柴省轩先生文钞》卷首,《四库全书存目丛书》集部第 210 册,济南:齐鲁书社,1997 年,第 115 页。

3.《柴氏家乘》

柴绍炳《柴省轩先生文钞》卷六存《柴氏家乘自序》。是集今佚。

4.《感应征略》

程其成《柴省轩先生文钞引言》称柴绍炳著有"《感应征略》十余卷"[①]藏于家。今佚。程其成为柴绍炳姻家,并与柴绍炳之子柴世堂为挚友,故其言应属可靠。

5.《考古类编》二卷

类书。是集自二十一史及通鉴、通典、文献通考等书中摘录历代典章制度,分类汇辑,成33篇,并考证每种制度的沿革兴废,异同得失。该集于明制颇详,文笔亦详赡有体。卷首有雍正二年(1724)姚廷谦序、雍正四年(1726)高越序、柴绍炳自序及雍正三年(1725)高缵勋撰凡例。柴绍炳自序曰:"余比在家塾课子弟辈肄业,有请为要删以便记诵者,爰取诸书分类汇辑,每事之沿革兴除,异同得失,撮其大要,撰为一篇。凡若干篇都为一集,使首尾成文,略可上口,开卷易了,成颂不忘,纵未能该洽古今,而粗识事体,亦足见识用之一斑也。"可见是集乃鉴于《文献通考》《文献续考》《治平略》等"书帙浩繁,不易周览"而作,化繁为简,以便于后生诵记。高缵勋撰凡例曰:"先生是编成于崇祯季年,值寇氛,未遑问世,并未定有名目。原本流落人间,至国朝陆学士从都门书肆得之,而江君爰以授梓,因其采掇通考者什之六七,遂以'通考纂要'名书,不知上下千百年所引用诸史甚多,且胜国末年尤通考所未备,若以纂要名书,不无偏举,因共请于家大人易以今名","曩平湖陆学士义山与江君莘农曾刻以行世,未几板毁于火。云间姚君平山博学好古,尝取原本更加评注。家大人披览之下,谓缵勋等兄弟:学问文章莫大于是,尔等幸生右文之朝,兹书何可不读。用是缵勋等俱手一编,时时诵习,而尤不敢私为枕秘,重谋剞劂,俾汲古之士咸得取资焉"。姚廷谦序曰:"向有刻本为当湖姜君莘农所订,今不可得矣。余幼慕先生名,近复得交先生后人胥山征君,因得纵观原本,每有管窥,征君嘱余缀之篇尾。既卒业,相国高公见之,谓此后学适用之书,而非仅仅作杜氏马氏之功臣已也。因命令嗣希武明府、步青刺史同余重加校订,而付之剞劂。"可知是集成书于崇祯末年,高缵勋称此集未定书名。今阅《柴省轩先生文钞》卷六《通考纂略自序》,内容与姚廷谦评注本相同,可知柴绍炳原题之曰"通考纂略";陆蒆与江莘农曾将其刊刻行世,名之"通考纂要",未几书版遭火被毁;姚廷谦从柴绍炳子柴世堂处得柴绍炳原本,加以评注,

---

① 程其成:《柴省轩先生文钞引言》,柴绍炳:《柴省轩先生文钞》卷首,《四库全书存目丛书》集部第210册,济南:齐鲁书社,1997年,第116页。

高其位改题曰"考古类编",由高缵勋等人刊刻行世。是集每卷卷端载参校者姓名,数量十分庞大。参者有汪琬、施闰章、吕留良、魏禧、范骧、应㧑谦、顾炎武、陈廷会、周亮工、陆陇其、龚鼎孳、顾大申、徐乾学、王士禛、朱彝尊、丁澎、陆圻、屈大均、毛际可、姚弘绪、彭孙遹、侯方域、毛先舒、王原西、计东、蔡方炳、王猷定、姚弘度、陆棻、林云铭、严沆、方象瑛、孙默、魏际瑞、沈谦、徐是效、江日辉、万泰、孙治、储欣、孙奇逢、曹溶、毛奇龄、张右民、吴百朋、顾豹文、沈兰先;订者有高缵勋、高越、李莲、郑性、王苍璧、张颖荀、顾思孝、周应宿、陈济、程其成、王之醇、施灏、陈世璔、沈懋德、顾之玧、姚培衷、刘学先、李宗仁、施超、姚培枝、陈世基、程川、徐玉台;校者有柴绍炳子柴世堂、柴世台,侄柴谦、柴升,孙柴铣、柴锟、柴铠、柴钟,侄孙柴载庸、柴鹤山,曾孙柴涵、柴泓,曾侄孙柴才、柴秀,孙婿朱光被、吴向荣,门人陆埏、张吉、陆繁弨、徐汾。傅增湘尝曰:"明末士大夫通声气、广交游,凡刻一书,必罗列胜流,以震耀当世,甚者多至百余人。"①罗列名流的风气亦延及清初,柴绍炳《考古类编》罗列参校士人近百名,即是一例。

版本有:清雍正四年(1726)澹成堂刻本,姚廷谦评注,国家图书馆、中国科学院图书馆、复旦大学图书馆等藏,《四库全书存目丛书》即据中国科学院图书馆藏该版本影印;清乾隆二十三年(1758)敦化堂刻本,内封题"增订考古类编,华亭姚氏评注原本,乾隆廿三年重镌,敦化堂藏板",国家图书馆、北京大学图书馆、香港中文大学图书馆等藏;清乾隆二十三年(1758)文盛堂刻本,内封题"乾隆戊寅增订重镌,文盛堂藏板",中国人民大学图书馆藏;清道光五年(1825)刻本,内封题"道光乙酉年新镌",四川大学图书馆、南开大学图书馆等藏;清光绪二十七年(1901)上海自强局石印本,题名"历代政治类编",内封题"光绪辛丑孟冬上海自强局印",内容与雍正间姚廷谦评注本相同,南开大学图书馆、吉林大学图书馆、南京师范大学图书馆等藏;清光绪二十八年(1902)鸿宝斋铅印本,题名口"九通提要",封面牌记题"光绪壬寅春鸿宝斋印",卷首有光绪二十八年棣华馆主人序,该本内容与雍正间姚廷谦评注本相同,中国人民大学图书馆有藏。

6.《柴氏古韵通》八卷

音韵学书。是集前有目录,目录前有毛先舒序、柴绍炳自序、陆繁弨序及柴绍炳撰凡例12则。首卷为音论21篇,其余则按四声分卷,平上入各两卷,去声一卷,"其首辨沈约、孙恤及宋《礼部韵略》之沿流;其次辨部第断限并入声部次异同;其次辨全通、半通、间通、旁通之四例。大旨为古韵不立转通,古音不可妄叶。

---

① 傅增湘:《藏园群书题记》卷12,上海:上海古籍出版社,1989年,第644页。

古今韵有繁简,而声文有递变"①。柴绍炳《凡例》曰:"《古韵通》向无成书,余僭为订定,始于壬辰,庚子间粗获卒业,至丁未秋复加重订,于戊申冬乃录成编。凡如干卷,因命之曰《古韵通》。而系以'柴氏',窃比《毛传》《郑笺》,虽述古而各成一家言也。"则是集始作于顺治九年(1652),顺治十七年(1660)粗成,康熙六年(1667)重订,至康熙七年(1668)终成。该书极力扭转宋元以来通转叶音之说,对于当时及后来的古音韵研究产生了较大影响。顾炎武称该书"尤能辨晰毫茫,真于此道有掩前绝后之叹"②。毛先舒将其特点概括为"博精":"考之详,论之核,且以韵之通部可合者,与群书之互见者为据,盖其精也。至如单词双字之偶通,若合而若离者,则录旁通以俟裁择,盖其博也。"③程其成称柴绍炳"于韵学亦具伐毛洗髓之功,勒有成书,名之曰《柴氏古韵通》,每部汇孙愐《唐韵》于篇端,余则援引风骚,下及汉晋六朝诗赋以证从来之误,真掩前绝后之书也"④。可见该书成就之高。

版本有:清康熙七年(1668)刻本,浙江省图书馆藏,今《四库全书存目丛书》据该版本影印;清乾隆间刻本,内封面镌"姚江朱氏藏版",北京大学图书馆、中国人民大学图书馆、辽宁大学图书馆等藏。

7.《正音切韵复古编》一卷

音韵学书。是集杂论古韵、今韵、等韵之学,反对等韵分摄分等之法,另创韵图,分古韵为平上去声各 11 部,入声 7 部,以 36 字母纵横交错,分配音节。是集附于《柴氏古韵通》后,版本见"柴氏古韵通"条。

8.《省过记年录》二卷

毛奇龄《柴征君墓状》、程其成《柴省轩先生文钞引言》、冯景《柴处士传》皆载柴绍炳著有"省过记年录二卷"。今不存。

9.《明理论》二卷

毛奇龄《柴征君墓状》、冯景《柴处士传》称柴绍炳著有"明理论二卷"。余绍宋等纂修《(民国)重修浙江通志稿》及龚嘉俊修、李楁纂《(民国)杭州府志》均著录。今不存。

---

① 杭世骏:《移志局理学名儒柴先生状》,《道古堂文集》卷 38,《清代诗文集汇编》第 282 册,上海:上海古籍出版社,2010 年,第 380 页。

② 柴绍炳:《柴省轩先生文钞》卷 6,《四库全书存目丛书》集部第 210 册,济南:齐鲁书社,1997 年,第 253 页。

③ 毛先舒:《韵问》,《四库全书存目丛书》经部第 217 册,济南:齐鲁书社,1997 年,第 406 页。

④ 程其成:《柴省轩先生文钞引言》,柴绍炳:《柴省轩先生文钞》卷首,《四库全书存目丛书》集部第 210 册,济南:齐鲁书社,1997 年,第 116 页。

10.《青凤轩诗》十卷

诗集。毛奇龄《柴征君墓状》称柴绍炳著有"《青凤轩诗》十卷",今不存。

11.《省轩诗钞》二十卷

诗集。程其成《柴绍炳先生文钞引言》、杭世骏《移志局理学名儒柴先生状》皆载柴绍炳著有"《省轩诗钞》二十卷"。今不存。

12.《青凤轩文稿》

文集。钱林《文献征存录》卷一称柴绍炳"为诸生时,先有《青凤集》"①。孙治《孙宇台集》卷十五《亡友柴汪陈沈四先生合传》柴绍炳条载:"云间陈子龙理绍兴,时见而奇之,为序其《青凤集》行世。"②崇祯十三年(1640)六月,陈子龙出任浙江绍兴府司理,故《青凤轩文稿》成书时间当在明末。陈子龙《安雅堂稿》卷四存《柴虎臣青凤轩文稿序》,称:"今观虎臣之文,立体大雅,归旨忠爱,而又砥躬修行,攻瑕去额,进乎昭明,瑰宝在椟,大贾若虚,贞臣淑女,同其玮丽。其干文苑之盅,抗艺林之宗,为无疑也。"③是集今不存。

13.《省轩文钞》二十卷

文集。是集为柴绍炳子柴世堂编。现仅存卷一、二,卷八至卷十四,卷十八、十九,共计十一卷,康熙十七年(1678)稿本,仅藏于四川省图书馆。所存诸卷为赋、论、序、传、书、记、引、祭文、杂文等。集中多为治学之论,于诗、词、文、音韵、乐律等亦有所涉。传、记所叙多为明人明事,可见其故国之情。

14.《翼望山人集》二十卷

毛奇龄《柴征君墓状》称柴绍炳著有"翼望山人集二十卷",今未见。是集或与柴世堂编《省轩文钞》为一书。

15.《柴省轩先生文钞》十二卷

文集。是集按文体分卷排列:卷1赋,卷2论,卷3议、辩、解,卷4说,卷5古韵说,卷6序,卷7序、引、题词、跋、赞,卷8家传,卷9传、墓志铭,卷10书,卷11书、启、祭文,卷12杂著。前有总目,总目题"鹤野甘国奎涵斋辑,右歙程其成阜山参"。每两卷前有目录,目录题"西泠柴绍炳字虎臣著,男世堂胥山、世堂北溟全编"。卷首载李周望序、程其成引言四则及周清原、朱协咸所作小传。是集

---

① 钱林辑,王藻编定:《文献征存录》卷1,《近代中国史料丛刊三编》第14辑,台北:文海出版社,1986年,第85页。

② 孙治:《亡友柴汪陈沈四先生合传》,《孙宇台集》卷15,《四库禁毁书丛刊》集部第149册,北京:北京出版社,1997年,第18页。

③ 陈子龙:《柴虎臣青凤轩文稿序》,《陈子龙文集》下册,上海:华东师范大学出版社,1988年,第80页。

内容与康熙十七年柴世堂编《省轩文钞》多有重复,而卷五"古韵说"21篇则皆取自柴绍炳《古韵通》卷一杂说。李周望序评集中文曰:"先生之文荟萃儒先之窟,而湛深经术,又于子、史、百氏、汉魏、唐宋诸大家靡不搜抉穿穴,以自成一家言。故其垂训诚则中正和平,是非洞札,非若草木荣华之飘风也。昭义类则探微索幽,育秘独窥,旷乎渺众虑而为言也;裁典礼则经纬条畅,坦易平正,不殊平坡之轨辙也;叙本末则披文相质,敷词温润,泓然而不漏不支也。一皆范围古人,体圣贤精义以立言。"程其成评柴绍炳文曰:"湛深经术,综考典礼,类皆参六籍之微言,而一准于圣贤之道,其于风云月露之词一无涉笔。"是集文后间附评语,点评者有甘国奎、程其成、曹秋岳、崔南山、彭孙遹、陆寅、毛际可、吕留良、陈廷会、钱谦益、陆圻、吴伟业、毛奇龄、陈子龙、黄道周、王士禛、应㧑谦、倪元璐、徐继恩、沈兰先、黄机、顾豹文、刘宗周、徐乾学、陆培、陆堦、钱喜起、孙治、顾炎武、张右民、黄宗羲、丁澎、龚鼎孳、魏礼、朱彝尊、杨雍建、沈荃、黎习原、孙海门、徐倬等。李望周序称:"柴子胥山以其先人省轩公全集,自本传起至杂著止,计十二卷,云为同好甘涵斋太守、程阜山明府诸君醵赀而付之剞劂,嘱序于余。"序末署"康熙五十六年岁次丁酉重九前一日书于武昌试院",则是集刻于康熙五十六年(1717)。现存上海图书馆、复旦大学图书馆等,《四库全书存目丛书》据复旦图书馆藏该版本影印。

16.《白石轩杂稿》八卷

毛奇龄《柴征君墓状》称柴绍炳著有"白石轩杂稿四卷"。程其成《柴省轩先生文钞引言》、杭世骏《移志局理学名儒柴先生状》称柴绍炳著有"白石轩杂稿八卷"。是集今未见。

17.《西湖赋》一卷

是集乃以韵文形式所撰西湖志,述西湖沿革、山水、物产、形胜及四时朝暮风景,计五千余字。程其成评曰:"学博词宏,格高制古,驾《三都》而轶《两京》,披诵一过,恍见湖光山色,掩映于笔精墨彩间。正无事楼船箫鼓已,可作宗少文十日卧游也。"卷首有西湖全图,卷端署"仁和柴绍炳虎臣著,从元孙杰临川谨笺",内有柴杰笺注。该集系从《柴省轩先生文钞》中析出,原题为"明圣湖赋"。

现存清乾隆三十九年(1774)洽礼堂刻本,国家图书馆、北京大学图书馆、清华大学图书馆等藏。

18.《后场鸿宝》

程文总集。柴绍炳辑。柴绍炳《柴省轩先生文钞》卷六存《后场鸿宝序》,云:"绍炳不敏,乃综诸老先生程式之文,及时流之已隽者,合为一编,而以同人拟著附焉。次第其间,稍为诠释,使夫事辞易晓,庶几谙练古今,而通当世之务,皆有可镜见也。"可见是集目的在于为士人应举提供参考。该序文还称:"国家以科目取人,二百年来于是为盛。"柴绍炳于明亡后绝意仕进,是编应成书于崇祯末年。

19.《行文指要》一卷

程其成《柴省轩先生文钞引言》称柴绍炳家藏遗稿有"《行文指要》一卷"。今不存。

三、张丹家世生平著述考

张丹,初名纲孙,"晚年梦神人,更名丹"①,字祖望,世居秦亭山,遂号秦亭,别号竹隐君、西山樵夫,浙江仁和(今属杭州)人。明末清初著名诗人,"西陵十子"之一,《清史列传》称张丹诗"盖诸子中之杰特者"②。张丹与吴伟业、屈大均、施闰章、宋琬、王士祯、朱彝尊等著名文学家相交游,著有《张秦亭诗集》《张秦亭文集》《秦亭词》《秦亭风雅》等。《清史稿》卷四百八十四、《清史列传》卷七十均有传,王嗣槐《桂山堂诗文选》卷七《张秦亭先生传》对张丹生平有着较为详细的记载。关于张丹的家世、生平、著述等具体内容,学界较少论及。现就笔者所搜集到的资料,对张丹基本情况考述如下。

(一)张丹的家族世系

张氏系仁和望族,世代簪缨,颇具声望与影响力。柴绍炳称:"吾乡张氏艺林竞爽,代有闻人"③。根据孙治《张志林先生暨元配沈孺人墓志铭》,张丹"先世自河南徙于杭"④。另据沈朝宣《(嘉靖)仁和县志》卷九张珍条,张丹"其先汴人,扈驾南渡。始寓钱塘,后徙仁和睦亲坊。"⑤可知张丹先世居于河南开封,随宋室南渡迁入钱塘,后徙居仁和睦亲坊(今弼教坊一带)。

始祖张宝。家世厚积。

① 王嗣槐:《张秦亭先生传》,《桂山堂文选》卷7,《清代诗文集汇编》第73册,上海:上海古籍出版社,2010年,第304页。

② 王钟翰点校:《清史列传》卷70,北京:中华书局,1987年,第5689页。

③ 柴绍炳:《孤山草堂诗序》,《柴省轩先生文钞》卷7,《四库全书存目丛书》集部第210册,济南:齐鲁书社,1997年,第283页。

④ 孙治:《张志林先生暨元配沈孺人墓志铭》,《孙宇台集》卷22,《四库禁毁书丛刊》集部第149册,北京:北京出版社,1997年,第63页。

⑤ 沈朝宣纂修:《(嘉靖)仁和县志》卷9,《四库全书存目丛书》史部第194册,济南:齐鲁书社,1996年,第150页。

二世张彬。至其时,"富甲里闬"①。

三世张珍,字济时,又名翱,字羽皋,号介然,明代著名藏书家。据《(嘉靖)仁和县志》,张珍"生洪武甲戌。……年八十有二,无疾而逝"②,可知张珍生于洪武二十七年(1394),卒于成化十一年(1475)。张珍自幼颖异,气宇冲粹,"尝业儒,探索隐奥。五经六史,靡不究心,尤精《周易》。暇则涉猎九流百家之书。至于推步天文,往往奇中。或时占风望气,其应立见,若神授者"③。张珍视财若浼,家中析产时,将应得财产悉归其兄,惟知读书养性,学问日益渊邃,深为时人推重。宣德间,两广多事,浙人潘中丞将往平叛,素知张珍有兵略,遂邀同行以助平乱。两广平定后,潘中丞欲上疏荐举,张珍誓不仕,遂逃名晦迹。晚年倾心于著述,然多散逸不存。张珍性好隐逸,自述:"有意欲尝千日酒,无心去傍五侯烟。夜寒荷叶杯中饮,春暖梅花纸帐眠。"据孙治《张志林先生暨元配沈孺人墓志铭》,张珍与刘基相交甚厚,"基为择地八盘岭,葬其先,号'张氏佳城'是也"④。

四世张鹏,赠兵部左侍郎。张氏自张鹏以后世代簪缨,科第联芳,成为杭州颇具声望的仕宦世家。茅坤称:"鹏以来以赀甲郡中,又能手诗书,以教诸子孙,而族以科第显者后先相望。"⑤施闰章称:"张氏之先河南人,来迁于杭,四世而显,不可胜书。"⑥不仅如此,张鹏亦以藏书著称,其藏书之富,为武林藏书家之首。据王士禛《居易录》,"张氏藏书甚富,造楼水中,庋置甲乙,悉有次第。以小舟通之"⑦。

五世张绶,赠吏部稽勋司员外郎。

六世张应祯,以子濂贵,赠员外郎。

七世张濂,字子清。茅坤《都察院右佥都御史泽山张公墓志铭》载:"公之没

---

① 沈朝宣纂修:《(嘉靖)仁和县志》卷9,《四库全书存目丛书》史部第194册,济南:齐鲁书社,1996年,第150页。

② 沈朝宣纂修:《(嘉靖)仁和县志》卷9,《四库全书存目丛书》史部第194册,济南:齐鲁书社,1996年,第150页。

③ 沈朝宣纂修:《(嘉靖)仁和县志》卷9,《四库全书存目丛书》史部第194册,济南:齐鲁书社,1996年,第150页。

④ 孙治:《张志林先生暨元配沈孺人墓志铭》,《孙宇台集》卷22,《四库禁毁书丛刊》集部第149册,北京:北京出版社,1997年,第63页。

⑤ 茅坤:《都察院右佥都御史泽山张公墓志铭》,茅坤著,张梦新、张大芝点校:《茅坤集》第3册,杭州:浙江古籍出版社,2012年,第653页。

⑥ 施闰章:《前孝廉张稚青先生墓志铭》,施闰章撰,何庆善、杨应芹点校:《施愚山集》第1册,合肥:黄山书社,1992年,第433页。

⑦ 叶昌炽:《藏书纪事诗》卷7,上海:上海古典文学出版社,1958年,第391页。

为辛酉七月二十五日,享年五十"①,可知张濂生于正德七年(1512),卒于嘉靖四十年(1561)。张濂弱冠领浙江乡试第一,嘉靖十七年(1538)进士,官都察院右佥都御史,"毅然以进贤退不肖为己任"②。后因坐讪左迁,弃官归家,以构园亭、蓄声伎自遣,"托盟范蠡,比迹留侯。睥睨一世,耻屈贵游。买山种花,穿池引流。名歌选赵,艳舞征齐。槛虫而斗,负者携罍。枕星席月,鸣葭扬丝。客或劝仕,羞以文牺"③。茅坤《茅鹿门文集》卷二十二《都察院右佥都御史泽山张公墓志铭》、徐象梅《两浙名贤录》卷四十《右佥都御史张子清濂》对张濂生平事迹记载颇详。张濂从兄张瀚尤为著名,官吏部尚书,与张濂同仕于嘉隆朝,仁和张氏一门至此甚为显赫,"武林门望首称之"④。张瀚(1510—1593),字子文,号元洲。明嘉靖十四年(1535)进士,万历元年(1537)官吏部尚书,任满加太子太保。后遭弹劾,罢官归乡。著有《松窗梦语》8卷。卒谥恭懿,谕葬西湖三台山。

八世张祀,举人。

九世张蔚然(? —1630),字维诚,一作惟成。万历二十五年(1597)举人,官福建福安知县。著有《三百篇声谱》《西园诗麈》等。《西园诗麈》虽仅存十则,然评论古今诗歌及针砭诗坛时弊,颇有精辟之论。如《唐宋》一则曰:"唐诗偏近《风》,故动人易;宋诗偏近《雅》《颂》,故入人难。"⑤张蔚然对明代拟古之风有所不满,反对模拟蹈袭,如《拟古乐府》一则曰:"拟古乐府者,向来多借旧题,自出语格,病常在离。历下、琅琊酷意追仿,如临摹帖,病复在合。"⑥《三唐》则针对前后七子狭隘的诗学观而发:"近体师唐固也,世动称不作大历以后语,则晚可废乎?曰:初唐有篇而无句,晚唐有句而无篇;初唐有骨而无声,晚唐有声而无骨。盛唐篇与句称,声偕骨匀。随所意采,毋为耳食。化而裁之存乎变,神而明之存乎人。"⑦主张广收博取,反对拘泥于一途。徐[火勃]⑧对《西园诗麈》评价甚高,称此书"发前哲之所未发,实论诗之金针也"⑨。张蔚然有五子:长了张埳,次子张

① 茅坤:《都察院右佥都御史泽山张公墓志铭》,茅坤著,张梦新、张大芝点校:《茅坤集》第3册,杭州:浙江古籍出版社,2012年,第653—654页。

② 徐象梅:《右佥都御史张子清濂》,《两浙名贤录》卷40,《续修四库全书》第543册,上海:上海古籍出版社,2002年,第412页。

③ 茅坤:《都察院右佥都御史泽山张公墓志铭》,茅坤著,张梦新、张大芝点校:《茅坤集》第3册,杭州:浙江古籍出版社,2012年,第654页。

④ 王嗣槐:《张秦亭先生传》,《桂山堂文选》卷7,《清代诗文集汇编》第73册,上海:上海古籍出版社,2010年,第303页。

⑤ 张蔚然:《西园诗麈》,周维德集校:《全明诗话》第3册,济南:齐鲁书社,2005年,第2463页。

⑥ 张蔚然:《西园诗麈》,周维德集校:《全明诗话》第3册,济南:齐鲁书社,2005年,第2464页。

⑦ 张蔚然:《西园诗麈》,周维德集校:《全明诗话》第3册,济南:齐鲁书社,2005年,第2464页。

⑧ [火勃]为一字。

⑨ 徐[火勃]撰,沈文倬校注,陈心榕标点:《笔精》卷2,福州:福建人民出版社,1997年,第71页。

堧,三子张光球①,四子张埈,季子张坛。

十世张光球(1600—1642),字稚青,号志林,系张丹之父。崇祯六年(1633)举于乡,"以数奇,连上公车中副榜,终以不第"②,一生布衣,"数年其贫"③,筑室秦亭山下,读书训子,未几病逝。张光球"力学善文辞,杭之士莫能先焉",又好仗义助人,"数拯人困厄,皆不避强御,不惜货财",虽终身布衣,然颇具声望,"既领袖后进,士多依以成声"④,殉国之士陈潜夫即张光球门人。张光球胸怀壮志,始终以康济民生为己任,"及计偕北行,渡江登金山,浮淮泗,慨然赋诗,有誓清中原之志,而卒不遇。又不屑折节为州县,故卒老田间,其壮心未尝一日忘也"⑤。张丹集中颇多对功业的渴望及壮志难酬的苦闷,这与其父张光球的壮志雄心与进取精神有着密切关系,这一点张丹《从野堂诗自序》亦有说明。张光球继承了雅好山水的家族传统,于诗亦多清雅之音,张丹即称其诗"闲雅清丽,真得韦苏州风格"⑥。施闰章《学余堂集》文集卷二十一《前孝廉张稚青先生墓志铭》、孙治《孙宇台集》卷二十二《张志林先生暨元配沈孺人墓志铭》对其生平记载颇详。张光球娶沈氏(1599—   ),淑慎俭慈,妇德咸备。生子三人:长子纲孙,次子麒孙,季子振孙。

张丹初名纲孙,娶沈朝焕女孙。年三十二丧妻,不再娶。生子二人:一曰云曾,早亡;一曰郲曾。

张郲曾,字苌臣,师从学表兄沈武仲及吴大绅、孙治。张丹尝作《元日示儿郲曾》,告诫张郲曾莫恋尘世浮名,诗曰:"我今三十又有九,萧瑟孤村意自堪。老大尽容俗物笑,疏狂常发腐儒谈。花开暖日蜂先出,雪薄春林笋尚含。世态浮名莫误汝,结庐稳傍马塍南。"⑦张郲曾谨遵父意,布衣终身。

张丹弟麒孙,字祖静,娶沈氏。师从孙治,能诗。

张丹弟振孙,字祖定,能诗,与张丹并知名。明亡后不仕,徜徉山水间,隐居以终,著有《两峰楼集》《江行草》等。张振孙与沈兰先之子沈德隅、吴百朋之子吴

---

① "光球"之名应为后来更之,然初名今不可考。

② 施闰章:《前孝廉张稚青先生墓志铭》,施闰章撰,何庆善、杨应芹点校:《施愚山集》第1册,合肥:黄山书社,1992年,第432页。

③ 孙治:《张志林先生暨元配沈孺人墓志铭》,孙治:《孙宇台集》卷22,《四库禁毁书丛刊》集部第149册,北京:北京出版社,1997年,第63页。

④ 施闰章:《前孝廉张稚青先生墓志铭》,施闰章撰,何庆善、杨应芹点校:《施愚山集》第1册,合肥:黄山书社,1992年,第432页。

⑤ 施闰章:《前孝廉张稚青先生墓志铭》,施闰章撰,何庆善、杨应芹点校:《施愚山集》第1册,合肥:黄山书社,1992年,第432—433页。

⑥ 张丹:《山居和韵·小序》,《张秦亭诗集》卷13,《四库全书存目丛书》集部第210册,济南:齐鲁书社,1997年,第606页。

⑦ 张丹:《元日示儿郲曾》,《张秦亭诗集》卷10,《四库全书存目丛书》集部第210册,济南:齐鲁书社,1997年,第589页。

廌、徐继恩之子徐汾才名颉颃,四人合刻有《钱唐四才子诗》,柴绍炳为之序。杨文荪称张振孙"在西泠名士中,风流冠于'十子'",并评其诗曰:"工五言律,久称竞爽。如《答陆苙》诗云'草新鱼食脆,花落燕泥香',《西溪道中》云'松稍悬粟鼠,竹底出杉鸡',《山行》云'落花春草径,疏雨夕阳山',《初阳台》云'蒸波升海日,障岭落峰云',《泛舟城北》云'松翠因生雨,荷香不待花',《过桐庐》云'牛行枫径晚,鹭立蓼州晴',《寻隐者》云'泉衡石却立,峰党鹤翻飞',句皆警炼,深窥浣花翁堂奥。"①张振孙娶吴思之女。

仁和张氏家族中除以上所列成员外,能诗者还有如下几人,兹列于下。

张光球兄张垮,字幼青。能诗,曾参阅《皇明经世文编》。

张光球弟张埈,字效青。能诗,时常与陆圻、陆进等人相聚吟诗。

张光球弟张坛,字步青。早年入登楼社,顺治十七年(1660)举人。著有《东郊草堂集》《孤山草堂集》《广陵游草》《致治新书》等,与丁濂、诸九鼎合刻《三子新诗合稿》。柴绍炳序其《孤山草堂集》,称其诗"往往兴会标举,文采葩流"②;陶元藻称其"研思挑藻,卓擅名家"③;《重修浙江通志稿》评其"古诗法建安,参阮、谢,歌行多规模少陵,近体出入高、岑、王、李"④。《两浙輶轩续录》卷二"邵奏平"条引《杭郡诗三辑》,称张坛与同里邵奏平、徐清献、潘沐有"四俊"之目。

张丹从弟张贲孙,字祖明,一字绣虎。著有《白云集》十七卷。张贲孙尝与张丹合刻《钱唐二子诗集》,毛先舒为撰序(见《毛驰黄集》卷六)。毛先舒序称张贲孙好游,"驰驱北南,车不停轨",其诗则"结风婉逸,植骨疏隽,方之古人,盖在阮、谢、岑、王间也"⑤。

张丹从弟张缵孙,字宗绪。著有《粤游草》。

张坛长女、张丹堂妹张昊,字槎云,胡文漪室,为"蕉园七子"之一。著有《趋庭咏》二卷。

张坛次女、张丹堂妹张昂,字玉符,一字玉屑,洪文蔚室。著有《承启堂稿》二卷。

(二)张丹的生平遭际

张丹《张秦亭诗集》卷十三有《戊戌中秋予四十初度,泊舟黄河古城,夜坐望

① 阮元、杨秉初辑,夏勇等整理:《两浙輶轩录》补遗卷1,杭州:浙江古籍出版社,2012年,第3057页。
② 柴绍炳:《孤山草堂集序》,《柴省轩先生文钞》卷7,《四库全书存目丛书》集部第210册,济南:齐鲁书社,1997年,第283页。
③ 陶元藻辑:《全浙诗话》卷40,《续修四库全书》第1703册,上海:上海古籍出版社,2002年,第553页。
④ 浙江省通志馆编;浙江省地方志编纂委员会整理:《重修浙江通志稿》第6册,北京:方志出版社,2010年,第3409页。
⑤ 毛先舒:《钱唐二子诗集》,《毛驰黄集》卷6,山东省图书馆藏清康熙刻本。

月二首》,戊戌即顺治十五年(1658),时张丹四十初度,则张丹生于万历四十七年(1619)八月十五日。另,张丹《从野堂诗自序》称:"曩壬午仲夏,先子读书家园相鸟居室,……至八月,试事甫毕,而先子见背焉。……因是日月有作,时年二十四。"①壬午即崇祯十五年(1642),时张丹二十四岁,亦可证明其生于万历四十七年(1619)。张丹挚友王嗣槐在《张秦亭先生传》中载张丹"年老,气益衰,食饮颇健。病卧,终不服药,一夕逝,时年六十九也"②,可推算出张丹卒于康熙二十六年(1687)。

张丹秉性恬淡,"好为诗古文词"③,且性好游,"喜山水,深邃不避险阻"④。二十四岁时从父亲张光球学诗,父殁,伤先人志业未遂,遂闭户攻苦,"以时文有声儒林"⑤。

崇祯十七年(1644),李自成攻破京师,江淮扰乱,张丹悉心奉母,不复出仕。明亡后,张丹心怀明室,心情异常沉痛,与同为遗民的挚友毛先舒、沈谦相聚于沈氏南楼,酾酒临风,抒啸高吟,时称"南楼三子"。三子唱和期间,张丹留下了不少感慨战乱、思念故国的诗作。顺治四年(1647),张丹与陆圻、毛先舒等人结社赋诗,朝夕吟咏,号"西陵十子"。之后,张丹离开杭州,开始往北游历,《从野堂诗自序》称:"嗣后东游齐鲁,北走燕赵,览长城雄嶙之势,渡滹沱澎湃之波,谒天寿之荒陵,超居庸之绝塞,为榛莽所陷,盗贼所困,魑魅笑以为群,猿猱狎以为侣。惊心骇魄,蠡然内伤,行于中野,不敢啼哭。其为诗也,益哀以怨矣。"⑥北游期间,张丹写下了大量的行旅诗,融纪游、抒情、写景为一体,忧民伤时,感慨丧乱,以独特的艺术风格赢得了时人的赞誉。顺治八年(1651),张丹所居房屋被清兵圈占,"播迁无定所"⑦。《述怀》诗自述:"归来遭屯牧,兵戈塞四隅。牛羊践几筵,驴骡粪户枢。负亲出西郭,荷蓧行泥途。"⑧后偕亲隐居秦亭山下,茅屋数椽,家计甚贫,尝竟日不举火,然终不乞米他人。

---

① 张丹:《从野堂诗自序》,《张秦亭诗集》卷首,《四库全书存目丛书》第210册,济南:齐鲁书社,1997年,第490页。

② 王嗣槐:《张秦亭先生传》,《桂山堂文选》卷7,《清代诗文集汇编》第73册,上海:上海古籍出版社,2010年,第304页。

③ 姚礼撰辑:《郭西小志》卷10,杭州:浙江工商大学出版社,2013年,第109页。

④ 姚礼撰辑:《郭西小志》卷10,杭州:浙江工商大学出版社,2013年,第109页。

⑤ 丁辰朇:《扶荔堂跋》,丁澎:《扶荔堂文集选》卷首,《清代诗文集汇编》第78册,上海:上海古籍出版社,2010年,第447页。

⑥ 张丹:《从野堂诗自序》,《张秦亭诗集》卷首,《四库全书存目丛书》集部第210册,济南:齐鲁书社,1997年,第491页。

⑦ 吴颢辑:《国朝杭郡诗辑》卷3,浙江图书馆藏清同治十三年钱塘丁氏刻本。

⑧ 张丹:《述怀》,《张秦亭诗集》卷2,《四库全书存目丛书》集部第210册,济南:齐鲁书社,1997年,第508页。

顺治十三年(1656),张丹结识了山阴姜定庵,遂于其家坐馆,期间扁舟鼓棹,游历江南山水,"入云门,登秦望,访天衣寺,问王大令笔冢与盘古社木,坐任公钓台,攀越王走马峤,寻兰亭流觞处。已而南游,上金陵,临燕子矶,踞牛首山绝顶,极睇江海淮泗,邗徐一目尽之,楼台城郭,水霞烟树,隐隐叠叠,似画中景,靡不采以为句,迭相唱和"①。张丹在姜定庵家的坐馆生活是比较安定的,在这种闲散的生活中,张丹写下许多萧散自然的诗作。例如《答友》:"问我家何处,泥桥老树村。流水常周户,青山不出门。"②《访隐者》:"日出林鸟喧,偶尔堂前过。窥户不见人,松窗正高卧。"③这些诗往往自然散朗,语言素淡,用张丹自己的话来说,即"悉以平淡出之"④。张丹晚年颇具影响力,"三吴之士从游者约有百余"⑤。张丹自称能继其诗风者有陆韬、孙忠楷、张振孙、张景会、胡埏、王武功、诸壬发等。

(三)张丹的著述

张丹一生勤于著述,撰著颇丰,尤以诗名世。张丹尝言自二十四岁学诗,至六十二岁"七律约有三千余首"⑥,可见其创作量之大。现综合各家著录,对张丹著作考述如下。

1.《张秦亭诗集》十三卷,《补遗》一卷

诗集。是集按文体分卷排列:卷1古乐府,卷2至卷4五言古诗,卷5至卷6七言古诗,卷7至卷8五言律诗,卷9至卷10七言律诗,卷11五言排律,卷12六言绝句,卷13七言绝句。是集前有目录,目录前有张丹自序二篇,其一称"秦亭门人刻予诗成,来请序于予","今则发白齿落,再加三岁即旛然一七旬老翁矣",可知是集当为康熙二十四年(1685)张丹门人校刻。卷首载诸子诗评。毛先舒评曰:"得王之清,得杜之苍,而又出以悲凉沉远之意。宜乎一洗凡笔,矫然不群。"姜定庵评曰:"秦亭七律雄深雅健,百炼而出,无一字无来历,要是不经人道

---

① 张丹:《从野堂诗自序》,《张秦亭诗集》卷首,《四库全书存目丛书》集部第210册,济南:齐鲁书社,1997年,第491—492页。

② 张丹:《答友》,《张秦亭诗集》卷12,《四库全书存目丛书》集部第210册,济南:齐鲁书社,1997年,第600页。

③ 张丹:《访隐者》,《张秦亭诗集》卷12,《四库全书存目丛书》集部第210册,济南:齐鲁书社,1997年,第600页。

④ 张丹:《从野堂诗自序》,《张秦亭诗集》卷首,《四库全书存目丛书》集部第210册,济南:齐鲁书社,1997年,第492页。

⑤ 张丹:《从野堂诗自序》,《张秦亭诗集》卷首,《四库全书存目丛书》集部第210册,济南:齐鲁书社,1997年,第492页。

⑥ 张丹:《自序》,《张秦亭诗集》卷首,《四库全书存目丛书》集部第210册,济南:齐鲁书社,1997年,第493页。

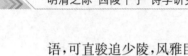

语,可直骏追少陵,风雅巨工也。至谒严陵诗曰:'曝日鼋鼍常伏槛,掞云鹳鹤故依松。垂纶自是千秋事,敢向双台策短筇。'予以为名节泂不愧子陵云。"陆进评曰:"秦亭诗诸体汉魏晋唐,无不妙合。七律沉深雄练,神超格整。尝言:'能用比兴惟有少陵,他人虽极工练,不过赋尔。'此可谓精微之论。故集中赋事固多,而间用比兴,神明变化,熔铸景物,固是开元、天宝间一作手。"是集诗作多以汉魏、盛唐为宗,古乐府多模拟痕迹,价值不高;五古多纪行、抒怀之作,苍浑顿挫,邓汉仪评其"可颉颃少陵入蜀诸作"[1];七律雄深雅健,神似杜甫;绝句多效仿王维,明秀清远,意兴无穷。是集现存清康熙间石甀山房刻本,南京图书馆藏,《四库全书存目丛书》即据此本影印。

2.《秦亭文集》八卷

是集前有康熙九年(1670)张芳序,书名页有"及门校刻"字样。是集按文体分卷排列:卷1赋,卷2书,卷3论,卷4序,卷5、6记,卷7传,卷8祭文。是集文后有施闰章评语,卷2附施闰章来信,叙二人诗文往来。现存康熙年间从野堂刻本,国家图书馆藏。

3.《秦亭词》一卷

词集。张丹辑。丁立中编《八千卷楼书目》著录。今未见。

4.《秦亭风雅》无卷数

诗歌总集。张丹辑。《(民国)重修浙江通志稿》《(民国)杭州府志》著录。今未见。

5.《兽经》一卷

谱录。是集述百兽名称、特性等。收入王晫、张潮编纂《檀几丛书》卷四十七,有康熙三十四年(1695)刻本,上海图书馆、北京图书馆、人民大学图书馆等藏。《续修四库全书》第1119册据《檀几丛书》本影印。

第三节　丁澎、沈谦等其他成员家世生平著述考

一、丁澎家世生平著述考

丁澎,字飞涛,号药园,浙江仁和(今属杭州)人。清初著名回族诗人、词人。

---

① 钱仲联主编:《清诗纪事》第2册,南京:江苏古籍出版社,1987年,第642页。

丁澎在清初声名赫赫,《清史列传》称其"少有隽才,未达时即名播江左"①,梁清标称其"复隽才,名嘈海内"②,张采称其"弱冠登贤书,盛负声誉"③。丁澎于顺治间任职京师,与施闰章、宋琬、张谯明、周茂源、严沆、赵锦帆往来酬唱,号称"燕台七子"。其中,又与宋琬号称"南丁北宋","诗名满京师"④。著有《扶荔堂诗集选》《扶荔堂文集选》《扶荔词》等著作。《清史稿》卷四百八十四、《清史列传》卷七十、李元度《国朝先正事略》卷三十七均有传,林璐《岁寒堂初集》卷三《丁药园外传》,对丁澎生平尤其是谪戍经历记载较详。现就笔者所搜集到的资料,对丁澎基本情况考述如下。

(一)丁澎的家族世系

仁和丁氏家族在清初出现了多位诗人,颇具声望与影响力。柴绍炳曰:"近日之以诗名家者,海内共推我郡,而郡中诗人则以丁氏兄弟为盛。"⑤丁澎挚友林璐《丁太公传》曰:"丁太公,名大绥,字曰步玉,仁和人,世家盐桥西,与林生邻。"⑥柯汝霖《武林第宅考》"郎中丁澎宅"条载,丁澎为仁和人,居住在盐桥之西,与弟丁景鸿、丁濚齐名,世有"盐桥三丁"之称。据林璐《丁药园外传》,丁澎为"杭之仁和人也。世奉天方教,戒饮酒,而药园顾嗜酒,饮至一石,貌益庄,言愈谨,人咸异之","时药园官京师,犹守天方教,同官故以猪肝一片置匕箸,药园短视,吏人以告,获免"⑦,则丁澎为回族人,奉天方教。

《顺治十二年乙未科会试三百八十五名进士三代履历便览》载,丁澎"曾祖相,祖明德,乡饮宾。父大绥,伟幕乡饮大宾"⑧。可知丁澎曾祖为丁相,祖父丁明德,皆为乡饮宾,在乡里具有一定的声望。丁明德生子二人:长子丁大绥,为元配所出;次子丁锡绥,为继妻郑氏所出。

① 王钟翰点校:《清史列传》卷70,北京:中华书局,1987年,第5687页。

② 梁清标:《扶荔词集序》,丁澎:《扶荔词》卷首,《续修四库全书》第1724册,上海:上海古籍出版社,2002年,第599页。

③ 张采:《丁母顾太君寿序》,《知畏堂诗文存》卷4,《四库禁毁书丛刊》集部第81册,北京:北京出版社,1997年,第599页。

④ 林璐:《丁药园外传》,张潮辑,王根林校点:《虞初新志》卷4,上海:上海古籍出版社,2012年,第46页。

⑤ 柴绍炳:《吴玉汝诗序》,《柴省轩先生文钞》卷6,《四库全书存目丛书》集部第210册,济南:齐鲁书社,1997年,第280页。

⑥ 林璐:《丁太公传》,《岁寒堂初集》卷3,《四库全书存目丛书》集部第283册,济南:齐鲁书社,1997年,第799页。

⑦ 林璐:《丁药园外传》,张潮辑,王根林校点:《虞初新志》卷4,上海:上海古籍出版社,2012年,第46—47页。

⑧ 《顺治十二年乙未科会试三百八十五名进士三代履历便览》,国家图书馆藏清康熙刻本。

丁澎父丁大绥(？—1657)，字步玉。林璐《岁寒堂初集》卷三《丁太公传》对其生平记载甚详。丁大绥为子谨孝，为兄友爱，《丁太公传》载："公五岁丧母。父娶后母，新妇纱扇笼头里，媪指曰是汝母也。公啼于户，母爱之，呼与同寝。母生弟，当就塾，时怜弟幼，掖之行。雨则遍其盖覆弟。父殁，自伤少孤，奉其母如父。"①弟丁锡绥病，丁大绥悉心照料，衣不解带。丁大绥以子丁澎贵，授礼部主事，著有《家训辑略》。丁大绥娶妻顾氏，张采《知畏堂诗文存》文存卷四《丁母顾太君寿序》对其生平多有记载。生子二人：长子丁澎，次子丁漺。女一人，即丁一揆。丁氏子孙谨孝悌，与丁大绥的表率作用及对子孙的规训有着密切关系。王同称："一门之内，棣萼齐名，步玉先生之行谊有以致之也。万石家风，丁氏有焉。"②

丁澎仲父丁锡绥娶沙氏，甚孝谨，与婆母皆为节妇，称"双节"。《(雍正)浙江通志》卷二百三"丁氏二节"条载："丁明德妻郑氏，年二十五明德殁，苦节教子，年九十一寿终。丁锡绥妻沙氏，年二十七守节，奉姑孝谨，训子成立，五十四岁而卒。人称'双节'，有司旌其门。"③生子二人：长子丁景仪，次子丁景鸿。丁锡绥卒，兄丁大绥将其二子视为己子。据王同《唐栖志》卷九，丁大绥"呼己子与侄俱前，长景仪，次澎，次景鸿，次漺，曰：'汝辈当如一父之子。'故景仪兄弟出入起居无勿同者"④。

丁澎娶明末殉节志士顾王家之女，纳妾胡氏。生子三人：长子丁梓龄，字丹麓；次子丁榆龄，字紫厓，据丁辰槃《扶荔堂跋》，丁梓龄与丁榆龄皆早逝；季子丁辰槃。有孙四人，分别为丁谦、丁乾、丁坤、丁震。

丁澎弟丁漺，字素涵，号天庵。著有《青桂堂集》《青桂堂新咏》《秉翟词》。另与张坛、诸九鼎合刻有《三子合稿》，《(民国)杭州府志》著录，毛先舒为撰序，称："三子者，其年略同，风调又同，其文不必尽同而略相同，故合之。合之者，同之也。丁子之诗夷犹而静韶逸而令其精荧也。如镜而擎之，若不胜。"⑤丁漺与毛先舒曾合刻乐府古题诗歌，丁澎评曰："繁缛中多得新声，正似月支骓骓，大小相

---

① 林璐：《丁太公传》，《岁寒堂初集》卷3，《四库全书存目丛书》集部第283册，济南：齐鲁书社，1997年，第799页。

② 王同：《塘栖志》卷12，孙忠焕主编：《杭州运河文献集成》第4册，杭州：杭州出版社，2009年，第297页。

③ 嵇曾筠等监修、沈翼机等编纂：《(雍正)浙江通志》卷203，《中国地方志集成·省志辑·浙江》第5册，南京：凤凰出版社，2010年，第3478页。

④ 王同：《塘栖志》卷9，孙忠焕主编：《杭州运河文献集成》第4册，杭州：杭州出版社，2009年，第246页。

⑤ 毛先舒：《三子新诗合稿序》，《潠书》卷1，《四库全书存目丛书》集部第210册，济南：齐鲁书社，1997年，第628页。

杂,以细好取贵。……省弟才藻远得嘉州,今惟大复,庶或近之。苗彼初英,独抽新楚,亦足以孑立自豪尔。"①丁漼还与邵锡荣、丁澎门人沈其枃合刻词集《三子合刻》,丁澎为之题辞,称丁漼词"若邯郸艳女,隔幔搊筝,心事如欣,不知年已五六十。翁尚游敖嬉戏如小儿状"②。

丁澎妹丁一揆,号自闲道人,入雄圣庵为尼。著有《茗香词》。

仁和丁氏家族擅诗者众,除以上所列成员外,还有如下数人,兹录于下。

丁澎从弟丁景鸿,字弋云,号鹭峰。顺治五年(1648)领乡荐,一生未得官。丁景鸿善书画,孙治称其"布置皴皱,直在李唐、马远之间。而草书神俊,骎骎乎欲度越羊欣、梁鹄、师宜官以前矣"③。其诗多为书画所掩。《(康熙)仁和县志》载其"师事兄澎,诗文绝相似"④。丁景鸿尝与毛先舒、徐元文等结社于两峰三竺之间,有"鹭山十六子"之订。吴庆坻《蕉廊脞录》卷五载:"吾郡丁药园礼部澎,与仲弟景鸿弋云、季弟漼素涵并有诗名,时号'盐桥三丁'。"⑤吴伟业《别丁飞涛兄弟》曰:"三陆云间空想像,二丁邺下自风流。湖山意气归词苑,兄弟文章入选楼。"⑥孙治《送丁弋云序》称:"钱唐丁氏兄弟诗文菁藻,雅重艺林,其晋之诸谢,明之皇甫乎?"⑦可见丁氏兄弟在清初声名之著。

丁澎族弟丁灏,字勖庵,一字文涛,号皋亭,仁和人。著有《鼓枻集》《北游草》《诗经多识录》,辑有《昭代文选》。丁灏在当时具有一定名气,与丁澎号称"二丁"。杜濬《鼓枻集序》称:"今复有飞涛、勖庵兄弟并以才藻知名当世,世亦以'二丁'称之,徒称其才藻而已。"⑧

丁澎侄丁介,字于石,号欧冶,仁和人,诸生,善填词。著有《玉笙词》《问鹏词》。丁澎《问鹏词跋》曰:"予为欧冶既序其玉笙,而听鹏词复出,若笙之音以竹,鸟之音以喉,岂竹不如肉,以渐近自然者为贵。玩其缠绵巧妙,会心处正尔不远,

---

① 丁澎:《与九弟漼》,《扶荔堂文集选》卷7,《清代诗文集汇编》第78册,上海:上海古籍出版社,2010年,第534页。

② 丁澎:《三子合刻题辞》,《扶荔堂文集选》卷11,《清代诗文集汇编》第78册,上海:上海古籍出版社,2010年,第564—565页。

③ 孙治:《送丁弋云序》,《孙宇台集》卷8,《四库禁毁书丛刊》集部第148册,北京:北京出版社,1997年,第731页。

④ 丁丙:《武林坊巷志》第5册,杭州:浙江人民出版社,1990年,第137页。

⑤ 吴庆坻撰,张文其、刘德麟点校:《蕉廊脞录》卷5,北京:中华书局,1990年,第158页。

⑥ 吴伟业:《别丁飞涛兄弟》,吴伟业著、李学颖集评标校:《吴梅村全集》上册卷5,上海:上海古籍出版社,1990年,第153—154页。

⑦ 孙治:《送丁弋云序》,《孙宇台集》卷8,《四库禁毁书丛刊》集部第148册,北京:北京出版社,1997年,第731页。

⑧ 杜濬:《鼓枻集序》,《变雅堂遗集》文集卷1,《续修四库全书》第1394册,上海:上海古籍出版社,2002年,第10页。

固当以不解者解之也。"①尤侗《问鹂词序》称:"西湖固词人胜地也。而吾友丁药园能以宫商雅调,鼓吹两峰间,洵为邺下独步矣。乃小阮欧冶复起,而叶和之玉笙一卷。药园比之王子晋,虬軿鹤氅于缑山顶,作《楚妃》数弄。今来吴门,携《问鹂》新制示予。予读之,宛然如见空濛潋滟,西子淡妆于湖上也;嫣然如睹夭斜婀娜,苏小之油壁西陵也。其超腾浩淼,踔然如伍相素车白马,乘潮汐于钱塘也。其萧闲高旷,翩然如林处士放鹤于孤山也。"②

(二)丁澎卒年考

丁澎生于明天启二年(1622)。少时有《白燕楼》诗百首,流传吴下,士女争相采掇,为一时倾倒。崇祯十三年(1640),登楼社成立,丁澎参与其中,声名愈加显著。崇祯十五年(1642)举于乡,崇祯十六年(1643)北游京师。顺治十二年(1655),中进士,调礼部主客司,后升至仪制司员外郎,在京期间,为"燕台七子"之一,创作了不少应制、颂圣诗。顺治十四年(1657)出任中州贡举,不以世俗的眼光评判文章,选拔出后来倍受康熙帝器重的内阁大学士李天馥。然而,在任河南乡试副主考时,因"偶循旧例,将榜首数卷更易数字"③,遭到给事中朱绍凤弹劾,被责四十大板,贬至尚阳堡。康熙二年(1663),期满南还。康熙三年(1664),至苏州,与尤侗、曹尔堪、沈荃等人相聚唱和。康熙二十二年(1683),奉旨纂修《浙江通志》。书成,复游遍天下名山大川,著作日富。康熙二十九年(1690),参与纂修《杭州府志》。关于丁澎生平,邓长风《周稚廉、丁澎生平考》④、多洛肯与胡立猛《〈中国回族文学史〉中清初诗人丁澎生平考辨》⑤、西北民族大学胡立猛硕士学位论文《清初浙籍回族诗人丁澎及其诗歌创作研究》⑥第一章第三节皆对丁澎生平作了较为详细的说明,笔者不再详述,这里仅补充两点。

1. 关于鼎革之际丁澎的状况,目前未见学者论及,亦少见资料记载。笔者在吴颢辑《国朝杭郡诗辑》中查到一则材料,即丁澎《昌亭喜值令宜舍弟》,诗曰:"兄弟家何在?相逢各破颜。乱余存白袷,生计累青山。放艇浑无定,轻装亦自

① 丁澎:《问鹂词跋》,《扶荔堂文集选》卷11,《清代诗文集汇编》第78册,上海:上海古籍出版社,2010年,第568页。

② 尤侗:《问鹂词序》,尤侗著,杨旭辉点校:《尤侗集》上册,上海:上海古籍出版社,2015年,第333页。

③ 丁辰桀:《扶荔堂跋》,丁澎:《扶荔堂文集选》卷首,《清代诗文集汇编》第78册,上海:上海古籍出版社,2010年,第447页。

④ 邓长风:《周稚廉、丁澎生平考》,《戏剧艺术》1991年第3期,第141—145页。

⑤ 多洛肯、胡立猛:《〈中国回族文学史〉中清初诗人丁澎生平考辨》,《民族文学研究》2011年第6期,第21—26页。

⑥ 胡立猛:《清初浙籍回族诗人丁澎及其诗歌创作研究》,西北民族大学硕士学位论文,2011年,第14—20页。

艰。行行陂头尽,莫说是江关。"①该诗未为丁澎诗集收录,据诗中所描述的情况,可知丁澎在易代之际有过流亡经历,生计艰难。

2. 关于丁澎之号,目前学界仅知有"药园"一称。笔者翻阅广东省立中山图书馆藏清钞本朱又贞《幽恨集》,发现卷首有丁澎所撰序文,及"药园"、"荷棘山人"两枚朱文方印,则"荷棘山人"当为丁澎又一号。此号并未见他集有载。该序作于丁澎谪戍辽东期间,或许此号仅为丁澎流放期间所用。

关于丁澎的卒年,目前学术界有多种说法,具体可归纳为以下四种。

第一种认为丁澎卒于1685年。严迪昌《清词史》、王步高主编《金元明清词鉴赏辞典》、南京大学中国语言文学系《全清词》编纂研究室编《全清词·顺康卷》、江庆柏《清代人物生卒年表》、吴熊和《〈西陵词选〉与西陵词派》,皆将丁澎卒年定为1685年。

第二种认为丁澎卒于1686年。邱树森主编《中国回族史》,朱昌平、吴建业主编《中国回族文学史》皆称丁澎卒于1686年。

第三种认为丁澎卒于1681年至1691年之间。丁生俊《清初的回族诗人丁澎》据丁澎《扶荔堂诗集选》的编辑时间推断"丁澎的卒年应在康熙二十年到康熙三十年之间"②。

第四种认为丁澎卒于1683年至1691年之间。杨长春《清初回族诗人丁澎生卒年考补证》将丁澎的卒年进一步缩小到"康熙二十二年到三十年之间"③。

笔者则将丁澎的卒年确定为康熙三十年(1691)腊月。据丁澎季子丁辰槃《扶荔堂跋》,"先大夫弃世迄今二十有余载",而该文末署"康熙丙申三月"④,可推断丁澎应卒于1686年到1696年之间。据毛奇龄《听松楼宴集序》,"康熙己巳,淮阴张子毅文、杜子湘草,与吴门俞子犀月,顾子迁客、侠君兄弟同来明湖。适睦州方子渭仁、家季会侯寄湖之南屏,而越州吴子应辰、王子六皆、张子星陈、金子以宾皆前后至,因偕丁子药园辈若干人高会于莘野之草堂。"⑤己巳即康熙二十八年(1689),是年张子毅、杜湘草、俞犀月等人有草堂宴集,丁澎亦赴宴,故至1689年丁澎尚在世。高士奇《归田集》卷五录"古今体诗共五十八首",下有小

① 吴颢辑:《国朝杭郡诗辑》卷1,浙江图书馆藏清同治十三年钱塘丁氏刻本。

② 丁生俊:《清初的回族诗人丁澎》,《宁夏大学学报(人文社会科学版)》1980年第4期,第4页。

③ 杨长春:《清初回族诗人丁澎生卒年考补证》,《宁夏大学学报(社会科学版)》1986年第3期,第96页。

④ 丁辰槃:《扶荔堂跋》,《扶荔堂文集选》卷首,《清代诗文集汇编》第78册,上海:上海古籍出版社,2010年,第448页。

⑤ 毛奇龄:《听松楼宴集序》,《西河集》卷37,《景印文渊阁四库全书》集部第259册,台北:台湾商务印书馆,1986年,第312—313页。

字注"庚午九月"①,其中有《和韵答丁药园》一诗。"庚午"即康熙二十九年(1690),则至是年丁澎尚在世。综上,学界有关丁澎卒于1685年或1686年的说法显然是不合理的。

笔者还发现了以下几则材料,由此将丁澎卒年确定为康熙三十年(1691)腊月。米万济《教款微论》卷首载丁澎序,署"康熙辛未嘉平谷旦礼部祠祭清吏司郎中仁和丁澎拜题"②。"辛未"即康熙三十年(1691),嘉平是腊月的别称,则至1691年十二月丁澎尚在世。而毛奇龄《沈方舟诗集序》曰:"予迟暮还里,因医瘵来杭,而故交凋丧。景宣已行遁,而药园先我而逝。"毛奇龄晚年患腿疾,为医瘵移居杭州,而此时丁澎已去世,故确定毛奇龄至杭医瘵的时间尤为重要。据毛奇龄《杭志三诘三误辨》:"康熙三十年,予以医瘵僦杭州,客有持《神州》一书相咨询者,予乃发其误,并翻汉魏六代诸史志,作《三日课》。"③可知毛奇龄为医瘵移居杭州当在康熙三十年(1691)。结合前述丁澎1691年腊月尚为米万济撰序,则丁澎卒年应为1691年腊月。冬季气温较低,人的免疫力和抵抗力也比较低下,而老年人的身体基础状况尤弱,故容易在年末去世。

按:毛奇龄(1623—1713),原名甡,字大可,又字于一、齐于,号西河,又号初晴、晚晴等,学者称西河先生,浙江萧山人。清初著名学者、诗人。康熙十七年(1678),荐举应试博学鸿词科,中二等,授翰林院检讨,任明史馆纂修官。康熙二十四年(1685)充会试同考官,不入,告假回乡,闭门著书终老。著有《西河合集》四百九十七卷。毛奇龄与"西陵十子"交往密切,频有诗词唱和。毛奇龄《西河集》有《奉祝丁太翁比部初度》《丁澎采芝图》《丁礼部举子》等诗。因此,毛奇龄《沈方舟诗集序》"药园先我而逝"的叙述应属可靠。

(三)丁澎著述考

丁澎秉性醇厚,博学能文,诸体兼擅,早年尤以制义著称于世。李天馥称:"予少时即知临安有丁药园先生能以制举义雄视海内,号曰'登楼',一时为制举家无不争相矩步,以为楷模,而先生则复以诗古文为登楼之宗。"④金之俊《丁飞涛行稿序》评丁澎制义曰:"余读丁子飞涛闱中卷,雅藻缤纷,风华掩映,具有一往

---

① 高士奇:《归田集》卷5,《四库未收书丛刊》第9辑第16册,北京:北京出版社,2000年,第720页。

② 丁澎:《教款微论序》,米万济:《教款微论》卷首,吴海鹰主编:《回族典藏全书》第37册,兰州:甘肃文化出版社,2008年,第5页。

③ 毛奇龄:《杭志三诘三误辨》,王国平主编:《西湖文献集成》第9册,杭州:杭州出版社,2004年,第505页。

④ 李天馥:《扶荔堂诗集选序》,丁澎《扶荔堂诗集选》卷首,《清代诗文集汇编》第78册,上海:上海古籍出版社,2010年,第353—354页。

情深,缠绵无已之致。而格律森然,丽而不靡,宕而有则,其殆文中有诗者乎?"①
丁澎主张复古,其诗、词、文均达到了较高的艺术水平。朱一是称其"风义高举,
雄视艺林,天为加绚,地为加藻"②。毛先舒评其诗曰:"飞涛沉深蕴藉,众共推其
识度。为诗抽骚激艳,自然发采。其五七诸律体尤称秾逸,足使摩诘掩隽,达夫
失豪。"③李渔称丁澎:"诗无近人习气,更无唐人习气,真可独有千古,奚止凌轹
一时;词则隶使苏、秦,奴鞭辛、柳,自成一家,而又能合众美以成一家。"④现综合
各家著录,对丁澎著作考述如下。

1.《扶荔堂诗稿》十三卷

诗集。是集按诗体分卷排列:卷1风雅体,卷2、3拟古乐府,卷4古逸歌
辞,卷5五言古诗,卷6七言古诗,卷7、卷8五言律诗,卷9、卷10七言律诗,卷
11五言排律,卷12五言绝句,卷13七言绝句。是集前有目录,目录前有陈爌、
张安茂、彭宾、宋徵舆序。该集系丁澎生前自订,故具有重要的版本价值。丁澎
早年以写作艳体诗著称,《扶荔堂诗稿》中保存了不少艳情诗,为其他诗集所不
载。如《惆怅辞》其一曰:"妆就蝉鬘带露浓,还疑脸际着芙蓉。早知鄂诸人难见,
不向高唐梦里逢。"其四曰:"梁掩蛛丝暗落尘,罗衣几见泪痕新。深闭珠帘春欲
晚,墙头开尽碧桃花。"⑤艳而不妖,缠绵幽怨。宋徵舆评其诗曰:"飞涛才同珠
树,学富琼田,七州订于景鸾,五经博于许慎。故其为诗也。鲛人夜织,霞彩一
机,少女风舒,绣锦万谷。至于音追盛始,题拟黄初。譬则悬黎之璧,刻画龙鸾;
峄阳之桐,操谐凤鹤。岂止春药倚风,秋蘽灼日,拾上官之芳草,搴湘泽之杜蘅已
哉。"⑥彭宾评曰:"五言古节短而旨长,七言古风深而源远,五言律体严而词简,
七言律格厚而调高。……若夫赠答之诗渊以穆而不伤于谀,离别之诗哀以切而
不病于幽,冠裳之诗弘以丽而不涉于绮,山川之诗凉以曲而不过于寒。"⑦是集现
存顺治十一年(1654)刻本,南京图书馆、美国国会图书馆藏。

2.《扶荔堂诗集选》十二卷

诗集。是集按诗体兼顾时间分卷排列:卷1五言古诗,卷2七言古诗,卷3

---

① 金之俊:《丁飞涛行稿序》,《金文通公集》卷2,《四库全书存目丛书补编》第56册,济南:齐鲁书社,
2001年,第75页。
② 王晫:《今世说》卷4,北京:中华书局,1985年,第45页。
③ 毛先舒:《题扶荔堂诗卷》,《潠书》卷2,《四库全书存目丛书》集部第210册,济南:齐鲁书社,1997年,
第642页。
④ 李渔:《与丁飞涛仪部》,《李渔全集》第1卷,杭州:浙江古籍出版社,1991年,第213页。
⑤ 丁澎:《扶荔堂诗稿》卷13,南京图书馆藏清顺治十一年刻本。
⑥ 宋徵舆:《扶荔堂诗稿序》,丁澎:《扶荔堂诗稿》卷首,南京图书馆藏清顺治十一年刻本。
⑦ 彭宾:《扶荔堂诗稿序》,丁澎:《扶荔堂诗稿》卷首,南京图书馆藏清顺治十一年刻本。

至卷 5 五言律诗,卷 6 至卷 9 七言律诗,卷 10 五言排律,卷 11 五言绝句、六言绝句,卷 12 七言绝句。卷 1、2、10、11、12 为杂集;卷 3、6 为京集,系丁澎在京为官期间所作;卷 4、7 为居东稿,系丁澎谪戍尚阳堡期间所作;卷 5、8、9 为游集,系丁澎南还后所作。前有目录,目录题"朝霞李天馥容斋、邺苑许三礼酉山编辑",目录前有李天馥序。是集每卷卷端载参编者姓名,有彭翼宸、王无忝、贾光烈、梁建、强国藩、刘元吉、王植初、张太临、吕振、王锡祉、姬之篡、李应期、毕九皋、李升铨、常翼圣、刘承誉、白普照、陈腾桂、胡乔年、李辂、王云明、吉祥、张尔储、李特生。诗后间附评语,点评者有朱嘉徵、施闰章、毛先舒、李天馥、宋征舆等。是集诗作多以汉魏、盛唐为宗,尤以居东稿最具价值,沉莽纵横,气象沉雄,"洵古今之杰作"①。梁清标评其诗曰:"组织三唐,飒飒乎大雅之音。上追高、岑,下亦不失为钱、刘。"②是集现存清康熙五十五年(1716)文芸馆刻本,南京图书馆、北京大学图书馆等藏,《清代诗文集汇编》即据该版本影印。

3.《信美轩诗集》

诗集。丁澎居京期间与施闰章、宋琬等频繁唱和,号"燕台七子"。顺治十八年(1661),七子合刻《燕台七子合刻》,其中丁澎集题为《信美轩诗集》,收录诗歌 68 首,内容多为赠答酬唱。这些诗歌均被收入《扶荔堂诗集选》。《信美轩诗集》现存顺治十八年(1661)刻本,上海图书馆藏。

4.《扶荔堂文集选》十二卷

文集。是集按文体分卷排列:卷 1 至卷 4 序,卷 5 议、表、策对,卷 6 史论,卷 7 书、牍,卷 8 记,卷 9 传,卷 10 赋,卷 11 题辞、跋,卷 12 说、铭、传、墓碣、碑铭。前有目录,目录题"安陵常翼圣肃之、河阳王无忝凤夜编辑",目录前有周起辛、沈荃、彭宾、张安茂、宋征舆序及丁澎子丁辰槃跋。每卷卷端载参编者姓名,有杜桂、裴衮、乔翔凤、郭大定、罗博、张永庚、李士弨、宁浩、邹石友、孟长安、李模、韩淑文、史永绘、李瑗、宋逢盛、陈钝、谢孚、辛永和、李天馥、许三礼、和泰、孟桓、王仁深、杜志信。文后间附评语,点评者有魏禧、汪懋麟、许三礼、曹尔堪、吴道煌、王士禛、尤侗、孙治、林璐等。李天馥评其文曰:"赋拟卿云,辞追景宋,而至其杂文,各见之于班、马、韩、欧之间。"③现存清康熙五十五年(1716)文芸馆刻本,南京图书馆、国家图书馆藏,《清代诗文集汇编》即据该版本影印。

---

① 丁澎:《扶荔堂诗集选》卷 7,《清代诗文集汇编》第 78 册,上海:上海古籍出版社,2010 年,第 407 页。

② 梁清标:《扶荔词集序》,丁澎:《扶荔词》卷首,《续修四库全书》第 1724 册,上海:上海古籍出版社,2002 年,第 599 页。

③ 李天馥:《扶荔堂诗集选序》,丁澎《扶荔堂诗集选》卷首,《清代诗文集汇编》第 78 册,上海:上海古籍出版社,2010 年,第 355 页。

5.《扶荔词》四卷

词集。是集按词体分卷排列：卷1小令，卷2中调，卷3长调，卷4词变。前有目录，目录题"仁和丁澎药园撰，男梓龄丹麓、榆龄紫厓校"，目录前有梁清标、沈荃、宗元鼎序。每卷卷端载编选者姓名，有宋琬、严沆、宋实颖、王士禛、曹尔堪、陈维崧。词后间附评语，点评者有梁清标、龚鼎孳、张丹、曹尔堪、尤侗、吴伟业、宋琬、陈维崧、王士禄、周亮工、余怀等。梁清标评其词曰："流丽隽永，一往情深，所为言近指远，语有尽而意无穷者，令人讽咏之余，穆然以思，式歌且舞。至其写闺房之委曲，摹旅况之萧森，畅叙樽罍，流连赠答，事存乎闾巷妇子之微，而情系乎君臣友朋之大，寄寓阔而托兴婉，抑何其乐而不淫、怨而不怒耶？"①该集卷四"词变"所录均为回文词，王士禄对此评价甚高："菩萨蛮回文有二体，有首尾回环者，如丘琼山《秋思》、汤临川《织锦》是也。有逐句转换者，如苏子瞻《闺思》、王元美《别思》是也。然逐句难于通首。读药园八作，自然中风雅人情，当驾东坡、弇州而上。"②现存清康熙刻本，国家图书馆、南京图书馆、北京师范大学图书馆等藏，《续修四库全书》据福建省图书馆藏此版本影印。

6.《演骚》

杂剧。尤侗《西堂乐府》卷首有丁澎《〈读离骚〉题词》，曰："余居东无事，尝传乔补阙《绿珠篇》轶事，亦作《演骚》一剧以寄志。今视尤子，未免有大巫之叹。"③则《演骚》一剧作于丁澎谪戍尚阳堡期间。是集今不存。

二、沈谦家世生平著述考

沈谦，字去矜，号东江，仁和（今浙江杭州）临平镇人。明末清初著名诗人、词人，且精于音韵学。著有《东江集钞》《词韵》《临平记》等。《清史稿》卷四百八十四、《清史列传》卷七十均有传，《东江集钞》末附应撝谦《东江沈公传》、毛先舒《沈去矜墓志铭》、沈圣昭《先府君行状》，对沈谦生平有着详细记载。现就笔者所搜集到的资料，对沈谦的家世、生平、著述等考证如下。

（一）沈谦的家族世系

临平沈氏"世有隐德"，在仁和具有一定的声望。据沈圣昭《先府君行状》：

① 梁清标：《扶荔词集序》，丁澎：《扶荔词》卷首，《续修四库全书》第1724册，上海：上海古籍出版社，2002年，第600页。

② 丁澎：《扶荔词》卷1，《续修四库全书》第1724册，上海：上海古籍出版社，2002年，第614页。

③ 丁澎：《〈读离骚〉题词》，尤侗著、杨旭辉点校：《尤侗集》中册，上海：上海古籍出版社，2015年，第995页。

"世籍湖州武康县,溯源为建昌侯裔。谱牒散亡,不能考悉。宋末有汝正公者,迁仁和。"①则沈谦之祖先原居住于湖州武康县,宋末始迁入仁和。仁和沈氏可考得最早者为十五世沈友直。据沈谦《临平记》,沈友直(1263—1364),字汝正,学者称贞白先生。宋亡后高隐不仕,仁慈孝友,沈谦称其"洵吾宗之望,吾里之贤"②,高启尝为之作传。

十八世为沈密,字谨之。元至元五年(1338),举贤良,授四明市舶司提举。

十九世为沈之杰,字奇英,洪武初迁至临平桂芳桥侧,其后数代人皆居于此。

二十一世为沈竹轩,以儒术显,官光禄丞,迁九江府同知。

二十六世为沈复春,即沈谦曾祖。生子三人,长子即沈怡春。

沈谦祖父沈怡春,耽画善诗,著有《嘉远堂集》藏于家。生子三人,长子即沈士逸。

沈谦父沈士逸(1583—1650),字逸真,号献亭。善骑射,万历末以功授游洋将军。辞官后以医名于吴越间。沈士逸性好山水,叠石为山,溯流为池,有终焉之志。著有《海外纪闻》《翊世玄机》《绳枢约言》《清乘简园集》。沈士逸娶范氏,即沈谦之母。生子四人:长子伟,次子英皆早逝,三子诚,季子即沈谦。

沈谦于崇祯十一年(1638)娶妻徐氏(?—1659),二人感情甚深,相敬如宾。妻亡,沈谦甚为哀恸,尝作《梦亡妇作》《夏夕竹林忆去年与亡妇迟月于此》《先妻子徐氏遗容记》等,情感深挚,凄恻感人。徐氏亡时子尚幼,沈谦恐娶继室虐待前子,故仅纳侧室江氏。沈谦生子七人:长子圣旭(1616—1640),字辅升;次子圣昭,娶陈氏;三子圣时,娶鲍氏;四子圣旦(1648—1655);五子圣曜,娶张氏;六子圣历,娶陈氏;季子圣晖。孙五人:广闻,沈圣昭出;广大、广泰,沈圣时出;广文,沈圣曜出;广宁,沈圣历出。女孙二人,皆为沈圣昭出。

沈谦仲子沈圣昭,字宏宣,善诗,且工书画。沈圣昭曾师从沈谦挚友张丹,著有《兰皋集》。毛先舒对沈圣昭评价甚高,尝有"生子当如沈宏宣"③之语。

沈谦三子沈圣时,字会宁,著有《留云集》。

(二)沈谦的生平遭际

毛先舒《沈去矜墓志铭》:"去矜与余同齿,而生先余九月。"④沈谦与毛先舒

---

① 沈圣昭:《先府君行状》,沈谦:《东江集钞》附录,《清代诗文集汇编》第70册,上海:上海古籍出版社,2010年,第270页。

② 沈谦:《临平记》卷2,孙忠焕主编:《杭州运河文献集成》第5册,杭州:杭州出版社,2009年,第42页。

③ 潘衍桐辑:《两浙輶轩续录》卷2,《续修四库全书》第1685册,上海:上海古籍出版社,2002年,第63页。

④ 毛先舒:《沈去矜墓志铭》,沈谦:《东江集钞》附录,《清代诗文集汇编》第70册,上海:上海古籍出版社,2010年,第268页。

系同年生。应撝谦《东江沈公传》载沈谦"于康熙庚戌二月卒"①。沈圣昭《先府君行状》载沈谦"生于万历庚申岁正月十九日子时,卒于康熙庚戌岁二月十三日子时,享年仅五十有一"②,则沈谦生于明万历四十八年(1620),卒于清康熙九年(1670)。

沈谦少颖异,六岁能辨四声,九岁能为诗,度宫中商,投颂合雅。受时风影响,喜温庭筠、李商隐诗风。亦能作时艺,涉笔便佳。十岁起读书灵晖馆中,长达十三年,期间"笃志好学,篝灯诵书,或鸡鸣始罢"③。崇祯十一年(1638),沈谦拜祝锦川为师。崇祯十四年(1641),陆圻以陈子龙诗授沈谦,谦特喜,遂去温、李之绮靡而效汉魏、盛唐,"内竭忠孝,外通讽谕"④。崇祯十二年(1639),流贼横肆,蝗灾严重,连年饥荒,士大夫扼腕慷慨,指陈时事,联络风声,互相推与,怀古人揽辔登车之思。是时沈谦父沈士逸开章庆之堂,"多延文学士,与去矜为周旋"⑤,诸公赋诗悲歌连日达夜。崇祯十五年(1642),沈谦补诸生。崇祯十六年(1643),遭家难,南园被焚掠几尽。明亡后,沈谦心怀故国,笃志隐居,"托迹方技,寄情翰墨,绝口不谈世务,亦无欣慕仕进意"⑥。入侍父母,出与毛先舒、张丹登南楼抒啸高吟,号"南楼三子"。又与陆圻、毛先舒等人结社赋诗,号"西陵十子"。还曾与冯轼等人结平泉诗社,"有抱石焚山之节"⑦。顺治七年(1650),父沈士逸去世,沈谦毁瘠过礼,至呕血;顺治十二年(1655),母去世,沈谦哀毁如丧父;顺治十七年(1660),妻徐氏去世,沈谦"心益苦"⑧;康熙三年(1664)长子圣旭去世,沈谦悲悼过深,渐至病困。二十年间,连丧四亲,精神遭重创,贫病交加,于是愈加沉酣于著述,沈圣昭称其"性耽著述,暮年弥甚。每当郁郁,辄托诸咏歌,下帷端坐,

---

① 应撝谦:《东江沈公传》,沈谦:《东江集钞》附录,《清代诗文集汇编》第70册,上海:上海古籍出版社,2010年,第267页。

② 沈圣昭:《先府君行状》,沈谦:《东江集钞》附录,《清代诗文集汇编》第70册,上海:上海古籍出版社,2010年,第270—271页。

③ 沈圣昭:《先府君行状》,沈谦:《东江集钞》附录,《清代诗文集汇编》第70册,上海:上海古籍出版社,2010年,第270页。

④ 陆圻:《东江集钞序》,沈谦:《东江集钞》卷首,《清代诗文集汇编》第70册,上海:上海古籍出版社,2010年,第180页。

⑤ 毛先舒:《沈去矜墓志铭》,沈谦:《东江集钞》附录,《清代诗文集汇编》第70册,上海:上海古籍出版社,2010年,第268页。

⑥ 沈圣昭:《先府君行状》,沈谦:《东江集钞》附录,《清代诗文集汇编》第70册,上海:上海古籍出版社,2010年,第270页。

⑦ 吴庆坻撰,张文其、刘德麟点校:《蕉廊脞录》卷4,北京:中华书局,1990年,第124页。

⑧ 沈圣昭:《先府君行状》,沈谦:《东江集钞》,《清代诗文集汇编》第70册,上海:上海古籍出版社,2010年,第270页。

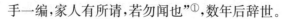

手一编，家人有所请，若勿闻也"①，数年后辞世。

沈谦喜博极群书，"自天人、性命、经史之学以及诸子百家、阴阳医卜之书，无不该览"②，于诗、文、词、曲等诸体皆擅，且取得了较高的艺术成就。毛先舒评其著作曰："赋在西东汉魏人之间。诗古隽沉秀，亦复无不具，略方之古人，二曹、江、鲍、摩诘、飞卿，不但不愧之而已。文章清且密，尺牍尤居上流。余体往往并臻工妙。"③

（三）沈谦的著述

沈谦一生笃志好学，入清后隐居不出，勤于著述，撰著颇富，且对己作甚为珍爱，尝曰："著作须手定自刻，庶保乖远。若以俟子孙，恐故纸斤不足当二分直也。枯心落须，辛苦大极，已作北邙土，安能复知身后名耶？"④据沈圣昭《先府君行状》，沈谦"所著《东江集》凡诗赋二十一卷，文十卷，词曲十二卷，外复有传奇六，《词韵》《南曲谱》《古今词选》《临平记》《安隐寺志》《沈氏族谱》诸书"⑤。应撝谦《东江沈公传》载沈谦："所著《东江集》有诗赋二十一卷、文十卷、词学十二卷，共四十三卷，行于世。又有《词韵》《词谱》《南曲谱》《古今词选》《沈氏族谱》诸书未梓。《临平记》已梓，板毁及半。"⑥各条就其撰述时间、版本、内容等略作考述。

1.《沈氏族谱》

沈谦《注生延嗣经序》称"谦尝撰《沈氏族谱》"⑦。应撝谦《东江沈公传》、毛先舒《沈去矜墓志铭》、沈圣昭《先府君行状》均提及沈谦有是集。今未见。

2.《安隐寺志》十卷

沈圣昭《先府君行状》称沈谦著有《安隐寺志》。沈谦《杜氏族谱序》云："沈子

---

① 沈圣昭：《先府君行状》，沈谦：《东江集钞》，《清代诗文集汇编》第70册，上海：上海古籍出版社，2010年，第270页。

② 沈圣昭：《先府君行状》，沈谦：《东江集钞》，《清代诗文集汇编》第70册，上海：上海古籍出版社，2010年，第270页。

③ 毛先舒：《与沈圣昭书》，《思古堂集》卷2，《四库全书存目丛书》集部第210册，济南：齐鲁书社，1997年，第807页。

④ 毛先舒：《沈去矜墓志铭》，沈谦：《东江集钞》，《清代诗文集汇编》第70册，上海：上海古籍出版社，2010年，第269页。

⑤ 沈圣昭：《先府君行状》，沈谦：《东江集钞》，《清代诗文集汇编》第70册，上海：上海古籍出版社，2010年，第270页。

⑥ 应撝谦：《东江沈公传》，沈谦：《东江集钞》附录，《清代诗文集汇编》第70册，上海：上海古籍出版社，2010年，第267页。

⑦ 沈谦：《注生延嗣经序》，《东江集钞》卷5，《清代诗文集汇编》第70册，上海：上海古籍出版社，2010年，第227页。

撰《安隐寺志》十卷,而法系诸师传,则寺僧云涛润法师之笔也。"《与钱圣月书》:"顷足下致书润法师,且为仆撰《安隐寺志》序。"今未见。

3.《沈氏词韵略》

音韵学书。沈谦有《词韵》一书,因家贫未梓。康熙二十五年(1686),蒋景祁编词选集《瑶华集》,将毛先舒括略并注的《沈氏词韵略》列为附录,沈谦《词韵》遂得以广泛流传。《沈氏词韵略》系归纳宋词用韵情况而编成的词韵著作,分十九韵,所用韵目为"平水韵"韵目,前十四韵为平、上、去三声,每韵内分列平仄,仄声内再分上、去,后五韵则为入声韵。毛先舒《词韵序》称:"去矜手辑《词韵》一编,旁罗曲证,尤极精推。谓近古无词韵,周德清所编曲韵也,故以入声作平上去者约什二三,而支思单用,唐宋诸词家概无是例。谢天瑞暨胡文焕所录韵,虽稍取《正韵》附益之,而终乖古奏。索宋元旧本,又渺不可得,于是博考旧词,裁成独断,使古近胪列,作者知趋,众著为令,且同画一焉。……去矜此书不徒开绝学于将来,且上订数百年之谬矣。"①万树称:"词之用韵,较宽于诗,而真侵互施,先盐并叶,虽古有,然终属不妥。沈氏去矜所辑,可为当行,近日俱遵用之,无烦更变。"②《四库全书总目》称:"词韵旧无成书,明沈谦始创其轮廓。"③该书系首部词韵著作,对于当时及后来的词韵研究产生了较大影响。例如分十九韵这一点即仲恒《词韵》、戈载《词林正韵》等所承袭。

4.《词谱》

词韵学书。应撝谦《东江沈公传》、毛先舒《沈去矜墓志铭》、沈圣昭《先府君行状》皆称沈谦著有《词谱》。《(民国)杭州府志》亦著录。今未见。

5.《南曲谱》

曲韵学书。应撝谦《东江沈公传》、毛先舒《沈去矜墓志铭》、沈圣昭《先府君行状》均称沈谦著有是集。沈谦《东江集钞》卷七《与袁令昭先生论曲谱书》曰:"仆尝作谱曲一书,备列时人所常用者,似不可不补入也。"今未见。

6.《东江集钞》九卷

诗文别集。是集按文体分卷排列:卷一赋、风雅体、四言古诗、拟古乐府、古乐府、五言古诗,卷2五言古诗、七言古诗,卷3五言律诗,卷4七言律诗,卷5五言排律、五言绝句、六言绝句、七言绝句,卷6序、记,卷7书,卷8论、募疏、启、

---

① 毛先舒:《词韵序》,邹祗谟、王士禛辑:《倚声初集》卷4,《续修四库全书》第1729册,上海:上海古籍出版社,2002年,第195—196页。

② 万树:《词律发凡》,《词律》卷首,上海:上海古籍出版社,1984年,第18页。

③ 永瑢等撰:《四库全书总目》下册卷200,北京:中华书局,1965年,第1835页。

传、墓志、祭文、考、说,卷9杂说,包括《东江子杂说》及《填词杂说》。其中《填词杂说》计32则,论词力主折衷,倡导本色当行,尤尊李煜,称其为"词中南面王"。是集前有目录,目录前有蒋平阶、陆圻、祝文襄、毛先舒序。卷末附应㧑谦《东江沈公传》、毛先舒《沈去矜墓志铭》、于懋荣撰像赞、沈圣昭撰行状与跋文。每卷卷端署"仁和沈谦去矜著",并载参校者姓名,有沈谦子沈圣昭、沈圣时、沈圣曜、沈圣历、沈圣晖、沈圣时,侄沈圣清,侄孙沈广震,门人潘云赤、沈丰垣、俞士彪、张台柱、王升、王绍曾、唐弘基。沈圣昭跋文曰:"《东江集钞》者,先大人手辑之书也。自庚寅而后,凡五易稿,大率艰于梓,即严于选,故兹刻仅什一耳。惟甲辰后之诗文未附者,圣昭与潘子云赤稍为商定补之。"则是集系沈谦生前自订,自顺治七年(1650)始,凡五易稿。毛先舒序评集中诗文曰:"去矜志洁行芳,而骨体修隽,故吐词清拔,时复绮思。其体则上溯汉潴,下泛唐波,操律比韵,卓然先轨,宛转幽诣,复见新妙。"现存清康熙间沈圣昭、沈圣晖刻本,国家图书馆、上海图书馆、北京大学图书馆等藏,今《四库全书存目丛书》据北京大学图书馆藏该版本影印。集中《东江子杂说》被收入王晫辑《檀几丛书》卷十六,有康熙三十四年(1695)刻本,上海图书馆、北京图书馆、人民大学图书馆等藏。

7.《东江别集》五卷

词曲别集。前三卷为词,后两卷为散曲。每卷卷端署"仁和沈谦去矜著",并载参校者姓名,有沈谦子沈圣曜、沈圣历、沈圣晖,侄沈圣清,侄孙沈广震,门人俞士彪、张台柱、王升、王绍曾、唐弘基。是集所录词多偏绮艳,其中不少香奁词,如《点绛唇》组词分别有咏美人耳、鼻、肩、颈、背之作,轻巧香艳,缠绵悱恻。沈雄评曰:"家去矜诸词,率从屯田待制浸淫而出,言情最为浓挚,又必欲据秦、黄之垒,以鸣得意。"[1]陈廷焯称:"去矜名列'西泠十子',填词最称,然亦只以香奁见长,去宋、元已远。"[2]谢章铤称:"沈去矜好尽好排,取法未高,故不尽倚声三昧。长调意不副情,笔不副气,徒觉拖沓耳,且时时阑入元曲。"[3]《东江别集》所收散曲亦以言情为主,多写怀人相思之苦闷。其中北曲多白描直叙,质朴自然,曲味甚浓,近于元曲豪放一路;南曲亦颇为通俗,且有不少翻改元曲及唐宋词之作。

8.《临平记》四卷

方志。是集所记内容自汉代至元代,分《事记》2卷、《附记》1卷、《诗记》1卷,所辑凡一百余条,分年记事,末附沈谦、潘云赤辑《临平三十咏》1卷,系浙人

---

① 沈雄:《古今词话》,上海:上海古籍出版社,2009年,第365页。
② 陈廷焯:《云韶集》,南京图书馆藏清同治十三年稿本。
③ 谢章铤:《赌棋山庄词话》卷8,《续修四库全书》第1735册,上海:上海古籍出版社,2002年,第104—105页。

咏临平风物之诗合集。卷首有临平图,每卷卷端署"里人沈谦去矜氏辑撰",并载参校者姓名,有赵基宏、金汉趾、鲍懋芳、赵宪斌、梅调鼎、潘云赤、赵震、沈坊、沈谦侄沈圣洽。卷首有顺治五年(1648)祝文襄序,称:"甲申冬月,以事至临平,谦且疏古事古诗,称《临平记》。……今年以祝其母氏,复来谦家,里中诸公方谋剞劂此书。"则是书当作于崇祯十七年(1644),首刻于顺治五年(1648)。

版本有:清钞本,浙江省图书馆藏;清顺治五年(1648)刻本,南京图书馆藏;清光绪十年(1885)钱塘丁氏嘉惠堂刻本,北京大学图书馆、北京师范大学图书馆、华东师范大学图书馆等藏。仅顺治五年刻本末附《临平三十咏》,其他各本则无。

9.《传奇》六种

沈圣昭《先府君行状》载沈谦著有传奇六种。沈谦《东江集钞》卷四有诗《以所撰〈兴福宫〉剧本授吴伶因寄伯揆商霖》。同书卷七《与李东琪书》云:"仆学诗无成,卑而学词,昧昧犹之诗也。布于旗亭者,有《胭脂婿》《对玉环》等曲,吴伶不知音律,取其学浅,便入齿牙,多习而演之。……日下方撰《美唐风》一词,用反崔张之案,以维世风。"可知沈谦传奇有《兴福宫》《胭脂婿》《对玉环》《美唐风》,其他两种名目未知。《东江集钞》卷六存《〈美唐风〉传奇自序》:"元稹《会真记》一书伪托张生自述其丑,夫既乱之又彰之,复与杨巨源、李绅、白居易辈互相唱叹,而诸君亦恬不以为异。后金董解元始因会真创弹词《西厢记》,而元人王实甫又填以北曲,明李日华、陆天池辈翻为南曲,歌馆剧场时时演作,浪儿佚妇,侈为美谈。虽采兰赠药之风不始于是,而此书之宣导盖亦侈焉,故李唐之风至今未得泯也。顷因多暇,反其事而演之,冀以移风救敝。"沈谦传奇六种,今皆不存。

10.《古今词选》七卷

词总集。沈谦、毛先舒辑。现存清康熙十一年(1672)吴山草堂刻本,国家图书馆藏。是集按调分卷排列,卷1至卷6为小令,卷7为中调。选录范围自唐代至清代,共收录255家词人词作732首。每卷卷首题"钱塘沈谦去矜氏、毛先舒稚黄氏同选",参校者大多为毛先舒与沈谦之同学及门生,有徐士俊、沈丰垣、陆进、胡大濚、诸九鼎、潘云赤、王晫、聂鼎元、金璐、诸匡鼎、洪昇、张竞光、张台柱等。

三、孙治、吴百朋、陈廷会、虞黄昊家世生平著述考

孙治、吴百朋、陈廷会、虞黄昊在当时影响较小,且较少作品存世。其家世、生平与著述,学界目前尚无详细梳理。本书广泛搜集材料,对其考述如下:

(一)孙治家世生平著述考

孙治,字宇台,号鉴庵,尝讲学于西湖之滨,自称武林西山樵者,仁和人,明清之际著名文学家。与屈大均、魏禧、陈祚明、施闰章、李渔、陈维崧等文学名家相交游。《清史稿》卷四百八十四、《清史列传》卷七十均有传,张右民《孙宇台传》、毛际可《西泠五君子传》、朱溶《孙先生宇台传》,对孙治生平有着较为详细的记载。

孙治《先考文学复庵府君行实》曰:"己未生不孝治。"①《迪躬诗》小序曰:"戊子三月六日为余初度。"②则孙治生于万历四十七年(1619)三月六日。陆嘉淑《孙宇台先生遗集序》曰:"盖癸亥之秋,而我宇台亦捐馆舍于泽州之旅寓矣。"③则孙治卒于清康熙二十二年(1683)。孙治少颖悟,"通《左》《国》《春秋》、秦汉文,故其为文沉郁入古"④,尝与毛先舒同游于闻启祥之门,称"二俊"。崇祯十三年(1640)、十四年(1641),连年饥馑,孙治遂授书于临平赵元开家,时陆圻授书于沈谦家,读书之暇,二人常常相聚饮酒赋诗。明亡后,孙治绝意仕进,坚节不出,"时战场纷骚,道殣相望,宇台埋瘗骸骨,人多作诗颂之"⑤。鼎革之际,孙治家产尽被清兵劫掠。顺治三年(1646)至顺治五年(1648),连遭清兵屯营,"家室数迁,资装尽归盗"⑥,家中贫困至极,不得已出走四方,"五迁无定,要未有一日不从涕泪中度"⑦。至顺治十三年(1656),孙治始典一椽破屋,一家老幼始得聚首。康熙三年(1664)至康熙五年(1666),授书于姑苏。为饥所驱,北走燕赵,南趋闽粤。康熙十七年(1678)自闽中归里,时父孙锡已八十高龄,孙治本欲绝迹杜门,然未过一周,"凶岁荐饥,赋役不克"⑧,无奈应曹南之聘授书于山左。晚年益困,漂泊四方,后客死太原。孙治一生潦倒艰难,居则贫,游则困,然"偃蹇顿踬而砥砺名

---

① 孙治:《先考文学复庵府君行实》,《孙宇台集》卷24,《四库禁毁书丛刊》集部第149册,北京:北京出版社,1997年,第77页。

② 孙治:《迪躬诗小序》,《孙宇台集》卷31,《四库禁毁书丛刊》集部第149册,北京:北京出版社,1997年,第116页。

③ 陆嘉淑:《孙宇台先生遗集序》,《孙宇台集》卷首,《四库禁毁书丛刊》集部第148册,北京:北京出版社,1997年,第681页。

④ 姚礼撰辑:《郭西小志》卷10,杭州:浙江工商大学出版社,2013年,第184页。

⑤ 吴颢辑:《国朝杭郡诗辑》卷3,浙江图书馆藏清同治十三年钱塘丁氏刻本。

⑥ 孙治:《先考文学复庵府君行实》,孙治:《孙宇台集》卷24,《四库禁毁书丛刊》集部第149册,北京:北京出版社,1997年,第76页。

⑦ 孙治:《先姚沈太孺人行实》,孙治:《孙宇台集》卷24,《四库禁毁书丛刊》集部第149册,北京:北京出版社,1997年,第79页。

⑧ 孙治:《先考文学复庵府君行实》,孙治:《孙宇台集》卷24,《四库禁毁书丛刊》集部第149册,北京:北京出版社,1997年,第76页。

节,好学不倦"①。孙治为人慷慨重诺,挚友陆彦龙临终时以孤女相托,孙治为择吴任臣妻之,又为立嗣,以甥女嫁彦龙子。陆圻因《明史》案被牵连,众人避之唯恐不及,孙治却挺身而出,为其保留先人遗相及撰述等,待陆圻被释后归还。吴百朋为南和令,卒于官,孙治前往为之料理丧事。以上诸例,足见孙治之重义气友情,毛际可《西陵五君子传》即赞其"于'西陵十子'中尤以行谊推"②。

孙治一生好学不倦,博学多闻,"自经史以迄诸子百家、昭代典故,无不谙练。上下古今,论列人才,指陈得失,皆精当不可易"③。他不仅以品行相高,亦以著作名世,毛际可称:"宇台以著述称,求文者户外履满。"④著有《孙宇台集》(一名《鉴庵集》)四十卷,子孝桢辑,是集按文体分卷排列,前三十卷为文,后十卷为诗。前有目录,目录末题"男孝桢编辑"。卷端署"仁和孙治宇台著,别号鉴庵"。卷首载顾祖禹、陆嘉淑序。顾祖禹序称:"武林孙宇台先生既殁之,明年孤孝桢梓其遗文三十卷、遗诗十卷,既成,介贵池吴君正名属祖禹曰请为之序。"⑤陆嘉淑序称:"盖癸亥之秋,而我宇台亦捐馆舍于泽州之旅寓矣。时予方客吴中,明年始得归,哭之于钱唐里舍,则嗣子世求孝桢已刻宇台诗文哀然成集,出以见示,余得受而卒业焉。"⑥可推算出该集当刻于康熙二十三年(1684)。现存南京图书馆藏丁丙跋本,《四库禁毁书丛刊》据该本影印。

孙治另著有《武林灵隐寺志》八卷。卷1开山、重兴、山水,卷2梵宇、古塔、古迹,卷3禅宗祖,卷4法语,卷5檀越、人物,卷6、卷7为艺文,卷8诗、遗事、杂记。前有目录,目录后配有图12幅,卷首载严沆、徐增、戒显序及孙治自序。卷端题"武林西山樵者孙治宇台初辑,吴门而庵居士徐增子能重修,住灵隐第二代戒显晦山校订"。孙治自序末署"康熙二年癸卯秋七月西山樵者孙治撰",徐增序称"孙宇台氏为具德和尚修志在康熙癸卯",可知是集撰于康熙二年(1663)。据孙治自序,是书乃鉴于万历间白珩所撰志"帝虎杂出,年祀淆乱",故增损而成。是书体例与白珩志略同,行文明显学秦汉,严沆序称"其逸气隽句,又如读先秦以上《檀》《考》《公》《穀》之书,予惊怖其言而无极也"。现存清康熙十一年(1672)徐

① 姚礼撰辑:《郭西小志》卷10,杭州:浙江工商大学出版社,2013年,第184页。
② 毛际可:《西陵五君子传》,《安序堂文钞》卷12,《清代诗文集汇编》第130册,上海:上海古籍出版社,2010年,第449页。
③ 顾祖禹:《孙宇台先生遗序》,孙治:《孙宇台集》卷首,《四库禁毁书丛刊》集部第149册,北京:北京出版社,1997年,第680页。
④ 姚礼撰辑:《郭西小志》卷10,杭州:浙江工商大学出版社,2013年,第184页。
⑤ 顾祖禹:《孙宇台先生遗集序》,孙治:《孙宇台集》卷首,《四库禁毁书丛刊》集部第149册,北京:北京出版社,1997年,第680页。
⑥ 陆嘉淑:《孙宇台先生遗序》,《孙宇台集》卷首,《四库禁毁书丛刊》集部第148册,北京:北京出版社,1997年,第681页。

增重修本,北京大学图书馆、华东师范大学图书馆、武汉大学图书馆等藏,今《四库全书存目丛书》据故宫博物院图书馆藏该版本影印;清光绪九年(1883)钱塘丁氏嘉惠堂刻本,浙江图书馆、湖南图书馆、中山大学图书馆等藏。

孙治于诗文兼擅。顾祖禹序评其诗文曰:"其为文不名一家,而尤喜龙门。意所欲言,则奋笔出之。晚年益进于高洁,其于诗出入骚雅,揖让三唐,非近今凡响也。"①陆嘉淑称其文:"盖以简约为宗,以冲澹醇洁为体,虽间作六朝语,亦皆天骨自秀,不假雕锼,绝去茅靡裔宇姚佚之态,一以归之大雅,有波澜而无枝叶,此真唐宋大家之别子,小雅骚人之苗裔也。"②毛先舒称其"为文变化挥霍,浩然不可遏,而要归乎忠孝节义以会乎其极"③。虽然孙治主张复古,但反对模拟蹈袭,如《陈际叔文集序》曰:"有明一代,若瑯邪综博而微伤庞杂,历下规摹先秦而不能自出机杼,其后云间大樽欲度诸公之前,然错综变化未尽也。"④然而究其实际创作,仍不免刻意范古。例如《怀陆景宣、沈甸华客粤东未归》:"幽房夜间寂,凉风入我闱。河汉清且浅,佳人渺何依。二子在广南,明珠扬光辉。倏忽逾两纪,何时当来归。采采蘼芜草,浮云迷远道。道远不得见,何以抒怀抱。"⑤"河汉清且浅"一句出自《古诗十九首》之《迢迢牵牛星》。后四句明显借鉴了《饮马长城窟行》"青青河畔草,绵绵思远道。远道不可思,宿昔梦见之"。另如《张宗绪往旧京》"闻君往旧京,萧萧鸣班马",后一句出自李白《送友人》"萧萧班马鸣";《王于一猷定客死湖上,同查伊璜、严子问、陆景宣视其棺殓,棺木子问所赠也》"人寿非金石,达者无不可",前一句出自《古诗十九首》之《回车驾言迈》"人生非金石";《题沈大匡幽居》"结庐在幽境,疑似栗里宅",前一句出自陶渊明《饮酒》其五"结庐在人境"。朱彝尊《静志居诗话》称:"宇台刻意摹古,宁质不佻。"洵为确评。在"西陵十子"中,孙治诗的模拟痕迹最重。

据孙治《先考文学复庵府君行实》,孙氏"先世汴人,扈跸有宋南迁,历元至明,皆修仁行义"。孙治的祖先原居于河南开封,随宋室南迁至杭州仁和,此后世代定居于此。孙治父孙锡(1599—1680),字明先,号复庵。孙锡积学力行,穷年攻苦,然屡不得志,三十余岁始补博士弟子。孙治称其"作诗数章,有韦、柳风味,

---

① 顾祖禹:《孙宇台先生遗集序》,孙治:《孙宇台集》卷首,《四库禁毁书丛刊》集部第149册,北京:北京出版社,1997年,第680页。

② 陆嘉淑:《孙宇台先生遗集序》,孙治:《孙宇台集》卷首,《四库禁毁书丛刊》集部第149册,北京:北京出版社,1997年,第681页。

③ 姚礼撰辑:《郭西小志》卷10,杭州:浙江工商大学出版社,2013年,第184页。

④ 孙治:《陈际叔文集序》,孙治:《孙宇台集》卷4,《四库禁毁书丛刊》集部第149册,北京:北京出版社,1997年,第702页。

⑤ 孙治:《怀陆景宣、沈甸华客粤东未归》,孙治:《孙宇台集》卷32,《四库禁毁书丛刊》集部第149册,北京:北京出版社,1997年,第127页。

然不喜以诗自见"。天启元年(1621)六月大火,室庐遭焚,及火灭,"家中子然一空"①,此后愈加贫困拮据。孙锡家承清白,甲申(1644)以后,"与妻以介山之操相劝勉"②。孙锡娶沈氏(1598—1668),生子二人:长子孙治,次子孙洽。女二人:长女归沈象藻,次女归胡仪天。

长子孙治,娶沈云翼之女。沈氏(1622—1672),性至孝,与夫同患难,感情甚笃。孙治有《先室沈孺人行实》,详载其生平。生二子:长子孝桢,次子孝栴。

孙治长子孝桢(1648—?),字世求,以诗文名于时。应㧑谦讲学于吴山,孝桢与弟孝栴皆拜其门下。孝桢娶王圣翼女王嫱。王嫱,字季璞,著有《苑柳斋集》。王嫱卒,孝桢继娶诸以叙女,生一子,名岱曾。

孙治次子孝栴(1652—?),早殁。

孙治弟孙洽,字宙合。能诗,与陆圻、张丹、王嗣槐等相交游。娶鲁氏,继娶许氏。生子二人:长子忠楷,娶邵氏;次子忠模,娶葛氏。另有一女,归王雍翼。

孙洽长子孙忠楷,字献葵,师从张丹学诗。著有《听松楼集》,《两浙輶轩录》《(民国)杭州府志》著录。孙忠楷诗多取法谢灵运、杜甫,五古尤为出色,与汤可宗齐名。张丹评其诗曰:"抽思谢监,追轨杜陵,开阖顿挫,均有神悟。"③孙忠楷生一子,名岐曾,娶钱紫函之女。

(二) 吴百朋生平著述考

吴百朋,字锦雯,号朴斋,别号石霜,钱塘人,明末清初文学家。孙治《孙宇台集》卷二十四有《亡友吴锦雯行状》,较为详细地介绍了吴百朋的生平。《亡友吴锦雯行状》称:"生于万历丙辰八月二十八日寅时,卒于康熙庚戌岁闰二月三日巳时。"④则吴百朋生于明万历四十四年(1616),卒于清康熙九年(1670)。吴百朋生而岐嶷,陆圻称其"方其成童,属文即为学士所传诵"⑤。十五岁时已能文章,读五经子史数千万言。崇祯六年(1633)补博士弟子,学使黎左严拔置为第二名,并赞其为"千里才"。崇祯十五年(1642)举于乡,师从宋琬仲兄宋璜,亦深受陈子

---

① 孙治:《先考文学复庵府君行实》,孙治:《孙宇台集》卷24,《四库禁毁书丛刊》集部第149册,北京:北京出版社,1997年,第78页。

② 孙治:《先考文学复庵府君行实》,孙治:《孙宇台集》卷24,《四库禁毁书丛刊》集部第149册,北京:北京出版社,1997年,第76页。

③ 吴振棫辑:《国朝杭郡诗续辑》卷2,浙江图书馆藏清光绪二年钱塘丁氏刻本。

④ 孙治:《亡友吴锦雯行状》,《孙宇台集》卷24,《四库禁毁书丛刊》集部第149册,北京:北京出版社,1997年,第75页。

⑤ 陆圻:《吴锦雯〈诗经稿〉序》,《威凤堂集》卷1,南开大学图书馆藏清钞本。

龙赏识,此后"益抱击楫中原之志"①。崇祯十六年(1643),省试铩羽而归,适母病,于家奉母。鼎革之际,携家隐居避难,家资被乱兵洗劫一空。动乱结束后返回故里,"家益贫,不能名一钱"②。迫于生计,于顺治九年(1652)出任理官。顺治十四年(1657),出任姑苏司理,任职期间以清节自励,颇有政绩,"凡一切刑狱,多所平反,而猾吏豪蠹,敛手避迹"③。然未几即遭诽谤。康熙三年(1664),出任广东肇庆司理,期间平心听断,并不阿承督抚意旨。凡死因有可生者,必犯颜抗诤,得当而止。康熙八年(1669),迁南和令,"未及三月而政大治,邑之人无不踊跃歌呼,相与树竿扬旌于前,曰此真吾父母也"④。后因病卒于南和,"和邑缙绅士大夫以至于穷乡僻壤之民、儿童妇女、至年八九十,无不哭之,目尽肿"⑤。吴百朋为官期间,清正廉洁,惩恶扬善,深受人民爱戴,孙治称:"锦雯之于仕宦,非其好也。然一理姑苏,清名绝迹;再理端溪,平反冤狱,歼除凶恶桀魁。"⑥王晫《今世说》载其"两为司李,都有异政,改令南和,尤得民心。病殁于官,百姓如丧考妣,哭奠者比肩接踵。纸钱腾价,一县尽空。东、西各建祠祀之,儿童亦叠瓦砾为小屋祠吴公"⑦。吴百朋不仅为官廉正,颇有政绩,且为人义气,"尤急友人之难"。时挚友陆圻受庄廷鑨《明史》案牵连,吴百朋挺身营救,不仅周济其家,甚至为之典屋措资。

吴百朋生平"以师友文章为性命",师从葛寅亮、倪元璐、刘宗周、杨廷枢,与关键、陆圻、徐继恩、严沆、陆培、张右民、柴绍炳、应撝谦、汪沨、陈廷会、沈昀、沈彧、孙治、孙洽、陆埈、张丹、毛先舒、陈祚明等人相砥砺。吴百朋交游甚广,"海内声气之好,指不胜屈。然如淮阴万年少寿祺、宣城施愚山闰章、金陵方尔止文、昆陵龚仲震云起、董文友以中、邹訏士祗谟、阳羡陈维崧其年、湖南王山长岱、山阳

① 孙治:《亡友吴锦雯行状》,《孙宇台集》卷24,《四库禁毁书丛刊》集部第149册,北京:北京出版社,1997年,第73页。

② 孙治:《亡友吴锦雯行状》,《孙宇台集》卷24,《四库禁毁书丛刊》集部第149册,北京:北京出版社,1997年,第73页。

③ 孙治:《亡友吴锦雯行状》,《孙宇台集》卷24,《四库禁毁书丛刊》集部第149册,北京:北京出版社,1997年,第73页。

④ 孙治:《吴锦雯全集序》,《孙宇台集》卷4,《四库禁毁书丛刊》集部第148册,北京:北京出版社,1997年,第703页。

⑤ 孙治:《亡友吴锦雯行状》,《孙宇台集》卷24,《四库禁毁书丛刊》集部第149册,北京:北京出版社,1997年,第74页。

⑥ 孙治:《吴锦雯全集序》,《孙宇台集》卷4,《四库禁毁书丛刊》集部第148册,北京:北京出版社,1997年,第703页。

⑦ 王晫:《今世说》卷3,北京:中华书局,1985年,第25页。

稽淑子宗孟、山左王贻上士祯、莱阳宋玉叔琬、珠江陈园公衍虞,尤为笃契者"①。据孙治《亡友吴锦雯行状》,吴百朋曾于马天间及丁澎家授书,丁澎仲弟丁景鸿即其弟子。吴百朋博物洽闻,才思敏捷,著有《朴庵集》三十二卷,《(雍正)浙江通志》《(民国)杭州府志》著录,今不存;《诗经稿》,陆圻为作序(见陆圻《威凤堂集》卷一),今亦不存。吴百朋诗文诸体皆擅,深受前后七子及陈子龙复古思潮影响,于诗"沉郁顿挫,瑯瑯、沧溟以下不屑也"②。孙治《吴锦雯全集序》评其诗文曰:"锦雯诗追唐大历,于明当颉颃北地、信阳,他如吴、梁、宗、徐之伦,不屑也。古文辞喜宏博绝丽,今乃悔少作,更为遒健,以方柳之洁、轶韩之劲焉。"③柴绍炳《吴锦雯诗序》称其:"年茂学富,才思膏腴,涉笔为文,千言立就,烂烂徐庾俦也。而尤发愤为诗,精研诸体,短咏长吟,必求合制。……大都体古者才不竭,体近者学不卑。壮凉以抒情,缠绵以敷藻。华不损骨,博能就裁。其乐府歌行飒飒神至,颇兼信阳、北地之长;五七律绝华好亮畅,乃不失明卿、子与;五言古不多作,作亦自佳境地,非谢山人所解耳。"④毛先舒评其文曰:"壮哉!吴子之文一往而从,百折不穷,浩乎其若汇江河而朝于宗。"⑤

据孙治《亡友吴锦雯行状》,吴氏"其先本徽之歙人,世有隐德,习儒行"⑥。吴百朋之祖先原居于安徽歙县。曾祖父吴大忠以雄赀起家,官鸿胪寺于杭州。祖父吴启元为太学生。父吴思穆官惠州和平令,有惠政,且以文著称于时,与同郡陆梦鹤、张天生、冯千秋齐名。娶陈心亭之女,即吴百朋之母。生子四人:长子锡朋早卒,次子百朋,三子与朋,季子硕朋。

吴百朋娶顾葵阳之女,生二子三女:长子吴鹰;次子吴熊,早夭;长女归徐世臣之子徐汾;次女归诸生郑祉;季女早夭。

吴百朋长子吴鹰(1639—1660),字威卿,钱塘人。少负奇才,"生数岁,资性开朗,陆丽京见之,喜以女字之"⑦。十余岁好读史传,"即操觚学为古文杂论,骎

---

① 孙治:《吴锦雯全集序》,《孙宇台集》卷4,《四库禁毁书丛刊》集部第148册,北京:北京出版社,1997年,第703页。

② 孙治:《吴锦雯全集序》,《孙宇台集》卷4,《四库禁毁书丛刊》集部第148册,北京:北京出版社,1997年,第703页。

③ 孙治:《吴锦雯全集序》,孙治:《孙宇台集》卷24,《四库禁毁书丛刊》集部第149册,北京:北京出版社,1997年,第75页。

④ 柴绍炳:《吴锦雯诗序》,《柴省轩先生文钞》卷7,《四库全书存目丛书》集部第210册,济南:齐鲁书社,1997年,第284页。

⑤ 毛先舒:《吴朴斋集序》,《潠书》卷1,《四库全书存目丛书》集部第210册,济南:齐鲁书社,1997年,第626页。

⑥ 孙治:《亡友吴锦雯行状》,《孙宇台集》卷24,《四库禁毁书丛刊》集部第149册,北京:北京出版社,1997年,第73页。

⑦ 潘衍桐辑:《两浙輶轩续录》卷2,《续修四库全书》第1685册,上海:上海古籍出版社,2002年,第63页。

骎有父风"①。吴鷹师从张丹、沈兰先、陈廷会,与沈兰先子沈德隅、张丹弟张祖定、徐世臣子徐武令才名颉颃,称"钱唐四子"。吴鷹尝以诗作请柴绍炳评鉴,柴绍炳称其"长篇恢藻,近唐初四杰"②。柴绍炳《柴省轩先生文钞》卷九有《吴威卿传》,对其生平经历记载颇详。吴鷹娶陆圻之女,生子吴磊。吴磊娶严沆孙女严怀熊。严怀熊,字芷畹,著有《揽云楼词》(《(民国)杭州府志》卷九十五著录)。

(三)陈廷会生平著述考

陈廷会,字际叔,号瞻云,又号鷞客,钱塘人。孙治《亡友柴汪陈沈四先生合传》曰:"己未春,余适在家。使其门人程骏发囊其书稽首而前,嘱予评定。予曰诺。遂为删定若干卷,因为之序。其秋七月死。"③则陈廷会卒于康熙十八年(1679)。《(康熙)杭州府志》卷三十四载陈廷会墓在钱塘桃源岭下。朱溶《忠义录》卷八称陈廷会"卒年六十二"④,可推知陈廷会生于万历四十六年(1618)。《清史列传》卷七十、朱溶《忠义录》卷八均有传,孙治《孙宇台集》卷十五《亡友柴汪陈沈四先生合传》、毛际可《西泠五君子传》,对陈廷会生平有着较为详细的记载。

陈廷会父陈向荣,明诸生,陈廷会为其第三子。陈廷会自幼聪颖不凡,生数月,母抱之坐,兄读《左传》,至《吕相绝秦书》,廷会侧耳听,久之,流涕不已。六岁始能言,即能读书成诵。九岁操管作《寇丞相枯竹生笋文》,人皆奇之。稍长,"贯穿今古,意不可一世"⑤,补钱塘诸生。众人争相结交,然皆谢去,惟与陆圻、陆培最相友善。入清后,弃诸生,绝意仕进,授徒为生,其门人高达百余人。陈廷会虽性方正,然循循善诱,弟子有成就者颇多,如赵承烈、沈佳举进士,关仙渠、徐琛、马浩持、朱晓中省试,陆繁弨、钱橚、徐汾、洪景融皆以文辞显,程骏发善论道学。

陈廷会虽为布衣,然"名甚盛,远近慕之者众"⑥。浙江左布政使张缙彦爱其文,欲求一见,陈廷会却始终不见。知府登门求见,辞以病不出,后知府遣钱塘知县载钱币礼品请其修府志,亦称病不见。康熙间诏举博学鸿儒,陈廷会故人系吏

① 柴绍炳:《吴威卿传》,《柴省轩先生文钞》卷9,《四库全书存目丛书》集部第210册,济南:齐鲁书社,1997年,第363页。

② 柴绍炳:《吴威卿传》,《柴省轩先生文钞》卷9,《四库全书存目丛书》集部第210册,济南:齐鲁书社,1997年,第363页。

③ 孙治:《亡友柴汪陈沈四先生合传》,《孙宇台集》卷15,《四库禁毁书丛刊》集部第149册,北京:北京出版社,1997年,第18页。

④ 朱溶:《忠义录》卷8,高洪钧等整理校点:《明清遗书五种》,北京:北京图书馆出版社,2006年,第802页。

⑤ 孙治:《亡友柴汪陈沈四先生合传》,《孙宇台集》卷15,《四库禁毁书丛刊》集部第149册,北京:北京出版社,1997年,第18页。

⑥ 朱溶:《忠义录》卷8,高洪钧等整理校点:《明清遗书五种》,北京:北京图书馆出版社,2006年,第802页。

部尚书,欲荐之,廷会固辞之。陈廷会能够在入清后甘居贫困,拒不出仕,其气节受到清初士人的高度称扬。张丹《赠友诗七章·陈廷会际叔》曰:"原宪不受粟,曾子无完衣。所重在立德,岂顾寒与饥。弹琴而咏歌,高卧闭衡扉。知音者谁子,绿竹自猗猗。"①孙治《陈际叔文集序》更是赞其:"秉箕山之操,沧桑以来,始终一致,不肯为两龚二唐通隐,其卓绝如此。"②陈廷会与柴绍炳、汪沨、沈昀、孙治俱为明遗民,终生坚守气节,称"西陵五君子",一作"西陵五布衣"。毛奇龄有《五贤崇祀乡贤祠记》,盛赞五人之高洁品行。

陈廷会性至孝,重友情。朱溶称其:"事父以孝著,每岁束修所得百余金,悉以备供养,有余辄以分昆弟及故人。"③父病,廷会不解带者逾月,尝刲股肉以医父病,医者王佑贤称:"吾阅历人子视父母疾者多矣,未有如际叔者。"④王晫《今世说》载陈廷会"生有至性,居父丧,断去酒肉,㑯然骨立,乃以贫教授河渚间。旦夕哀号,涕零枕席,闻者为之酸感"⑤。可见其为人至孝。鼎革之际,陆培殉节前曾遗书陈廷会,令子陆繁弨师从陈廷会,并以藏书相赠。廷会得书后,涕泣作《报鲲庭地下书》,尽心教授陆培子。陆繁弨学既成,陈廷会将陆培所赠书悉数还之。

陈廷会为人好学修行,耻求闻达,"既弃制举业,益肆力古文辞,于西陵中最雅驯"⑥。朱溶《陈先生廷会传》载陈廷会著有《瞻云集》《史论》《㑚闻剩草》《鹈客问》。《八千卷楼书目》卷十七著录《瞻云初集》六卷,《(雍正)浙江通志》卷二百五十一著录《瞻云文集》七卷,《(民国)杭州府志》卷九十一著录《瞻云文集》七卷又诗集。陈廷会文集现存有康熙间刻本《瞻云初集》,南京图书馆仅残存三卷。邓之诚《清诗纪事初编》卷二"陈廷会"条载陈廷会门人翁怀岵所录《瞻云诗稿》,凡诗 226 首。邓之诚评其诗曰:"予尝读陆圻《威凤堂集》、丁澎《扶荔堂集》、沈谦《东江集》,规抚云间,才情飙举,声调于七子为近。独廷会所作,格高韵古,读之动心。"⑦相较诗歌,陈廷会的文更为世人称道。孙治有《陈际叔文集序》,评其文曰:"捷若龙门之竹箭,洁若凉冰之积雪,勇力若巨灵之擘二华,神变若河伯之腾九河。议必本于经术,语必要于彝常,故能牢笼万象,贯穿古今,而不可一世也。

---

① 张丹:《赠友诗七章·陈廷会》,《张秦亭诗集》卷 2,《四库全书存目丛书》集部第 210 册,济南:齐鲁书社,1997 年,第 504 页。

② 孙治:《陈际叔文集序》,《孙宇台集》卷 4,《四库禁毁书丛刊》集部第 148 册,北京:北京出版社,1997 年,第 702 页。

③ 朱溶:《忠义录》卷 8,高洪钧等整理校点:《明清遗书五种》,北京:北京图书馆出版社,2006 年,第 802 页。

④ 孙治:《亡友柴汪陈沈四先生合传》,《孙宇台集》卷 15,《四库禁毁书丛刊》集部第 149 册,北京:北京出版社,1997 年,第 18 页。

⑤ 王晫:《今世说》卷 1,北京:中华书局,1985 年,第 9 页。

⑥ 朱溶:《忠义录》卷 8,高洪钧等整理校点:《明清遗书五种》,北京:北京图书馆出版社,2006 年,第 802 页。

⑦ 邓之诚:《清诗纪事初编》上册卷 2,上海:上海古籍出版社,2013 年,第 258 页。

要而论之,其于秦汉殆斌斌乎,至如《檀弓》《公》《穀》等书,亦皆尽入炉钧而有其神明。中有为昌黎,为庐陵,或溢出于魏晋六朝,无不工妙,此其全集之大概也。"①《亡友柴汪陈沈四先生合传》称其:"为文凡三变,初事骈丽六朝,已专事司马迁短长言,后颓唐为大家之文,非其归宿也。"②柴绍炳《与陈际叔论文书》评陈廷会文曰:"足下赋不多作,作亦不必酷摹汉体,而讽寄遥深,情兼雅怨,魏晋以还,兹为茂制;书牍翩翩菁藻,风格差得上,不减建安黄初诸公往复也;诸拟构非惟具体,实复神似,如右军临丙舍,骙骙与太傅竞爽;至尔日传序诸篇,脱去常调,抒轴在心,变化错综,洒然合古,高不失班、马,下亦可掩韩、柳。"③《西陵十子诗选序》称:"际叔文笔雅健,诣称冠绝。"④陆圻酷爱陈廷会文,王晫《今世说》载:"陆撰沈献廷祝文,稚黄不觉谓为陈作,陆圻有欣色。"⑤可见其对陈廷会文之推崇。

陈廷会无子,过继弟陈廷曾次子,即陈蕴亨。

(四)虞黄昊生平著述考

"西陵十子"中,虞黄昊年龄最小,吴百朋《西泠十子咏》即称"我怜虞仲子,同党最年少"⑥。虞黄昊,字景明,一字景铭,石门籍,钱塘人。生卒年不详。《清史列传》卷七十、《清史稿》列传四百八十四均有传。

据厉鹗《东城杂记》卷下"虞宗玫宗瑶"条:"仲暠子黄昊,字景明,亦能诗,在'西泠十子'之列。"⑦则虞黄昊为虞宗瑶之子。据虞淳熙《先考行述》,虞氏"为陈留人,一徙乌伤,再徙双雁里,三徙由拳"⑧,虞氏本为河南开封陈留县人,后依次迁入乌伤(今属浙江义乌)、双雁里(今属浙江余姚)、由拳(今属浙江嘉兴)。虞黄昊曾祖父虞舜卿(1528—1585),字国宾,"笃于孝友"⑨。虞舜卿好为诗,亦擅填

---

① 孙治:《陈际叔集序》,《孙宇台集》卷4,《四库禁毁书丛刊》集部第148册,北京:北京出版社,1997年,第702页。

② 孙治:《亡友柴汪陈沈四先生合传》,《孙宇台集》卷15,《四库禁毁书丛刊》集部第149册,北京:北京出版社,1997年,第18页。

③ 柴绍炳:《与陈际叔论文书》,《柴省轩先生文钞》卷10,《四库全书存目丛书》集部第210册,济南:齐鲁书社,1997年,第396页。

④ 柴绍炳:《西陵十子诗选序》,毛先舒、柴绍炳选编:《西陵十子诗选》卷首,国家图书馆藏清顺治七年还读斋刻本。

⑤ 王晫:《今世说》卷6,北京:中华书局,1985年,第72页。

⑥ 吴百朋:《西泠十子咏》,吴颢辑:《国朝杭郡诗辑》卷2,浙江图书馆藏清同治十三年钱塘丁氏刻本。

⑦ 厉鹗:《东城杂记》卷下,北京:中华书局,1958年,第75页。

⑧ 虞淳熙:《先考行述》,《虞德园先生集》文集卷14,《四库禁毁书丛刊》集部第43册,北京:北京出版社,1997年,第370页。

⑨ 龚嘉儁修,李格纂:《(民国)杭州府志》卷139,台北:成文出版社,1974年,第2651页。

词，"浏览四经，尤长于《易》"①，著有《握机经注》《栎丘集》，皆为嵇曾筠、李卫等修《(雍正)浙江通志》及黄虞稷《千顷堂书目》著录。虞淳熙《虞德园先生集》文集卷十四《先考行述》对其生平记载颇详。虞舜卿娶黄氏，纳妾魏氏，生子四人：长子虞淳熙、次子虞淳贞皆为妻黄氏所出，三子虞淳简、四子虞淳化皆为妾魏氏所出。

　　虞黄昊祖父虞淳熙(1553—1621)，字长孺，又字澹然，因生平每多异梦，遂号六梦居士，又号甘园净居士，学者称德园先生。虞淳熙自幼聪颖异常，三岁时母抽簪染口脂为授句，"入耳便诵"②。隆庆三年(1569)补郡诸生，主考官惊其文才，遂作书荐其拜见李攀龙、王世贞。李、王两先生对其才华甚为欣赏，"倒屐迎，相推许如林"，虞淳熙遂"名振江左"③。万历十一年(1583)进士，历官兵部职方主事、吏部郎中，万历二十一年(1593)因党争罢职归，"筑室湖滨，环沼而居"④，隐居近三十年，卒葬西溪七十二贤人峰下。虞淳熙生平"大抵以儒为行，以玄为功，以禅为归，以山水为寄托，以为词翰为游戏，以阐述为经纶"⑤。少时赋才奇诡，搜抉奇字僻句，务不经人弋获，以为绝出，于时贤颇心折汤显祖、屠隆，"自诡以秉兀胜之，虽未免牛鬼蛇神之诮，可谓经奇者也"⑥。虞淳熙于诗文主张直写性灵，尝曰："我文似古而不似古，皆我胸中语耳。"⑦著有《虞德园先生集》三十三卷、《孝经集灵》一卷、《孝经迩言》一卷等。黄汝亨评其诗文曰："宏深微眇，应念而作，风生雨集，排古荡今，斯善誉长孺者矣。"⑧黄汝亨《寓林集》卷十五《吏部稽勋司员外郎德园虞公墓志铭》对其生平有详细记载。虞淳熙娶杨氏，卒，继娶工部主事李邃麓之女，另有妾何氏。虞淳熙生子七人，除虞宗玫、虞宗瑶外皆夭折；生女四人，长女虞幽芳归钱养淳之子钱万福，次女归张德懋之子张岐然，三女虞间芳归李桂亭之子李承宗，季女虞素芳夭折。虞淳熙子虞宗玫、虞宗瑶及四个女

① 虞淳熙：《先考行述》，《虞德园先生集》文集卷14，《四库禁毁书丛刊》集部第43册，北京：北京出版社，1997年，第371页。

② 黄汝亨：《吏部稽勋司员外郎德园虞公墓志铭》，《寓林集》卷15，《四库禁毁书丛刊》集部第42册，北京：北京出版社，1997年，第352页。

③ 黄汝亨：《吏部稽勋司员外郎德园虞公墓志铭》，《寓林集》卷15，《四库禁毁书丛刊》集部第42册，北京：北京出版社，1997年，第352页。

④ 虞淳熙：《劝人弗食田鸡说》，《虞德园先生集》文集卷20，《四库禁毁书丛刊》集部第43册，北京：北京出版社，1997年，第463页。

⑤ 黄汝亨：《吏部稽勋司员外郎德园虞公墓志铭》，《寓林集》卷15，《四库禁毁书丛刊》集部第42册，北京：北京出版社，1997年，第354页。

⑥ 钱谦益：《列朝诗集小传》下册，上海：古典文学出版社，1957年，第620页。

⑦ 钱谦益：《列朝诗集小传》下册，上海：古典文学出版社，1957年，第620页。

⑧ 黄汝亨：《吏部稽勋司员外郎德园虞公墓志铭》，《寓林集》卷15，《四库禁毁书丛刊》集部第42册，北京：北京出版社，1997年，第354页。

儿均为妾何氏所出。

虞黄昊父虞宗瑶,字仲皜,与兄虞宗玫并有才名。明末曾入复社,又与闻启祥、闻启祯、闻子兴、张元、"余杭三严"及兄虞宗玫等结读书社。著有《春秋提要》二卷,黄虞稷《千顷堂书目》著录。虞宗瑶娶莫氏,生子虞黄昊,又有女三人。

虞黄昊自幼聪颖,十岁能文,王晫《今世说》称其"十岁即善属文,尝薄柳州《乞巧》,更作《辞巧文》,识者知其远到"①。康熙五年(1666)举人,官至临安教谕。据陆圻《威凤堂集》卷五《山居述哀诗》小序:"邵子所山居诗,予门人虞子景明感邵之有父而自痛藐孤,乃疾悲歌仿九曲焉。"②可知虞黄昊为陆圻门人。张丹尝作《赠友诗七章》,其六即咏虞黄昊,诗曰:"红蕖开夏花,绿梅吐春蓴。自有清芬芳,随风倚兰幕。蝴蝶喜双飞,鸳鸯爱交宿。保此青松姿,当令霜雪薄。"③虞黄昊与王晫、沈汉仪、张坛、诸九鼎等人交谊甚厚,常相聚吟诗。

郑沄修、邵晋涵纂《(乾隆)杭州府志》卷一百"虞黄昊继妻陈氏"条载:"虞任临安教谕,卒于官。氏年二十二,抚前子及己子,无异视。前子既娶而夭,与媳共守训。己子成诸生,娶妇五载子又亡,盖一门三寡云。氏守节三十一年卒。"④可知虞黄昊有二子,皆既娶而夭。虞黄昊继妻陈氏与两个儿媳一同守节至死。今未见虞黄昊作品集传世,仅《西陵十子诗选》中录其诗若干首。柴绍炳评其诗曰:"景明妙龄嗣响,一洗芜累,藉婉弱有之,而雅裁秀色,蔚然名家。五言古体尤为独步,比于驰黄七绝,盖妙得天纵,匪由钻仰?"⑤毛先舒评其诗"如丛篁解苞,新莲含粉"⑥,《五子歌》又称其"诗才近高适"⑦。吴颢辑《国朝杭郡诗辑》卷四"虞黄昊"条称其"诗名为'西泠十子'之殿,雅裁秀色,蔚然成家"⑧。虞黄昊生二子皆夭折,且未有作品集传世,现存虞黄昊生平资料甚少。

① 王晫:《今世说》卷5,北京:中华书局,1985年,第59页。
② 陆圻:《威凤堂集》卷5,南开大学图书馆藏清钞本。
③ 张丹:《赠友诗七章·虞黄昊景明》,《张秦亭诗集》卷2,《四库全书存目丛书》集部第210册,济南:齐鲁书社,1997年,第505页。
④ 郑沄修,邵晋涵纂:《(乾隆)杭州府志》卷100,《续修四库全书》第703册,上海:上海古籍出版社,1996年,第523页。
⑤ 柴绍炳:《西陵十子诗选序》,毛先舒、柴绍炳选编:《西陵十子诗选》卷首,国家图书馆藏清顺治七年还读斋刻本。
⑥ 陈康祺著,晋石点校:《郎潜纪闻初笔、二笔、三笔》,北京:中华书局,1984年,第294页。
⑦ 毛先舒:《五子歌》,《毛驰黄集》卷2,山东省图书馆藏清康熙刻本。
⑧ 吴颢辑:《国朝杭郡诗辑》卷4,浙江图书馆藏清同治十三年钱塘丁氏刻本。

第三章

"西陵十子"诗学思想研究

厉鹗称:"往时,吾杭言诗者,必推'西泠十子'。'十子'之诗,皆能自为唐诗者也。"[1]作为入清后第一代诗人群体,"西陵十子"声名籍籍,对杭州诗坛产生了较为深远的影响,在清初诗坛亦占据重要地位。自清初起,诗学家往往将"西陵十子"视为明七子"格调"说的后继。如朱彝尊称:"'西陵十子'多以格调自高。"[2]吴颖芳称其:"衍云间派,尚傍王、李门户。"[3]朱则杰先生亦认为"西陵十子"继承了明代以前后七子为代表的的诗歌传统,宗法盛唐,提倡复古[4]。"西陵十子"的诗学确有源自明代复古派的一面,然而,毕竟时移世易,"西陵十子"对前后七子的诗歌复古理论多有修正与突破,值得引起学界关注。

第一节 "西陵十子"对前后七子复古诗学的继承与修正

清初以黄宗羲、吕留良、吴之振等人为代表的浙东诗人群体表现出鲜明的宗宋立场,并纂辑《宋诗钞》来扩大宋诗的影响力;而以"西陵十子"为代表的杭州诗人群体则更多继承了明代复古派的诗学理论,始终坚守唐音。柴绍炳《西陵十子诗选序》曰:"考镜五言,气质为体。俳俪存古,仰逮犹近;浏亮为工,失之逾远。近体务竭情澜,求谐音节,托兴汉魏,选材六朝,意贯语融,靡伤气格,变调无取,旁门益乖,故武德而降难为古,元和而还难为近也。又况宋习鄙钝,元音俚下,艺林厄运者乎?明初四家,扫除不尽,廓清于何、李,再振于嘉、隆,斯道嗣兴,斌乎

---

① 厉鹗:《懒园诗钞序》,厉鹗著,董兆熊注,陈九思标校:《樊榭山房集》中册,上海:上海古籍出版社,2012 年,第 734 页。

② 朱彝尊著,姚祖恩编,黄君坦校点:《静志居诗话》下册卷 22,北京:人民文学出版社,1990 年,第 682 页。

③ 杨钟羲:《雪桥诗话余集》卷 3,北京:北京古籍出版社,1992 年,第 136 页。

④ 朱则杰:《清史诗》,南京:江苏古籍出版社,1992 年,第 34—35 页。

大雅。"①毛先舒《诗辩坻》曰:"六义振响,蔚为辞宗,五言递创,作者景靡。后踵为骈偶之体,变为律绝之制。六季、三唐,失得互见,初盛中晚,区畛攸分。及宋世酷尚粗厉,元音竞趣佻亵,蒙醉相扶,载胥及溺,四百年间,几无诗焉。迨成、弘之际,李、何崛兴,号称复古,而中原数子,鳞集仰流,又因以雕润辞华,恢闳典制,鸿篇缛彩,盖斌斌焉。"②张丹《短歌行与弟祖定》亦云:"君不见国初袁凯号海叟,白燕诗成播人口。北地空同继崛起,一代词华称作手。我今隐几惟好此,赋诗往往拟数子。其余碌碌不足为,劝君力须追四始。"③"西陵十子"不仅对明代前后七子所掀起的文学复古运动予以高度称扬,亦继承了其宗唐贬宋的基本立场,而对于万历以后相继崛起的公安、竟陵派,则多有鄙夷。如毛先舒严词指斥"袁中郎之佻脱,竟陵钟、谭之纤猥"④,称其"佻亵者效《吴歌》之昵昵,龌龊者拾学究之余沈。嗤笑轩冕,甘侧舆台,未餐露露,已饫粪壤"⑤。柴绍炳称:"神庙以迁,阘冗渐多。熹代之余,鬼琐踏至。佻巧徒恃,小才枯涩以便俭腹。诗道日庞,成家者寡。"⑥其《与越中潘献赤论诗赋书》论学诗应祛五种弊病,第一种即竟陵派所崇尚的"枯寂"之境:"指避攎实,趣尚矫枉,锤字琢句,只取尖冷,郊寒岛瘦,未免贻讥,竟陵一家,更嫌偏袒,欲砭俗肠,徒便俭腹,其大不可者也。"⑦张丹亦对晚明诗风深为不满,甚至将竟陵派斥为"狂魔"⑧。"西陵十子"的确在一定程度上继承了明七子派的诗学主张,然而,目睹七子派末流虚浮雷同、逐伪失真之弊,同时经历了明清鼎革,"西陵十子"对明代七子派复古理论进行了深刻的反思,并作出调整,其中有不少有价值的内容,以下逐一析之。

① 柴绍炳:《西陵十子诗选序》,毛先舒、柴绍炳选编:《西陵十子诗选》卷首,国家图书馆藏清顺治七年还读斋刻本。
② 毛先舒:《诗辩坻》卷4,郭绍虞编选,富寿荪校点:《清诗话续编》上册,上海:上海古籍出版社,1983年,第79页。
③ 张丹:《短歌行与弟祖定》,《张秦亭诗集》卷5,《四库全书存目丛书》集部第210册,济南:齐鲁书社,1997年,第539页。
④ 毛先舒:《诗辩坻》卷1,郭绍虞编选,富寿荪校点:《清诗话续编》上册,上海:上海古籍出版社,1983年,第9页。
⑤ 毛先舒:《诗辩坻》卷1,郭绍虞编选,富寿荪校点:《清诗话续编》上册,上海:上海古籍出版社,1983年,第13页。
⑥ 柴绍炳:《与陆丽京论诗书》,《柴省轩先生文钞》卷10,《四库全书存目丛书》集部第210册,济南:齐鲁书社,1997年,第398页。
⑦ 柴绍炳:《与越中潘献赤论诗赋书》,《柴省轩先生诗钞》卷10,《四库全书存目丛书》集部第210册,济南:齐鲁书社,1997年,第379页。
⑧ 张丹:《山居和韵·小序》,《张秦亭诗集》卷13,《四库全书存目丛书》集部第210册,济南:齐鲁书社,1997年,第,606页。

一、情志为本

"西陵十子"虽然高度肯定前后七子复古之功,但对其创作中呈现出的弊病毫不掩讳。如柴绍炳称:"余观北地之文,高古博衍,为代先驱,第时有率笔,猥鄙至不可读;信阳幼眇清峭,舍筏为指,而每嫌单弱,边幅易尽,罕洋洋之美;历下斟酌群言,必求古奥,故位置卓然,而失之太袭,又往往不善持论;琅琊于诸子颇号折衷,篇体淹练,而语不专家,才或溢格,泛滥旁集,识者议之。"①柴绍炳指出前后七子未能尽善尽美,或言辞率鄙,或气格偏弱,或模拟太过,或失之庞杂,存在各种各样的不足。毛先舒称:"有明诗家称二李、何、王,然于鳞近于优孟抵掌,元美近于监厨请客。"②而众多弊病中,最受诟病者当属模拟太过、雷同失真,即柴绍炳所言"驯趋浮滥"③、毛先舒所言"流于痴肥"④。孙治《陈际叔文集序》称:"有明一代,若琅琊综博而微伤庞杂,历下规模先秦而不能自出机杼。其后云间大樽欲度诸公之前,然错综变化未尽也。"⑤认为明七子派模拟蹈袭太过,未能自出机杼,而云间派虽识七子之弊,有心惩之,然亦未越出七子藩篱。

在"西陵十子"看来,七子派模拟之弊的根源就在于情志的缺失。孙治曰:"今之为诗者效古人之所为而皆失其本,袭河梁之句则曰河梁矣,仿邺下之制则曰邺下矣,为平子之《四愁》者无论愁多与少必曰"四愁"也,为同谷之《七歌》者无论兴尽与否必曰"七歌"也。嗟乎,尚得有诗乎哉?"⑥批评今人仅从外在形貌上规模古人,因袭其体制格调,而缺乏内在的真情实感。毛先舒更是一针见血地指出七子之弊在于"庞丽古事,汩没胸情,以方幅啴缓为冠裳,以剺肤缀貌为风骨"⑦,批评七子派将形式格调凌驾于情感之上。实际上,前后七子并非不重视言志抒情,如李梦阳曰:"夫诗有七难:格古、调逸、气舒、句浑、音圆、思冲、情以

---

① 柴绍炳:《许右使茗山先生隋堂稿跋》,《柴省轩先生文钞》卷7,济南:齐鲁书社,1997年,第304页。
② 毛先舒:《诗辩坻》卷3,郭绍虞编选,富寿荪校点:《清诗话续编》上册,上海:上海古籍出版社,1983年,第61页。
③ 柴绍炳:《西陵十子诗选序》,毛先舒、柴绍炳选编:《西陵十子诗选》卷首,国家图书馆藏清顺治七年还读斋刻本。
④ 毛先舒:《诗辩坻》卷4,郭绍虞编选,富寿荪校点:《清诗话续编》上册,上海:上海古籍出版社,1983年,第76页。
⑤ 孙治:《陈际叔文集序》,《孙宇台集》卷4,《四库禁毁书丛刊》集部第148册,第702页。
⑥ 孙治:《孤屿珠子诗序》,《孙宇台集》卷6,《四库禁毁书丛刊》集部第148册,北京:北京出版社,1997年,第717页。
⑦ 毛先舒:《诗辩坻》卷4,郭绍虞编选,富寿荪校点:《清诗话续编》上册,上海:上海古籍出版社,1983年,第79页。

发之。七者备而后诗昌也。"①将"情"视为启动前六种标准而达至融会贯通的关键。然而,在实际操作中,七子派往往过于拘泥古人法式,"刻意古范,铸形宿镆,而独守尺寸"②,致使诗歌脱离诗人本真性情而成为空洞的形式。有鉴于此,"西陵十子"特别强调诗歌的本质在于言志抒情。在他们看来,明七子派深陷蹈袭误区的根本原因就在于舍本逐末,迷失了诗歌的本原。如丁澎曰:

> 客问予诗何以传乎? 曰:其气力足以自举,神采精思不可掩已,信其必传于后世。夫气者,志之因也。力者,心之往也。心志萃而后情生焉,沛然有不可捍之势。若有物焉,纡回曲折而出,奔放勃举以发。见之于诗,自三百篇以迄汉魏三唐之作者,其精神常足以通乎天下后世之心志,故可惊可喜,可歌可泣,历之久而入人也深。呜呼! 诗亦神物也哉! 乃詹詹者欲起而矫之,刊抉字句之间,逞巧露新,琐屑已甚,自以为精思得之,其失也靡。夸者专务慕效为工,衣裳楚楚,摹刻形似,神采愈离,其失也荡。两家互为掊击,于本原之故,未尝窥见堂奥而诗亡矣。何者? 其心志所用固在彼不在此也。③

所谓"詹詹者"指竟陵派,字刻句削、逞巧露新;所谓"夸者"指七子派,尺寸古法、神采顿失。丁澎认为诗歌的本原就在于抒发内心情志,而七子派与竟陵派互相掊击,二者均未窥得诗歌之堂奥所在。在丁澎看来,诗歌之所以能够经久流传、深入人心,最重要的就是要有真精神灌注其中。毛先舒亦持类似观点,他称赞彭尧谕为诗"能自抒情愫,不为貌袭,缘饰清绮,详雅有余。焉非窥嘉隆诸子之余弊,又能卓然自立、不入猥细者欤"④,评施闰章"诗虽多,未尝妄作。必有概于心,而后形之于辞。……先生俯仰之余,志思盘薄,有感而发,缘情自来。譬诸日光风气,得隙辄入,而无所于待者,不可以先后追及名之也"⑤,并提出"文字以精神所至为主,而格律不可尽拘也"⑥,高度重视诗歌的言志抒情特质,甚至认为不

① 李梦阳:《潜虬山人记》,《空同集》卷48,《景印文渊阁四库全书》集部第201册,台北:台湾商务印书馆,1986年,第446页。
② 何景明:《与李空同论诗书》,《大复集》卷32,《景印文渊阁四库全书》集部第206册,台北:台湾商务印书馆,1986年,第290页。
③ 丁澎:《扶荔堂诗集选》,《清代诗文集汇编》第78册,上海:上海古籍出版社,2010年,第500页。
④ 毛先舒:《录彭别驾诗题辞》,《潠书》卷2,《四库全书存目丛书》第210册,济南:齐鲁书社,1997年,第638页。
⑤ 毛先舒:《湖上草序》,《潠书》卷1,《四库全书存目丛书》第210册,济南:齐鲁书社,1997年,第633页。
⑥ 毛先舒:《答孙无言书》,《潠书》卷7,《四库全书存目丛书》第210册,济南:齐鲁书社,1997年,第738—739页。

可以用格律拘束。

明代七子派往往认为形式具有固定的属性，可独立于内容之外，这是导致其走向模拟失真的一个重要原因。如李梦阳曰："若以我之情，述今之事，尺寸古法，罔袭其辞，犹班圆倕之圆，倕方班之方，而倕之木非班之木也。此奚不可也？"①李梦阳认为抒己之情与尺寸古法并不矛盾，也就等于承认了"法是独立于诗文的情思、内容、文辞之外而存在的，是千古不变的"②。这就容易使后学走入脱离情真、流于蹈袭的误区，李梦阳自己也承认其诗"出之情寡而工之词多也"③。陆圻一反七子派形式可独立于内容之外的主张，他指出："大抵诗者本无定质，以自喻适志为工。阮嗣宗咏怀之篇，陶靖节田园之句，非有芳泽足自表见也。今言诗家褒华文，采缀新绮，以悦人为务。夫悦人者徇于人者也，徇于人者先丧其我，又安能以寄悲骚、发志节哉？"④在陆圻看来，诗歌的形式是由内容决定的，有什么样的内容就有什么样的形式，形式并不具有脱离内容之外的独立价值，这就从根本上杜绝了虚拟情感、徒具形貌的做法。不仅如此，陆圻还从作诗的动因上否定了为形失真的心理。他认为，写诗是为了"自喻适志"，如果存了"悦人"的目的，这必然会导致真情的丧失，从而使诗歌落入下等。他所举的阮籍与陶渊明都是以最真诚的态度来创作诗歌，完全凭任内心情志的感发流动，并没有存心考虑别人的看法，故其诗歌能够成为上品。

"西陵十子"不仅强调诗歌的言志抒情本质，还特别注重"兴会"，即情感与外物相触而产生创作冲动，从而进入一种自发的创作状态。如孙治《逼阳王德符先生诗序》曰："余观古人之称诗者，人不数篇，篇不数句，皆直舒胸臆，非有所傍于书史而作也。汉魏以来如仲宣'灞岸'、正长'朔风'，即唐人之'人迹板桥'、'江上数峰'，莫不触景会心，自为兴会，而必曰某句出于某某体、源于某，岂其然哉？"⑤孙治认为诗兴源自外物的触发，诗人遂进入感兴状态，诗句亦自然而然地呈现出来，而不是有意识地依傍书史、规模古人所能达到的。"兴会"是中国传统诗学的古老命题，《文选》李善注曰："兴会，情兴所会也。"⑥刘勰《文心雕龙·物色篇》曰："山沓水匝，树杂云合。目既往还，心亦吐纳。春日迟迟，秋风飒飒。情往似

---

① 李梦阳：《驳何氏论文书》，《空同集》卷62，《景印文渊阁四库全书》集部第201册，台北：台湾商务印书馆，1986年，第566页。

② 王运熙、顾易生主编：《中国文学批评通史：明代卷》，上海：上海古籍出版社，1996年，第165页。

③ 李梦阳：《诗集自序》，黄宗羲编：《明文海》第3册，北京：中华书局，1987年，第2737页。

④ 陆圻：《李白□诗序》，《威凤堂集》卷1，南开大学图书馆藏清钞本。

⑤ 孙治：《逼阳王德符先生诗序》，《孙宇台集》卷5，《四库禁毁书丛刊》集部第148册，北京：北京出版社，1997年，第706页。

⑥ 萧统编，李善注：《文选》第6册，上海：上海古籍出版社，1986年，第2219页。

赠,兴来如答。"①强调外物引发情感,情感向外流注,情与物象结合而产生诗兴。孙治重申"触景会心,自为兴会",正是针对当时诗坛上刻意为诗、剿袭雷同的不良风气。毛先舒亦高度重视外部环境对于创作的感发作用,其《愚山诗序》曰:"今夫蛛之有丝,至微也。吐而荡于空际,随所之而著于物,则经纬生焉。心气之微,犹蛛丝也。时摇摇靡所薄,忽与物遭,胶结不解而著为文。是故微而微虫,大而日月,皆是物也。"②毛先舒将内心的情思比作蛛丝,飘飘荡荡,直到"忽与物遭",为外事外物所感发,才能够产生作品。作品正诞生于内在情思与外在事物相遇之时,心物相感而有所动,因而有所作。诗歌创作并非诗人所刻意为之,而是源于外在境会无意间的触发。毛先舒强调外界事物的感发作用,以及心与物之间的感应关系,目的在于确保诗歌创作的自发性,而不是人为地、刻意地去进入创作状态,从而使诗歌作品不至失去情感本质,沦为徒具形貌的空壳。

二、温柔敦厚

"西陵十子"主张诗歌创作以言志抒情为本、形式风格为末,这似乎与公安派"独抒性灵"有所类似,但实际上二者存在本质区别。"西陵十子"对"情"的内涵及抒发方式有着诸多限制,这不仅使其与提倡抒写个体自由情性和欲望的公安派区别开来,亦与沉郁悲愤、惯写哀情的部分复古派诗人有所不同。

中国传统诗学观念中有所谓"诗言志"与"诗缘情"之说,虽然孔颖达提出"情志一也",但不同的言说方式毕竟存在强调重点的差异。"诗言志"强调诗歌抒写内心的思想、志向与抱负,注重诗歌的政治教化作用;而"诗缘情"则强调诗歌抒写个体性的情感,更偏重诗歌的艺术感染力。明代公安派深受李贽童心说影响,他们所提倡的"情"更偏向于"欲";而竟陵派深受禅宗影响,其所抒发的是一种远离尘世、清冷幽寂之"情"③,这均与儒家诗学所强调的政治道德背道而驰。"西陵十子"对王学左派肯定世俗人欲及明末佛老之风的盛行甚为不满,主张兴复古学,振兴儒家正统思想,他们所谓的"情"指的是经过儒家思想规范过的情。如毛先舒《思无邪》称:"诗者,情为之也。然圣人于诗不治情而治思。何也?圣人无治情之学,而止有治思之学。盖情与思皆从性中递来者也。"④虽然"情"与"思"皆"从性中递来",但相比之下,"思"更多受到理性的节制,而"情"更富有感性色

---

① 刘勰著,范文澜注:《文心雕龙注》下册,北京:人民文学出版社,1958年,第695页。
② 毛先舒:《愚山诗序》,《潠书》卷1,《四库全书存目丛书》第210册,济南:齐鲁书社,1997年,第618—619页。
③ 参见周群:《佛禅旨趣与竟陵派诗论》,《江海学刊》1998年第2期,第166—171页。
④ 毛先舒:《思无邪论》,《潠书》卷3,《四库全书存目丛书》第210册,济南:齐鲁书社,1997年,第661页。

彩,毛先舒提出治思以正情,"绳之削之,一归于正"①,体现出儒家诗学思想的深入影响。在诗歌领域,"西陵十子"重申儒家诗学政教精神,强调诗歌的教化作用,尤其注重诗人的性情修养,表现出通过个体修养砥砺世风、维系政教的重功利的诗学意图。如柴绍炳称:"诗者,志也,又持也,所持世,亦自持。"②孙治称:"书曰:诗言志。刘彦和有云:诗之为言,持也。持者,志之所为也。持之为可符也。"③以"持"训"志"是儒家诗学的传统说法,"西陵十子"主张以诗自持,并用以持世,达到维系风教之功用。丁澎称:"夫《诗》三百篇,大抵贞臣孝子托讽之所作也。"④《诗经》如此,以《诗经》为楷模的后代诗人也应当如此。陆圻评诗则通常以合乎忠义、有裨风教为准则,如评沈谦诗歌"内竭忠孝,外通讽喻"⑤,评陆宏定诗"感天神而裨风教"⑥,评刘望之诗"读之者既奇其沉博,又其要归引之忠正"⑦。需要指出的是,"西陵十子"在注重诗歌教化意义的同时,尤其强调诗歌要引人以雍容和平。如陆圻序毛先舒《诗辩坻》称:

> 毛子之辩诗也,将广诗于天下也。曷为广之?将广诗之治于天下也。盖诗以言志,志有疆域,则诗有规箴;旨有贞淫,则曲有伦变。善诗者能自泽于弦诵,又能引人于安雅,察其升降,谨其流失,使天下之人皆自进于雍容夷愉,足以宣德意,竭忠孝,即天下人称郅理焉。此毛子之志也,故曰将广其治于天下也。……刻今毛子之诗既家弦以讽咏,而毛子之辩又户说以眇论,使天下之诗人昭晰而互进,皆将雍容夷愉,以宣德意而竭忠孝,坐臻于郅理,是则毛子广诗之志已矣。⑧

这段话不但可以代表陆圻的观点,亦可以代表毛先舒的观点。所谓"宣德意,竭忠孝",即强调诗歌的教化功用;而"自泽于弦诵"、"引人于安雅",皆侧重温厚和

---

① 毛先舒:《思无邪论》,《溇书》卷3,《四库全书存目丛书》第210册,济南:齐鲁书社,1997年,第661页。
② 柴绍炳:《井幹轩诗集序》,《柴省轩先生文钞》卷6,《四库全书存目丛书》第210册,济南:齐鲁书社,1997年,第272页。
③ 孙治:《孤屿诸子诗序》,《孙宇台集》卷6,《四库禁毁书丛刊》集部第148册,北京:北京出版社,1997年,第718页。
④ 丁澎:《展园诗集序》,《扶荔堂文集选》卷2,《清代诗文集汇编》第78册,上海:上海古籍出版社,1997年,第476页。
⑤ 陆圻:《东江初集序》,《威凤堂集》卷1,南开大学图书馆藏清钞本。
⑥ 陆圻:《陆紫度诗序》,《威凤堂集》卷1,南开大学图书馆藏清钞本。
⑦ 陆圻:《刘望之西泠草序》,《威凤堂集》卷1,南开大学图书馆藏清钞本。
⑧ 毛先舒:《诗辩坻》卷1,郭绍虞编选、富寿荪校点:《清诗话续编》,上海:上海古籍出版社,1983年,第3—4页。

平，而不是怨怒哀思。经历了血腥的易代之变，清初诗坛弥漫着凄厉哀怨的变风变雅之音。而以“西陵十子”为代表的浙西诗坛却坚持温厚和平，这与崇尚变风变雅、提倡慷慨不平之音的浙东诗坛形成了鲜明对比。“西陵十子”极力推崇“温柔敦厚”，这不仅是性情修养的内在要求，亦是为诗之要。如毛先舒称：“大抵圣贤处事，欲将之以温厚和平，而不欲过为危苦激烈。”[①]他对明末的“戾气”深为不满，其诗学论著《诗辩坻》有《诗戾篇》，以长达两千字的篇幅列数后世十七种背离温柔敦厚的恶习。丁澎称：“诗故宽柔敦厚之教为多。”[②]张丹称：“大雅虽已亡，温柔方共敦。”[③]温厚和平亦成为“西陵十子”评诗的一项重要标准，如毛先舒《诗辩坻》将乐府与古诗作对比：

> 乐府、古诗，相去不远。然大抵古诗以和婉为旨，以详雅为绪，以典则为其辞；乐府以淫泆凄戾为旨，以变乱为绪，以俳谐诘屈为其词。古诗色尚清腴，其调尚优；乐府色尚浓，其调尚迅。古诗近于《三百篇》，乐府近于《楚骚》，所由盖异矣。然则乐府非德音邪？呈新声于《雅》《颂》之外，乃有乐府；节变徵于《楚辞》之余，乃有古诗，故古诗尚矣。[④]
>
> 予谓骚辞乐府，大约得于变传为多，而诗人有作，必贵缘夫《二南》《正雅》《三颂》之遗风，无邪精义，美萃于斯。[⑤]

古诗、乐府属于不同的诗歌体裁，其审美特征亦不同。古诗以和婉详雅为其基本审美特征，而乐府以凄戾变乱为主。二者相较，毛先舒更欣赏“以和婉为旨”的古诗。这与上引陆圻序《诗辩坻》所言“自泽于弦诵”、“引人于安雅”的论旨是相近的。“西陵十子”既持温柔敦厚的主张，在创作实践中亦身体力行。毛先舒《西陵十子诗选略例》首条即宣称：“我党相期立言居末，诗赋小道抑益其次。徒以世更衰薄，心存忧患，慷慨讴吟，颇积篇帙，聊当风谣，稍存讽谕。且也斯道屡变，正声

---

① 毛先舒：《论匡章陈仲子》，《小匡文钞》卷 2，《四库全书存目丛书》第 211 册，济南：齐鲁书社，1997 年，第 49 页。

② 丁澎：《西江游草序》，《扶荔堂文集选》卷 2，《清代诗文集汇编》第 78 册，上海：上海古籍出版社，2010 年，第 477 页。

③ 张丹：《赠陆韬兼示祖定弟》，《张秦亭诗集》卷 2，《四库全书存目丛书》集部第 210 册，济南：齐鲁书社，1997 年，第 501 页。

④ 毛先舒：《诗辩坻》卷 1，郭绍虞编选，富寿荪校点：《清诗话续编》上册，上海：上海古籍出版社，1983 年，第 23 页。

⑤ 毛先舒：《诗辩坻》卷 1，郭绍虞编选，富寿荪校点：《清诗话续编》上册，上海：上海古籍出版社，1983 年，第 7 页。

寝衰,今兹所录,义归百一,旨趣敦厚,匪徒感物攸关,庶亦颓流之障矣。"①选编宗旨即以"敦厚"为归。

尽管十子推崇"安以乐"的"治世之音",但在现实生活中诗人不可能没有怨情,更何况处在血雨腥风的鼎革之际。"西陵十子"认为虽然诗人无法改变动乱的社会现实,但可以磨砺自己的性情,所以即使身处衰世,亦可以发为温厚和平之音。丁澎就是一个典型例子。顺治十五年丁澎因科场案谪戍辽阳,虽身处蛮荒之地,"略无迁谪状,起居晏如也,其襟怀与苏、柳诸公又当过之"②,"暇辄为诗,诗益温厚,无迁谪态"③。孙治称赞钱夫人:"及其流离困厄,极人世之所难堪者,夫人写其哀□④,未尝有噍杀急促之音。倘所谓娴于礼义,和于性情者耶?"⑤丁澎称赞杨赋臣曰:"不胶一物,颇耽司户之愁、昌黎之困忾焉。任斯道之责,盖有所乐焉,不以穷达介于怀者也。宜其叹老嗟卑之念,无几微见于言辞,固其为诗温藉如此。"⑥即使身处乱世,亦可使自己的心态保持温厚平和,不作凄厉之音,这样的言论在"十子"别集中随处可见。

当然,"西陵十子"并未否定怨刺精神,只是在表现方式上更侧重委婉含蓄,如毛先舒称:"美多显颂,刺多微文,涕泣关弓,情非获已。然亦每相迁避,语不署名。至若乱国迷民,如'太师'、'皇父'之属,方直斥不讳。斯盖情同痛哭,事类弹文,君父攸关,断难曲笔矣。而《诗》犹曰:'伊谁云从,惟暴之云。'又曰:'凡百君子,敬而听之。'其辞之不为迫遽,盖如斯也。"⑦他认为即使内心怨愤已极,也要以温厚委婉、优游不迫的措辞表现出来。他尝称赞《国风·王风·扬之水》:"本怨戍申,却以不戍申为辞,何其婉妙。"⑧据《毛诗序》,《扬之水》乃"刺平王也。不抚其民而远屯戍于母家,周人怨思焉"⑨,本来是戍边的战士思念妻子,想回到家乡,却说妻子不能和自己一起戍边,委曲含蓄地将心底的怨情表达出来,故深得

① 毛先舒:《西陵十子诗选略例》,毛先舒、柴绍炳选编:《西陵十子诗选》卷首,国家图书馆藏清顺治七年还读斋刻本。
② 丁澎:《扶荔堂诗集选》卷7,《清代诗文集汇编》第78册,上海:上海古籍出版社,2010年,第408页。
③ 林璐:《丁药园外传》,张潮辑,王根林校点:《虞初新志》卷4,上海:上海古籍出版社,2012年,第47页。
④ 字迹模糊不可辨。
⑤ 孙治:《亦政堂诗抄题辞》,《孙宇台集》卷28,《四库禁毁书丛刊》集部第149册,北京:北京出版社,1997年,第103页。
⑥ 丁澎:《杨教授诗集序》,《扶荔堂文集》卷2,《清代诗文集汇编》第78册,上海:上海古籍出版社,2010年,第474页。
⑦ 毛先舒:《与洪昇书》,《思古堂集》卷2,《四库全书存目丛书》集部第210册,济南:齐鲁书社,1997年,第808页。
⑧ 毛先舒:《诗辩坻》卷1,郭绍虞编选,富寿荪校点:《清诗话续编》上册,上海:上海古籍出版社,1983年,第15页。
⑨ 周振甫译注:《诗经译注》,北京:中华书局,2002年,第100页。

毛先舒叹赏。在重视"真"之外,"西陵十子"将情之"善"愈加推向保守境地,这使其与七子派拉开了距离。明七子派于审美风格上偏好慷慨雄壮,如李梦阳诗歌有着强烈的现实感与批判意识,感情愤懑不平,语气慷慨激烈,徐献忠即指出其诗缺少和平之气:"献吉之出,力持气格,济之葩艳,可谓雅道中兴矣;惜其和平之气未舒,悲凉之情太胜,岂燕赵悲歌之遗耶?每思气候和乐,发调娴雅,有遐然远意,无事雕饰者读之,久未得也。"①李攀龙称:"诗可以怨,一有嗟叹,即有永歌。言危则性情峻洁,语深则意气激烈,能使人有孤臣孽子摈弃而不容之感,遁世绝俗之悲,泥而不滓,蝉蜕滋垢之外者,诗也。"②其创作亦多涌动着郁勃不平的怨情。而"西陵十子"对悲愤亢壮诗风颇为不满,一再强调对感情的节制,而不是"慷慨以任气,磊落以使才"③。"西陵十子"在表现易代丧乱时,很少有呼天抢地式的呼号与鲜血淋漓的正面叙写,更多是低回的惆怅。如毛先舒《赋得西湖柳》借西湖柳委婉地表达了朝代更替的悲哀:"忆昔交枝映碧岑,拂烟笼月晓阴阴。垂条历乱遮行骑,翠色参差集语禽。乱去西陵残夕照,愁来南浦又春深。可怜不及隋家树,犹自飞花搅客心。"④将鼎革后的失落与怅惘表现得格外含蓄悠远,与七子派悲凉愤慨的感情基调及较为直露的抒情方式有着很大不同。

三、法度与新变

自明代中期以来,诗坛的纷纭论争始终围绕一个重要的理论问题,那就是怎样处理"格调"与"性灵"的关系。前后七子重格调,主张取法古人,而公安派则提出"独抒性灵,不拘格套",在表现形式风格方面主张自我作古,反对模拟古人法度格调。"西陵十子"在明确诗歌言志抒情本质的前提下,高度重视诗歌的标格声调,主张言志缘情与法度格调的统一,其主张明显带有调和色彩。公安派以李贽"童心说"为理论基础,认为只要表现真心,"无时不文,无人不文,无一样创制体格文字而非文者"⑤,他们所标举的风格典范是"无闻无识真人所作"⑥的民歌,其审美带有强烈的当代色彩及俗化倾向,而"西陵十子"在言情的同时特别强调

---

① 徐献忠:《跋彭孔嘉诗》,《长谷集》卷 9,《四库全书存目丛书》集部第 86 册,济南:齐鲁书社,1997 年,第 302 页。
② 李攀龙:《送宗子相序》,《沧溟集》卷 16,《景印文渊阁四库全书》集部第 217 册,台北:台湾商务印书馆,1986 年,第 375 页。
③ 刘勰著,范文澜注:《文心雕龙注》上册,北京:人民文学出版社,1958 年,第 66 页。
④ 毛先舒:《赋得西湖柳》,《毛驰黄集》卷 3,山东省图书馆藏清康熙刻本。
⑤ 袁宗道著;钱伯城标点:《白苏斋类集》,上海:上海古籍出版社,2007 年,第 315 页。
⑥ 袁宏道著;钱伯城笺校:《袁宏道集笺校》上册,上海:上海古籍出版社,2008 年,第 188 页。

诗歌的形式语言,且推崇雅正的传统诗歌美学。如毛先舒称:"诗文者,道之所载焉者也。言之无文,行之不远。假令古六经而与街谈巷语等,亦湮没而已矣,何堪传久? 今世俗谚,其指亦往往中道理,与经义符,然终不得为经,不得传久,何故? 俚鄙故也。则言之有藉于文也,岂不甚重?"①毛先舒认为对"文"的重视程度决定着作家创作成就的高低,巷语俗谚之所以合乎经义却不得传久,正是由于言辞不文。重文,在这里具有强调形式规范的意味。"西陵十子"继承了李梦阳"物之自则"②的观点,认为抒写性灵亦不可违背规矩法度,他们强烈反对公安派自我作古的主张,如毛先舒曰:

> 鄙人之论又云:"夫诗必自辟门户,以成一家,倘蹈前辙,何由特立!"此又非也。上溯玄始,以迄近代,体既屡变,备极范围,后来作者,予心我先,即有敏手,何由创发? 此如藻采错炫,不出五色之正间;爻象递变,不离八卦之奇偶。出此则入彼,远吉则趋凶。借如万历以来,文凡几变,诗复几更,哆口高谈,皆欲呵佛。……旁蹊踯躅,曾何出奇;咕咕喋喋,伎俩颇见。岂若思古训以自淑,求高曾之规矩耶? 若乃借旨酿蜜,取喻熔金,因变成化,理自非诬。然采取炊冶,功必先之,自然之效,罕能坐获。要亦始于稽古,终于日新而已。③
>
> 古人之文章每当巧不御,必大复古乃通变也。④

他认为诗歌经过长期的发展变化,在体格声调方面已达到了成熟完备的状态,后人在格调上已经无法再超越前人,正如炫目的色彩变幻不过出于五色,爻象的组合变化不过是八卦的奇偶组合。在体格声调方面,后人再怎么创新变化也无法超越前人了。自明代万历以来,诗歌几经变化,但都未曾超越古人,反而愈变愈下。毛先舒所谓"借旨酿蜜,取喻熔金"、"因变成化",显然借鉴了李攀龙论古乐府所说的"拟议以成其变化"及"盛德日新"之说,强调的是在融汇古人的基础上随意自如,在不违背法度的前提下抒写自己的情思,而不是在体调上别求新异,

---

① 毛先舒:《与褚生书》,《小匡文钞》卷 15,《四库全书存目丛书》集部第 211 册,济南:齐鲁书社,1997 年,第 46 页。

② 李梦阳:《答周子书》,《空同集》卷 62,《景印文渊阁四库全书》集部第 201 册,台北:台湾商务印书馆,1986 年,第 569 页。

③ 毛先舒:《诗辩坻》卷 1,郭绍虞编选,富寿荪校点:《清诗话续编》上册,上海:上海古籍出版社,1983 年,第 12—13 页。

④ 毛先舒:《邹訏士新咏序》,《潠书》卷 1,《四库全书存目丛书》第 210 册,济南:齐鲁书社,1997 年,第 620 页。

而以复古为"通变"之门径,更是直承七子之说①。丁澎亦持类似观点:"陆生有云:'诗缘情而绮靡',宣志导怀,体贵创发,必使循辙引绳,捷径窘步,若犹琴瑟专一而不可听也。不知太冲《咏史》,窃比《鰕鳝》;景纯《游仙》,儗迹《远游》;灵运'清辉'之句,仿自'明月高楼';玄晖'金波'之吟,本乎'清风飞阁'。古人属意比调,高下自殊,岂在别开户牖,乃较工拙哉!"②丁澎举左思《咏史》仿曹植《鰕鳝篇》、郭璞《游仙诗》仿屈原《远游》等例子,意在说明古人作诗擅长借鉴前人、融化为新,而不在自我作古。

"西陵十子"对法度格调的强调显然继承了前后七子,然而,他们并不像李梦阳一样主张"尺寸法古",而是提倡"取彼之精,以遇吾心,法由彼立,杼自我成"③,虽然不违背古人的格调法度,但诗歌的组织结构却有赖于诗人的"枢机"、"枢轴",在此又强调了诗人情思的主观能动性。毛先舒《诗辩坻·学诗径录》论作诗之道:"诗本无定法,亦不可以讲法。学者但取盛唐以上、《三百》以下之作,随拈当吾意者,以题参诗,以诗按题,观其起结,审其顿折,下字琢句,调声设色,曲加寻推,极尽吟讽,自应有得力处。然后旁推触类,一以贯之,仰观古昔,高下在心矣。讵复虚憍之气,捫摸之华,能恫喝者耶!"④"讲法"容易流于字句之间的推敲斟酌,比较接近宋人推求"诗法"的学习模式;这里说"诗本无定法",要求学诗者"参"、"审"古人的经典之作,更接近严羽所宣扬的由"熟参"以臻"妙悟"的学诗路径。毛先舒还针对复古派"规规然奉一先生而株守之"的刻板做法,提出"始即临摹,终期脱化,遗筌舍筏,掉臂孤行"⑤。"遗筌舍筏"继承了何景明论诗"舍筏登岸"的说法,"掉臂孤行"、反对株守某家某派亦可以看到谢榛论诗的面影,而"临文时须是扫而空之"⑥,则表现出比明代复古派更为鲜明的主体精神。此外,"西陵十子"与前后七子在学古的目的上亦存在一定差别。李梦阳尝以学书作喻,称学古之目的在于求其似:"夫文与字一也。今人模临古帖,即太似不嫌,反

---

① 参见孙学堂:《"拟议""变化"与文学复古》,《周易研究》,2011年第4期,第90—96页。

② 丁澎:《正节堂诗集题词》,《扶荔堂文集选》卷11,《清代诗文集汇编》第78册,上海:上海古籍出版社,2010年,第561页。

③ 毛先舒:《诗辩坻》卷1,郭绍虞编选,富寿荪校点:《清诗话续编》上册,上海:上海古籍出版社,1983年,第12页。

④ 毛先舒:《诗辩坻》卷4,郭绍虞编选,富寿荪校点:《清诗话续编》上册,上海:上海古籍出版社,1983年,第78页。

⑤ 毛先舒:《答孙无言书》,《潠书》卷7,《四库全书存目丛书》第210册,济南:齐鲁书社,1997年,第738—739页。

⑥ 毛先舒:《与子俨论作文》,《潠书》卷7,《四库全书存目丛书》第210册,济南:齐鲁书社,1997年,第746页。

曰能书。"①而毛先舒亦以学书为喻,认为"学诗如学书,必先求其似,然后求其不必似,乃得"②。学习古人虽是必要的阶段,但最终目的是要脱离古人、自成一体。

虽然"西陵十子"认为诗歌在体格声调方面已难有超越古人的可能,但在辞采色泽方面仍存在着新变的空间。柴绍炳认为诗歌"大抵气格为主,色泽为辅;色泽欲新,气格欲老。新故不厌华腴,老亦时存质直。且下语有本色,使事有当行,无容窜易,更求彤润"③,毛先舒亦提出"诗主风骨,不端文彩,第设色欲稍增新变耳"④。正如刘勰所云"唯藻耀而高翔,固文笔之鸣凤也"⑤,"西陵十子"高度重视诗歌的华采,并将其视为新变的一大途径。前后七子以盛唐诗歌为法式,追求风骨高雄、体气阔大,有时甚至质朴粗豪接近宋诗,陈田《明诗纪事》就曾引《诗谈》之语评李梦阳"论黄、陈不香色,而时不免自犯其言"⑥。有鉴于此,"西陵十子"吸收了六朝与晚唐的藻丽风华,较七子派增加了对色泽、风姿的重视,亦是对公安派言辞俚俗不文的反拨。毛先舒在《诗辩坻·自序》中记录了其与客金子的一段对话:

> (笔者注:客金子)曰:"诗贵性灵,性灵贵质素,不贵华采。而子之辩无端辞,且奈何!"(笔者注:毛先舒)曰:"人之性灵,亡不具也。质素华采,其致一也。请以衣裳而譬之:子事父母,衣不纯素,以为孝也。父母没,苴衰而绳缨,亦以为孝也。岂曰衰服为性灵,而不纯素者之非性灵也。农而被襫,士而韦布,升为天子,斯裖衣玉藻矣。如子之云,则山龙藻火,舜之无性灵也久矣。是故缘情而述文,因事而制体,质素华采,亦各攸当而已。"⑦

质素、华采都属于形式方面,代表着不同的审美取向,正如不同场合有不同的装

---

① 李梦阳:《再与何氏书》,《空同集》卷 62,《景印文渊阁四库全书》集部第 201 册,台北:台湾商务印书馆,1986 年,第 568 页。

② 毛先舒:《诗辩坻》卷 3,郭绍虞编选,富寿荪校点:《清诗话续编》上册,上海:上海古籍出版社,1983 年,第 67 页。

③ 柴绍炳:《与毛稚黄论诗书》,《柴省轩先生文钞》卷 10,《四库全书存目丛书》第 210 册,济南:齐鲁书社,1997 年,第 385 页。

④ 毛先舒:《诗辩坻》卷 1,郭绍虞编选,富寿荪校点:《清诗话续编》上册,上海:上海古籍出版社,1983 年,第 9 页。

⑤ 刘勰著,范文澜注:《文心雕龙注》下册,北京:人民文学出版社,1958 年,第 514 页。

⑥ 陈田辑撰:《明诗纪事》第 2 册,上海:上海古籍出版社,1993 年,第 1134 页。

⑦ 毛先舒:《诗辩坻》卷 2,郭绍虞编选,富寿荪校点:《清诗话续编》上册,上海:上海古籍出版社,1983 年,第 39 页。

束,质素、华采各有各的场合,诗歌的华采并不妨碍感情的抒发,性灵与华采是可以统一的。毛先舒在《诗辩坻·总论》中再次言及辞采的问题:"自皎然以窃占白云芳草诋刘、李诸贤,而近代亦诮白雪黄金,中原紫气,是则诚然,然要非大疵也。初、盛唐之乌鹊凤凰、南山北斗、龙阙凤城、横汾宴镐,汉、魏人之凤凰鸳鸯、双鹄鸣雁、惊风白日,胪陈竹素,览者初不讶之。"①正如刘勰重风骨而不轻文采一样,毛先舒认为诗人运用带有审美色彩感的意象是理所当然的,虽然大历诗人常用的"白云芳草"与后七子常用的"白雪黄金"等意象因模式化而被时人讥讽,但毛先舒并不认为这是多大的疵病。"西陵十子"不仅提出了重色泽华采的主张,而且将其贯彻到实际创作中,"十子"诗风明显较七子派华丽。如陆圻《除夕郊居》曰:"垅畔谁还载酒过,萧萧短发倍蹉跎。青阳频望金乌报,紫极分颁玉历多。漫说四愁平子咏,虚传百岁士衡歌。惟余萱草迟芳书,制得斑衣是薜萝。"②诗写潦倒之感与黍离之悲,格调苍凉沉郁颇类杜诗,但在色泽上鲜明得多。陆圻着意点缀"青阳"、"金乌"、"紫极"、"玉历",增强诗歌审美色彩感,这正是其对明代七子派的新变,柴绍炳即称陆圻论诗"尚华饰,恶质素"③,于诗歌创作亦以"绮丽为宗"④。另如沈谦称赞毛先舒"当其用文采,贵比珊瑚钩"⑤;朱彝尊评沈谦诗"采组于六朝,故特温丽"⑥;宋征舆称赞丁澎诗如"鲛人夜织,彩霞一机,少女风舒,绣锦万谷"⑦。需要指出的是,"西陵十子"虽崇尚华采,但与明末以王次回为代表的艳体诗家以及清初以二冯为代表的重绮艳的虞山诗家相比,"西陵十子"还是较为保守的,他们更强调文质彬彬,反对过分华饰。如毛先舒称:"文之难者,以本质之华,尽法之变化耳。若华而离质,变而亡法,不足云也。譬如木焉,发花英泽,吐自根株,故称嘉树;若华而离根者,斯如聚落英、饰剪彩耳。"⑧毛先舒将"质"比作树根,"华"比作花叶,强调质的决定作用,离开了"质"的华正如离开了树根的花叶一样,只能沦为雕绘剪彩的落英。毛先舒强调质与文的完美结合,"以本质之华,尽法之变化"。柴绍炳亦提倡"华与质相称":"鄙陋无文,野人之

① 毛先舒:《诗辩坻》卷1,郭绍虞编选,富寿荪校点:《清诗话续编》上册,上海:上海古籍出版社,1983年,第9页。

② 陆圻:《除夕郊居》,《威凤堂集》卷9,南开大学图书馆藏清钞本。

③ 柴绍炳:《与陆丽京论诗书》,《柴省轩先生文钞》集部第210册,济南:齐鲁书社,1997年,第397页。

④ 柴绍炳:《西陵十子诗选序》,《柴省轩先生钞》卷6,《四库全书存目丛书》集部第210册,济南:齐鲁书社,1997年,第274页。

⑤ 沈谦:《二子诗》,《东江集钞》卷2,《清代诗文集汇编》第70册,上海:上海古籍出版社,2010年,第197页。

⑥ 朱彝尊著,姚祖恩编,黄君坦校点:《静志居诗话》下册卷22,北京:人民文学出版社,1990年,第682页。

⑦ 宋征舆:《扶荔堂诗集选序》,丁澎:《扶荔堂文集选》卷首,《清代诗文集汇编》第78册,上海:上海古籍出版社,2010年,第453页。

⑧ 毛先舒:《诗辩坻》卷4,郭绍虞编选,富寿荪校点:《清诗话续编》上册,上海:上海古籍出版社,1983年,第77页。

失;繁缛过情,君子之愆。"①他曾撰《文质相俪说》一文,称:"文者,依质而生者
也。故质以生文,文以俪质,裁章设色,比事增华,虽不废饰润,要未有凭虚结撰
者。何则? 文而无质则亦非文矣。……盖有文无质,此正所谓皮之不存,毛将安
傅者也。……文章万变,抒轴寸心,惟解者得之耳。然曷尝去质言文,讳文存质
耶? 孔子曰:'文质彬彬,然后君子。'"②在柴绍炳看来,"质"为骨干,是诗歌的本
质所在,若不务本质,徒求华采,就成了无本之木,丧失了文学的生命力所在。

明代前后七子在"诗必盛唐"的旗帜下,取法对象甚为狭窄,难免陷入单调与
雷同,开阔诗学视野遂成为清初诗坛的普遍倾向。"西陵十子"亦提出要拓宽师
法取径,与尚绮丽的诗学观相应,"西陵十子"将前后七子所排斥的六朝与晚唐诗
纳入学习范围。毛先舒《诗客主论·一》曰:

> 客曰:"七律体主庄雅,乃间杂以六朝绮语,似不应尔。"论曰:"非也。律
> 体本为轩冕之作,未宜枯瘦,欲见庄严,讵能无藉。借如杜、沈二公推为正
> 始,云卿《古意》起结全用六朝乐府,中间'白狼'、'玄菟',亦梁、陈间偶语也。
> 必简《大酺》,'新妆袨服'、'火德云官',此骈练属何等语耶? 子美号称大家,
> 而'漏声晓箭'、'春色仙桃'、'珠帘绣柱'、'锦缆牙樯',此类政多,未便为疵,
> 彼岂亡见漫设,要是当然耳。至若'溆沆参差'、'霏微荏苒',则六朝骈字;
> '翠幌金铺'、'玉楼银榜'则六朝丽语,'光添银烛'、'裙妒石榴'则六朝隽意,
> 准此而求,殆难觏缕,且以雄笔而掞丽藻,此所以为初盛之音,降及中晚,渐
> 差瘠薄耳。然间出风华,亦未全废。"③

毛先舒认为庄雅和绮丽是可以而且应当统一的,而且正是由于加入了绮丽,才使
律诗愈见庄严。无论是初唐沈佺期还是盛唐杜甫,均汲取六朝之华藻,故学古不
可舍六朝而专盛唐。《诗辩坻》论五言诗典范称:"五言,西汉则十九、河梁,东京
则伯喈、平子,建安则子建、仲宣,魏、晋则阮、陆、陶、谢,六代翩翩俊俪之风,四唐
英英律绝之制。"④将绮靡的六朝诗与汉魏、盛唐并作为师法对象。与毛先舒类
似,柴绍炳亦从唐诗对六朝的接受来肯定六朝诗的价值,其《唐诗辨》曰:"唐人沿

---

① 柴绍炳:《与陆丽京论诗书》,《柴省轩先生文钞》卷 10,《四库全书存目丛书》第 210 册,济南:齐鲁书
社,1997 年,第 397 页。
② 柴绍炳:《文质相俪说》,《柴省轩文钞》卷 4,《四库全书存目丛书》第 210 册,济南:齐鲁书社,1997 年,
第 198—199 页。
③ 毛先舒:《诗客主论·一》,《毛驰黄集》卷 6,山东省图书馆藏清康熙刻本。
④ 毛先舒:《诗辩坻》卷 1,郭绍虞编选,富寿荪校点:《清诗话续编》上册,上海:上海古籍出版社,1983
年,第 7 页。

溯陈隋,时代未远,故能茹其菁英,出之浏亮。歌行靡非乐府,律体每出古诗。是知初盛名家,大抵得六朝之妙而用之者也。杜老示子曰'熟精文选理',李翰林尝云'恨不携谢朓惊人句来',盖酝酿六代,始有三唐,取法乎上,仅得乎中耳。若后世诗流,徒就唐人寻索,宜乎规模愈隘,究之学唐而失,不可同年语矣。"①柴绍炳提出"诗之为道,体故趋而下,学故趋而上"②,将六朝纳入视野,确立了比前后七子更为宽广的师法门径。晚唐诗歌亦因词藻华美深受"西陵十子"推崇,如柴绍炳称:"温、李润色之章,时逾开、宝。"③毛先舒称晚唐诗"托寓写送,有遥思也",并赞其"高者乃命骚",其晚年摹"飞卿、长吉、玉溪生、韩冬郎诸作"④为一卷,以《晚唱》为名,意在标明取法晚唐。

前后七子最令人诟病的就是模仿形似、优孟衣冠,尤其是其古乐府诗,更是食古不化。"西陵十子"虽认识到这一误区,但在实际创作中未能完全摆脱。"十子"诗集中亦存在一定的蹈袭之作,亦以古乐府为最。如《上陵》一题,陆圻拟作曰:"上陵陵以美,下津津以长。问客从何来,赠药一玉箱。白鹿为君驭,丹凤为君装。赤豹为君舄,青凫对绿熊。九微宝莲荐霍纳,朱雁获。东海一鸣一跃,上帝博临下方。产芝草,有美光。柏梁高台仙茎立,露于涓,餂如密。元鼎二年春,人主延寿,愿进元堂□太室。"⑤孙治拟作曰:"上陵一何高,高高及云端。有客乘飞龙,言从殊庭还。无彝为君御,飞廉为君前。虙妃与玉女,遨戏在云间。腾光之台集群灵,白鹄鼓翅,青雀含英,曾不知日月明。瑶琨之酒以凤胶,仙人下饭。击磬鸣璈披羽衣,饮我元泉。受要至道,遨游自然。高帝之孙且曾孙,谓当乘龙以上天。甘露初二年,芝生铜池,合符黄帝又何之。"⑥内容、口吻、语句都亦步亦趋,痕迹宛然,毫无艺术生命力可言。而其他体裁亦时有摹化古人处,尤以孙治最为严重。孙治诗歌时常袭用古人原句,如《张宗绪往旧京》"萧萧班马鸣"⑦出自李白《送友人》;《寄柴虎臣》"一杯重与细论文"出自杜甫《春日忆李白》"重与细论文";《王于一猷定客死湖上,同查伊璜、严子问、陆景宣视其棺敛,棺木子问所

---

① 柴绍炳:《唐诗辨》,《柴省轩先生文钞》卷3,《四库全书存目丛书》第210册,济南:齐鲁书社,1997年,第190页。

② 柴绍炳:《唐诗辨》,《柴省轩先生文钞》卷3,《四库全书存目丛书》集部第210册,济南:齐鲁书社,1997年,第190页。

③ 柴绍炳:《与陆丽京论诗书》,《柴省轩先生文钞》卷10,《四库全书存目丛书》第210册,济南:齐鲁书社,1997年,第397页。

④ 毛先舒:《自序》,《晚唱》卷首,《四库全书存目丛书》第211册,济南:齐鲁书社,1997年,第92页。

⑤ 陆圻:《饶歌十八曲·上邪》,《威凤堂集》卷4,南开大学图书馆藏清钞本。

⑥ 孙治:《饶歌十八曲·上邪》,《孙宇台集》卷31,《四库禁毁书丛刊》集部第149册,北京:北京出版社,1997年,第117页。

⑦ 孙治:《张宗绪往旧京》,《孙宇台集》卷37,《四库禁毁书丛刊》集部第149册,北京:北京出版社,1997年,第117页。

赠也》中"人寿非金石"一句出自汉乐府《西门行》,"鬼伯相催促"①出自《蒿里》
"鬼伯一何相催促"。《怀陆景宣、沈甸华客粤东未归》曰:"幽房夜间寂,凉风入我
闱。河汉清且浅,佳人渺何依。二子在广南,明珠扬光辉。倏忽逾两纪,何时当
来归。采采蘼芜草,浮云迷远道。道远不得见,何以抒怀抱。"②首句境似阮籍
《咏怀·夜中不能寐》,"河汉清且浅"袭用《古诗十九首·迢迢牵牛星》,后四句显
然借鉴了《饮马长城窟行》,整首诗拟古痕迹颇为明显。"西陵十子"尽管有赝古
之处,但毕竟对七子派弊病有所反思,且经历了易代沧桑,其诗歌绝大多数能够
做到情真意真。如陆圻《春雨与沈去矜、张祖望》:"春月桃花逐水流,新添春水木
兰舟。已看平子三都赋,更上休文八咏楼。雨后啼鹃犹带血,天边归雁自生愁。
墙东还自容高卧,谁许联翩邺下游。"③抚今追昔,身世之叹、易代之悲,夹杂着对
清初文网严密之怨,含蓄深沉,凄楚感伤。又如孙治《成安》:"莽莽徂征途,行已
抵河北。不闻悲歌士,乃遇江南客。客言作尉久,灾伤犹凤昔。去岁水浸城,官
舍蛙鼋塞。今夏水复作,麦秋转萧瑟。俄顷进盘飧,野店欢颜色。嗟此乾侯地,
裯父屺茸泣。成败虽自天,童心实招慝。劳人多远愁,在羁益念德。明发感怀
抱,呼天悲罔极。"④哀民兼自叹,苍凉沉痛,令人心酸。总之,"西陵十子"将性灵
与格调统一起来,并高度重视辞采华美,将六朝与晚唐纳入学习范围,在一定程
度上突破了七子派的藩篱,表现出更为鲜明的主体意识,亦体现了清初诗学走向
兼容会通的发展趋势。

第二节　"西陵十子"对明前诗歌的批评
——以《诗辩坻》为核心

　　毛先舒的《诗辩坻》是清初重要的论诗专著,是书始作于顺治二年(1645),成
于顺治九年(1652),这期间正是"西陵十子"频繁相聚赋诗时期,且卷首有陆圻
序,书中不时引用诸子之言,故该书在一定程度上亦可代表"十子"的观点。《诗
辩坻》卷一至卷三按朝代先后对先秦至明代诗歌进行了多层次的批评,其中多有
精警之处。本节以《诗辩坻》为中心,结合陆圻、柴绍炳、丁澎等人的诗论篇章,对

---

① 孙治:《王于一猷定客死湖上,同查伊璜、严子问、陆景宣视其棺敛,棺木子问所赠也》,《孙宇台集》卷
32,《四库禁毁书丛刊》集部第149册,北京:北京出版社,1997年,128页。
② 孙治:《怀陆景宣、沈甸华客粤东未归》,《孙宇台集》卷32,《四库禁毁书丛刊》集部第149册,北京:北
京出版社,1997年,128页。
③ 陆圻:《春雨与沈去矜、张祖望》,《威凤堂集》卷9,南开大学图书馆藏清钞本。
④ 孙治:《成安》,《孙宇台集》卷33,《四库禁毁书丛刊》集部第149册,北京:北京出版社,1997年,第129页。

"西陵十子"于历代诗歌的具体批评进行深入分析,这些评语不仅有助于我们深入认识"西陵十子"的诗学旨趣,对于评价古代诗人及各时段诗风亦有着一定的参考价值。

在中国传统诗学观念中,《诗经》乃后世文学之源头,具有无与伦比的崇高地位。清初,随着思想领域尊经复古呼声的高涨,文学领域亦号召回归儒家诗学传统。"西陵十子"在学术思想上主张返经汲古,在文学上提倡追本溯源,以《诗经》为极则。例如毛先舒将《诗经》视为诗歌史之源头,认为后世诗学流派均自《诗经》发展演化而来:"诗学流派,各有颛家,要其鼻祖,归源风、雅。风、雅所衍,流别已伙,举其巨族,厥有三支:一曰诗,二曰骚辞,三曰乐府。"①毛先舒将《诗经》视为衡量后世诗歌的标准与依据,后代诗歌随着时代逐渐发展衍变,离源头越远,其艺术风格越"卑"。这种"格以代降"的文学史观在明代比较普遍,如胡应麟称:"《三百篇》降而《骚》,《骚》降而汉,汉降而魏,魏降而六朝,六朝降而三唐,诗之格以代降也。"②认为整个诗歌史就是古风古意逐渐丧失的过程。这种观点在"西陵十子"中亦颇具代表性,如柴绍炳称:"诗之为道,体故趋而下,学故趋而上。故始于断竹、续竹,广于《击壤》《康衢》,盛于三颂、二雅、十五国风以及河梁、十九首、建安诸子观止矣。至魏晋江左不无渐凋质朴,陈隋而下乃益滥焉。然其所为乐府、五言如潘陆、颜谢、江鲍、徐庾,虽缘情绮靡,镂刻之中,犹存古意。唐人沿溯陈隋,时代未远,故能茹其菁英,出之浏亮。"③按照"格由代降"的观点,汉魏、六朝均较唐更多地继承了古风,唐诗便不再享有最高地位。柴绍炳驳斥明人谨守唐诗藩篱,他认为"酝酿六代,始有三唐。取法乎上,仅得乎中耳。若后世诗流,徒就唐人寻索,宜乎规模愈隘。究之学唐之失,不可同年语矣"④。"西陵十子"虽延续了前后七子的复古思想,但显然不满于"谈者辄言唐诗"⑤的狭隘观点,而是将唐诗与前代诗歌传统相融合,扩大了诗学视阈。"西陵十子"在评价历代诗歌时,还能够做到以创作实际而不以时代先后论体格高下,如柴绍炳论唐诗:"其中有初而渐近于盛者,如张说《幽州新岁》、贾曾《春日应令》之类是也;有盛而渐入于中者,如王维《酌酒》、高适《重阳》之类是也;有中而可几于盛者,如韩

---

① 毛先舒:《诗辩坻》卷1,郭绍虞编选,富寿荪校点:《清诗话续编》上册,上海:上海古籍出版社,1983年,第6页。

② 胡应麟:《诗薮》内编卷1,北京:中华书局,1962年,第1页。

③ 柴绍炳:《唐诗辨》,《柴省轩先生文钞》卷3,《四库全书存目丛书》集部第210册,济南:齐鲁书社,1997年,第190页。

④ 柴绍炳:《唐诗辨》,《柴省轩先生文钞》卷3,《四库全书存目丛书》集部第210册,济南:齐鲁书社,1997年,第190页。

⑤ 柴绍炳:《唐诗辨》,《柴省轩先生文钞》卷3,《四库全书存目丛书》集部第210册,济南:齐鲁书社,1997年,第189页。

翃《寒食》、李益《从军》之类是也;有晚而可进于中者,如于武陵《劝酒》、薛莹《秋日湖上》之类诗也。"①柴绍炳论诗能够抛开时代决定论,这使其评论带有更多的理性色彩。而陆圻更是旗帜鲜明地反对以时代决定作家地位:"近之论文者,动以盛唐中晚为喻,余以为文惟其是,不在世次也。若世次可以绳文,则昌黎之大篇当劣于李杜,敬舆之奏议必短于高、岑,此与耳食何异?"②以时代划分文学往往造成视野狭隘,诗人普遍规摹同一范本,使创作陷入雷同局面。陆圻抨击时代划分,正是"西陵十子"力图扩大诗学视野的体现。"西陵十子"虽在一定程度上继承了七子派的复古理论,但其学古态度较七子派更为通达,以下即对"西陵十子"对历代诗歌的批评逐一析之。

一、尚和婉,忌讦露:评汉魏诗

前后七子在审美风格上偏好慷慨雄壮、古朴浑融,将汉魏诗歌视为五言古诗及乐府诗之正宗,何景明即称"古作必从汉魏求之"③。"西陵十子"继承了明代复古派的观点,将汉魏诗歌视为风雅传统的直接继承者,予以极高的评价。如柴绍炳称:"四言首唱,正宗风雅,懿密清润,可云具体。五言则遗篇十九、河梁别录,意兼婉淡,味实温醇。建安黄初,此其殆庶,要以气质为体,不失言情。"④毛先舒《诗辩坻》评曹操诗"如宛马骋健,扬沙朔风"⑤,并称赞其《却东西门行》"奇骨骏气,跌宕流转,此曹公五言绝唱也"⑥;评曹丕诗"风流猗靡,如合德新妆,不作妖丽,自然荡目"⑦,并称赞其"《临高台》《钓竿》《十五》《陌上桑》,俱有阿瞒骨气;至《燕歌》《善哉》诸篇,深秀婉约,便是子桓别开阡陌"⑧;评刘桢"华逸矫举,

① 柴绍炳:《唐诗辨》,《柴省轩先生文钞》卷3,《四库全书存目丛书》集部第210册,济南:齐鲁书社,1997年,第190页。
② 陆圻《陆扆公文序》,《威凤堂集》卷1,南开大学图书馆藏清钞本。
③ 何景明:《海叟集序》,《大复集》卷34,《景印文渊阁四库全书》集部第206册,台北:台湾商务印书馆,1986年,第302页。
④ 柴绍炳:《与越中潘献赤论诗赋书》,《柴省轩先生文钞》卷10,《四库全书存目丛书》第210册,济南:齐鲁书社,1997年,第379页。
⑤ 毛先舒:《诗辩坻》卷2,郭绍虞编选,富寿荪校点:《清诗话续编》上册,上海:上海古籍出版社,1983年,第29页。
⑥ 毛先舒:《诗辩坻》卷2,郭绍虞编选,富寿荪校点:《清诗话续编》上册,上海:上海古籍出版社,1983年,第26页。
⑦ 毛先舒:《诗辩坻》卷2,郭绍虞编选,富寿荪校点:《清诗话续编》上册,上海:上海古籍出版社,1983年,第29页。
⑧ 毛先舒:《诗辩坻》卷2,郭绍虞编选,富寿荪校点:《清诗话续编》上册,上海:上海古籍出版社,1983年,第26页。

最近思王,并称曹、刘,不虚耳"①。"西陵十子"在创作上亦自觉以汉魏为宗,如陆圻自称"吾志以河梁、建安为依"②,吴百朋于古体诗"力追汉魏"③。

"西陵十子"在古体宗汉魏的大方向上与前后七子是一致的,但在评价标准和具体师法对象上与七子派有所区别。相较七子派尤其是李梦阳偏于悲怆愤慨的感情基调与较为显直的抒情方式,"西陵十子"更推崇温厚和平之音与含蓄委婉的表现方式。就感情基调而言,"西陵十子"强调温柔敦厚,以期"用之当时,感人灵于和平"④,"引人于安雅"⑤,反对淫泆凄戾、牢骚愤懑之音。就抒情方式而言,"西陵十子"主张"微之以词旨,深之以义类"⑥,追求含蓄蕴藉,尤忌显直意尽,缺乏风韵。毛先舒称:"高手下字,惟恐意露;卑手下语,唯恐意不露。"⑦即强调不要将意思表达得太过直白浅尽,失却含蓄蕴藉之美。毛先舒于汉魏诗最推崇《古诗十九首》与曹植诗,其原因正在于此:

> 太史公称《离骚》兼"好色而不淫,怨诽而不乱",嗣此者惟有《十九首》,则平和粹雅,几于无复怨诽好色。最后曹子建近之,"青楼临大路,高门结重关",可谓好色不淫矣;"文昌郁云兴,迎风高中天",可谓怨诽不乱矣。自非得于《风》《雅》之旨,其能及此乎?⑧

毛先舒认为《古诗十九首》与曹植诗皆继承了平和粹雅、含而不露的诗学传统,故最为佳者。毛先舒有《十才子赞》,将枚生、曹植与左丘明、庄子、屈原、司马迁等并称"十才子",足见其对《古诗十九首》与曹植诗的偏爱。《枚生》曰:"《十九首》初无名,或者云是枚生。清庙朱弦,一唱三叹,芙蓉濯露,邈不可玩。离四言、骚、

---

① 毛先舒:《诗辩坻》卷2,郭绍虞编选,富寿荪校点:《清诗话续编》上册,上海:上海古籍出版社,1983年,第29页。

② 柴绍炳:《威凤堂偶录序》,《柴省轩先生文钞》卷6,《四库全书存目丛书》第210册,济南:齐鲁书社,1997年,第271页。

③ 陆圻:《吴锦雯文序》,南开大学图书馆藏清钞本。

④ 毛先舒:《诗辩坻》卷1,郭绍虞编选,富寿荪校点:《清诗话续编》上册,上海:上海古籍出版社,1983年,第6页。

⑤ 毛先舒:《诗辩坻》卷1,郭绍虞编选,富寿荪校点:《清诗话续编》上册,上海:上海古籍出版社,1983年,第3—4页。

⑥ 毛先舒:《诗辩坻》卷1,郭绍虞编选,富寿荪校点:《清诗话续编》上册,上海:上海古籍出版社,1983年,第6页。

⑦ 毛先舒:《诗辩坻》卷1,郭绍虞编选,富寿荪校点:《清诗话续编》上册,上海:上海古籍出版社,1983年,第12页。

⑧ 毛先舒:《诗辩坻》卷2,郭绍虞编选,富寿荪校点:《清诗话续编》上册,上海:上海古籍出版社,1983年,第27—28页。

赋,而大放厥体,谓大音之希声,忽鼖钟其悦耳。"①《陈思王》曰:"古称才子曰陈思王,子诗雄不及父,而婉不及兄。然余尝评之高山大云,思挟气生,燃其苦哉,感甄冤已。文人之悲,旷古如此。"②曹植作为失意文人之典型,其不幸遭遇极易引起后世文人的共鸣,毛先舒称:"子建黄初以后,颇构嫌忌,数遭徙国,故作《吁嗟篇》,又作《怨歌行》,俱极悲怆。谢太傅闻之而泣下沾襟,有以也。"③当然,毛先舒推崇曹植主要是由于其在文学上的成就:"曹子建言乐而无往悲愁,言恩而无往非怨,真《小雅》之再变,《离骚》之绪风"④,"子建嵯峨跌宕,思挟气生,如高山出云,大海扬波,虽极惊奇,不轻露其变态也"⑤。毛先舒格外欣赏曹植诗怨而不怒、含而不露的特点,称其为《小雅》《离骚》之遗。

温厚含蓄的意识渗透在毛先舒对汉魏诗歌的评语中,尤其在比较中愈加凸显了这一标准,如评班婕妤《团扇诗》与卓文君《白头吟》:

> 婕妤《纨扇》,凄怨含蓄,《绿衣》之流也。文君《白头》,悲恨讦直,其《日月》之风乎?卫庄姜诗四,独《日月》一篇太露,辞气不伦,恐非其作。⑥

评阮籍与嵇康诗:

> 阮嗣宗《咏怀》,如浮云冲飙,碕岸荡波,舒蹇倏忽,渺无恒度。⑦
> 嵇康《秋胡》,东京遗调也。讦露促急,殊伤渊雅。⑧

① 毛先舒:《十才子赞十首·枚生》,《濮书》卷7,《四库全书存目丛书》第210册,济南:齐鲁书社,1997年,第750页。
② 毛先舒:《十才子赞十首·枚生》,《濮书》卷7,《四库全书存目丛书》第210册,济南:齐鲁书社,1997年,第750页。
③ 毛先舒:《诗辩坻》卷2,郭绍虞编选,富寿荪校点:《清诗话续编》上册,上海:上海古籍出版社,1983年,第27页。
④ 毛先舒:《诗辩坻》卷2,郭绍虞编选,富寿荪校点:《清诗话续编》上册,上海:上海古籍出版社,1983年,第26页。
⑤ 毛先舒:《诗辩坻》卷2,郭绍虞编选,富寿荪校点:《清诗话续编》上册,上海:上海古籍出版社,1983年,第29页。
⑥ 毛先舒:《诗辩坻》卷1,郭绍虞编选,富寿荪校点:《清诗话续编》上册,上海:上海古籍出版社,1983年,第19页。
⑦ 毛先舒:《诗辩坻》卷2,郭绍虞编选,富寿荪校点:《清诗话续编》上册,上海:上海古籍出版社,1983年,第29页。
⑧ 毛先舒:《诗辩坻》卷2,郭绍虞编选,富寿荪校点:《清诗话续编》上册,上海:上海古籍出版社,1983年,第27页。

班婕好与卓文君诗均写哀怨之情,但前者较为温厚含蓄,后者则情感激烈、表现直露,有悖于温柔敦厚之旨,毛先舒显然以班婕好诗为佳。阮籍和嵇康是正始时期代表诗人,毛先舒认为"阮志存高蹈,嵇不忘奋身"①,二人皆品格甚高,然而,在诗歌创作上,毛先舒却认为"嵇诗大不及阮",这主要因为嵇康诗"轻肆直言"、率意而发,而阮籍诗往往隐约曲折、辞旨遥深,正符合毛先舒温厚平和、含蓄委婉的诗学取向。这些评价是否公允姑且不论,但无疑可以看出"西陵十子"于诗所持温厚含蓄的标尺。

二、"未乖古调","大启唐音":评六朝诗

明代复古派诗家讲求取法乎上,学习古代最优秀的作品,即严羽所言从"第一义悟入",故于古体宗汉魏、近体师盛唐。六朝诗歌处于古律混杂的过渡阶段,词藻绮丽、声律渐开,在很大程度上变革了汉魏古诗的朴拙之貌,因此受到鄙夷。然而,前后七子以汉魏、盛唐为尊,在创作上又"句拟字摹,食古不化"②,导致严重的面貌雷同。明中期杨慎即标举六朝来扩大诗学取径,补救前七子为诗空疏肤阔之弊。"西陵十子"吸取了祝允明、杨慎等明代重风韵一派的诗学观,将六朝诗纳入取法对象。针对明代复古派惟唐人是尊的狭隘作法,"西陵十子"将近体诗的源头由初唐上溯至六朝,从唐人对六朝诗的接受来肯定六朝诗歌的价值。如毛先舒《诗客主论·二》记载了其对诗坛尊盛唐而贬六朝的看法:

> 客曰:"诗当以杜、李为极,则六朝、四杰不足之也。"
> 论曰:"非也。李称谪仙,杜号武库。近体至二公乃为结穴,然亦诗格之极变耳。等魏而上,姑无论已。即六朝,绮靡有之,而整丽未乖古调,四杰承藉,加以壮亮耳。古人云掫实难巧,翻空易奇。六朝、四杰,掫实者也;太白、子美,翻空者也。假使自太康而后弘道而前,斯体早开陆、谢、卢、王,便不辨作杜、李耶?况且六季、四杰,杜、李之所自出也。且以今日之论古人,何如古人自道?李白登华山落雁峰,云'恨不携谢朓惊人诗来骚首问青天耳',又云'解道澄江净如练,令人长忆谢玄晖'。杜甫之'李侯有佳句,往往似阴铿',又云'清新庾开府,俊逸鲍参军',又云'阴何尚清省',又云'孰知二谢将能事,颇学阴何苦用心',又云'庾信文章老更成,凌云健笔意纵横',又云'王

① 毛先舒:《诗辩坻》卷2,郭绍虞编选,富寿荪校点:《清诗话续编》上册,上海:上海古籍出版社,1983年,第29页。
② 永瑢等撰:《四库全书总目》下册卷172,北京:中华书局,1965年,第1497页。

杨卢骆当时体,轻薄为文哂未休。尔曹身与名俱灭,不废江河万古流'。二公相推如此,至其摛词命意,得于六朝、四氏者尤多,而谓二公崛起名家,不相师用,辄尊此而抑彼,徒不识六朝、四杰,亦并不识二公矣。"①

六朝诗歌语言之风华绮丽、对仗之工稳精巧以及隶事用典等方面的艺术探索与积累,为唐代诗人提供了足资借鉴的艺术经验。唐诗虽为中国诗歌史之顶峰,但亦是建立在汲取六朝精华的基础上,故推尊唐人便不可贬抑六朝。"西陵十子"还从近体诗之产生、发展过程来肯定六朝诗的贡献,如柴绍炳曰:"泊梁简文帝、北周庾信《乌夜啼》,陈江总《芳树》,隋陈子良《于塞北春日思归》诸咏,并七言俪句,以八为断,即乐府古风,而近体源流滥觞于此。"②毛先舒曰:"且近体是唐代所开,而研思构彩,皆滋润六朝,十四大家,概乎沾沼,奈何爱唐棣之偏反,忘鄂跗之韡韡。"③所谓"十四大家"指明代复古派诗人所推崇的初、盛唐名家,包括王勃、杨炯、卢照邻、骆宾王、沈佺期、宋之问、陈子昂、杜审言、王维、孟浩然、高适、岑参、李白和杜甫,毛先舒认为他们的诗歌创作深受六朝影响。近体虽然由唐人所创,但"研思构彩,皆滋润六朝",六朝诗在巧思与藻饰方面所作的探索,对于唐代近体诗的产生、发展以至于达到高峰做出了不可低估的贡献。为证实这一点,《诗辩坻·六朝》一节列举了许多实例,如评江淹、孔稚珪《诗薮》云:'陈、隋无论真质,即文无足论者。'予谓非也。夫江、孔轩华,隋炀典畅,足以殿齐、梁之末路,启李唐之大风"④;评谢朓"词锋壮丽,大启唐音"⑤;评庾信"大篇为古诗之砥柱,短句乃近体之先鞭"⑥;评汤惠休《江南思》"垂情向春草,知是故乡人"一句"开唐绝之妙境"⑦。因此,毛先舒提倡全面继承前代诗歌传统,不应株守唐人而忽略六朝。

"西陵十子"不仅从唐诗继承六朝方面来提高六朝诗的地位,还从诗歌发展

① 毛先舒:《诗客主论·二》,《毛驰黄集》卷6,山东省图书馆藏清康熙刻本。
② 柴绍炳:《杜工部七言律说》,《柴省轩先生文钞》卷4,《四库全书存目丛书》集部第210册,济南:齐鲁书社,1997年,第219页。
③ 毛先舒:《诗辩坻》卷1,郭绍虞编选,富寿荪校点:《清诗话续编》上册,上海:上海古籍出版社,1983年,第9页。
④ 毛先舒:《诗辩坻》卷2,郭绍虞编选,富寿荪校点:《清诗话续编》上册,上海:上海古籍出版社,1983年,第43页。
⑤ 毛先舒:《诗辩坻》卷2,郭绍虞编选,富寿荪校点:《清诗话续编》上册,上海:上海古籍出版社,1983年,第44页。
⑥ 毛先舒:《诗辩坻》卷2,郭绍虞编选,富寿荪校点:《清诗话续编》上册,上海:上海古籍出版社,1983年,第43页。
⑦ 毛先舒:《诗辩坻》卷2,郭绍虞编选,富寿荪校点:《清诗话续编》上册,上海:上海古籍出版社,1983年,第33页。

角度为肯定六朝诗寻找依据。依照"格以代降"的文学退化论,时代愈靠后,诗中的"古意"愈淡。就时代而言,六朝居于唐代之前,因而更具古意。《诗辩坻》曰:

> 高廷礼曰:"汉、魏质过于文,六朝华浮于实,得二者之中,备风人之体,惟唐诗为然。"案:高语是以唐人高于汉、魏也。且汉、魏非乏采,而六朝絜汉为摛华,较唐犹为存朴,徒自俳俪句字求之,真以目皮相耳。①

高棅从质与文的关系出发,认为汉魏质过于文,六朝文过于质,而达到文、质统一者惟有唐人,故他认为唐诗高于汉魏六朝。而毛先舒则不然,他认为汉魏诗歌并不缺乏文采,而六朝诗虽与汉魏相比显得辞藻华丽,但相较唐诗还是质朴有余,故反对置唐诗于汉魏六朝之上。《诗辩坻》论古今谈诗者持论有"三弊",其二即高扬盛唐而贬抑六朝:

> 汉变而魏,魏变而晋,调渐入俳,法犹抗古。六代靡靡,气稍不振,矩度斯在。何者?俳者近拙,拙犹存古;藻者征实,实犹存古。嗣是入唐,为初为盛,麟德、乾封间,气魄已见,开元而后,奇肆跌宕,穷姿极情,譬犹篆隶流为行草耳。穗迹云书,永言告绝,怀古之士,犹增欷歔。然而谈者方夸为中兴,谓足高掩六季,何邪?②

毛先舒在此表现出十分辩证的看法。在他看来,从汉至魏再到晋,诗歌在声调上渐趋排偶,在辞藻上愈加骈俪,然而古人的基本规矩还在。所谓"黄初既邈,降为太康,骈俪之中,犹存古法"③,毛先舒认为骈俪恰恰"近拙","近拙"也就是"存古"的表现;而华藻非凭空而来,华藻背后一定有"实"者存乎其间。六朝诗歌的俳丽华藻,与唐诗的奇肆跌宕相比仍然属于古朴阶段。诗歌由六朝至唐,譬如篆书隶书到行草,彻底告别了古法,而谈诗家却将唐诗视为中兴,并称其高于六朝,这在毛先舒看来是十分荒谬的。毛先舒还看到了六朝诗有继承汉魏风骨的一面,如评张华、傅玄"张茂先诗,粗厉少姿制,却能存魏骨于将夷。傅休奕

---

① 毛先舒:《诗辩坻》卷3,郭绍虞编选,富寿荪校点:《清诗话续编》上册,上海:上海古籍出版社,1983年,第63页。

② 毛先舒:《诗辩坻》卷1,郭绍虞编选,富寿荪校点:《清诗话续编》上册,上海:上海古籍出版社,1983年,第9页。

③ 毛先舒:《诗辩坻》卷4,郭绍虞编选,富寿荪校点:《清诗话续编》上册,上海:上海古籍出版社,1983年,第84页。

亦然"①;评石崇"《王明君词》,亦奇警高苍,不减魏人之制,洵称才子矣"②;评张
协"'此乡非吾土'、'述职投边城'二篇,大有魏气"③;评刘琨"有孟德之气、子建
之骨"④。

六朝诗受人诟病的主要原因在于"绮靡",而"绮靡"具体表现在骈偶、用典和
巧思等方面,明代复古派诗人认为正是这些形式技巧上变化使六朝诗破坏了汉
魏古诗浑朴的体调,而"西陵十子"对六朝诗的这些基本特征均予以肯定。先来
看骈偶。《诗辩坻》曰:"汉、魏以来,诗少偶句,龙跃云津,骈仗大作,此钟嵘所谓
'陆机为太康之英,安仁、景阳为辅'是也。"⑤毛先舒称赞西晋时期龙跃云津,名
家辈出,并引用钟嵘之语,足见其对骈俪诗风之肯定。王世贞论诗称尝贬陆机
"俳弱",毛先舒并不认同,他说:"王元美评诗,弹射命中。然论陆机云'俳弱',机
调虽'俳',而藻思沉丽,何渠云'弱'!胡明瑞《诗数》云:'潘、陆俱词胜者,陆之才
富而潘气稍雄也。'亦是承藉大美弊谈。"⑥在毛先舒看来,陆机诗虽注重俳偶,但
是"藻思沉丽",这亦使诗歌充满恢宏博大之气,王世贞所云"弱"、胡应麟所云陆
不及潘都是偏颇的。毛先舒还从骈偶发展角度,对于继承陆机的刘宋诗人谢灵
运予以很高的评价。他驳斥何景明论陶、谢诗的著名观点,曰:

> 何大复尝称:"文靡于隋,韩力振之,然古文之法亡于韩;诗弱于陶,谢力
> 振之,然古诗之法亡于谢。"斯言世共推其鉴,予尝疑之。夫文至魏氏,渐启
> 俳体,典午以后,遂为定制;隋即增华,无关创始。徐、庾先鞭,波荡巳极;归
> 狱杨氏,议非平允。靖节清思遥属,筋力颓然,"诗弱于陶",则诚如何说;至
> 谓"谢力振之,而古法更亡于谢",则尤为谬悠也。……元亮潇脱为工,此风
> 于变;康乐同时分路,矫焉追古。观其颖才通度,颇能跐弛,而每抑神俊,降
> 就骈整,潘、陆风流,赖以无坠;非如昌黎之文,既革隋、唐之响,复桃《史》
> 《汉》之法者也。且何以建安为古法,则亡其法者,责在士衡,无关灵运。倘

----

① 毛先舒:《诗辩坻》卷2,郭绍虞编选,富寿荪校点:《清诗话续编》上册,上海:上海古籍出版社,1983
年,第30页。

② 毛先舒:《诗辩坻》卷2,郭绍虞编选,富寿荪校点:《清诗话续编》上册,上海:上海古籍出版社,1983
年,第30页。

③ "此乡非吾地"出自张协《杂诗》其七,毛先舒误作"此乡非吾土"。

④ 毛先舒:《诗辩坻》卷2,郭绍虞编选,富寿荪校点:《清诗话续编》上册,上海:上海古籍出版社,1983
年,第42页。

⑤ 毛先舒:《诗辩坻》卷2,郭绍虞编选,富寿荪校点:《清诗话续编》上册,上海:上海古籍出版社,1983
年,第41页。

⑥ 毛先舒:《诗辩坻》卷2,郭绍虞编选,富寿荪校点:《清诗话续编》上册,上海:上海古籍出版社,1983
年,第30页。

> 以太康为古法,则存其法者,功在灵运,岂得云亡? 衡决之谈,莫甚于此。又陆诗雄整,谢诗抑扬,何谓平原"语俳体不俳",康乐"语体俱俳",考其名实,酷当易位。片言低昂,后来易感,遂令谢客受此长诬,此余不得不为雪之也。①

在毛先舒看来,何景明认为"诗弱于陶"是有见地的,因为陶诗追求超然尘外之致,所谓"清思遥属,筋力颓然",即言陶诗不以沉雄之思见长,但认为"古诗之法亡于谢"则毫无根据。毛先舒认为,俳偶句在魏即处在发展时期,至晋代典午以后已成为定制,晋代之后诗人均处于崇尚骈俪的风气之中,谢灵运颇具才思,但每每有意抑制其才华,遵从骈整之规范,从而使太康诗风延续下来。如果是以建安诗风为古法,那么变革者是陆机,而不是谢灵运;如果以太康诗风为古法,那么谢灵运更是继承古法者,而不是变革者。所以,毛先舒认为何景明将谢灵运视为变革古法者加以斥责是十分不妥的。在他看来,谢灵运恰恰是"矫焉追古",是继承古法者。毛先舒还称:"谢康乐去西晋已百数十年,而能标准潘、陆,笃尚熔裁,故称振起。严羽仪卿评云:'灵运彻首尾对句,是以不及建安。'殊可笑也。谢之不为建安久矣,何劳沧浪道!"②他从时代发展的角度,认为谢灵运身处南朝,距西晋已有百年之遥,而能振起太康诗风,这是非常了不起的,而严羽却因谢灵运诗尚俳偶,故云其不及建安,完全未考虑那个时代的审美趣尚。在毛先舒看来,既然自魏晋以来已经形成了骈俪风气,那么,继承这一风气才是"追古",像陶渊明那样追求"洒脱"才是对古法之"变"。

再来看隶事用典。六朝诗人多好用典,颜延之特为突出。颜诗着意于用事与谋篇琢句,虽显得谨严厚重,但亦使诗歌流于艰涩,缺乏自然生动的韵致,钟嵘《诗品》即批评其"喜用古事,弥见拘束"③。毛先舒对自古以来对颜延之"镂金错采"之讥甚为不满,尝拟作颜体五言十余首送虞黄昊评阅,并为颜延之正名:"曩极意汉魏诗,几获其貌,去声情殆远,乃知汉魏正自难,正复亦易,顾骈炼亦何渠易谈。惠休语颜公诗如镂金错采,知金采不足为颜病,人正患不镂金错采耳。近体诗须沐浴初唐,时虞、李、卢、王乃有光禄筋力。齐梁工思,调稍流转。晋才弈弈,反复少蕴藉。光禄下语极锻,辞宗庄雅,不尚隽思,可谓沉之又沉。或苦其辞

---

① 毛先舒:《诗辩坻》卷2,郭绍虞编选,富寿荪校点:《清诗话续编》上册,上海:上海古籍出版社,1983年,第41页。

② 毛先舒:《诗辩坻》卷2,郭绍虞编选,富寿荪校点:《清诗话续编》上册,上海:上海古籍出版社,1983年,第33页。

③ 钟嵘著,陈延杰注:《诗品注》卷中,北京:人民文学出版社,1961年,第43页。

殊不流,信诗佳何在流。诗由流,故不得佳。"①颜延之用典繁博,修辞典丽,往往给人以庄雅凝重之感,但亦因雕缋过甚而显得拘束、滞涩,而毛先舒却认为诗歌佳处并不在流利,"镂金错采"恰恰显示出诗人学问之富、锤炼之工。毛氏不仅肯定六朝隶事用典风气,还对时人批评颜延之雕缋铺锦予以反驳:

> 钟云:"谢灵运'初日芙蓉',颜延之'镂金错采',颜终身病之。乃《秋胡诗》《五君咏》,清真高逸,似别出一手。若屏却颜诸诗,独标此数首,向评为妄语矣。"案:此论非也。盖《秋胡》《五君》,虽是颜佳作,然若《蒜山》《曲阿》诸篇,典饬端丽,自非小家所办。且上人评虽当,不知"初日芙蓉",微开唐制,"镂金错采",犹留晋骨。此关诗运升降,钟殆未知之。②

人们向来认同汤惠休提出的"初发芙蓉"、"镂金错采"之论,并以前者为自然之美,后者过于雕琢,因而以谢灵运为优。钟惺亦不满颜延之过于雕缋,着重标举颜氏清新自然的诗作;而毛先舒却认为颜氏"典饬端丽"的作品更为古拙,能够延续西晋时期的风格特征,相反,谢灵运的流利之美却已肇唐诗风格。毛先舒此论或许有故意矫正钟、谭的因素,但扬彼抑此之间,无疑表现出毛氏论诗的独特视角与观点。毛氏评诗,往往能注意到从诗歌发展史的具体环节与时代风尚,对诗人加以历史的考虑,这是一个典型的例证。

再来看巧思。自太康以来,诗人往往注重工巧描绘、追求华词藻思,在一定程度上改变了汉魏诗歌的浑朴之貌,这是明代复古诗人贬斥六朝的一个重要因素。对于六朝诗人的"巧思",毛先舒却颇为欣赏,如《诗辩坻》称赞陆机"高谭一何绮,蔚若朝霞烂',以色喻声;'芳气随风结,哀响馥若兰',以气喻声;皆士衡之藻思"③,评谢灵运"深于造思,巧于裁字,自命幽奇,不由恒辙"④。当然,毛先舒对谢灵运那些意象清新、天然浑成的佳句亦予以高度评价,如称赞:"'池塘生春草',景近标胜;'清晖能娱人',韵远嗟绝。"⑤谢灵运作为南朝诗坛的代表诗人,曾受到李梦阳的推崇,但随着辨体意识的强化,明代复古派诗家对六朝诗愈加不

---

① 毛先舒:《与虞景明书》,《毛驰黄集》卷5,山东省图书馆藏清康熙刻本。
② 毛先舒:《诗辩坻》卷4,郭绍虞编选,富寿荪校点:《清诗话续编》上册,上海:上海古籍出版社,1983年,第85页。
③ 毛先舒:《诗辩坻》卷2,郭绍虞编选,富寿荪校点:《清诗话续编》上册,上海:上海古籍出版社,1983年,第40页。
④ 毛先舒:《诗辩坻》卷2,郭绍虞编选,富寿荪校点:《清诗话续编》上册,上海:上海古籍出版社,1983年,第40页。
⑤ 毛先舒:《诗辩坻》卷2,郭绍虞编选,富寿荪校点:《清诗话续编》上册,上海:上海古籍出版社,1983年,第41页。

满,谢灵运亦因破坏了汉魏诗歌浑朴的风貌而遭到抵制。"西陵十子"却对谢灵运诗评价甚高,甚至偶有超过汉魏之势。如柴绍炳称:"古昔词流不止一家,其兴会雅远莫如谢康乐。"①孙治称:"夫古之人游览所至则必作为诗歌,古今唯康乐之诗,诗之绝者也。"②在创作上,"西陵十子"十分注重向六朝学习,如丁澎集中就有许多借鉴六朝诗歌的作品,王士禛称其五言"多托体于光禄、宣城诸作,旷逸奔放,尤在颜、谢之上"③,施闰章评其《晓出南苑门与同舍诸僚友》"淫佚谢颜,泽不掩骨"④,梁清标评其《始赴尚书省上龚芝麓都宪》"弘音亮节,似颜光禄答郑尚书作,结语更得合肥心事"⑤,杜浚评其《和洪廷尉畏轩朱别驾牧仲赠答诗用少陵赠卫十八处士韵》"不欲袭杜,气骨在晋宋之间,结语更高少陵一层"⑥。孙治称毛先舒"五古掇颜、谢之菁藻"⑦。沈谦早年为诗即好绮靡,孙治《酬去矜十六韵》赞其"雄辞夺鲍照,宫体驾徐陵"⑧。张丹亦对六朝诗多有借鉴,《短歌行与弟祖定》自述"中年颇好三谢诗,子山明远亦吾师"⑨,以三谢、庾信、鲍照为师法对象。

三、推崇初盛,兼及晚唐:评唐诗

明代复古派诗家普遍具有辨体意识,如李梦阳称"夫追古者未有不先其体者也"⑩,于不同的体裁有不同的诗学路径及师法对象。从辨体角度出发,前后七子将五言古体按时代分为汉魏与唐两大类,认为五古当以汉魏为宗,对唐代古诗颇多贬词。如何景明曰:"盖诗虽盛称于唐,其好古者自陈子昂后,莫若李、杜二家。然二家歌行近体,诚有可法,而古作尚有离去者,犹未尽可法之也。故景明

① 柴绍炳:《施尚白湖上近草题词》,《柴省轩先生文钞》卷7,《四库全书存目丛书》第210册,济南:齐鲁书社,1997年,第303页。
② 孙治:《叶具京诗序》,《孙宇台集》卷5,《四库禁毁书丛刊》集部第148册,北京:北京出版社,1997年,第707页。
③ 丁澎:《周俊守宿来》,《扶荔堂诗集选》卷1,《清代诗文集汇编》第78册,上海:上海古籍出版社,2010年,第363页。
④ 丁澎:《扶荔堂诗集选》卷1,《清代诗文集汇编》第78册,上海:上海古籍出版社,2010年,第362页。
⑤ 丁澎:《扶荔堂诗集选》卷1,《清代诗文集汇编》第78册,上海:上海古籍出版社,2010年,第362页。
⑥ 丁澎:《扶荔堂诗集选》卷1,《清代诗文集汇编》第78册,上海:上海古籍出版社,2010年,第364页。
⑦ 孙治:《毛驰黄集序》,《孙宇台集》卷4,《四库禁毁书丛刊》集部第148册,北京:北京出版社,1997年,第703页。
⑧ 孙治:《酬去矜十六韵》,《孙宇台集》卷38,《四库禁毁书丛刊》集部第149册,北京:北京出版社,1997年,第165页。
⑨ 张丹:《短歌行与弟祖定》卷5,《四库全书存目丛书》第210册,济南:齐鲁书社,1997年,第538～539页。
⑩ 李梦阳:《徐迪功集序》,《空同集》卷52,《景印文渊阁四库全书》集部第201册,台北:台湾商务印书馆,1986年,第476页。

学歌行近体有取于二家,旁及唐初盛唐诸人,而古作必从汉魏求之。"①何景明认为李、杜作为唐人诗成就最高者,其古体"尚有离去者",那其他人离汉魏风貌就更远了,言下否定了唐人五古的总体成就。"西陵十子"继承了明代复古派贬抑唐五古的论调,如毛先舒曾引李攀龙唐无五古论为知言,并予以解释:

> 李于鳞云:"唐无五言古诗,而有其古诗。陈子昂以其古诗为古诗,弗取也。"两"其"字竟作"唐"字解,语便坦白。子昂用唐人手笔,规模古诗,故曰"弗取",盖谓两失之耳。②

李攀龙将五言古诗定义为汉魏特色的五言古诗,而唐代五古乃在律诗成熟的背景下写成,无论是声律还是整体风格都与汉魏五古差别很大。唐人不再有汉魏风格的五言古诗,但存在具有唐人特色的五古。陈子昂用唐人笔法规摹汉魏古诗,丧失了汉魏五古浑厚含蓄的特色,故云"以其古诗为古诗"。毛先舒认同李攀龙之说,并认为其《唐诗选》所选唐五古"既不足以尽其技,以为古调又未然,殆不如其无选"③,表现出鲜明的"辨体"和"尊体"意识,同时也表现出对文学发展所持相对保守的态度。柴绍炳亦持类似观点:"至乐府、五言古,三唐作者变本加厉,要非其至。虽以李太白之《乌楼曲》《乌夜啼》,陈子昂之《拟古》,杜子美之《北征》《八哀》诸篇,藉甚一时,置之汉魏六朝比拟不伦,故李历下谓'唐无五言古',而乐府又勿论已。乃竟陵从而驳之者,非也。"④"西陵十子"持"格以代降"观点,认为唐五古不仅远逊汉魏,亦不及六朝。如陆圻称:"律虽盛于唐,而古实亡于唐。陈隋以前,对有错综,声有高下,颂之齿牙似不利,而披之弦管则尽变,所以可贵也。自唐律之兴,古音顿废。譬之拈辞者单作《瑞鹧鸪》而不及它调,度曲者但歌《懒画眉》而尽芟别宫,岂唐无古词,而唐之精神不存焉,故历下亦曰'唐有其古诗而无古诗也'。"⑤毛先舒亦将唐五古与六朝相较,认为"至古体诗,居然酏水

① 何景明:《海叟集序》,《大复集》卷34,《景印文渊阁四库全书》集部第206册,台北:台湾商务印书馆,1986年,第302页。
② 毛先舒:《诗辩坻》卷3,郭绍虞编选,富寿荪校点:《清诗话续编》上册,上海:上海古籍出版社,1983年,第45页。
③ 毛先舒:《诗辩坻》卷3,郭绍虞编选,富寿荪校点:《清诗话续编》上册,上海:上海古籍出版社,1983年,第45页。
④ 柴绍炳:《唐诗辨》,《柴省轩先生文钞》卷3,《四库全书存目丛书》第210册,济南:齐鲁书社,1997年,第190页。
⑤ 陆圻:《唐诗英华七言律序》,《威凤堂集》卷1,南开大学图书馆藏清钞本。

之别,益无论已"①,整体否认了唐五古的价值,这显然是有失公允的。

对于唐代七言古诗,明代复古派诗人大约有两种意见:一是从何景明开始的尊崇初唐为正宗者,二是王世贞、胡应麟等为代表的尊崇盛唐李、杜者。云间派于七古弃初唐之靡弱而奉盛唐之雄劲,如陈子龙曰:"七言古诗,初唐四家,极为靡沓。元和而后,亦无足观。所可法者,少陵之雄健低昂、供奉之轻扬飘举、李颀之隽逸婉娈……要之,体兼风雅,意主深劲,是为工耳。"②而"西陵十子"持论于何景明为近,对朗秀婉丽、情思摇曳的初唐诗别有会心。如毛先舒曰:

> 七言歌行,虽主气势,然须间出秀语,不得全豪;叙述情事,勿太明直,当使参差,便附景物,乃佳耳。唐代卢、骆组壮,沈、宋轩华,高、岑豪激而近质,李、杜纡佚而好变,元、白逶迤而详尽,温、李朦胧而绮密。陈其格律,校其高下,各有专诣,不容斑杂。唯张、王乐府,最为俚近,举止谺露,不足效也。③

毛氏概括歌行的体制特征为气势兼风神,风骨翩翩,兴象玲珑,显然是以初唐诸家为范本。举几个更具体的例子。毛先舒称赞王勃"七言古风能从乐府脱出,故宜华不伤质,自然高浑矣"④,评刘希夷《公子行》风流骀宕,有飘云回雪之致;《白头翁》一意纡回,波折入妙"⑤,赞张若虚《春江花月夜》"不著粉泽,自有腴姿,而缠绵酝藉,一意萦纡,调法出没,令人不测,殆化工之笔哉"⑥等等,对初唐七古可谓推崇备至。他还称:

> 初唐如《帝京》《畴昔》《长安》《汾阴》等作,非巨匠不办。非徒博丽,即气概充硕,无纪涓之养者,一望却走。唐人无赋,此调可以上敌班、张。盖风神

---

① 毛先舒:《诗辩坻》卷1,郭绍虞编选,富寿荪校点:《清诗话续编》上册,上海:上海古籍出版社,1983年,第9页。

② 陈子龙:《六子诗稿序》,《安雅堂稿》卷3,《续修四库全书》第1387册,上海:上海古籍出版社,2002年,第697页。

③ 毛先舒:《诗辩坻》卷3,郭绍虞编选,富寿荪校点:《清诗话续编》上册,上海:上海古籍出版社,1983年,第46页。

④ 毛先舒:《诗辩坻》卷3,郭绍虞编选,富寿荪校点:《清诗话续编》上册,上海:上海古籍出版社,1983年,第46页。

⑤ 毛先舒:《诗辩坻》卷3,郭绍虞编选,富寿荪校点:《清诗话续编》上册,上海:上海古籍出版社,1983年,第46页。

⑥ 毛先舒:《诗辩坻》卷3,郭绍虞编选,富寿荪校点:《清诗话续编》上册,上海:上海古籍出版社,1983年,第50页。

流动,词旨宕逸,即文章属第二义。①

《帝京篇》《畴昔篇》是骆宾王的代表作,《长安古意》是卢照邻的代表作,《汾阴行》系李峤的歌行名篇。毛先舒推崇这些诗歌作品,认为"非巨匠不办"。平心而论,这些作品铺陈排比,辞藻华丽,多用对句和律句,带着齐梁诗歌的余韵,但"气概充硕"则非齐梁歌行所可比,毛先舒称其"可以上敌班、张",显然将其视为唐人七古之正宗。毛先舒以初唐为标准,对于后世凡具有初唐风致的七古,皆予以肯定,如称赞中唐权德舆曰:"元和诗响,不振已极,唯权文公乃颇见初唐遗构,亦一奇也。"②

"西陵十子"对于盛唐七古亦多有称赞。如柴绍炳《唐诗辨》评"李、杜、高、岑之歌行龙游凤舞也"③。毛先舒对盛唐七古高浑雄劲之风亦颇为欣赏:"盛唐歌行,高适、岑参、李颀、崔颢四家略同,然岑、李奇杰,有骨有态,高纯雄劲,崔稍妍琢。其高苍浑朴之气,则同乎为盛唐之音也。"④在高适、岑参、李颀、崔颢四家之中,毛先舒最欣赏岑参,赞其"《轮台》诸作奇姿杰出,而风骨浑劲,琢句用意,俱极精思,殆非子美、达夫所及"⑤。毛先舒虽肯定盛唐七古,但认为其与初唐相比还是稍逊一筹。毛先舒对盛唐七古多有指摘,前引"高、岑豪激而近质,李、杜纤佚而好变"⑥,即批评盛唐诗家粗豪有失有风韵,而对于王、孟七古则更为不满,"七言古至右丞,气骨顿弱,已逗中唐。如'卫霍才堪一骑将,朝廷不数贰师功'、'愿得燕弓射天将,耻令越甲鸣吾君',极欲作健,而风格已夷。即曲借对仗,无复浑劲之致。须溪评王嫩复胜老,爱忘其丑矣"⑦,"襄阳歌行,便已下右丞一格,无论高、岑、崔、李也。盖全用姿胜,不复见气"⑧,指责王、孟在气骨雄健上不及前人。

① 毛先舒:《诗辩坻》卷4,郭绍虞编选,富寿荪校点:《清诗话续编》上册,上海:上海古籍出版社,1983年,第87页。

② 毛先舒:《诗辩坻》卷3,郭绍虞编选,富寿荪校点:《清诗话续编》上册,上海:上海古籍出版社,1983年,第50页。

③ 柴绍炳:《唐诗辨》,《柴省轩先生文钞》卷3,《四库全书存目丛书》第210册,济南:齐鲁书社,1997年,第190页。

④ 毛先舒:《诗辩坻》卷3,郭绍虞编选,富寿荪校点:《清诗话续编》上册,上海:上海古籍出版社,1983年,第47页。

⑤ 毛先舒:《诗辩坻》卷3,郭绍虞编选,富寿荪校点:《清诗话续编》上册,上海:上海古籍出版社,1983年,第47页。

⑥ 毛先舒:《诗辩坻》卷3,郭绍虞编选,富寿荪校点:《清诗话续编》上册,上海:上海古籍出版社,1983年,第46页。

⑦ 毛先舒:《诗辩坻》卷3,郭绍虞编选,富寿荪校点:《清诗话续编》上册,上海:上海古籍出版社,1983年,第48页。

⑧ 毛先舒:《诗辩坻》卷3,郭绍虞编选,富寿荪校点:《清诗话续编》上册,上海:上海古籍出版社,1983年,第48页。

李白、杜甫向来被视为中国诗歌史之最高峰,毛先舒对他们的批评多有偏颇,但他的评价也是继承了明人的观点。何景明在《明月篇序》中即批评杜甫歌行"辞固沉着而调失流转",不及初唐四杰之"可歌",又批评其赋多而比兴寡①;李攀龙《选唐诗序》批评李白七言古诗"往往强弩之末"②,这样的意见对后世产生了深远的影响。毛先舒显然继承了这种论调,称:"歌行,李飘逸而失之轻率,杜沉雄而失之粗硬,选家辨其两短,斯为得之。"③毛氏以初唐为标准,其对李、杜之批评较何景明、李攀龙更为尖刻:"子美七言古大浇初唐之朴,而于鳞云'七言古诗,惟子美不失初唐气格',殆所不解"④,"太白天纵逸才,落笔惊挺。其歌行跌宕自喜,不闲整栗,唐初规制,扫地欲尽矣"⑤。毛先舒所肯定的是李、杜那些具有初唐风格的七古,如称赞李白《捣衣篇》"'闺里佳人年十余',颇有四杰风格,差逸宕耳。要此等是太白佳作"⑥。而对于那些纵横驰骋、酣畅淋漓的诗作则极力排斥,《诗辩坻》评李白《公无渡河》《蜀道难》"笔墨率肆,无足取焉",评杜甫《楠树叹》"近粗直"⑦。这样的评价显然是有失公允的,但恰恰透露出毛氏心目中七古应当具备"深婉"特质。柴绍炳亦称"杜陵粗率之句,实开宋门;青莲软美之调,已逗元习"⑧,反对七古粗率随意。这样的意见,与"西陵十子"推崇温厚和平、含蓄蕴藉的主张密切相关。

对于近体诗,"西陵十子"继承前后七子之说,普遍以初、盛唐为宗。如柴绍炳称"近体以唐人为归"⑨,陆圻自称于近体"吾志以初盛唐为诣"⑩。毛先舒于律

---

① 何景明:《明月篇序》,《大复集》卷14,《景印文渊阁四库全书》集部第206册,台北:台湾商务印书馆,1986年,第123—124页。

② 李攀龙:《选唐诗序》,《沧溟集》卷15,《景印文渊阁四库全书》集部第217册,台北:台湾商务印书馆,1986年,第359页

③ 毛先舒:《诗辩坻》卷3,郭绍虞编选,富寿荪校点:《清诗话续编》上册,上海:上海古籍出版社,1983年,第47页。

④ 毛先舒:《诗辩坻》卷3,郭绍虞编选,富寿荪校点:《清诗话续编》上册,上海:上海古籍出版社,1983年,第45页。

⑤ 毛先舒:《诗辩坻》卷3,郭绍虞编选,富寿荪校点:《清诗话续编》上册,上海:上海古籍出版社,1983年,第47页。

⑥ 毛先舒:《诗辩坻》卷3,郭绍虞编选,富寿荪校点:《清诗话续编》上册,上海:上海古籍出版社,1983年,第47页。

⑦ 毛先舒:《诗辩坻》卷3,郭绍虞编选,富寿荪校点:《清诗话续编》上册,上海:上海古籍出版社,1983年,第47页。

⑧ 柴绍炳:《唐诗辩》,《柴省轩先生文钞》卷3,《四库全书存目丛书》第210册,济南:齐鲁书社,1997年,第190页。

⑨ 柴绍炳:《与越中潘献赤论诗赋书》,《柴省轩先生文钞》卷10,《四库全书存目丛书》第210册,济南:齐鲁书社,1997年,第379页。

⑩ 柴绍炳:《威凤堂偶录序》,《柴省轩先生文钞》卷6,《四库全书存目丛书》第210册,济南:齐鲁书社,1997年,第271页。

体亦以初、盛唐为归,但所取较明七子有所宽泛,如《诗辩坻》论七律曰:"诗至七言律,已底极变,既难空骋,又畏事累,大抵温丽为正,间令流逸,读之表里妍整,而风骨隐然。颇恶驱驾之势,有心章彩;至于隶古事,寓评议,斯为下风。唐初意尽句中,正用气格为高。盛唐境地稍流,而兴溢章外,不妨媲美。作者取裁,舍是奚适?中叶翩翩,亦曲畅情兴,必欲瓴覆大历以下,似属元美过差之谈。至于李商隐而下,予不敢道之。"①七律历来被认为是最难的诗体,胡应麟即云"近体之难,莫难于七言律"②,毛先舒认为七律要做到温丽、流逸、风骨兼备,反对有意彰文采、隶古事、发议论,以此为标准,他对初唐、盛、中唐均予以肯定,但对于好发议论的晚唐七律则认为不足为取。

柴绍炳于律诗以初、盛唐为归,《西陵十子诗选序》称"近制断自大历"、"元和而还难为近"③,但初、盛唐相较,柴绍炳显然更推崇盛唐:

> 唐初祖构正为名律,取其声调稳叶、气色鲜华。若沈云卿、杜必简、宋延清辈,一时号为擅场。嗣是李、韦、燕、许,黼黻相继。但武德、神龙之间,篇多应制,金粉习胜,台阁气多,体则袭而少变,响亦凝而未流。迨开元、天宝以还,茹六朝之华而去其靡,本初唐之庄而化其滞,于是风格遒上,音节谐会,色理必工,指趣俱远。如王维、李顽、岑参、高适诸公所构,遂臻其妙,既极才情,亦由运会,好云盛唐,斯实古今诸绝矣。④

柴绍炳认为虽然初唐律诗音调和谐、色泽华美,但承袭六朝,变化较少,且应制之作居多,台阁气较重,缺乏生气;而盛唐律诗则在风格、音节、色理、兴趣等方面均超越了初唐,故成为"古今诸绝"。盛唐诸家中,历来以杜甫诗歌最为集大成,"近代能诗者多以为宗,北地李献吉尤笃好之,规模若出一口。自琅琊、华亭而下,亦皆推为极至矣"⑤,但杜诗在取得艺术丰富性的同时亦表现出驳杂性,故高棅《唐

① 毛先舒:《诗辩坻》卷3,郭绍虞编选,富寿荪校点:《清诗话续编》上册,上海:上海古籍出版社,1983年,第54页。
② 胡应麟:《诗薮》内编卷5,北京:中华书局,1962年,第82页。
③ 柴绍炳:《西陵十子诗选序》,毛先舒、柴绍炳选编:《西陵十子诗选》卷首,国家图书馆藏清顺治七年还读斋刻本。
④ 柴绍炳:《杜工部七言律说》,《柴省轩先生文钞》卷4,《四库全书存目丛书》第210册,济南:齐鲁书社,1997年,第219页。
⑤ 柴绍炳:《杜工部七言律说》,《柴省轩先生文钞》卷4,《四库全书存目丛书》第210册,济南:齐鲁书社,1997年,第219页。

诗品汇》将杜甫列为"大家"、不为"正宗",李攀龙亦云"子美篇什虽众,憒焉自放矣"①。柴绍炳继承了以上观点,在肯定杜诗"挥斥百代,包举众家"的同时对其"颓然自放"②提出不满。柴绍炳尝撰《杜工部七言律说》一文,列数杜诗存在的八种弊病,即鄙浅、轻遽、濡滑、纤巧、粗硬、酸腐、径露、沾滞。柴绍炳鉴于宋人及明代复古派学杜之失,认为有必要对杜诗之瑕瑜予以辨明:

> 夫杜非不可学,宜取其遒丽沉雄,清疏隽永,如予所列诸篇而仿之可也。至鄙浅、轻遽、濡滑、纤巧、粗硬、酸腐、径露、沾滞,是其平生大累,当为鉴诫者。乃一一从而仿之,且变本加厉,则是慕西施者单逐其捧心耶?献吉赋才本高,结构亦博,名章曼句,未易屈指,其粗疏丑拙,故以袭杜失之,然作者相仍,率少觉窹。自宋人过于尊杜,奉若神明,而学得所近平钝芜拙,什九买椟还珠。近世词家又多为献吉所掩,矜持不啻三尺摹画遗迹、摭拾残渖,更类东施之颦、邯郸之步矣。夫杜律雅非正宗,况复若仿而增剧焉。倔疆不顾,率天下而祸风雅者必斯人也哉。……若乃才既不高,学复不深,徒指杜陵为口实而似奇实。凡似老实稚,强半拗调,大都俚语,聊资俭腹,且便矢口,辟晚唐之径,扇宋人之波,而且沾沾自喜,高置一座,其于诗家位置竟不知,工拙果何如也。予既恶末学之陋,且虑老境颓放,贤者不免,故论而著之,不厌辞废,庶使后之君子有所考镜云。

柴绍炳认为宋人及明代李梦阳等人尊杜、学杜而不得要领,直走入歧途。他所推崇的律诗应当具备风姿韵致,故学杜诗当效其"遒丽沉雄,清疏隽永"者,而宋人专学杜诗枯寂、粗率、浅俚者,且好发议论、表现显直,破坏了诗歌的审美意蕴。柴绍炳亦指出李梦阳学到了杜诗中"拙而无味"、"俗而伤雅"等不好的一面,他批评李梦阳"怅望东南五色氛"已为趁韵,"日黑鱼龙豗梦泽"滋觉累眼,"阮籍穷途未足啼"几同诨撰,"秦相何缘怨岳飞"酷肖村吻,"以此求杜,失之愈远"③。李梦阳确实在学杜过程中不自觉地靠近杜诗中的"变调",显直粗率,远离初盛唐风韵,柴绍炳吸取了明代重风韵一派的诗学观,力图扭转后世学杜流于卑陋之弊。

绝句体制短小,离首即尾,易流于浅露,"西陵十子"于绝句尤贵含蓄。但若

---

① 李攀龙编:《古今诗删》卷 10,《景印文渊阁四库全书》集部第 321 册,台北:台湾商务印书馆,1986 年,第 91 页。

② 柴绍炳:《杜工部七言律说》,《柴省轩先生文钞》卷 4,《四库全书存目丛书》第 210 册,济南:齐鲁书社,1997 年,第 219 页。

③ 柴绍炳:《杜工部七言律说》,《柴省轩先生文钞》卷 4,《四库全书存目丛书》第 210 册,济南:齐鲁书社,1997 年,第 220 页。

刻意锤炼,又易流于斧凿,故又讲求自然天成。如柴绍炳曰:"五七言绝句以四句之中自备起承转合,贵其使事超忽,落句渊永。发端赴节,每在有意无意。青莲、少伯之后,又有沧溟,殆入神境。然较论两难,五言犹甚,以其节短蕴宏也。"①主张既要含蓄婉转,又要成之自然,韵味悠长。毛先舒亦持类似观点,《诗辩坻》评绝句尤重神韵,如评初唐四杰"人知其才绮有余,故自不乏神韵。若盈川《夜送赵纵》,第三句一语完题,前后俱用虚境。临海《易水送别》,借轲、丹事,用一'别'字映出题面,余作恁吊,而神理已足。二十字中而游刃如此,何等高笔"②;评王维、孟浩然"五言绝笔韵超远,不减李拾遗。但李近浏亮,王近清疏,特差异耳"③。毛先舒在实际创作上同样注重情思韵味,柴绍炳称其"五七绝尤称神,至曲终余奏,逸响袅袅,青莲少伯之伦蔑以远过也"④。除神韵外,气势亦是"西陵十子"论绝句的一个重要标准。《诗辩坻》评唐太宗幸灵州诗"止二句虽阙,而已自笼罩雄奇"⑤;评孟浩然"他体较王(笔者注:王维)格小减,五言绝句,气更似胜之"⑥;评大历诗人李益、韩翃"足称劲敌。李华逸稍逊君平,气骨过之,至《从军北征》,便不减盛唐高手"⑦。这与其论诗推崇雄浑壮阔有关,如毛先舒尝批评竟陵派不取初唐《帝京》《畴昔》《长安》《汾阴》等而独取乔知之《绿珠篇》,称"此等伎俩,为南唐后主构花中亭子可耳,安知造五凤楼乎"⑧。毛先舒于绝句忌轻佻俚露,如批评胡应麟《诗薮》论五言绝句以施肩吾《幼女词》等为佳:"胡明瑞举唐五言绝句凡十六首,云佳者大半于此。余观权德舆《玉台体》二首,语意佻浅;至王建《新嫁娘》、施肩吾《幼女词》,摹事太入情,便落卑格。"⑨在他看来,权德舆《玉台体》摹

---

① 柴绍炳:《与越中潘献赤论诗赋书》,《柴省轩先生文钞》卷10,《四库全书存目丛书》第210册,济南:齐鲁书社,1997年,第379页。

② 毛先舒:《诗辩坻》卷3,郭绍虞编选,富寿荪校点:《清诗话续编》上册,上海:上海古籍出版社,1983年,第55—56页。

③ 毛先舒:《诗辩坻》卷3,郭绍虞编选,富寿荪校点:《清诗话续编》上册,上海:上海古籍出版社,1983年,第56页。

④ 柴绍炳:《井幹轩诗集序》,《柴省轩先生文钞》卷6,《四库全书存目丛书》第210册,济南:齐鲁书社,1997年,第272页。

⑤ 毛先舒:《诗辩坻》卷3,郭绍虞编选,富寿荪校点:《清诗话续编》上册,上海:上海古籍出版社,1983年,第55页。

⑥ 毛先舒:《诗辩坻》卷3,郭绍虞编选,富寿荪校点:《清诗话续编》上册,上海:上海古籍出版社,1983年,第56页。

⑦ 毛先舒:《诗辩坻》卷3,郭绍虞编选,富寿荪校点:《清诗话续编》上册,上海:上海古籍出版社,1983年,第57页。

⑧ 毛先舒:《诗辩坻》卷4,郭绍虞编选,富寿荪校点:《清诗话续编》上册,上海:上海古籍出版社,1983年,第87页。

⑨ 毛先舒:《诗辩坻》卷3,郭绍虞编选,富寿荪校点:《清诗话续编》上册,上海:上海古籍出版社,1983年,第56页。

写闺中思妇，轻佻绮靡，格调不高；而王建《新嫁娘》、施肩吾《幼女词》诗意直白浅俚，皆属下格。

明初高棅将唐诗分为初、盛、中、晚四个时期，以盛唐为"正"、中晚唐为"变"，前后七子承高棅"伸正诎变"的诗学观，"大历以后弗论"①，表现出诗学取向的狭窄及思维方式的拘执。"西陵十子"虽然对中唐诗之俚俗颇有微词，但对晚唐诗的态度明显优于七子派。例如毛先舒称："唐人诗有中晚，余意尝优晚。盖中唐虽若自然，乃多失之俚浅；晚叶诸公刻画惊挺，而引信多遥思，故为胜也。"②高度肯定晚唐诗在情思、辞采方面取得的成就。而对于"彤藻纤新"③的温庭筠、李商隐诗，"西陵十子"更是颇多赞美之辞，例如毛先舒称晚唐诗"至金荃、玉溪，尤觉有神来之妙，余昔尝日夕讽咏，描摹莫逮"④，足见其对温、李诗的推崇。

就时代而言，晚唐为政教不修的衰乱之世；就诗歌内容而言，晚唐以备受儒家学者非议的香奁艳体著称，所以晚唐诗肯定不得不面临文学与国运、艳情与礼义的问题。毛先舒将诗歌与国运视为二途，《诗辩坻》曰："汉武《秋赋》之悲，不害其雄主；隋炀典制之作，无救于亡国。"⑤雄主吟咏悲歌并不妨碍国家强盛，而昏君即使为典制之作亦难免亡国命运，故诗歌与时代盛衰及国家存亡并无必然关系，这就为艳情诗卸去了骂名。不仅如此，毛先舒还将言情推溯到儒家至高无上的经典——《诗经》：

> 又或以庄辞为备六义，殆又不然。夫古人作诗，取在兴象，男女以寓忠爱怨诽，无妨贞正，故《国风》可录，而《离骚》经辞乃称不淫不乱。《诗》三百篇，大抵言情为多，乃用《尚书》《礼运》之义相绳，何其固耶？⑥

在传统的儒家诗学中，纯写男女之爱的诗歌是违背风雅之旨的，像《玉台》《香奁》皆遭到强烈抵制。欲为艳体诗翻案，必须将其纳入儒家诗学体系中。毛先舒从

---

① 王廷相：《刘梅国诗集序》，《王氏家藏集》卷22，《四库全书存目丛书》集部第53册，济南：齐鲁书社，1997年，第104页。

② 毛先舒：《题倪鲁玉诗》，《思古堂集》卷3，《四库全书存目丛书》第210册，济南：齐鲁书社，1997年，第812页。

③ 柴绍炳：《唐诗辨》，《柴省轩先生文钞》卷3，《四库全书存目丛书》第210册，济南：齐鲁书社，1997年，第190页。

④ 毛先舒：《题倪鲁玉诗》，《思古堂集》卷3，《四库全书存目丛书》第210册，济南：齐鲁书社，1997年，第812页。

⑤ 毛先舒：《诗辩坻》卷2，郭绍虞编选，富寿荪校点：《清诗话续编》上册，上海：上海古籍出版社，1983年，第26页。

⑥ 毛先舒：《诗辩坻》卷1，郭绍虞编选，富寿荪校点：《清诗话续编》上册，上海：上海古籍出版社，1983年，第8—9页。

男女之情寓君臣之义的角度出发,将艳情诗看作是对风骚传统的继承,这样一来,诗言男女情爱便成为名正言顺的事情了。毛先舒还引汉乐府《羽林郎》《陌上桑》《孔雀东南飞》中对女主人公的描写以及孔子录《硕人》为例,说明艳语无伤于雅:"'一鬟五百万,两鬟千万余',侈胡姬也。'头上倭堕髻,耳中明月珠',称罗敷也。'指如削葱根,口如含珠丹',艳兰芝也。是三贞妇,而作者褒咏如此,不妨古雅,在今必当酷忌。卫人所为赋《硕人》,宁非仲尼所亟录耶?"①毛先舒对时人排斥艳语深感不满,认为他们"总是未彻《风》《骚》源委"②,并未真正理解风骚的真正内涵。毛先舒还对世人批评竟陵派欣赏艳情表示不满:"竟陵酷赏艳情,或嫌其荡,而不知无伤于雅也。"他认为艳情无碍于雅正,所以也就不存在放荡的问题。毛先舒对"噍音促节"、"凄声寒魄"的竟陵派多有不满,唯独在尚艳情方面颇为一致,《诗辩坻》尝引钟惺《古诗归》评《陌上桑》语"贞静之情,以艳词发之,艳何妨正也"③,视为知言。

"西陵十子"不仅在理论上对晚唐诗歌予以肯定,在创作上亦多有取鉴。如毛先舒尝作《蕊云集》一卷,集名即源自温庭筠《古织锦词》"蕊乱云盘相间深",柴绍炳为题词曰:《蕊云》一种,托指骚艳,别有杼轴,颇似常建、李贺乐府,语不可尽解芳。此集声情格律仍轨正宗且省静,引人咀味。毛子年裁四十,味道甚深,敛华就实,力追先正,而又不为老境颓放轻启宋蹊,岂非古昔所称大雅卓尔不群者哉?④即点明是集对晚唐诗的借鉴。毛先舒晚年更是直接摹习李贺、温庭筠、李商隐、韩偓四家,并名诗集为"晚唱","以别于初唐之格"⑤。是集得到了沈谦的赞赏与唱和,毛先舒自述"始余作《晚唱》,录成一帙,以示余友临平沈去矜谦。去矜赏叹,且云当拟此体数十篇与足下合刻之已。寄来《柳烟》《塘上》二曲,秾丽淡宕,语语惊魂,令我伧父"⑥。丁澎亦对晚唐多有浸染,邓之诚《清诗纪事初编》称其"诗学晚唐"⑦。丁澎七律《风雨送春二首》即标明"效晚唐体",其一云:"烟霭池亭极望中,繁枝无力倚东风。谁家客梦杨花白,何处春归杜宇红。寒食佳期

---

① 毛先舒:《诗辩坻》卷1,郭绍虞编选,富寿荪校点:《清诗话续编》上册,上海:上海古籍出版社,1983年,第20页。

② 毛先舒:《诗辩坻》卷1,郭绍虞编选,富寿荪校点:《清诗话续编》上册,上海:上海古籍出版社,1983年,第7页。

③ 毛先舒:《诗辩坻》卷4,郭绍虞编选,富寿荪校点:《清诗话续编》上册,上海:上海古籍出版社,1983年,第82页。

④ 柴绍炳:《毛驰黄近集题词》,《柴省轩先生文钞》卷7,《四库全书存目丛书》第211册,济南:齐鲁书社,1997年,第302页。

⑤ 毛先舒:《晚唱》,《四库全书存目丛书》第211册,济南:齐鲁书社,1997年,第101页。

⑥ 毛先舒:《晚唱》,《四库全书存目丛书》第211册,济南:齐鲁书社,1997年,第101页。

⑦ 邓之诚:《清诗纪事初编》卷7,上海:上海古籍出版社,2013年,第794页。

偏荏苒,江南山色在空濛。天涯芳讯难凭寄,愁托乡心到蕙丛。"梅庚评曰:"柔情逸态,摇曳生姿,高出刘沧、许浑一派。"①"西陵十子"还曾集体次韵韩偓香奁诗,孙治《孙宇台集》有《无题次韩偓韵四首》,诗前小序曰:"昔唐臣韩偓首制无题十四韵,一时士大夫和者有王相国、吴融、令狐涣、刘崇誉、王涣诸人,香奁之味于斯特甚。予友去矜和韩之作前后二十四首,嗣后虎臣、驰黄、飞涛、鸿征间作。诸子云思逸□②,都复擅场,繁钦《定情》,方斯为下。曹植《薄命》,曾何足云。藉令韩偓生今日,亦当舌挢不合,比如毛施掩面、南威避席。"③以上诸例,可见"西陵十子"对晚唐浸润之深。

四、"宋人之诗伧,元人之诗巷":评宋元诗

前后七子以汉魏、盛唐为归,将宋、元诗排斥在视阈之外。李梦阳认为好的诗歌应具备"格古、调逸、气舒、句浑、音圆、思冲、情以发之"七要素,"七者备而后诗昌也",而这些要素宋诗皆不具备,故曰"宋无诗"④。李攀龙亦持相同论调,曰:"诗自天宝而下,俱无足观。"⑤这一观点在当时与后世产生了巨大影响,宋元诗歌往往被束之高阁。如朱彝尊称:"自李献吉所谓唐以后书可勿读,唐以后事可勿使,学者笃信其说,见宋人诗集辄屏置不观。"⑥"西陵十子"基本继承了明代复古派的论调,对于唐以后诗持抵触排斥的态度。如毛奇龄称:"往者予来杭州,每与陆君景宣、丁君药园主客论诗,其时持论太峻,尚墨守嘉、隆间人不读唐以后书之说。"⑦孙治称:"诗自河梁、十九首以后,至于曹、刘、颜、谢诸人各臻其妙,至唐李、杜、王、孟以后则几无诗矣。"⑧柴绍炳亦持"唐后无诗"的态度:"由唐而后,

① 丁澎:《扶荔堂诗集选》,《清代诗文集汇编》第78册,上海:上海古籍出版社,2010年,第420页。
② 此处字迹模糊不可辨。
③ 孙治:《无题次韩偓韵四首》,《孙宇台集》卷38,《四库禁毁书丛刊》集部第149册,北京:北京出版社,1997年,第164页。
④ 李梦阳:《潜虬山人记》,《空同集》卷48,《景印文渊阁四库全书》集部第201册,台北:台湾商务印书馆,1986年,第446页。
⑤ 张廷玉等撰:《明史》卷287,北京:中华书局,1974年,第7378页。
⑥ 朱彝尊:《柯寓匏振雅堂词序》,《曝书亭集》卷40,《四部丛刊正编》第81册,台北:台湾商务印书馆,1979年,第332页。
⑦ 毛奇龄:《沈方舟诗集序》,《景印文渊阁四库全书补遗》集部第7册,北京:北京图书馆出版社,1997年,第654页。
⑧ 孙治:《王觉斯先生诗草》,《孙宇台集》卷6,《四库禁毁书丛刊》集部第148册,济南:齐鲁书社,1997年,第713页。

五季宋元,体虽备而几无诗"①,"宋亡诗,唐有诗矣。……宋人指匿于理,效法在唐,高得衰晚,卑乃学究本色耳,何诗可言"②。柴绍炳于诗以"汉魏三唐为宗"③,自觉捍卫唐音,在杭州诗坛产生了重要影响,毛奇龄称:"终君之世,不敢以宋元诗文入西泠界者,君之力也。"④方象瑛称:"至今杭人言诗,无阑入宋元者。近虽稍稍习为宋诗,然操唐音者十之七八,流风余韵固尚在也。"⑤可见西陵一地宗唐风气之盛。实际上,"西陵十子"不但鄙薄宋元诗,对于"开宋恶道"⑥的中唐诗歌亦予以贬斥。如柴绍炳曰:"有作家而不可为法者,如长吉之牛鬼蛇神、乐天知老妪可解,俱失其中是也。有名重当世而篇不入格者,如韩愈《游南山》《石鼎》句,自用我法之类是也。有盛传一时而实堕恶道者,如徐凝'白练'、'青山'之句,以此夺解之类是也。"⑦中唐诗坛以尚实、尚俗的元白诗派与重主观、求怪奇韩孟诗派最为代表,其体制体貌与初盛唐诗大为不同,正所谓"诗到元和体变新"⑧,而中唐诗又对宋诗影响甚著。"西陵十子"贬低中唐、宋元诗,其原因大致有以下两点:

一是俚俗。"西陵十子"论诗崇尚雅正,特别反对俚俗。在他们看来,中唐、宋元诗不仅内容俚俗,有违于风雅之旨,且语言直白浅显,有失含蓄蕴藉。如柴绍炳称:"长庆而下,率易僿浅。"⑨毛先舒称:"《解颐新语》云:'诗贵和平,令人易晓。'予谓和平固不在易晓。又云:'子渊《箫颂》传于宫牒,百乐《童规》讽于樵斯,《长恨》一曲童子解吟,《琵琶》一篇胡儿能唱,岂必深险哉!'予谓诗不贵险,却自

① 柴绍炳:《唐诗辨》,《柴省轩先生文钞》卷 3,《四库全书存目丛书》集部第 210 册,济南:齐鲁书社,1997 年,第 189 页。

② 柴绍炳:《吴锦雯诗序》,《柴省轩先生文钞》卷 7,《四库全书存目丛书》集部第 210 册,济南:齐鲁书社,1997 年,第 285 页。

③ 方象瑛:《柴虎臣先生传》,《健松斋续集》卷 6,《清代诗文集汇编》第 128 册,上海:上海古籍出版社,2010 年,第 441 页。

④ 毛奇龄:《柴征君墓状》,《西河集》卷 113,《景印文渊阁四库全书》集部第 260 册,台北:台湾商务印书馆,1986 年,第 242 页。

⑤ 方象瑛:《柴虎臣先生传》,《健松斋续集》卷 6,《清代诗文集汇编》第 128 册,上海:上海古籍出版社,2010 年,第 441 页。

⑥ 毛先舒:《诗辩坻》卷 3,郭绍虞编选,富寿荪校点:《清诗话续编》上册,上海:上海古籍出版社,1983 年,第 57 页。

⑦ 柴绍炳:《唐诗辨》,《柴省轩先生文钞》卷 3,《四库全书存目丛书》集部第 210 册,济南:齐鲁书社,1997 年,第 190 页。

⑧ 白居易:《余思未尽加为六韵重寄微之》,白居易著,朱金城笺校:《白居易集笺校》第 3 册,上海:上海古籍出版社,1988 年,第 1532 页。

⑨ 柴绍炳:《与越中潘献赤论诗赋书》,《柴省轩先生文钞》卷 10,《四库全书存目丛书》集部第 210 册,济南:齐鲁书社,1997 年,第 379 页。

须深,元、白鄙俚,讵足为训!借如《箫赋》在今,亦未易读,诗索媪解,岂称高唱"①,"何元朗最喜白太傅,称其'不事雕饰,直写性情',不知此正诗格所由卑也。又称白《琵琶行》、元《连昌宫词》为古今长歌第一,殆见浅耳"②。毛先舒对元白诗派以俗为尚、追求老妪能解的审美风格提出严厉批评,而继承元、白之风的张籍、王建同样因为俚俗遭到鄙夷,毛先舒评丁澎《听石城寇白门弦索歌》"歌音流畅,序句间峭,绝似刘宾客,非张、王乐府比也"③,明显流露出对张、王乐府诗的不屑。宋、元诗在通俗性上致中唐诗有过之而无不及,清人李树滋即指出:"用方言入诗,唐人已有之;用俗语入诗,始于宋人,而要莫善于杨诚斋。"④而明代公安派酷嗜元白诗风,袁宏道直将元稹、白居易视为"诗之圣"者。公安派在创作上随意轻巧,其中有不少作品流于率直浅俗,"戏谑嘲笑,间杂俚语"⑤,对诗歌的艺术美感构成了损害。故毛先舒曰:"初盛之后,似合有张、王俚俗一派,犹明中叶有袁中郎辈也。"⑥柴绍炳曰:"武德而还难为古,元和而降难为近也。又况宋习鄙钝,元音俚下,艺林厄运,榛莽当涂。"⑦"西陵十子"遵循含蓄雅正的审美原则,将自中唐以来为诗率直浅俗者皆列入批判之列。

二是好发议论、以文为诗。前后七子排斥宋诗的一大理由即宋诗专作理语,缺乏比兴与声调之美。如李梦阳批评宋诗主理,称:"诗何尝无理?若专作理语,何不作文而诗为邪","宋人主理,作理语,于是薄风云月露,一切铲去不为,又作诗话教人,人不复知诗矣"⑧。"西陵十子"亦认为宋诗以理语取代情与形象,违背了诗歌的审美特征。毛先舒《青桂堂新咏引》有段关于情与理的论述,与前引李梦阳论调有所类似:"诗之为物,名理而已。顾理弗可以显为辞,而藉情与景透迤迁延而后出之。故指微而音永,俾之遐思,不可直寻,诗之道也","因景物而识情,因情而识理,因理而知。凡理皆寓,凡寓皆理,则信乎诗之作无非理,而以理

① 毛先舒:《诗辩坻》卷 3,郭绍虞编选,富寿荪校点:《清诗话续编》上册,上海:上海古籍出版社,1983年,第 62 页。
② 毛先舒:《诗辩坻》卷 3,郭绍虞编选,富寿荪校点:《清诗话续编》上册,上海:上海古籍出版社,1983年,第 62 页。
③ 丁澎:《扶荔堂诗集选》卷 2,《清代诗文集汇编》第 78 册,上海:上海古籍出版社,2010 年,第 370 页。
④ 李树滋:《石樵诗话》卷 4,道光二十九年湖湘采珍山馆刊巾箱本。
⑤ 张廷玉等撰:《明史》卷 288,北京:中华书局,1974 年,第 7398 页。
⑥ 毛先舒:《诗辩坻》卷 3,郭绍虞编选,富寿荪校点:《清诗话续编》上册,上海:上海古籍出版社,1983年,第 62 页。
⑦ 柴绍炳:《西陵十子诗选序》,《柴省轩先生文钞》卷 6,《四库全书存目丛书》第 210 册,济南:齐鲁书社,1997 年,第 273 页。
⑧ 李梦阳:《缶音序》,《空同集》卷 52,《景印文渊阁四库全书》集部第 201 册,台北:台湾商务印书馆,1986 年,第 477 页。

为诗者之亡诗也"①。在情、理问题上,毛先舒虽认为诗歌在本质上是主理的,但同时强调理不可直言,必须借助情与景体现出来。宋人深受理学影响,往往直接阐发义理,质木无文而缺少情韵,故毛先舒曰:"诗之亡也,亡于理胜。非理胜之能亡诗也,以理言理而情景亡,并理亦亡,则诗从而亡。"②毛先舒尝引严羽批评江西诗派的著名言论,并予以高度评价:"严仪卿生宋代,能独睹本朝诗道之误,谓近代诸公乃作奇特解会,遂以文字、才学、议论为诗,于一唱三叹之音有所歉焉。某末流甚者,叫嗓怒张,乖忠厚之风。论眉山、江西,亦可称沉著痛快,真复绝之识,其书之足传宜也。"③严羽论诗重在兴趣,"以唐人为法",对宋人以文字、才学、议论为诗深感不满,毛先舒对严羽此论表示高度认同,抨击宋诗以理言理、好发议论。"西陵十子"于诗崇尚比兴传统,而宋诗更侧重赋法,这正与十子相抵牾。如张丹于诗最推崇杜甫,但与宋人学习杜诗赋法不同,其着眼点在于杜诗擅长运用比兴:"能用比兴惟有少陵,他人虽极工练,不过赋尔。"④毛先舒则将宋诗好议论、好直陈的"陋习"溯源至杜甫:"汉后皆风人之诗,魏后皆词人之赋,虽四始道微,而菁华犹未遽竭,何也? 以不堕理窟,不缚言筌耳。世曰杜陵义兼《雅》《颂》,然末叶弊法,颇见权舆。逮宋人踵之,并今诗之法俱丧。慎言哉!"⑤他认为杜诗已见说理议论端倪,宋人变本加厉,"堕理窟"、"缚言筌",使诗道尽丧。从含蓄比兴出发,"西陵十子"主张诗歌要浑融无迹,尤忌以文为诗,而韩孟诗派恰恰提倡追求诗的散文化,故遭到强烈批评。如毛先舒评价韩愈:"《嗟哉董生行》学《雁门太守》,然气格凡近不称。《石鼓歌》全以文法为诗,大乖风雅。唐音云亡,宋响渐逗,斯不能无归狱焉者。陋儒哓哓颂韩诗,亦震于其名耳。"⑥《嗟哉董生行》和《石鼓歌》系韩愈以文为诗的典型代表,将散文的句法、章法用于诗歌写作,使得文不像文,诗不像诗。毛先舒以韩愈为变革唐音、开启宋诗者,确属知言,但将其视为恶道,不能不说毛先舒持论过狭、有失偏颇。

丁澎则从时代背景来分析宋元诗之衰落,《吴园次宋元诗选序》曰:

① 毛先舒:《青桂堂新咏引》,《撰书》卷1,《四库全书存目丛书》第210册,济南:齐鲁书社,1997年,第630页。
② 毛先舒:《青桂堂新咏引》,《撰书》卷1,《四库全书存目丛书》第210册,济南:齐鲁书社,1997年,第630页。
③ 毛先舒:《诗辩坻》卷3,郭绍虞编选,富寿荪校点:《清诗话续编》上册,上海:上海古籍出版社,1983年,第49页。
④ 张丹:《张秦亭诗集》,《四库全书存目丛书》第210册,济南:齐鲁书社,1997年,第493页。
⑤ 毛先舒:《诗辩坻》卷1,郭绍虞编选,富寿荪校点:《清诗话续编》上册,上海:上海古籍出版社,1983年,第23页。
⑥ 毛先舒:《诗辩坻》卷1,郭绍虞编选,富寿荪校点:《清诗话续编》上册,上海:上海古籍出版社,1983年,第23页。

> 风雅之会,必因时代为盛衰。宋兴,崇尚质厚。才人硕儒,殚精研思,悉务明经术理学,非若唐人以诗取士为专家。且熙宁、元佑间,士大夫多以讥讽获谴,咏歌之事遂以不振。下递乎元,名流屈于下僚,甚至穷老山野,其忧羁放废之感,自托于法曲杂部,以见其志,篇什益芜颣,莫能自工。尚论者不得不以经术理学归之宋,法曲杂部归之元,以有唐诗奉为不祧之宗也,谓非时为之哉?①

丁澎认为诗歌的盛衰与士人所处的时代有着直接关系,唐代以诗取士,作诗能力的高低直接与功名挂钩,受到士人的高度重视,这无疑促进了诗歌的繁盛;而宋代强调经术理学,士人埋首穷经,诗歌对他们的吸引力大大降低;元代则取消科举,文人长期沉寂下僚,多将内心不平形诸散曲杂剧,故诗歌难免走向衰落。

"西陵十子"尽管对宋元诗进行了猛烈的抨击,然亦有公允之论。如毛先舒虽反对宋元诗,但承认宋元诗中"亦各自间有佳处"②,不能一概斥之,这使其反对宋元诗表现出更多的理性色彩。丁澎可谓"西陵十子"中对宋元诗态度最为通达者,其论诗以合乎风雅传统为准则,对于符合标准的宋元诗亦予以肯定。清初吴绮针对当时宗宋风气所带来的种种弊病,取宋、元之近唐者辑为《宋元诗永》,丁澎为之作序,予以高度评价:"宋元诗,茅苇也。选宋元诗,则荆榛也。灌莽尽芟,则新楚自见。筚路篮缕之功,园次其毋次。"③尽管丁澎所肯定的是宋元诗中近唐的一路,而非真正代表宋诗特色的以文为诗、矫健兀枭者,但毕竟为宋元诗作了一定的辩护,较明七子派将唐诗奉为金科玉律、"自郐以下无讥焉"的态度更为通达。曹尔堪评此文曰:"写得风雅不坠,代有传人,三唐不得专美。匪第宋元生色,亦令千古作者吐气。"④吴道煌评曰:"诗人贵耳而贱目,一语破尽古今多少无识人,可想见药园具眼处。"⑤"西陵十子"在理论上对宋元诗进行了严厉的批评,但在实际创作中却不尽然。丁澎在创作上即有学宋诗者,如《宋中吕司寇祠和王文安公韵》曰:"风雨砀城暮,荒祠尚岿然。黄河流故泽,白蔓覆新烟。俎豆

---

① 丁澎:《吴园次宋元诗选序》,《扶荔堂文集选》卷1,《清代诗文集汇编》第78册,上海:上海古籍出版社,2010年,第463页。

② 毛先舒:《诗辩坻》卷3,郭绍虞编选,富寿荪校点:《清诗话续编》上册,上海:上海古籍出版社,1983年,第58页。

③ 丁澎:《吴园次宋元诗选序》,《扶荔堂文集选》卷1,《清代诗文集汇编》第78册,上海:上海古籍出版社,2010年,第464页。

④ 丁澎:《扶荔堂文集选》,《清代诗文集汇编》第78册,上海:上海古籍出版社,2010年,第464页。

⑤ 丁澎:《扶荔堂文集选》,《清代诗文集汇编》第78册,上海:上海古籍出版社,2010年,第464页。

虔遗老,衣冠俨后贤。残碑名迹在,知藉蔡邕传。"沈韩倬评曰:"不作刻画语,真庆历大家之遗。"①而对于"以文为诗"、雄奇怪诞的中唐韩愈诗,丁澎亦偶有借鉴,如《竹瓦歌和原韵赠宗鹤问》曰:"古篆峋嵝碑荐福,山中神物千年绿。巉岩大壑采琅玕,细把鱼肠刘荆玉。花文练质如蓝柔,巧制若有天工修。良才未剖柯亭笛,纤条不系任公钩。拾得未央东阁瓦,索靖小楷荆浩图。摩拭勿用琼枝洒,龙威石裂汲冢书。羽陵奇蠹腾文鱼,竹楼遗甍古漆简。光芒璨珊同车渠,笔床砚几云霞起。"丘曙戒评曰:"落笔俱成异采,可匹退之《石鼓歌》。"②陆圻论诗虽斥责中唐元、白乐府之浅直俚俗,但在实际创作中却时有效仿,如《枯桑行》题下自注"仿元白体",诗曰:"我行萧瑟秋风起,见一老妇枯桑里。问之未答已泫然,欲略拜跪还徒倚。自言我家住城西,遗得茕茕三弱子。长息今年二十余,但往山头射獐□③。比□弓健手亦柔,州县差檄不可止。且说长安征重师,吾将以女应之□。中息少年尝早起,垦田刘谷捷无比。租庸调□叠相催,一旦追呼沉狱底。季子网鱼南涧边,春水桃花肥鳜鲤。适闻邻村一老成,相传藩镇不得平。就傍等郡拨丁壮,克期又兴河北兵。此二若去复谁语,可怜老妇泪如雨。"④诗写清初赋税、兵役之重,对百姓摧残之甚,以老妪口吻道来,朴实真切,通俗浅显,显然效仿白居易新乐府体式。可见"西陵十子"于中唐、宋元诗虽持论严苛,但实际创作却有所宽松,这亦体现出其广博之处。

第三节 毛先舒对明代诗学的反思与调和

清初杭州诗坛宗唐之风与"西陵十子"的倡导有着密切关系,而在诗学理论方面,"十子"之中尤以毛先舒成就最为突出。蒋寅先生在《清代诗学史》中指出,"钱塘诗人中,只有毛先舒可以称得上是真正的批评家。他的《诗辩坻》四卷,是清初诗学中很重要的论诗专著"⑤,即点明毛先舒及其《诗辩坻》在清初诗学史的重要地位。目前学界在论及毛先舒时,大多将其诗学视为对明代七子派的沿袭,实际上毛先舒详辨包括七子派在内的明代诸派诗学得失,合其众长,去其所短,在此基础上建立起自己的诗学体系。毛先舒师心、求变以及归情于正的诗学观均体现出为避免明代诗学弊病所作的努力,尤其是尚艳体、崇绮丽、推尊齐梁

① 丁澎:《扶荔堂诗集选》卷3,《清代诗文集汇编》第78册,上海:上海古籍出版社,2010年,第377页。
② 丁澎:《扶荔堂诗集选》卷2,《清代诗文集汇编》第78册,上海:上海古籍出版社,2010年,第372页。
③ 原文此处字迹模糊不可辨。
④ 陆圻:《枯桑行》,《威凤堂集》卷6,南开大学图书馆藏清钞本。
⑤ 蒋寅:《清代诗学史(第一卷)》,北京:中国社会科学出版社,2012年,第544页。

晚唐,更是针对明代七子派之赝古、公安派之俚俗、竟陵派之枯寒所提出的新的诗学路径。本节即从毛先舒对明代诗学的反思出发,论述毛先舒对各派诗学的调和及其审美理想所在。

一、毛先舒对明代诗学的反思

明清之际的社会大动荡、大变革强烈地震撼了广大士人的心灵,亦激发了学术思想上的全面反思。在社会思潮及学术思想的大转变中,诗学思想也随之发生了显著的变化。清初诗学家对明代诗学进行了深刻的反思,无论前后七子、公安派抑或竟陵派,均受到清初诗学家程度不同的批判,清初诗学就是伴随着对明代诗学流弊的反思建立起来的。以"幽情单绪、孤行静寄"①为宗尚的竟陵派首当其冲,早在明末陈子龙即对其发起猛烈抨击,钟、谭二公"居荐绅之位,而为乡鄙之音;立昌明之朝,而作衰飒之语","以致海内不学之小生,游光之缁素,侈然皆自以为能诗"②。明亡后,竟陵派更是成为众矢之的,备受攻伐,其中尤以钱谦益之论最具代表性:

> 其所谓深幽孤峭者,如木客之清吟,如幽独君之冥语,如梦而入鼠穴,如幻而之鬼国,浸淫三十余年,风移俗易,滔滔不返。余尝论近代之诗,抉摘洗削,以凄声寒魄为致,此鬼趣也,尖新割剥,以噍音促节为能,此兵象也。鬼气幽,兵气杀,著见于文章,而国运从之。岂亦《五行志》所谓"诗妖"者乎?③

钱谦益认为诗歌与国运相连,将竟陵派的凄声寒魄目为导致明亡的一大原因。毛先舒对于竟陵派深感不满,认为其非但未能如其所述纠七子之弊,反而每况愈下:"王、李之弊,流为痴肥,钟、谭克药欲砭一时之疾,不虞久服更成中瘠耳。又其材识本嵬琐,故不能云救,每变愈下。今之为二氏左右袒者,不足深辩。""今观万历以后其诗文倍于古,滥于情,了无风格,只以韵题尖冷语作好而使人欣快,其将为君子耶?抑将为小人耶?故仆必谓隆、万之交乃明文盛衰一大运会也。而国脉亦即因之,可不慎哉。"④他讥弹竟陵诗之孤僻幽冷、势尖径仄,并斥其为坏

---

① 钟惺:《诗归序》,钟惺著,李先耕、崔重庆标校:《隐秀轩集》卷16,上海:上海古籍出版社,1992年,第236页。
② 陈子龙:《答胡学博》,《陈子龙文集》下册,上海:华东师范大学出版社,1988年,第424页。
③ 钱谦益:《列朝诗集小传》下册,上海:古典文学出版社,1957年,第571页。
④ 毛先舒:《与友论诗文书》,《潠书》卷6,《四库全书存目丛书》第210册,济南:齐鲁书社,1997年,第728页。

国运之"小人",可见其态度之鄙夷。就当时诗坛整体而言,众多诗学家如顾炎武、王夫之、宋琬、朱彝尊等皆将竟陵诗斥为亡国之音,毛先舒此言可谓清初诗学家的普遍倾向。然详细深入地剥析竟陵之得失者,毛先舒当属佼佼。其《诗辩坻》卷四专设《竟陵诗解驳议》一节,列钟、谭立说谬者三十三条,逐条指摘。其具体批评可概括为六点:一是指义浅率,展卷即通;二是持论儇侻,启人狙智;三是矜巧片字,不贵阆整;四是但趣新隽,不原风格;五是前代矩镬,屏同椎轮,鞭辟淋漓,一往欲尽;六是高谈性灵,嗤鄙追琢,各用我法,遑知古人。该文规模宏大,批驳甚细,于清初属罕有。

毛先舒除对竟陵派痛加笔伐外,亦常取公安派并列斥之:

> 苟乖大雅,则弥变弥堕。……近如唐六如之俚鄙,袁中郎之佻脱,竟陵钟、谭之纤猥,亦俱自谓能超象迹之外,不知呵佛未易,直枉入诸趣耳。[①]

又曰:

> 万历后世风渐衰,人皆勇于争名不肯让。耻心既丧,瓦釜乱鸣,此卧子夫子所云颓唐放笔遍布通都者也,岂徒不自耻也。又且喜谤前辈,咺之不休,则其心又加丧焉。公安、竟陵益既肆口,后来者益甚。呜呼!文章关国运,岂虚语哉?[②]

将公安之轻佻、竟陵之狭仄视为亡国之源,一并嗤骂。毛先舒对公安派的不满最主要还是在于其"信腕信口"[③]、不循古法:

> 鄙人之论云:"诗以写发性灵耳,值忧喜悲愉,宜纵怀吐辞,薪快吾意,真诗乃见。若模拟标格,拘忌声调,则为古所域,性灵斯掩,几亡诗矣。"予案是说非也。[④]
> 鄙人之论又云:"夫诗必自辟门户,以成一家,倘蹈前辙,何由特立!"此

---

① 毛先舒:《诗辩坻》卷1,郭绍虞编选,富寿荪校点:《清诗话续编》上册,上海:上海古籍出版社,1983年,第9—10页。

② 毛先舒:《书马松里诗卷后》,《思古堂集》卷3,《四库全书存目丛书》第210册,济南:齐鲁书社,1997年,第818页。

③ 袁宏道:《雪涛阁集序》,江盈科:《江盈科集》上册卷首,长沙:岳麓书社,1997年,第2页。

④ 毛先舒:《诗辩坻》卷1,郭绍虞编选,富寿荪校点:《清诗话续编》上册,上海:上海古籍出版社,1983年,第11页。

又非也。①

这里所说的"鄙人"之论,正是晚明公安派的论调,认为古人的标格声调会妨碍性灵的抒发,这是毛先舒所不能接受的。毛先舒痛恶公安派,还有一个重要原因,即俚俗:

> 初盛之后,似合有张、王俚俗一派,犹明中叶有袁中郎辈也。②
> 予谓诗不贵险,却自须深。元、白鄙俚,讵足为训。借如《箫赋》在今,亦未易读,诗索媪解,岂称高唱!③

毛先舒于诗崇尚婉雅含蓄,而中唐元白诗派恰恰以俗为尚,务求浅求尽,继承元、白的公安派亦追求"宁今宁俗"④,且格调不高,有乖风雅,于是遭到了毛先舒的强烈批评。

清代四库馆臣认为毛先舒恪守七子藩篱,称其《诗辩坻》中"上下千古所铸金呼佛者,则惟一李攀龙焉"⑤。实际上,毛先舒对前后七子之弊病有着清醒的认识,对其抨击可谓毫不留情,没有丝毫回护。如云:

> 迨成、弘之际,李、何崛兴,号称复古,而中原数子,鳞集仰流,又因以雕润辞华,恢阅典制,鸿篇缛彩,盖斌斌焉。及其敝也,庬丽古事,汩没胸情,以方幅啴缓为冠裳,以剿肤缀貌为风骨,剿说雷同,坠于浮滥,已运丁衰叶,势值末会。⑥

严斥七子派句拟字模、刻意尺寸之拟古方式,尤其是因格调废性情,更是得不偿失。

① 毛先舒:《诗辩坻》卷1,郭绍虞编选,富寿荪校点:《清诗话续编》上册,上海:上海古籍出版社,1983年,第11页。
② 毛先舒:《诗辩坻》卷3,郭绍虞编选,富寿荪校点:《清诗话续编》上册,上海:上海古籍出版社,1983年,第49页。
③ 毛先舒:《诗辩坻》卷3,郭绍虞编选,富寿荪校点:《清诗话续编》上册,上海:上海古籍出版社,1983年,第62页。
④ 袁宏道:《冯琢庵师》,袁宏道著,钱伯城笺校:《袁宏道集笺校》中册,上海:上海古籍出版社,2008年,第781—782页。
⑤ 永瑢等撰:《四库全书总目》下册卷197,北京:中华书局,1965年,第1805页。
⑥ 毛先舒:《诗辩坻》卷4,郭绍虞编选,富寿荪校点:《清诗话续编》上册,上海:上海古籍出版社,1983年,第79页。

再如于清初"诗家翕然宗之,天下靡然从风"①的钱谦益,毛先舒亦有指瑕:

> 惠示《初学集》,迻日读之。……至诗则胎宋、元之俗骨,牵词、曲之卑调,间作倔强,自抽机梭,而鄙语尘情,无可流览,直可置诸不存。其书三十二本返上,聊附数语,以备余览。②

毛先舒认为钱谦益宗法宋、元,格调卑浅,内容俚俗,且时有硬语,甚为粗厉。然而,对其诗一味抹煞,未免排击过甚,有欠公允。毛先舒如此贬低钱谦益诗,主要在于钱谦益推崇宋、元。毛先舒对宋、元诗歌深恶痛绝,其鄙夷态度较明代复古派更甚。例如胡应麟《诗薮》对于宋、元诗虽多有指摘,然继承王世贞"捃拾宜博"③之态度,对其亦有所认可,此举即遭到毛先舒的批评:"胡明瑞性骛多,故于宋、元诗俱评驳极详。然眼中能容尔许尘物,即胸次可知,宜诗之不振矣。"④《诗辩坻》评上古至明朝历代诗歌,独弃宋、元诗不谈,足见其对宋、元诗歌态度之轻蔑。究其原因不外乎两点,一是卑俗纤佻,内容上殊乖风雅;二是以文字议论为诗,与比兴含蓄的审美旨趣相违背。《诗辩坻》曰:"及宋世酷尚粗厉,元音竞趣佻褒,蒙醉相扶,载胥及溺,四百年间,几无诗焉"⑤,"唐人文多似诗,不害为佳;退之多以文法为诗,则伧父矣"⑥。毛先舒对宋、元诗全盘否定,所谓"宋人之诗伧,元人之诗巷"⑦,虽不无偏激,然亦旨在力矫清初诗坛宗宋、元风尚之弊也。

二、毛先舒诗学的调和思维

毛先舒盘点明代诗学流弊,左绌前后七子"模拟蹈袭",右叱公安、竟陵"有乖大雅",同时对钱谦益所倡导的清初宗宋、元风尚着力抨击,其目的无非在于弃其

---

① 凌凤翔:《牧斋初学集序》,钱谦益著,钱曾笺注,钱仲联标校:《牧斋初学集》下册,上海:上海古籍出版社,1985年,第2230页。

② 毛先舒:《与吴锦雯》,《潠书》卷5,《四库全书存目丛书》第210册,济南:齐鲁书社,1997年,第709页。

③ 王世贞著,罗仲鼎校注:《艺苑卮言校注》卷1,济南:齐鲁书社,1992年,第24页。

④ 毛先舒:《诗辩坻》卷3,郭绍虞编选,富寿荪校点:《清诗话续编》上册,上海:上海古籍出版社,1983年,第63页。

⑤ 毛先舒:《诗辩坻》卷4,郭绍虞编选,富寿荪校点:《清诗话续编》上册,上海:上海古籍出版社,1983年,第79页。

⑥ 毛先舒:《诗辩坻》卷2,郭绍虞编选,富寿荪校点:《清诗话续编》上册,上海:上海古籍出版社,1983年,第67页。

⑦ 毛先舒:《诗辩坻》卷3,郭绍虞编选,富寿荪校点:《清诗话续编》上册,上海:上海古籍出版社,1983年,第58页。

所短,合其所长,建立起新的审美理想。毛先舒云:

> 标格声调,古人以写性灵之具也。由之斯中隐毕达,废之则辞理自乖。夫古人之传者,精于立言为多,取彼之精,以遇吾心,法由彼立,杼自我成,柯则不远,彼我奚间?如此唱歌,又如音乐,高下徐疾,豫有定律,案节而奏,自足怡神,闻其音者,歌哭抃舞,有不知其然者,政以声律节奏之妙耳。倘启唇纵恣,戞击任手,砰磅伊亚,自为起阕,奏之者无节,则聆之者不欣,欲为性灵,其复得耶!离朱之察,不废玑衡;夔、旷之聪,不斥管律。虽法度为借资,实明聪之由人。藉物见智,神明逾新,标格声调,何以异此![1]
>
> 昔者相如以赋为文,李、杜以诗为文,韩退之以文为诗,欧苏诸公以记为赋,揆之作者,元非本色。然乃有酷爱之者,传至于今不废,何者?文字以精神所至为主,而格律不可尽拘也。……今人论文每云某家某派,不知古人始即临摹,终期脱化,遗筌舍筏,掉臂孤行,盘薄之余,亦不知其所从出。初或未尝无纷纷同异,久之论定,遂更尊之为家派耳。古来作者率如此,规规然奉一先生而株守之,不堪其苦矣。[2]

就明代诗学而言,前后七子认为格调优先于性情,特别讲究法度格调,然难脱蹈袭窠臼,其末流更是走上了"字剽句窃"、"专以依傍临摹为事"[3]的歧途。公安派则主张独抒性灵、不拘格套,信手而成、随意而出,然而不少作品过于率意而流于俗浅鄙俚,破坏了诗歌的艺术美感。鉴于复古派舍情言法与公安派舍法言情所产生的弊端,毛先舒认为性情与格调并不冲突,主张折中"情"与"法",合其两长,具体做法可概括为十六个字,即:法由彼立,杼自我成,始即临摹,终期脱化。

在师古方面,毛先舒针对拟古之弊,提出两点意见。一是学古应先求其心:

> 欲学夫诗,先求其心,故歌之而可以观志,弦之而可以见形。若夫内无昭质而郁畅菁华,胸本柴棘而放词为高,斯如鎏黄火翠,茹蘦练染,不能饰美,适足彰其为贱工也。[4]

---

① 毛先舒:《诗辩坻》卷1,郭绍虞编选,富寿荪校点:《清诗话续编》上册,上海:上海古籍出版社,1983年,第12页。

② 毛先舒:《答孙无言书》,《潠书》卷7,《四库全书存目丛书》第210册,济南:齐鲁书社,1997年,第738—739页。

③ 叶燮:《原诗》外篇下,王夫之等撰、丁福保辑:《清诗话》下册,上海:上海古籍出版社,1978年,第571页。

④ 毛先舒:《诗辩坻》卷1,郭绍虞编选,富寿荪校点:《清诗话续编》上册,上海:上海古籍出版社,1983年,第11页。

明代复古派之学古重在声貌,"惟以模拟为工,尺尺寸寸,按古人之迹,务求肖似";而毛先舒则强调精神内涵,学诗先要"求心",即提升内在的人格修养。只有具备了良好的道德修养,才能达到内外兼美的状态。

二是"始于稽古,终于日新":

> 抑有专求复古,不知通变,譬之书家,妙于临摹,不自见笔,斯为弱手,未同盗侠。何则? 亦犹孺子行步,定须提携,离便僵仆。故孺子依人,不为盗力,博文依古,不为盗才。作者至此,勿忘自强,然而有充养之理,无助长之法也。①

毛先舒认为,学习、甚至模拟他人作品是诗人成长过程中的一个必要阶段。就像练习书法,须由临摹开始,然而等到融会贯通后,就必须求新求变、有所突破。学诗学书譬如孺子学习走路,需要大人提携,否则就会摔倒,所以临摹古人不能算作剽窃;待作者具备了一定基础之后,便要自立自强,"学诗如学书,必先求其似,然后求其不必似,乃得"②。毛先舒认为学习古人是必要的,但最终目的是脱离古人,形成自己独特的风格特征。

在性情方面,毛先舒针对公安派与竟陵派轻佻狭仄之弊,亦提出两点意见。一是"思无邪",即使情归于正:

> 诗者,情为之也。然圣人于诗不治情而治思。何也? 圣人无治情之学,而止有治思之学。盖情与思皆从性中递来者也。③

公安派与竟陵派之所以分别走入俚俗轻佻与幽峭险僻,与其性情之偏离"雅正"有密切关系。毛先舒虽主张诗写性灵,但他所谓的"情",指的是经过儒家思想规范过的情,与公安派、竟陵派所提倡的俗化之情有着本质区别。毛先舒站在传统的儒家诗教立场上,主张治思以正情,"绳之削之,一归于正"④,以免诗歌在精神内容上偏离正轨。

二是熟参古人之作。

---

① 毛先舒:《诗辩坻》卷 1,郭绍虞编选,富寿荪校点:《清诗话续编》上册,上海:上海古籍出版社,1983年,第 11 页。
② 毛先舒:《诗辩坻》卷 3,郭绍虞编选,富寿荪校点:《清诗话续编》上册,上海:上海古籍出版社,1983年,第 67 页。
③ 毛先舒:《思无邪论》,《潠书》卷 3,《四库全书存目丛书》第 210 册,济南:齐鲁书社,1997 年,第 661 页。
④ 毛先舒:《思无邪论》,《潠书》卷 3,《四库全书存目丛书》第 210 册,济南:齐鲁书社,1997 年,第 661 页。

岂谓不须读书,却不在填事;亦不谓不可学古文,却不可去描摹字句章法;亦不是径不用事、径不许学古文法,只是临文时须是扫而空之,不得有一卷书、一篇文横着胸腹,听其自来,听其不来,听其暗合古法,亦听其不用古法。昔人所谓悬崖撒手、竿头进步,岂是倚墙壁凑陈腐人所能超脱变化也。然方其读书时又须极熟读古人文,时又必须精心玩味他字法句法篇法,从之浑融凑泊,化裁臻微,及乎落笔,则一空其心而已。空心者,神斯来集,此文章之祖也。①

公安派主张"信腕信口"、"宁今宁俗",不甚注重读书习古;竟陵派虽强调学习古人之精神,然而患"不读书之病","学问不厚,故失之陋"②。有鉴于此,毛先舒主张多读书,熟参古人之文。然而,虽然平日要积累熟参,但胸中却不可以存有法度,临文之际要"一空其心",这无疑吸收了《庄子》强调"集虚"、"解衣盘礴"的艺术精神。所谓"空心者,神斯来集",犹《庄子》言"虚室生白,吉祥止止"、"鬼神将来舍",将诗歌创作视为类似"大匠运斤"的过程,这亦是对明代复古派一味强调规矩法度的反拨。

毛先舒尝曰:"常思文字须追踪古人,又须脱去古人,不落剿袭。又非凭臆,不穿凿矫强,而大能开新出奇。"③他将格调与性灵相统一,主张性灵要建立在学古的基础上,而学古又必须有性灵作支撑,且要求变。毛先舒所言学古与明代复古派存在很大差异,所言性情与公安派及竟陵派之性情亦不相同,正是在调和明代各派诗学偏至的基础上,他建构起了自己的诗学体系。

三、毛先舒诗学的审美理想

毛先舒运用调和思维,汲取明代偏胜对立的各派诗学之长,去其所短,其格调与性灵统一、规情入正的诗学追求,明显体现出向传统儒家诗学回归的倾向。这里必然要涉及到风雅正变问题。明清之际士人饱受战火摧残,如何表现所处的乱世,不同的诗家派别作出了不同的选择。清初不少诗学家极力推崇变风变雅,"乱世之音怨以怒","亡国之音哀以思",以凄戾之音书写亡国大哀,黄宗羲就

---

① 毛先舒:《与子侄论文书》,《潠书》卷7,《四库全书存目丛书》第210册,济南:齐鲁书社,1997年,第746页。

② 钱谦益:《列朝诗集小传》,钱谦益:《列朝诗集小传》下册,上海:古典文学出版社,1957年,第574页。

③ 毛先舒:《与方渭仁论文书》,《思古堂集》卷2,《四库全书存目丛书》第210册,济南:齐鲁书社,1997年,第805页。

是一个典型例子。他尝曰:"夫文章,天地之元气也。元气之在平时,昆仑旁薄,和声顺气,发自廊庙,而郁洃于幽遐,无所见奇。逮夫厄运危时,天地闭塞,元气鼓荡而出,拥勇郁遏,坌愤激讦,而后至文生焉。"①相较温厚平和,黄宗羲无疑更看重变风变雅,这与其慷慨郁勃的激越情怀有着密切关系。毛先舒则更推崇温柔敦厚,委婉含蓄,《诗辩坻》曰:

> 曰:"论诗者多尚含蓄,恶讦露,然《鹑奔》《相鼠》《巧言》《巷伯》以及《板》《荡》之篇,其指何绞而辞何迫,夫非《三百》之遗音耶?"曰:"是诚然已,抑予所论者文也,古经之传,岂能优劣!倘就文而论之,知必不以讦露为工也。'人之无良,我以为君',何如'展如之人兮,邦之媛也'之婉而微矣。举此一端,可观其余已。且予所论近体也,非古也。律绝之体,旨归酝藉,《选》体之善,妙于腴雅,歌行乐府,亦稍纵矣。倘有人焉,涉子、顽之凶,丁厉、幽之乱,而发为四言,予又乌能禁其绞且迫焉?且予所论者又正也,非变也。若子所举是变风雅也,正则亡是已。故记曰:'七介以相见,不然则已悫;三辞三让而至,不然则已蹙。'故礼有傧诏,乐有相步,温之至也。夫礼以坊淫主严,乐以导和主宽,而诗者乐之用也。主严者尚恶迫,而况导和之具,为乐之用者。是故含蓄者,诗之正也,讦露者,诗之变也。论者必衷夫正而后可通于变也。②

毛先舒崇尚雅正,将诗歌视为"温柔敦厚之善物"③,提倡温厚和平之音,不喜"变风"、"变雅",认为即使心有怨刺,亦要表现的含蓄温厚,不能凄戾讦露。例如批评赵壹《刺世疾邪赋》、郦炎《见志诗》"愤气侠中,无复诗人之致"④,评蔡文姬"《悲愤诗》峻直,正与孟德《蒿里》《薤露》及孔文举笔气极似,此真东京末流笔也"⑤。毛氏论诗以温厚含蓄为标准,尽管推崇初、盛唐,贬抑宋、元,但对于唐诗中显直率肆、有失温雅含蓄者,亦毫不客气地予以批评:

---

① 黄宗羲:《谢皋羽年谱游录注序》,黄宗羲著,吴光主编:《黄宗羲全集》第 10 册,杭州:浙江古籍出版社,2012 年,第 34 页。

② 毛先舒:《自叙》,《诗辩坻》附录,郭绍虞编选,富寿荪校点:《清诗话续编》上册,上海:上海古籍出版社,1983 年,第 96—97 页。

③ 毛先舒:《诗辩坻》卷 3,郭绍虞编选,富寿荪校点:《清诗话续编》上册,上海:上海古籍出版社,1983 年,第 68 页。

④ 毛先舒:《诗辩坻》卷 1,郭绍虞编选,富寿荪校点:《清诗话续编》上册,上海:上海古籍出版社,1983 年,第 24 页。

⑤ 毛先舒:《诗辩坻》卷 1,郭绍虞编选,富寿荪校点:《清诗话续编》上册,上海:上海古籍出版社,1983 年,第 21 页。

工部老而或失于俚，赵宋藉为骈缫；翰林逸而或流于滑，朔元拾为香草。①

太白《公无渡河》，乃从尧、禹治水说起，迂癖有致，然笔墨率肆，无足取焉。《蜀道难》等篇亦然，开后人恶道。②

子美"文章有交神有道"，虽云深老，且起有势，却是露句，宋人宗此等失足耳。③

李白、杜甫向来被尊为诗歌史的最高峰，尤其是杜甫，在清初更是成为诗歌审美理想之典范。毛先舒从温厚含蓄出发，批评李、杜诗中感情激烈、表现显直者，这样的指责显然有失公允，但恰恰透露出毛先舒尚雅正含蓄的诗学旨趣。

在清初诗坛，回归儒家诗学传统成为普遍趋势。然而，毛先舒将诗歌史上备受非议的艳情诗纳入大雅，显示出颇为卓异的诗学眼光。《诗辩坻》云：

世目情语为伤雅，动矜高苍，此殆非真晓者。若《闲情》一赋，见摈昭明；"十五王昌"，取呵北海。声响之徒，借为辞柄，总是未彻《风》《骚》源委耳。④

传统的儒家诗学往往将"雅"与"艳"对立起来，艳情诗自古以来备受非议。陶渊明《闲情赋》即被萧统指则为"白璧微瑕"，崔颢《王家少妇》"十五嫁王昌"之句则被李邕呵斥"小子无礼"。毛先舒认为"艳"无碍"雅"，二者并非截然对立，而是可以并行不悖。艳情诗"实权舆于大雅"，并不会损害诗人的贞心高韵。毛先舒还上溯《诗经》来证明艳情诗之合理性：

情语肇允，故原《三百》。大抵雍、岐笃贞，淇、洧煽淫，二者之中，仍判惊苦。《氓蚩》启"唾井"之源，《绿衣》开宫词之始，此哀之绪也。汉宫蹑臂，征于"荇菜"，杨方《同声》，亦本"弋雁"，此愉之端也。就兹二情，复有二体。其

---

① 毛先舒：《诗辩坻》卷1，郭绍虞编选，富寿荪校点：《清诗话续编》上册，上海：上海古籍出版社，1983年，第8页。

② 毛先舒：《诗辩坻》卷3，郭绍虞编选，富寿荪校点：《清诗话续编》上册，上海：上海古籍出版社，1983年，第47页。

③ 毛先舒：《诗辩坻》卷3，郭绍虞编选，富寿荪校点：《清诗话续编》上册，上海：上海古籍出版社，1983年，第50页。

④ 毛先舒：《诗辩坻》卷1，郭绍虞编选，富寿荪校点：《清诗话续编》上册，上海：上海古籍出版社，1983年，第7页。

一专模情至,不假粉泽,摇魂洞魄,句短情多,始于"束薪"、"芍药",衍于《九歌》,畅于《清商》,至填词而极,此一派也。其一则铺张衣被,刻画眉颊,藻文雕句,寓志于辞,则始于《硕人》《偕老》,靡于《二招》,流于《白纻》,至元曲而极,此一派也。李唐作者,不一其途,最者右丞联会真之韵,协律奏《恼公》之曲,栓校开西昆之制,承旨发无题之咏。飘流符会,余弄未湮,故格有秾纤,旨有正变。识乖扬榷,概云摈于大雅,则无乃拙目之嗤欤!①

《诗经》作为儒家经典典籍,具有无上的权威性。从《诗经》中寻找理论依据,是明清诗学家广泛使用的手段。毛先舒则述艳情诗自《诗经》至后世的演变历程,将其分为专模情至、不假粉泽与铺张衣被、藻文雕句两类,细绎其脉络,使"艳""雅"合一更具有说服性。

除肯定艳情诗外,毛先舒还特别崇尚文采华艳,《诗辩坻·总论》称"质直以捡括,文之以丹彩"②,即将文采作为诗歌应该具备的要素之一。《诗客主论·三》即表明了先舒就文质问题的看法:

> 诗出于《诗》,文出于《书》。《诗》每衔华,《书》每笃质。是以论文或可右简至而左菁华,谈诗者亮无主空虚而客章采也。然古诗犹可,近体弥否,故韩、柳于诗格既非高,宋之诸贤益更偃下。③

文与质是中国古代诗学的重要议题,传统的儒家审美价值系统向来对文辞绮丽颇为排斥。毛先舒虽强调文质彬彬,但二者相较,显然更倾向炼饰文采,词藻华艳,甚至将词采视为判断诗歌质量的一大标准。挚友柴绍炳就曾批评过毛先舒有过分追求华辞丽饰之嫌:"艳逸相高,务目新体,矫枉太甚,亦复是累。"④

中国古代诗歌史上既艳且绮者莫过于齐梁陈与晚唐,而二者在明代均备受贬斥。复古派古体法汉魏,近体宗盛唐,明确将齐梁陈与晚唐置于宗法范畴之外。毛先舒从"艳不碍雅"与"炼饰文采"出发,对齐梁陈及晚唐诗予以高度评价。他称赞"梁陈绮丽",其《杂体诗二十四首》"感于古人诗格皆以代隆庳,遂次其尤

---

① 毛先舒:《诗辩坻》卷2,郭绍虞编选,富寿荪校点:《清诗话续编》上册,上海:上海古籍出版社,1983年,第36页。

② 毛先舒:《诗辩坻》卷1,郭绍虞编选,富寿荪校点:《清诗话续编》上册,上海:上海古籍出版社,1983年,第6页。

③ 毛先舒:《诗客主论·三》,《毛驰黄集》卷6,山东大学图书馆藏清康熙刻本。

④ 柴绍炳:《与毛驰黄论诗书》,《柴省轩先生文钞》卷10,《四库全书存目丛书》集部第210册,济南:齐鲁书社,1997年,第385页。

雅者,远溯炎汉,近迄于明,凡得二十四人",其中即选梁简文帝《闺思》与江总《七夕》拟之。相较齐梁陈,毛先舒对晚唐诗浸润更深,尝曰:"钱、刘、韩、李之婉缛,岂无一长;庭筠、义山之艳藻,乃亦绝世。"①充分肯定晚唐诗之绮丽。其《晚唱》一卷"皆摹李商隐、李贺、温庭筠、韩偓四家之体,以别于初唐之格,故以晚名焉"②。

毛先舒对于齐梁陈及晚唐艳体的推崇与其师陈子龙有着密切关系。陈子龙尝曰:

> 至于齐梁之瞻篇,中晚之新构,偶有间出,无妨斐然。(《几社壬申合稿凡例》)③

以陈子龙为首的云间派在很大程度上沿袭了明代七子派崇尚汉魏盛唐、主雄壮的诗学观,但在辞采上明显更倾向于华艳。毛先舒自称尝耽于陈子龙新撰,赞其艳诗"芳草多所误"为"唐古雅辞","火照纱窗"乃"填词妙境",并宣称"其于古调在离合之间,所为妙也。若居然工部,宛尔于鳞,则《浣花》《白雪》,曩编具是,安用是捧辇耶"④,充分肯定陈子龙在文辞华艳上对七子派复古诗学所作出的新变。

毛先舒对明代各派诗学进行了深刻的反思,调和众家,扬长弃短,建立起自己的诗学体系。其师心、求变以及归情于正的诗学观均体现出为避明代诗学弊病所作出的努力,尤其是尚艳体、崇绮丽、推尊齐梁晚唐,更是针对明代七子派之赝古、公安派之俚俗、竟陵派之枯寒所提出的新的诗学路径。当然,清初推崇齐梁及晚唐者并非仅毛先舒一家,前面所提到以陈子龙为首的云间派即是一个典型例子。又如清初虞山诗人群体对于齐梁及晚唐艳体的推崇与浸润,在清初诗坛亦颇为引人注目。海虞二冯即"尚于绮丽,以温、李为范式"⑤。冯班(1602—1671)尝曰:"看齐梁诗,看他学问源流、气力精神,有远过唐人处。"⑥置齐梁于唐诗之上,较毛先舒有过之而无不及。冯班还一改前代斥齐梁及晚唐为衰变的观

---

① 毛先舒:《答柴虎臣论诗书》,《毛驰黄集》卷5,山东大学图书馆藏清康熙刻本。
② 毛先舒:《晚唱》,《四库全书存目丛书》第211册,济南:齐鲁书社,1997年,第101页。
③ 陈子龙:《几社壬申合稿凡例》,杜骐徵等辑:《几社壬申合稿》卷首,《四库禁毁书丛刊》集部第34册,北京:北京出版社,1997年,第489页。
④ 毛先舒:《答柴虎臣论诗书》,《毛驰黄集》卷5,山东大学图书馆藏清康熙刻本。
⑤ 冯班:《同人拟西昆体诗序》,《钝吟老人文稿》,国家图书馆藏清初毛氏汲古阁刻本。
⑥ 冯班撰;冯武辑:《钝吟杂录》卷4,《景印文渊阁四库全书》子部第192册,台北:台湾商务印书馆,1986年,第542页。

点,将其视为盛世之始:

> 徐、庾为倾仄之文,至唐而变。景龙、云纪之际,飒飒乎盛世之音矣。
> 温、李之于晚唐,犹梁末之有徐、庾;而西昆诸君子,则似唐之王、杨、卢、骆。
> 杜子美论诗,有"江河万古流"之言;欧阳永叔论诗,不言杨、刘之失而服其
> 工,古之论文者其必有道也。盖徐、庾、温、李,其文繁缛而整丽,使去其倾
> 仄,加以淳厚,则变为盛世之作。文章风气,其开也有渐,为世道盛衰之征,
> 君子于此,有前识之道焉。①

齐梁及晚唐诗因其绮艳,在中国古代诗歌史上一直备受道德指责。冯班却从审
美角度,将齐梁及晚唐视为开盛世风气之先,极大地提升了二者的地位。毛先舒
则曰:"汉武《秋风》之悲,不害其雄主;隋炀典制之作,无救于亡国。"②至多切断
诗歌与政治之联系来为绮艳之词开脱。相较而言,毛先舒所言尚为平允,而冯班
之言未免有过分抬高之嫌。总之,毛先舒以其诗学理论与实际创作,与这些诗学
家一道,共同促进了齐梁及晚唐诗风在清初的流行,应当在清初诗学史上占有一
定地位。

---

① 冯班:《陈邺仙旷谷集序》,《钝吟老人文稿》,国家图书馆藏清初毛氏汲古阁刻本。
② 毛先舒:《诗辩坻》卷2,郭绍虞编选,富寿荪校点:《清诗话续编》上册,上海:上海古籍出版社,1983
年,第26页。

第四章

"西陵十子"诗歌个案研究

　　尽管"西陵十子"皆主张宗唐复古,具体到实际创作上,"十子"风格不尽相同,而这一点并未引起学界重视。柴绍炳在《西陵十子诗选序》即指出"十子"风格之差异:"景宣经史论叙,淹通藻密,翰墨之勋,先驱首路。诗则绮丽为宗,符采昭烂,云津龙跃,不厌才多。锦雯才情斐娓,兼有气势,故鸣笔不羁,境非绝诣,致异小家,乐府歌行,飒飒大国风也。际叔文笔雅健,诣称冠绝。宇台清驶,略足相当,于诗词讽寄,营殊惨淡,实已睹奥升堂。若宇台《琴操》《迪躬》、际叔《赠季》《怀陆》,皆古近名构,其他篇未能称是。祖望骨格苍劲,虽入乎杜陵,词能独运,时有利钝,无妨老境。去矜少多艳情,瑕瑜不掩,近乃一变,已体制骞卓。飞涛天性愉夷,不耐搜剔,染翰伸纸,宛尔妍好,譬则合德入宫,芳馨竞体,以自然标胜。三子体讵相兼,才能各骋,张《山村杂咏》、沈《己庚新律》、丁《婺游》诸什,虽古词流,曷以过之耶? 驰黄素工韵语,复精裁鉴,沉婉名秀,罕出其右,或整栗微乖,神韵恰合,小词杂著,都属可传,擅场所乏,未办作赋耳。景明妙龄嗣响,一洗芜累,藉婉弱有之,而雅裁秀色,蔚然名家。五言古体,尤号独步,比于驰黄七绝,盖妙得天纵,匪由钻仰?"①毛先舒亦有类似评价:"陆景宣如濯龙甲第,宛洛康馗,流水游龙,轩盖联映;柴虎臣如连云夏屋,无论榱栋,即槫栌支撑,都无细干;吴锦雯如浅草平原,朔儿试马,展巧作剧,便有驰突塞垣之气;陈际叔如孟公入座,宕迈绝伦;孙宇台如春江一消,波路壮阔;张祖望如郦生谒军门,外取唐突见奇,而中具简练;沈去矜如秦川织女,巧弄机杼,心手既调,花鸟欲活;丁飞涛如黼帐初寒,银筝未阙,月光通曙,与灯竞辉;虞景明如丛篁解苞,新莲含粉。"②因此,深入探究各成员诗歌创作、发掘其独特价值,这对于深化"西陵十子"诗学研究是非常有必要的。

---

① 柴绍炳:《西陵十子诗选序》,《柴省轩先生文钞》卷 6,《四库全书存目丛书》集部第 210 册,济南:齐鲁书社,1997 年,第 274 页。
② 陈康祺著,晋石点校:《郎潜纪闻初笔、二笔、三笔》,北京:中华书局,1984 年,第 294 页。

　　"西陵十子"中,柴绍炳、吴百朋、陈廷会、虞黄昊四人诗集今皆不存,而陆圻虽名望与辈分最高,但诗歌艺术成就并不突出,孙治则为"十子"中模仿痕迹最重者,成就不高。"西陵十子"中,以毛先舒、张丹、沈谦与丁澎成就较高,且较具特色与代表性,本章即选取这四位成员的诗歌创作进行个案分析,进一步探究"西陵十子"的诗学倾向。

第一节　拟古与求变：论毛先舒的诗歌创作

　　毛先舒(1620—1688),一名骙,字驰黄,后更字稚黄,浙江仁和(今属杭州)人。明末清初著名的学者、诗人。生而早慧,"六岁能辨四声,八岁能诗,十岁能属文"①,少出陈子龙之门,又从刘宗周讲心性之学。崇祯末年,以父命为诸生。明亡后,以著书授徒为生,尝言"黑发九秋暮,壮心孤剑寒。闭门还著史,泥底几时干"②。顺治初,与陆圻、柴绍炳、张丹、沈谦等结社赋诗,号称"西陵十子";又与沈叔培、周禹吉、李式玉诸君子相砥砺,称"八子"。毛先舒与顾炎武、吴伟业、屈大均、施闰章、宋琬、王士禛、朱彝尊等诗坛名家多有交游,在清初诗坛上具有一定的影响力,"虽卧病,问字者履恒满"③。毛先舒虽负才善病,然肆力著述,寒暑不辍,其诗集现存《东苑诗钞》1卷、《蕊云集》1卷、《晚唱》1卷,《毛驰黄集》卷1至卷5、《思古堂集》卷4亦录其诗作,数量颇富。毛先舒"有兼体之能"④,诗文词曲无所不通,且成就不凡,得到了时人的高度评价。如柴绍炳《西陵十子诗选序》赞其"素工韵语,复精裁鉴,沉婉名秀,罕出其右"⑤;孙治《赠毛稚黄序》称其"殚力肆志于诗、古文,天下作者如陈黄门,皆首屈指。以彼其才,于谢榛、卢柟又何有哉"⑥。众多文体中,毛先舒于诗歌用力最深,陆圻称:"余友毛子驰黄以风流翘秀之姿,读书好古,其为文无不淹雅足尚,而尤长于诗歌,其他皆其学为之,而

---

① 毛奇龄:《毛稚黄墓志铭》,《西河集》卷99,《景印文渊阁四库全书》集部第260册,台北:台湾商务印书馆,1986年,第114页。

② 毛先舒:《秋日再简沈甸华》,《毛驰黄集》卷4,山东大学图书馆藏清康熙刻本。

③ 林璐:《螺峰小隐记》,《岁寒堂初集》卷4,《四库全书存目丛书》集部第283册,济南:齐鲁书社,1997年,第821页。

④ 孙治:《毛驰黄集序》,《孙宇台集》卷4,《四库禁毁书丛刊》集部第148册,北京:北京出版社,1997年,第703页。

⑤ 柴绍炳:《西陵十子诗选序》,《西陵十子诗选》卷首,国家图书馆藏清顺治七年还读斋刻本。

⑥ 孙治:《赠毛稚黄序》,《孙宇台集》卷8,《四库禁毁书丛刊》集部第149册,北京:北京出版社,1997年,第730页。

此独加性焉。"①然而,迄今为止尚未见有关毛先舒诗歌创作的专门研究,这与其在当时的地位与影响力是不相称的。其实,毛先舒不仅有着系统且较为卓异的诗学理论,其创作亦取得了较高的艺术水平,应当引起学界的重视。

毛先舒弱冠即见赏于云间陈子龙,并师从其门下,故诗学主张明显表现出崇唐斥宋之倾向。毛先舒与陆圻、柴绍炳、张丹等钱塘诗人一道,崇尚雅正,坚守唐音,使清初盛极一时的宋诗风始终无法入钱塘诗界。清代四库馆臣尝评毛先舒诗歌曰:"大抵音调浏亮,犹有七子之余风焉。"②毛先舒的确受复古派影响甚深,但并不是一味继承,而是多有新变。七子派大都有着强烈的忧患意识与批判现实的精神,其诗歌多从大处着眼,造语沉雄,节亮声昂,而毛先舒在文辞上明显较七子派华艳绮丽,并将此视为对七子派的一大新变。与之相应,毛先舒在取法对象上将齐梁、晚唐纳入学习范围,而这两个时段的诗歌恰恰为七子派不齿。纵观毛先舒诗作,其中既有宗法汉魏盛唐者,慷慨悲凉,浑厚壮阔;又有追摹齐梁及晚唐者,绮思华藻,艳而不冶,丽而不俗。尤其是其五七言绝句,清新流丽,情韵兼胜,倍受清初诗家推许。

一、宗法汉唐,沉郁悲凉

明清鼎革对明王朝统治下的民众造成了深重灾难,亦强烈地震撼了士人的心灵。中原板荡,沧桑巨变,激起了文人的民族意识与创作才情,深沉的故国之思与强烈的民族气节成为清初诗坛的主旋律。易代之际,诗人的政治立场往往格外受到关注。毛先舒尝拜殉国之士陈子龙与刘宗周为师,二人皆力主抗清,怒斥权奸,有着强烈的忠君爱国精神,他们对毛先舒的政治立场与处世态度产生了一定的影响。毛先舒尝于陈子龙殉国后作《读华亭卧子先生诗有感》,诗曰:"高咏遗编满泪痕,黄河碧水几清浑。非时麟见身难免,一代龙门众让尊。市过孙阳曾顾骏,才惭宋玉未招魂。何从地下酬知己,秋色蓬蒿独掩门。"③尾联以蓬蒿掩门酬先师,可见诗人在名节出处上深受陈子龙影响。明亡后,毛先舒心系故国,沉痛抑郁,自称"壮气看长剑,忧心付浩歌。吾生行决绝,江海任渔蓑"④。毛先舒与作为遗民的挚友张丹、沈谦于南楼烧烛盟誓,砥砺气节。毛先舒《沈去矜墓志铭》载:"越四年,天下乱,客皆散去。于是去矜遂自托迹方技,绝口不谈世务,

---

① 陆圻:《毛驰黄诗序》,《威凤堂集》卷 2,南开大学图书馆藏清钞本。
② 永瑢等撰:《四库全书总目》下册卷 181,北京:中华书局,1965 年,第 1639 页。
③ 毛先舒:《读华亭卧子先生诗有感》,毛先舒:《毛驰黄集》卷 3,山东省图书馆藏清康熙刻本。
④ 毛先舒:《万松岭怀古》,毛先舒:《毛驰黄集》卷 4,山东省图书馆藏清康熙刻本。

日与知己者余与张祖望登南楼抒啸高吟。楼东眺海,西望皋亭,群峰苍然,大河南流,酹酒临风,凭吊千古,时称'南楼三子'。"①南楼唱和时值明朝刚刚覆灭,三人的心情是异常沉痛的。《毛驰黄集》卷二存《南楼三子唱和歌》,诗曰:"是时二子南楼中,悲歌纵饮兴颇同。狂态不减沈昭略,豪气岂殊张长公。仆也鹿鹿悲转蓬,塞蹄窃欲骖追风。微吟短唱竟才尽,仰聆大壑声潺潺。迎晨送暝忘日夕,拔剑砍地心不惜。东海三山何壮哉,轩窗晴对蜃城开。滚滚黄沙连日暗,萧萧杀气渡河来。丈夫时令忽如此,汉家极目云台毁。人生哀乐休极情,南楼之歌歌且止。安能长聚同鹿豕,明日摇舟下烟水。"②眼见干戈满地,明室覆灭,诗人徒有一腔热血,却无力回天,只能将满腔的悲愁苦闷之情与怨愤不平之气发而为诗,情绪慷慨,激昂难抑,仰天长叹,令人歔欷不已。

感慨战乱与亡国之痛是毛先舒诗歌内容的一个重要方面。如《答沈去矜》曰:"南楼华月共徘徊,乱后池亭长绿苔。双眼但看鸣雁逝,颓颜偏就故人开。谁堪作赋多秋兴,正有悲歌寄酒杯。拟傍柴桑学耕凿,淹留十日未言回。"此诗作于明亡之后,抒写兵火战乱后的萧条衰飒以及黍离之悲,悲凉沉痛,感人至深。《赋得西湖柳》则以西湖柳抒写胸中郁结的亡国愁绪,诗曰:"忆昔交枝映碧岑,拂烟笼月晓阴阴。垂条历乱遮行骑,翠色参差集语禽。乱去西陵残夕照,愁来南浦又春深。可怜不及隋家树,犹自飞花搅客心。"③整首诗渗透着低回欲绝的伤感情调与深沉的幻灭感,含蓄蕴藉,深沉悲凉。《长眺》一诗出自《思古堂集》,系先舒晚年作品,诗曰:"故国一长眺,其如山色何。千岚尽西去,起伏似惊波。白日为谁晚,秋心入梦多。情怀老已淡,还欲发狂歌。"可见诗人虽年寿渐高,仍怀有对故国的眷恋。类似的诗句在毛先舒集中还有很多,例如"战伐苦频还雪涕,山河未邈且衔杯"(《春日偕虎臣、祖望、去矜、景明登张氏楼晚眺,得梅字》)、"咏罢新诗泪满衣,兵戈惨淡息危机"(《寄宇台》)、"边声殷羯鼓,候火杂星桥"(《庚寅元夕二首》其一)、"却恨故国他日泪,凤城春树起寒烟"(《酒后为吴次公作》)、"梦魂摇鼓角,天地老兵戈"(《万松岭怀古》)等等,慷慨激愤而又苍凉凄楚。然而,需要指出的是,毛先舒入清后为生计曾有过入仕的打算,沈谦《与张祖望》称自南楼唱和后"不数年而稚黄浮湛制举,局为诸生"④。孙治《赠毛稚黄序》亦曰:"稚黄忽念

---

① 毛先舒:《沈去矜墓志铭》,沈谦:《东江集钞》附录,《清代诗文集汇编》第70册,上海:上海古籍出版社,2010年,第268页。

② 毛先舒:《南楼三子唱和歌》,《毛驰黄集》卷3,山东省图书馆藏清康熙刻本。

③ 毛先舒:《赋得西湖柳》,《毛驰黄集》卷2,山东省图书馆藏清康熙刻本。

④ 沈谦:《与张祖望》,《东江集钞》卷7,《清代诗文集汇编》第70册,上海:上海古籍出版社,2010年,第243页。

门户计,且贫无以养,复屈首为诸生,益攻制艺。"①然而连数蹉跌,终未能获功名。至康熙五年(1666)父病卒,先舒遂弃诸生,悉心著述。

壮志难酬的悲愁苦闷,在毛先舒的诗中亦占有突出的地位。毛先舒少时即以儒家"三不朽"作为人生信仰,心存天下,怀抱着经世济民的远大理想,尝言"马蹄日落愁长道,剑气秋高指玉门。何日功成归草泽,布衣兄弟醉西园"(《秋日江上送吴氏兄弟北游即席分赋得园字》),可见其建功立业的宏愿。然而,毛先舒一生沉沦下僚,壮志难伸的哀愤常常流露在诗篇之中。例如《初秋感兴三首》其一曰:"抽丝岂有绪,祛懑谅无术。不知头颅上,霜雪安从出。悠悠三不朽,邈矣未能一。行国或歌桃,闭心徒诵橘。"诗人一心追求功业,却壮志空怀,虚度岁月,声声叹息流露出聚集在心头的失落与哀伤,读后令人唏嘘不已。《剑歌》更是理想受挫、满怀郁勃之典型:"我有宝剑,五金之王。拭用赤土,晔然生光。提之入山,山精走藏。不遇猛虎,却还故乡。故乡有阿谁,两三黄口儿。遥指古战场,白骨何累累。仰徘徊,涕横下。宝剑何为者,却入深山搜猛虎。"此诗以宝剑起兴作喻,寄托了身逢乱世蹀躞垂翼、壮志难伸的苦闷与怨愤,郁勃着一股深沉而又激越奔放的豪情。全诗想象奇伟,寄托遥深,笔力劲健,气势豪宕。

沧桑巨变、功业未成、岁月空掷,使毛先舒的感情总是处于忧郁状态,故诗集中充满苦闷与压抑。《夏夜独坐》即抒写诗人的胸中之痛,诗曰:"郁攸盛旦月,炎暑撤中宵。辉辉蟾映牖,凄凄露泫条。熠熠萤火流,喈喈苍鼠骄。鼓钟递沉响,远呗出僧寮。劳人易生感,况听吹万号。忧来自成叹,积懑非一朝。兰镫烟浸歇,荷气纷可招。际此怅无欢,形影互相招。不材理无顾,卧疴精已消。兼值云雷世,偃息守蓬蒿。晨鸡喔长鸣,炳尔东为昭。"诗写夏夜难眠,孤独抑郁,难以消解,虽未直言原因,但无疑与乱世有着直接关系。又如《高堂置樽酒吟》曰:"畏不必值乳虎,愁不必望所思。高堂置樽酒,清白浮羽卮。新歌入幼眇,裂竹间哀丝。妖童丽朝日,佚女扬蛾眉。对此良可欢,何事独忧悲。中怀郁不吐,慷慨当告谁。黄河不西上,白日无东驰。悲哉复悲哉,愿作枯树枝。"诗人置身欢娱的宴会,却无法驱散浓郁的悲情,哀婉酸苦,无限伤感。《赠柴梦霍》诗则以被弃置的"废琴"起兴:"挂壁是何物,垂弦一废琴。树随秋色老,愁与夕云深。骚屑无欢梦,安排只苦吟。文章穷次骨,天地亦何心。"声声叹息,饱蘸哀思,流露出志不得伸的凄怨,令读者歔欷太息而不能禁。毛先舒诗中悲哀、凄怆、蹉跎、忧伤、悲悼、涕下、辛酸等词语触目皆是,充分体现了他忧愤深广、极度苦闷的情怀。

国变与仕途偃蹇使毛先舒的心境异常沉痛,亦深刻地影响了其诗歌风格及

---

① 孙治:《赠毛稚黄序》,《孙宇台集》卷8,《四库禁毁书丛刊》集部第149册,北京:北京出版社,1997年,第730页。

取法对象。潘耒在《思古堂集序》中述及毛先舒诗学经历,言其"少负轶才,为西陵十子之最。其诗篇隽妙,得骚雅之遗则,已乃脱去畦径,自名一家。中年偃蹇,不与世合,肆力而为古文辞,沉深壮阔,一去绮丽之习,而上与古人为朋。"[①]毛先舒早年诗歌多以清绮为尚,后经历鼎革之变,生活淹蹇,其诗歌特多凄楚苍凉之音。与此同时,毛先舒对慷慨悲壮的汉魏、杜诗产生了强烈的心理共鸣。毛先舒不少五言古诗感情深沉,苍凉悲感,明显受到汉魏及杜诗影响。例如《滞吴门不得归示沈汉仪》曰:"恻恻复恻恻,怆然心不休。罗衣单以寒,况复当凛秋。言送远行客,偶尔随轻舟。谁知此滞淫,便作无方游。一住十日余,天气阴以挚。弓刀乱长途,马嘶风飕飕。传闻势必过,惊信到杭州。定牵父老心,浩叹增白头。宦游无简书,服贾非车牛。一登姑苏台,浮云怕回眸。吾子曲相慰,要我以淹留。多谢良友生,何方释我愁。"格调苍凉高古,情感浓烈悲怆,感人深切。毛先舒的七律中有大量慷慨沉郁的作品,可以看出杜诗的直接影响,不少作品甚至可置之少陵集中。例如《环翠楼》曰:"环翠楼台倚碧岑,悲哉秋气此登临。屋头露草连天白,槛外霜华匝地阴。东海东流波浩浩,西山西望树森森。艰难潦倒空愁涕,播乱干戈自古今。"此诗作于国破之后,诗人登楼远望,慨及时事,不禁百感交集,伤心无限。该诗不仅在感情基调上类似老杜,在艺术上亦对杜诗有所借鉴。如颈联"东海东流波浩浩,西山西望树森森",故意在一句中重复用字,这正是杜甫七律惯用的手法。另外,此诗中有些句子系从杜甫诗中化出,如"悲哉秋气此登临"出自杜甫"万方多难此登临"(《登楼》),"艰难潦倒空愁涕"似由杜甫"艰难苦恨繁霜鬓,潦倒新停浊酒杯"(《登高》)化出,然而这些句子皆从诗人肺腑中流出,并没有给人以貌袭之感。《登城西南隅》亦颇得老杜神髓,诗曰:"武林城上倚盘桓,咫尺风尘揽袂看。树霭凤凰山自合,草低鹰隼血初干。霜戈晚映晴沙白,铁骑秋明落照寒。矫首闲云殊不恶,江南江北任漫漫。"作者登高远眺,感慨战争,其格调质直坚苍,沉雄悲壮,神乎老杜。

毛先舒七古中有不少效仿李白者,以《己丑岁生日对酒作》最为典型:

> 劳君视白日,义御无逡巡。秋风洒鬓毛,倏惊三十春。回思畴昔侈书剑,年少意气殊常伦。五湖自作渔钓长,千里交结悲歌人。黄金等山眼不顾,要使身当猛虎步。岂知高台摧北阙,况乃赤霄顿中路。人生苦多阨,百六亦有数。西霜白羽难向天,且学登楼弄词赋。即今三十空荷藤,谁复道傍惊要褰。九折病臂仍顽痹,百结愁肠正胶绕。君不见兰陵萧生刈芳草,手种

---

① 潘耒:《思古堂集序》,毛先舒:《思古堂集》卷首,《四库全书存目丛书》集部第 210 册,济南:齐鲁书社,1997 年,第 780 页。

白杨自泉泉。男儿不得行胸臆,虽寿百年犹为夭。二陵风雨秋阴阴,三山宫阙云渺渺。鸥泉在扼凤在筊,心折群英济时了。此时悲风北极来,酒酣日暮临高台。缥玉之酿碧青觉,坐望鸿雁聊徘徊。苏秦三十徒简练,王湛于我何有哉。生当壮盛不得意,散发高歌浮满杯。

该诗作于顺治六年(1649),正值诗人三十岁生日,理想受挫、满怀郁勃,一种难以抑制的悲愤之情如火山爆发。全诗纯以第一人称抒怀议论,以主观情感和意向为轴心展开篇章。飞腾想象,笔势大开大合,如暴风急雨,骤起骤落,似行云流水,一泻千里,将壮志难酬的悲愤写得激情澎湃,具有大河奔流的气势与力量。诗歌以纵横恣肆的文笔形成磅礴的气势,夭矫飞腾,有一种颖气流注的动感。末句"生当壮盛不得意,散发高歌浮满杯"显然借鉴了李白的"人生在世不称意,明朝散发弄扁舟",悲愤之极反而以豪逸出之,更加慷慨激昂。毛先舒此诗将失意的哀感表现得如此淋漓酣恣,如此气势凌厉,悲中见豪,正是对太白激昂奔放的继承。

二、取法晚唐,绮艳秾丽

毛先舒才思敏捷,词采绝艳,对于艳情题材颇为偏爱。其《赠王采生诗四首并序》曰:"盖闻柴桑高韵,非无西轩之曲;楚士贞心,亦有东邻之赋。虽托兴于艳歌,实权舆于大雅者也。"[1]将艳情纳入大雅,足见其回护之意。毛先舒早年即好作艳情诗,《毛驰黄集》卷一所录古乐府二十首,除《哀歌》外,其余均为艳情诗,卷三另有《杂诗艳体》十二首,清绮艳丽,雅有风则。毛先舒中年身经丧乱,一变而为沉深壮阔,以汉魏、盛唐为归,然并未完全弃绝情辞丽句,尤其至晚年,更是酷嗜晚唐艳体,自称于温、李诗"日夕讽咏,描摹莫逮"[2],其《蕊云集》《晚唱》"皆所作艳体"[3]。

艳体创作在中国古代诗歌史上以南朝及晚唐最为突出,毛先舒于之多有取鉴。例如《姑苏辞》其一曰:"闻欢下姑苏,侬作数日恶。故乡可怜虫,他乡作轻薄。"寥寥数语,即将女子担心情人变心的那种焦虑与不安真切地传递出来,全诗纯用口语,生动自然,具有浓郁的生活气息,深得南朝民歌风韵。又如《桃花曲》:

---

① 毛先舒:《赠王采生诗四首并序》,《晚唱》,《四库全书存目丛书》第 211 册,济南:齐鲁书社,1997 年,第 100 页。

② 毛先舒:《题倪鲁玉诗》,《思古堂集》卷 3,《四库全书存目丛书》第 210 册,济南:齐鲁书社,1997 年,第 812 页。

③ 永瑢等撰:《四库全书总目》下册卷 181,北京:中华书局,1965 年,第 1639 页。

"横塘何照灼,露井自芳芬。艳色衔鸦鬓,流光夺绛裙。扇底乍翻落,歌声愁入云。"文辞清丽,情思绵邈,颇得齐梁艳体韵致,柴绍炳即评先舒"调入齐梁者尤工"①。相较南朝诗歌,毛先舒对晚唐艳诗浸润更深,《晚唱》一集"皆摹李商隐、李贺、温庭筠、韩偓四家之体,以别于初唐之格,故以晚名焉"②。《晚唱》中近体大多效法温庭筠、李商隐、韩偓三家,古体、乐府诗则明显宗法李贺。先来看毛先舒对李贺的学习。李贺极富想象力,其诗歌大量描写仙鬼幽冥,设想奇特,瑰丽浪漫。毛先舒在题材选择上明显借鉴李贺,其《蕊云集》《晚唱》中的古体中往往选择非现实的幻境,且意象瑰奇密集,他的挚友恽格《题稚黄晚唱诗八章》即指出这一点:"读毛公《晚唱》有《斗坛》《蟾蜍》《乌鹊》《莲华峰》《老子蒙沙》《恽子说秋气》诸语,淫靡隐诡,窈窈焉,黝黝焉,郁纡怅荡而不可知。殆将洗发灵气,鞭策造化,抽其怨思,犹骋奔宵之辔,翔乎阆风之苑,沐浴八海,晞发层城,上采琼华,下挹瑶井,珍怪极矣。"③毛先舒诗中刻画仙境的作品有《仙林谣》《蟾蜍答问》《屏翳谣》等等,通篇敷演仙林幻境。以《仙林谣》为例,诗曰:"中天环桥宛流水,晓日射空云气紫。玲珑绀碧耸层霄,铺地玉光收不起。精蓝欻敞金堂堂,百花霜冻悬奇香。青曈黛发三古德,中有一人眉最长。同生震旦一交臂,金母花开凤曾记。劫灰自黑火自红,却剩坏空天与地。仙人扇翳青尾鸾,若仿佛兮云之端。齐州玉府俱漫漫,谁能更羡王乔丸。"诗人驰骋想象,仙乡掠影,流光溢彩,新奇瑰丽,同时在诗的末处杂以须臾沧桑之感,在艺术上与李贺的《天上谣》《神仙曲》等颇为类似。相比仙界,毛先舒对鬼魂幽冥境界的描写更为引人注目。例如在《古署铜缸歌》中,诗人由故宋秘书省流传至清代的一口铜缸触动忧思,想象奇特,意象斑斓:"洞阴兀兀云如灰,紫缬穿径烟芜开。铜缸皴薜脱如腊,骈骊肉断秦王石。赵家神器凝丝纶,汴州笔映铜驼春。斜阳半入吴岭黑,词臣带月呼金鳞。蛟雏龙子跳波沫,水死千年蒲草活。愁魂化石持叠山,缚象因螭去难脱。君不见牧儿没池蹴龙舞,摩洗花钿气如土。秦台汉苑今谁主,试向雕笼问鹦鹉。"诗前小序称"更发丽思,要未离乎怨",前四句描摹古铜缸的现状,渲染出一种古色凄迷的氛围。之后转入对历史场景的设想与复现,昔日汴州,王气堂皇。诗末感慨沧桑变迁,在鲜明的古今对比中,表现出巨大的落差,全诗情感苍凉凄怨,意象密实奇诡,给人造成强烈的震撼。毛先舒不仅写带有传奇色彩题材时想象奇崛,即使写一般的现实题材,亦追求以幻觉思维来化凡为奇,如《恽正叔秋渡钱唐南去寄此》系送

---

① 柴绍炳:《井幹轩诗集序》,《柴省轩先生文钞》卷6,《四库全书存目丛书》集部第210册,济南:齐鲁书社,1997年,第272页。

② 永瑢等撰:《四库全书总目》下册卷181,北京:中华书局,1965年,第1639页。

③ 恽格:《题稚黄晚唱诗八章》,《瓯香馆集》卷2,《清代诗文集汇编》第129册,上海:上海古籍出版社,2010年,第609页。

别之作，诗人却插入"钱唐水恶龙气腥，神血斑斑疑古瓦"等刻意冥搜的奇诡意象，使原本平淡无奇之事在很大程度上幻觉化与神秘化。

在《蕊云集》《晚唱》中，女性与艳情题材占据有更大的比重。毛先舒的艳体诗大多是凄艳哀伤的，密丽的意象往往与凄凉的叹息交织在一起，使诗歌倍加缠绵凄恻。例如《断河梦引为陆娘作》曰："吴峰天淡吴云碧，百子灯红照离席。天河夜落织女星，灵鹊桥西化为石。青松蔼蔼月皎皎，一声鸡唤春烟晓。流苏四幄不飞尘，窣地金泥蓝凤小。钿车忆昔出瑶池，曳云裛雨何参差。离肠一奏断河引，酒樽茶碗俱含悲。断河河水流香絮，弹莺偏著花浓处。银漏丁东隔夹城，江门月上摧船去。"诗写离别之哀伤，真与幻、过去与现在回环往复，愈使情思惝恍迷离，曲致绵长。又如《红莲叹》写美人幽怨："鸳湖百里澄芳沼，莲子花多镜光小。一花一叶相背开，楚江美人泣清晓。南风溥露未生寒，折损根枝不惜丹。容易绿房沉碧水，飞蓬那得到云端。"含蓄深婉，凄伤缠绵。毛先舒尤其偏好以美人幽魂为题，《阎妃冢》《西施葬处》《紫玉冢宵宴歌》《金鸡兜歌》等皆属此类。以《宋御教场歌》为例，诗曰："美人虹影射春潮，风枝似学莲花舞。龙竿雁服军容丽，飒纚凝霜焱熛逝。战气横冲浴日池，殷脂十晕生烟际。戈铤捎鸟纷惊鹋，迸火砰声入云末。山头北眺心悠悠，六宫酣愤天为愁。幽怨埋芳土，余泪洒江流。至今零落西湖水，红死芙蓉十顷秋。"诗写宋代教场群女的飒爽英姿及亡国之恨，诡奇哀艳，幽冷凄恻。

李贺诗中的意象大多密集且奇诡，而诗中的色彩总是斑驳瑰丽，令人目眩神迷，这一点同样为毛先舒所借鉴。毛先舒《蕊云集》《晚唱》中的乐府与古体很少使用白描，大量运用颜色字，呈现出斑驳瑰丽的艺术风貌。如《吹潮曲》曰："东风吹潮堆银城，将军白马影长缨。赭山蒸云染平紫，神鼍宵愁鼓声死。双刀摩戞隆惊雷，将军失头马上回。夜闻草中呼叱咤，明朝赤气生青苔。"诗中绘声绘色，写态传神，银城、白马、赭山、平紫、赤气、青苔，色彩交映，将鏖战的激烈场面、将军的壮烈精神，扣人心弦地展现于浓墨重彩之间，壮丽辉煌，凛然生气，跃于纸上。又如《鼎湖晓烟曲》曰："绡云薄罗香靡靡，朝暾射窗玲珑紫。蛟风力弱吹细寒，黄金迸断摇春水。却背银屏立斜倚，青芜一带红争委。鼎湖西陌刀如林，龙气逼雨愁城阴。绮疏火落宛转赤，玉楼唤梦天沉沉。生烟轻幕调筝阁，明珠无灵厌风箨。画竿鳞次立当风，旗铃戞曙疑金龠。"密集浓重的颜色字接连而来，斑斓杂错，予人强烈的视觉刺激。又如《银屏曲》："银屏漏断金蟾落，绣衾压火西风薄。楚江黛碧上帘钩，啼乌夜夜怨高楼。"诗共四句，却接连嵌入了银、金、黛、碧等诸多色彩意象，如此密集的色彩词藻层现叠出，使诗歌愈加秾丽璀璨。

再来看毛先舒近体诗对晚唐的效仿。晚唐艳情诗尤其是温庭筠之作常常铺锦列绣，繁词密藻，精工绚丽。这一点亦为毛先舒所借鉴，其艳体诗虽有意象秾艳者,但较温庭筠的堆金叠玉还是要淡一些。例如《送怀诗》其六曰:"斜背银屏倚绣床,朝朝默默坐焚香。独窥青镜微成笑,要买名花始就妆。并枕仍怜魂入梦,凭肩翻使泪沾裳。他人自觉春归早,无夏无冬驻曲房。"丽不伤雅,并未堕落入靡丽之途。韩偓是晚唐艳体的代表诗人之一,毛先舒对其多有取鉴,《晚唱》存《无题次韩偓韵》《无题倒押韩偓韵》等等。以《无题次韩偓韵》为例,诗曰:"采贝编文幌,糅香合细尘。云廊度莲漏,露井濯花晨。化鬼情怜昔,怀仙泣就新。瘦腰殊自强,鸣骨故惊真。黄檗心藏苦,青梅味惹颦。秘辛图火齐,花甲纪金轮。殿脚歌珠串,楼头坠玉鳞。几千余岁劫,三十六宫春。梦寐才迷赵,雌雄又蛊秦。柳痕眉淡淡,檀注口津津。坐索千金宝,词传一斛珍。风尖缠天趣,犀角偃停匀。赘婿闻芳泽,赀郎赋美人。风流多托讽,痴绝谩挑邻。"该诗意象之密集、词藻之秾艳,确实有与韩偓原诗类似的地方,但此诗时有奇凄之处,又类似李贺,《无题倒押韩偓韵》亦是如此。

　　李商隐是晚唐诗人中的佼佼者,其诗歌的一大突出特点即朦胧幽微。在李商隐之前,诗人大多追求尽可能清晰地表现感情,而李商隐则有意识地追求曲折幽微。为了表现复杂矛盾甚至怅惘莫名的意绪,李商隐往往将心灵中的朦胧图像化为恍惚迷离的诗的意象,形成如雾里看花的朦胧诗境,词意飘渺难寻。毛先舒深受李商隐影响,其抒情诗常常将复杂的人生感慨虚泛化、意绪化,略去了具体情节,着力书写浓郁的情思氛围,且不用显直的叙事,而是把一系列精选的意象组合起来,以比兴、象征、暗示等曲折的手法传达意绪。如《荧荧》:"荧荧银烛影,疑是帐中魂。桂树销秋气,余香落酒樽。云霞曾答笑,桃李竟能言。只合沉忧老,何心复种萱。"凄寂迷离的意象,加上情绪的深沉怅惘,诗境遂显得幽深窈窕。《荷花》所传达的亦是一种深沉寥落的意绪,诗曰:"荷花半零落,不为起秋风。天欲留芳气,人惊坠粉红。□生明月外,泪满镜湖中。此意无人见,双鱼戏叶东。"将郁结的情感寄托在半残的荷花上,情思层层深入,要眇幽深,令人测之无端,玩之无尽。毛先舒对李商隐的无题诗多有效仿,《不信》就是较为典型的一首:"他生幽梦暗相关,此夕行云去复还。渲粉不成嫌紫雪,画眉迟就妒青山。蟾联金锁争相啮,燕叩雕枕亦未闲。不信肠中能宛转,五丝牢系玉连环。"诗人用幽梦、行云、蟾联金锁、燕叩雕枕等一系列似有实无,虽实无而又分明可见的意象将幽微的情思表达得朦胧婉转,惝恍迷离。毛先舒多截取诗歌前两字或诗中某两字为题,并没有明确的意旨性,前引《荧荧》即如此,这一点显然亦借鉴了李商隐。

　　需要指出的是,毛先舒的艳体诗中亦存在无聊空洞者。例如《嘲美人不饮》曰:"紫馆仙人坐凤凰,云鬟垂著等身长。沾唇怕有尘凡味,试与金茎不肯尝。"诗系宴席劝饮游戏之作,没有多少艺术价值。但此类诗作在毛先舒集中毕竟仅属极少数,并未对其诗歌的整体艺术水平构成多少影响。

三、拟古与求变

毛先舒《自序》载《毛驰黄集》创作缘起甚为详尽：

> 余于古乐府初不甚作，亦不欲多作。汉魏乐府苦其离，又苦似，可无作
> 之。余乃时作六朝乐府，神明之际，殆亦往往遇之耳。五言古诗初侈言西东
> 京，又学为西园诸公，声貌颇有尚者，后乃酷嗜二谢，兼学延之，常以语人此
> 特欲学为初盛唐人体地耳。然谢本余所学好，究言拟似，亦自同寄迹耳。盖
> 五言古作之殊难，知亦未易。余于是刻多同临法帖书，即手腕罢驾，未能绝
> 尘而逝，然雅不欲用奔踶见奇，恐乖古法，致滋后惑，故弗欲为之也。诸体亦
> 各有所具，文辞卒未能工，取达意而止。……盖余七八岁时即喜此事，逮今
> 稍自知务殊已。无意耽之，而终不能决自弃废。①

该序文清楚地解释了毛先舒的诗学经历与诗学旨趣。毛先舒深受格调派影响，倡导诗学复古，对古人的法度格调进行模拟，但同时对拟古的弊病有着深刻的认识，并不欲"守古而尺尺寸寸之"，而是主张在复古的基础上求变。

毛先舒现存诗集中，以《毛驰黄集》成书时间最早，拟古痕迹亦属该集最重。《毛驰黄集》中保存了大量的拟古诗作，从汉乐府到六朝诗再到盛唐、晚唐诗，均广泛地摹拟。其中有一些诗歌尺寸古法，蹈袭痕迹甚为明显，即自序所言"多同临法帖书"者，尤以拟汉乐府诗最为明显，如《悲歌》："悲歌可以忘泣，远游可以忘归。遥望故乡，冢何累累。欲升天无门，欲逝海无船。男儿居世间，身随飞蓬转。"《上邪》："上邪！我欲与君交欢，初既有成言，昆仑折，弱水可涉，西海出日，月东没，四时混，乃当与君绝。"除个别字句更改外，几乎是照抄汉乐府原作。由于"题与调俱傅古乐府"，故毛先舒将其以"拟古乐府"名之。卷一拟古乐府、《拟古十二首》，卷二《拟魏公宴诗八首》等皆属此类，摹拟痕迹甚重。毛先舒还进行了用律诗形式重写乐府旧题的尝试，如五言律诗《上之回》曰："吉日帝于征，秋高古水平。雷驱万马出，凤驭六龙行。款塞无加矢，登坛自将兵。仍闻遣飞骑，豫筑受降城。"此诗对汉铙歌《上之回》进行了形式上的改变，但终究无多少艺术生命力可言。毛先舒另有一些诗歌则"缘事创题，稍傅古调"，故以"古乐府"称之，"不曰新乐府者，嫌于词若曲也；不曰乐府变者，嫌于义必不出于正也，犹今四、五、七言古诗皆自己作，乃不曰新诗，而得称古诗尔"。这些诗歌用古调抒己情，

---

① 毛先舒：《自序》，《毛驰黄集》卷首，山东省图书馆藏清康熙刻本。

虽自铸新辞,然调声设色,俨然古人。如《哀歌》抒写生逢乱世的苦闷与彷徨,诗曰:"浮云蔽天,海水荡陆。抚剑四视,踊地长哭。御风作车,鞭石作梁,飘飘遐征,何为故乡。稠浊轩冕,君毋沉吟。可以蹈海,乃盻千金。五灵八琅,广乐腾沸。猴尾牛头,天公日醉。悠悠我思,怆怆难为。敲石见火,近能几时。时哉我与,大道无爽。骨肉相戕,伏戎于莽。我求仙人,彷徨大瀛。南斗工瑟,北斗工笙。瞳眬紫庭,昭哉穆清,涤目荡月,不若潜形。"感情深沉,慷慨悲凉。又如《怨诗》:"西山一何峻,不辨阳与阴。上有千岁松,下有嘉木林。嘉木讵不荣,托体非所任。岂若松树枝,青青郁高岑。时人多苦言,烈士多苦心。悠悠行路诗,振古有遗音。"诗语高简浑朴,感情深挚,格调苍劲而悲凉,十分接近汉魏之风。毛先舒《与李太史论乐府书》曾就拟古问题有过这样一段议论:

> 拟古乐府有如儿戏耳。然其古气高笔,往往惊奇绝凡。仆谓拟可以不存,而不可不拟;即可不拟,而不可不读。取其神明,传我腕手,随制他体,可令古意隐然。正如作楷行者,先摹篆籀。又如宣德铜器,不必见宝而浑然之内。荫映陆离,斯可贵耳。[1]

主张熟参古人作品,获得诗家三昧,在此基础上抒写己意,虽属自铸新辞,然始终隐然古意。正如学楷行体者先要学习篆籀,经此一道,再写作楷行,自然雄浑大气,有金石味。毛先舒的诗歌创作,基本上实践了上述"熟参"理论。

这里要特别提一下毛先舒的《杂体诗》二十四首。《杂体诗》二十四首是毛先舒创作的一组拟古作品,诗前有小序,曰:"盖拟作之体,萌芽于内史,极畅于醴陵,然此二公皆各自为诗耳。后来踵武匪一,摹画愈工。毛子感于古人诗格以代隆庯,遂次其尤雅者。远溯炎汉,近迄于明,凡得二十四人,然鄙意小各有所托寓,不必尽古之作者也。始于属国之答少卿,终于给事之别舒章。"在中国古代诗歌上,模拟之风可以说是源远流长,西晋陆机最早开始系统地模拟,南朝江淹则以《杂诗》三十首成为颇具代表性的模拟者。毛先舒的《杂体诗》二十四首明显受到江淹的影响,作者选取了从汉代苏武到明末陈子龙共二十四家的诗体,对每一家各仿作一首,尽管自序称"各有所托寓,不必尽古之作者",然实际创作基本上都非常像原作,可以说直探神髓,风调逼真。拟古最重要的不是字词,而是原作者的个性特征及独特心境。毛先舒摹拟前代诗人作品,在还原诗人心境上表现得颇为出色。例如《孔北海融述志》拟孔融《杂诗二首》其一,先舒诗曰:"炎炎当

---

[1] 毛先舒:《与李太史论乐府书》,《潠书》卷6,《四库全书存目丛书》集部第210册,济南:齐鲁书社,1997年,第733页。

路客,奕奕朱门开。雄鸡无三号,冠盖纷还来。志士大所营,漂漂穷无依。结根在累世,安能灼余辉。历观古俊民,功成道何微。子牙尚阴谋,管仲器小哉。人生履国步,周道自我夷。猛虎扼其项,何况狐与狸。此身勤君父,安得慕夷齐。曲士矜一节,度外宁所希。宁为白玉碎,不为长伏雌。"此诗首四句写曹操煊赫的威势,中间述自己坚定不移的节操,末写不慕夷齐,宁为玉碎、志不可屈的气节与风骨。全诗慷慨言志,气骨凌人,不仅还原了孔融高傲疾世的性格特征,亦体现了孔融"以气为主"的艺术特点,足见毛先舒敏锐细腻的艺术感受力。沈德潜《清诗别裁集》即选此诗,并评曰:"北海目中直无曹瞒,经营国难,不慕夷齐,其素愿然也。宁玉碎而不为瓦全,故卒被祸,拟古诗须设身处地为之。"①可见毛先舒对孔融处境及心理特征体会之深,惟其如此,方能做到毫发逼似。

　　毛先舒虽在拟古的方式与途径上与明代前后七子有相似处,但在取法对象上明显较七子扩大,不仅彰显了毛氏诗学观更为通达,亦体现了其试图新变的努力。明代格调派诗人大多主张古体师汉魏,近体宗盛唐,毛先舒则通过提倡六朝、晚唐来矫正七子派狭隘的诗学取径。毛先舒对于晚唐诗的浸润,本节第二部分已作详细说明,这里仅就毛先舒对于六朝诗的效仿略作说明。明代格调派诗人贬低六朝尤其是齐梁,主要原因有二点:就时代而言,六朝为衰乱之世,自然无法与盛唐相比;就诗体发展而言,六朝处在由古体向律体的过渡时期,绮靡雕琢逐渐代替古朴,这与格调派重政教、提倡高古的审美旨趣相抵牾。何景明提出"诗弱于陶,谢力振之,然古诗之法,亦亡于谢"②之说,认为谢灵运改变了汉魏古诗浑朴的风调,该观点在后世影响很大。毛先舒则高度肯定六朝诗歌所取得的成就。其《杂体诗》二十四首选汉代诗人4家、魏晋诗人7家、唐代诗人3家、明代诗人4家,而选择的六朝诗人则有谢灵运、谢惠连、萧纲、江总、颜之推5家,比重较高,可见其对六朝诗歌的喜爱。毛先舒对六朝诗歌的特点有着准确的把握,故其仿六朝风调颇为逼真。例如《效六朝体咏烟柳》:"垂柳荫通川,飘拂正含烟。黯黯应藏鴇,苍茫近翳蝉。拗枝摇碧影,系马蔽金鞯。濯濯笼春月,沉沉隐暮天。空劳征戍客,踌躇大路边。"《效六朝体咏雪竹》:"凌冬关修篠,映雪郁菁菁。朔风声共肃,层冰体兢贞。秀势龙形蛰,翻条礧粉生。柯斑疑染泪,叶白似含英。信持琪树并,何惭玉润名。"巧思、华藻、对仗等六朝诗歌的基本特征均已具备,可见毛先舒对六朝诗浸润之深。

　　前后七子创作的一大弊病即过分注重对法度格调的揣度模拟,甚至将格调

---

① 沈德潜编:《清诗别裁集》上册,上海:上海古籍出版社,2013年,第329页。
② 何景明:《与李空同论诗书》,《大复集》卷32,《景印文渊阁四库全书》集部第206册,台北:台湾商务印书馆,1986年,第219页。

置于性情之上,难免陷入蹈袭窠臼。为纠正此弊,毛先舒特别强调精神情感,尝曰:"文字以精神所至为主,而格律不可尽拘也。"①这一点亦应用在其实际创作之中。例如歌行《吴市典衣沽酒歌同沈汉仪作》:

> 阊阖城头晓鸣角,吴门客子衣裳薄。微茫晨日射绮幕,苔瓦啾啾叫寒雀。起来相向惨颜色,松陵川长归不得。平生宾客多逢迎,出门百里无相识。沈生尔岂无相识,但看贫贱难为德。秋日日短昼掩晖,空楼细雨烟霏霏。夕鸦啼罢络纬啼,此时沽酒聊典衣。沈生一杯须引满,瓶罄非长带非短。君不见朱门歌笑何纷纷,须臾麋鹿已成群。主人北去旧京道,回望金昌惟乱云。

诗歌以激愤、伤感的笔触,描绘了贫苦潦倒的境遇,并抒发世态炎凉之感慨,字里行间渗透了作者对于世道的愤懑不平,感情真挚,与刻板拟古而无病呻吟的作品截然不同。毛先舒虽不满于所处之乱世,但不得不说,其诗歌得益于乱世良多。如《送彭燕又孝廉归华亭兼志旧感》曰:"秋到江南百卉腓,离尊此夕送将归。游燕击筑人都尽,入洛题书愿更违。霜剑寒惊兵气早,布帆旅泊市烟稀。凭君欲寄招魂作,回首华亭泪满衣。"《临平申包胥庙》:"桐叩山前动战尘,土人何意祀孤臣。火连云梦终兴楚,泪尽咸阳故亡秦。玉座春深移碧藓,灵旗夜曳照青磷。那堪兵燹秋江上,松桧萧萧渐作薪。"两首诗均夹杂着亡国哀痛,凄楚哀婉,现实性、抒情性都很强,突破了拟古窠臼。

毛先舒于诗众体兼备,但写的最好、最脱去拟古习气的当属绝句,信口而成、韵味无穷,颇受世人推崇。挚友柴绍炳《三与毛驰黄论诗书》赞先舒"五、七绝句独步一时"②,洵为知言。毛先舒绝句的一大特点即自然真率。绝句在形成过程中,借鉴了民歌天然淳朴的显著特色,毛先舒《诗辩坻》曰:"《子夜》凄怨,《横吹》奇峭,各极五言绝句之妙。"他特别欣赏南朝民歌出口成章、纯籁兴会的天然性,故其绝句亦发扬了这一特色,如:

> 浣纱贫女妆裹鲜,众中夸道得人怜。朝从浣纱江上浣,暮从浣纱江上眠。(《越中杂诗二首》其二)

---

① 毛先舒:《答孙无言书》,《潠书》卷7,《四库全书存目丛书》第210册,济南:齐鲁书社,1997年,第738页。
② 柴绍炳:《三与毛驰黄论诗书》,《柴省轩先生文钞》卷10,《四库全书存目丛书》第210册,济南:齐鲁书社,1997年,第388页。

南陌提笼叶始生,西堂秉杼锦旋成。郎心莫是黄梅雨,看过春蚕便少晴。(《怨歌行》)

这些诗浅近流畅,自然天成,不事雕琢,具有清新淳朴的民歌气息,尤其是《怨歌行》后两句巧用比喻,生动贴切,不仅使得语言更加活泼,而且在表情达意上更加委婉含蓄,声情摇曳,韵味无穷。绝句体制颇为短小,离首即尾,易流于浅露,故贵在含蓄蕴藉;但若刻意雕琢,又容易失之斧凿,故贵在浑然天成。毛先舒的绝句,往往以简练浅显的语言,传递出无尽的情思,做到既自然且含蓄,既简练且蕴含丰富,其以女性生活为表现对象的绝句写得尤为婉约细腻,风神荡漾。例如《和冰修为沈清怨辞五首》其一曰:"楚岫天晴也作云,香鬟零乱翠纷纷。慵来好影无人见,长倚栏杆背夕曛。"其四曰:"银汉无声堕井幹,倚楼罗袂为谁单。手中团扇如明月,不待秋风先自寒。"以上两首诗分别用倚栏背影与团扇自寒作结,既将失宠者的幽怨不平表现得十分强烈,又情韵悠长,富有一唱三叹的韵味。毛先舒还创作了不少宫词,如《楚宫词》《春宫词》《宫怨》等,其中不乏深情绵邈,哀婉动人者。如《汉宫词》曰:"宝炬依微隔绛纱,至尊流泪忆铅华。建章宫里春如海,不信无人似李家。"诗写汉武帝对李夫人之深情与怀念,虽语言浅易,却低回缱绻,一往情深。尤其是后两句执著缠绵,哀怨至极,在写情上与元稹《离思五首》其四"曾经沧海难为水,除却巫山不是云"有异曲同工之妙。又如《吴宫词二首》其一曰:"苏台月出夜乌栖,宴罢吴王醉似泥。别有深恩酬不得,向君歌舞背君啼。"其二曰:"艳艳莲花杂绮罗,青青荷叶映双蛾。如何椒华宫中女,尽解长干渡口歌。"此诗越出前人窠臼,立意新奇,生动传神,且含蓄深婉,极富艺术表现力。王士禛特别欣赏这首诗,《渔洋诗话》曰:"余最喜武林毛驰黄咏西施绝句云:'别有深恩酬不得,向君歌舞背君啼。'此意未经前人道过。"[1]王士禛《感旧集》、沈德潜《清诗别裁集》、徐世昌《晚晴簃诗汇》等皆收录该诗,可见众诗家对此诗之喜爱。

毛先舒虽自称其于绝句"悲哀之情居多"[2],然除去哀思愁绪外,集中亦不乏萧散自然、闲适愉悦者,例如《渔舟卧者》:"不向西风拂钓丝,醉来高卧醒来迟。潇湘月色应闲却,留与明宵对酒卮。"《秋兴》:"岭云秋更澹,池水日长闲。偶出忘所适,鸟归余亦还。"将萧散闲适的情怀抒写得从容优雅,兴象玲珑,平淡清远。先舒绝句中还有开阔雄壮、慷慨悲凉者,例如:《江上送友》:"东望苍波向北流,江桥携手回生愁。留君且醉沙场月,明日相思雪满头。"《江滩》:"沙黄海白树沉

---

① 王士禛辑:《感旧集》卷14,《四库禁毁书丛刊》集部第74册,北京:北京出版社,1997年,第409页。
② 毛先舒:《漫兴十三首·小序》,《毛驰黄集》卷5,山东省图书馆藏清康熙刻本。

沉,红笠弯弓射草禽。落日城头横醉眼,调鹰走马十年心。"悲中含豪,哀中有壮,风格苍凉雄浑。

毛际可称毛先舒"以诗名西陵三十年矣"[1];黄云称先舒"以古学振起西陵,天下士翕然宗之",《毛驰黄集》《蕊云集》《诗辩坻》等诗集与诗学批评著作"家弦户诵,衣被近远"[2],可见毛先舒其人及其诗学理论在清初诗界尤其是杭州诗坛具有一定的影响力。毛先舒虽受前后七子复古诗学影响,但并不盲从,他将拟古视为学诗的练习阶段,拟古最终目的是追求殊变,这正是对七子派走入赝古的反拨。毛先舒的诗歌创作充分实践了其诗学理论,并取得了较高的艺术成就。尤其是其绝句,兴到语绝、不加雕饰,受到时人及后世的交相称赞,应该得到学术界的重视。

第二节 "得杜之苍","得王之清":论张丹的诗歌创作

张丹(1619—1687)在清初诗坛颇具影响力,"三吴之士从游者约有百余"[3]。张丹诗词文兼擅,尤以诗歌著称,其诗作得到了时人的高度认可,"近时诗家多称道之"[4]。现存《张秦亭诗集》十三卷,毛先舒称其诗"苍渏顿挫,如大漠风莽莽无极"[5],并将其诗与林璐之文、陆繁昭之骈体列为"西陵三绝"。然而,相对于张丹在当时的地位与影响力,目前学界对其关注度显然不够,尚未见有专门研究张丹诗歌的文章发表。其实,张丹有着鲜明的诗学立场,其创作亦颇具特色,应当在清初诗歌史上占据一席之地。

张丹深受云间陈子龙影响,极力推崇汉魏、盛唐诗。他在《短歌行与弟祖定》中自述诗学取向:"我初学诗气磊落,王维杜甫才卓砾。梦中或共辋川吟,花下时披草堂作。……每恨古人不可遇,千载以下徒相思。君不见国初袁凯号海叟,白燕诗成播人口。北地空同继崛起,一代词华称作手。我今隐几惟好此,赋诗往往

① 毛际可:《静好集题辞》,《会侯先生文钞》卷16,《四库全书存目丛书》集部第229册,济南:齐鲁书社,1997年,第867页。
② 黄云:《潢书序》,毛先舒:《潢书》卷首,《四库全书存目丛书》集部第210册,济南:齐鲁书社,1997年,第616页。
③ 张丹:《从野堂诗自序》,《张秦亭诗集》卷首,《四库全书存目丛书》集部第210册,济南:齐鲁书社,1997年,第492页。
④ 王嗣槐:《张秦亭先生传》,《桂山堂文选》卷7,《清代诗文集汇编》第73册,上海:上海古籍出版社,2010年,第304页。
⑤ 王晫:《今世说》卷5,上海:古典文学出版社,1957年,第60页。

拟数子。其余碌碌不足为,劝君力须追四始。"①其对盛唐诗及明代复古诗学的崇拜,溢于言表。毛先舒称张丹诗:"得王之清,得杜之苍,而又出以悲凉沉远之意。宜乎一洗凡笔,矫然不群。"②张丹早年身经丧乱,诗作多宗法杜甫,沉郁苍凉,晚年隐居秦亭山下,其诗更多效仿王维,幽静闲澹。张丹与陆圻、毛先舒、沈谦等钱塘诗人一道,以实际创作维护明末清初杭州诗坛的宗唐传统,使宗宋之风始终"不得入其界"③。

一、"得杜之苍"

张丹出身于簪缨望族,钱塘张氏在当地颇具声望与影响力,"武林门望首称之"④。张丹对其家世颇为自豪,称:"我家弈世盛簪裾,庙枕湖流春荐蔬。执奏共传都御史,选贤尤忆老尚书。"(《仲春家庙祭祀,是日大小长幼共集一百三十余人》)高祖张濂,明世宗时官都御史;高伯祖张瀚,明神宗时官吏部尚书。父张光球,崇祯六年举于乡。然至明清鼎革之际,张家遭到严重打击,迅速衰落,"运会遭百六,战马嘶江湄。门户既衰落,茕茕何所依"(《述怀》)。张丹居所即为清兵圈占,"所居第宅,国初圈入满城,播迁无定所"⑤。张丹自称:"中岁值丧乱,携家逃荒墟。鼓枻鹡鸰薮,觅室鸳鸯湖。归来遭屯牧,兵戈塞四隅。牛羊践几筵,驴骡粪户枢。负亲出西郭,荷藤行泥途。"(《述怀》)长期为饥所驱、沉郁困顿的飘泊生活,使张丹备尝人生之艰。亡国破家之痛、丧乱流离之苦、壮志难酬之憾长年煎熬着诗人的内心,发为歌咏,特多凄楚孤苦之音。《吁嗟行与陈瞻云》曰:"吁嗟吾生三十五,白发种种不可数。"不幸的家世与流落饥寒的遭际,使张丹对杜甫产生了强烈的心理共鸣,杜诗遂成为张丹师法的主要对象。

张丹自称其集系"有泪之言也"⑥,其诗歌在主题倾向与情感格调上,均与杜甫颇为类似。毛先舒称:"祖望苍郁以远,悲凉以壮,有越石恻乱之思,多子美伤心之作。"⑦入清后,张丹以遗民自居,坚守民族气节,《登渊明菊楼》曰:"陶令归

① 张丹:《短歌行与弟祖定》,《张秦亭诗集》卷5,《四库全书存目丛书》集部第210册,济南:齐鲁书社,1997年,第538—539页。本节所引张丹诗句均出自该书,以下不注。
② 张丹:《张秦亭诗集》,《四库全书存目丛书》集部第210册,济南:齐鲁书社,1997年,第493页。
③ 钱林:《文献微存录》卷1,《续修四库全书》第540册,上海:上海古籍出版社,1996年,第22页。
④ 王嗣槐:《张秦亭先生传》,《桂山堂文选》卷7,《清代诗文集汇编》第73册,上海:上海古籍出版社,2010年,第303页。
⑤ 吴颢辑:《国朝杭郡诗辑》卷3,浙江图书馆藏清同治十三年钱塘丁氏刻本。
⑥ 张丹:《从野堂自序》,《张秦亭诗集》卷首,《四库全书存目丛书》集部第210册,济南:齐鲁书社,1997年,第492页。
⑦ 毛先舒:《钱唐二子诗集序》,《毛驰黄集》卷6,山东省图书馆藏清康熙刻本。

隐处,我来秋水滨。虽然前后异,总是一遗民。"张丹曾次第伏谒明十二陵,"于时寝殿埃尘、碑碣榛莽,木主仆帷堂,石麟欹隧路。与一二守冢老阉说前代上陵故事,汲泉敲火,坐食寒溪冷雾中,为文记其游历而返,归卧秦亭山下,喟然叹曰:余老死不复再渡黄河矣"①。张丹集中时常流露出凄苦而深沉的黍离之悲。如《春日感怀》:"忆昔河南失,奔腾战马鸣。地冲汜水驿,烽绕太行城。相国惟贪赂,朝廷正勒兵。时危鲜戮力,胡以报君情。亲关陷没后,杀气满郊坰。鬼火烧榆塞,妖云压井陉。苍生留战骨,白日见飞星。天意终难问,愁深涕泪零。"此诗直斥明末官吏贪婪无度、不思卫国,并感慨战争为民众带来的深重灾难,慷慨激愤而又深挚悲凉。《雨中与毛稚黄、沈去矜南楼夜眺》《春日听庄蝶庵弹琴》《送别王山长李子受二子》《秦亭》等诗亦表达了类似的情感。张丹对亡明怀有强烈的情感,这份忧国之思、忠君之念赢得了时人的尊敬,姜定庵称其"名节洵不愧子陵"②。国难亦遏断了张丹的仕途,这一打击对于自幼"以康济斯民自许"③的张丹来说无疑异常沉重。张丹《从野堂自序》感慨济民之志不遂,"俯仰天地,双泪盈框。江河汎汎,曾不是多"④。壮志难酬的惆怅之情,是张丹在亡国后所作之诗的一大主题。如《述怀》诗云:"文章摈不收,遇合与时违。俱值强仕陨,惨惨泪如丝。"《鹤》诗则以不得志的"鹤"自喻:"九霄徒有志,万里未乘时。"声声叹息流露出志不得伸的哀怨,读后令人唏嘘不已。

杜甫一生流落饥寒,使其诗歌格外深沉悲慨。张丹在鼎革后家境亦十分贫困,王嗣槐《张秦亭先生传》称其"贫益甚,常竟日不举火"⑤,殆非虚语。生计艰难加重了张丹集中的凄苦之声,如《湖雨行》曰:"陋屋破壁眠不得,裹衣独坐莓苔根。帐底瓦灯流影湿,戍鼓不鸣寒漏涩。三更风雨转凄然,窗前野鬼披萝泣。"其住所之简陋破败可以想见。此屋后遇狂风倾塌,张丹连立足之地亦无,一腔悲痛托于吟咏,悲哀凄切:"况我一椽今已无,朝暮坐起零露濡。既不能化为巢松之狐鹤,又不能学窟处之飞狐。明月亦笑我,谓与夜眠同菰蒲。野鸟翔集我阶侧,蚯蚓引伸我座隅。"(《五柱歌与章大天师》)张丹不仅因屋陋苦恼不已,亦频频因缺衣少食而烦忧。如《乞衣行简陆吉人》曰:"秦亭无衣并无裤,四壁空遮藤萝青。

① 王嗣槐:《张秦亭先生传》,《桂山堂文选》卷7,《清代诗文集汇编》第73册,上海:上海古籍出版社,2010年,第303页。

② 张丹:《张秦亭诗集》,《四库全书存目丛书》集部第210册,济南:齐鲁书社,1997年,第493页。

③ 张丹:《从野堂诗自序》,《张秦亭诗集》卷首,《四库全书存目丛书》集部第210册,济南:齐鲁书社,1997年,第492页。

④ 张丹:《从野堂诗自序》,《张秦亭诗集》卷首,《四库全书存目丛书》集部第210册,济南:齐鲁书社,1997年,第492页。

⑤ 王嗣槐:《张秦亭先生传》,《桂山堂文选》卷7,《清代诗文集汇编》第73册,上海:上海古籍出版社,2010年,第303页。

藤萝作裤多寒风,飞鸟往往鸣裤中。"《秋日咏怀》曰:"岁饥食不饱,何以更扶持。破屋何曾葺,荒塍此独耕。"悲凉凄楚,淋漓纸上。张丹不仅叙写一己之困顿,更可贵的是能够推己及人,念及广大民众的苦难艰辛。张丹集中有不少反映明末清初民生疾苦的叙事长篇,如《寡妇行》述百姓赋税之苦:"门前柏树啼晓鸟,树下行人持火符。赤脚麻鞋泥滑滑,敲门直入中堂呼。云是胥徒催赋税,官令不得迟斯须。行粮火耗无不有,更教点卷拨民夫。卷卷里正有儿名,弓矢要钱马要刍。大竹之皮日敲扑,五日一比臀无肤。寡妇闻之双泪滴,眼看孤儿声不出。"再如《苦旱行》写旱灾摧残下"人人气喘面皮黑,十个热病死九个",然而统治者丝毫不体恤民情,征课仍"猛如虎"。这些记录社会现实与民生多艰的诗歌多采用五、七言形式,以叙事手法写时事,与杜甫"三吏"、"三别"等有着明显的承袭关系,既得"诗史"之精神,兼具杜诗深沉悲凉之风格。

张丹诗歌不仅在题材内容与感情基调上与杜诗颇为类似,在意象的选择与组合方式上亦明显借鉴了杜诗,这在其律诗尤其是七律中表现得尤为突出。张丹同杜甫一样,喜欢选用高山、急峡、荒野、夕阳、鸿雁等意象,在时间上多选择秋季、暮春、黄昏、月夜。如:"崩壁插江滩滚滚,乱帆攒树石离离"(《龙门山》),"衡阳雁影秋天外,巫峡猿声暮雨中"(《送诸骏男入蜀》),"春草冶城多成火,夕阳新浦总寒烟"(《同姜京兆定庵侍御真源登牛首山》)。类似的例子在张丹集中可谓俯拾皆是。张丹选择这些具有象征意味的意象,为诗歌营造出一种苍凉、荒寂的氛围,这与其深沉悲凉的感情基调甚为一致。张丹在诗歌的意象组合上亦深受杜诗影响,常在一句诗中紧密排列多种意象,增大诗歌的密度,愈显凝重深沉。例如"风吹绝塞暮笳急,马度重关春雁飞"(《春日同杜含章过祚子山》),"马过碣石悲风动,人向骊城绝塞遥"(《送儿之抚宁访刘令格予》),"荒祠废驿齐庭外,断角悲笳鲁甸中"(《秋日历下登华不注峰眺望有怀于鳞先生》),"霜凋万木秋云起,月白双江旅雁来"(《滕王阁》)等等,密集的意象群与沉郁的情感相呼应,显出巨大的艺术张力,读来令人回味无穷。张丹还特别喜欢在诗中用百年、万里、乾坤、天地等大字面,如"千山每见凄凄月,万古常吹烈烈风"(《冬日寄怀丁大飞涛》),"愁中鬓发先秋秃,醉里乾坤老眼哀"(《夏日从野堂漫兴》其四),"万里关云愁寂寂,百年沙树恨茫茫"(《得祖明弟信》),颇为浑厚壮阔,而这恰是杜诗惯用的修辞。

杜甫非常重视锤字炼句,自谓"语不惊人死不休"[①],下字炼句惊警深刻,到达了一字不可更的境界。张丹亦勤于锻炼,不仅炼单字,还宗法杜甫大量使用叠

---

① 杜甫:《江上值水如海势聊短述》,杜甫著,仇兆鳌注:《杜诗详注》卷10,北京:中华书局,1979年,第810页。

字,例如"落落风尘惟短鬓,萧萧竹树有深堂"(《闻蒋子大鸿移家越中》),"落日苍苍帝女庙,荒城寂寂贾生祠"(《送陆绍曾罗矿之楚》),"垂条汀柳依依过,浴水沙鸥泛泛来"(《送姜大汝皋东归》)等等,深得杜诗婉转流连韵致。张丹在造句上亦频频效法老杜。五律造句多为上二下三,七律造句多为上四下三,然而杜甫为实现意律深严,大量使用上一下四、上二下五句式。张丹亦创作了不少类似句式,例如"衣尚芰荷色,食仍葵藿根"(《冬深和少陵韵》),"名因抗疏重,地以胜情多"(《寄意八首》其八),"招隐君同晋左思,审音我愧出钟期"(《清明读许户部生洲诗稿有怀》)。此种句法为诗歌增添了跌宕顿挫之美,提高了诗歌的艺术表现力。杜甫还喜欢语序倒置,集中存有大量倒装句,最典型的当属"香稻啄余鹦鹉粒,碧梧栖老凤凰枝"(《秋兴八首》其八),读来劲健警策,音韵铿锵。张丹借鉴此法,创造了不少生新奇警的诗句,例如"雪压谷花寒反吐,春生林鹿暖常群"(《两水亭赠姜弘载又载兄弟兼呈定庵》其二),"松花鼠饮千头露,涧雪龟餐太古春"(《秋暮有怀》其八),"翠识华不注,清怜趵突泉"(《趵突泉与诸骏男》),"绿识浮溪荇,红知傍浦莲"(《送姜学在归吴门兼述夙怀》)等等,语反而意奇,尤觉劲健。张丹还效仿杜甫故意在一句中重复用字,如"桥边桥度南村远,河底河流北市虚"(《寄沈圣昭兼示圣清宗尧二子》),"窗明未落将落月,炉存欲死不死灰"(《不寐与姚仙期》),"晓起看日日脚昏,黄姑吐云云有根"(《喜雨》),这样的字句风格,同样加深了诗歌的沉郁顿挫之感。朱彭《张秦亭从野堂》即称其为"古硬杜陵派"[①]。

由于张丹在人生经历和思想性格上与杜甫颇为类似,且在艺术上自觉效仿杜甫,故其许多作品若置之杜甫集中几可乱真。如《闻落叶》云:"晚霁初开枫色偏,忽闻落叶响遥天。高秋似怨沧江畔,深夜常悲戍堡边。半惹岭霞留曲浦,偶兼沙鸟度虚烟。柴门独立频搔鬓,故里萧萧又一年。"傍晚天晴,本应开怀,而叶落知秋,顿觉萧瑟。颔联慨及时事,伤心无限。颈联宕开一笔,以岭霞、曲浦、沙鸟、虚烟等自然意象渲染出恬澹氛围。尾联则以百感交集、年迈孤苦的自我形象终结,千言万语都蕴蓄其中。悲慨深沉的情感基调与回转起伏的抒情方式,正是典型的杜诗风格。又如《秋暮有怀八首》,在选题上明显模仿杜甫的《秋兴八首》。张丹作此诗时清朝虽已定鼎,然战火仍未尽熄,且连年水旱灾祸不断,征课稍不宽贷。诗人年老体衰,贫病交加,秦亭秋色引发他的故国之思和对漂泊生涯的感叹,八首诗即在这一思想脉络上展开。八首诗或感战乱,或悲衰老,或伤流离,或叹身世,每首诗虽单独成题,然整组诗意脉相连,层层深入,宛若一首顿挫回环的长诗。其中颇多佳句,如以"菰芦夜插旌旗色,城阙秋连鼓角声"写战争的阴霾,以"北眺燕云沙麓远,南浮章贡楚山高"概括半生流离,展示出较高的诗歌造诣。

① 朱彭:《抱山堂集》卷1,《清代诗文集汇编》第376册,上海:上海古籍出版社,2010年,第6页。

张丹诗歌气象雄伟,"悲凉沉远"①,神似老杜。这一点广为时人所识。如朱彝尊尝批张丹《北归诗》曰:"句句学杜,句句不袭杜。句句做,句句不做。"②柴绍炳序《西陵十子诗选》,论及张丹称:"祖望骨格苍劲,虽其源出于杜陵,而法能独运,语有利钝,无妨老境。"③姜定庵称:"秦亭七律雄深雅健,百炼而出,无一字无来历,要是不经人道语,可直骏追少陵,风雅巨工也。"④《清史列传》卷七十《张丹传》评张丹:"为诗悲凉沉远,七律义兼比兴,善杜甫之长。"⑤

二、"得王之清"

张丹集中虽多有沉郁悲慨之音,然并不仅仅局限于此,其诗歌风格因处境、题旨的不同多有变化,呈现多样化特征。在张丹诗歌的多样风格中,恬澹自然,是又一重要特色。就创作时期而言,张丹中年身经丧乱,颠沛流离,诗歌多取法老杜;晚年隐居秦亭山下,"家有龙爪槐,清荫南窗下,独坐吟哦,自言如对老友。每看秦亭山云气吐纳,及溪花开落风日中,终日不食,欣然自得"⑥,尽管仍"食少脱粟",但生活毕竟较此前安定,故其诗歌多呈现恬澹自然的风格特征,与王维相近。除杜甫外,王维对张丹的诗歌创作亦产生了深刻影响。张丹性喜山水林泉,对王维的山水田园诗十分推崇,自称二十四岁学诗,即"梦与摩诘分席言诗"⑦。正是出于对王维的欣赏与崇爱,张丹在诗歌创作中对其多有效仿。就诗体而言,张丹五律、五绝学王维者较多。《张秦亭诗集》卷十二有《读摩诘裴迪辋川诗与门人壬发效之》八首,幽逸明秀的空灵之境与宁静之美,深得辋川遗韵。好友陈维崧曾有札与张丹,称其诗乃今之王维,不愧为知交之确评。

"诗中有画,画中有诗"是王维山水田园诗的典型特征。熟谙画理的王维对线条与色彩有着敏锐而独特的感知力,其诗尤善于运用线条造境表情,从而产生清晰新鲜的画面美感。"大漠孤烟直,长河落日圆"(《使至塞上》)二句,仅用十字就以横线、竖线、弧线、圆线勾勒出一幅壮丽的边塞图景。张丹的山水田园诗深受王维影响,自觉借助线条来勾画自然山水,力求诗歌画面符合线条构图的形式

---

① 永瑢等撰:《四库全书总目》下册卷181,北京:中华书局,1965年,第1638页。
② 永瑢等撰:《四库全书总目》下册卷181,北京:中华书局,1965年,第1638页。
③ 柴绍炳:《西陵十子诗选序》,《西陵十子诗选》卷首,国家图书馆藏清顺治七年还读斋刻本。
④ 张丹:《张秦亭诗集》,《四库全书存目丛书》集部第210册,济南:齐鲁书社,1997年,第493页。
⑤ 王钟翰点校:《清史列传》卷70,北京:中华书局,1987年,第5689页。
⑥ 王嗣槐:《张秦亭先生传》,《桂山堂文选》卷7,《清代诗文集汇编》第73册,上海:上海古籍出版社,2010年,第303页。
⑦ 张丹:《张秦亭诗集》,《四库全书存目丛书》集部第210册,济南:齐鲁书社,1997年,第594页。

美。例如"沙晚疏杨直,天秋落水澄"(《崔淮阳兄季重前山兴》)二句,沙地广阔可谓一横,孤杨笔直可谓一竖,秋水蜿蜒可谓为一弧,形成一幅错落有致、生动传神的画面。一联之内,线条复杂多变而又错落优美,构成诗歌画面的节奏美与韵律美,又如"攒雪千树合,挡溜一峰尊"(《春日过兰溪访许子德远即景成句八首》其六),"白鹤依沙立,青烟入树平"(《复上滕王阁与表弟徐大文》),皆以"一横一竖"之画理构图,巧妙地发挥了线条的表现力,简练传神地展现了自然山水之美。再如"竹树行行直,峰峦个个圆"(《春日过兰溪访许子德远即景成句八首》其二),一排排竹林有横有竖,纵横交错,虽整齐却容易令人感觉板滞,故随即济之以弧形的山峦,顿使画面改观,既简单清晰又活泼丰富,二者错落有致,相得益彰,多样化的线条构成了一幅优美和谐的山林图景。

色彩感是绘画美感的重要内容之一,王维高度重视色彩的状物传情功用,熟练自如地运用色彩来展现情绪心境,点染画面生机。王维诗中所绘之景不乏色彩鲜丽者,然相较而言明显更多偏爱淡墨。张丹山水田园诗亦多浅淡虚白,类水墨画,如"石上泉声不住,松间月色常新"(《计筹山口占》),石上清泉,松间明月,一动一静,动静相宜,山水相映,明净空灵,亦体现出恬静空明的心境,与王维"明月松间照,清泉石上流"(《山居秋暝》)诗意近似。类似的空灵之句在张丹集中还有很多,如"鸟散林光薄,烟生水际微"(《夏日村兴五首》其四),"月色静珠琴,清光散碧林"(《秋夜同孙宇台、张我持、姜旂六饮姚氏宅限侵韵五字》),"苔绿经朝雨,松青带夕阳"(《春日村兴五首》其三),"白鹭远沙明灭,青松落日氤氲"(《村居》其三)等等,轻施淡墨,使画面淡雅清空。张丹颇好使用青、翠、白、苍等浅色调的字眼绘景,如"半岭归云白,千峰过雨青"(《夏日村居五首》其二),"江山青在眼,鸳鹭白黏溪"(《游海陵季家园同姜定庵家雏隐弟五首》其三),"密竹青无数,危松翠几层"(《游黄龙洞同毛稚黄、祖定弟》),"古柏苍苍当槛立,新苔蔼蔼抱墙阴"(《兰溪学宫示许广文德远》),这些色彩浅淡的字眼愈使画面清雅幽隽。张丹还特别喜欢"清"字,《张秦亭诗集》中使用该字达百处之多,如"江迥林岫清"(《赠楚中王山长》),"曲栈激清飔"(《赠李籀史兼示诸骏男表侄》),"涓涓清泉流"(《周生述游鱼龙洞纪以诗》),"浥浥练溪清"(《送牛潜子之楚雄》),"天清孤磬发林梢"(《昇元观赠余炼师体崖》),等等。"清"既属意象,亦属意境,尤其适合形容景色之澄彻明净,该字亦是王维喜用的,在其诗集中出现了几十次。

王维的许多画与诗皆富含动感,气韵生动,这也是历来为评论家所赞叹的一个重要原因。王维特别擅用动词点活静物及色彩的动感,如"坐看苍苔色,欲上人衣来"(《书事》),"空翠湿人衣"(《山中》),皆用动词将景物拟人化,借艺术之通感写出景色的流动美。这一点亦为张丹所继承,如形容景色之青翠有"湖山犹滴翠,舟楫尚轻波"(《初晴同陆高仲升璜度栖霞岭访豁堂上人体岩炼师不遇》),"双松滴翠满庭除"(《病中答许比部生洲》),"匡庐滴翠满萝袍"(《游匡庐》),"晚峰松翠滴,寒水月轮新"(《赠丁元九》),翠色之浓郁仿佛要滴下来,使画面格外鲜活灵动。张丹尤擅书写动态之景,其诗中画境大多气韵流转、活泼生动。如《黄姑岭》:"夜深常独往,拾取岭头翠,溪水微动摇,鳞鳞月光碎。"《江口送悦涵上人》:"日照江峰翠几层,新诗唱罢碧流澄。波中神鲤如相识,跳向严滩百尺藤。"诗歌画面生气流转,极富动态美。

王维生性好静且自甘寂寞,故其隐居诗往往令人感受到一种彻底离世绝俗的宁静心境,仿佛一切情绪的波动与思虑均被净化掉了,惟有自然而然的静寂。张丹诗中所传达的空静之美,与王维诗颇为相似。如《山居》云:"朝云起山南,暮云起山北。只有山中人,朝夕见山色。"《听松》:"山人爱听松,松树攒丘壑。晓来满径黄,夜雨松花落。"《闭户》:"弹琴落花处,闭户乱流中。月色不知夜,松声未觉风。"无论是意境的空灵,还是语言的素淡,皆与王维隐居辋川的小诗一脉相承。而《读摩诘裴迪辋川诗与门人壬发效之》更是直接效仿了《辋川集二十首》。其一云:"月色上东冈,零露滴梧叶。清响自西来,空阶人独立。"其六云:"月上闻樵唱,迷离乱草丛。寥寥人不见,落叶满秋空。"若对比一下王维原作,不难发现二者在意境、意象及语言上均有类似。然而,尽管张丹有不少诗歌近似王维,但总体来看,其诗中表现得心理活动比王维要多一些,感情也更浓烈一些。隐居对于张丹来说,是一种无奈的选择,故其诗中多有理想的失落与现实的困窘,隐约着一股郁怏不平之气。如《夏日村兴》曰:"农圃藏身拙,干戈老鬓愁。萧条薜荔外,渔火照滩洲。"《秋日村兴》曰:"旅雁遵寒渚,饥鸥倚暮沙。岁时忽忽尽,处廓独长嗟。"《冬日村兴》曰:"岁时何卒卒,吾鬓已星星。小阁炉烟白,虚窗雪竹青。"强烈的失落与不甘使张丹很难彻底摆脱尘世之累,故而难以达到王维那种心无滞碍、天机清妙的精神境界。

三、险峭奇崛的行旅诗

明末清初,不少士人都有过或短或长的行旅活动,或因逃难,或因生计,或为交游,或凭吊故土以抒亡国之恨。张丹身历易代之变,国破家亡,落魄江湖,"尝与友人游金焦,登北固山,俯瞰大江,酒酣披发,对月狂叫,走笔作诗,多苍凉壮激之音,过秣陵,上牛首幕府山,吊孙吴晋元之遗烈,浮江渡河,瞻嵩望岱,再游京阙,历览西山,穿虎豹之荒林,跳狐兔之丛窟。"[1]其漫游南北,既有祭怀亡明之

---

[1] 王嗣槐:《张秦亭先生传》,《桂山堂文选》卷7,《清代诗文集汇编》第73册,上海:上海古籍出版社,2010年,第303页。

意,又有为饥乞食的因素,"奈何为饥驱,怏怏走风尘"(《赠林玉生兼与邵子戒三》),故其行旅诗与晚明畅情山水、娱目骋怀有着明显的区别。张丹《赠谢文侯》曰:"自从丧乱桑田改,风尘奔走三十载。不觉鬓眉俱已苍,可怜富贵还谁在。"张丹半生皆在旅途之中,遍历今北京、河北、山东、江苏、江西、四川等诸多省份,其漫游时间之长,游踪之广,在清初士人群体中颇为突出。张丹游历所至,必形诸文字,不但留下了丰富的行旅诗作,且具有独特的艺术价值,在清初诗坛闪烁着耀眼的光芒。阮元《两浙輶轩录》称张丹"南北行旅诸篇尤崛奇,为全集之最"①,可谓深中肯綮。

行旅诗的情感基调在很大程度上取决于旅人的心境。晚明游风炽盛,士人往往带着休闲逸乐的心绪欣赏山水风景,其行旅诗大多潇洒闲适,恬澹自然,且以描写沿途景色为主。张丹为饥所驱行于旅途,失志的抑郁、生活的困顿以及对亡国的悲痛盘踞胸中,其行旅诗重在书写旅途之苦,而非山川丽景。行路之难是张丹行旅诗的重要内容,《张秦亭诗集》中颇多旅途艰险、劳苦疲惫之哀叹,如《琉璃河》曰:"仲冬气严寒,坚冰白似骨。策马琉璃河,桥滑不可越。从者挽缰绳,两足尚榾机。前人戒后徒,那知堕倐忽。栈云阑干峻,梯石结构牢。"冬日严寒凛冽,桥面皆冰,滑不可渡,稍有不慎便会跌落冰河之中,异常艰险。《景州》曰:"沙行赛马铺,大车声崩腾。局促避墙间,亭午阳气升。口燥不得水,双眼扑飞蝇。止渴竟无计,齿嚼须上冰。已过广川台,中途汗沾膺。朱店尚辽远,何处平原陵。古色社鬼庙,日脚衰柳塍。谁能开快恺,衿抱弥不胜。"长时间奔波路途,精疲力竭,然旅店遥远,无处歇足,只能啮冰止渴。而恶劣的天气加之食不果腹,更令旅途格外悲辛,"括耳多悲风,口禁鼻气塞。垂涕冻成冰,皓然须亦得。……所苦枵腹行,村午未得食。昨夜长新店,土屋聊偃息。千钱不一饱,何以增薄力"(《长新店》),饥寒交迫,令人不忍卒读。此外,猛兽与盗贼亦是令张丹惊悸的一大隐患:"野狼遇人嗥,苍鹰攫雉碎"(《涿州城》),"已防虎豹害,复惧麋鹿触"(《白竹村》),"日末忧土贼,寸心死与生。……草间时劫掠,弯弓令人惊"(《巨鹿界》),"所虑深山中,盗贼如林薮"(《小溪口》)。经易代战火洗劫,众多村落白骨成山,人烟稀少,猛兽频频出没,时有不幸者命丧虎狼之口。而清初虽已定鼎,天下并未太平,深山密林时有土贼横肆,愈加重了行路之惊险与行旅诗中的凄苦之音。

对于漂泊旅途的张丹来说,乡关之情始终是其无法遏制的痛苦。辞家在外,迢遥万里,对亲朋的挂念,对故土的思恋,以及殷切的思归企盼,化为挥之不去的愁绪,始终萦绕在诗人心头。张丹离乡时家中有老母在堂,稚子尚幼,诗人尝于郯城回忆骨肉生离之惨:"语未知平安否,涕泗复簌簌。哀哉别离时,送我倚破

---

① 阮元、杨秉初辑,夏勇等整理:《两浙輶轩录》卷3,杭州:浙江古籍出版社,2012年,第228页。

屋。视儿无一言,含泪不得哭。掷笔勿复道,永夜恻孤烛。"(《郯城》)乡关之思,痛彻心扉。张丹离乡万里,音书难递,迫切想知道故乡的情况,喜接家信,得到的竟是母亲病重的噩耗,这对于诗人来说无异于晴天霹雳:"居燕一载余,风沙入我户。垂帘坐土坑,繁忧不可叙。展转忆故乡,母氏守环堵。发秃耳皮皱,饥渴向谁语。思之不能寐,中夜绝肺腑。倏接良友书,上言母病苦。顷刻丧我魄,泪落湿如雨。"(《发蓟行》)张丹行旅诗中经常流露出凄苦而浓烈的思乡之情:"沉思乡关远,东去空纵横"(《巨鹿界》),"默默忆高堂,安得附书雁"(《雄县》),幽凄悲咽,格外令人怆然。

值得注意的是,张丹时常超越一般的行旅诗专抒个体悲喜的小天地,自觉记录沿途民生多艰,真实地反映底层民众的生活状况,具有"诗史"特质。如《石都寨》一诗云:

> 南走千余里,始登梁父山。高下溪谷深,石角向我攒。往往路绝踪,竟日断炊烟。但逢逃亡人,徒走流水间。瘦妻前挂杖,枯柳相攀牵。弱女布裹头,两足赤不缠。见客生羞涩,忽露桃花颜。小儿卧竹筐,其父高挑肩。行李芦叶席,寒暖不弃捐。既无糇粮备,又苦木皮干。前后迹踵至,倦坐依沙滩。告我秋大水,国课不得完。县令日鞭责,谁惜行路难。去住总填壑,此夕偷苟安。我闻黯然悲,行行泪如泉。目惨石都寨,肠断小西关。居者八九家,颓墙无门阑。招我入土室,板扉坐已穿。食我夏麦粥,未及久熬煎。豆芽代蕨薇,荒茅当屋椽。虽为困苦剧,腹饱亦便便。众人颓倚睡,我独听潺湲。反覆思所遇,不得终晏眠。

该诗作于张丹北游途中,以独白的形式道出水灾对民众造成的深重灾难,官府丝毫不体恤民情,沉重的课税逼迫百姓逃离故土,流落异乡。全诗纯以白描手法,生动地刻画了一幅灾后流民图,悲怆凄恻,痛彻人心。张丹一路北游,每每将路途所见民生凋敝的凄惨景象形诸笔端,如"烟火数十家,居者半老苍。茅檐结木冰,瓦雀依颓墙"(《新河县》),"指说青阳寨,水旱逃亡绝。上灶废崖坎,石磨弃磴缺。经营城郭状,破碎虫蚁垤"(《张夏店》),"路盘白竹村,崎岖探穷谷。居人八九家,林杪构破屋。下惟四柱立,亭亭不附木"(《白竹村》)。破庭败壁,废院残扉,天灾人祸,民不聊生。张丹的行旅诗在叙写民生艰辛的同时往往融合着对剥削者的批判,如《蒙阴》:"艰苦养此虫,三时乃有收。饥啮槲树叶,渴饮消露流。日出虚幔张,薄暮挑灯求。赤蚁恐攒害,麻雀时啁啾。上九频弹射,风雨不得休。男女赖苟活,焉敢视悠悠。我起数叹息,注日消溪愁。奈何三吴子,锦衣美遨游。"诗歌感慨世道不公,无一字不带着强烈的感情,正是这种民胞物与的精神使张丹的行旅诗绽放出异样的光芒。

尽管张丹的行旅诗多为述行记事,然亦有对所历之景的刻画。张丹行旅诗中时有幽静清雅者,如《小中坞》:"不觉虎穴过,税驾中坞里。……松杪驻移云,竹籁落坏几。潭影布游鱼,水气述香芷。"古松盘绕,云烟缥缈,潭清鱼游,水汽氤氲,萧散自然,平淡清远。然而,心境凄苦的张丹往往以悲凉之意观物,故其行旅诗所绘之景以怪奇险峻、荒凉破败者居多。如《禹城》:"月黑天莽莽,不知行路拗。火伴十八骑,口中互吻哨。参错荒地坎,跌躠废冢窈。心怯野魅形,耳恶老狸叫。初近祝阿墟,稍远鹿关道。苍茫见禹城,饭牛举火燎。"荒野废冢,月黑狸叫,萧森恐怖,矫激怪奇。又如《阳平关》:"阳关抑何回,走马青云端。鸟路不驱驰,缓辔下彫鞍。箕坐万峰上,俯视众流湍。东顾皆斗嵌,西望尽牙滩。耸岩如象鼻,挂石似马肝。嗟此古战场,阴雨鬼火寒。水魅啼昼静,崩榛塞路盘。飞鼠老风洞,毒虺生鸟翰。奇险有如此,吾歌行路难。"阳平关素以险峻著称,高峰绝壁,万壑转石,诗人驰骋想象,构思新奇,刻画出阳平关雄奇险恶、阴森可怖的特征,笔势奇峻,若起雷霆于纸上。

张丹的行旅诗多以地名冠题,用组诗形式记录游踪,反映现实,抒发感慨。如武康道中作诗12首诗题分别为:《杨坟渡》《下陌》《上陌》《檀岭》《檀溪》《白竹村》《铜山》《小溪口》《小中坞》《阳平关》《三桥埠》《武康县》。这12首诗皆依照顺序排列,前后相连,脉络清晰。《张秦亭诗集》卷四所收录的北游组诗25首亦是如此,自起首诗《发蓟行》至末尾诗《郯城》,清晰地记录了作者由北京至河北再至山东的北行经历,颇似日记体游记,明显受杜甫入蜀纪行诗影响。在诗体上,张丹行旅诗多选择以五古形式。相较近体的熟滑婉妍,古体劲健朴拙,且篇幅长短随意,更适合抒发苦闷压抑的情绪及展现广阔的社会现实。张丹行旅诗在用韵上亦颇具特色,即多用仄韵,其中尤以入声居多。以《武康道中》为例,12首诗中押仄韵者有8首之多,其中以入声字为韵者更是高达4首。另如《长新店》《琉璃河》《任丘县》《石门》《张夏店》《郯城》、皆押入声韵。仄韵较平韵更适合抒写凄楚哀怨之词与险峭奇警之境,而入声字为韵愈使行旅诗远离平缓之调,彰显奇崛兀傲之美,故尤为张丹偏爱。张丹行旅诗中还多有全句皆仄者,如"拄杖不可止"、"蠡炭火已死"(《檀溪》),"逐马匝此处"、"字句读未误"(《晏城》),"马渴饮不少"、"上有六隐洞"(《徂徕山》)等等,一句全部用仄声字,使语气愈加拗捩突兀。

张丹作为"西陵十子"的一员,终生坚守唐音,服膺、追摹汉魏与盛唐诗。然而,张丹深受格调派影响,虽在理论上反对模拟蹈袭,提出"文章妙义不在因袭",

"出自机杼,穷变备美"①,但创作上未能避免模拟之弊,这在其乐府诗中表现得尤为明显。例如《燕歌行》"别时三春今又秋,思君不见心绸缪。他人行役思故丘,君何他乡独淹留。贱妾茕茕守空房,想君念君君知否,罗帏伏枕心内忧",无论是立意、意象、情调、语言均与本辞如出一辙,字摹句拟,价值甚微。而像《企喻歌辞》"男儿欲作健,不须驱干长。鹞子捉天鹅,野鸭飞上苍",更是全袭本辞,仅仅更易数字,显然无多少艺术生命力可言。再如《君马黄》《塘上行》《美女篇》《东飞伯劳歌》《地驱乐歌》等乐府诗,皆一味蹈袭本辞。另外,张丹有不少作品套用唐人,如"岸回渚曲乱帆秋"(《凌云亭同许力臣晚眺》)借用杜甫"风江飒飒乱帆秋"(《简吴郎司法》),"天急寒风旅燕哀"(《登千佛山》)化用杜甫"风急天高猿啸哀"(《登高》),"吾徒摇落空悲感"(《春日同杜含章过祚子山》)化用杜甫"摇落深知宋玉悲"(《咏怀古迹五首》其二)等等,较多因袭,且程式化明显,在一定程度上影响了其创作水准。

张丹一生倾力于诗歌创作,虽未能如其挚友吴伟业、王士禛、朱彝尊那样,形成独特的风格,成为领袖一方的宗主,亦未有出色的理论建树。然而,张丹诗宗杜甫、王维,具有鲜明的艺术特色。尤其是行旅诗,多为五古,述行路之难、思乡之苦、民生之艰,凄楚哀怨,险峭奇崛,取得了较高的艺术成就,亦赢得了清初诗学家的高度赞誉。清人朱彝尊曾评价张丹诗曰:"人皆赏其七律,然不若五古之波澜老成也。其南北行旅诸篇尤为奇崛,方之西陵诸子,逸伦绝群。"②沈德潜《清诗别裁集》选张丹行旅诗数首,并予以高度评价:"此'西陵十子'中矫矫者。向共推其七律,而五古生辣结辒,终以此体擅长。"张丹在清初诗界尤其是杭州诗坛影响甚众,"弟子日益众,皆能得其一体,西陵后来能诗者多出其门"③,具有一定的地位,应当引起后世的重视。

第三节　深婉流利,缠绵缱绻：论沈谦的诗歌创作

沈谦是明清之际杭州遗民诗群中成就较高、影响颇众,且较有特色的一位诗人,在明末清初诗坛占有重要地位。沈谦(1620—1670),字去矜,号东江,浙江仁

---

① 张丹:《复毛驰黄》,李渔辑:《尺牍初征》卷 3,《四库禁毁书丛刊》集部第 153 册,北京:北京出版社,1997 年,第 559 页。

② 朱彝尊著,姚祖恩编,黄君坦校点:《静志居诗话》下册卷 22,北京:人民文学出版社,1990 年,第 673 页。

③ 王嗣槐:《张秦亭先生传》,《桂山堂文选》卷 7,《清代诗文集汇编》第 73 册,上海:上海古籍出版社,2010 年,第 304 页。

和(今属杭州)临平镇人,明末清初著名诗人、词人。生而颖异,"六岁能辨四声"①,"九岁作时艺,涉笔便佳"②。崇祯十五年(1642)补诸生,明亡后心系故国,"托迹方技,寄情翰墨,绝口不谈世务,亦无欣慕仕进意"③。今存《东江集钞》九卷,毛先舒称其诗"吐词清拔,时复绮思,其体则上溯汉魏,下泛唐波,操律比韵,卓然先轨,宛转幽诣,复见新妙"④。沈谦与吴伟业、施闰章、宋琬、王士禛、朱彝尊等诗坛名家多有往来,在清初诗坛上具有一定的影响力,"虽僻处杭之东偏,而声藉藉。吴越齐楚之士过鼓村,车辙恒满"⑤。沈谦"上溯骚赋,下造填词"⑥,诗文词曲无所不通,尤其是其诗歌,得到了时人的高度认可,于懋荣誉之"海内无双,江东独步"⑦。

陆圻在《东江集钞序》中述及沈谦诗学经历,言沈谦早年"喜温、李两家。崇祯辛巳,予以华亭陈给事诗授之,沈子特喜,于是去温、李之绮靡,而效给事所为。即沈子诗益工,寻汉魏之规矩,蹈初盛之风致。内竭忠孝,外通讽谕,洵诗人之隩区也。乃今汇其所撰诗文号为集钞,其意贞而不滥,其声和而不肆,盖雅之未降,而风之未变者,是沈子之诗之所托也"⑧。崇祯十四年(1640),沈谦受陆圻影响,由温、李绮艳转向复古诗学,与毛先舒、张丹、孙治等钱塘诗人一道,坚守宗唐复古,与云间派遥相呼应。云间派蒋平阶序沈谦《东江集钞》称:"自吾党诸子以文章声誉交于四国,四国贤豪莫不起而应之,而风尚之尤合者无如西陵。故虽相去三百里而遥,而酬对若在几席。世变后尤致力于古文词,厥有'西陵十子',与予特善,沈子去矜则其一也。"⑨沈谦身经沧桑变革,郁不得志,其诗歌多效仿汉魏、

---

① 沈圣昭:《先府君行状》,沈谦:《东江集钞》附录,《清代诗文集汇编》第 70 册,上海:上海古籍出版社,2010 年,第 270 页。

② 应撝谦:《东江沈公传》,沈谦:《东江集钞》附录,《清代诗文集汇编》第 70 册,上海:上海古籍出版社,2010 年,第 267 页。

③ 沈圣昭:《先府君行状》,沈谦:《东江集钞》附录,《清代诗文集汇编》第 70 册,上海:上海古籍出版社,2010 年,第 270 页。

④ 毛先舒:《东江集钞序》,沈谦:《东江集钞》卷首,《清代诗文集汇编》第 70 册,上海:上海古籍出版社,2010 年,第 181 页。

⑤ 毛先舒:《沈去矜墓志铭》,沈谦:《东江集钞》附录,《清代诗文集汇编》第 70 册,上海:上海古籍出版社,2010 年,第 268 页。

⑥ 祝文襄:《东江集钞序》,沈谦:《东江集钞》卷首,《清代诗文集汇编》第 70 册,上海:上海古籍出版社,2010 年,第 181 页。

⑦ 于懋荣:《沈去矜像赞》,沈谦:《东江集钞》附录,《清代诗文集汇编》第 70 册,上海:上海古籍出版社,2010 年,第 269 页。

⑧ 陆圻:《东江集钞序》,沈谦:《东江集钞》卷首,《清代诗文集汇编》第 70 册,上海:上海古籍出版社,2010 年,第 180 页。

⑨ 蒋平阶:《东江集钞序》,沈谦:《东江集钞》卷首,《清代诗文集汇编》第 70 册,上海:上海古籍出版社,2010 年,第 179 页。

杜诗,沉郁悲凉,然敏感多情、易于感伤的自身气质使沈谦诗风更多偏向中晚唐,弥漫着浓浓的迷惘感与幻灭感。此外,沈谦集中还有不少艳情诗,汲取中晚唐绮思丽句,艳而不妖,哀婉缠绵,达到了较高的艺术水平。

一、凄艳之情

沈谦早年颇好温李艳情诗,后受陆圻影响宗法汉魏盛唐,然终其一生,始终未完全弃绝情辞丽句。沈谦对艳情题材颇有回护,其《东江子杂说》曰:"读韩偓之诗,秦少游之词,杨升庵之曲,一浪子耳。考其生平凛凛忠节,而色厉者反摘其言而訾之,吾谓闲情出于彭泽,故不为白璧之瑕。"①他将艳情之作同作者品格区别开来,充分肯定艳情作品的合理地位。沈谦诗集中,艳情及女性题材高达三分之一。以卷一"拟古乐府"为例,共计21题,其中艳情诗12题,占到一半以上。沈谦偏好艳情题材与温丽诗风,这一点广为时人所识。如毛先舒评其诗:"如秦川织女,巧弄机杼,心手既调,花鸟欲活。"②于懋荣称其:"清裁愈倩,丽简弥工,遣句凄凉,措怀澄练。"③

朱彝尊称:"'西陵十子'多以格调自高,去矜兼采组于六朝,故特温丽。"④沈谦对六朝尤其南朝的艳体诗多有借鉴。例如《懊侬歌》其一曰:"欢在九重阁,懊恼不可止。三月桐始华,几时见梧子?"⑤诗歌巧用双关语,将女子内心深处细腻缠绵的情感真切地传递出来,语言活泼自然,且含蓄委婉,深得南朝民歌韵致。除南朝外,沈谦对晚唐艳体诗颇为倾心,在创作中着力仿习。孙治称沈谦尝有和韩偓无题诗作"前后二十四首",足见其对香奁艳体的偏爱。《东江集钞》卷五存《春闷偶成戏次韩偓韵》,曰:"光动三珠树,香飘五色芝。坐愁伤别易,立望恨来迟。语密人难觉,书沉事可疑。碧桃堪解赠,红豆最相思。镜约重逢日,珠留未嫁时。云华堆凤髻,山翠扑蛾眉。惆怅栏频倚,娇羞枕乍欹。未须诒宋栗,久已误哀梨。玳瑁穿重甲,珊瑚碎一枝。几经虚夜立,不敢信秋期。莲子心中苦,桑蚕腹内丝。谁能寒旧约,更与乐新知。"全诗细腻生动地刻画了闺中女子幽微哀

---

① 沈谦:《东江子杂说》,沈谦:《东江集钞》卷9,《清代诗文集汇编》第70册,上海:上海古籍出版社,2010年,第263页。

② 陈康祺著,晋石点校:《郎潜纪闻初笔、二笔、三笔》上册卷14,北京:中华书局,1984年,第294页。

③ 于懋荣:《像赞》,沈谦:《东江集钞》附录,《清代诗文集汇编》第70册,上海:上海古籍出版社,2010年,第269页。

④ 朱彝尊著,姚祖恩编,黄君坦校点:《静志居诗话》下册卷22,北京:人民文学出版社,1990年,第682页。

⑤ 沈谦:《懊侬歌》其一,沈谦:《东江集钞》卷1,《清代诗文集汇编》第70册,上海:上海古籍出版社,2010年,第189页。本节所引沈谦诗句均出自该书,以下不注。

怨的情绪,华美绰约,丽不伤雅,尤其是"莲子心中苦,桑蚕腹内丝"一句,借鉴南朝民歌用双关语言情,使全诗愈加含蓄深婉,摇曳生姿。全诗温润纯熟,情浓意挚,韵致不减韩偓原作。《嫦娥》曰:"碧海星明夜向晨,玉楼秋近月中轮。当年灵药殷勤窃,不信长生解误人。"此诗显然步趋李商隐同题名作,无论主题、意象以及遣词造境均与李商隐原诗一脉相承。沈谦学习晚唐温、李艳情诗,突出表现为大量铺列华美艳丽的意象,情调幽美,深婉精丽,从而表现幽深窈渺的闺中情思。画帘、绛纱、兰汤、紫箫、银灯、睡鸭、绣幕、罗帐、绮帏、瑶钗、金屏等闺阁意象在沈谦诗中大量出现,这也是晚唐艳情诗人所惯用的意象。沈谦不少诗歌绮密瑰妍,酷似温、李。例如《新欢曲》其一曰:"罨画楼台驻彩云,紫箫双奏月纷纷。东西莲叶皆堪戏,昼夜鸳鸯爱作群。语细不关防读曲,情深休拟织回文。花香岂得如欢气,睡鸭从今罢夕熏。"其三曰:"鬓乱瑶钗弹玉肩,含羞无奈更缠绵。口中生石疑皆妄,屋里安湖果见怜。绣幕春来垂袖舞,紫裙波暖隔花涧。低声窃笑荆王陋,梦见朝云托赋传。"诗歌意象密丽且统一,语言精工雅艳,诗境遂显得绮丽而浑融。沈谦不仅在意象、语言上效仿温、李,在结构上亦多有取鉴。李商隐诗歌在表达上往往采取幽微隐约、迂回曲折的方式,造成恍惚迷离、朦胧飘渺的艺术效果,这一点亦为沈谦所继承。如《夜感》曰:"黯黯银灯隔绛纱,粉香零落怨琵琶。子规夜冷空啼血,杨柳春残强作花。泪洒山丘云自出,魂归关塞月初斜。凄凉旧事凭谁问,潘令愁多鬓有华。"此诗首句写现实,孤灯昏暗,红帐难眠,感慨万端;颔联及颈联由现实进入历史与梦幻,以"子规啼血"、"昭君出塞"典故围绕悲苦情绪反复叙说;尾联重回现实,怅然哀慨。真实与虚幻、现实与历史回环往复,跌宕起伏,且又首尾照应,愈使情思缠绵缱绻,惝恍凄迷。又如《送庞襄臣还松陵》曰:"西陵游子忆苏台,不尽骊歌酒一杯。沙柳乱莺亭堠出,芳洲疏雨布帆开。十年容鬓添愁思,此日江湖见赋才。倘过庞山休眺望,暮云邻笛总堪哀。"诗歌首句由现在转入回忆,次句又回到现在;颔联写景,言说送别;颈联一句之中浓缩了过去与现在,颇具沧桑感;尾联设想将来之回忆过去,倍添哀情。篇内大回环与句中小回环相绾结,时间与空间来回跳跃,愈显含蓄深沉,悠长不尽。

在中晚唐艳情诗领域,除温、李之外,李贺所代表的凄艳诡激诗风亦是重要一支。李贺诗歌大多为古体与乐府,篇幅可长可短,便于随心所欲地宣泄情感,且与凄艳诡激的诗风相应。沈谦深受李贺影响,尤其是七言古诗,绝大多数效仿李贺。李贺酷嗜奇丽,且极具幻想力,擅写鬼神仙境是其诗歌的一大特色。沈谦七古中亦喜插入一些幽奇怪诞的意象。例如在《铸钟词》中,诗人驰骋想象,展现了惊奇嶙峋的铸钟过程:"安平寺前人如林,洪炉高崎青山岑。百夫并力大风急,江潮夜吼苍龙吟。须臾火举若鸣鼓,铜精土结为白虎。山亭蔼蔼紫雾横,沙树萧萧绿云吐。抉炉液走如长虹,鲁般公输用力同。灵芝大鹤炫奇色,坌焰惊睹燕支红。丹梯巉嶪凌飞阁,轱辘千盘鸣铁索。一声尽识江南晓,落月疏星噪寒鹊。"此诗为表现铸钟过程的雄奇而排列的种种意象,都是常人思维所难以达到的,是诗人刻意冥搜的产物。整首诗可以说是奇诡意象的组合,使现实生活中的事情在一定程度上幻觉化与神秘化。沈谦还有诗写丑怪狰狞,以《题吴道子画曲阳鬼歌》最为代表,诗曰:"生为妖贼死为厉,鸣狐含沙谁能制。吴生貌此得无是,真宰泣诉惊天帝。酒酣落笔见鬼雄,闪尸跳梁状不同。毛鬖肃飒俨嗥啸,银戟手拓横双瞳。屏障得此号奇绝,坐客瞥见光熊熊。杀气朝凝太行黑,神火夜照滹沱红。君不见倒马关上山岳岳,鹈鹕井中水波浊。愁云不行鼓声死,白骨纵横老鸟啄。天阴雨湿啾唧鸣,青磷荧荧画吹角。"诗歌用一连串丑怪阴森的意象来渲染画作,将读者带入一个谲怪可怖的幽冥世界,意象密实奇诡,亦宣泄出诗人内心的愤懑不平。

与李贺类似,沈谦七古中的艳情之作大多是凄伤哀感的,系艳与冷的交融。例如《柳烟曲》曰:"柳烟拂楼风旖旎,火城日高唤春起。蛮娘手摘焉支花,坐卷银河碧窗里。黄莺学人兰眼啼,露湿玉阶芳草齐。鬖多臂懒古镜黑,欲语不语春阴低。龟甲屏开山巉嶪,三十六宫天一抹。蛾眉满堂谁目成,脉脉兰思难自达。巫阳峰头云不行,越艳吴妖如有情。天台失路刘郎苦,万树桃花空月明。"诗写深挚焦灼却无法实现的爱情,渴望与无望交织在一起,凄伤缠绵,奇艳而不佻。又如《夜雨曲》写一位雨夜无眠,愁死万千的闺中女子,"细雨冥冥暗春夕,佳人转灯向红壁",弥漫着凄苦冷寂的氛围。沈谦尤其偏好描写哀艳的冥界鬼魂,例如《梦亡妇作》:"竹花离离雪满庭,银煤晓坠金鹅屏。帐底相看泪如水,魂去一抹烟江青。鹦鹉娇狞动铃索,闲馆垂帘月初落。低头忆梦杳难攀,分明断发红绡缚。非邪是邪翩来迟,綷縩罗衣响珠络。苍天可老长江涸,玟瑅打金嫌我薄。秋坟鬼火不照人,白日松声转幽壑。"诗歌幻化出如在目前,却又恍惚飘渺、转瞬即逝的亡妻幽魂,幽奇光怪,冷艳瑰谲。又如《银瓶井》以亡故的美女幽魂为题,"井上古苔土花绿,井底寒泉浸青玉。……银瓶女儿在何处,银床鞿辘天未曙。弦摧管绝女巫去,头白老鸟叫官署",幻象哀艳凄迷,幻境诡奇幽冷。

与凄冷幽怨的格调相应,李贺诗中很少白描,而总是浓墨重彩,给人以强烈的感官刺激。沈谦借鉴了该手法,着力突出事物的色彩,其意象往往冠之以颜色字,既是物象特征的概括,又作为限定词使意境愈加斑驳瑰丽。沈谦七古自觉借助色浓藻密,配之以哀伤的情绪,呈现出哀感顽艳的艺术风貌。如《秋怀引》曰:"沉香楼子青霞府,芙蓉波响金鱼舞。美人小语教鹦鹉,手伏雕栏声未吐。翠羽明珠钗一股,纤罗秋盖黄金缕。鬖髟宝髻羞眉抚,兰思脉脉烟如雨。低头惆怅心无主,泪滴红苔阶下土。"诗中绘声绘色,写态传神,青霞、金鱼、翠羽、红苔,色彩交映,描绘了一幅寓凄凉哀婉于富丽堂皇的闺中美人图,尤其是末句用"泪滴红苔"一下将瑰丽的色泽推向极致,借以传达怅然哀感,设色凄艳,涉想奇绝且贴切传神。沈谦特别擅长将冷、艳结合,以瑰丽妖艳的词语传递出伤感凄凉的意绪,凄冷与艳丽形成强烈对比,此较常语写哀情效果加倍。沈谦七古中红、绿、青、紫等浓重的颜色词出现频率颇高,系诗人之精心结撰。如《塘上黄昏曲》曰:"三星屑屑罨山翠,夹路野烟唤春醉。青雀朝游不肯归,笑指银煤绽双穗。烟销月出红酒冻,灯花照月玻璃动。美人高髻云嵯峨,却放鹍弦唱啰唝。西陵草碧牵紫裙,我欲同心难语君。胸前宝袜鸳鸯带,玉刻连环似白云。"全诗共十二句,却接连嵌入了翠、银、红、碧、紫、白等诸多色彩意象,予人以强烈的视觉刺激。无怪乎挚友毛先舒读罢沈谦寄来的《柳烟曲》及《塘上黄昏曲》,直赞其"秾丽淡宕,语语惊魂,令我伧父欲自匿"①。

二、衰飒之音

沈谦出身于书香世家,临平沈氏号称望族,颇具声望与影响力。父沈士逸,万历末为游洋将军,尝开章庆之堂,多延文学士,"诸公赋诗悲歌,饮酒连日达夜"②,"一堂之内,焕若春阳"③。然至明清鼎革之际,沈家遭到严重打击,迅速衰落,沈谦之子沈圣昭称"嗣后家计益落,风鹤屡惊"④。崇祯十六年(1643),临平盗贼特起,沈氏南园"焚掠几尽"⑤。沈谦自称:"叠构家艰,产业破碎。"⑥长期为饥所驱、沉郁困顿的流离生活,使沈谦备尝人生之艰。亡国破家之痛、丧乱流离之苦、壮志难酬之憾长年煎熬着诗人的内心,发为歌咏,特多凄楚孤苦之音。而亲人相继去世更是对沈谦造成了异常沉重的打击。顺治七年(1650)沈士逸去世,沈谦"毁瘠过礼,至呕血",后沈母范氏、妇徐氏、长子圣旭俱相继亡,"二十年中,叠遭四丧,皆废产称贷,以期如礼,悲悼过深,渐至病困"⑦,"每有沉郁,辄托

---

① 毛先舒:《晚唱》,《四库全书存目丛书》第 211 册,济南:齐鲁书社,1997 年,第 101 页。
② 毛先舒:《沈去矜墓志铭》,沈谦:《东江集钞》附录,《清代诗文集汇编》第 70 册,上海:上海古籍出版社,2010 年,第 268 页。
③ 沈谦:《章庆堂宴集记》,沈谦:《东江集钞》卷 6,《清代诗文集汇编》第 70 册,上海:上海古籍出版社,2010 年,第 233 页。
④ 沈圣昭:《先府君行状》,沈谦:《东江集钞》附录,《清代诗文集汇编》第 70 册,上海:上海古籍出版社,2010 年,第 270 页。
⑤ 沈圣昭:《先府君行状》,沈谦:《东江集钞》附录,《清代诗文集汇编》第 70 册,上海:上海古籍出版社,2010 年,第 270 页。
⑥ 沈谦:《与张祖望》,沈谦:《东江集钞》卷 7,《清代诗文集汇编》第 70 册,上海:上海古籍出版社,2010 年,第 243 页。
⑦ 沈圣昭:《先府君行状》,沈谦:《东江集钞》附录,《清代诗文集汇编》第 70 册,上海:上海古籍出版社,2010 年,第 270 页。

之歌咏",故集中颇多有泪之言,沈谦自述"吾作诗皆辛且苦,宜世之乔舌而摇手也"①。

柴绍炳序《西陵十子诗选》论及沈谦称:"去矜少多艳情,瑕瑜不掩,近乃一变,已体制骞卓。"②沈谦诗歌由早年取径温、李,后宗法汉魏、盛唐,这不仅与其受云间派及西陵诸子复古风气有关,亦与其不幸的家世及凄惨的经历有着密切关系。这些遭遇使其心境异常沉痛,亦使沈谦与慷慨悲壮的汉魏诗及沉郁苍凉的杜诗产生了强烈的心理共鸣。据梁绍壬《两般秋雨庵随笔》载,沈谦曾于顺治二年(1645)泛舟苏、常,时南都新破,百姓流离,沈谦目击情形,凄然有感,录是年所作诗四十余首写为长卷。该诗卷今不存。据《蕉廊脞录》,作者吴庆坻尝见里中金氏所藏沈谦手书诗卷,录沈谦自跋:"庚寅四月二十三日四鼓,过寒山,晓月映塔,流尸触船。披衣起视,悲怆欲绝。离乱之苦,大略可见。天明,因录本年五言律四十四首,聊以当哭",及卷中诗句"鼓鼙孤客泪,书札故人心"、"孤冢儿啼苦,空庭马迹深"、"白发悲行役,青山厌乱离"、"苦雾沉荆棘,青磷见髑髅",并称该卷"多凄婉之音"③。陈田《明诗纪事》录沈谦诗 13 首,其中《人日即事》曰:"去国又人日,风光殊可怜。江鸿回冻雪,沙竹淡春烟。世事交游浅,乡关战伐偏。病余聊骋望,无那惜华年。"④《九日言怀》曰:"九月九日意不惬,杖藜扶病登高台。盈樽绿酒此时醉,旧国黄花何处开。金管玉箫激霜霰,铜驼铁凤生莓苔。望乡不见远天尽,萧瑟江山归去来。"⑤《旅夜》曰:"旅馆凄凄清夜徂,半生流落愧妻孥。可怜战伐多新鬼,何处乾坤著腐儒。砧杵万家明月苦,旌旗千嶂野云孤。帛书漫托南云逝,未信衡阳雁有无。"⑥诗歌感慨战争,忧嗟民生,思恋亡明,慷慨激愤而又深挚悲凉,颇类老杜。

《东江集钞》系沈谦生前自订,凡五易稿,以上所举诗歌均未被《东江集钞》收录,恐怕与清初严密的文网有关。现存《东江集钞》中虽亦有触及战争与民生疾苦者,如《郭店镇》曰:"北斗在平地,晓发西荡湾。身如东流水,一去何时还。树隔御儿泾,云没铜扣山。起视万感集,青鬓为之斑。津梁一夫守,枉道数里间。沙翻若汤沸,日涌如血殷。男儿绝可怜,性命同草菅。"诗歌述战争之惨烈,饱蘸血泪,风格沉郁,情感悲凉深重。然而,这种关注社会现实的作品在《东江集钞》

---

① 沈谦:《与杨咏嘉》,《东江集钞》卷 7,《清代诗文集汇编》第 70 册,上海:上海古籍出版社,2010 年,第 241 页。

② 柴绍炳:《西陵十子诗选序》,《西陵十子诗选》卷首,国家图书馆藏清顺治七年还读斋刻本。

③ 吴庆坻撰,张文其、刘德麟点校:《蕉廊脞录》卷 4,北京:中华书局,1990 年,第 118 页。

④ 陈田辑撰:《明诗纪事》第 6 册,上海:上海古籍出版社,1993 年,第 3451 页。

⑤ 陈田辑撰:《明诗纪事》第 6 册,上海:上海古籍出版社,1993 年,第 3452 页。

⑥ 陈田辑撰:《明诗纪事》第 6 册,上海:上海古籍出版社,1993 年,第 3452 页。

中并不多见,集中更多为关注个人命途之坎坷,抒发一己之悲叹。

人生苦短的悲叹,是沈谦诗歌尤其是其拟古乐府诗的一大主题。明清之际社会动乱,战火纷飞,生灵涂炭,不少士人家道中落,流落饥寒,甚至死于非命。末世丧乱对沈谦的思想心态产生了深刻的影响,尤其是南园遭盗贼纵火,"园林池台者,化为烟灰"①,令沈谦深感生命短促,富贵无常,每每于诗中感叹。《行路难》组诗十八首即贯穿了这一主题,其一曰:"奉君绣桷盘龙之宝殿,青牛丹毂之香车,蒲梢吉量之名马,白台绛树之容华。世间富贵亦有尽,人生恩爱非无涯。愿君勿悲歌我歌,我歌行路真可嗟。不见昔人意气尽,纷纷麋鹿游馆娃。"其十七曰:"君不见城南美少年,被服纨绮丽且妍。须臾年纪忽迈逝,白发零落口流涎。高堂明镜有分别,今我少年真可怜。"世事无常,青春、富贵难久,人不过是天地间的匆匆过客,生命不过是转瞬即逝的朝露,不若及时行乐,纵情肆意,如《行路难》其五曰:"君不见河中水,白日东流夜不止。君不见园中花,全盛护帘幕,零落委泥沙。人生迫促亦可怜,今日白头昨少年。儿齿饴背不相恕,清酒浆炙须流连。与尔为欢慎勿晚,努力鼓吹弹朱弦。从来禄命有定数,尔我俱当听自然。"然而,这种快乐并非由衷的,而是迫于现实的无奈选择,具有强烈的悲剧性,故往往伴随着极度苦闷的情绪。如《雨中西陵桥泛舟至涌金门诗》云:"南国绮罗歌,万古空婵娟。宝钗变黄土,尚忆同心言。佳丽谅难久,幽忧讵能宣。义驾不我贷,行乐及盛年。中流振哀竹,坐客泪如泉。"这声声悲叹,反映出行乐背后难以派遣的苦闷。哀婉凄恻,感人至深。

沈谦少时即怀青云之志,自称"何不乘少年,天衢振高策"(《拟古诗》其二),仕进之路却被易代之变生生扼断,故诗中时常流露出理想受挫之哀怨。如《晚眺》曰:"川原望不极,孤客自登台。落日大荒远,平沙秋雨来。青门生事渺,白石壮心哀。归思西风后,空怜作赋才。"《春晓偶成》曰:"倚枕看山色,开帘爱晓晴。客愁偏对雪,春梦不离莺。天地悲歧路,诗书误此生。不知鸿与雁,底事厌南征。"诗写壮志难酬的失落与悲凉,读后令人唏嘘不已。明亡后,沈谦时常故地重游,其诗中频有今昔之感。如《舟过凤凰桥》曰:"云白孤帆暮,江清五月秋。凤凰桥下水,还似昔年愁。勋业羞临镜,文章只敝裘。重来空洒泪,旧侣半荒丘。"《重游海宁县安国寺》曰:"重过安国寺,一望意萧森。海白孤城雨,松青古殿阴。霜钟惊落木,香积下饥禽。回首十年事,悲哉只树林。"诗人回思往事,不胜感慨,种种记忆涌上心头,无限苍凉。尤其是身经丧乱,这种物是人非之感愈加动人。沈谦重游旧地时创作了不少真挚感人的佳作。例如《泊御儿》:"候火悲游客,商船

---

① 毛先舒:《东江集钞序》,沈谦:《东江集钞》卷首,《清代诗文集汇编》第70册,上海:上海古籍出版社,2010年,第181页。

即比邻。柳深孤驿雨,燕入小城春。白发无新句,青衫是旧人。夜来重此泊,沙月对沾巾。"《五月过黄道湖感旧》:"昔年曾此泊,堤树雪模糊。昨夜南风竞,扁舟复渡湖。渚花翻浪出,水鹳向人呼。衰老今安适,真悲岁月徂。"诗人俯仰今昔,空余白发,全诗饱含哀思,动人肺腑。

沈谦《东江集钞》中充满了怅然落寞、孤独苦闷的情思,虽亦有汉魏及盛唐那种积极进取、心忧天下的精神气质,但毕竟属于少数,其诗风更多偏向中晚唐。尤其是沈谦的五律,其中充满了沧海桑田、人生变幻之感,茫然失落、低迷惆怅,无论是主题内容还是情感基调,均与大历及晚唐诗歌颇为相似。同样身经丧乱、终生以遗民自居,"西陵十子"之一、沈谦挚友张丹虽亦有悲凉之感,但并不消沉颓败,艰难困顿的现实并没有浇灭他的慷慨昂扬,发为诗歌,多有勃郁浩然之音。而沈谦则更多感受到一种冷落萧瑟的迷惘感与人生无常的幻灭感,这与沈谦敏感多情、易于感伤的自身气质有着密切关系。山河破碎、动荡流离的残痛现实更多淡化为自我衰飒萧条的感受,而较少杜甫式的民胞物与、慷慨沉痛。如《对雨作》:"咏罢登楼赋,钩帘独坐闲。野云多出水,寒雨欲沉山。花柳添归兴,风尘见悴颜。江流真不远,春尽几人还。"《登楼赋》系建安诗人王粲名作,抒写生逢乱世、长期漂泊流离、志不获骋的悲愤,表现了对动荡时局的忧虑及对天下和平安定的企盼,亦倾吐了渴望施展雄才、建功立业的焦灼心绪。而沈谦却没有王粲"冀王道之一平兮,假高衢而骋力"[①]的积极态度,而是弥漫着失落与怅惘。"寒雨欲沉山"一句,以阴雨渐覆之景,不仅象征了鼎革之际阴沉压抑的氛围,亦渲染了作者的苍凉心境。"风尘见悴颜",将辗转流离的辛酸与凄苦高度浓缩在一句之中,无限悲凉。"江流真不远,春尽几人还",则流露出未来的黯淡,诗人对于未来已经不再憧憬与期待,而代之以生命衰萎的空漠与伤感。此类衰飒之调在沈谦五律中可谓俯拾皆是。

与惆怅衰飒的情感基调相呼应,沈谦的五律喜欢选用夕阳、秋水、阴雨、孤舟、暮鸟、鸿雁等意象,在时间上多选择秋季、黄昏、月夜。如:"烟合青林暝,山低白日斜"(《寄张祖望》),"雨黑横潭远,秋高落雁频"(《送张玉书归唐楼》),"月白松侵幕,天寒雁聚沙"(《赠同学朱蕴斯》),"落木山窗曙,明星布被寒"(《夜寄张祖望寓舍》),"繁华空满目,日暮是香泥"(《春游值雨》)。沈谦五律中尤好出现黄昏与夕阳,以之点染惆怅落寞之氛围,如:"何限存亡意,空庭又夕阳"(《过惠上人静室赋此》),"念此能无泪,春风落日低"(《东坞》),"叙旧成悲感,斜阳下古丘"(《悼石工兼呈拙禅师》),"杖出云俄散,钟鸣日已斜"(《新霁》),等等。沈谦还频繁于诗中使用"惆怅"、"怅望"二词,例如:"阳春一惆怅,瓦釜正雷鸣"(《送王生之嘉

---

① 王粲:《登楼赋》,王粲著,俞绍初校点:《王粲集》卷2,北京:中华书局,1980年,第19页。

兴》),"登桥同眺望,惆怅意难论"(《秋夜观涨》),"今宵何太永,惆怅坐空帏"(《不寐》),"怅望无由见,停云日倚帘"(《闻张祖望馆吴锦雯宅有寄》)等等,愈加明显地体现出其受大历及晚唐诗风影响之深。沈谦还学习中晚唐诗人纯用白描绘景,增加诗歌的清晰度,形成清空省净的品格。尤其是中间二联,刻琢研练,颇见功力。例如"竹阴摇径绿,野月到床疏"(《宿劳仲人宅怀李渭师》),"云寒双树暝,钟响一僧归"(《同叔度游觉王寺》),"雨来山翠合,客散野禽啼"(《春游值雨》),"壁峭云应礙,泉幽月更寒"(《出鹤峰庵憩留月泉》)。描写精工、对仗工整、语言清雅,而这正是中晚唐诗歌的典型特征。

由于沈谦在情感和心态上与中晚唐诗人多有类似,且在艺术上多有效仿,故其许多作品若置之中晚唐集中几可乱真。如《灯社酒会》曰:"扰扰千家住,匆匆五夜过。月明华烛烂,年稔醉人多。感旧窃悲此,看春奈老何。少年勿遽起,吾意欲长歌。"理应热闹欢乐的酒会在沈谦诗中却呈现出浓浓的悲情,沉凉哀婉,无限伤感。又如《客散》曰:"柴门客散后,寂寞兴如何。野笛临风奏,山灯隔岸疏。长途断车马,斜日下衣裾。讵念相思夜,寥寥闻雁初。"诗人截取客散后的寥落之景,通过野笛、山灯、长路、斜阳四个意象,纯以白描塑造出一种落寞怅惘的氛围,尾联继续这种孤单寂寞的情思,冷落萧瑟,带有中晚唐诗特有的衰飒气息。

三、哀婉流利的七律创作

近人陈田《明诗纪事》评沈谦诗曰:"去矜乐府安雅中节,五律高朗,七律雄丽,洵是才人之隽。"[1]沈谦于诗众体兼备,尤以律诗见长。《东江集钞》现存诗歌434首,其中五律130首,七律92首,占据了绝大多数;而七律深婉流利、缠绵缱绻,最受世人推崇。邓之诚《清诗纪事初编》曰:"'十子'皆工七律,谦亦最擅此体。"[2]洵为知言。

深婉不迫是沈谦七律的一大特征。沈谦七律尤其擅长埋没意绪,敛抑情思,很少宣泄淋漓,这不仅与沈谦敏感多情、优柔内向的性格有关,亦与西陵诗人群体崇尚含蓄蕴藉的审美倾向有着密切联系。沈谦习惯将内心的情感含蓄委婉地体现出来,即使悲愤异常深沉,然委曲往复,含蓄蕴藉,使诗歌深婉不迫。《祝开美孝廉疏救刘念台中丞归晤予湖上》就充分表现了这种怨而不怒的感情特征:"北极巍巍上帝尊,书生一疏抗金门。百年社稷推高望,此日江湖亦至恩。匹马烟尘空白首,孤舟风雨自黄昏。相看不厌山杯罄,世事休将醉后论。"祝开美即祝

---

① 陈田辑撰:《明诗纪事》第6册,上海:上海古籍出版社,1993年,第3450页。
② 邓之诚:《清诗纪事初编》卷2,上海:上海古籍出版社,2013年,第260页。

渊(1611—1645),崇祯十五年"以抗疏论救刘宗周被逮"①,后由进士共疏救出。该诗前两联赞祝渊抗疏之高节,将忠而遭贬、得诏出狱说成是朝廷之"至恩",以反语指陈其事,怨而不怒,婉而多讽,深得小雅之遗。颈联写放还故里后的状态,匹马烟尘、孤舟风雨,悲凉抑郁隐约其中,而"空"、"自"两个虚字,更是写尽志不得伸之怨愤。尾联不直写对时局的关心,反言休论政事,看似轻描淡写,实则暗含着强烈的愤懑与巨大的幽怨,无限悲凉却以深婉出之,使全诗妍秀温和,韵味悠长。细细品味方知笔墨内外,自有一段骚人迁客之情。又如《新柳》:"大堤一夜有长条,冉冉轻黄拂画桥。着雨渐如京尹黛,临风才学楚宫腰。曾经系马情空切,依旧啼鸦恨不消。惆怅汴河零落处,那堪重问广陵潮。"此诗取柳逢春重发之自然意象与历史兴废之人事意象,将鼎革后的无限失落与哀伤表现得无限委婉含蓄,兴在象外,缠绵悱恻。沈谦七律中含蓄蕴藉、情境悠远之作甚众,如"柳洲亭外水平沙,杨柳牵风树树斜。拂地故垂金万缕,蒙天俄见雪千家。门前夹路通春骑,帐底停灯噪晚鸦。极目萧条游客散,灵和应解惜年华"(《赋得西湖柳》),"满地黄花人尽醉,不知真为阿谁开"(《大观台秋集》),"容鬓亦知憔悴久,不将流水照霜华"(《溪行即事》)等等,哀而不伤,余味不尽。

除深婉外,流利是沈谦七律的又一突出特点。盛唐七律大多使用非正常语序,以与宏阔的气魄及沉郁浑厚的蕴涵相应,其中尤以杜甫最为典型,其诗往往改变正常语序、打乱句法结构,"语峻而体健,意亦深稳"②。而沈谦七律多采用正常语序,且语法结构完整,读来有一种顺流而下的轻快感。如《西山寻拙公》:"昨夜雨声晓没堤,着屐叩庵来崦西。巢枝袅袅乳鹊噪,涧户阴阴桐叶齐。春泉烧竹初试茗,暮山吐云旋杖藜。金仙不礼缘何事,此处宁复忧轮蹄。"《赠云间何炼师何善画墨梅》:"年少求仙上玉京,桃花明月坐吹笙。已知妙墨千秋在,休问还丹几日成。芳草易牵孤客梦,烟江不动故园情。期君五岳同携手,偏向春风白发生。"诗人信笔写来,清空流畅,若非声律与节奏定势,直似散文句子。沈谦七律中间两联多用流水对,在一定程度上增加了诗歌的流畅性。如"当槛忽惊秖树老,绕阶仍见玉泉流。故知佛地饶清兴,岂意吾生叹白头"(《游玉泉作》),"松树渐能过碧殿,乳泉依旧绕金沙。行逢胜地还宜住,病觉浮生亦有涯"(《山晓禅师重至佛日过访有赠》)。律诗中间两联的对仗如同车之两轮齐驱,鸟之双翼并举,整饬而又凝重,而沈谦七律巧用流水对,在对仗工整的前提下追求参差变化,整中寓变,工而能化,形如两山之并峙,神似一水之飞流,富有轻快流利之美。沈谦七律还多使用白描,绝少用典,使诗歌显豁明白,意脉流畅。例如《新欢曲》其二:

---

① 赵尔巽等撰:《清史稿》卷480,北京:中华书局,1977年,第13120页。
② 王德臣:《麈史》卷中,上海:上海古籍出版社,1986年,第43页。

"鸡鸣罗帐隐灯光,梦到温柔似故乡。素足系丝怜柘屐,朱唇含酒过沙糖。枕前云叠扶偏重,镜里山青画转长。白日妆成时对坐,何须刻漏有心肠。"诗歌意象之密集富艳,颇似李商隐,然无一用典,诗意浅显,与喜排列典故、迷离虚幻的义山诗相较,显得清丽明快,这也是沈谦七律风格流利的因素之一。

　　沈谦七律之所以深婉流利,与其对诗歌语言之锤炼有着密切联系。沈谦在七律的语言方面下了很大的锤炼功夫,虚字的大量使用就是其中之一。律诗不像古体,其篇幅有限,要求语言高度凝练,故多用实词以达到惊警凝重的效果。尤其是中间两联,一般较少使用虚字。而沈谦七律中,虚字出现的频率颇高,尤其是中间两联多插入虚字,使语气愈加委曲流利。如"丝布丈余犹未匹,玉环千转却相连"(《丁素涵出新制相示》),"横波可记来时路,障扇应羞别后容"(《别忆》),"阴晴天意元无定,忧乐吾生亦有涯"(《十六夜》),"醉后旅怀终郁塞,老来生事益艰难"(《登海会寺眺望》),"隔世鹤形终自化,盛时龙性亦难驯"(《过冰谷泉寻郭伯翼太学山舟故址》),等等。虚字不像实字那样指意明确,掷地有声,不能增添诗歌的具体物象及动态,却能使诗歌开合摇曳、悠扬委曲。沈谦七律之所以呈现深婉流利,虚字的大量使用功不可没。例如"书来两地空相忆,赋就何时许并看"(《徐子大寄鼎湖雪泛诗遥有此答》),前句的"空"字,渲染出相思之深及情绪之失落怅望,后句的"许"字,则凸显出相会之艰难,两个虚字相呼应,浓厚的情感灌注其中,使离别之思念愈加含蓄悠长。又如"久客登楼徒咏赋,谁家吹笛共沾巾"(《答张祖望醉中见赠》),前句在登楼咏赋中插入一个"徒"字,为纯粹的客观动态的描写注入了深厚的主观情感,表现出一种悲凉无奈的心境,同时与后句的沾巾形成呼应,渲染出一种苍凉的氛围。而在"沾巾"前加入"共"字,在数量上有所扩展,使用悲凉氛围愈加弥漫,若换成实字"泪",写成"泪沾巾",原先那种沉重的诗境会被削弱许多。虚字对于沈谦诗歌的语气节奏亦有着重要的调节作用,例如"只应览胜频呼醉,无那相逢又送行。日照檐花犹冻雪,风暄江路已闻莺"(《雪霁寄稚黄》),"只应"、"无那"、"犹"、"已"四处虚字,在诗中不仅传递了诗人的主观情绪,表示了时态,而且起到了顺承关合的作用,使句子之间意脉愈加连贯,造成一种轻畅流利的效果,且削减了诗歌的骨力,使其更加柔婉绵长。

　　除虚字外,沈谦还好使用叠字,将内在情感表现得愈加婉转流利。律诗有着严格的字数限制,字字似珠玑,故一般不得轻易使用叠字。律诗下叠字也较难,叶梦得尝言"诗下双字极难,须使七言五言之间,除去五字三字外,精神兴致全见于两言,方为工妙"[①]。但沈谦尤好于七律中使用叠字,例如"吾生冉冉老将至,花事匆匆春又残"(《赠李渭师因悼其弟苟若》),"双炬闪闪梧竹冷,孤鸿嘈嘈风雪

---

① 叶梦得:《石林诗话》卷上,北京:中华书局,1991年,第6页。

连"(《挹芝堂夜集同张祖望暨诸子侄赋》)，"当筵山酒沉沉绿，媚客盆荷宛宛斜"
(《吴锦雯席上送刘望之还宣城》)，"官亭隐隐暮潮生，何处临歧最怆情"(《送董生
幕舒州》)，"十年知己堪回首，心逐东湖漫漫愁"(《寄冯茂远征君》)，"玉箫金管自
纷纷，风吹鸾歌几度闻"(《以所撰兴福宫剧本授吴伶因寄伯揆商霖》)，等等。这
些叠字在调节诗句语气上起到了一定作用，延长了诗的节奏，达到悠扬宛转，迢
荡舒缓的艺术效果。不仅如此，叠字本身具备相当的模糊性，尤其适合传递诗人
内心纷乱复杂、怅惘迷离的心境。例如《和登金山眺望》尾句"凭高莫咏《登楼
赋》，城阙苍苍倍黯然"，"苍苍"本形容景色之茫无边际，然在沈谦笔下亦成为心
绪的象征，表现出一种惆怅悲凉之情感心绪。又如"寒色凄凄照酒杯，拥裘吟眺
重徘徊"(《腊日雨中》)，"黯黯银灯隔绛纱，粉香零落怨琵琶"(《夜感》)，"独怜后
至终湮没，禹踪茫茫自古今"(《吴兴怀古》)，等等。虽然都是借"纷纷"表现纷乱
复杂的情感，但其内容指向却不易混淆，留给我们的想象空间反而很大，足以让
人细细玩味揣摸。沈谦诗中特别喜欢使用苍苍、寂寂、茫茫、悠悠、漠漠、黯黯、凄
凄等忧伤缓弱的叠字，用以呈现诗人内心怅惘茫然的情绪，不仅使句子节奏更加
舒缓，亦使情感表达愈加深婉。

　　清初诗坛宗唐、宗宋论争激烈，沈谦作为"西陵十子"之一，深受云间派及西
陵诗人群体影响，终生坚守唐音，不涉宋调。然而，具体到取法对象，沈谦并不像
明代复古派那样狭隘偏激，严守盛唐规矩，"诗自天宝而下，俱无足观"[1]，而是对
中晚唐诗多有取鉴，体现出较为通达的诗学态度与卓异的审美眼光。然而，沈谦
深受格调派影响，在学古时亦不免模拟蹈袭，例如《昔思君》："昔君与我兮如形随
影，今君与我兮如瓶落井。昔君与我兮磁石引针，今君与我兮丝弦脱琴。昔君与
我兮山陵不移，今君与我兮霜露易晞。"《车遥遥篇》："车遥遥兮马骙骙，君之出兮
薄长驰。君何在兮北至燕，愿为轵兮在君前。君下车兮轵不御，愿君长在车上
驻。"沈诗无论是立意、情调、语言均与本辞如出一辙，字摹句拟，显然无多少艺术
生命力可言。然而，这类诗歌在《东江集钞》中毕竟仅占极少数，对其诗歌的整体
成就影响甚微。沈谦于明亡后"远迹东湖"[2]，终生倾力于诗歌创作，虽未能如其
挚友王士禛、朱彝尊那样，形成独特的风格特色，成为领袖一方的宗主，然其对中
晚唐浸润颇深，在一定程度上突破了明七子派及云间派狭窄的诗学取径，其诗歌
亦取得了较高的艺术成就，集中颇多低回悠渺、哀婉缠绵的佳句，如《有感》其一：
"肠断经年却为君，风花昨夜又纷纷。偷来梦里浑难辨，纵得相逢也是云。"《登觉

① 张廷玉等撰：《明史》卷 287，北京：中华书局，1974 年，第 7378 页。
② 毛先舒：《东江集钞序》，沈谦：《东江集钞》卷首，《清代诗文集汇编》第 70 册，上海：上海古籍出版社，
　　2010 年，第 182 页。

王寺后古冢云是孙权小女葬处》:"谁见精灵掩夜泉,土人犹记赤乌年。我来淡月疏钟后,拾得金蚕尽化烟。"诗歌运笔如行云流水,不事雕琢,婉丽清新,真挚自然。尤其是其七律,深婉含蓄、轻快流利,赢得了当时及后世的高度赞誉。陆圻即称"沈子以诗霸吴越"①,其诗"向为都人所传诵"②,沈谦在清初诗界尤其是吴越诗坛的地位与影响力,于此可见一斑。

第四节 雄浑苍凉,豪迈壮阔: 论丁澎谪戍期间的诗歌创作

丁澎可谓"西陵十子"中声名甚著者。少时即以艳情诗著称于时,吴下"士女争相采掇,以书衫袖"③。顺治十二年(1655),中进士,任职京师,与施闰章、宋琬、张谯明、周茂源、严沆、赵锦帆往来酬唱,号称"燕台七子"。其中,丁澎又与宋琬号称"南丁北宋",丁澎《严少司农颢亭六裘和白侍郎代简寄元微之百韵诗》"北宋濡毫健"句下小字注"南丁北宋,京师口号也"④。丁澎与西曹诸子意气风发,力振风雅,《长歌酬锦帆尚白》称:"长安街头日走马,秋宪门前马齐下。同舍为郎三十人,尽属西曹振风雅。"⑤居京时期,丁澎创作了不少应制、颂圣诗,如《驾幸西苑大蒐侍宴应制》:"六龙飞辔整戎行,宝翰雕弧敕上方。翠幕晓开平苑外,珠旂春绕属车傍。昆明七校围黄鹄,漆泽千群献白狼。窃幸微臣近陪乘,舍毫欲拟赋长杨。"⑥讴歌太平,颂圣称德,格调雅丽雍容。沈荃《扶荔堂文集选序》称丁澎居京时期"与余等论诗,其声崇竑清越,如金钟大镛,此之谓夏声矣"⑦。

在"西陵十子"中,丁澎的经历颇为特殊,他不仅是"十子"中唯一任职京师者,亦是"十子"中唯一有流放经历的诗人。顺治十四年(1657),丁澎奉旨任河南

① 陆圻:《东江集钞序》,沈谦:《东江集钞》卷首,《清代诗文集汇编》第70册,上海:上海古籍出版社,2010年,第180页。

② 蒋平阶:《东江集钞序》,沈谦:《东江集钞》卷首,《清代诗文集汇编》第70册,上海:上海古籍出版社,2010年,第180页。

③ 徐釚著,唐圭璋校注:《词苑丛谈》卷9,上海:上海古籍出版社,1981年,第218页。

④ 丁澎:《严少司农颢亭六裘和白侍郎代简寄元微之百韵诗》,《扶荔堂文集选》卷10,《清代诗文集汇编》第78册,上海:上海古籍出版社,2010年,第434页。

⑤ 丁澎:《长歌酬锦帆尚白》,《扶荔堂文集选》卷2,《清代诗文集汇编》第78册,上海:上海古籍出版社,2010年,第366页。

⑥ 丁澎:《驾幸西苑大蒐侍宴应制》,《扶荔堂文集选》卷6,《清代诗文集汇编》第78册,上海:上海古籍出版社,2010年,第395页。

⑦ 沈荃:《扶荔堂文集选序》,丁澎:《扶荔堂文集选》卷首,《清代诗文集汇编》第78册,上海:上海古籍出版社,2010年,第448页。

乡试副主考,因"偶循旧例,将榜首数卷更易数字"①,责四十板,流徙尚阳堡。顺治十六年(1659)春抵尚阳堡,"五迁无定所,困踬不能自存。与佣奴杂作,夜起剉草饭牛,朝负薪,易穄而食。……山鬼怒号,虎迹纵横户外。朝不采樵,暮不举炊"②。康熙二年(1663),期满放还。丁澎所著《扶荔堂诗集选》卷四、卷七皆署"居东稿",系丁澎谪戍关外时所作。遣戍关外期间,丁澎的人格心态经历了由畏惧压抑到安闲自适的转变过程,其中交织着温厚与怨愤,颇具研究价值。丁澎于关外临风抒啸,著述不辍,尚阳堡恶劣的气候与雄壮的景观,伴随着诗人的复杂心态,使其创作呈现出独特的艺术魅力。居东诗作亦得到了时人的高度认可,如严沆评其"使事、序景、寓感,或悲或达,时合时离,以云霞润金璧之辉,以壮阔寄遥慨之旨,真老杜秦州,东坡海外,可代纪年,可佐国史,洵古今之杰作"③;季振宜称其"沉莽纵横,放则惊涛拍天,敛则山河倒影。气象沉雄,久无敌手"④。有鉴于此,本节特截取丁澎谪戍尚阳堡时期的心态与文学创作进行深入考察。

一、寒苦与压抑

自汉代起,东北即成为流人的遣戍之地。至清初,大批士人获罪被发配至盛京、卜奎、尚阳堡、宁古塔、铁岭等地,其规模之大,影响之巨,均称空前。顺治六年(1649)因反清之嫌被流放铁岭的左懋泰称:"山海而东,延袤一线,斗绝千里,流人错趾。"⑤东北地区天寒地冻,自然环境十分恶劣,清初流人大多来自秀润明丽的江南,荒蛮严冷往往成为他们对关外的第一印象。遣戍关外的路上,丁澎即强烈地感受到塞北迥异于江南的荒凉苦寒:"风凋木叶度句骊,岸阔沙崩马乱嘶。塞水尽流环漠北,秦人远戍限辽西。悲笳夜动鱼龙出,大雪秋深虎豹啼。万里关河原若带,长安回首暮云低。"⑥疾风大雪、飞沙走石是东北地区的典型景象,"寒风"、"飞沙"、"积雪"、"莽云"等荒寒严冷的意象在丁澎诗中频频可见,如"万里穷沙北,由来道路难。马蹄随处滑,山面逼人寒"(《送张坦公方伯出塞》其二),"积

---

① 丁辰槃:《扶荔堂跋》,丁澎:《扶荔堂文集选》卷首,《清代诗文集汇编》第78册,上海:上海古籍出版社,2010年,第447页。

② 丁澎:《归斯轩记》,《扶荔堂文集选》卷8,《清代诗文集汇编》第78册,上海:上海古籍出版社,2010年,第538页。

③ 丁澎:《扶荔堂诗集选》卷7,《清代诗文集汇编》第78册,上海:上海古籍出版社,2010年,第407页。

④ 丁澎:《扶荔堂诗集选》卷7,《清代诗文集汇编》第78册,上海:上海古籍出版社,2010年,第407页。

⑤ 左懋泰:《剩人和尚语序》,函可:《千山剩人和尚语录》卷首,《四库禁毁书丛刊》子部第35册,北京:北京出版社,1997年,第608页。

⑥ 丁澎:《度辽河》,《扶荔堂诗集选》卷7,《清代诗文集汇编》第78册,上海:上海古籍出版社,2010年,第411页。本节所引丁澎诗句均出自该书,以下不注。

雪霾霾青障月,晴天莽莽黑山云"(《东郊十首》其四),"飞沙扑面啼山鬼,急雨吹裘堕箭翎"(《庆宁》),"风急蛟龙藏壑底,雪残鼯鼠挂松枝"(《登翳无闻》)。对于丁澎来说,最难捱的当属东北的严寒,"困甚,塞上风刺入骨,秋即雨雪,山川林木尽白,河冰合,常不得汲。樵苏不至,五日不爨,取芦粟小米,和雪啮之"[①]。东北地区秋冬寒风凛冽,河水皆冻,汲水、生火等日常生活皆受到严重影响。且绝大多数流人居住的都是简陋的茅棚,冬日无异于"冰窟雪窖",冻得无法入眠是常有之事。丁澎《归斯轩记》自述:"天寒雪大下,僵伏坳窖,燃火拥败絮视旦"[②]。尚阳堡冬季不仅严冷刺骨,且持续时间颇长。即使春季依然寒冰未解,雪花尚飘,正如丁澎诗中所述:"塞北春光最可怜,东风三月未知还。崖冰断垅惊新草,野烧空林废禁烟"(《寒食简严补阙颢亭》),"南乡雁到星添鬓,绝塞春归雪尚花"(《寄从叔羽仪客幕赴江宁》),"层台雪后雁初回,春尽柴门冻未开"(《寄方二邵村时汲郡张坦公就道》)。漫长的冰雪期令丁澎尤为难捱,"肤裂足皴,不使一日少安",直言"人生穷阨至此,岂肯须臾忘归耶"[③]。悲凉凄楚,淋漓纸上。

除严寒外,虎患是令清初东北流人们惊悸的又一灾厄。清初尚阳堡地属蛮荒,人烟稀少,虎狼频频出没,时有不幸者命丧猛兽之口。丁澎就曾遇到过猛虎夜访,"山鬼夜啼,饥鼯声咽。忽闻叩门客,翩然有喜。从隙中窥之,虎方以尾击户"[④]。丁澎诗中频繁出现令人胆颤的猛虎意象,仅此一物,即令整句"雄悍突出"[⑤]。如"雁声孤断碛,虎气撼空城"(《初至靖安寄邸中诸旧友》),"花繁依虎落,月出共鸡栖"(《东冈》其三),"关从鸦鹊断,路并虎狼分"(《送张坦公方伯出塞》)。即使恬淡安闲的田园诗亦不免如此,如《夏日移居》:"五迁无定宅,逆旅卜居难。树老山根出,人希虎气寒。补篱容膝稳,少雨足心宽。一任闲鸥立,何妨种药栏。"着一"虎"字,即令全诗顿生险意,迥异于传统田园诗的恬美悠然,缪彤评曰:"每写虎气,飒然令人神动。"[⑥]

清初流人被遣戍到关外后,绝大多数身无余钱,生计艰难是这些习惯了优渥生活的江南文人所要面临的一大困境。他们常年都要为生计奔波,经常缺衣断炊,不少文人在严寒与饥饿的双重折磨下客死异乡。饥寒交迫的流人需要自谋

---

① 林璐:《丁药园外传》,张潮辑,王根林校点:《虞初新志》卷4,上海:上海古籍出版社,2012年,第47页。
② 丁澎:《归斯轩记》,《扶荔堂文集选》卷8,《清代诗文集汇编》第78册,上海:上海古籍出版社,2010年,第538页。
③ 丁澎:《归斯轩记》,《扶荔堂文集选》卷8,《清代诗文集汇编》第78册,上海:上海古籍出版社,2010年,第538页。
④ 林璐:《丁药园外传》,张潮辑,王根林校点:《虞初新志》卷4,上海:上海古籍出版社,2012年,第47页。
⑤ 丁澎:《扶荔堂诗集选》卷4,《清代诗文集汇编》第78册,上海:上海古籍出版社,2010年,第388页。
⑥ 丁澎:《扶荔堂诗集选》卷4,《清代诗文集汇编》第78册,上海:上海古籍出版社,2010年,第385页。

生计,业农成为绝大多数流人的选择,如郝浴、方拱乾、顾永年、戴梓等皆以躬耕为生。卖文鬻书、授徒入幕亦是颇为常见的治生手段,如陈梦雷、杨瑄尝"教读且疗饥"[①],吴兆骞尝入宁古塔巴海将军幕府。丁澎谪居尚阳堡时期主要以放牧为生,"卜筑东冈,躬自饭牛,与牧竖同卧起"[②]。据丁澎集中"半亩自锄堪秫酒"(《移居东山岗》)、"为农终岁事躬耕"(《怀唐阆思山斋》),可知丁澎流放期间亦尝躬耕。迫于饥饿,时以鬻书为换钱:"岁尽无钱,磨墨市上书春联,儿童妇女争以钱易书去"[③]。尽管如此,丁澎生活始终颇为艰苦,常常"粮尽,馁而啼"[④],其困顿程度可想而知。而昔日故交见此落魄纷纷避之,丁澎自述:"自获罪以还,京师诸贵游,咸以仆为戒。见仆一刺如避荆卿匕首,间有寸牍通款,书中何如,启缄数行,漫灭殆置蠹楮中,惟恐螫其指耳。"[⑤]京师旧友的刻意疏远更令其深感世态炎凉,孤独绝望。

恶劣的边陲气候与艰苦的生存条件折磨着诗人的身体,而罪臣之名、还乡渺茫则严重摧残着诗人的精神,此种打击较地僻天寒更甚。遣戍边陲的流人大多客死他乡,仅有少数获赦放还。眼见季开生、函可皆卒于谪所,丁澎感到凄惶不安,屡屡发为悲叹:"试问往古窜、逐、流、贬,得归者几人哉"[⑥],"一旦冒霜露委宿莽,困顿贬死于沙堆雪窖之中,谁能相知"[⑦]。这种苦闷压抑的情绪频频在诗中流露,如"身后独烦宣室召,凭栏空见草萋萋"(《季拾遗故居》),"为问同来青琐客,今朝并辔几人还"(《奉饯李吉津詹事内召归齐州》)。雄心壮志的凋零、归期无望的凄楚伴随着极度恶劣的塞外环境,发为歌咏,格外雄浑苍凉。如《送张坦公方伯出塞》:"老去悲长剑,胡为独远征。半生戎马换,片语玉关情。乱石冲云走,飞沙撼碛鸣。万方新雨到,吹不到边城。"《录别八首》其三:"榆关眇天水,海尽山亦穷。天地各异色,栗烈无春冬。徘徊顾大野,流水咽不鸣。我马行且疑,浮云纵复横。凉风凋枯桑,荣瘁若转蓬。烈士发浩倡,慷慨难为客。"羁旅之怨,感人至深。然而,严冷穷愁的恶劣境遇并未使丁澎溺于消沉,反而激发起昂扬向

---

① 戴梓:《佳公子招游郊野,座中赠陈省斋梦雷、杨玉斧瑄两太史》,《烟耕草堂诗钞》卷1,《清代诗文集汇编》第176册,上海:上海古籍出版社,2010年,第472页。

② 林璐:《丁药园外传》,张潮辑,王根林校点《虞初新志》卷4,上海:上海古籍出版社,2012年,第47页。

③ 吴庆坻撰,张文其、刘德麟点校《蕉廊脞录》卷3,北京:中华书局,1990年,第68页。

④ 林璐:《丁药园外传》,张潮辑,王根林校点《虞初新志》卷4,上海:上海古籍出版社,2012年,第47页。

⑤ 丁澎:《遗宋玉叔书》,《扶荔堂文集选》卷7,《清代诗文集汇编》第78册,上海:上海古籍出版社,2010年,第531页。

⑥ 丁澎:《归斯轩记》,《扶荔堂文集选》卷8,《清代诗文集汇编》第78册,上海:上海古籍出版社,2010年,第539页。

⑦ 丁澎:《遗宋玉叔书》,《扶荔堂文集选》卷7,《清代诗文集汇编》第78册,上海:上海古籍出版社,2010年,第531—532页。

上的顽强斗志。丁澎尝拜访左懋泰故居,作《左莱阳著书宅》:"生平苦忆左莱州,谪去龙沙万里流。按曲能传中散调,遗书应耻茂陵求。黄榆夜雪长驱犊,紫塞春风几换裘。潦倒暮年夸健笔,至今词赋满沧洲。"左懋泰原系明代礼部郎中,拒绝降清,顺治六年(1649)被迁戍至铁岭,顺治十三年(1656)卒于谪所。尽管未能生还,然而左懋泰于塞外冰雪中砥砺名行,著述不辍,在东北流人群体中享有很高的声望。丁澎盛赞左懋泰的顽强意志与清操峻节,并以之自勉。这种身处逆境而不低头的顽强意志,亦是众多东北流人在绝域苦境中艰难求存的精神支柱。

二、通达与自适

东北边陲尽管生存环境艰险,但带给流人的并非仅有苦闷与压抑。尚阳堡地区拥有辽海朔漠、雪峰密林等壮丽风光,这些异域雄景对于自幼生长于明秀江南的丁澎来说颇具吸引力。如《辽海杂诗》其三曰:"不见桃花岛,青冥断海头。戈船回赤日,火雾改沧洲。五岭仍开瘴,三江未稳流。管宁曾渡此,今得许同游。"《东郊十首》其七曰:"边城苜蓿近开迟,宝袷雕弧异昔时。片石寨云迷猎骑,万花楼树赛荒祠。紫貂斜韝燕支女,白马横行陇上儿。别部龟兹兼破阵,都将双管夜中吹。"戍地的壮丽风光与异土民情,令丁澎倍感新奇、大开眼界。丁澎创作了不少描述边塞民风民俗的作品,如《辽海杂诗》八首、《东郊》十首、《塞上曲》六首等,对东北地区的风土民情进行了生动细致的刻画,吴松岩评其"可当风土别志"[1]。其中有勇武健硕的边塞男儿,"夺得健儿雕羽箭,翻身骑马疾如飞"(《塞上曲》其五);娴于骑射的燕支女子,"紫塞黄沙扑面飞,红妆小队窄裁衣"(《塞上曲》其二);带有原始色彩的火耕,"甃井连冰凿,山畦趁火耕"(《辽海杂诗》其八);狩猎放牧的生活方式,"放马尽来沙苑白,弯弓直落海东青"(《东郊十首》其六)。东北边陲这种豪迈奔放、剽悍自由的地域文化特色,对于经历了仕途重创、压抑苦闷的流人来说,或许恰是荡涤胸中块垒、令其豁然如释的绝佳选择。而尚阳堡地域风情中质朴苍劲、昂扬壮阔的一面,亦为丁澎的诗歌注入了一股慷慨雄壮之气。

除了雄浑壮阔的边塞丽景,东北地区民风淳厚,颇有古风,不少名公贵卿对流人颇为重视与礼遇,令流人甚为感激与慰藉。丁澎藉其才学受到了当地官员的厚待,如法曹孙贤载仰丁澎才学,倾心相交,"凡僦居,赁器具,设供帐,叱咤而

---

[1] 丁澎:《扶荔堂诗集选》卷7,《清代诗文集汇编》第78册,上海:上海古籍出版社,2010年,第408页。

辨,如家人",并常约丁澎射猎南山坡以遣愁散心,直令丁澎"忘其为谪处也"①。又如国子藩公倾慕丁澎诗才,每举雅集,"必延药园,饮酒赋诗,礼为上客"②。丁澎集中有《奉陪国子藩公游东园应教》,称:"忘忧别馆檀栾发,煮石层岩桂树生"(其一),"白雪挥毫皆上客,朱门挟瑟有知音"(其二),"客尽布衣欢甚洽,相期何惜早抽簪"(其三),纵情宴饮,诗酒酬唱,气氛融洽欢乐,成为困顿的流放生活中莫大的慰藉。

谪戍生涯中,丁澎不仅受到当地官员礼遇,亦结识了不少同被遣戍边塞的流人。林璐《丁药园外传》载:丁澎在遣戍塞外的路上,频见迁客诗于邮亭驿壁,大喜曰:"上圣明,赐我游汤沐邑。出关迁客皆才子,此行不患无友。"③相同的遭际使流人们在东北边陲相互宽慰,结为至交。遣戍宁古塔的张缙彦即为丁澎塞上知己之一。丁澎尝作《送张坦公方伯出塞》四首,其四云:"到塞天俱尽,东行路更长。与君同一谪,相送各他乡。垅雪欺衰鬓,家书截太行。踌躇顾樽酒,大野色苍苍。"对于孤身边陲、苦闷压抑的流人来说,这种同落异乡的知己之情尤为珍贵。他们频繁诗书往来,相互扶持着度过这段艰难的流放生涯。丁澎《居东稿》中颇多与流人酬唱赠答之作。如陈韦斋尝过了丁澎居所,丁澎赠诗曰:"落魄看君好,担囊未是贫。哀深知庾信,形似得王珣。卖卜居非市,衔杯籍有邻。夜阑争话旧,归兴满松筠。"(《陈韦斋见过偶赠》)两位流人在他乡惺惺相惜、夜阑话旧,寂寞生涯中得到无限安慰。而故交旧友虽有忘情负义、令人心寒者,然亦有患难不弃者。如宋琬尝多次致书丁澎,"勖以庄生之言,安之若命"④。陆圻、毛先舒、严沆、等西陵旧交亦时常寄来书信,"远道劝加餐",令丁澎甚为感动。丁澎在《寒食简严补阙颢亭》一诗中写道:"燕子怕归寒食候,梨花愁梦曲江边。故人漫作莼鲈约,京邸音书又隔年。"宋琬直评曰:"交情款挚,溢于言外,似白江州寄元九诸作。"⑤

绝大多数流人初至东北时皆表现出强烈的排斥感,然而随着时间的推移,不少流人逐渐适应了边塞生活,尽管仍不乏凄苦之音,但更多时候所表现出的则是对苦难的超越。丁澎自感归期渺茫,遂效仿苏轼,以一种达观的态度来对待贬谪生涯中的种种痛苦与不幸,将儒家固穷的坚毅精神与庄禅的平常心及超越态度

---

① 丁澎:《送孙法曹归东京序》,《扶荔堂文集选》卷3,《清代诗文集汇编》第78册,上海:上海古籍出版社,2010年,第483页。

② 林璐:《丁药园外传》,张潮辑,王根林校点,《虞初新志》卷4,上海:上海古籍出版社,2012年,第47页。

③ 林璐:《丁药园外传》,张潮辑,王根林校点,《虞初新志》卷4,上海:上海古籍出版社,2012年,第47页。

④ 丁澎:《遗宋玉叔书》,《扶荔堂文集选》卷7,《清代诗文集汇编》第78册,上海:上海古籍出版社,2010年,第531页。

⑤ 丁澎:《扶荔堂诗集选》卷7,《清代诗文集汇编》第78册,上海:上海古籍出版社,2010年,第404页。

结合起来,从而实现了由困顿到通达的自我排解。丁澎自称"杖藜随野老,竟日少逢迎"(《东冈》其一),贬谪边陲虽使其仕途受挫,壮志难酬,但亦使其远离官场逢迎之累,重获逍遥闲散之身。《野望》曰:"野望天垂尽,归迟日未冥。鸟声山雨净,驴背夕阳青。藜榻应长扫,柴门不用扃。有书兼浊酒,肯让子云亭。"诗歌充满闲适与安宁,颇有视塞北为世外桃源之意。又如《岭上行春偕张蓬林、陆绣闻、郝雪海诸君》曰:"深柳亭边住客骖,最怜春色似江南。轻烟不散松醪熟,细雨初生蕨味甘。地胜兰亭追逸少,山多灵药问苏耽。此中非复人世间,莫遣飞花逐钓潭。"闲澹悠远,耐人寻绎。吴瑶如评曰:"药园东居五载,略无迁谪状,起居晏如也。其襟怀与苏、柳诸公又当过之。是诗固东冈一佳话耳。"[1]丁澎在与孙赤崖的书信中也表达了类似的心境:"移居东山冈,动定小可。种得一畦菜,颇似南中莼味,脆滑过之,特差薄耳。若戎葵、苍耳,皆可采食,此闲人不识也。"[2]虽然躬耕田园,粗衣粝食,却能够在尚阳堡这片荒远僻地获得心灵的放旷。丁澎诗曰"孤峰数茅屋,五柳一先生"(《过孙纳言山斋》),直以陶渊明自居,其创作亦萧散自然,平淡清远。如"为农老闲事,倚塞亦生涯。野摘堪供客,盘餐不问家。雨蒸戎子嫩,日覆射干斜。病肺秋能渴,呼儿剧种瓜"(《夏日移居》其二);"茅屋家家雨,南山日就芜。春蒿墙欲上,晚雀垅相呼。或可乡名郑,能将谷是愚。掩荆眠鹿在,长取对潜夫"(《夏日移居》其八)。胡苍虬评曰:"先生躬耕垅上,洒然有箕山之风。较之买田阳羡,固与子瞻同一襟怀也。"[3]

三、乡关之思

对于流人来说,乡关之思始终是其无法遏制的痛苦,尤其随着时间的推移,这种思乡之苦往往非但没有减弱,反而与日俱增。尽管丁澎在尚阳堡颇受礼遇,且逐渐适应了边塞的生活,但始终无法隔断对故乡亲友的思念。《别录八首》其七曰:"双阙何嵯峨,俯对西山岑。九重交绮疏,冠盖日相寻。长跪再拜辞,涕下横衣襟。何来两悍骑,要我宿莽林。愁我绝域老,贻我千黄金。持此意良厚,安知去国心。携手上河梁,翻作游子吟。悲风飒然去,千载谁知音。"丁澎遣戍东北时家中有老母在堂,稚子尚幼,骨肉生离之惨,令诗人痛彻心扉。丁澎称:"语曰:

① 丁澎:《扶荔堂诗集选》卷7,《清代诗文集汇编》第78册,上海:上海古籍出版社,2010年,第408页。
② 丁澎:《与孙赤崖》,《扶荔堂文集选》卷7,《清代诗文集汇编》第78册,上海:上海古籍出版社,2010年,第533页。
③ 丁澎:《扶荔堂诗集选》卷4,《清代诗文集汇编》第78册,上海:上海古籍出版社,2010年,第385页。

'客子思故乡,如盲者不忘视。'予纵狂惑,独不念先人丘垅乎?"①诗人登高南望,迢遥万里,对亲朋的挂念,对故土的思恋,以及殷切的思归企盼,化为挥之不去的愁绪,始终萦绕在心头。尤其是春、秋两季,正当燕子迁徙之时,往往最易触动东北流人们浓浓的乡愁。如《见燕》:"杏叶新阴拂女墙,风吹小燕过池塘。相期定似逢寒食,乍见争如话故乡。"《逢春》:"逢春何事倍思家,明日生还鬓已华。老向玉门惊觱篥,卧看银海泣琵琶。无才早拟《归田赋》,有梦虚乘下泽车。百战沙场人去尽,夕阳开遍野棠花。"南方的燕子或许是远戍塞外的流人们所能见到的唯一的家乡之物,故而格外引人离愁。秋日群燕子南徙,亦激起流人深切的归思之念。《东冈》其五曰:"寂寞余三径,谁过共草堂。天低星浩荡,秋近燕匆忙。蓝尾怀人倍,乌皮归思长。依山聊可宅,莫更问南乡。"林铁厓评曰:"兴味悠长,总不欲寄人篱下。"②

丁澎将东冈所居之轩命名为"归斯轩","曰斯在彼不在此"③,以寄归思。他在《归斯轩记》中写道:"设幸朝廷宽大,诏突下,宥而归之。必且垂白在堂,释悲而依闾,稚子牵衣而舞,里中父老持羊肩相贺,宗族交游,讯塞上风霜寒苦,孺子妾炙酒牖下,苍头庐儿昔未忍去者除径,还顾问茗上溪田二十亩荒芜几何。楹前植柏二株,未摧为薪。废书积几案,不致狼藉。黄耳犬尚识主人,曳尾而吠。斯时也,陶然不自知乐矣。"④幻想获赦放还、一家团聚的乐景,直令悲感加倍。《居东稿》中,思乡之作可谓比比皆是。《夏日移居》其五即弥漫着浓郁的乡关之情与椎心之痛:"梦里家仍在,存亡敢自知。寄衣愁老母,觅果念孤儿。墙罅葵争吐,溪昏月过迟。栖鸟惊不定,偏绕向南枝。"悲痛之语自性情溢出,如吟《陟岵》。路途遥远,音书难递,诗人迫切想知道故乡的情况,却又怕得到的是令人难过的消息。《报宋荔裳观察》即道出了流人思乡的复杂心情:"风气庐龙急雁行,几年归梦度渔阳。髡斜季布藏车下,钩党符融泣路傍。马怯危桥水汩汩,鹳鸣横岭月苍苍。乾葵棘兔惊秋晚,不敢逢人问故乡。"另如"所居依水住,肯作故园看"(《送张坦公方伯出塞》其二),"明日醉拼人日,他乡愁发故乡书"(《辛丑立春》),"非关此日偏愁汝,似厌他乡缺伤人"(《咏九日对菊》),均流露出凄苦而浓烈的思乡之情,格外令人怆然。

---

① 丁澎:《归斯轩记》,《扶荔堂文集选》卷7,《清代诗文集汇编》第78册,上海:上海古籍出版社,2010年,第539页。

② 丁澎:《扶荔堂诗集选》卷4,《清代诗文集汇编》第78册,上海:上海古籍出版社,2010年,第384页。

③ 丁澎:《归斯轩记》,《扶荔堂文集选》卷7,《清代诗文集汇编》第78册,上海:上海古籍出版社,2010年,第538页。

④ 丁澎:《归斯轩记》,《扶荔堂文集选》卷7,《清代诗文集汇编》第78册,上海:上海古籍出版社,2010年,第539页。

尽管深知归期渺茫,然而丁澎始终没有弃绝返乡的念头,他将归还的希望寄托于君王与朝廷,"庶希幸圣明之一误,乃忧思憔悴,咄嗟刺促,以日望其归也"①。丁澎在诗中热烈地颂扬满清帝王的功德及王朝大一统的盛世气象:"先皇北狩整鸾旂,八队戎行尽锦衣。虎迹空城三户少,鸷鸣老树二陵稀。风生海碛沙长满,春到穹庐雪正飞。射猎霸亭皆将种,马头亲拥白狼归"(《东郊十首》其十),"近边无一警,不事仰和亲"(《辽海杂诗》其五),"海东还内地,日出见扶桑"(《辽海杂诗》其六)。丁澎不但对清王朝的统治倾心赞美,而且尽管身处严冷边陲,心中不无怨愤,然而发为诗歌,往往颇为温厚,林璐称其"暇辄为诗,诗益温厚,无迁谪态"②。例如《初至靖安寄邸中诸旧友》:"泪尽惭儿女,身危仗圣明。刀环何日约,回首玉门情。"余怀赞其"得小雅之遗"③。又如"疏拙违明主,胼胝愧老农"(《东冈》其四),"耕凿惭衰谢,曾何补圣朝"(《辽海杂诗》其二),"非关死后求遗疏,不待生还负盛朝"(《送季天中给谏奉诏归榇之海陵》),怨而不怒,含蓄深婉。丁澎居东诗歌"温厚"有着多方面的原因。既出于诗人内心的坚强与豁观,亦有着清初文网严密的威胁,"愁剧须凭酒,时危莫论文"(《送张坦公方伯出塞》),还有着期待圣上赦赐放还的私愿,史大成称丁澎:"不更作酸楚语,宜其玉门复召也。"④

早在魏晋时期,士人就注意到了自然地理环境对于文学创作之助益。刘勰曰:"若乃山林皋壤,实文思之奥府。"⑤山水自然不仅有利于激发文学创作,且不同的地域环境对于文学创作风格的改变有着重要的意义。丁澎"居东凡五迁,家日贫,诗日富。登临眺览,供其笔墨"⑥,期间创作了大量的文学作品,且风格内容较前期发生了很大改变。沈荃曾为丁澎文集作序,称:"药园丁子,天下才也。自其少时,言语妙天下。往在长安,官礼曹,与余等论诗,其声崇兹清越,如金钟大镛,此之谓夏声矣!居九何,有忠州之贬。走辽海,望长白山,其声激昂凄怆,流连苏、李,此一变矣。"⑦丁澎早年以香奁艳句"名播江左"⑧,绮语怨词,纷靡婉

---

① 丁澎:《归斯轩记》,《扶荔堂文集选》卷7,《清代诗文集汇编》第78册,上海:上海古籍出版社,2010年,第538页。

② 林璐:《丁药园外传》,张潮辑,王根林校点:《虞初新志》卷4,上海:上海古籍出版社,2012年,第47页。

③ 丁澎:《扶荔堂诗集选》卷4,《清代诗文集汇编》第78册,上海:上海古籍出版社,2010年,第384页。

④ 丁澎:《扶荔堂诗集选》卷7,《清代诗文集汇编》第78册,上海:上海古籍出版社,2010年,第406页。

⑤ 刘勰:《物色第四十六》,刘勰著,范文澜注:《文心雕龙注》下册卷10,北京:人民文学出版社,1985年,第694—695页。

⑥ 林璐:《丁药园外传》,张潮辑,王根林校点:《虞初新志》卷4,上海:上海古籍出版社,2012年,第47页。

⑦ 沈荃:《扶荔堂文集选序》,《扶荔堂文集选》卷首,《清代诗文集汇编》第78册,上海:上海古籍出版社,2010年,第448页。

⑧ 林璐:《丁药园外传》,张潮辑,王根林校点:《虞初新志》卷4,上海:上海古籍出版社,2012年,第46页。

丽;中年在京为官,创作了大量颂圣、应制之作,雅丽雍容,然内容不免贫乏;遣戍尚阳堡后笔借边塞之气,豪迈雄壮,气魄宏大。如《辽海杂诗》其一:"割据千年事,公孙尚有城。窟深藏虎豹,风急走鼫鼪。臂上秋翎劲,山头猎火明。少年空自健,愁说罢南征。"吴绮评曰:"格调苍劲,比'草枯鹰眼疾'更为高浑。"①谪居边塞对于丁澎诗歌走出模拟蹈袭亦有着一定助益。丁澎早年深受陈子龙影响,奉明七子复古说为圭臬,其创作不免有蹈袭痕迹。然被贬至东北后,边塞风光极大地开阔了诗人的视野,而强烈的苦闷之情促使诗人创作冲破格调束缚,淋漓地展现真情实感。如《录别八首》其一:"鹪鸠变哀音,枯条结繁霜。不惜众芳萎,所悲道路长。晨兴整衣带,明星入我堂。马行恋生刍,客行思故乡。出门谁与怀,况复践沙场。义驭不可停,海水不可量。或当有还期,擘鬓徒忧伤。"该诗虽拟苏李赠答诗,然基调苍凉,感情真挚,与刻板拟古之作有着明显区别。王士禛评其"借古题以抒己蕴,音节激昂,格调豪宕,拟古而不泥于古,直驾'河梁'而上之矣"②。总之,遣戍关外不仅使丁澎的人格心态发生了巨大转变,亦深刻地影响了其文学创作,使其诗歌呈现出独特的艺术魅力。丁澎不仅是"西陵十子"中的重要成员,同时是清初东北流人的典型代表,其谪戍尚阳堡时期心态及文学创作对于清代流人文化与文学研究,亦具有一定价值。

---

① 丁澎:《扶荔堂诗集选》卷4,《清代诗文集汇编》第78册,上海:上海古籍出版社,2010年,第387页。
② 丁澎:《扶荔堂诗集选》卷1,《清代诗文集汇编》第78册,上海:上海古籍出版社,2010年,第360页。

第五章

"西陵十子"对杭州文坛的影响

　　文学社团与文学群体作为地域文坛的重要力量,其兴起与繁荣,往往能够在很大程度上推动整个地域文坛走向繁盛。天启、崇祯间,杭州士人大多埋首制艺,对诗歌则不太重视。诚如毛奇龄所言:"当明崇祯间,访友来杭人士纷纷,多以艺文相往来,每通刺后,必出所镌文互相质询,顾未尝及于诗也。即偶以诗及之,必谢去。"①自陆圻倾力于复古诗学,西陵诸子纷纷响应,杭州诗坛蔚然勃兴。陆繁弨称:"崇祯以前数十年,西陵无工诗者。自余伯景宣公起,与执友骧武陆公一唱而一和,诗教郁然并兴,功烈不可诬也。"②柴绍炳称:"今天下能文者流,虑无不指目西陵为渊薮。然而以余所知,其工揣摩、沾沾制举业者甚盛,若乃切磋于诗古文词而确然自成一家,以能必传于后世,即吾党亦不数人,数人之中又必推陆子丽京为首功焉。"③杭州地区在明末清初成为令天下瞩目的人文渊薮,"西陵十子"在其中发挥了重要作用。"十子"皆为当地文人,颇具影响力与号召力。他们频有结社,网罗了当地众多青年才俊,汇聚起规模不小的文学势力。孙治称:"余结发与诸君子交好,西泠作者竞起,斌斌乎三百年来称盛事矣!及余远过齐赵,近越瓯闽,涉历大江南北,往往旌辞自命者众多,然未有若西泠诸子之盛。嗟乎!余岂阿所好哉?"④这些地方精英聚集在一起结社交流,在很大程度上活跃了杭州文坛,并扩大了其在全国范围内的影响力。

　　尽管"西陵十子"在当时备受宗宋派抨击,但他们始终坚守唐音,并以此教授后学,从而使杭州在相当长的一段时间内成为宗唐复古重镇。方象瑛《柴虎臣先

---

① 毛奇龄:《凌生诗序》,《西河集》卷41,《景印文渊阁四库全书》集部第259册,台北:台湾商务印书馆,1986年,第353页。

② 陆圻:《威凤堂文集》诗部,《四库未收书辑刊》第7辑第20册,北京:北京出版社,1997年,第57页。

③ 柴绍炳:《威凤堂偶录序》,《柴省轩先生文钞》卷6,《四库全书存目丛书》集部第210册,济南:齐鲁书社,1997年,第270页。

④ 孙治:《林玉逵集序》,《孙宇台集》卷4,《四库禁毁书丛刊》集部第148册,北京:北京出版社,1997年,第704页。

生传》称："启、祯间文体诡异,禅语诙谐,悉入文字。所为制举业,雕琢藻绘,不复知经传为何义。先生力矫其弊,与里中同志倡为典雅弘博之文,其诗一洗俗陋,气格声律以汉魏三唐为宗,当时效之,号'西陵体'。至今杭人言诗,无阑入宋元者。近虽稍稍习为宋诗,然操唐音者十之七八,流风余韵固尚在也。"[1]可见"西陵十子"对杭州诗坛影响之深远,甚至可以抵御时风。朱彝尊早年即深受"西陵十子"熏陶,其《零丁为陆进士寅作并序》称:"予早岁以古诗文辞受知先生,遂定忘年之款。"[2]"西陵十子"皆年长于朱彝尊,朱氏前期崇唐排宋,与"西陵十子"有着密切关系,朱彝尊集中即保存有与"西陵十子"唱和之作。钱载称:"竹垞早年尚沿西泠、云间之调,暮年则涉入《江湖小集》。"[3]徐熊飞称:"竹垞生当明季,恶钟、谭之幽僻,闻陈黄门之风而兴起焉。故少年所作,皆规格矜严,才情宏丽,与'西泠十子'相为羽翼。"[4]钱仲联《浙派诗论》称朱彝尊"初学唐人,盖继承'西泠十子'之风而益广大之"[5]。"西陵十子"之中,朱彝尊与张丹交谊最厚。朱彝尊诗学唐人,其中尤以杜甫为最,自称:"学诗者以唐人为宗径,比遵道而得周行者也。唐之有杜甫,其犹九达之逵乎。"[6]而张丹正以学杜著称,朱彝尊称赞张丹五言古体"波澜老成,南北行旅诸篇尤为奇崛",又曾评张丹北归诗"句句学杜,句句不袭杜,句句做,句句不做"[7]。朱彝尊对张丹"倾挹甚至"[8],尝言"天下有五诗人,君是其一"[9],张丹亦引朱彝尊为知己,《寄朱锡鬯》有"惭我诗词遘知己,思君杖履定登台"[10]之句。

朱庭珍称:"浙派自'西泠十子'倡始,先开其端,至厉太鸿而自成一派,后来多宗之。"[11]即将"西陵十子"视为浙派之发端。自"西陵十子"以宗唐复古振起杭州,后有洪昇、徐逢吉、吴允嘉、沈方舟、李延泽、钱璜、俞士彪、陈煜、丁文衡、张潞

---

① 方象瑛:《柴虎臣先生传》,《健松斋续集》卷6,《清代诗文集汇编》第128册,上海:上海古籍出版社,2010年,第441页。

② 朱彝尊:《零丁为陆进士寅作并序》,《曝书亭集》卷61,《四部丛刊正编》第81册,台北:台湾商务印书馆,1979年,第473页。

③ 梁章钜:《退庵随笔》卷21,《续修四库全书》第1197册,上海:上海古籍出版社,2002年,第443页。

④ 徐熊飞:《修竹庐谈诗问答》,周维德编:《诗问四种》,济南:齐鲁书社,1985年,第263页。

⑤ 钱莘孙:《浙派诗论》,《学术世界》1935年第4期,第18页。

⑥ 朱彝尊:《王学士西征草序》,《曝书亭集》卷37,《四部丛刊正编》第81册,台北:台湾商务印书馆,1979年,第313页。

⑦ 永瑢等撰:《四库全书总目》下册卷181,北京:中华书局,1965年,第1638页。

⑧ 永瑢等撰:《四库全书总目》下册卷181,北京:中华书局,1965年,第1638页。

⑨ 张丹:《张秦亭诗集》卷9,《四库全书存目丛书》第210册,济南:齐鲁书社,1997年,第576页。

⑩ 张丹:《张秦亭诗集》卷9,《四库全书存目丛书》第210册,济南:齐鲁书社,1997年,第576页。

⑪ 朱庭珍:《筱园诗话》卷2,《续修四库全书》第1708册,上海:上海古籍出版社,2002年,第31页。

组成"西陵后十子","复振骚坛"①,并对厉鹗的诗学宗尚产生了一定影响。而在厉鹗之后,又有以朱彭为首的抱山堂诗人群体崛起于杭州诗坛,反对以厉鹗为首的浙派宗宋之风,重新标举先贤"西陵十子"的宗唐主张。可见,"西陵十子"不仅促进了杭州文坛的活跃与繁荣,还作为一种文化标志与文学情结烙印在乡邦后学心中,激励着他们对于乡先辈的文化认同与承续。

第一节 "西陵后十子"

明末清初,"西陵十子"崛起杭州诗坛,他们不仅倾心于文学创作,亦致力于提携奖掖后生晚辈,这对杭州诗坛的繁荣起到了极大的促进作用。"西陵十子"俨然执杭州诗坛牛耳者,他们对乡邦后学产生了强大的影响,其所倡导的宗唐复古亦成为杭州诗学传统,对清初宋诗风显示出强大的抵御能力。顺治至康熙中叶,诗坛宋诗风甚盛,在时风与地域先辈之间,杭州后学大多选择了后者,虽对宋元诗亦有涉猎,但在立场上明显站在宗唐一派,其中尤以"西陵后十子"最负盛名。"西陵后十子"继"西陵十子"之后,尊奉乡贤的宗唐复古理论,提倡温厚和平之音,崇尚隐逸清幽。然而,"后十子"在继承先辈文学思想的同时亦保留了自己的特色,尤其是中后期对"西陵十子"理论多有反思与突破,体现出与时俱进的自觉意识,并对厉鹗产生了深刻的影响。本节即考察"西陵后十子"的文学理论与文学创作,这不仅有助于了解"西陵十子"的地位与影响,对于以厉鹗为首的浙派文学渊源研究亦具有一定价值。

一、"西陵后十子"成员考述

卢崧修、朱文藻等辑《吴山城隍庙志》卷六载徐逢吉"尝问字于乡先辈孙治宇台、陈廷会际叔、毛先舒驰黄,以疑义相质,所得益邃。里中同起诸子,则有洪昉思昇、吴志上允嘉、李小园延泽、钱他石璜、俞季栗珮、沈方舟用济、陈懒园煜、丁茜园文衡、张荻村璐(笔者按:应为潞),号'西泠后十子',复振骚坛,逢吉与焉。"②吴允嘉"少师事张纲孙祖望,读书秦亭山下。同时洪昉思昇受业毛驰黄先舒,读书螺子

---

① 卢崧修、朱文藻等辑:《吴山城隍庙志》卷6,王国平主编:《西湖文献集成》第25册,杭州:杭州出版社,2004年,第863页。

② 卢崧修、朱文藻等辑:《吴山城隍庙志》卷6,王国平主编:《西湖文献集成》第25册,杭州:杭州出版社,2004年,第862—863页。

峰。允嘉与昇以'后十子'翘楚振起西泠,皆有得于师传。"①则"西陵后十子"成员有洪昇、徐逢吉、吴允嘉、李延泽、钱璜、俞士彪、沈用济、陈煜、丁文衡、张潞十人。

洪昇(1645—1704),字昉思,号稗畦,又号稗村、南屏樵者,钱塘人。著有《啸月楼集》《稗畦集》《稗畦续集》《长生殿》等。

徐逢吉(1655—1740),原名昌薇,字紫凝,一作子凝,后改名逢吉,字子宁,又字紫山,一作紫珊,号青蓑老渔,钱塘人。诸生。著有《黄雪山房诗集》《清波小志》。据姚礼《郭西小志》,徐逢吉与梁佩兰、陈恭尹、吴允嘉合刻《四家诗》,冯景为之序②。吴衡照《莲子居词话》卷三、《国朝杭郡诗辑》卷九皆载其名列"西陵后十子"。徐逢吉居杭城清波门外学士港,因清波门在南宋被呼为暗门,故时人称其为暗门先生。徐逢吉少喜为诗,补博士弟子,即弃去,自称"举业非所习也",其所居黄雪山房"门接湖溆","山水清音,恣其吟赏"③。徐逢吉尝出游岭表,与粤中耆旧相倡和,更与梁佩兰、王衣隼等文坛名士订忘年之款,诗日益工。徐逢吉少壮即好远游,"足迹半天下"④,"所至揽其山川名胜,抚今吊古,一一寄之于诗"⑤,晚年闭户城西,犹不绝吟咏。王士禛尝作诗曰:"稗畦乐府紫珊诗,还有吴山绝妙词。此是西泠三子者,老夫无日不相思。"⑥可见其对徐逢吉诗及洪昇乐府、吴山词之推赏。徐逢吉喜奖掖后辈,《吴山城隍庙志》载其"雅好推毂后进,如华秋岳喦、厉太鸿鹗、柳洁夫溥、吴西林颖芳,晚节乐与倡酬"⑦。

吴允嘉(1657—1729),字志上,又字州来,号石仓,仁和人。诸生。著有《石甀山房诗》《四古堂文钞》《石仓诗话》等。吴允嘉性孝友,雅好吟咏,"其文原本经史,规模韩、苏"⑧。康熙中叶,商丘宋荦"开府三吴,广延俊髦,杭士多从之游"⑨,

① 卢崧修、朱文藻等辑:《吴山城隍庙志》卷6,王国平主编:《西湖文献集成》第25册,杭州:杭州出版社,2004年,第862页。

② 姚礼:《郭西小志》卷4,杭州:浙江工商大学出版社,2013年,第70页。

③ 卢崧修、朱文藻等辑:《吴山城隍庙志》卷6,王国平主编:《西湖文献集成》第25册,杭州:杭州出版社,2004年,第862页。

④ 吴颢辑:《国朝杭郡诗辑》卷9,浙江图书馆藏清同治十三年钱塘丁氏刻本。

⑤ 卢崧修、朱文藻等辑:《吴山城隍庙志》卷6,王国平主编:《西湖文献集成》第25册,杭州:杭州出版社,2004年,第863页。

⑥ 徐逢吉、陈景钟辑:《清波小志》卷上,施奠东主编:《清波小志(外八种)》,上海:上海古籍出版社,1999年,第130页。

⑦ 卢崧修、朱文藻等辑:《吴山城隍庙志》卷6,王国平主编:《西湖文献集成》第25册,杭州:杭州出版社,2004年,第863页。

⑧ 卢崧修、朱文藻等辑:《吴山城隍庙志》卷6,王国平主编:《西湖文献集成》第25册,杭州:杭州出版社,2004年,第862页。

⑨ 卢崧修、朱文藻等辑:《吴山城隍庙志》卷6,王国平主编:《西湖文献集成》第25册,杭州:杭州出版社,2004年,第863页。

吴允嘉入其幕府。生平尤好藏书,丹铅点勘,晨书暮写,凡山经地志、墓碣家乘,下逮百家、小说丛残之书,靡弗抄录。徐逢吉为作《石仓抄书歌》,诗云:"我友延陵石仓子,抄书日计三千字。一月计之得九万,年年费尽湘东纸。只今垂老力未衰,挥毫写出蝇头细。与我论交五十年,此人好学兼好仙。山中每煮青精饭,水上常乘莲叶船。"①可略见其梗概。吴允嘉晚年嗜书倍笃,辑《武林宫观志》,搜访尤确。另有《武林耆旧传》《武林文献志》《钱塘志补》,皆足备杭城艺苑掌故。

李延泽,字颂将,钱塘人。与长兄李式玉、仲兄李式琏号称"城南三李"。陈景钟辑《清波三志》卷上载其"才具挥霍,器局闳远,更超于两兄。为宪端者数十年,所至之处,公卿倒屣"②。李延泽生平著述极富,"几数百卷,为士林仅见"③,如《春秋四传注疏合参》五十卷、《春秋战论辑传》四十卷、《通鉴兵书》六十卷、《纲目分注纠缪》四十卷、《南窗书带》二十卷、《类丛》四十卷、《巾箱笔记》二十卷等。

钱璜,字右玉,号他石,钱塘人。监生。著有《云起堂稿》。钱璜少年博学,兼精岐黄。少失恃,曾作《思母诗》十二章,顾豹文嘉其声情凄婉,为之序。阮元《两浙輶轩录》卷八引朱彭语称其:"生平与徐紫山、沈方舟两诗人交契,多往来酬唱之作。后亦因贫出游,紫山有《寄怀他石》,诗曰:'往有钱他石,清谈妙一时。不为贫士叹,能以古人师。别我忽三载,入关歌五噫。秋风近萧索,猿鹤可相期。'读此可知其梗概矣。"④

俞士彪,原名珮,字季瑮,号潜庄,钱塘人。诸生。康熙四十年(1701)左右官江西崇仁县丞。著有《潜庄诗钞》《玉蕤词钞》,与陆进同辑《西陵词选》八卷。俞士彪与兄俞珣齐名,"诗古文辞皆能超出侪辈"⑤,时有"二俞"之目。

沈用济,原名瑛,一名宏济,字方舟,钱塘人。康熙时为国子生。父沈汉嘉、母柴静仪。沈用济幼承母教,少以诗鸣。及长,喜漫游,"足迹半天下"⑥。至岭南,与屈大均、梁佩兰定交,所学益进。后北游边塞,留居于右北平,诗格一变为燕赵之声。游京师,深受红兰主人岳端欣赏与推重,遂声名大噪,"一时名流,几

① 卢嵩修、朱文藻等辑:《吴山城隍庙志》卷6,王国平主编:《西湖文献集成》第25册,杭州:杭州出版社,2004年,第862页。
② 陈景钟辑:《清波三志》卷上,施奠东主编:《清波小志(外八种)》,上海:上海古籍出版社,1999年,第129页。
③ 陈景钟辑:《清波三志》卷上,施奠东主编:《清波小志(外八种)》,上海:上海古籍出版社,1999年,第129页。
④ 阮元、杨秉初辑,夏勇等整理:《两浙輶轩录》卷8,杭州:浙江古籍出版社,2012年,第629页。
⑤ 方象瑛:《俞季瑮玉蕤词钞序》,《健松斋集》卷3,《清代诗文集汇编》第128册,上海:上海古籍出版社,2010年,第69页。
⑥ 李元度著,易孟醇点校:《国朝先正事略》卷40,长沙:岳麓书社,1991年,第1088页。

莫与抗行"①。后遭家庭变故,贫老无子,依参议张廷校以终。沈用济一生倾力为诗,沈德潜称其"所成诗,一句一字质之同人,有讥弹辄改定,所由完善无罅漏也"②,可见其创作态度之严肃认真。沈用济著有《方舟集》,另与弟溯原合刻有《荆花集》,与费锡璜合著有《汉诗说》十卷。

陈煜,号懒园,生平事迹不详。陈煜与蒋宏道、蒋淑等人往来颇密。厉鹗为其《懒园诗钞》作序,称其:"歌行排篡,仿佛嘉州、东川,五七言近体亦在钱、刘之间。"③

丁文衡(1653—1723),字公铨,又字乃清,号茜园,仁和人。布衣终老。丁文衡平日"手不释卷,口不停哦"④。著有《彩露堂文集》十卷、《乃清诗》十六卷、《集唐诗》四卷、《四六》五卷、《一家言》二卷、《日记》三十卷、《采采吟》一卷、《且吟》二卷、《湖上词》二卷。丁文衡无子,临终时诗文尽付挚友吴允嘉,托以传,而《日记》三十卷则藏于丁敬处。卒,吴允嘉为作挽联,曰:"东野惜无儿,留得文章千古在;西桥空有路,今朝车马几人来。"⑤《国朝杭郡诗续辑》载丁文衡"博雅工诗古文,撰著最多,极为毛西河、朱竹垞鉴赏"⑥。丁文衡甥汪惟宪《积山先生遗集》有《丁茜园先生传略》,对其生平著述有详细记载。

张潞,字履佳,号荻村,钱塘人,生平事迹不详。

"西陵后十子"皆为杭人,颇多累世之好。不少人自幼即相识,相互之间有着深厚的交谊。而且,他们往往共师西陵前辈,同游一门更加深了彼此之间的情谊,成为一个联系紧密的群体。如洪昇与俞士彪同出于沈谦门下,陈煜、徐逢吉、洪昇皆师从毛先舒,这不仅使他们联系愈加紧密,而且令其文学观逐渐趋同。"西陵后十子"内部亦存在师徒关系。洪昇《稗畦续集》有《答门人沈用济见寄》,诗曰:"知音吾岂感,问字尔频过。一别大江上,相思秋水多。吴云传短札,燕市托长歌。嫋嫋西风起,芙蓉奈远何。"⑦可见沈用济为洪昇门人,曾频繁过访求教。"西陵后十子"成员之间往来甚密,常常相携共游杭城山水。如徐逢吉《仲夏洪昇、陈煜、沈用济邀同泛舟西湖,遇毛先生际可于段桥,入席酤饮,歌以纪事》曰:"五月梅雨满大湖,湖中紫菱兼绿蒲。南风忽起湿云散,日轮倒射红珊瑚。诸

---

① 李元度著,易孟醇点校:《国朝先正事略》卷40,长沙:岳麓书社,1991年,第1089页。

② 沈德潜编:《清诗别裁集》下册,上海:上海古籍出版社,2013年,第1017页。

③ 厉鹗:《懒园诗钞序》,厉鹗著,董兆熊注,陈九思标校:《樊榭山房集》中册,上海:上海古籍出版社,2012年,第734页。

④ 丁丙:《武林坊巷志》第6册,杭州:浙江人民出版社,1990年,第3页。

⑤ 丁丙:《武林坊巷志》第6册,杭州:浙江人民出版社,1990年,第3页。

⑥ 吴振棫辑:《国朝杭郡诗续辑》卷2,浙江图书馆藏清光绪二年钱塘丁氏刻本。

⑦ 洪昇:《答门人沈用济见寄》,洪昇著,刘辉校笺:《洪昇集》卷3,杭州:浙江古籍出版社,1992年,第405页。

子何来幽兴剧,邀□①兰舟泛空碧。侧岸歆斜拂练光,中流荡漾陈瑶席。榜人为奏渌水歌,亭台高下何其多。辉煌不少金粉气,淡薄其如湖水何?回桡才过凤林寺,孤山半露修蛾翠。鹤背难招处士来,笋舆忽昇陶公至。座中缓饮饮且酣,为我洗爵临三潭。神鱼可羡不可钓,灵风飒飒湖之南。……诸君论诗诗兴豪,须臾月出南屏高。龙堂翠旗犹未下,水仙欲上愁风涛。此时揽衣色惆怅,明星在天各相向。人生饮酒能几时,请看白日如风驰。②此诗生动地记录了康熙三十九年(1700)西湖雅集之盛景,诸子诗酒酬唱,泛舟月下,沉醉于动人美景之中,洒脱超然,豪迈不羁。又如钱瑢《暮秋偕沈方舟过黄雪山房,即同映山、紫山游南屏》曰:"直道违时辈,衰年恋故交。高人不出户,好鸟定归巢。水白涵堤外,霜红上树梢。吾将事幽赏,未许暝钟敲。共指南屏路,香台试一登。松杉非旧物,龙象是重兴。隔岸三潭月,空廊几处灯。长桥归去近,不用问山僧。"③诗写钱瑢同沈用济、徐逢吉等人晚年同游南屏山之事,境界超然,禅意悠远。

二、"西陵后十子"与"西陵十子"的交往

"西陵后十子"与"西陵十子"有着密切关系,更有半数成员出自"西陵十子"门下。现可考与"西陵十子"有师徒关系,文学上受其影响较大者,当属洪昇、徐逢吉、俞士彪、吴允嘉、李延泽五人。其余成员虽非出自"西陵十子"门下,但与其存在千丝万缕的联系,这同样说明了"西陵十子"在清初杭州文学与文化圈中的巨大影响力。现将"西陵后十子"与"西陵十子"的交往一一考述如下:

"西陵后十子"中声名最著、且最能继承"西陵十子"衣钵者首推洪昇。洪昇幼年师从陆圻之侄陆繁弨,在陆繁弨的指点下,洪昇诗艺大进,十五岁时即"鸣笔钱塘",声名大噪。陆繁弨仅长洪昇十岁,二人可谓亦师亦友,关系十分亲密。顺治十六年(1659)左右,洪昇先后拜于毛先舒、沈谦门下,并与师执柴绍炳、张丹、张丹叔祖张竞光、徐继恩等人往来甚密。与这些西陵前辈的交往使洪昇受益良多,且对其思想及文学观念的形成产生了重要影响。如毛先舒对洪昇颇为严厉,平日"不肯妄赞一语"④。毛先舒有《水调歌头·与洪思昉》,对洪昇的为人与为文提出了严格要求,于立身处世告诫其"君子慎微细,虚薄是浮名",要谨慎行事,不务虚名,且要克欲望,敛躁气,"心要小之又小,气欲敛之又敛","屋漏本幽暗,

① 此处疑有阙文。
② 徐逢吉:《黄雪山房诗选》,南京图书馆藏清钞本。
③ 释际祥:《净慈寺志》下册,杭州:杭州出版社,2006年,第564页。
④ 毛先舒:《与洪昇书》,《潠书》卷5,《四库全书存目丛书》集部第210册,济南:齐鲁书社,1997年,第715页。

笃敬乃生明";于作诗为文"不在风云月露,耽搁花笺彩笔,且向《十三经》",要以雅正为归;还激励洪昇要勤勉力学,"百年事,千古业,几宵灯。莫愁风急雨迅,鸡唱是前程"①。沈谦亦鼓励洪昇要勤勉上进,但较毛先舒训诫式口吻缓和委婉得多,如《与洪昉思》曰:"晓登第一峰,见越中诸山,俱为雪浪所拥,加以薄雾溕翳,仅露一眉。沙上驼畜人马及载流之舟,亦如镜中尘、杯中芥耳。顷之,旭日升空,大江皆赤。浮金耀璧,不足喻之。气雾潜消,胸襟以爽。想足下此时朱楼未启,尚托春醒,焉知耳目之外有如此气象耶?"②沈谦以登山观晓景为喻,婉转地规劝洪昇要勤加勉励,可谓文采风流,声情并茂。柴绍炳对洪昇亦予以谆谆教诲,《与洪昉思论诗书》称:"诗文润色,必称质而施。太离则远,太浮则溢,非所谓修词立其诚者","绮靡非诗之极也,质直则陋,义未尽然。作者赋美,各视情韵,贫富苦乐,正在即境"③。柴绍炳告诫洪昇诗文之根本在于"立其诚",文质相称,既不能过分追求绮靡华采,亦不可质木无文。洪昇少年扬名四方,除天资聪颖外,与毛先舒、沈谦等西陵前辈的教导熏陶有着直接关系。

康熙十三年(1674),洪昇第二次进京,投于颇具声望的李天馥门下,而李天馥正是丁澎门生。顺治十四年(1657),丁澎任河南乡试副主考,拔擢李天馥,并授其作诗、古文之道,对李天馥有知遇之恩。李天馥对洪昇大为赞赏,并将其引荐与王士禛,而王士禛与"西陵十子"系挚友,多有往来。洪昇在京期间,亦未断绝与西陵师执的联系。沈谦曾作《寄诸匡男兼怀昉思》,称"西湖携手即天涯,慧日峰前浪滚沙。……苦忆樽前人万里,可无消息问京华"④,回忆昔日西湖同游,感慨而今远隔万里,可见对诸匡鼎及洪昇的思念。西陵前辈对洪昇予以极高的评价,并寄予厚望,如沈谦《寄洪昉思》赞其"不须荐达寻扬意,赋就凌云尔最工"⑤,柴绍炳叹其"以舞象之年,便能鸣笔为诗,覃思作者,古今得失,具有考镜。若使艺林课第,即此国颜子无疑也"⑥。洪昇对西陵前辈甚为敬仰与钦佩,《奉呈

---

① 毛先舒:《水调歌头·与洪思昉》,南京大学中国语言文学系《全清词》编纂研究室编:《全清词·顺康卷》第4册,北京:中华书局,2002年,第2190页.

② 沈谦:《与洪思昉书》,《东江集钞》卷7,《清代诗文集汇编》第70册,上海:上海古籍出版社,2010年,第240页。

③ 柴绍炳:《与洪昉思论诗书》,《柴省轩先生文钞》卷10,《四库全书存目丛书》集部第210册,济南:齐鲁书社,1997年,第406页。

④ 沈谦:《寄诸匡男兼怀昉思》,《东江集钞》卷4,《清代诗文集汇编》第70册,上海:上海古籍出版社,2010年,第230页。

⑤ 沈谦:《寄洪昉思》,《东江集钞》卷4,《清代诗文集汇编》第70册,上海:上海古籍出版社,2010年,第219页。

⑥ 柴绍炳:《与洪昉思论诗书》,《柴省轩先生文钞》卷10,《四库全书存目丛书》集部第210册,济南:齐鲁书社,1997年,第406页。

毛稚黄夫子》曰:"展矣觌我师,景行永无斁。至德秉真淳,深心探隐赜。"①《拜柴虎臣墓》称赞柴绍炳"严冷千秋志,清癯五尺身","藏用功偏大,明心学愈醇"②。崇敬之情,溢于言表。

除洪昇外,徐逢吉、吴允嘉、俞士彪、李延泽皆与"西陵十子"存在师承关系。张丹入清后隐居秦亭山下,授徒为业,徐逢吉、吴允嘉少时皆从张丹学诗,颇能承其学。据卢崧修、朱文藻等辑《吴山城隍庙志》卷六,徐逢吉还曾问字于毛先舒、孙治、陈廷会,经其指点,学问大进。毛先舒对徐逢吉颇为欣赏,尝称其诗"高逸可希古作者"③。《赠徐子》曰:"徐子紫凝真才子,笔落银河卷秋水。独排尘土论千秋,此日风流还正始。南屏四面拥奇石,徐子高吟与晨夕。诗成白凤衔之去,飞入双峰最深处。阆苑神仙复几群,玉京消息定相闻。一枝青桂九霄外,吹落天香满紫云。"④可见先舒对徐逢吉诗才之叹赏。俞士彪尝师从沈谦学词,深受恩师欣赏。沈谦尝阅俞士彪《荆州亭词》,喜其"技甚长进也"⑤,同时劝其不能沉湎于小词,要以功德为首要,《与俞士彪二首》其一称:"淮海、历城垂名万古,岂非词坛之盛轨。然二子并有功德,可称不专以此事见长也。吾欲足下先其难者,则月露风韵不能复为笔墨之累。试观《闲情赋》、香奁诗、博南乐府,其人果如何哉?足下勉之矣。"⑥沈谦虽肯定俞士彪于词所取得的成就,但勉励其以秦观、辛弃疾为楷模,积极建立功业,不能仅以词人自期。后俞士彪遵从师训,立"经营四方之志",然"屡困场屋,俯然一官"⑦,后仅得一县丞。然而,俞士彪才华甚高,深受"西陵十子"叹赏,陈廷会尝曰:"里中无足与语,非季琠兄弟,吾宁户卧耳。"⑧可见西陵前辈对俞士彪之引重。李延泽则为毛先舒门下弟子,"尊师唯谨"⑨,其长兄李式玉亦与"西陵十子"往来甚密,尤与毛先舒交谊最厚。姚礼《郭西小志》卷

① 洪昇:《奉呈毛稚黄大了》,洪昇著,刘辉校笺:《洪昇集》卷1,杭州:浙江古籍出版社,1992年,第17页。
② 洪昇:《拜柴虎臣先生墓》,洪昇著,刘辉校笺:《洪昇集》卷3,杭州:浙江古籍出版社,1992年,第446页。
③ 阮元、杨秉初辑,夏勇等整理:《两浙輶轩录》卷5,杭州:浙江古籍出版社,2012年,第351页。
④ 毛先舒:《赠徐子》,《思古堂集》卷4,《四库全书存目丛书》集部第210册,济南:齐鲁书社,1997年,第827页。
⑤ 沈谦:《与俞士彪二首》其二,《东江集钞》卷7,《清代诗文集汇编》第70册,上海:上海古籍出版社,2010年,第244页。
⑥ 沈谦:《与俞士彪二首》其一,《东江集钞》卷7,《清代诗文集汇编》第70册,上海:上海古籍出版社,2010年,第244页。
⑦ 王嗣槐:《俞季琠感怀诗引》,《桂山堂诗文选》文选卷7,《四库未收书辑刊》7辑第27册,北京:北京出版社,1997年,第477页。
⑧ 方象瑛:《俞季琠玉蕤词钞序》,《健松斋集》卷3,《清代诗文集汇编》第128册,上海:上海古籍出版社,2010年,第69页。
⑨ 林璐:《螺峰小隐记》,《岁寒堂初集》卷4,《四库全书存目丛书》集部第283册,济南:齐鲁书社,1997年,第821页。

十"沈御冷"条载李式玉与毛先舒、沈叔培、周禹吉等号称"八子"①。毛先舒《东苑诗钞》有《暮春同李东琪访本金法师，不遇，宿藏经阁》，《思古堂集》卷四有《过倪鲁玉看牡丹作，同李东琪、王豹采》，《溇书》卷一《鱼川集序》为李式玉文集作序，盛赞其文学成就："吾乡文事迩极盛，然确乎可传者，尝私数不能尽十指，至三二而李子东琪出。东琪诗婉丽绝俗，有隽骨；其文能自辟闳议，不敢于大道，风调罕为规摹，而不龃口，凡吾称东琪必传者也。"②毛先舒与李式玉频有书信往来，探讨学术与诗学。李延泽为李式玉之弟，且为先舒门人，其受"西陵十子"之影响可想而知。

沈用济虽未拜于"西陵十子"门下，但与"十子"渊源颇深。沈用济父沈汉嘉与"西陵十子"多有往来，相交颇厚。用济幼承母教，其母柴静仪即柴绍炳之从孙女。柴静仪有《凝香室诗钞》，毛先舒、丁澎皆为作序。沈用济的复古宗唐思想最早得于母柴静仪，而柴静仪即深受"西陵十子"诗学熏陶。沈用济深受西陵前辈推赏，杭世骏《榕城诗话》卷上载沈用济少时刻《荆花集》，毛先舒、陆繁弨"赏重之"③，先舒甚至赞其为"后生领袖"④。《荆花集》为沈用济少时与弟溯原诗歌合集，毛先舒、丁澎皆为作序，毛先舒序称："方舟手弄虹彩，口含云气，欲翔欲堕，惝兮惘兮，任臆孤行，可以万里；溯原求之于幽，得古得新，写发惊挺，区分竖仄，磊磊砢砢，拙匠未之奇也。此何世才，殆古人哉？"⑤丁澎序称："方舟、溯原年少刻厉，工为诗，以兄弟相资益。方舟持格极严，而饶有思致；溯原气逸体裕，进止合度，固是风人正则。其登峰造极之诣，曷可量哉？"⑥沈氏兄弟诗风与"西陵十子"甚相合，且年少即彰显出惊人才华，故西陵前辈对二人表现出超乎寻常的欣赏。

钱璜、陈煜、丁文衡、张潞四人现存资料甚少，仅寻得一则与"西陵十子"有关的材料。《国朝杭郡诗辑》卷六"王武功"条载王武功尝"与毛先舒、陆进、翁必选、徐逢吉、沈锡辂、赵沈埙、吴允嘉、周京、钱璜、朱宏直、周梥、王嗣槐、沈可璋、傅光遇、解天泳、陆曾禹、徐张珠、释显鹏共二十人，著有《西湖宴会集》"⑦。钱璜、徐逢吉、吴允嘉与毛先舒等人于西湖诗酒宴集、优游湖山，两代诗人之唱和

---

① 姚礼：《郭西小志》卷10，杭州：浙江工商大学出版社，2013年，第204页。

② 毛先舒：《鱼川集序》，《溇书》卷1，《四库全书存目丛书》集部第210册，济南：齐鲁书社，1997年，第626页。

③ 杭世骏：《榕城诗话》卷上，北京：中华书局，1985年，第3页。

④ 龚嘉儁修，李楁纂：《(民国)杭州府志》卷145，台北：成文出版社，1974年，第2760页。

⑤ 毛先舒：《题二沈〈荆花集〉》，《思古堂集》卷3，《四库全书存目丛书》集部第210册，济南：齐鲁书社，1997年，第814页。

⑥ 阮元、杨秉初辑，夏勇等整理：《两浙輶轩录》卷6，杭州：浙江古籍出版社，2012年，第468页。

⑦ 吴颢辑：《国朝杭郡诗辑》卷6，浙江图书馆藏清同治十三年钱塘丁氏刻本。

往来,于此可见一斑。而《吴山城隍庙志》载"西陵后十子"振起西陵,"皆有得于师传"①,更是说明"西陵十子"对"后十子"之崛起起到了重要的影响与引领作用。

三、"西陵后十子"对"西陵十子"文学理论的继承

毛奇龄《柴征君墓状》曰:"时同社吴君锦雯、丁君飞涛、张君用霖、孙君宇台、陆君丽京、陈君际叔皆以古文词名世,而君为倡始。自前朝启、祯以迄今顺、康之间,别有体裁,为远近所称,名'西泠体'。故终君之世,不敢以宋元诗文入西泠界者,君之力也。"②柴绍炳卒于康熙九年(1670),终其一生坚守宗唐复古诗学。"西陵后十子"早年正值"西陵十子"晚年,"后十子"基本继承了"西陵十子"的文学主张,以下具体析之。

(一)宗唐复古

"西陵十子"高扬前后七子复古大旗,崇尚唐音,贬斥宋元:"宋习鄙钝,元音俚下,艺林厄运,榛莽当涂。明初四家,扫除未尽,廓清于何、李,再振于嘉、隆,斯道嗣兴,斌乎大雅。"③他们以前后七子为扫除宋元鄙俚、复兴大雅的功臣,并自觉以前后七子之后继自期。"西陵后十子"深受"西陵十子"影响,亦以复古派的继承者自居,对康熙间流行的宋诗风颇为不满。如沈用济《汉诗说序》曰:"己丑夏归自京师,访滋衡于邗江,见时流竞趋新异,六朝暨唐概置不讲,何论于汉。相与叹息。夫诗不深入汉魏乐府,破其阃奥,而徒寻摘宋元字句之间,是犹溯水而不穷其源,登山而不极其巅,宜乎去雅而就郑,见伪而不见真也。"④沈用济对诗坛竞尚宋元、弃置汉唐深为痛惜,故与费锡璜辑评《汉诗说》,欲为世人"指出长安大路、江河源头"⑤。沈用济称:"读汉诗不可看做三代衣冠,望而畏之;须看得极轻妙,极灵活,极风艳,极悲壮,极典雅。凡后人所谓妙处,无不具之。即如《阳

① 卢崧修、朱文藻等辑:《吴山城隍庙志》卷6,王国平主编:《西湖文献集成》第25册,杭州:杭州出版社,2004年,第862页。

② 毛奇龄:《柴征君墓状》,《西河集》卷113,《景印文渊阁四库全书》集部第260册,台北:台湾商务印书馆,1986年,第242页。

③ 柴绍炳:《西陵十子诗选序》,毛先舒、柴绍炳选编:《西陵十子诗选》卷首,国家图书馆藏清顺治七年还读斋刻本。

④ 沈用济:《汉诗说序》,沈用济、费锡璜辑评:《汉诗说》卷首,《四库全书存目丛书》集部第409册,济南:齐鲁书社,1997年,第2页。

⑤ 沈用济、费锡璜辑评:《汉诗说》卷首,《四库全书存目丛书》集部第409册,济南:齐鲁书社,1997年,第5页。

关》一曲,唐人送别绝调,读李陵三诗,知从此化出;《陌上桑》《董娇娆》,即张、王、李、韩轻艳之祖也;'红尘蔽天地'、'十五从军征',李、杜悲壮之祖也;'冉冉岁云暮',骆宾王、白乐天皆祖之;《郊祀》诸诗,颜、谢、昌黎皆祖之。大抵六朝、唐宋名家,多祖汉诗,不能尽述也。"①他将汉诗视为后世诗歌的源头,认为后来诸多诗学流派均自汉诗演化而来。不仅如此,沈用济还将汉诗视为衡量后代诗歌的最高标准,认为"晋、宋渐入于文,渐取清雅,言之文,实诗之衰也"②,至唐宋更是"语近而味薄,体卑而格俚"③。这种"格以代降"的文学史观,正是明代复古派的典型论调。洪昇亦对时人竞趋宋元深为不满,称:"迩来诗派都趋宋元,每呵空同持论之非,唐以前之书竟置之不看矣"④。他继承了西陵前辈的复古主张,评诗每每以汉魏盛唐为标准,如:"典雅凝重,直逼初、盛";"明爽不减李青莲";"秀洁之中,更带浑厚,非盛唐人不办";"典丽悲壮,有少陵风味";"清新婉秀,得王、孟之腴"⑤。

"西陵后十子"不仅在理论上主张宗唐复古,亦将这一宗旨贯彻到诗歌创作之中。如洪昇早年深受先师影响,其诗一以唐人为归,毛奇龄称其:"五字律酷似唐人,其气韵神味,格意思旨,虽似极平,而唐人阃奥,自是如此。"⑥沈用济亦以宗唐复古著称,朱庭珍称其诗:"最沉雄有格,专工近体,其佳者直凌前后七子,而追攀工部,卓卓可传。"⑦即指出沈用济与明代复古派存在传承关系。沈用济与同宗盛唐的沈德潜相交颇厚,沈德潜称其"家方舟",《清诗别裁集》选其诗高达二十三首,并屡屡将其与前后七子作比,如评其《黄河大风行》"诗亦有云垂海立之势,近七子中李献吉。结意忽然换境,感触者深";评《大同道中》"一路边塞之诗,俱沉雄峭拔,不在李北地下";评《登泰山绝顶》"无懈字,无浮词,胜于鳞、元美作"⑧。正是由于"后十子"承接前辈,继续推行复古思想,才使杭州诗坛能够在清初宗宋浪潮中始终坚守唐音。

---

① 沈用济、费锡璜辑评:《汉诗说》卷首,《四库全书存目丛书》集部第 409 册,济南:齐鲁书社,1997 年,第 4 页。
② 沈用济、费锡璜辑评:《汉诗说》卷首,《四库全书存目丛书》集部第 409 册,济南:齐鲁书社,1997 年,第 6 页。
③ 沈用济、费锡璜辑评:《汉诗说》卷首,《四库全书存目丛书》集部第 409 册,济南:齐鲁书社,1997 年,第 9 页。
④ 洪昇著,刘辉校笺:《洪昇集》,杭州:浙江古籍出版社,1992 年,第 549 页。
⑤ 洪昇著,刘辉校笺:《洪昇集》,杭州:浙江古籍出版社,1992 年,第 551—556 页。
⑥ 金埴:《不下带编》,北京:中华书局,1982 年,第 126—127 页。
⑦ 朱庭珍:《筱园诗话》卷 2,《续修四库全书》第 1708 册,上海:上海古籍出版社,2002 年,第 35 页。
⑧ 沈德潜编:《清诗别裁集》下册,上海:上海古籍出版社,2013 年,第 1021 页。

（二）温厚和平

"西陵十子"继承了陈子龙"导扬盛美，刺讥当涂"①的诗学宗旨，主张诗歌要反映现实，起到讽上化下的作用，如陆圻《诗辩坻序》宣称："盖诗以言志，志有疆域，则诗有规萬；旨有贞淫，则曲有伦变。善诗者能自泽于弦诵，又能引人于安雅，察其升降，谨其流失，使天下之人皆自进于雍容夷愉，足以宣德意，竭忠孝，即天下人称郅理焉。"②"西陵十子"高度注重诗歌的教化作用，强调内竭忠爱，外通讽喻，从而使上下和睦，国家康泰。他们以此教导后学，使其树立起温雅忠爱的立言观。如毛先舒《与洪昇书》曰："君子与人则以式好无尤为乐，概物则以怀德舍怨为仁，抒文则以昭美含瑕为雅。末世风气险薄，笔舌专取刻挞自快，且藉之为名高，吁可怪也。讦以为直，圣贤恶之，况乎非真！因谓古人文字，亦复如此。解诗非引著讥君父，即谓其怨朋友。古人立心，多温雅忠爱，讵应尔耶？况告绝不出恶声，去国不说无罪，何有立人本朝，讪上为事，交欢赠答而动多微文哉？闻昉思阅杜诗注且有评驳，宜持此意求古人，不但有功作者，亦是善自存心之道。"③毛先舒告诫洪昇要以"温雅忠爱"立心行事，即使心中不满，亦应含蓄委婉，不可肆意指摘讥刺，违背温雅敦厚之旨。"西陵后十子"大多继承了"西陵十子"雅正温厚的文学观。如洪昇《织锦记自序》宣称："余撰此记，凡苏之虐焰、赵之簧舌，皆略之不甚为；戈矛之事，风雅出之，皆为后来三人复合之地，亦要诸诗人温厚之旨耳。嗟乎！古今女子有才如若兰者乎？于其跅也，君子无怨词。怨不敢怒，悔深次骨，而后曰可原之矣。则或于闺教有小补与？若夫谗妾构嫡，亦岂得云无罪？而予重归其责于若兰者，亦《春秋》端本澄源之义也。"④洪昇认为文学创作应当怨而不怒，温厚和平，以此感染人心，有裨世教。平和温厚亦是洪昇评价他人作品的一大标准。如评友人王锡诗"如此立言，深得温厚和平之旨"，"风致温厚"，"气韵温厚，不得以中晚目之"；评褚人获《坚瓠补集》"今褚子之宅心也醇厚，其立言也和平，大要关于名教者凡惓惓加意焉"⑤。

"西陵后十子"继承了"西陵十子"对政治现实的关注，集中亦有反映民生疾

① 陈子龙：《六子诗稿序》，《安雅堂稿》卷3，《续修四库全书》第1387册，上海：上海古籍出版社，2002年，第698页。
② 陆圻：《诗辩坻序》，毛先舒：《诗辩坻》卷首，郭绍虞编选、富寿荪校点：《清诗话续编》，上海：上海古籍出版社，1983年，第3页。
③ 毛先舒：《与洪昇书》，《思古堂集》卷2，《四库全书存目丛书》集部第210册，济南：齐鲁书社，1997年，第808页。
④ 洪昇：《织锦记自序》，洪昇著，刘辉校笺：《洪昇集》卷4，杭州：浙江古籍出版社，1992年，第505页。
⑤ 洪昇：《坚瓠补集序》，洪昇著，刘辉校笺：《洪昇集》卷4，杭州：浙江古籍出版社，1992年，第509页。

苦、不满当道的作品,如洪昇《衢州杂感》《征兵》《田家雨望》,沈用济《黄河大风行》等,但更多还是抒写一己经历与悲慨,且大多点到为止,辞气含蓄温柔。如洪昇《蒙山道中》曰:"乱石绕东蒙,崎岖古道通。一身千里外,匹马万山中。密树遥遮日,轻花逐细风。望云双泪落,非是为途穷。"①该诗作于康熙十三年(1674),此时洪昇入京求功名未得,归家后遭人离间,被迫与父母别居,贫困潦倒已极,然作者通过自然景物将内心的无限感慨委婉地传达出来,含蓄蕴藉,怨而不怒,并未肆意发为凄厉之音。就整体而言,"西陵后十子"作品以平心静气、温厚恬澹者居多。如张潞《菜花》曰:"香遍春郊路不分,五陵车马杳难闻。千畦乱落淮南桂,十里平铺塞北云。细麦柔桑还结伴,天红冶白讵同群?田翁昨日曾相约,拟把村醪醉夕曛。"②洪昇《首夏题张砥中屋壁》曰:"南风入夏细吹衣,乳燕鸣鸠历乱飞。树里群山深抱屋,云边孤塔静当扉。晴暄村路桑椹熟,雨过园林竹粉微。满径落花容我卧,北窗清昼对忘机。"③心态平和澹远,这正是清王朝走向盛世的结果,故黄机《啸月楼诗集序》评洪昇诗曰:"穷而在下,则眺览山川,歌谣风俗,以备辀轩之采;达而在上,则入朝奏雅,入庙奏颂,以黼黻太平之治。……自此海宇清晏,歌咏功德,非昉思孰任之?"④朱溶序洪昇《稗畦集》"其发者泉流,突者峰峦,而幽者春兰也。其玑琲则灿烂也。其音节和平,金石宣而八音奏也"⑤,梁允植评俞士彪"赋情深挚,得诗人温厚之遗者也"⑥,皆指明"西陵后十子"词旨之温厚。

(三) 崇尚清雅

杭州山水清秀,且多幽僻之境,树木掩映,佛寺林立,雅好山水、崇尚隐逸自古即为杭人传统。如沈谦自称:"东湖有故庐,雅志在泉石。畦稻秋渐肥,堤柳晚更碧。"⑦毛先舒《古诗四首》其三称:"秋暮天风寒,微云弄浮碧。高楼时徘徊,意思憺安适。"⑧即表明雅好林泉、休闲自适的本性。入清后,"西陵十子"大多闭门不出,隐居山野。如沈用济《过毛先生稚黄幽居题赠》:"何处堪高卧,千峰带薜

---

① 沈德潜编:《清诗别裁集》上册,上海:上海古籍出版社,2013年,第620—621页。
② 张潞:《菜花》,赵时敏辑,周赓、章辉点校:《郭西诗选》卷1,杭州:浙江工商大学出版社,2013年,第35页。
③ 洪昇:《首夏题张砥中屋壁》,洪昇著,刘辉校笺:《洪昇集》卷1,杭州:浙江古籍出版社,1992年,第110页。
④ 黄机:《啸月楼诗集序》,洪昇著,刘辉校笺:《洪昇集》卷1,杭州:浙江古籍出版社,1992年,第171页。
⑤ 洪昇著,刘辉校笺:《洪昇集》,杭州:浙江古籍出版社,1992年,第389页。
⑥ 梁允植:《玉蕤词钞序》,冯乾编校:《清词序跋汇编》第1册,南京:凤凰出版社,2013年,第157页。
⑦ 沈谦:《同虎男宿台柱馆舍赋此留别》,《东江集钞》卷1,《清代诗文集汇编》第70册,上海:上海古籍出版社,2010年,第192页。
⑧ 毛先舒:《古诗四首》其三,赵时敏辑,周赓、章辉点校:《郭西诗选》卷1,杭州:浙江工商大学出版社,2013年,第8页。

萝。先生此栖逸,古道岂蹉跎。策杖寻幽径,铺毡就浅莎。波光澄似练,山色翠于螺。湖海胸中阔,烟霞物外多。闲听猿叫咶,醉与鹤婆娑。长日坐挥尘,有时还荷蓑。茫茫天地老,此外不知他。"①洪昇《九日简柴虎臣先生》赞师执柴绍炳曰:"风吹木叶下纷纷,城堞霜寒画角闻。秋尽不来天北雁,日高还见海东云。萧条弹剑嗟人事,寂寞持竿逐鹭群。遥羡柴桑遗世者,黄花篱畔最斜曛。"②"西陵十子"对隐逸的追求对"后十子"产生了深刻的影响,以上所引二首描写师执隐居生活的诗篇中,即可见"后十子"对"西陵十子"高洁品格的敬仰及闲雅生活的欣羡。"后十子"大多继承了"西陵十子"对山林隐逸的热爱,绝大多数优游林泉,布衣终生。如张潞《过曹中翰别业有赠》曰:"当世争名者,归耕得几人?引泉聊濯足,选竹好藏身。楼纳沧溟气,山留太古春。柴桑诗卷里,风味自清淳。"③即表明以隐居山林、躬耕田园为志,不愿受世俗之牵扰。纵使仕宦者洪昇,亦有着浓重的隐逸情结。如《游灵隐山》曰:"忘却人间事,青山百遍登。禽衔将果落,猿挂半枯藤。不雨春生雾,无风夜解冰。平生耽胜迹,阴洞昼携灯。"④此诗写清幽静谧的深林古寺,颇具禅意,正体现了诗人离世绝俗的澄净心境。

胡应麟曾将汉魏以来的古诗审美范式分为两种:"古诗轨辙殊多,大要不过二格。以和平、浑厚、悲怆、婉丽为宗者,即前所列诸家(按:指曹植、阮籍、陆机、左思、鲍照、陈子昂、李白、杜甫诸家);有以高闲、旷逸、清远、玄妙为宗者,六朝则陶,唐则王、孟、常、储、韦、柳。"⑤前后七子重格调,追求大格局、大规模、大气象,他们推崇的是李、杜一派沉雄之音,声调宛亮,气势宏大,而不太欣赏王、孟一派冲淡之音。故胡应麟评李攀龙、王世贞诗歌曰:"两公才气几于颉颃太白,惟右丞一派尚觉寥寥。"⑥"西陵十子"出于隐逸情怀,虽亦主张复古,但不以格调声响相高,而是更多偏重于风韵,尤其推崇王、孟、韦、柳一派清疏澹远之音。"西陵后十子"继承乡里前辈,在审美风格上尤重"清雅",如洪昇评友人诗曰:"清新婉秀,得王、孟之腴","犹见襄阳逸致","词意凄清,如听猿啼鹤唳","清空安雅,绝无时艳"。"西陵后十子"现存诗歌大部分为模山范水之作,尤以描画杭州当地风光的

① 沈用济:《过毛先生稚黄幽居题赠》,吴颢辑:《国朝杭郡诗辑》卷10,浙江图书馆藏清同治十三年钱塘丁氏刻本。
② 洪昇:《九日简柴虎臣先生》,洪昇著,刘辉校笺:《洪昇集》卷1,杭州:浙江古籍出版社,1992年,第113页。
③ 张潞:《过曹中翰别业有赠》,赵时敏辑,周膺、章辉点校:《郭西诗选》卷1,杭州:浙江工商大学出版社,2013年,第34—35页。
④ 洪昇:《游灵隐山》,洪昇著,刘辉校笺:《洪昇集》卷1,杭州:浙江古籍出版社,1992年,第177页。
⑤ 胡震亨:《唐音癸签》卷7,上海:上海古籍出版社,1981年,第68页。
⑥ 胡应麟:《诗薮》内编卷6,北京:中华书局,1958年,第106页。

诗为最。如写西溪"林彩纷明灭,烟香入窅冥"①;写孤山"径危苍石断,沓废白云闲"②;写鹫岭"幽花新着蕊,枯木倒生根"③;写万松岭"万松摧折尽,高岭入云长"④;写净慈寺"寺门清绝处,松日冷空池"⑤;写昭庆寺"山云开晓晴,湖日荡空明"⑥;写法相寺"鹿卧松云静,人行竹日幽"⑦;写苏小墓"花间飞蝶乱,竹里暗泉闻"⑧等等,清幽静逸,疏朗明秀。自"西陵十子"至"后十子",尚清雅、重风韵的诗学取向一脉相承,亦成为杭州诗坛的突出特色。

四、"西陵后十子"对"西陵十子"文学理论的突破

"西陵后十子"早年在很大程度上继承了"西陵十子"的文学思想,但毕竟时移世易,他们对先师并非亦步亦趋。在诗学方面,"西陵十子"在继承前后七子复古思想的同时亦意识到赝古之弊端,如孙治《陈际叔文集序》即指摘李攀龙"规模先秦而不能自出机杼",陈子龙"欲度诸公之前,然错综变化未尽"⑨。"西陵十子"虽有意规避模拟误区,然其创作并未尽脱蹈袭。"后十子"继承了"西陵十子"的文学反思精神,力斥赝古之习。如洪昇《坚瓠补集序》曰:"明代诗文,病在模拟剿窃。"⑩即将食古剿窃视为明代诗文的一大弊病。不仅如此,"后十子"在创作上尤注重熔铸变化,在廓清拟古弊端上较"西陵十子"更为进步。"西陵十子"集中尚有不少模拟痕迹甚重的作品,以拟古乐府、拟古诗最为明显,而这类赝古之作在"后十子"集中基本看不到了。如朱溶评洪昇诗曰:"昉思近体宗少陵,然求少陵一言半辞于其集中不得也;其古诗则高、岑,然求高、岑一言半辞不得也。尽

① 徐逢吉:《重过西溪看梅三首》其二,赵时敏辑,周膺、章辉点校:《郭西诗选》卷1,杭州:浙江工商大学出版社,2013年,第23页。
② 洪昇:《望孤山》,洪昇著,刘辉校笺:《洪昇集》卷2,杭州:浙江古籍出版社,1992年,第267页。
③ 洪昇:《鹫岭茅舍诗戏简具德上人》,洪昇著,刘辉校笺:《洪昇集》卷1,杭州:浙江古籍出版社,1992年,第63页。
④ 洪昇:《万松岭上作》,洪昇著,刘辉校笺:《洪昇集》卷3,杭州:浙江古籍出版社,1992年,第440页。
⑤ 洪昇:《游净慈寺追怀豁堂和尚》,洪昇著,刘辉校笺:《洪昇集》卷3,杭州:浙江古籍出版社,1992年,第440页。
⑥ 洪昇:《昭庆僧房访黄补庵不值》,洪昇著,刘辉校笺:《洪昇集》卷3,杭州:浙江古籍出版社,1992年,第460页。
⑦ 洪昇:《同高巽亭游法相寺》,洪昇著,刘辉校笺:《洪昇集》卷3,杭州:浙江古籍出版社,1992年,第461页。
⑧ 洪昇:《苏小墓》,洪昇著,刘辉校笺:《洪昇集》卷1,杭州:浙江古籍出版社,1992年,第57页。
⑨ 孙治:《陈际叔文集序》,《孙宇台集》卷4,《四库禁毁书丛刊》集部第148册,北京:北京出版社,1997年,第702页。
⑩ 洪昇著,刘辉校笺:《洪昇集》,杭州:浙江古籍出版社,1992年,509页。

精肆力,心得其意,而变化无方。"①此语虽系评价洪昇诗歌,亦可移作评价"后十子"其他成员。不仅如此,"西陵后十子"在对待宋诗的态度上较"西陵十子"有所和缓,甚至在一定程度上将宋人诗纳入学习范围。如厉鹗《徐丈紫山,今年八十三矣。居清波门外湖滨,病足,不出户,日事吟咏,寄示近作,赋此仰酬》一诗有"脚疾偶然徐道度,诗名合继鲍清风"②之句。鲍清风即宋朝诗人鲍当(?—1038),字平子,北宋临安人,《泊宅编》称其有《清风集》,故时人称其为"鲍清风"。鲍当曾居清波门外,其诗风格闲淡,近唐人韦应物。徐逢吉亦居于清波门外,诗风与鲍当相近,故厉鹗称比之"鲍清风"。尽管"西陵后十子"对诗坛宗法苏、黄而导致的粗俗之音颇为不满,但他们对宋诗并非一概抹杀。如沈用济《汉诗说》提出:"学诗须从第一义着脚,如立泰华之巅,一切培塿皆在目中。何谓第一义?自具手眼,熟读楚骚汉诗,透过此关,然后浸淫于六朝三唐,旁及宋、元、近代,此据上流法。"③沈用济虽仍以汉、唐诗为归,但亦提到"旁及宋、元",可见其对符合汉、唐审美标准的宋元诗亦予以肯定。雍正二年(1724),厉鹗《南宋杂事诗》撰成,徐逢吉、吴允嘉皆为题词,并予以高度评价。如吴允嘉题诗曰:"苍山碧水思无穷,今昔池台了不同。蟋蟀感秋吟败砌,狐狸乘月瞷离宫。西陵车马青松下,南渡冠裳白塔中。手把此编和泪读,斜阳衰草自悲风。"④可见其对南渡诗心有戚戚焉。

在词学方面,"西陵十子"早期深受陈子龙影响,以五代北宋小令为尊,词风绮丽婉艳,后身经丧乱,兼习苏、辛,创作了大量抒写郁勃不平、悲凉凄怆的长调,风格上亦趋于雄放豪迈,突破了闺房儿女的秾纤靡曼。"西陵后十子"大多了继承"西陵十子"的词学思想,既有效仿《花间》《草堂》婉媚秾丽者,亦有学为苏轼、辛弃疾豪放一路。如康熙十四年(1675)俞士彪为《西陵词选》所撰序文称:"其间学为周、秦者,则极工幽秀;学为黄、柳者,则独标本色;或为苏、辛之雄健,或为谢、陆之萧疏。……可谓各擅其长,俱臻其极者矣。"⑤即指出西陵一地多样化的词学取向。值得注意的是,"后十子"虽大多以南唐北宋为尊,但宗法对象明显较"西陵十子"更为宏通,突出表现在对姜夔、张炎清空之境的推崇。如梁允植序俞士彪《玉蕤词钞》曰:"高者近辛、陆,次亦当求之溪堂、白石之间;而幽怀绮思,亦

---

① 洪昇著,刘辉校笺:《洪昇集》,杭州:浙江古籍出版社,1992年,第389页。

② 厉鹗:《徐丈紫山,今年八十三矣。居清波门外湖滨,病足,不出户,日事吟咏,寄示近作,赋此仰酬》,厉鹗著,董兆熊注,陈九思标校:《樊榭山房集》中册,上海:上海古籍出版社,2012年,第620页。

③ 沈用济、费锡璜辑评:《汉诗说》卷首,《四库全书存目丛书》集部第409册,济南:齐鲁书社,1997年,第5页。

④ 厉鹗等撰,虞万里校点:《南宋杂事诗》卷首,杭州:浙江古籍出版社,1987年,第9页。

⑤ 俞士彪:《西陵词选序》,陆进、俞士彪辑:《西陵词选》卷首,国家图书馆藏康熙十四年刻本。

时托之晓风残月。"①可见俞士彪对南宋词的涉猎。"西陵后十子"中词风最为清空超俗者当属徐逢吉,其词最以清雅幽隽见长,在豪放雄健、婉媚绵密等风格外,别具一种审美情趣。徐逢吉于词推南宋姜夔、张炎为最上,他尝赞厉鹗词曰:"回环读之,如入空山,如闻流泉,真沐浴于白石、梅溪而出之者。噫!舍紫山而外,知此者亦鲜矣。独余沉酣斯道几五十年,未能洗净繁芜,尚存故我,以视樊榭壮年,一往奔诣,宁不有愧乎?"②"如入空山,如闻流泉"不仅是厉鹗词的典型特征,亦可用作徐逢吉自评。徐氏写景词每每超然绝尘,空灵清隽。例如《如此江山·吴山望隔江残雪》曰:"朔风卷却彤云去,江天正绕寒色。远踏冰崖,醉扶笻杖,坐向玉清楼侧。越山历历。见几点微青,数峰犹白。冻老梅梁,昏鸦斜带六陵夕。

西兴谁又唤渡,是故人欲访,孤屿消息。独树无依,高帆半落,点落米家残墨。海门渐黑,想今夜山阴,柴关岑寂。老鹳惊飞,登台吹短笛。"③该词写冬日吴山江雪,情韵孤淡幽寂,声调高清,风神摇曳。故厉鹗评其词曰:"清微婉妙,绝似宋人。"

第二节 "西陵十子"其他后学

"西陵十子"入清后大多隐居不出,以授徒为业,门下弟子众多。除前一节所述最为著名的"西陵后十子"外,还有一些诗人群体,他们虽名气不及"后十子",但亦出自"西陵十子"门下,继承了先师的文学主张。顺康间杭州文坛"诗才佳丽,云蒸霞蔚"④盛景的出现,离不开"钱塘四子"、"东江八子"等文学后辈的共同努力。由于他们的别集大多已佚,学界较少涉及,且资料搜寻不易,故将其生平、著述及诗学等内容一一考述如下。

一、"钱塘四子"

柴绍炳《钱唐四子诗序》称:"自我郡风雅之盛近三十年,所筚路于二陆,黼黻

---

① 梁允植:《玉蕤词钞序》,冯乾编校:《清词序跋汇编》第1册,南京:凤凰出版社,2013年,第157页。

② 徐逢吉:《秋林琴雅题辞》,厉鹗著,董兆熊注,陈九思标校:《樊榭山房集》中册,上海:上海古籍出版社,2012年,第879页。

③ 徐逢吉:《如此江山·吴山望隔江残雪》,南京大学中国语言文学系《全清词》编纂研究室编:《全清词·顺康卷》第17册,北京:中华书局,2002年,第9647页。

④ 毛际可:《岁寒堂文集序》,《安序堂文钞》卷6,《四库全书存目丛书》集部第229册,济南:齐鲁书社,1997年,第557页。

于徐、吴，既而张、沈诸子迭相追琢，后来之秀，刻画求工者尤指不胜屈，即何论建安大历，沾沾借材于异地欤？若徐武令为世臣之子，威卿为锦雯之子，德隅为甸华之子，祖定则祖望之弟也。其家学渊源，才情故自日上，皆以童龄弱齿笃古深思，且切磋究之，搦管为诗，讲明伦脊，不肯妄作，无虑古近体要归斐然。故武令之韶秀，威卿之开美，德隅之雅醇，祖定之练净，藉人各有长，而良工之效，次第可收，南金竹箭，并为此州之宝矣。"①徐世臣子徐武令、吴百朋子吴鵾、沈甸华子沈德隅与张丹弟张振孙才名颉颃，号"钱塘四子"。四人皆继承家学，宗唐复古，合刻有《钱唐四才子诗》。

徐汾，字武令，号管涔子、京山人、啸痴等，仁和人。诸生。徐继恩之子，吴百朋之婿。少秉异姿，"九岁通《鲁论》《易》象。十三熟六经、《左》《国》，十五诵《文选》、秦汉百家书，善骚赋。十八专攻诗古文词"②。徐汾喜著书，著有《万卷楼集》《赋辨》《骚赋》《通韵》，辑有《广群辅录》。《广群辅录》一书卷首有关键、陆圻、归庄、陈廷会、沈兰先、孙载黄、徐旭龄、徐喈凤序，并列四方鉴阅者高达114人，其中包括吴伟业、黄宗羲、施闰章、宋琬、王士禛、王士禄、屈大均、陈维崧、徐乾学、曹溶、归庄等清初文坛名家。徐汾的声名及影响力，于此可见一斑。王晫《今世说》卷六载其"为人朴讷，辞艰于口，平居辄好书写，不知棋局，每自比方葛洪"③。徐汾曾师从孙治、陈廷会，倍受二师称赞。孙治《赠门人徐汾》曰："昔与尔父十数人，怀铅握椠各纷纶。吞湖倒海势莫敌，风期直与前贤亲。不图世事如翻覆，诸公肯混风尘后。尔父墙东似僧隐，吾亦南唐习教授。纷纷后辈皆角出，竹林诸子日超轶。避世宁从历齿儿，闭门不解干禄术。陆氏儇胡与尔汾，雄奇历爽皆能文。赋诗窃窥曹子建，壮志直凌汉终军。因思我辈已废置，龙种凤雏赖有子。块然边生只欲卧，敢言吾道尝如此。汾乎汾乎尔努力，天下名山儿亦得。"④可见徐汾对"西陵十子"复古诗学之继承，亦可见孙治对西陵后辈承续大雅的期冀。

吴鵾（1639—1660），字威卿，钱塘人。吴百朋长子。吴鵾少负奇才，十余岁即学作古文杂论。稍长，师从沈兰先究习文义，而师陈廷会尤谨。吴鵾于柴绍炳亦执通门礼，柴绍炳称其"每有咨画，予辄相规正，未尝迕也"⑤。后吴鵾又拜于

① 柴绍炳：《钱唐四子诗序》，《柴省轩先生文钞》卷7，《四库全书存目丛书》集部第210册，济南：齐鲁书社，1997年，第287页。

② 吴颢辑：《国朝杭郡诗辑》卷6，浙江图书馆藏清同治十三年钱塘丁氏刻本。

③ 王晫：《今世说》卷6，北京：中华书局，1985年，第70页。

④ 孙治：《赠门人徐汾》，《孙宇台集》卷34，《四库禁毁书丛刊》集部第149册，北京：北京出版社，1997年，第136页。

⑤ 柴绍炳：《吴威卿传》，《柴省轩先生文钞》卷9，《四库全书存目丛书》集部第210册，济南：齐鲁书社，1997年，第363页。

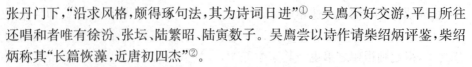
张丹门下,"沿求风格,颇得琢句法,其为诗词日进"①。吴鹍不好交游,平日所往还唱和者唯有徐汾、张坛、陆繁昭、陆寅数子。吴鹍尝以诗作请柴绍炳评鉴,柴绍炳称其"长篇恢藻,近唐初四杰"②。

沈德隅,钱塘人。沈兰先之子。生平事迹不详。

张振孙,字祖定,师从长兄张丹。明亡后隐居于西郭,"布衣幅巾,相与徜徉于山水之间,遂以终老"③,卒年四十五。著有《两峰楼集》《江行草》等。张振孙受兄张丹影响,于诗亦主张宗唐复古。张丹《短歌行与弟祖定》曰:"盛明作者何信阳,二十诗名满大梁。我弟十四足与敌,伯仲之间自同行。"④即将振孙比作前七子领袖人物何景明。张振孙于诗最工五言,如"草新鱼食脆,花落燕泥香"、"松梢悬栗鼠,竹底出杉鸡"、"落花春草径,疏雨夕阳山"、"松翠因生雨,花香不待风",皆极工隽。

二、张丹门人

明亡后,张丹于秦亭山下讲学授徒,门生甚众。杨钟羲《雪樵诗话》称:"张秦亭及门著籍最众。"⑤王苹《薛再生诗序》载:"顺治初,西泠张秦亭诗老以北地、信阳之学训后辈,一时才俊皆出其门,学成,游于四方,人见其行卷,皆知其为秦亭之学。"⑥张丹尝辑弟子诗为《秦亭风雅》一卷,惜今不存。笔者根据张丹《张秦亭诗集》、杨钟羲《雪樵诗话》等材料考得张丹弟子共计14位,为陆曾绍、诸壬发、周献、沈宗琦、陆曾禹、陆韬、孙忠楷、张振孙、张景会、胡埏、王武功、俞璈伯、汤可宗、薛再生。现对其生平著作情况考述如下。

张丹《五第子诗》曰:

<blockquote>

陆曾绍

数载卢龙郡,终年楚水乡。雪花辽地迥,波路洞庭长。征雁兼风落,雕

</blockquote>

---

① 柴绍炳:《吴威卿传》,《柴省轩先生文钞》卷9,《四库全书存目丛书》集部第210册,济南:齐鲁书社,1997年,第363页。

② 柴绍炳:《吴威卿传》,《柴省轩先生文钞》卷9,《四库全书存目丛书》集部第210册,济南:齐鲁书社,1997年,第363页。

③ 吴振棫辑:《国朝杭郡诗续辑》卷2,浙江图书馆藏清光绪二年钱塘丁氏刻本。

④ 张丹:《短歌行与弟祖定》,《张秦亭诗集》卷5,《四库全书存目丛书》第210册,济南:齐鲁书社,1997年,第538页。

⑤ 杨钟羲:《雪桥诗话余集》卷1,北京:北京古籍出版社,1992年,第13页。

⑥ 王苹:《薛再生诗序》,《蓼村集》卷4,周晶编:《五里山房珍本丛书》第7册,济南:齐鲁书社,2015年,第206页。

葫带露香。迤来诗句好,发兴意苍茫。

诸壬发

汝才能继述,举世莫知何。翡翠原文鸟,珊瑚岂素柯。贫真晋陶淡,诗自魏东阿。朋辈多风雅,湖山是啸歌。

周　献

周郎有雅韵,英气世间稀。芦叶弓弰脆,桃花马色飞。逢人常脱帽,见我必抠衣。旦旦竹篱过,谈诗掩蕙帏。

沈宗琦

吟罢时过我,荒村两度桥。偶惊魑魅出,最喜薜萝邀。汎汎步兵酒,依依弄玉箫。汝琴已在几,坐待凤皇调。

陆曾禹

堂中奉严父,室内喜真妻。出则丰神异,入还居处齐。英年爱学道,僻性暂幽栖。语我游天目,几时可杖藜。[①]

可知陆曾绍、诸壬发、周献、沈宗琦、陆曾禹皆为张丹弟子。

陆曾绍,字德衣,一作德宸,仁和人。张丹评其诗曰:"德衣具紫凤之才,吐白雪之响。五律敷词命意,如高松含星,好竹团露,不棘不肤,流珠奕奕。"[②]

诸壬发,钱塘人,生平事迹不详。张丹《张秦亭诗集》卷十二存有与门人诸壬发唱和诗,为《钱唐十景》(共十题,题下小序称"偶读李空同集中《潇湘八景》绝句,爱之,因取《钱唐志》十景,与门人诸壬发各为绝句一首")、《读摩诘裴迪辋川诗与门人壬发效之》(共八题)。现各举一例:

冷泉猿啸

杂树起秋风,飞泉乱洒面。倏尔一猿吟,可闻不可见。(张丹)
寥寥古洞深,寂寂秋蟾照。万壑绕千峰,哀猿响石窍。(诸壬发)[③]

从野堂

月色上东岗,零露滴梧叶。清响自西来,空阶人独立。(张丹)

---

① 张丹:《五弟子诗》,《张秦亭诗集》卷7,《四库全书存目丛书》集部第 210 册,济南:齐鲁书社,1997 年,第 553 页。

② 潘衍桐辑:《两浙輶轩续录》补遗卷 1,《续修四库全书》第 1687 册,上海:上海古籍出版社,第 262 页。

③ 张丹:《钱唐十景》其三,《张秦亭诗集》卷 12,《四库全书存目丛书》集部第 210 册,济南:齐鲁书社,1997 年,第 600 页。

一叶落未已,叶叶起秋声。空堂听未了,皎月山窗明。(诸壬发)①

以上二题皆描写钱塘之景,表现宁静恬淡的境界,物我两忘,自在自为,颇似王维与裴迪辋川唱和诗,一切尘嚣均被屏除在外,至澄至清,无丝毫世俗气息。

陆曾禹,字汝谐,钱塘人。乾隆间国子监生。著有《救饥谱》六卷,吏科给事中倪国琏为捡择精要并进呈,乾隆帝命诸臣删润刊行,赐名《康记录》。陆曾禹另有《巢青阁学言》一卷,丁立中《八千卷楼书目》卷十七著录。徐世昌《晚晴簃诗汇》卷六十四选陆曾禹诗三首,皆为典型的唐音。如《洞霄宫》曰:"洞霄真福地,上帝自高居。鹤语依轩竹,龙鸣出水渠。松台春草发,石壁晚花疏。自有乾坤大,何须步碧虚。"②诗将洞霄宫之清邃幽静写得极为真切,境界超然,澄澈人心。

周献、沈宗琦,不详其人。

据张丹《从野堂诗自序》载:"定庵曰:'秦亭诗雄奇精浑,悉以平淡出之,此所以游泳山泽间,倘徉适志,而傲然长啸也。'三吴之士从游者约有百余,能学秦亭诗者曰陆韬、孙忠楷、弟振孙、侄景会、胡埏、王武功、诸壬发。韬与楷早殁,振孙亦亡,壬发则竭力以襄厥事,乃克有成。"③则陆韬、孙忠楷、张振孙、张景会、胡埏、王武功皆为张丹弟子。

陆韬,一名自震,字子容,钱塘人。陆次云从子,陆彦龙嗣子。布衣。居于紫阳山麓。少负异姿,喜读书,"经传子史,背诵如流"④。陆韬刻苦读书,居甚贫,所得尽用以买书,昼夜读,患咯血。病中又借友人二十一史读,疾愈甚,遂亡。张丹对陆韬甚为欣赏,二人时常相聚谈诗。张丹《赠陆韬兼示祖定弟》曰:"秋芳涂白露,逍遥向南门。访我陆氏子,入坐开高轩。脱巾啜清茗,淹留终日言。所言多诗义,其中性情存。大雅虽已亡,温柔方共敦。入夜烧明烛,掀髯酌酒樽。蟋蟀响空阶,野雀栖短垣。啸咏偕我弟,逸兴何飞翻。众人恶贫贱,我志乐樵渔。避迹秦亭下,垂钓古荡渠。偶然入城市,爱子常园居。墙桑已十围,棕榈百尺余。诵读佩孔训,冥心契太初。闲观穆王传,流览老氏书。富贵诚可嗤,内养颇自娱。"⑤陆韬与张丹皆栖心山林,不慕富贵,二人志趣相投,亦师亦友,常常同游杭

① 张丹:《读摩诘裴迪辋川诗与门人壬发效之》其一,《张秦亭诗集》卷12,《四库全书存目丛书》集部第210册,济南:齐鲁书社,1997年,第602页。
② 徐世昌:《晚晴簃诗汇》卷64,《续修四库全书》第1630册,上海:上海古籍出版社,2002年,第393页。
③ 张丹:《从野堂自序》,《张秦亭诗集》卷首,《四库全书存目丛书》集部第210册,济南:齐鲁书社,1997年,第492页。
④ 陈景钟辑:《清波三志》卷上,徐逢吉等辑撰:《清波小志(外八种)》,上海:上海古籍出版社,1999年,第135页。
⑤ 张丹:《赠陆韬兼示祖定弟》,《张秦亭诗集》卷2,《四库全书存目丛书》集部第210册,济南:齐鲁书社,1997年,第501页。

地山水。陆韬卒,张丹深为痛惜,哭以诗曰:"荒园寂寞绿苔生,肠断当年陆士衡。春鸟不知人已去,棠梨树上两三声。"①陆韬著有《瑞石山房稿》《砺史》等,其诗以描写山水及闲适生活为主,清雅明秀,韵味隽永。

孙忠楷,初字献揆,后改字献葵,钱塘人。孙治弟孙洽长子。著有《听松楼诗》。孙忠楷于五言古诗最为出色,与汤可宗齐名。其诗多取法谢灵运、杜甫。张丹评其诗曰:"抽思谢监,追轨杜陵,开阖顿挫,均有神悟。然允钊学谢多,忠楷则拟杜多也。"②

张景会,张丹侄,钱塘人。张景会诗大多质直坚苍,沉雄高古,如《抚顺堡》曰:"荒城昔日当冲要,想像雄图扼上游。形胜直趋今铁岭,提封旁挈古银州。北山寒立千寻雪,浑水平倾万里流。短剑敝裘何所事,乾坤绿鬓任悠悠。"③张丹称其:"豪迈不群,壮游出塞,直渡辽水,赋诗寄志,体格峥嵘。"④可谓深中肯綮。

胡埏,字潜九,钱塘人。孙治《孙宇台集》卷三十六《哭胡朴庵》题下小字注"门人胡埏父"⑤,故胡埏亦游于孙治之门。孙治尝序其诗曰:"潜九为人湛深蕴藉,其在吾门,大抵喜笃信而厌浮夸,岂所谓子夏氏之儒欤?而其诗豪放不羁,有不可一世之意。"⑥潘衍桐《两浙輶轩续录》卷二录其诗二首,其中《秋夕吴大绅、汤允钊、张祖定、孺怀、鲁唯、陆子容、王雒荣、雍翼、孙献葵宴集从野堂》记载张丹众门人宴集之情形,诗曰:"从野堂开月露清,良宵载酒集群英。霏霏玉屑筵中落,渺渺银河树里明。近代风流推北地,少年词赋拟西京。芙蓉应向秋波发,采得江南无限情。"⑦可见张丹门下弟子皆承袭秦亭衣钵,宗奉明代七子派复古诗学。

王武功,字雒荣,钱塘人,张丹挚友王嗣槐之子。《国朝杭郡诗辑》卷六载王武功为张丹弟子,并选其诗四首。王武功诗既得老杜之沉郁,亦兼王、孟之清幽,深得先师张丹之学。阮元《两浙輶轩录补遗》卷三"土武功"条引吴城《云蠖斋诗话》曰:"毛先舒稚黄、陆进荩思、王武功雒荣、翁必选尹若、徐逢吉紫凝、沈锡辂六飞、赵沈壒渔玉、吴允嘉志上、周京敷文、钱璜右玉、翁必达超若、朱宏直广平、周嵩岑年、王嗣槐仲昭、沈可璋孚远、傅光遇介庵、解天泳逸庵、陆曾禹汝谐、徐张珠

---

① 景星杓:《山斋客谭》卷2,《续修四库全书》第1268册,上海:上海古籍出版社,1996年,第695页。

② 吴振棫辑:《国朝杭郡诗续辑》卷2,浙江图书馆藏清光绪二年钱塘丁氏刻本。

③ 吴振棫辑:《国朝杭郡诗续辑》卷2,浙江图书馆藏清光绪二年钱塘丁氏刻本。

④ 吴振棫辑:《国朝杭郡诗续辑》卷2,浙江图书馆藏清光绪二年钱塘丁氏刻本。

⑤ 孙治:《哭胡朴庵》,《孙宇台集》卷36,《四库禁毁书丛刊》集部第149册,北京:北京出版社,1997年,第155页。

⑥ 孙治:《胡潜九诗序》,《孙宇台集》卷7,《四库禁毁书丛刊》集部第148册,北京:北京出版社,1997年,第725页。

⑦ 吴振棫辑:《国朝杭郡诗续辑》卷2,浙江图书馆藏清光绪二年钱塘丁氏刻本。

月涵、释显鹏彬远共二十人,著有《西湖宴会集》。"①《国朝杭郡诗辑》卷九"陆曾禹"条亦云:"汝与毛稚黄、陆莘思、吴志上、徐紫珊辈二十人有西湖宴会集。"②《西湖宴会集》由王武功辑,《(民国)杭州府志》卷九十五著录。兹选录两首:

> 夏日寻幽境,纡回到薜萝。亭空凉气入,竹密晚阴多。座满金闺彦,诗成紫逻歌。论交洽兰芷,访胜有羊何。疏树悬新月,遥峰叠翠螺。花香当户牖,鸟语杂林阿。大雅归吾党,清流叹逝波。疏狂真不俗,渐觉醉颜酡。
>
> ——王武功《六月四日露香亭同人雅集》③
>
> 宿雨消炎暑,薰风动绿杨。蛟龙起昨夜,冠履集斯堂。高唱云霞合,新诗蕙茝香。空亭聊解带,曲沼更流觞。深树鸣蝉寂,浮梁落照长。醉来歌濯足,此地即沧浪。
>
> ——陆曾禹《露香亭同人雅集》④

上述诗人皆为杭州当地人,性嗜山水,追求林泉雅趣,创作倾向上亦颇为趋近,均宗法唐人,闲适悠然,澄淡精致,引人作清远之想。

据杨钟羲《雪桥诗话》余集卷一"张秦亭"条:"他如陆韬子容、俞珣璈伯、王武功雒荣,皆见秦亭风雅。汤可宗古田亦其弟子。"⑤可知俞璈伯、汤可宗皆为张丹弟子。

俞珣,字璈伯,一字美英,钱塘人,俞明经长子。俞珣与弟俞士彪(原名珮)"皆以文行名于时"⑥,号称"二俞"。《国朝杭郡诗辑》卷六载俞珣"与陆子冠周、张子仲黄、诸子虎男皆家于城东,因为《东城十子咏》,李式玉为之序"⑦。

汤可宗,字允钊,号古田,钱塘人。著有《古雪堂诗选》一卷。《国朝杭郡诗辑》卷六载其少学于朱篁风、孙治,继拜于张丹门下,"终日键户兀坐,深有悟于性命之旨"⑧。汤可宗性好隐逸,不喜仕途,自称"箕坐不知疲。心清颇有觉。担簦虽苦辛,潜隐吾所欲"(《晚渡峡口宿山店题壁》),其诗亦以抒写恬澹生活为主。如《河渚草堂赠沈氏》曰:"草堂新筑乱流中,隔水人家短棹通。漫赋小山招隐士,

---

① 阮元、杨秉初辑,夏勇等整理:《两浙輶轩录补遗》卷3,杭州:浙江古籍出版社,2012年,第3201页。

② 吴颢辑:《国朝杭郡诗辑》卷9,浙江图书馆藏清同治十三年钱塘丁氏刻本。

③ 吴颢辑:《国朝杭郡诗辑》卷6,浙江图书馆藏清同治十三年钱塘丁氏刻本。

④ 吴颢辑:《国朝杭郡诗辑》卷9,浙江图书馆藏清同治十三年钱塘丁氏刻本。

⑤ 杨钟羲:《雪桥诗话》余集卷1,北京:北京古籍出版社,1992年,第14页。

⑥ 方象瑛:《俞明经传》,《健松斋集》卷13,《清代诗文集汇编》第128册,上海:上海古籍出版社,2010年,第216页。

⑦ 吴颢辑:《国朝杭郡诗辑》卷6,浙江图书馆藏清同治十三年钱塘丁氏刻本。

⑧ 吴颢辑:《国朝杭郡诗辑》卷6,浙江图书馆藏清同治十三年钱塘丁氏刻本。

闲笼双鹤过邻翁。藤花色绽春深月,湘竹香摇晚度风。浊酒满杯吾已醉,看君高啸古溪东。"①田园生活,优游闲散,其乐融融,诗亦平淡醇美,意味隽永。

据王苹《薛再生诗序》,薛再生"为秦亭弟子,而其向往顾在右丞、襄阳之间,秦亭初不以为异己也"②,则薛再生为张丹弟子。薛再生为张丹女婿,亦从张丹学诗。苦于家贫,"数因人远游瓯粤闽海沔汉吴会燕齐之区"③。王苹一再称薛再生虽出于张丹门下,但未承其学:"钱唐薛子再生为其馆甥,奉秦亭之教既久,而其为诗则规摹王、孟,授其教而不宗其学","再生奉秦亭之教而不从其北地、信阳之学,而向往王、孟"④。实际上,张丹前期丧乱流离,壮志难酬,多效法杜甫及前后七子沉雄慷慨之音,后期隐居秦亭山下,生活较为安定,诗歌亦更多呈现恬澹自然,深得王、孟遗韵。薛再生诗学王、孟,正是继承师张丹之旨。

三、沈谦门人

应㧑谦《东江沈公传》载:"君天生孝友,素志长厚,生平无疾颜遽色,故旧族戚睦以至情,及门之士每欣提奖,颇自澹泊,饭蔬布衣宴如也。"⑤沈谦为人谦和,尤好奖掖后进,其门下弟子众多,以"东江八子"最著。《国朝杭郡诗续集》卷三"王绍曾"条载:"孝先与王东曙升、潘夏珠云赤、陶羽逵仪、唐子翼洪基俱出沈东江门下,有《东江八子集》,毛稚黄为之序。"⑥可知王绍曾、王升、潘云赤、陶仪、唐洪基名列"东江八子",其作品合编为《东江八子集》,《(民国)杭州府志》卷九十五载:"《东江八子集》,仁和王绍曾辑。"⑦今不存。

王绍曾,字孝先,号鲁斋,仁和人。与洪昇、胡荣、徐云奕、胡逸衡、王履方、胡奥廷、吴尺凫、李越千合称"容安九子"。王绍曾古体歌行或朗秀婉丽,或豪迈飘逸,开阖跌宕,情韵悠长。如《同栖水诸公饮卧龙桥酒楼即席分赋》:"卧龙桥下春水流,卧龙桥畔高酒楼。黄衫白袷诸少年,相携共登楼上头。楼头宝蟾东风扬,

---

① 吴颢辑:《国朝杭郡诗辑》卷6,浙江图书馆藏清同治十三年钱塘丁氏刻本。
② 王苹:《薛再生诗序》,《蓼村集》卷4,周晶编:《五里山房珍本丛书》第7册,济南:齐鲁书社,2015年,第207页。
③ 王苹:《薛再生诗序》,《蓼村集》卷4,周晶编:《五里山房珍本丛书》第7册,济南:齐鲁书社,2015年,第206页。
④ 王苹:《薛再生诗序》,《蓼村集》卷4,周晶编:《五里山房珍本丛书》第7册,济南:齐鲁书社,2015年,第206—207页。
⑤ 应㧑谦:《东江沈公传》,沈谦:《东江集钞》附录,《清代诗文集汇编》第70册,上海:上海古籍出版社,2010年,第267页。
⑥ 吴振棫辑:《国朝杭郡诗续辑》卷3,浙江图书馆藏清光绪二年钱塘丁氏刻本。
⑦ 龚嘉儁修,李楁纂:《(民国)杭州府志》卷95,台北:成文出版社,1974年,第1842页。

金樽满注葡萄酿。曲曲春藏翡翠屏,溶溶月映樱桃帐。诸君酌我酒,我今对君歌。桃花扑面遮罗扇,杨柳垂丝拂绿波。须解春光惟九十,花开不醉奈如何。……人生花月不常有,眼前况对乌程酒。我辈作达负奇才,何必黄金大如斗。作官虽慕执金吾,许史金张近已徂。但看白骨荒冢里,春风何处酒家胡。春风吹客醉复醒,溪上新歌不忍听。明岁还期桥畔饮,菱花荷叶满沙汀。"①无论情思抑或用笔,皆有初唐四杰、太白遗风。

王升,字东曙,仁和人。生平事迹不详。沈谦《郡中寄王升》云:"里闬相过数,吾衰鬓已华。论诗愧匡鼎,载酒识侯芭。勇进应无敌,浮沉莫浪嗟。归期近重九,还与醉黄花。"②可见王升与沈谦同居里闬,往来密切,且沈谦对其诗才颇为赞许。

潘云赤,字夏珠,仁和人,著有《月轩诗集》《桐鱼新扣词》,辑有《临平续记》。沈谦《答潘云赤》言:"士以博学为饱,萤声为温。丰此啬彼,天所衡量。既富于德焉,辞饥冻乎?忘累世之清华,恋一朝之赫奕,想智者必不以此易彼。"③书中告诫潘云赤应当以博学立德为志,不应贪恋浮名。《与潘云赤》则授其作文之法,"文字不嫌屡改,由浅而深,由烦而简,由塞而通,如拣金琢玉,粗者一分不尽,则精者一分不出也。欧公作文必先贴于壁,卧思窜定,至有终篇不留一字者,而况不若欧公者乎?自古疾行者无善步,苟非天纵,不能涉笔便佳也"④,教导潘云赤为文要不嫌删改,方得佳作。潘云赤诗多写山水田园,清雅疏淡,以初盛唐为归。如《题鲍芝山别业》:"参军殊俊逸,别业敞寒林。当户一峰落,绕溪丛竹深。狎鸥看世事,流水写琴心。共有兼葭思,携樽对夕曛。"⑤境界清远,有闲逸之趣,颇令人称道。潘云赤于词继承了沈谦对五代北宋的推崇,以抒写闺情为主,尤喜规摹柳永,如《御街行·中秋对雨感怀》曰:"朝来已觉传秋信。桂蕊添红晕。千门歌吹悄无声,怪煞雨声凄紧。灯儿不亮,云儿常暗,天也如人闷。 当年月夕常相近。此际情难问。若教地下一轮明,也得照他青鬓。秋开尘匣,慵钩小帐,寂寂

---

① 王绍曾:《同栖水诸公饮卧龙桥酒楼即席分赋》,张之鼎撰辑,周膺、吴晶点校:《栖里景物略》卷4,北京:当代中国出版社,2014年,第70页。

② 沈谦:《郡中寄王升》,沈谦:《东江集钞》卷3,《清代诗文集汇编》第70册,上海:上海古籍出版社,2010年,第210页。

③ 沈谦:《答潘云赤》,沈谦:《东江集钞》卷7,《清代诗文集汇编》第70册,上海:上海古籍出版社,2010年,第240页。

④ 沈谦:《与潘云赤》,沈谦:《东江集钞》卷7,《清代诗文集汇编》第70册,上海:上海古籍出版社,2010年,第240—241页。

⑤ 潘云赤:《题鲍芝山别业》,陈棠、姚景瀛编辑:《临平记再续》卷3,孙忠焕主编:《杭州运河文献集成》第5册,杭州:杭州出版社,2009年,第329页。

和衣盹。"①纯用白描手法,不加任何藻饰,将主人公苦闷聊赖的心理刻画得十分生动。

唐弘基,字子翼,仁和人。沈谦《东江集钞》卷七有《与唐弘基》,文曰:"太史公曰'仓廪实而知礼节',故温饱为仁义之源,不可不急。然士之立志,又不当以此自足也。治生之暇,宜亲文史,日进于高明,为吾门墙之光。"②沈谦劝勉唐弘基在治生之余要力于治学,勤勉上进,并对其寄予厚望。

陶仪,不详其人。

沈谦《东江集钞》各卷卷首分别署参校者姓名,除上述"东江八子"成员外,尚有门人沈丰垣、俞士彪、张台柱。

沈丰垣,字通声,一作骏声,号柳亭,仁和人,诸生。沈丰垣雅好填词,著有《兰思词》,沈谦评曰:"精神殊采,不愧淮海、屯田。"③沈丰垣于词宗五代北宋,尤推崇柳永词,每每予以效仿。洪昇曰:"沈郎爱柳,煞是钟情。一涉是题,便多警策。如'看遍武陵花,不似杨枝好',老境绝伦;'到底吹完柳絮,偏生留着梨花',双关凄绝。语绵婉,则'看看垂杨忆鬓丝';论新奇,则'销魂桥畔销魂树'。"④即指出沈丰垣对柳词的偏爱。厉鹗评其词曰:"缠绵处似柳屯田,清稳处似赵仙源。至'不肯上秋千,为怕墙东近'之句,虽古人无以过之也。"⑤谭献称其词:"倚声柔丽,探源淮海、方回,所谓层台缓步,高榭风尘,有竟体芳兰之妙。"⑥沈丰垣亦为毛先舒门人,受毛氏教诲颇多。

张台柱,一名星耀,字砥中,钱塘人。家白莲洲侧。徐逢吉《清波小志》卷下载其"少时喜大言,力能挽三百钧弓。临文绝不苦思,而稿已脱手"⑦。中年游侠江淮间,踪迹无定。后入婺州太守幕,挟其家奴逃窜,被捕入狱。狱中撰《万人敌》《八宝刀》等乐府数种,今皆不存。后遇赦释放,不久又被捕处死。张台柱尤工填词,与洪昇齐名,著有《洗铅词》数百首,"语多香艳,而亦有沉着老练之处"⑧。康

---

① 潘云赤:《御街行·中秋对雨感怀》,南京大学中国语言文学系《全清词》编纂研究室编:《全清词·顺康卷》第14册,北京:中华书局,2002年,第8306页。

② 沈谦:《与唐弘基》,沈谦:《东江集钞》卷7,《清代诗文集汇编》第70册,上海:上海古籍出版社,2010年,第244页。

③ 洪昇著,刘辉校笺:《洪昇集》,杭州:浙江古籍出版社,1992年,第539页。

④ 洪昇著,刘辉校笺:《洪昇集》,杭州:浙江古籍出版社,1992年,第538页。

⑤ 厉鹗:《东城杂记》卷下,北京:中华书局,1985年,第39页。

⑥ 谭献选编:《箧中词》今集卷2,北京:人民文学出版社,2015年,第87页。

⑦ 徐逢吉、陈景钟辑:《清波小志》卷下,徐逢吉等辑撰:《清波小志(外八种)》,上海:上海古籍出版社,1999年,第78页。

⑧ 徐逢吉、陈景钟辑:《清波小志》卷下,徐逢吉等辑撰:《清波小志(外八种)》,上海:上海古籍出版社,1999年,第78页。

熙十七年(1678),与挚友陆进助佟世南辑《东白堂词选》十五卷。沈谦《东江集钞》卷七有《与张台柱》,文曰:"足下从吾游最后,而质性警敏,可以有成。闻年来车辙马迹,尝在千里之外。吾谓远游固能开豁胸襟,然颇悖于百工居肆之训。或云龙门之文、少陵之诗,游而益奇。然必有二公之学则可耳,否则登陟应酬反致失时旷业。下帷自励,宜以董子为师也。"①沈谦劝诚张台柱要勤勉于学,勿因远游、应酬而荒废学业。张台柱基本继承了沈谦的词学思想,论词贵婉丽蕴藉,尝言"词之韶丽,不在香奁、宝鉴、翠幌、银屏。尝读'文君未寝,相对小妆残','起来红日在花梢'诸语,真香艳绝伦,其悲慨处不在心伤肠断、泣柳啼花。如耆卿'霜风凄紧,关河冷落,残照当楼',每当客途,念此数语,令人凄然欲绝"②,与沈谦"笃尚婉至"③的词学取向一脉相承。

由上文可知,沈谦不仅对弟子之立身行事予以敦敦教诲,亦对他们的文学创作予以悉心指导,师生之间情谊甚厚。如沈谦《寄徐武令、张砥中、俞璊伯、洪昉思兄弟》:"郡楼寒望酒初醺,忆得招携有数君。万树江梅含冻雪,两峰晴日闪黄云。愁边鸿雁书难寄,梦里关山路不分。裘马翩翩俱自爱,岂堪垂老更论文。"④沈谦对门下弟子的系念之情,于此可见一斑。而弟子们对沈谦亦感情甚深,沈谦亡故后,洪昇为先师填讳,并同陆进、沈丰垣、张台柱等恸哭于东江草堂。洪昇诗曰:"恸哭西洲泪不干,一堂寥落白衣冠。愁鸱啼杀空山夜,月黑枫青鬼火寒。忽然梦醒草堂中,唧唧蛩吟四壁空。我向穗帷呼欲出,寒灯一焰闪西风。"⑤可见师生情谊之深挚。沈谦门下弟子绝大多数为杭州人,且同游一门,彼此有着深厚的交谊。他们之间过往甚密,时常诗酒宴集,如唐弘基《中秋宴集同潘夏珠、沈宏宣、王东曙、王孝先作》:"闲庭竹露月流光,此夕诗乐未央。云散碧空常五色,花霏清夜有余香。衔杯金谷怜朋好,授简梁园任客狂。已见参旗横屋角,玉箫何处度霓裳。"⑥或闲坐论文,如沈谦《晚凉潘云赤、王升过草堂分韵》:"雨过草堂暮,新凉把袂同。暗云时掣电,空翠欲生虹。径没知吾懒,诗成爱尔工。茗余兴

---

① 沈谦:《与张台柱》,沈谦:《东江集钞》卷7,《清代诗文集汇编》第70册,上海:上海古籍出版社,2010年,第244页。

② 张台柱:《词论十三则》,佟世南选:《东白堂词选》卷首,《四库全书存目丛书》集部第424册,济南:齐鲁书社,1997年,第520页。

③ 毛先舒:《沈氏词韵序》,《毛驰黄集》卷6,山东省图书馆藏清康熙刻本。

④ 沈谦:《寄徐武令、张砥中、俞璊伯、洪昉思兄弟》,沈谦:《东江集钞》卷4,《清代诗文集汇编》第70册,上海:上海古籍出版社,2010年,第219页。

⑤ 洪昇:《同陆莛思、沈通声、张砥中宿东江草堂哭沈去矜先生二首》,洪昇著,刘辉校笺:《洪昇集》卷1,杭州:浙江古籍出版社,1992年,第170页。

⑥ 潘衍桐辑:《两浙輶轩续录》补遗卷2,《续修四库全书》第1687册,上海:上海古籍出版社,第277—278页。

不浅,歌罢烛花红。"①洪昇《夜集广严寺,同沈去矜先生、吴允哲、沈遹声作》:"颇怪山僧懒,空堂磬不闻。天花寒堕水,石佛夜生云。对月惊猿啸,眠沙见鹿群。虽无一樽酒,不厌共论文。"②或一同出游登览,如沈谦《西郊即事同潘云赤、唐弘基、男圣昭》:"村居惊物候,宴赏及兹辰。山翠偏宜雪,梅含欲待春。缓行吾意适,佳句客愁新。酒德元堪颂,追游莫厌频。"③如此频繁相聚使沈谦一门成为一个联系紧密的群体,亦令其文学思想颇为趋近。沈谦诸体兼擅,尤以填词最称,自称"仆学诗无成,卑而学词"④,其门下弟子亦多以填词著称,且大多延续沈谦绮丽婉艳的词风,以五代北宋为取法对象。如王绍曾《少年游·春闺》:"晓烟未敛,春池欲皱,花影压回廊。淡日窥帘,轻寒着枕,曾否试新妆。 阑干敲遍无人应,颠倒废思量。燕子衔花,呢喃不住,来去自双双。"⑤词将闺阁中人的幽微心绪与门外的大好春光交织一体,明媚的春色恰好反衬了闺中人之寂寞,写景遂无堆砌之感,抒情亦因此愈加含蓄蕴藉,余韵不尽。沈谦于词崇尚"本色"、提倡"白描称隽",尝言:"男中李后主,女中李易安,极是当行本色。"⑥在拟议对象上,沈谦对柳永词甚为钟爱,其词"率从屯田待制浸淫而出"⑦,"且时时阑入元曲"⑧,而清初不少文人对柳词之俚俗颇有微词,毛先舒即指出"宋词人并称周、柳,其实柳不逮周其远。盖清真词虽描摹闺襜,而不及亵,为能不失大雅之遗,屯田方之则堕矣"⑨。沈谦门下弟子大多继承先师对屯田词的偏好,词多有近俚俗之处。如潘云赤《玉楼春·和柳耆卿韵》:"烟姿露蕊空相羡,记得琐窗曾一面。前生若也没因缘,何似此生休与见。 还愁未必伊情愿。落得自家心绪乱。柳绵随分嫁东风,偏是游丝难得断。"⑩沈丰垣《贺新郎》:"沈子归来矣。渡长江、萧然依旧,

---

① 沈谦:《晚凉潘云赤、王升过草堂分韵》,《东江集钞》卷3,《清代诗文集汇编》第70册,上海:上海古籍出版社,2010年,第208页。

② 洪昇:《夜集广严寺,同沈去矜先生、吴允哲、沈遹声作》,洪昇著,刘辉校笺:《洪昇集》卷1,杭州:浙江古籍出版社,1992年,第67页。

③ 沈谦:《西郊即事同潘云赤、唐弘基、男圣昭》,沈谦:《东江集钞》卷3,《清代诗文集汇编》第70册,上海:上海古籍出版社,2010年,第210页。

④ 沈谦:《与李东琪书》,《东江集钞》卷6,《清代诗文集汇编》第70册,上海:上海古籍出版社,2010年,第236页。

⑤ 王绍曾:《少年游·春闺》,南京大学中国语言文学系《全清词》编纂研究室编:《全清词·顺康卷》第19册,北京:中华书局,2002年,第10324页。

⑥ 沈谦:《填词杂说》,《东江集钞》卷9,《清代诗文集汇编》第70册,上海:上海古籍出版社,2010年,第265页。

⑦ 沈雄:《古今词话》,上海:上海古籍出版社,2009年,第365页。

⑧ 谢章铤:《赌棋山庄词话》卷8,《续修四库全书》第1735册,上海:上海古籍出版社,2002年,第105页。

⑨ 郑景会:《柳烟词》附录,国家图书馆藏清康熙间红尊轩刻本。

⑩ 潘云赤:《玉楼春·和柳耆卿韵》,南京大学中国语言文学系《全清词》编纂研究室编:《全清词·顺康卷》第14册,北京:中华书局,2002年,第8307页。

半肩行李。相顾何为皆错愕,还似孤帆影裹。悔不住、吴头楚尾。一笑又嫌归太晚,有丁宁、别语须频记。人去后,易抛弃。　阿谁见罢先留意。便如今、妆台重到,懒窥云鬓。是我误他他负我,毕竟当初儿戏。枉费尽、闲愁闲气。碎擘瑶琴呼斗酒,想题桥、司马浑多事。沉醉后,且酣睡。"[1]以上二词皆以女主人公自叙的口吻,诉说失恋的痛苦以及难以割舍的眷恋,并用富有表现力的口语入词,生动传神,故王晫评其"直是柳七、黄九神诣"[2]。

四、毛先舒、柴绍炳、孙治门人

(一)毛先舒门人

毛先舒身兼学者、文人,博学多闻,颇具声望。先舒门下弟子众多,皆能承其学。笔者根据毛先舒《潠书》、林璐《岁寒堂初集》等材料考得先舒弟子共计十三位,为李延泽、沈圣昭、胡大漤、洪昇、潘秬、沈丰垣、周琼莹、张琨、聂鼎元、洪昌、蒋淑、蒋宏道、陈煜。现据所得材料整理如下。

林璐《螺峰小隐记》载:

> 吾友稚黄毛先生高枕螺峰,虽卧病,问字者履恒满。其门下生李子延泽、沈子圣昭、胡子文漪、洪子昇、潘子秬、沈子丰垣、周子琼莹、张子琨、聂子鼎元、洪子昌,皆尊师唯谨,一经指授,终身不忘哉!曰:"微吾师之教,不及此。"先生上不泥古,下不拂俗,以却欲存理为学,以千古是非名教为准。螺峰不出郡城,而南瞰大江,东接吴山,逶迤幽胜,爱而卜居。病良已,日偕门生儿子,或杖策,或蓝舆,或游古寺,或揽孤云,或清谈竟日,或踞席执经送难,或入深林散发卧,或望海门潮汐起落,惜无龙眠为之图画。今年十月将望,适其门下生毕集,先生命驾登山,呼延泽曰:"登山难乎?易乎?"圣昭曰:"难。"文漪曰:"易。"先生曰:"难易从人乎?从己乎?"李子偕两洪子俯首前曰:"谨受教。学不殖将落。"遥望林木,殷红可掬。先生曰:"岁月不停,此景宛似去年。"鼎元、琼莹曰:"然哉!当惜分阴。"忽旅雁南飞,沈丰垣曰:"物求友乎?"先生曰:"固也。出水之缲,皎如也。三七则纁,七入则缁衣矣,可不慎哉!"张琨、潘秬与诸子偕进曰:"敬业乐群,莫先去欲。"先生皲笑曰:"得之

---

① 沈丰垣:《贺新郎》,南京大学中国语言文学系《全清词》编纂研究室编:《全清词·顺康卷》第8册,北京:中华书局,2002年,第4517页。
② 孙克强、杨传庆、裴喆编著:《清人词话》上册,天津:南开大学出版社,2012年,第483页。

矣。"归而聚饮草堂,先生曰:"欲之不易去也,譬诸饮,嘉会成礼,非欲也;喧呶屡舞,则欲矣。"献酬毕,出床头《格物问答》,各授一册。①

该文载康熙十八年(1679)十月毛先舒率众门人登山之事,是时恰值先舒六十寿,众弟子咸集。据此文可知,李延泽、沈圣昭、胡大漋、洪昇、潘秬、沈丰垣、周琼莹、张琨、聂鼎元、洪昌,皆为毛先舒门人,且谨承先舒之教。

李延泽,"西陵后十子"之一,详见本章第一节第一部分。

沈圣昭,字宏宣,仁和人,沈谦仲子,著有《兰皋集》。毛先舒对沈圣昭评价甚高,尝有"生子当如沈宏宣"②之语。张丹有《寄沈圣昭兼示圣清、宗尧二子》,诗曰:"廿年不钓鼎湖鱼,三子相传各隐居。种药幽栏芳杜秀,吟诗曲沼芰荷舒。桥边桥度南村远,河底河流北市虚。别久平泉如乳否,还期吟眺访精庐。"③则沈圣昭亦以隐居为事。沈圣昭工诗善画,其诗承袭"西陵十子"之旨,以唐人为归。张丹《张秦亭诗集》卷五有《沈郎行与门人圣昭》,则沈圣昭亦为张丹弟子。

胡大漋,字文漪,钱塘人。张坛之婿。著有《澹月楼词》。康熙元年(1662),胡大漋在妻张昊劝说下师从毛先舒,"以是文行益有闻"④。毛先舒《思古堂集》卷四有《送胡文漪之燕》,诗曰:"春晖染柳色,二月已青深。送子乏樽酒,离愁空不禁。芦沟晓月淡,碣石暮云沉。倘过张华宅,休忘看剑心。"⑤可见其对胡大漋寄予厚望。先舒《与胡大漋书》授其读书之法,"弹琴者欲断弦,作书者欲透过纸背。读书亦须知此,得益处正不在多"⑥,教导胡大漋读书在于求精求透,而不在贪多。毛先舒最擅绝句,胡大漋亦以绝句见长,流丽清婉,最长于情。如《春思》:"草色萋萋迟日长,柳花宛宛拂帘香。登楼思煞天涯客,何处春光不断肠。"《秋日偶感》:"西风池上自堪怜,衰柳枯荷意渺然。何事画楼双燕子,秋来犹语翠帘边。"⑦张丹称其诗"以清新为骨,雅丽为色"⑧,洵为知言。

潘秬,生平事迹不详。毛先舒《漢书》卷七《与潘秬书》言:"学欲凤成,却不可

① 林璐:《螺峰小隐记》,《岁寒堂初集》卷4,《四库全书存目丛书》集部第283册,济南:齐鲁书社,1997年,第821—822页。
② 潘衍桐辑:《两浙輶轩续录》卷2,《续修四库全书》第1685册,上海:上海古籍出版社,第63页。
③ 张丹:《寄沈圣昭兼示圣清、宗尧二子》,《张秦亭诗集》卷10,《四库全书存目丛书》集部第210册,济南:齐鲁书社,1997年,第589页。
④ 毛际可:《张昊传》,胡大漋、张昊:《琴楼合稿偶钞》卷首,中国科学院图书馆藏清钞本。
⑤ 毛先舒:《送胡文漪之燕》,《思古堂集》卷4,《四库全书存目丛书》集部第210册,济南:齐鲁书社,1997年,第830页。
⑥ 毛先舒:《与胡大漋书》,《漢书》卷7,《四库全书存目丛书》集部第210册,济南:齐鲁书社,1997年,第738页。
⑦ 吴振棫辑:《国朝杭郡诗续辑》卷1,浙江图书馆藏清光绪二年钱塘丁氏刻本。
⑧ 吴振棫辑:《国朝杭郡诗续辑》卷2,浙江图书馆藏清光绪二年钱塘丁氏刻本。

求速化。多取友以益,不如闭户读书,古人益我胜于时人耳。"①书中告诫潘耜读书胜过取友,应当多从古人书中汲取滋养。

周琮莹,生平事迹不详。毛先舒尝为其《周氏族谱》作序。

张琨,字礼庵。生平事迹不详。毛先舒《思古堂集》卷七《题张琨诗草》曰:"礼庵从余游,闲问为诗",并评其诗"清逸入法度,非近时辈能抗行者"②。《与张琨书》则赞其诗文"已骎骎古作者"③。《题张琨诗草》还载张琨"尝从北墅怀新诗,冒大风雪渡湖,入螺峰深处,就余商略。余笑谓礼庵子此意不减立雪人"④,可见张琨求学之诚。

聂鼎元,字汝调,仁和人。生平事迹不详。

洪昌,洪昇仲弟,与洪昇一同师从毛先舒。

据厉鹗《懒园诗钞序》,"蒋丈静山、雪樵、陈丈懒园师毛先生稚黄"⑤,则蒋淑、蒋宏道、陈煜皆为毛先舒弟子。

蒋淑,字令仪,号静山,仁和人。布衣。少贫苦,以贾为生,然喜隐逸。后徙居城东,"其地风土闲旷,饶水竹,丰蔬菰"⑥,蒋淑隐居其中,欣然自得。虽贫且老,"或不能给朝餔,而胸臆坦然,无蹙迫伊忧之状,终不欲非分取一丝一粟"⑦。蒋淑著有《静山诗钞》,《(民国)杭州府志》著录。门人厉鹗尝为其诗集撰序,称其"独喜为诗,从先辈毛稚黄先生学诗","暇则取唐人诗读之,最工五七言律,严于格调,余于性情,宁平易而不务险涩,盖稚黄先生之得派于云间陈黄门者,流风故未坠也"⑧。《国朝杭郡诗辑》卷十录其诗二首,《落叶》曰:"秋深叶叶下寒空,此日辞条西复东。孤馆梦回疑是雨,长林声起半因风。霜青月白猿啼处,野店山桥

① 毛先舒:《与潘耜书》,《渼书》卷7,《四库全书存目丛书》集部第210册,济南:齐鲁书社,1997年,第738页。

② 毛先舒:《题张琨诗草》,《思古堂集》卷3,《四库全书存目丛书》集部第210册,济南:齐鲁书社,1997年,第813页。

③ 毛先舒:《与张琨书》,《小匡文钞》卷1,《四库全书存目丛书》集部第211册,济南:齐鲁书社,1997年,第45页。

④ 毛先舒:《题张琨诗草》,《思古堂集》卷3,《四库全书存目丛书》集部第210册,济南:齐鲁书社,1997年,第813页。

⑤ 厉鹗:《懒园诗钞序》,厉鹗著,董兆熊注,陈九思标校:《樊榭山房集》中册,上海:上海古籍出版社,2012年,第734页。

⑥ 厉鹗:《蒋静山诗集序》,厉鹗著,董兆熊注,陈九思标校:《樊榭山房集》中册,上海:上海古籍出版社,2012年,第744页。

⑦ 厉鹗:《蒋静山诗集序》,厉鹗著,董兆熊注,陈九思标校:《樊榭山房集》中册,上海:上海古籍出版社,2012年,第744页。

⑧ 厉鹗:《蒋静山诗集序》,厉鹗著,董兆熊注,陈九思标校:《樊榭山房集》中册,上海:上海古籍出版社,2012年,第744页。

客路中。惆怅离人回首望,翩翩犹恋夕阳红。"①该诗格调上显然规摹唐人,但色彩上有意点缀"霜青"、"月白"、"夕阳红",鲜明华艳,正遵循了毛先舒所谓"第设色欲稍增新变"②的诗学主张。

蒋宏道,字宾侯,号雪樵,仁和人。布衣。蒋淑之弟。著有《五柳园稿》。蒋宏道与兄静山皆以诗著称于时,《国朝杭郡诗辑》载蒋淑"与兄静山以文行相师友,通医术以养亲"③。蒋宏道为人孝友,挚友徐逢吉老病湖上,蒋宏道赠以卖药钱,数十年如一日。厉鹗尝为蒋宏道诗集作序,称其"家居无他嗜好,喜读书为诗以自适"④。朱彭称其"所为诗文喜真朴,不尚雕饰"⑤。厉鹗《增修云林寺志》录蒋淑《新夏同沈方舟、陈懒园、翁允大、厉樊榭游灵隐过冷泉亭遇雨,时方舟方金陵还,期而不至者家兄静山》,诗曰:"老友还故山,良会成小订。买舟发明湖,斟酌极幽胜。披翠觅灵峰,窅冥犹可认。树老云气封,泉冷雨声应。接膝坐空亭,旷言得心印。仿佛竹溪游,缺一兴未尽。欢笑复流连,永日同一瞬。再期踏清秋,但恐疏双鬓。西顾霁景微,林中响烟磬。"⑥清苍幽邃,澄澈人心。"树老云气封,泉冷雨声应",尤为神来之笔。

(二)柴绍炳门人

柴绍炳《代陆生辞免入学启》小序称:"余及门陆生繁弨,乃故大行鲲庭子也。"⑦陆繁弨(1635—1684),字拒石,号偄胡,一作偄吾,钱塘人,陆培之子,隐居河渚,布衣终身。陆培殉国时,陆繁弨方十一岁,遂跟随师陈廷会读书山中。陆繁弨生而早慧,机敏过人,年十五作《春郊赋》,"词藻流美,笔不停辍"⑧,即受到伯父陆圻嘉赞:"王筠《芍药》逊其敏,正平《鹦鹉》让其工。"⑨陆繁弨后拜于柴绍炳门下,并受到陆圻、毛先舒、张丹等西陵前辈的指教。陆繁弨诗文兼擅,尤长于骈文,著有《善卷堂四六》十卷。"西陵十子"对这位文学后辈多有提拔奖掖之功。

① 吴颢辑:《国朝杭郡诗辑》卷10,浙江图书馆藏清同治十三年钱塘丁氏刻本。

② 毛先舒:《诗辩坻》卷1,郭绍虞编选,富寿荪校点:《清诗话续编》上册,上海:上海古籍出版社,1983年,第9页。

③ 吴颢辑:《国朝杭郡诗辑》卷10,浙江图书馆藏清同治十三年钱塘丁氏刻本。

④ 厉鹗:《蒋雪樵诗序》,厉鹗著,董兆熊注,陈九思标校:《樊榭山房集》中册,上海:上海古籍出版社,2012年,第738页。

⑤ 阮元、杨秉初辑,夏勇等整理:《两浙輶轩录》卷23,杭州:浙江古籍出版社,2012年,第1638页。

⑥ 厉鹗:《增修云林寺志》卷6,杭州:杭州出版社,2006年,第158—159页。

⑦ 柴绍炳:《代陆生辞免入学启》,《柴省轩先生文钞》卷11,《四库全书存目丛书》集部第210册,济南:齐鲁书社,1997年,第421页。

⑧ 阮元、杨秉初辑,夏勇等整理:《两浙輶轩录》卷5,杭州:浙江古籍出版社,2012年,第373页。

⑨ 王晫:《今世说》卷5,北京:中华书局,1985年,第55页。

如师执柴绍炳称其:"幼负才性,近益绩学,工文词,所为俪体,骎骎当今第一手。含吐徐、庾,非直青出于蓝矣。"①陆圻更是将晚辈繁弨与同辈王嗣槐并举:"西陵俪语,家有灵蛇。若儇胡秀如春采,仲昭绚若朝霞,故当并推。"②足见其推崇与赞许。毛先舒亦不吝赞美之词:"西陵有三绝:林玉逵文,搏捖神光,云行雨步;陆儇胡骈体,行控送于绝丽,能使妙义回环而来;张祖望诗苍滂顿挫,如大漠风莽莽无极。"③林璐、张丹皆为毛先舒同辈挚友,先舒将后学陆繁弨与他们并列为"西陵三绝",可谓推崇备至。陆繁弨弟子众多,得其指授者,多足以名家,如章藻功、洪昇早年皆拜于其门下。

柴绍炳《赠陆寅人学序》称:"吾兄陆景宣负人伦望,仆素以兄事之。有仲子寅,夙慧,迈常儿。方五龄,有青云之气,余一见叹异焉。稍长,能读父书,师其从昆繁弨,鸣笔骎骎追作者。比岁景宣游领表,乃属寅执经于余。余绝赏其才,而时加裁抑,寅亦心识之。"④则陆寅先是师从陆繁弨,后师从柴绍炳。陆寅,字冠周,钱塘人,陆圻次子。康熙二十六年(1687)举于乡,康熙二十七年(1688)进士。著有《浣花草堂集》八卷、《陟岵草》四卷、《自知录》一卷,总名之曰《玉照堂集》。方象瑛《陆冠周诗序》评其诗曰:"根柢汉魏,变化三唐,其高远古秀,在笔墨之外,较之云间家学,似为胜之。"⑤沈德潜称陆寅"少岁即有豫章拔地之势。遭困厄,诗品愈高","丽京出亡不归,冠周访父几遍宇内,终不得,幽忧毕生"⑥。沈德潜所谓"困厄"即指庄氏"明史案"之祸,此劫难对陆寅之精神造成了重大打击,故其发为歌咏,颇多沉郁悲慨之音。潘耒《陆冠周诗集序》即称:"冠周以其恳悃笃挚之情,发为悲凉激越之调。"⑦如《自笑》:"自笑桑弧志,天涯只布衣。到家翻是客,逆旅岂如归。白日从愁尽,青山入梦非。缄书与僮仆,为扫钓鱼矶。"《冬夜杂感》:"憔悴相怜赖布衣,董生韦丈信音稀。十年聚散兼生死,千古文章定是非。村犬隔篱空吠影,海鸥争浴日忘机。高山流水成惆怅,一片寒云冻不飞。"⑧以上二诗皆透出郁不得志的悲凉,读后令人怅然不已。

---

① 柴绍炳:《代陆生辞免入学启》,《柴省轩先生文钞》卷11,《四库全书存目丛书》集部第210册,济南:齐鲁书社,1997年,第421页。
② 王晫:《今世说》卷5,北京:中华书局,1985年,第54页。
③ 王晫:《今世说》卷5,北京:中华书局,1985年,第54页。
④ 柴绍炳:《赠陆寅人学序》,《柴省轩先生文钞》卷6,《四库全书存目丛书》集部第210册,济南:齐鲁书社,1997年,第269页。
⑤ 方象瑛:《陆冠周诗序》,《健松斋集》卷3,上海:上海古籍出版社,2010年,第57页。
⑥ 沈德潜编:《清诗别裁集》下册,上海:上海古籍出版社,2013年,第678页。
⑦ 潘耒:《陆冠周诗集序》,《遂初堂集》文集卷8,《清代诗文集汇编》第170册,上海:上海古籍出版社,2010年,第348页。
⑧ 陶元藻:《全浙诗话》卷44,《续修四库全书》第1703册,上海:上海古籍出版社,2002年,第621页。

（三）孙治门人

入清后，孙治绝意仕进。迫于生计，以授书为业，奔走四方，门下弟子颇多。笔者根据孙治《孙宇台集》考得孙治弟子共计十一位，为吴发馨、陆韬、王宗鼎、王宗翰、张郎曾、诸九鼎、诸匡鼎、许墨涛、朱雪巢、张麒孙、张玉藻。现对其生平与著作情况考述如下。

孙治《孙宇台集》卷三十四《寄门人吴发馨、陆韬、王宗鼎、宗翰、张郎曾并舍侄忠楷》："仆也情怀苦不开，坐老越地又苏台。苏台薜荔紧寒署，桂花梅花堪共语。梦魂常绕西湖云，及门诸子足空群。年来诸子学为诗，月白露寒凉风吹。屡空不愿尚书郎，得句已似黄初辞。吴生发馨制作古，陶峴之碑宣王鼓。韬也不抬牙后又慧，霜雁历落寒穴喍。王宗二子气父牛，小髯学父风格遒。吾家阮咸尤超忽，怀里奕奕瑯玕笔。呜呼！天下健者岂惟一，大雅崛起须人杰。不见杜陵读书破万卷，不见翰林天才真俊逸。勉哉诸子宜努力，登堂入室行即得。吾老归卧南山陲，瑶华芳草欢颜色。"[1]则吴发馨、陆韬、王宗鼎、王宗翰、张郎曾皆为孙治门人，继承了先师的复古诗学，以汉魏、盛唐为归。

张郎曾，字蓘臣，一字鲁唯，钱塘人。张丹之子。郎曾谨遵父命，不入仕途，终生隐居，其诗亦承袭了西陵前辈宗唐之旨，尤偏好王、孟山水清音。

吴发馨，字大绅，天台人。王宗鼎、王宗翰，不详其人。

据《孙宇台集》卷三十四《怀门人诸骏男在河南》《怀门人许墨涛、朱雪巢》，卷三十五《宿从野堂赠门人张祖静》，卷三十六《门人张孺怀之金陵》《门人诸虎男索赠诗口占》，卷三十七《送门人诸虎男之楚》，则诸九鼎、诸匡鼎、许墨涛、朱雪巢、张麒孙、张玉藻皆为孙治弟子。

诸九鼎，一名昙，字骏男，字铁暗，钱塘人。著有《铁暗集》《乐清集》，《（民国）杭州府志》著录。诸九鼎与弟匡鼎皆以诗著称于时，王晫《今世说》卷二载二人"并有令闻，时人方之机、云，轼、辙"[2]。诸九鼎与张坛、丁澡有《三子新诗合稿》，毛先舒为之序，称诸九鼎诗"笔净墨练，输写要渺，而善托思"[3]。

诸匡鼎，字虎男，号橘叟，又号锁石，钱塘人。监生。诸九鼎之弟。著有《橘谱》《橘苑诗钞》等。章士玠《钱塘诸虎男先生传》载诸匡鼎与毛先舒为忘年友，往来甚密。二人频有书信往来，谈诗论文。诸匡鼎每作新文，多请毛先舒评定，故

---

[1] 孙治：《寄门人吴发馨、陆韬、王宗鼎、宗翰、张郎曾并舍侄忠楷》，《孙宇台集》卷34，《四库禁毁书丛刊》集部第149册，北京：北京出版社，1997年，第139页。

[2] 王晫：《今世说》卷2，北京：中华书局，1985年，第18页。

[3] 毛先舒：《三子新诗合稿序》，《潠书》卷2，《四库全书存目丛书》集部第210册，济南：齐鲁书社，1997年，第628页。

其文学观深受毛先舒影响。毛先舒尝致书诸匡鼎,劝其为文"但以简净为主"①,不应过于拖沓。《四库全书总目》称:"匡鼎生于国初,犹及见'西泠十子',故所作亦沿其流派,圆美有余而深厚不足。"②

张麒孙,字祖静,仁和人,张丹弟。王晫《今世说》卷八载:"张祖望弟祖静、祖定俱能诗,祖静微逊,孙宇台尝读其诗,尝之曰:'人言张氏兄弟如腰鼓,夫岂其然?'"③

张玉藻,字孺怀。孙治《与门人张孺怀》言:"足下以清门而兼雅才,阅诸近作,喜动颜色,但当刻厉求进,不可便为己足,则班、马、屈、宋,不难颉颃矣。且读书学道,皆不可废。正平大非俊物,士衡亦不远到。吾所望于子者,又不止此。"④书中勉励张玉藻要刻厉求进,不可自我满足。读书胜过取友,应当多从古人书中汲取滋养。

许墨涛、朱雪巢,不详其人。

五、蕉园诗人群体

"西陵十子"对杭州诗坛的影响并不仅限于士人,他们对西陵闺秀文化的繁荣亦产生了积极作用。结社赋诗历来属于文人士子之事,然至明末清初,闺阁雅集蔚然成风。才女们不再满足于独自吟咏,开始授管分笺,酬唱交流。家庭教育的发展使高门望族中才女辈出,"门内人人集,闺中个个诗"⑤,这就为闺阁雅集打下了基础。明清时期,一门联吟的情况颇众。有些闺秀则越出家族藩篱,建立起以地缘关系为主的社交型诗社,其中以杭州蕉园诗社最为翘楚。丁澎《沈夫人季娴诗集题辞》记载了蕉园诗社成员西湖泛舟、授管分笺的盛景:"尝忆武林旧事颇称繁盛,每值采兰之期,画船绣幕,交映湖滨,争饰明珰翠钿,珠髻蝉縠,以相夸炫。夫人(笔者注:柴静仪)独漾小艇,偕冯、钱、林、顾诸大家,练裙椎髻,授管分笺而赋诗。邻舟游女望见,悉俯首徘徊,自愧勿及。"⑥蕉园诗社是清代乃至整个中国文学史上第一个有组织、有名称、有启事的女性诗社,可谓引领一时闺阁风

---

① 毛先舒:《与诸虎男书》,《思古堂集》卷2,《四库全书存目丛书》集部第210册,济南:齐鲁书社,1997年,第804页。

② 永瑢等撰:《四库全书总目》下册卷181,北京:中华书局,1965年,第1640页。

③ 王晫:《今世说》卷8,北京:中华书局,1985年,第95页。

④ 孙治:《与门人张孺怀》,徐士俊、汪淇辑评:《分类尺牍新语》卷上,上海:广益书局,1915年,第151页。

⑤ 叶绍袁:《甲行日注(外三种)》,长沙:岳麓书社,1986年,第91页。

⑥ 丁澎:《沈夫人季娴诗集题辞》,《扶荔堂文集选》卷11,《清代诗文集汇编》第78册,上海:上海古籍出版社,2010年,第565页。

骚,后世才女每每以之为楷模,争相效仿,文人名士亦交相称赞。

蕉园诗社成立于康熙四年(1665),由顾玉蕊发起,并作有《蕉园诗社启》。蕉园诗社可分为前后两期,前期以"蕉园七子"为代表,分别为顾姒、柴静仪、林以宁、钱凤纶、冯娴、张昊、毛媞;后期以"蕉园五子"为主,即徐灿、林以宁、朱柔则、柴静仪、钱凤纶五人。梁乙真《中国妇女文学史纲》称蕉园诗社"分题角韵,接席联吟,极一时艺林之胜事。终清之世,钱塘文学,为东南妇女之冠,其孕育滋乳之功,厥在此也"①,对西陵闺秀诗人群体予以极高的评价,而清初西陵女性文学的繁荣与"西陵十子"有着不可分割的关系。"蕉园七子"之中,有三位才媛即与"西陵十子"存在密切联系,她们分别是柴静仪、毛媞与张昊。

先来看柴静仪。柴静仪为蕉园诗社祭酒,于"蕉园七子"中声望甚著。柴静仪,字季娴,仁和人。孝廉柴世尧②次女,柴绍炳从孙女,沈镠妻。著有《凝香室诗钞》二卷、《北堂集》,《(雍正)浙江通志》《(民国)杭州府志》著录。丁澎曾为柴静仪诗作序,曰:"吾友沈汉嘉夫人柴季娴氏,幼聪颖,工为诗,善鼓琴,且博涉群艺。……父云倩先生,诸女尝亲自课之,而季尤清拔,比之刘孝绰三妹,夫人即其季也。汉嘉性恬退自高,夫人佐之,故为诗神情散朗,有林下风气"③,并称赞柴静仪"慈孝敬俭之风,溢发于篇什,且将与《苤苢》《草虫》助流风化,何不可以传诸世也哉"④。柴静仪之父柴世尧,字云倩;夫沈镠,字汉嘉;子沈用济,字方舟,三人皆与"西陵十子"往来密切,故柴静仪的诗学思想必然在一定程度上受到"十子"的影响。毛先舒、丁澎、林璐、陆繁弨皆为柴静仪《凝香室诗钞》作序。⑤ 林璐序赞其诗:"诸体发乎情止乎礼,源本风雅,念昔先人,即《小宛》之遗耶。酣墓诸什,不殊《蓼莪》《陟岵》之作也。同心唱随,则又《鸡鸣》《戒旦》之思也。至于感时怀旧,赠答登临,多在《草虫》《苤苢》间,一往有深情,岂徒蜚声彤管已哉?"⑥沈德潜《清诗别裁集》称其诗"本乎性情之贞,发乎学术之正,韵语时带箴铭,不可于风云月露中求也。令子方舟能承母教,朱柔则为其子妇,庭闱风雅,为艺林佳话"⑦。柴静仪《诸子问诗法口占》曰:"四杰新吟开正始,高岑诸子各称能。英华

① 梁乙真:《中国妇女文学史纲》,上海:上海三联书店,2014年,第385页。

② 柴世尧,字云倩,仁和人,著有《蝶园集》。

③ 丁澎:《沈夫人季娴诗集题辞》,《扶荔堂文集》卷11,《清代诗文集汇编》第78册,上海:上海古籍出版社,2010年,第565页。

④ 丁澎:《沈夫人季娴诗集题辞》,《扶荔堂文集》卷11,《清代诗文集汇编》第78册,上海:上海古籍出版社,2010年,第565页。

⑤ 胡文楷编著:《历代妇女著作考》,上海:上海古籍出版社,1985年,第434页。

⑥ 林璐:《柴夫人诗序》,《岁寒堂存稿》,《四库全书存目丛书》集部第284册,济南:齐鲁书社,1997年,第51页。

⑦ 沈德潜编:《清诗别裁集》下册,上海:上海古籍出版社,2013年,第1309页。

敛尽归真朴,太白还应让少陵。"①柴静仪遵循儒家传统诗教观,以温厚平和为旨,且宗法初盛唐,这与"西陵十子"的诗学主张是一致的。兹录其诗二首:

> 卷幔怜春色,披衣畏晓寒。叶稀将补竹,花密欲分兰。圃近求蔬易,村遥得酒难。无人抱幽兴,来此看林峦。

——《东圃》

> 雕栏画阁倚层空,翠树红霞入望中。照水双双看舞鹤,衔芦一一数归鸿。帘前夜映梅花月,笔底春生柳絮风。相过名园夸胜景,清光喜与玉人同。

——《过愿圃同冯又令、钱云仪、顾启姬、林亚清作》

上引两首诗均描写圃园之景,前一首清幽恬澹,后一首明丽闲雅,皆醇雅和婉,疏淡澄净,颇具林下风气,迥异于传统闺阁诗"粉泽胜而气格卑"、"闺阁近而林泉远"②之习。

这里还应提及柴静仪儿媳朱柔则。朱柔则,字顺成,号道珠。"蕉园五子"之一,沈用济之妻。著有《嗣音轩诗钞》。朱柔则诗深受柴静仪熏陶,清疏朗洁,雅似陶、谢。

再来看毛媞。毛媞,字安芳,钱塘人。毛先舒之女,徐邺之妻。与徐邺合刻有《静好集》二卷,《(民国)杭州府志》《众香词》《撷芳集》著录。阮元《两浙輶轩录》"毛媞"条录毛先舒《静好集序略》,文曰:

> 《静好集》者,余婿徐子华徵与余女媞之作也。余好诗,媞十余岁,即从予问诗。余麾之曰:"此非汝事。"媞退,仍窃取古诗观之。及已嫁,归宁时复出诗,诗颇有思理。而华徵常客游周晋燕鲁间,临眺感遇,亦辄有作。媞常曰:"我近四十乃无子,诗乃我神明为之,即我子矣。"又尝问予:"可刻否?"予曰:"可。然须之暮年,积更多,乃刻未迟。"今年六月,媞竟病殁。思其平时"诗以为子"语,益为凄酸。华徵又恐其久且散坠也,因便刻之。③

可见毛先舒最初虽不提倡闺秀学作诗,但亦予以默许,并不加以遏制。后来看到

---

① 柴静仪:《诸子问诗法口占》,蔡殿齐编次:《国朝闺阁诗钞》第1册,复旦大学图书馆藏清道光二十四年娜嬛别馆刻本。
② 吴本泰:《竹笑轩吟草叙》,李因:《竹笑轩吟草》,沈阳:辽宁教育出版社,2003年,第2页。
③ 阮元、杨秉初辑,夏勇等整理:《两浙輶轩录》卷40,杭州:浙江古籍出版社,2012年,第2919页。

毛媞诗作颇有思理,遂加以悉心指教,并同意刊刻女儿诗作,足见毛先舒对毛媞的关心与支持。

毛媞十六岁嫁与毛先舒挚友徐继恩之子徐邺。徐邺为"西陵十子"后辈,深受"十子"教诲,其诗亦承袭了前辈的诗学宗旨。毛先舒评其诗曰:"徐子华徵为余友偲亭介嗣。偲亭即以诗歌古文友教天下,其门内授受益为精妙。诸子俱清材卓烁,各自名家。华徵为诗,大约登涉所经,辄形感寄,多半属之游草。而正君毛媛,天才俊慧,谡谡具林下风操。作余,闲与华徵陶咏和弦,研写花月,斯亦唱随称韵事已。"①徐邺与妻毛媞互相唱和,夫妻关系十分融洽。正如毛先舒所述,毛媞颇具"林下风操",其诗亦清疏婉丽,得初盛唐之妙。如《西湖》曰:"十锦长塘十里开,遥看春草绿于苔。金鞍狭路争驰骤,画舫晴波自溯洄。日映柳梢莺百啭,风吹花气蝶双来。西湖西子曾相唤,拟酹芳魂酒一杯。"②朗秀明丽,深情蕴藉,西湖之旖旎风情跃然纸上。

最后来看张昊。张昊,字玉琴,号槎云。孝廉张坛长女,举人胡大瀠妻。著有《趋庭咏》二卷,与夫胡大瀠合刻有《琴楼合稿》,施闰章为作序。

张昊为张丹堂妹,阮元《两浙輶轩录》卷四十载:"孝廉苦贫,以授经糊口四方,母陈氏仅责以女红,而槎云喜读书览典籍,辄知其文理,所著诗词皆工。从兄祖望偶见槎云诗有'残风残雪断桥边'之句,悄然叹曰:'是妹必以诗传,但福薄耳。'"③可见张丹对张昊诗之由衷赞许。张丹与张昊感情颇深,张丹有《题皋亭桃李花与四妹槎云、五妹玉霄》一诗,记叙妹张昊、张昂深闺刺绣,"为我特绣一枝松,千尺凌霜老鹤瘦"④。而《春日示胡生文漪,予妹槎云婿,时槎云已殁》则叙述了他对亡妹张昊的深切怀念,诗曰:"白水青山老是乡,子来恃坐忽沾裳。遗书无复鲍照妹,除服犹怜孙氏郎。池雨乱披菱茨叶,露花空滴蕙兰桨。春风正尔吹衣袂,且向园林引兴长。"⑤此诗哀婉悲凉,感人至深。

张昊十九岁嫁与同郡胡大瀠。《撷芳集》卷十六"张昊"条引张振孙《槎云传》载张昊"年十九,归胡遵仁子胡大瀠,劝其力学,从同里毛先舒为师,诸匡鼎、洪昇为友"⑥。可知胡大瀠为毛先舒门生。胡大瀠与张昊十分恩爱,时常相聚论诗,

---

① 阮元、杨秉初辑,夏勇等整理:《两浙輶轩录》卷6,杭州:浙江古籍出版社,2012年,第473页。

② 徐世昌编;闻石点校:《晚清簃诗汇》卷184,北京:中华书局,1990年,第8120页。

③ 阮元、杨秉初辑,夏勇等整理:《两浙輶轩录》卷40,杭州:浙江古籍出版社,2012年,第2888页。

④ 张丹:《题皋亭桃李花与四妹槎云、五妹玉霄》,《张秦亭诗集》卷5,《四库全书存目丛书》集部第210册,济南:齐鲁书社,1997年,第536页。

⑤ 张丹:《春日示胡生文漪,予妹槎云婿,时槎云已殁》,《张秦亭诗集》卷10,《四库全书存目丛书》第210册,济南:齐鲁书社,1997年,第585页。

⑥ 汪启淑辑:《撷芳集》卷16,复旦大学图书馆藏清乾隆末汪氏飞鸿堂刻本。

唱和相得。张丹对二人赞许有加,称:"文漪妹婿,才气英博,其诗格新字,丽如春月初花。吾妹槎云亦工诗词,闺中唱和,甚相得也。"①张昊于诗受"西陵十子"影响,以温厚和平为旨,宗法初盛唐,尤以绝句最著。商景兰《琴楼遗稿序》云:"槎云才妇而孝女,故其诗忠厚和平,出自性情,有《三百篇》之遗意。"②王端淑《与夫子论槎云遗稿书》云:"槎云律体诸作,高老庄重,不加雕琢,真大雅之余音,四始之正格也。五七言绝句,明逸娟秀,音韵铿然,引而愈长,令人可歌可颂,泂乎笄中独步矣。"③这里录其绝句二首:

> 月光浸水浮珠出,柳絮因风作雪飞。春光一去游人少,一任鸳鸯自在眠。
>
> ——《西湖闲咏》
>
> 雨过初晴鸟语幽,怀人睡起独凭楼。试将心事量杨柳,叶叶丝丝一样愁。
>
> ——《即事》④

这些诗句皆清新婉曲,自然天成,又情韵悠长,富有一唱三叹的韵味。尤其是第二首书写闺中女子幽怨情思,尤为婉约细腻,风神荡漾,极富艺术表现力。王士禄《宫闺氏艺文考略》即录该诗,并称张昊的绝句有词致。

第三节 厉鹗对"西陵后十子"的继承与变革

在"西陵后十子"之后,以厉鹗为首的"浙派"士人群体崛起杭州诗坛,在很大程度上改变了自"西陵十子"延续下来的宗唐复古传统。清代四库馆臣评厉鹗诗曰:"生平博洽群书,尤熟于宋事。……其诗则富健,尚未能与朱彝尊等抗行。而恬吟密咏,绰有余思,视国初西泠十子则翛然远矣。"⑤即指出厉鹗的诗学旨趣与诗歌风貌与"西陵十子"大相径庭。朱庭珍《筱园诗话》卷二有段关于厉鹗的论述,亦可谓知言:

---

① 潘衍桐辑:《两浙輶轩续录》补遗卷1,《续修四库全书》第1687册,上海:上海古籍出版社,第262页。
② 祁彪佳:《祁彪佳集》,北京:中华书局,1960年,第289页。
③ 叶玉麟选注:《详注历代闺秀文选》,上海:大达图书局,1936年,第125页。
④ 吴颢辑:《国朝杭郡诗辑》卷30,浙江图书馆藏清同治十三年钱塘丁氏刻本。
⑤ 永瑢等撰:《四库全书总目》下册卷173,北京:中华书局,1965年,第1529页。

浙派自"西泠十子"倡始,先开其端,至厉太鸿而自成一派,后来多宗之。其清俊生新、圆润秀媚之篇,佳处自不可没。然病亦坐此,往往求妍丽姿态,遂失于神骨不俊,气格不高,力量不厚,无雄浑阔大之局阵篇幅。谐时则易,去古则远也。樊榭集中,工于短章,拙于长篇,工于五言,拙于七言,七古尤劣。其宗派囿于宋人,唐风败尽。好用说部丛书中琐屑生僻典故,尤好使宋以后事。不惟采冷峭字面及撷拾小有风趣谐语入诗,即一切别名、小名、替代字、方音、土谚之类,无不倚为词料。意谓另开蹊径,色泽新异别致,生趣姿态,并不犹人也。殊不知大方家数非不能用此种故实字样,大方手笔非不能为此种姿态风趣,乃不屑用,并不屑为,不肯自贬气格,自抑骨力,遁入此种冷径别调耳。是小家卖弄狡狯伎俩,非名家之品也。吴毅人等皆系此一派门径。故洪稚存谓如画家学元人着色山水,虽施青绿,渲染韶秀,而气韵未能苍老,境界未能深厚,诚中其病。①

朱庭珍对厉鹗诗的批评可归纳为两点:一是一味追求清空幽僻,气局狭小,缺乏深度与厚度;二是宗法宋人,好用僻典、代字,使诗歌陷入饾饤堆砌、生涩难解。而刻意清瘦孤淡以及雕琢生涩,正是厉鹗为扭转诗坛弊病的自觉追求。厉鹗称:"有明中叶,李、何扬波于前,王、李承流于后,动以派别概天下之才俊,噉名者靡然从之,七子、五子,叠床架屋。本朝诗教极盛,英杰挺生,缀学之徒,名心未忘,或祖北地、济南之余论,以锢其神明;或袭一二巨公之遗貌,而未开生面。篇什虽繁,供人研玩者正自有限。"②厉鹗虽有意纠正以沈德潜为首的崇尚格调,推崇"七子"之风,但他并不像当时的宗宋派宗法苏轼、黄庭坚、陆游、杨万里等宋代大家,走上雄健兀傲或浅近滑易,而是取法中晚唐及南宋永嘉四灵等小家,以孤瘦清寒为尚。实际上,厉鹗所选择的是唐宋兼融之路,即在唐诗的风神隽妙基础上加入宋诗的鲜活生新,正如徐世昌所言:"樊榭性情孤峭,所作幽秀绝尘,思笔出于宋人,而不失唐人之格韵。"③就体裁而言,厉鹗的七言诗尤其是七律在兼参唐宋方面更多偏向宋诗,而五言诗更多偏向唐诗。尤其是其早期诗作,明显取法唐人。沈德潜即指出厉鹗"诗品清高,五言在刘昚虚、常建之间"④。李慈铭亦称其:"取格幽邃,吐词清真,善写林壑难状之境,其佳者直到孟襄阳、柳柳州,次亦

① 朱庭珍:《筱园诗话》卷 2,《续修四库全书》第 1708 册,上海:上海古籍出版社,2002 年,第 31 页。
② 厉鹗:《查莲坡蔗塘未定稿序》,厉鹗著,董兆熊注,陈九思标校:《樊榭山房集》中册,上海:上海古籍出版社,2012 年,第 735 页。
③ 徐世昌:《晚晴簃诗汇》卷 60,《续修四库全书》第 1630 册,上海:上海古籍出版社,2002 年,第 324 页。
④ 沈德潜编:《清诗别裁集》下册,上海:上海古籍出版社,2013 年,第 969 页。

不失钱、郎、皇甫。"①厉鹗尤为推崇的南宋"永嘉四灵",亦可谓晚唐贾岛、姚合诗风的延续。厉鹗早年对唐诗的浸染与"西陵后十子"有着密切联系,而这一点尚未引起学界高度重视,本节即对厉鹗与"西陵后十子"的文学交游作一考述,以期对厉鹗及浙派研究有所助益。

一、厉鹗与"西陵后十子"交游考

厉鹗《懒园诗钞序》曰:

> 往时,吾杭言诗者,必推"西泠十子"。"十子"之诗,皆能自为唐诗者也。承其学者:吴丈志上、徐丈紫山师张先生秦亭、蒋丈静山雪樵、陈丈懒园师毛先生稚黄,沈丈方舟独师岭南五子,而说亦与"十子"合。诸君之诗,声应节赴,宫商欣合,故流派同,而交谊日以笃。予齿视诸君最少,有倍年之敬,而诸君皆折节下予。②

由这段话可知,吴允嘉、徐逢吉、沈用济、陈煜等人皆承袭了清初"西陵十子"宗唐的诗学取向,而这些人作为厉鹗的长辈,并不计较年龄的差异,欣然同这位西陵后辈倾心相交。正如厉鹗所言"予齿视诸君最少,有倍年之敬,而诸君皆折节下予",这份知遇之恩,厉鹗甚为感激。康熙末年至雍正初期,正值"西陵后十子"执掌杭州文坛牛耳,而厉鹗则处在文学观念的形成阶段。厉鹗积极融入杭州诗坛,西陵前辈亦对其予以提携与指导,这对于厉鹗确立文学宗尚以及日后宗领杭州文坛都有着重要影响。以下即对厉鹗与"西陵后十子"的交往逐一述之。

"西陵后十子"中与厉鹗往来最为密切、在文学观上最为投契者当属徐逢吉。徐逢吉诗词兼擅,尤喜填词。康熙六十一年(1722),徐逢吉为厉鹗《秋林琴雅》题辞,曰:"余束发喜学为词,同时有洪稗村、沈柳亭辈尝为倡和,彼皆尚《花庵》《草堂》余习,往往所论不合。未几,各为他事牵去,出处靡定,不能专工于一。今二君已化为宿草,余犹视息人世间,作倚声之歌,几无一人可语者。去腊于友人华秋岳所,读樊榭《高阳台》一阕,生香异色,无半点烟火气,心向往之。新年过访,披襟畅谈,语语沁入心脾,遂相订为倡和之作。"③徐逢吉于词独尚清空,与洪昇、

---

① 李慈铭著,由云龙辑:《越缦堂读书记》,上海:上海书店出版社,2000年,第1005页。

② 厉鹗:《懒园诗钞序》,厉鹗著,董兆熊注,陈九思标校:《樊榭山房集》中册,上海:上海古籍出版社,2012年,第734页。

③ 徐逢吉:《秋林琴雅题辞》,厉鹗著,董兆熊注,陈九思标校:《樊榭山房集》中册,上海:上海古籍出版社,2012年,第879页。

沈丰垣异路,故倍感无人论词的孤寂。直至康熙六十年(1721)十二月,徐逢吉在挚友华岳处偶然读到厉鹗的《高阳台·题华秋岳横琴小像》一词,顿生知己之感。康熙六十一年(1722)正月,厉鹗登门拜访徐逢吉,二人相谈甚洽,引为知己,遂相约以词倡和,得题目若干,不数日二人已各成其半。徐逢吉与厉鹗在词学创作与词学理念上同属一途,厉鹗《绮罗香·送紫山之秣陵和留别韵》曰:"象管题花,冰弦弹雪,难得词场同气。白发相逢,眼底何论余子。已闯破、竹屋藩篱,更探取、梅溪涯涘。喜从今、软绣湖山,青旗风外踏歌起。"①该词称徐逢吉"难得词场同气",二人亦师亦友,交谊甚厚。是年秋,厉鹗思心甚切,而徐逢吉尚未归杭,厉鹗遂赋《怀徐丈紫山客金陵二首》,其一曰:"中秋过后重阳未,澄碧天光裂叶风。浊酒一杯歌一曲,久无此兴欠徐公。"其二曰:"春分弹指又秋分,记写新词笃耨熏。今日秦淮歌板绝,僧楼应梦马湘君。"②徐逢吉离杭虽仅半年,而厉鹗对其思念却如一日三秋。徐逢吉客金陵期间,陆续完成与厉鹗所约倡和之作,而厉鹗亦将己所为倡和成果及平日之作整理为《秋林琴雅》,首卷付梓,即寄与徐逢吉。徐逢吉读罢大为叹赏,并称"舍紫山而外,知此者亦鲜矣"③,可见二人惺惺相惜之情。徐逢吉自与厉鹗结识,便一直保持着密切联系,直至其年老辞世。雍正元年(1723)春,徐逢吉赋《点绛唇》寄厉鹗,感慨"记得年时,共赋销魂句。今何苦,落花无数,人隔春城暮";厉鹗次韵答曰"拟剪湘天,不供笺愁句。相思苦"④,回忆昔日倡和之乐,并抒别后思念之切。后徐逢吉还家,二人同坐于学士桥观景,厉鹗赋《少年游》述相聚之乐。后徐逢吉将赴岭南,厉鹗作《寄徐丈紫山岭南》相送,诗曰"归装定何日?目极浙江船"⑤,未别即盼望归来。雍正二年(1724)十二月,厉鹗与赵昱等人泛湖,忽思念徐逢吉,途中赋诗《开湖寄徐丈紫山义兴》,称"待回罨画溪边棹,酒舫随风纵所如"⑥。雍正六年(1728)春,厉鹗又有《春雨有怀徐丈紫山湖上》,言"相思只有师川在,安得冲泥过彼邻"⑦,用白居易"好句无人堪共

① 厉鹗:《绮罗香·送紫山之秣陵和留别韵》,厉鹗著,董兆熊注,陈九思标校:《樊榭山房集》中册,上海:上海古籍出版社,2012年,第915页。
② 厉鹗:《怀徐丈紫山客金陵二首》,厉鹗著,董兆熊注,陈九思标校:《樊榭山房集》上册,上海:上海古籍出版社,2012年,第186—187页。
③ 徐逢吉:《秋林琴雅题辞》,厉鹗著,董兆熊注,陈九思标校:《樊榭山房集》中册,上海:上海古籍出版社,2012年,第879页。
④ 厉鹗著,董兆熊注,陈九思标校:《樊榭山房集》中册,上海:上海古籍出版社,2012年,第682页。
⑤ 厉鹗:《寄徐丈紫山岭南》,厉鹗著,董兆熊注,陈九思标校:《樊榭山房集》上册,上海:上海古籍出版社,2012年,第217页。
⑥ 厉鹗:《开湖寄徐丈紫山义兴》,厉鹗著,董兆熊注,陈九思标校:《樊榭山房集》上册,上海:上海古籍出版社,2012年,第266页。
⑦ 厉鹗:《春雨有怀徐丈紫山湖上》,厉鹗著,董兆熊注,陈九思标校:《樊榭山房集》上册,上海:上海古籍出版社,2012年,第379页。

咏,冲泥蹋水访君来",可见知音情深。乾隆二年(1737),徐逢吉已至八十三岁高龄,病不出户,然仍不废吟咏,将近作寄与厉鹗,厉鹗作《徐丈紫山今年八十三矣,居清波门外湖滨,病足不出户,日事吟咏,寄示近作,赋此仰酬》答之。乾隆五年(1740),徐逢吉卒,厉鹗甚为哀恸。至乾隆八年(1743),厉鹗作诗吊之,曰:"逸气凌霄一剑飞,眼中人物似翁稀。百年无地悲华屋,万古空山陨少微。春雨如闻吟履响,夕阳不见钓船归。门前鸭脚青青在,为访遗踪泪满衣。"①此时距离徐逢吉殁已三年,徐氏所居黄雪山房被拆卖与他人,厉鹗回忆往昔,无限苍凉。痛失师友之悲,感人至深。

厉鹗与吴允嘉亦有着深厚的师友之谊。吴允嘉对厉鹗颇为欣赏,康熙六十一年(1722)为其《秋林琴雅》题辞,称:"余友徐紫山尝教余作词,谢不能也。厉君太鸿于诗古文之外,刻意为长短句,拈题选调,与紫山相倡和,大约怀古咏物之作为多。数月之间,动成卷帙,声谐律叶,骨秀神闲,当于豪苏腻柳之间,别置一席。至于琢句之隽,选字之新,直与梅溪、草窗争雄长矣。余学诗垂四十年,尚不能工。太鸿工诗,工古文,而《琴雅》一刻,各极其妙,人之愚智,何相去之复绝也。"②吴允嘉虽不工词,但对晚辈厉鹗倾心推赏,而且对其追求清空醇雅的词学旨趣予以充分肯定。厉鹗对前辈吴允嘉甚为敬重,亦感激其知遇之恩,二人亦师亦友,相处甚洽。康熙六十一年(1722)五月十八日,厉鹗闲居东城,遇风雨,忽触动秋思,遂作《台城路》寄吴允嘉,感念寂寞中的知己之情。是年九月,厉鹗为吴允嘉小像题诗,曰:"我识石仓叟,长身比鹤癯。青衫旧名士,白发老潜夫。城市看花入,溪山载笔俱。襄阳习凿齿,著述近来无?"③吴允嘉性好闲雅,尤喜搜采书籍,厉鹗此诗,可谓吴允嘉的绝妙写照。吴允嘉喜搜罗古籍,厉鹗常常过访借书。如康熙六十一年(1722),厉鹗欲览周密《绝妙好词》,然"近时购之颇艰"④,吴允嘉得两卷残帙即相赠,厉鹗对此甚为感激。吴允嘉的藏书对厉鹗编辑《宋诗纪事》亦提供了一定帮助。朱文藻尝曰:"石仓先生为湖墅耆宿,嗜学好古,积数十年苦心。殁后,故书散落人间。予在汪氏振绮堂,见其手钞书可数百册,楷法醇古,毫无俗焰,望而知为有道之士。"⑤由此可见吴允嘉藏书之富,而厉鹗与汪

---

① 厉鹗:《徐丈紫山今年八十三矣,居清波门外湖滨,病足不出户,日事吟咏,寄示近作,赋此仰酬》,厉鹗著,董兆熊注,陈九思标校:《樊榭山房集》中册,上海:上海古籍出版社,2012年,第1125页。

② 吴允嘉:《秋林琴雅题辞》,厉鹗著,董兆熊注,陈九思标校:《樊榭山房集》中册,上海:上海古籍出版社,2012年,第880页。

③ 厉鹗著,董兆熊注,陈九思标校:《樊榭山房集》上册,上海:上海古籍出版社,2012年,第188页。

④ 周密辑,查为仁、厉鹗笺:《绝妙好词笺》附录,北京:中华书局,1957年,第31页。

⑤ 阮元、杨秉初辑,夏勇等整理:《两浙輶轩录》卷15,杭州:浙江古籍出版社,2012年,第1106页。

宪"相去二里,过从最密"①,厉鹗常常至振绮堂借阅书籍,其中很有可能包括吴允嘉手抄书。厉鹗对吴允嘉所辑之书评价甚高,如称其"近葺《武林耆旧集》,搜讨最为该洽"②。吴允嘉之藏书、编书无疑对厉鹗的编纂活动提供了便利。厉鹗与吴允嘉始终保持密切往来,如雍正二年(1724),厉鹗《南宋杂事诗》撰成,吴允嘉与徐逢吉等皆为之题词。雍正四年(1726)五月,吴允嘉七十大寿,厉鹗作诗贺之,赞其为"巨手词场老斫轮"③。雍正七年(1729),吴允嘉卒,厉鹗作诗哭之,诗曰:"北郭幽人住,扁舟数往来。十年交恨晚,终古别堪哀。大药成难待,名山业未灰。斜廊曝画处,尚想立苍台。"④师友情深,颇为感人。

厉鹗与丁文衡、陈煜亦时有往来。丁文衡平居喜收藏古书画,康熙五十四年(1715)春,厉鹗过丁文衡宅,观陈洪绶《合乐图》,作《过丁茜园斋观陈洪绶合乐图》。雍正元年(1723)十一月,丁文衡卒,厉鹗作《哭王源村丁茜园二首》,其一曰:"平生师友十年间,雪月花时记往还。原季长贫成白首,应刘俱逝托青山。箧多遗稿从人取,室少孤儿信命悭。北郭西桥同此恨,笛中先后泪潺湲。"⑤可见二人之间深厚的亦师亦友之情。厉鹗尝为陈煜诗集作序,序中介绍了其与陈煜的交往:"予因静山以识懒园,时静山食贫困居,诸君时相过存,雪樵、懒园尤勤于赠遗。犹记翁桥古桂花时,偕静山出郭,解后懒园,见其眉宇敦朴,有先民风气,无名场嚣凌之习。及读其诗,则歌行排奡,仿佛嘉州、东川,五七言近体,亦在钱、刘之间,予固心仪之。惜乎频年饥走四方,未得与晨夕论诗,而懒园与诸君后先皆墓有宿草,良足悲矣!"⑥可知厉鹗通过蒋淑与陈煜相识,但由于为饥所驱,未得与陈煜朝夕论诗。然厉鹗对陈煜其人其诗皆甚为倾慕,故陈煜卒后,厉鹗深以为憾。

二、厉鹗对"西陵后十子"的继承与变革

厉鹗早年与"西陵后十子"部分成员有着密切往来,这些德高望重的西陵前辈对厉鹗倾心推与,不仅对厉鹗的创作热忱起到了鼓励作用,亦在一定程度上提

① 厉鹗著,董兆熊注,陈九思标校:《樊榭山房集》下册,上海:上海古籍出版社,2012年,第1742页。
② 厉鹗著,董兆熊注,陈九思标校:《樊榭山房集》上册,上海:上海古籍出版社,2012年,第188页。
③ 厉鹗:《吴志上七十生日即次其病起韵为寿》,厉鹗著,董兆熊注,陈九思标校:《樊榭山房集》上册,上海:上海古籍出版社,2012年,第326页。
④ 厉鹗著,董兆熊注,陈九思标校:《樊榭山房集》上册,上海:上海古籍出版社,2012年,第430页。
⑤ 厉鹗:《哭王源村丁茜园二首》,厉鹗著,董兆熊注,陈九思标校:《樊榭山房集》上册,上海:上海古籍出版社,2012年,第219页。
⑥ 厉鹗:《懒园诗钞序》,厉鹗著,董兆熊注,陈九思标校:《樊榭山房集》中册,上海:上海古籍出版社,2012年,第734页。

升了厉鹗在杭州文坛的地位与影响力。厉鹗后来能够成为浙江文坛的领袖,"数十年大江南北,所至多争设坛坫,皆奉为盟主"①,固然有其个人才学因素,但亦与这些西陵前辈的悉心指导与大力提携有着不可分割的关系。厉鹗早年无论在为人还是为文上都受到西陵前辈的影响,这也决定了其日后创作的基本倾向。

先来看品格性情。"西陵十子"身经明清易代之变,大多选择隐居不出,以逍遥山水为乐。"西陵后十子"深受其师影响,大多性好隐居,布衣终生,即使是入仕者洪昇、沈用济等人,亦对山林隐逸颇为向往。如洪昇自称:"愿言结茅茨,终身事耕凿"②,"颇得幽居乐,悠然达此生"。厉鹗早年与西陵前辈过往甚密,他们对政治的自觉疏离自然对厉鹗产生了一定影响。如厉鹗《瑶台聚八仙·题徐丈紫山黄雪山房在学士港口湖山幽胜处也》赞师执徐逢吉曰:"湖影拖蓝。门巷冷,秋气尽在茅檐。掉头归兴,随分绣了霜镡。一夜幽蛩声乍咽,小窗几片叶声添。正吟酣。瘦笻得意,黄遍千岩。 心空扫屏艳冶,便后身似住,雪北香南。渭水西风,尘土亦复何堪。闲开琴趣自赏,只相识、孤鸿半卷帘。篱花候,爱有名浊酒,无用闲谈。"③《水调歌头·访吴丈志上寄老庵》赞吴允嘉曰:"抚景不自得,奈此绿阴何。试寻北郭隐处,亭角挂烟萝。门里帘栊如镜,门外帆樯如荠,静躁隔无多。夫子一丘壑,举世尽风波。 枕琴眠,看云坐,采芝歌。老来苒苒奚事?图史日摩挲。与我周旋作我,不恨古人不见,鹤鬓任教皤。蝉亦爱清境,流响出庭柯。"④黄雪山房与寄老庵分别是徐逢吉与吴允嘉的居所,皆为幽栖之地,从以上所引二首描写西陵前辈隐居生活的词作中,可见厉鹗对师执孤高品节的崇敬和对栖隐的热爱。厉鹗自称"予生平不谐于俗,所为诗文亦不谐于俗"⑤。"不谐于俗"成为厉鹗为人与为文的典型特征,用当代学者刘世南的话来说,即"张扬个体意识,为己多于为人,忧生多于忧世,自赏多于讽时"⑥。而疏离政治、沉浸于山林之趣正是自"西陵十子"以来杭州士人的普遍性格特征。如"西陵十子"成员孙治自称曰:"仆平生性不谐俗,自以泉石膏。自习南唐之教,投效北郭之隐,几可了余生,不为荒尘衔役之累。"⑦即表明惟愿隐居终老,不愿受尘俗之累。张丹

---

① 厉鹗:《懒园诗钞序》,厉鹗著,董兆熊注,陈九思标校:《樊榭山房集》下册,上海:上海古籍出版社,2012年,第1728页。

② 洪昇:《首春郊外》,洪昇著,刘辉校笺:《洪昇集》卷1,杭州:浙江古籍出版社,1992年,第14页。

③ 厉鹗著,董兆熊注,陈九思标校:《樊榭山房集》中册,上海:上海古籍出版社,2012年,第913—914页。

④ 厉鹗著,董兆熊注,陈九思标校:《樊榭山房集》中册,上海:上海古籍出版社,2012年,第908—909页。

⑤ 汪沆:《樊榭山房文集序》,厉鹗著,董兆熊注,陈九思标校:《樊榭山房集》中册,上海:上海古籍出版社,2012年,第704页。

⑥ 刘世南:《清诗流派史》,北京:人民文学出版社,2004年,第275页。

⑦ 孙治:《与门人张无斁》,《孙宇台集》卷29,《四库禁毁书丛刊》集部第149册,北京:北京出版社,1997年,第107页。

入清后隐居秦亭山下,"茅屋数椽,牵萝编竹,以蔽风雨",即使拮据到"竟日不举火",然"终不乞米他人"①。"西陵十子"每每告诫后学要节制欲望,勿将浮名功利挂于胸中。"西陵后十子"遵循了先师的教诲,大多淡泊名利,清高绝俗。如丁文衡天性翛然好隐,汪惟宪称其"平生柏竹其行,不合于俗,不谐于世"②。而厉鹗作为"西陵后十子"的晚辈,其"不谐于俗"的性格特征可谓与西陵前辈一脉相承。

再来看文学创作。"西陵后十子"一生大部分时间在隐居中度过,其作品以状山写水、描述隐居生活居多。杭州山水清幽,而"后十子"所居亦多为幽僻之地,故其诗境多以清幽为主。如徐逢吉《初春自古荡至西溪花坞寻梅》其二曰:"花源渺何所,船进木桥头。翠竹家家密,清溪曲曲流。暗香团聚落,新月小沧洲。不借僧房宿,芦中一夕留。"③吴允嘉《秋寺》曰:"曲径经行遍,寻僧都未逢。白云闭深院,黄叶打霜钟。果熟随鸦啄,林荒少鹿踪。庐山寒更早,雪洒石门松。"④前一首清幽秀润,后一首静寂孤澹,皆体现出对中晚唐之学习。厉鹗早年经常与西陵前辈一同登山泛湖,这对其诗歌的体裁内容与艺术风格产生了深刻的影响。厉鹗现存诗一千四百余首,绝大部分为山水诗,其中尤以刻画家乡杭州山水为最,大至西湖之阴晴变化,四季的山光水色,小至一山一水,一草一木,皆摄于笔下,且善于通过意象与遣词造句,营造出一种清幽冷隽的意境。正如全祖望所言,厉鹗"最长于游山之什,冥收象物,流连光景,清妙秩群"⑤。厉鹗对"清"的追求与"西陵后十子"有着明显的传承关系,其对"雅"的崇尚亦与地域文学传统有关。杭州诗坛自清初"西陵十子"起,即崇尚醇雅,猛烈抨击宋诗,"西陵后十子"亦拒绝宋诗的粗器、俚俗。厉鹗亦主张"去卑而就高"、"远流俗而向雅正"⑥,他虽宗法宋人,但重在学习"永嘉四灵"及南宋陈与义⑦等小家,而并非如查慎行取法苏轼、陆游及全祖望取法黄庭坚等有着典型宋调的大家。厉鹗所取法的"永嘉四灵"选择被黄庭坚、陈师道厉禁的贾岛、姚合为宗法对象,实际上以回归中晚

---

① 王嗣槐:《张秦亭先生传》,《桂山堂文选》卷7,《清代诗文集汇编》第73册,上海:上海古籍出版社,2010年,第303页。
② 丁丙:《武林坊巷志》第6册,杭州:浙江人民出版社,1990年,第4页。
③ 徐逢吉:《初春自古荡至西溪花坞寻梅》其二,赵时敏辑,周膺、章辉点校:《郭西诗选》卷1,杭州:浙江工商大学出版社,2013年,第20页。
④ 阮元、杨秉初辑,夏勇等整理:《两浙輶轩录》卷15,杭州:浙江古籍出版社,2012年,第1107页。
⑤ 全祖望:《厉樊榭墓碣铭》,《全祖望集汇校集注》上册,上海:上海古籍出版社,2000年,第364页。
⑥ 厉鹗:《查莲坡蔗塘未定稿序》,厉鹗著,董兆熊注,陈九思标校:《樊榭山房集》中册,上海:上海古籍出版社,2012年,第735页。
⑦ 陈与义既有描写动乱现实,继承杜甫沉郁、壮阔的一面,亦有刻画山水及闲雅生活,风格宛肖韦、柳的一面,厉鹗所学为后者。

唐传统为特征,而与江西诗派对立;陈与义诗"上下陶、谢、韦、柳之间"①,尤其是五古、七绝,"一种萧寥逋峭之致,譬之缭涧邃壑,绝远尘埃"②,其题材及风格亦与江西诗派相去甚远。厉鹗《懒园诗钞序》称:"诸君言为唐诗,工矣;拙者为之,得貌遗神,而唐诗穷。于是能者参之苏、黄、范、陆,时出新意,末流遂澜倒无复绳检,而不为唐诗者又穷。物穷则变,变则通。当繁哇噪耳之会,而得云山韶濩之响,则懒园一编,非膏肓之针石耶?"③苏、黄、范、陆虽为诗歌开辟了新的题材范围与美学境界,然亦带来了质木枯燥与俚俗油滑之弊,而这些弊端往往为清代宗宋诗者所承袭,以至于"硬语粗词,荆榛塞路"④。厉鹗将"西陵后十子"成员陈煜的诗称为砭时弊的针石,可见他并不是要崇宋弃唐,而是唐宋互参。厉鹗对唐诗的浸润以及对醇雅的追求正是深受西陵前辈的引导。

清咸丰恩科状元、杭人钟骏声称:"吾浙诗派,至樊榭而极盛,亦至樊榭而一变。"⑤厉鹗在继承西陵前辈的同时亦进行了修正与新变,主要体现在以下三个方面:(1)"西陵十子"与"后十子"虽多有山水林泉之音,但题材与风格较为多样,而厉鹗则仅着力于山水题材与清空幽僻一途。(2)"西陵十子"与"后十子"追求浑融自然,而厉鹗则崇尚人工雕琢,追求瘦硬峭刻,力避高朗浑圆。(3)"西陵十子"崇尚格调,宗法唐人,"后十子"在突破格调与接纳宋诗上有所进步,而厉鹗则明确标举宋人,并且大量使用宋代僻典及代字。面对杭州自清初延续下来的乡邦文学传统及西陵前辈的指引与熏陶,厉鹗既能吸取其精华,又能有所创变,在继承前人的基础上另辟蹊径,并成为一代宗主,引领浙江文坛风尚,这是非常可贵的。学术界往往以宗唐与宗宋之别将厉鹗置于"西陵十子"及其后学的对立面,实则有待商榷。我们不能忽视厉鹗与西陵前辈在文学方面的传承关系,而这也正是本书所要解决的问题之一。

第四节　上溯"十子",反拨浙派:朱彭及抱山堂弟子

清中期,以厉鹗为首的浙派诗人群体崛起诗坛,在很大程度上变革了自清初

---

① 脱脱等撰:《宋史》卷445,北京:中华书局,1977年,第13130页。
② 冯煦:《蒋刻本增广笺注简斋诗集序》,陈与义撰;白敦仁校笺:《陈与义集校笺》附录,上海:上海古籍出版社,1990年,第1020页。
③ 厉鹗:《懒园诗钞序》,厉鹗著,董兆熊注,陈九思标校:《樊榭山房集》中册,上海:上海古籍出版社,2012年,第734页。
④ 郑方坤:《名家诗钞小传》卷4,吴仲辑:《清代传记丛刊》第19册,台北:明文书局,1985年,第415页。
⑤ 钟骏声:《养自然斋诗话》,山东大学图书馆藏清同治十三年刻本。

"西陵十子"以来杭州诗坛的宗唐复古传统。厉鹗诗"莹然而清,宥然而邃,撷宋诗之精诣,而去其疏芜"①,不仅取得了较高的艺术成就,而且特色鲜明,在浙江地区产生了较大影响,效仿者甚众,致有"近来浙派入人深,樊榭家家欲铸金"②之说。然而,浙派的弊病也是非常明显的,其中最为突出的就是好用僻典替字,杭人袁枚(1716—1798)即指出,"枚浙人也,亦雅憎浙诗。樊榭短于七古,凡集中此体,数典而已,索索然寡真气"③,"吾乡诗有浙派,好用替代字,盖始于宋人,而成于厉樊榭。……廋词谜语,了无余味。……嗣后学者,遂以'瓶'为'军持','桥'为'略彴','箸'为'挟提',……数之可尽,味同嚼蜡"④,批评厉鹗及其后学滥用僻典及替代字,以至喧宾夺主,戕害了诗歌的"真气"。与袁枚约处于同一时期的杭州诗人朱彭亦对以厉鹗为首的浙派诗人"枯瘠琐碎"颇为不满,欲上溯杭州先辈"西陵十子"进行扭转与挽救。朱彭不仅热衷于诗歌创作,亦喜交游,自称"束发耽交游,群彦时满屋"⑤。朱彭在杭州文坛颇具影响力与号召力,且喜奖掖后进,故时人钱泳称"武林名士,半出其门"⑥。朱彭的宗唐主张亦为西陵后辈所尊奉,阮元称朱彭《抱山堂诗集》一出,"杭之学诗者,皆宗之"⑦,这就使杭州在乾嘉之际重新流行起宗唐之风。朱彭门下弟子众多,颇具声势,蒋炯称:"西泠诗派至樊榭而极盛,亦极变也。吾师独振以唐音,四方名士过武林者无不出所业就正。抱山堂之名,几与随园并峙江浙。"⑧蒋炯为朱彭弟子,其将抱山堂与随园并列的论述或有夸大之嫌,但抱山堂诗人群体的影响力实不容小觑。然而,目前学界尚未有关于朱彭及抱山堂诗人群体的专门研究,本节即对此进行深入研究,这不仅对研究"西陵十子"的影响有着重要意义,对于杭州地域文学研究亦具有一定价值。

一、朱彭对厉鹗诗学的反拨

朱彭(1731—1803),字亦镟,号青湖,钱塘人。少时即以诗称于时,后以词赋

---

① 王昶:《蒲褐山房诗话新编》,济南:齐鲁书社,1988年,第5页。

② 洪亮吉:《道中无事偶作论诗截句二十首·其十二》,《洪亮吉集》第3册,北京:中华书局,2001年,第1245页。

③ 袁枚:《答沈大宗伯论诗书》,袁枚著,周本淳标校:《小仓山房诗文集》第3册,上海:上海古籍出版社,1988年,第1502页。

④ 袁枚:《随园诗话》,杭州:浙江古籍出版社,2011年,第189页。

⑤ 朱彭:《别录》,《抱山堂集》卷4,《清代诗文集汇编》第376册,上海:上海古籍出版社,2010年,第25页。

⑥ 钱泳:《履园丛话》卷6,北京:中华书局,1979年,第168页。

⑦ 阮元:《定香亭笔谈》卷2,北京:中华书局,1985年,第57页。

⑧ 阮元、杨秉初辑,夏勇等整理:《两浙輶轩录补遗》卷8,杭州:浙江古籍出版社,2012年,第3566页。

补弟子员,省试不遇,"乃纵游金陵,泛江,登金、焦两山,拜吴季子之墓而返",此后其诗歌愈加遒宕,其人亦"不肯屑屑世故,徜徉于西湖山水间三十年"①。朱彭在当时诗名颇著,阮元称在京师时即闻朱彭之名,后阮元视学浙江,见朱彭,与之谈名物掌故,皆有所得。嘉庆元年(1796),朝廷下令征天下孝廉方正之士,郡县欲荐之,而朱彭以年老为由固辞不就。朱彭家素贫,然著书不辍,尤喜诗歌创作,自称"耽吟忘漏长"②。朱彭尝征文考献,为《武林谈薮》《南宋古迹考》,皆毁于火。痛惜之余,愈加刻励,著成《吴越古迹考》《南渡寓贤录》《书画所见集》《抱山堂集》《湖船箫谱词》。《抱山堂集》卷首有阮元《朱征士传》,对朱彭生平有较为详细的记载。

朱彭所居铁冶岭,乡先辈毛先舒曾居于此。朱彭对乡先辈"西陵十子"及"后十子"的品行与文章甚为景仰,屡屡作诗称颂。如《张秦亭从野堂》赞张丹曰:"张髯工五言,古硬杜陵派。种树从野堂,密叶清风洒。三径忽难寻,荒墟动遥喟。"《湖山遗事诗》赞柴绍炳曰:"翼望山人自不群,湖山讲学继河汾。几回征聘耽高卧,只向南屏看白云。"《题徐紫山先生遗诗后》称赞"西陵后十子"成员徐逢吉:"垂老湖湾隐,前朝树表村。白头淹短榻,黄雪拥闲门。渔钓年光晚,柴桑诗格尊。他时推独行,珍重此编存。""西陵十子"与"后十子"大多崇尚隐逸,不慕浮名功利,在价值取向上与朱彭颇为相似,故深受朱彭倾心。朱彭对"西陵十子"的诗学旨趣甚为认同,并在创作上自觉承袭,时人论及朱彭时亦往往将其与乡先辈"西陵十子"相比。如王昶《长夏怀人绝句·钱塘朱贡生青湖》曰:"浙江诗派近难论,独有青湖迥绝伦。传得旧闻教后进,西泠十子本湘真。"③即指出朱彭对乡先辈"西陵十子"的承继。朱彭上溯"西陵十子",重新标举唐音,对以厉鹗为首的浙派之印刷端进行了诸多修正,以下具体析之。

(一) 反宋归唐

沈德潜对以厉鹗为首的浙派诗人变革唐音、宗法宋人甚为不满,尝批评曰:"沿宋习、败唐风者,自樊榭为厉阶。"④朱庭珍亦批评厉鹗"囿于宋人,唐风败

---

① 阮元:《朱征士传》,朱彭:《抱山堂集》卷首,《清代诗文集汇编》第 376 册,上海:上海古籍出版社,2010年,第 1 页。

② 朱彭:《叔安自淮右归,馈椒鸡一器,遂呼酒畅饮,酒酣,效昌黎体得二十四韵》,《抱山堂集》卷 8,《清代诗文集汇编》第 376 册,上海:上海古籍出版社,2010 年,第 59 页。

③ 王昶:《春融堂集》卷 24,《清代诗文集汇编》第 358 册,上海:上海古籍出版社,2010 年,第 285 页。

④ 袁枚:《答沈大宗伯论诗书》,袁枚著,周本淳标校:《小仓山房诗文集》第 3 册,上海:上海古籍出版社,1988 年,第 1502 页。

尽"①。厉鹗虽受西陵前辈影响,不废唐音,但毕竟以宋调为主,尤其是其后期创作,"宗宋"倾向甚为鲜明。在厉鹗之后,浙派诗人在"宗宋"这条路上可谓不遗余力,而宗宋之弊病亦愈加明显。有鉴于此,朱彭重返清初"西陵十子"宗唐主张,着力扭转浙派宗宋带来的刻凿生涩。王昶《蒲褐山房诗话》称:

> 西泠自金江声、厉樊榭、杭堇浦、汪槐塘诸公后,大雅将沦。青湖独承其后,以诗法指示骚坛。故二三十年来,从游甚众。每言浙江明季多学钟、谭,渐乖于正。自云间陈卧子先生司李山阴,差知复古。后如"西泠十子",皆奉司李之余绪。西河毛氏,幼承赏识,亦宗其旨。即竹垞太史,初时并效唐音。百余年来,浙中诗派实本云间。至康熙中叶,小变其格,继吴孟举、查初白出,始竟为山谷、诚斋之习。檇李学者,靡然从之。而武林兼学唐、宋,无所取裁。故青湖专以归愚宗伯《别裁》诸集传示学者,于诗学自为有功。②

杭州自清初"西陵十子"之后,皆尊奉宗唐复古。绍兴毛奇龄、嘉兴朱彝尊早年皆受"西陵十子"影响,以唐诗为归。至清中叶,嘉兴诗人效仿吴之振、查慎行,走上了宗法宋代黄庭坚、杨万里之路;杭州诗人则以厉鹗为楷模,唐宋互参,而实以宋诗为主导。以厉鹗为首的浙派诗人崛起诗坛之际,亦是以沈德潜为首的格调派诗学盛行之时,正如袁枚《随园诗话》所云,厉鹗与沈德潜"同在浙江志馆,而诗派不合"③。厉鹗《樊榭山房续集自序》称:"世有不以格调派别绳我者,或位置仆于诗人之末,不识为仆之桓谭者谁乎?"④即流露出对沈德潜及格调派的反感与不屑。而沈德潜所尊崇的正是明代前后七子的格调说,"古体必宗汉魏、近体必宗盛唐,元和以下,视为别派"⑤,这与"西陵十子"颇为类似,沈德潜对"西陵十子"及"后十子"甚为推崇,《清诗别裁集》中选录其不少作品,并予以高度评价。朱彭以沈德潜宗唐复古诗学传示学者,可见其对以厉鹗为首的浙派诗人的宗宋倾向甚为不满。

王文治《赠青湖》云"直继西泠十才子,独留南国一诗人"⑥,将朱彭视为"西

① 朱庭珍:《筱园诗话》卷2,《续修四库全书》第1708册,上海:上海古籍出版社,2002年,第31页。

② 王昶著,周维德辑校:《蒲褐山房诗话新编》卷下,济南:齐鲁书社,1988年,第150页。

③ 袁枚:《随园诗话》,杭州:浙江古籍出版社,2011年,第487页。

④ 厉鹗:《樊榭山房续集自序》,厉鹗著,董兆熊注,陈九思标校:《樊榭山房集》中册,上海:上海古籍出版社,2012年,第951页。

⑤ 郑方坤:《名家诗钞小传》卷4,吴仲辑:《清代传记丛刊》第19册,台北:明文书局,1985年,第415—416页。

⑥ 阮元、杨秉初辑,夏勇等整理:《两浙輶轩录补遗》卷8,杭州:浙江古籍出版社,2012年,第3566页。

陵十子"的后继。"西陵十子"以宗唐黜宋为宗旨,朱彭亦标举唐音,反对乾隆间盛行的宗宋之风。朱彭对唐诗浸润甚深,《抱山堂集自序》称:"余于成童,即耽吟咏。偶检敝簏,得唐人集,辄手一编,不忍释。久之触于景,感于心,往往得句,俟暇足成之"①,其诗深得唐人的丰神情韵,这与厉鹗的生新峭刻形成了鲜明对比。以山水诗为例,厉鹗深受宋诗影响,其清远之境乃镂心刻骨、人工雕琢而至,明显借鉴了宋诗的理趣与老境,意象、句式鲜活生新,且大量使用宋代僻典、代替字,使诗歌愈加生涩冷峭;而朱彭则追求兴会自然,其闲远之境是在自然中呈现出来的,淡淡写来,不用典故,亦绝少斧凿之痕。朱彭《南山晚眺》曰:"散步日将夕,闲吟支短筇。偶看云外寺,独倚涧边松。归鸟有寒色,晚山无定容。何人共情话,喜与野樵逢。"②《竹冈》曰:"修篁列平冈,翛然隔尘境。日暮清风来,檀圞散云影。"③二诗皆清新隽永,有神无迹。又如《湖上看红叶,柬一鸥、桐门、春泉诸君》其一曰:"西风萧槭早寒天,乌桕丹枫作意妍。乱撒明霞丛薄里,有人闲坐夕阳船。"其三曰:"肩舆出郭雨连绵,秋色重寻尚宛然。一抹南屏红湿处,半随岚影化寒烟。"④诗境清新婉秀,词句明隽圆润,显然追求初盛唐之浑融清远。郭麐评朱彭诗曰:"朱青湖征君彭,以诗倡于武林,门弟子从受业者,皆有法度可观。青湖之诗,恬和醇粹,一本唐人。矜才使气者,见之自失。"⑤洵为知言。

(二)"雅润清丽"

阮元尝以"雅润清丽"⑥四字概括朱彭诗的基本特征,可谓深中肯綮。朱彭布衣终生,性好隐逸,自称"园荒心自远,官冷句偏清"⑦,其诗歌亦以状写山水隐逸居多,这一点与厉鹗颇为相似,但二人在艺术风貌上有着很大区别。厉鹗性格孤峭,"于世事绝不谙,又卞急,不能随人曲折,率易而行"⑧,他拒绝"名教之乐",

---

① 朱彭:《抱山堂集自序》,《抱山堂集》卷首,《清代诗文集汇编》第 376 册,上海:上海古籍出版社,2010 年,第 2 页。

② 朱彭:《南山晚眺》,《抱山堂集》卷 7,《清代诗文集汇编》第 376 册,上海:上海古籍出版社,2010 年,第 51 页。

③ 朱彭:《竹冈》,《抱山堂集》卷 13,《清代诗文集汇编》第 376 册,上海:上海古籍出版社,2010 年,第 98 页。

④ 朱彭:《湖上看红叶,柬一鸥、桐门、春泉诸君》,《抱山堂集》卷 9,《清代诗文集汇编》第 376 册,上海:上海古籍出版社,2010 年,第 63 页。

⑤ 郭麐:《灵芬馆诗话》卷 6,《续修四库全书》第 1705 册,上海:上海古籍出版社,2002 年,第 377 页。

⑥ 阮元:《朱征士传》,朱彭:《抱山堂集》卷首,《清代诗文集汇编》第 376 册,上海:上海古籍出版社,2010 年,第 1 页。

⑦ 朱彭:《题复园先生亭角寻诗图》,《抱山堂集》卷 4,《清代诗文集汇编》第 376 册,上海:上海古籍出版社,2010 年,第 30 页。

⑧ 全祖望:《厉樊榭墓碣铭》,《鲒埼亭集》卷 20,《四部丛刊正编》第 85 册,台北:台湾商务印书馆,1979 年,第 210 页。

其诗"亦不谐于俗"①。正如当代学者刘世南所言,厉鹗"是选择山水之枯淡者用以安慰自己的坎坷,从而平其心气。他的内心是有一股抑郁不平之气的"②。厉鹗以山水诗寄寓孤澹情怀,压抑内敛的心境投射于诗,往往呈现为幽寂冷峭之境,读后令人"不复知户外十丈软红尘"③。朱彭虽家境贫寒,但性情豁达,其诗亦呈现为清雅闲逸、安恬自适,诗境较厉鹗明朗开阔得多。如《早秋山行》:"一雨涤残暑,倏然郭外行。松凉人气健,山雾鸟声清。野老携锄返,樵童扫径迎。自欣来往熟,到处惬幽情。"④《重阳喜晴胡三竹邀赴南屏登高》:"秋老东篱风日清,武平相约酒同倾。人当晚节多怜菊,天为重阳特放晴。兴到扶筇寻石磴,狂来脱帽听松声。登临犹幸身强健,直向南屏顶上行。"⑤前一首优游郭外,欣然自得;后一首扶杖登山,格调昂扬似刘禹锡,胸次特高,骨力甚健。朱彭山水诗大多表现出悠然心态与敞亮心怀,少有颓丧之感,这与厉鹗山水诗的压抑内敛形成了鲜明对比。

与"孤瘦枯寒"的性情气质相应,厉鹗山水诗在季节上偏向秋与冬,在时辰上偏向晨与夜,在气候上偏向雨与雪,这使其诗多呈现幽邃寒寂的冷色调。而朱彭山水田园诗则以春、夏之景居多,呈现晴朗明媚的暖色调。如《春晚南屏观新绿》:"东风送微雨,花事无几旬。眷兹群草木,向荣何欣欣。浓阴蓊然起,山坳借嶙峋。石色杳难辨,恰与浮岚匀。又如春流涨,涌出湖之漘。弥漫匝四野,一碧真无垠。遥山忽返照,金波漾斜曛。须臾暝色上,水墨拖烟痕。回思寒食前,攀条玩芳辰。夭红不久驻,万绿相鲜新。安得待诏笔,一写苏堤春。"⑥诗人寄景寓情,将南屏之盎然春意生动地呈现在读者眼前,笔调舒展自如,风格清新明快。朱彭自称"近学坡翁营一饱,梅花开处日凭栏"⑦,这种豁达自适的审美情绪投射于诗,山花翠竹、飞鸟游鱼,万物皆自得,无不洋溢着盎然生机,流露出一股蓬勃的朝气。如《春晓》曰:"暄和到草榻,一卧如饮醇。窗前人未起,百鸟喧远春。眷

---

① 汪沆:《樊榭山房文集序》,厉鹗著,董兆熊注,陈九思标校:《樊榭山房集》中册,上海:上海古籍出版社,2012年,第704页。

② 刘世南:《清诗流派史》,北京:人民文学出版社,2004年,第270页。

③ 李慈铭著,由云龙辑:《越缦堂读书记》,上海:上海书店出版社,2000年,第1005页。

④ 朱彭:《早秋山行》,《抱山堂集》卷9,《清代诗文集汇编》第376册,上海:上海古籍出版社,2010年,第67—68页。

⑤ 朱彭:《重阳喜晴胡三竹邀赴南屏登高》,《抱山堂集》卷8,《清代诗文集汇编》第376册,上海:上海古籍出版社,2010年,第59页。

⑥ 朱彭:《春晚南屏观新绿》,《抱山堂集》卷7,《清代诗文集汇编》第376册,上海:上海古籍出版社,2010年,第46页。

⑦ 朱彭:《早春即事》,《抱山堂集》卷6,《清代诗文集汇编》第376册,上海:上海古籍出版社,2010年,第38页。

兹晨光动,披衣向前轩。微雨夜初歇,新绿浮城闉。乃知韶华好,物象俱含欣。余亦怀生意,陶然全我真。"①窗外的春色振起诗人的生命意识,生出一种由衷的欢欣。桃花最能体现生命的活力,因而最为朱彭钟爱,如"别有当春留恋意,桃花红上酒人颜"(《陈丈仰峰邀同泰宇受粲湖上看桃花》),"桃花争春色,湖水识春心"(《春日湖上》),"乱红齐斗艳,一树格偏清"(《白桃花》),"小桃破蕚已灼灼,垂柳曳带殊毿毿"(《湖上春游归来,适莪洲以诗见寄,赋此答之》),"丛薄散夭红,桃花忽无数"(《寒食同潍山春舟叔安买舟至皋亭观桃花》)等等,无不张扬着鲜活的生命力。朱彭还特别喜欢在诗中使用"红"、"青"、"白"等明丽的颜色字,尤其是"红"字的频繁使用,如"十二桥栏宛转红,双堤夹镜光初拭"(《春日湖上醉歌即送李能白归武原》),"隔岸开红蓼,回塘起白鸥"(《秋柳乡莼图为赤绣翁作》),"最爱丁家山畔树,沿湖红过第三桥"(《湖上看红叶柬一鸥桐门春泉诸君》其二),"湖上夭桃照眼红"(《寒食前偕光甫、学初、彦常、仲遵、隽夫、步唐、树之、允升、筑初、淳甫诸子湖上看桃,兼访孙花翁墓》),为诗歌增添了一抹亮色,清新明丽,一反厉鹗的幽邃冷寂。

二、承继乡贤,宗法唐人:抱山堂弟子考述

朱彭以唐音振起西陵,在乾隆中后期的杭州诗坛产生了重要影响。阮元称:"夫杭自厉樊榭、杭董浦、陈句山诸先生咏歌之后,诗不振者数十年,而征士以雅润清丽之旨,继轨往哲,至今杭人之言诗者多以朱氏为归。"②朱彭门下弟子众多,潘衍桐《两浙輶轩续录》卷二十二载李方湛"与黄孙灿、孙瀛、朱棫、朱壬、陈传经、徐鈜、施绍培、李绍城、姜宁、李堂、蒋炯少同志学,酬唱甚多。王昶主讲敷文时,方湛以十二人所作诗进质,昶为审定七百余首,为《同岑诗选》。叩宫调角,锵然共鸣,称一时坛坫之盛。"③《国朝杭郡诗三辑》卷二十九载蒋炯"与黄泰然、李光甫、朱芸夫、徐西涧、陈晴岩、施石樵、黄步唐、李澹畦、姜怡亭、李西斋、朱闲泉结社联吟,王述庵司寇为之订名曰《同岑诗选》"④。《同岑诗选》为朱彭弟子诗歌合集,王昶、顾光辑,共十二卷,现存嘉庆五年(1800)朱氏抱山堂刻本,南京图书馆藏。《同岑诗选》共收录十二位诗人七百余首诗,卷一至卷十二每卷为一位诗人的诗集,分别为黄孙灿《听雪楼稿》、朱棫《芸夫诗草》、李方湛《小石梁山馆稿》、

① 朱彭:《春晓》,《抱山堂集》卷1,《清代诗文集汇编》第376册,上海:上海古籍出版社,2010年,第4页。
② 阮元:《朱征士传》,朱彭:《抱山堂集》卷首,《清代诗文集汇编》第376册,上海:上海古籍出版社,2010年,第1页。
③ 潘衍桐辑:《两浙輶轩续录》卷22,《续修四库全书》第1685册,上海:上海古籍出版社,第594页。
④ 丁申、丁丙辑:《国朝杭郡诗三辑》卷29,浙江图书馆藏清光绪十九年钱塘丁氏刻本。

陈传经《静啸山房稿》、徐鈵《竹光楼稿》、黄孙瀛《古栎山房稿》、施绍培《灵石山房稿》、李绍城《淡畦吟草》、姜宁《怡亭诗草》、李堂《冬荣草堂稿》、朱械《画舫斋稿》、蒋炳《蒋村草堂稿》。蒋宝龄《墨林今话》卷十二"西涧"条载徐鈵"中年尝与李白楼、蒋蒋村诸君跌宕湖山,以诗歌争胜。梓《落岑》一集,有'西泠后十二子'之目"①,则抱山堂弟子十二人或有"西泠后十二子"之称。现将黄孙灿、黄孙瀛、朱械等人基本情况考述如下。

黄孙灿,字太然,号海樵,仁和人。诸生。著有《听雪楼稿》一卷。潘衍桐《两浙輶轩续录》称:"朱青湖彭以诗学提倡后进,海樵与弟步唐皆从之游,故其所作宗法颇出于正。"②

黄孙瀛,字步唐,号句湖,仁和人。乾隆五十七年(1792)举人,官肥乡知县。时肥乡苦旱,黄孙瀛祷雨于烈日下,感疾而卒。著有《古栎山房稿》一卷。

朱械,字蔚林,号芸夫,钱塘人。朱彭之子。诸生。著有《芸夫诗草》一卷。潘衍桐《两浙輶轩续录》称:"乾嘉之间,朱青湖彭擅盛名,接武杭、厉。芸夫及其弟闲泉过庭闻诗,各有所得。"③

朱壬,字谓卿,号闲泉,钱塘人。朱彭之子,朱械之弟。诸生。著有《画舫斋稿》。

李方湛(1764—1816),字光甫,号白楼,仁和人。诸生。著有《小石梁山馆稿》一卷。郭麐《灵芬馆诗话》称李方湛为朱彭高足,并评其诗曰:"白楼以《早梅》《天台》《石梁》诗得名。七言歌行豪宕可喜,而于收尾处非漫则弱。"④

陈传经(1766—1812),字学初,号晴岩,海宁人。嘉庆十三年(1808)进士,官翰林院编修。著有《静啸山房稿》一卷。

徐鈵(1767—1825),字彦常,号鹿崖,因先人墓庐在西湖云林合涧桥之西,地名西涧,因此又号西涧,仁和人。诸生。徐鈵年弱冠,从朱彭游。朱彭深谙画理,徐鈵"与之论究,艺日工"⑤。《西湖新志》载其"家距西湖甚迩,每日薄暮,出涌金门,憩一茶肆,领略湖光山渌,率以为常"⑥。著有《竹光楼稿》一卷、《西涧画余稿》四卷。《缘庵诗话》称其《竹光楼稿》"七言如'山因春浅还如睡,路爱松多不厌长','春水乍生渔艇活,桃花欲放酒旗多','贫思作画酬医士,健爱看山约酒人',皆不失为佳句"⑦。

---

① 蒋宝龄:《墨林今话》卷12,上海:上海古籍出版社,2015年,第261页。
② 潘衍桐辑:《两浙輶轩续录》卷22,《续修四库全书》第1685册,上海:上海古籍出版社,第628页。
③ 潘衍桐辑:《两浙輶轩续录》卷22,《续修四库全书》第1685册,上海:上海古籍出版社,第592页。
④ 郭麐:《灵芬馆诗话》续诗话卷4,《续修四库全书》第1705册,上海:上海古籍出版社,2002年,第449页。
⑤ 胡祥翰辑:《西湖新志》卷11,上海:上海古籍出版社,1998年,第521页。
⑥ 胡祥翰辑:《西湖新志》卷11,上海:上海古籍出版社,1998年,第521页。
⑦ 蒋宝龄:《墨林今话》卷12,上海:上海古籍出版社,2015年,第262页。

施绍培，后更名绍武，字树之，一字树存，号石樵，钱塘人。嘉庆九年(1804)举人。著有《灵石山房稿》三卷。倪稻孙尝为其诗集作序，称其“握灵瑜之奇光，饱全经之醰味。无巨源之异介，有叔夜之疏狂。终朝苦吟，好句络绎”①。蒋炯称：“石樵一意读书，行文孤峭幽洁，尤工诗。钻厉潜精，崭绝镵刻。”②

李绍城，字筑初，号澹畦，仁和人。嘉庆十三年(1808)举人。著有《澹畦吟草》《知北游草》《碧栖山房集》《寓苏小草》。蒋炯评其诗文曰：“澹畦恂恂循谨，与施君绍武同以诗名。绍武诗冰茹雪食，雕碎月魄；澹畦则镂金错采，雅近晚唐。工骈体文，渊博沉丽。”③

姜宁，一名安，字纯甫，号怡亭，钱塘岁贡。著有《怡亭诗草》《怡亭词》。李澐序《怡亭诗草》曰：“怡亭性分峻洁，名理饫深。文仿柳、欧，工填词，嗜金石，其诗颇有迈爽之气，截句神似渔洋，为王少司寇昶、阮宫保元所最赏。”④

李堂，字允升，号西斋，别号缘庵，钱塘人。布衣。东轩吟社成员。著有《蓬窗剪烛集》二卷，现存道光五年(1825)刻本，南京图书馆藏；《冬荣草堂集》三卷，现存道光十二年(1832)刻本，南京图书馆藏。袁枚《随园诗话》补遗卷八载：“李堂，……不事举业，为人权参店事。余到杭州，以诗求见，年才弱冠，貌亦温雅。……佳句如‘雨声初到树，寒气欲侵衣’，‘苹牵花片聚，水啮树根虚’，‘冻解空池梅有影，雪铺幽砌月无痕’，皆清雅可诵。”⑤顾光评其诗曰：“允升隐居市廛，不慕荣利。其诗格正气苍，骎骎入古人之室。”⑥李堂尤以词著称于世，东轩吟社同人小传称其“浸淫古籍，不慕荣利，少时学为诗，于词学致力尤深，为浙西数十年巨擘”⑦。

蒋炯，字葆存，号蒋村，仁和人。廪贡。授慈溪训导，后改湖北广济知县。政声卓著，聚书万卷。著有《蒋村草堂稿》一卷，“蒋村草堂”乃其室名。蒋炯居于西溪西南，“山环水转，宅幽势阻，长松古桧，梅花竹箭，弥望无际”。蒋炯家境颇富，“屋数十椽，聚书万卷”，平日“覃研铅椠，物外翛然”⑧。王昶《蒲褐山房诗话》称其“诗学中晚唐，散体文学三苏，长于议论。浙东西名士多闻名而访之者，高情朗志，即不主风雅之盟，亦当为山泽之癯也”⑨。

---

① 潘衍桐辑：《两浙輶轩续录》卷22，《续修四库全书》第1685册，上海：上海古籍出版社，2002年，第604页。
② 潘衍桐辑：《两浙輶轩续录》卷22，《续修四库全书》第1685册，上海：上海古籍出版社，2002年，第604页。
③ 潘衍桐辑：《两浙輶轩续录》卷25，《续修四库全书》第1685册，上海：上海古籍出版社，2002年，第726页。
④ 潘衍桐辑：《两浙輶轩续录》卷23，《续修四库全书》第1685册，上海：上海古籍出版社，2002年，第654页。
⑤ 袁枚：《随园诗话》补遗卷8，杭州：浙江古籍出版社，2011年，第461页。
⑥ 潘衍桐辑：《两浙輶轩续录》卷26，《续修四库全书》第1685册，上海：上海古籍出版社，2002年，第770页。
⑦ 潘衍桐辑：《两浙輶轩续录》卷26，《续修四库全书》第1685册，上海：上海古籍出版社，2002年，第771页。
⑧ 王昶著，周维德辑校：《蒲褐山房诗话新编》，济南：齐鲁书社，1988年，第172页。
⑨ 王昶著，周维德辑校：《蒲褐山房诗话新编》，济南：齐鲁书社，1988年，第172页。

以上所列抱山堂弟子十二人,除陈传经外皆为杭州当地人。他们"少同志学,酬唱甚多"①,且皆出自朱彭门下,彼此有着深厚的情谊。抱山堂弟子结社赋诗,同游湖山,往来甚密,如黄孙灿有《上巳同李光甫、允升、徐彦常、朱谓卿、蒋葆存、舍弟步唐紫霄宫分赋》,朱械有《秋日同李光甫方湛、徐彦常钺、姜淳庵宁登南高峰》,李方湛有《八月二十有七同黄太然孙灿、杨旋吉蟠、柴白昆源、陈葭六琯、江云阶步青、施树之绍培、陈隽夫文杰、姜淳庵、家允升、周青士云炽、蒋葆存集湖舫》,姜宁有《寒食前四日同黄步唐、孙瀛、陈子恭寿、姜淳庵、吴启侯郲、家光甫、方湛、筑初、绍城奉陪青湖夫子湖上看桃花》,可见抱山堂众弟子是一个联系紧密的群体。抱山堂弟子大多继承了其师朱彭的诗学旨趣,虽风格小有差异,但皆以唐人为归。这里略举数首:

> 七贤桥外春风来,太仆山下梅花开。槎枒半是百年植,古干渍雨生莓苔。从来游客总稀到,有若名士居蒿莱。前年青湖老,今年春渚叟。梅花何幸遇诗人,两度花前得携手。碧溪滑笏流春波,瓜皮稳坐无偏颇。船头肴核船尾酒,摧篷指点春山多。结束芒鞋试徐步,十里蒙蒙入香雾。桥回溪断不逢人,但认梅林即知路。连畦接圃若无隙,佳处时逢修竹隔。回飙卷雪花乱飞,日影花光两相射。诸公大叫称奇绝,命酒花荫展瑶席。半酣何叟起欲歌,自言卅载曾经过。名花如旧故人往,盈头白发空婆娑。劝君且莫歌,尽我金巨罗。相逢万事皆成偶,鸿爪茫茫亦何有。忆翁初至我未生,岂知今日同樽酒。辛翁还往能忘年,对花莫负酒如泉。醉来但向林间卧,梦魂犹绕梅花烟。
> ——蒋炯《首春偕何丈春渚及黄太然孙灿、步唐孙瀛、徐彦常钺、江云阶步青泛舟太仆山观梅,坐饮花下,酒酣作歌》
> 游踪随蜡屐,逸兴寄湖湾。鸥意不离水,春云多在山。何人来竹所,尽日闭松关。把袂联吟去,前林鸟已还。
> ——黄孙瀛《春晚同沈小云学厚、陈秋绉其素游南屏》
> 舟荡一溪烟,凌风意渺然。竹光多在水,山影不离船。欲结三间屋,曾无二顷田。回头语朋好,风景胜斜川。
> ——李方湛《河渚》

上述作品或醋畅豪迈,或闲适幽远,皆质素自然,抒情爽朗明晰,深得唐诗之自然浑融之美,而无厉鹗等浙派诗人的雕琢刻削,生涩难解。

---

① 潘衍桐辑:《两浙輶轩续录》卷22,《续修四库全书》第1685册,上海:上海古籍出版社,2002年,第594页。

结　语

　　清初,"西陵十子"于西湖畔相聚唱和,卓然以复古为志,且与吴越文人往来密切、互通声气,使西陵成为一个颇为耀眼的文学中心。杭州地区在明末清初成为令天下侧目的人文渊薮,"西陵十子"在其中发挥了重要作用。"西陵十子"勤于著述,于诗、词、文等诸多方面都取得了较大成就,在当地拥有非常高的文学地位,对清代杭州文学尤其是浙派的形成有着重要影响。本书以"西陵十子"及其诗学为研究对象,对"十子"的形成过程、成员生平著述、诗学思想、诗歌创作、文学交游等进行了深入细致的分析,并将"西陵十子"置于地域及时代背景下,考察其诸多诗学观点之成因,还通过探究"西陵十子"对杭州后学的影响,梳理出杭州诗坛自顺治至嘉庆百余年间诗歌发展轨迹。通过这些研究,对"西陵十子"及其诗学有以下几点认识:

　　一、"西陵十子"作为一个地域性诗人群体,其诗学理论与诗歌创作深受杭州地域文化传统影响。杭州山水清秀,且多幽僻之境,树木掩映,佛寺林立,雅好山水,崇尚隐逸自古即为杭人传统。"西陵十子"大多世好隐居,以逍遥山水为乐。出于隐逸情怀,他们虽主张复古,但不以格调声响相高,而是更多偏重于风韵,尤其推崇王、孟、韦、柳一派清疏澹远之音,与前后七子追求大格局、大规模、大气象有所区别。除尚清雅外,尚绮艳亦为西陵之习。繁荣的商业与娱乐业使杭人形成了风流重情的品性,"西陵十子"生长于斯,常常流连于绮楼锦舫,陶醉于歌舞之筵,故对前后七子所不屑的六朝及晚唐艳体颇为倾心。杭州长久以来形成的优游山水、风流自适的地域文化传统亦影响了士人的政治倾向,使他们更多关注个人生活,而不是社稷民生,故"西陵十子"在面对鼎革时多选择消极逃隐而不是誓死抵抗,书写易代时较少血淋淋的正面描绘及呼天抢地的痛哭,而是崇尚温厚和婉,反对凄厉变乱。地域文化品格还影响了士人对于时代文学风尚的态度。杭州位于浙之北,密迩江苏,自古深受吴文化影响。松江、吴中、杭州皆为平原水乡与商业重镇,"俗多奢少俭,竞节物,好游遨"(范成大《吴郡志》),士人往往追求人生快适,流连于裙屐风流,故对明朗高华、温婉绮丽的唐诗更为倾心。

而毗邻杭州的绍兴虽亦属浙地,但地处浙之东,距江苏较远,体现出鲜明的越文化特质,质朴劲烈的品性使其对宋诗别有会心,故陈子龙虽任职绍兴,但他对越中文学的影响较杭州要小得多。以"西陵十子"为核心的杭州诗坛与以陈子龙为代表的云间派在宗唐复古与尚华艳上颇为一致,共同掀起了复古高潮。

二、"西陵十子"在诗学上继承明代复古派,但并非亦步亦趋,而是多有反思与新变。在"西陵十子"之前,杭州文坛由闻启祥、严调御、张岐然等人主持的读书社主导。读书社成员大多出自居士虞淳熙门下,深受佛禅思想影响,且与钟惺、谭元春往来密切,诗风亦以闲旷清醇、自然玄远为主。至明末清初,陆圻与陆彦龙首倡杭州复古之风,"远追建安,近逼嘉靖诸子"(陆彦龙《报鲲庭书》),随后"西陵十子"崛起诗坛,使该地成为清初复古运动的又一重要阵地。清初宗唐、宗宋论争激烈,"西陵十子"主持下的杭州诗坛始终坚持唐音,反对宋调。蒋寅先生曾指出,"对明代诗学的反思成为清初诗坛最引人注目的焦点"(《清代诗学史》)。"西陵十子"虽提倡诗学复古,但与前后七子的复古理论存在一定差异。他们对明代七子派的模拟失真之弊有着清醒的认识,提倡以情志为本,强调性情优先于格调,反对将格调凌驾于情志之上。同时提倡和平温厚,反对变风变雅,试图将诗歌创作导向温厚和婉。"西陵十子"还崇尚文采华艳,充分汲取六朝及晚唐之绮丽,这正是其针对明代七子派之赝古、公安派之俚俗、竟陵派之枯寒所提出的新的诗学路径。

三、"西陵十子"在宗唐复古上虽具有一致性,但由于家世、个性气质及人生经历的不同,其创作风貌存在一定差异。毛先舒、沈谦皆对六朝及晚唐艳情诗格外偏爱。毛先舒曾多次强调艳情无碍大雅,晚年更是专摹李商隐、李贺、温庭筠、韩偓四家为一集,名之《晚唱》,以别于初盛唐之格。沈谦早年喜作艳体,宗尚晚唐温、李,后深受陆圻影响,取径汉魏、盛唐,但敏感多情、易于感伤的自身气质及连丧至亲的沉痛打击使其更偏于衰飒冷寞的大历与晚唐贾、姚。柴绍炳虽亦有艳体诗,但自幼为人端肃,文学观在"十子"中最为保守。他曾反复致书毛先舒,劝其勿过于追求绮艳。张丹则以宗法杜诗著称于时,沉郁悲凉,神似老杜,晚年隐居秦亭山下,生活较为安定,从而更多取法王维,呈现恬澹自然的风格特征。丁澎早年以香奁诗名播江左,入清后任职京师,与施闰章、宋琬等燕台诗人倡为盛世之音,雍容典丽,后因科场案谪戍辽东,笔借边塞之气,风格一变为雄豪壮阔,气魄宏大。"西陵十子"于诗歌创作同中有异,共同促进了清初杭州诗坛的繁荣。

四、作为杭州诗坛执牛耳者,"西陵十子"对乡邦后学产生了深远的影响。朱庭珍即将"西陵十子"视为浙派的开端。"西陵十子"声名赫赫,且积极提携后进,门下弟子甚众,最负盛名者当属"西陵后十子"。"后十子"成员有洪昇、徐逢吉、吴允嘉、李延泽、钱瑛、俞士彪、沈用济、陈煜、丁文衡、张潞十人,他们继承了"西陵十子"宗唐复古、温厚和平、崇尚清雅的诗学主张,并在廓清拟古弊病上较"西陵十子"更为进步,对待宋诗的态度更为缓和,并在一定程度上将宋诗纳入宗法范围。除"后十子"外,"钱塘四子"、"东江八子"等名气虽未及"后十子",但亦出自"西陵十子"门下,与"后十子"共同促进了杭州诗坛的繁荣。乾隆间,以厉鹗为首的"浙派"崛起诗坛,声势浩大。厉鹗虽以宗宋著称,但并非弃唐宗宋,而是唐宋兼融,尤其是早年对唐诗浸润甚深,其对醇雅的追求,宗宋仅取"永嘉四灵"、陈与义等小家而非浙东诗人取法苏轼、黄庭坚等大家,这与"西陵后十子"的提携指引有着密切关系。至乾嘉之际,以朱彭为首的抱山堂诗人群体崛起,他们对厉鹗等人的"枯瘠琐碎"与宗宋倾向甚为不满,重新标举"西陵十子"之学,力图使杭州诗坛重新回归宗唐复古,可见"西陵十子"对杭州诗坛影响之深远。

"西陵十子"诗学成就斐然,在词、散文、骈文等方面亦值得注意。词学方面,明人受传统词学观影响,对词体多有卑视。"西陵十子"有意振兴词坛,对于明代轻视词体的风气颇为不满。毛先舒从"体务日新"的文学进化论角度,认为词的出现是符合文学发展史实的,沈谦则从内容风格方面提出诗与词不必轩轾,将词曲置于与诗文平等的地位。具体到词的艺术风格上,明代复古派多以婉约为正、豪放为变,"西陵十子"前期与云间派一道,推崇《花间》《草堂》,后期逐渐转向苏、辛豪放词风,与以陈维崧为首的阳羡派相呼应,为清代词学的振兴作出了积极贡献。散文方面,明代复古派号召取法乎上,主张文必秦汉,李攀龙为文更是"无一语作汉以后,亦无一字不出汉以前",学古态度颇为偏狭,相比之下"西陵十子"则显得较为宏通。从文写性情角度出发,"西陵十子"在七子与唐宋派之间更倾向于唐宋派,如毛先舒即认为七子派宗法秦汉,却以模拟追琢为主,虽古色斑斓,但如同赝品,"高而反伪";唐宋派虽亦学古,但以抒写性情为主,"近而反真",两者相较,以唐宋派为上(《答文体策》)。骈文方面,明代前后七子以秦汉散文为宗,六朝骈文在很大程度上被排斥在视阈之外。至明末,张溥与陈子龙对骈文多有正名,"西陵十子"受其影响,不仅在理论上对骈文多有肯定,更以实际创作与陈维崧等人共同推动了清代骈文的复兴。限于时间与篇幅,本书仅截取"西陵十子"及其诗学作为主要研究对象,而对于词、散文、骈文等内容则未及展开,有待日后逐一进行深入研究。本人学识尚浅,文中的一些论述难免有失当之处,恳请诸位学者不吝赐教。

附　录

附录一:"西陵十子"成员家族世系表

一、毛先舒家族世系表

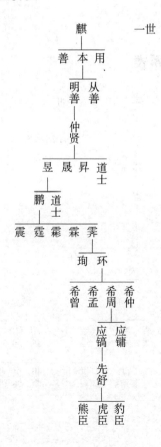

二、陆圻家族世系表

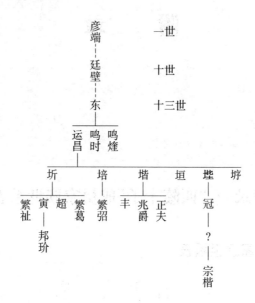

三、柴绍炳家族世系表

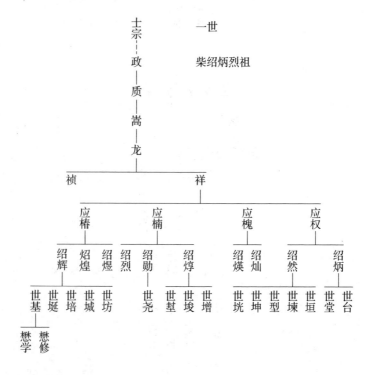

四、张丹家族世系表

宝 —— 一世
彬
珍
鹏
绶
应祯
濂 —— 祀
蔚然
埙　埒　光球　埈　坛
纲孙(即丹)　麒孙　振孙
云曾　郎曾

五、沈谦家族世系表

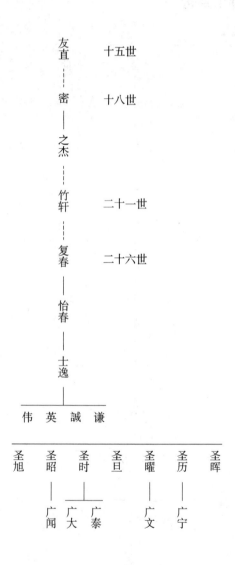

友直　　十五世

密　　十八世

之杰

竹轩　　二十一世

复春　　二十六世

怡春

士逸

伟　英　诚　谦

圣旭　圣昭　圣时　圣旦　圣曜　圣历　圣晖

广闻　广大　广泰　广文　广宁

六、丁澎家族世系表

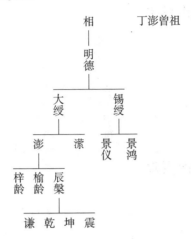

七、孙治家族世系表

八、吴百朋家族世系表

九、陈廷会家族世系表

十、虞黄昊家族世系表

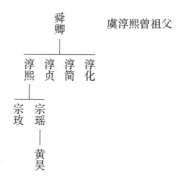

附录二:"西陵十子"年谱简编

本书对于"西陵十子"文学活动的探讨,在论及"西陵十子"的形成、成员生平经历等内容时已有所论及,然较为简略、零散,且有一些资料未录入正文。现以年谱的方式将搜集到的资料汇集整理如下,便于读者对"西陵十子"的生平活动有更为清晰的认识。

万历四十二年甲寅(1614)
九月初五日寅时,陆圻生。

> 傅以礼《庄氏史案本末》卷下陆圻女陆莘行《老父云游始末》:"吾父生于前明万历甲寅九月初五日寅时。"
> 陆圻(1614—1667之后),字丽京,一字景宣,号讲山,浙江钱塘人。崇

祯间与陆培、柴绍炳、汪沨、孙治等结登楼社。明亡后剃发为僧,顺治四年奉母命归乡,业医为生。康熙元年坐庄廷鑨史祸被逮,事白,弃家远游,祝发为僧,不知所终。著有《咸凤堂集》《咸凤堂偶录》《革命纪闻》等。生平详全祖望《陆丽京先生事略》、陆莘行《老父云游始末》。

万历四十四年丙辰(1616)

八月二十八日,吴百朋生。

　　孙治《孙宇台集》卷二十四《亡友吴锦雯行状》载吴百朋"生于万历丙辰八月二十八日寅时"。

　　吴百朋(1616—1670),字锦雯,号朴斋,别号石霜,浙江钱塘人。崇祯十五年(1642)举于乡。顺治十四年(1657),任姑苏司理。康熙八年(1669),官南和县令。著有《朴庵集》。生平详孙治《亡友吴锦雯行状》。

柴绍炳生。

　　柴绍炳《柴省轩先生文钞》卷九《吴威卿传》:"始锦雯与予同庚,而得子最早且慧。"同书卷首周清原《崇祀理学名儒柴省轩先生传》:"庚戌寝疾,卒年五十有五。"可推算出柴绍炳生于万历四十四年。

　　柴绍炳(1616—1670),字虎臣,号翼望山人,晚年更号省轩,浙江仁和人。明亡后绝意仕进,授徒卖药自给。康熙八年巡抚范承谟欲荐鸿博,力辞之。博极群书,凡天文、舆地、历法、礼制、乐律,与夫农田水利之事,莫不穷源究委,勒以成书。著有《柴省轩先生文钞》《古韵通》《考古类编》等。生平详毛奇龄《柴征君墓状》。

万历四十六年戊午(1618)

陈廷会生。

　　孙治《亡友柴汪陈沈四先生合传》曰:"己未春,余适在家。使其门人程骏发囊其书稽首而前,属予评定。予曰诺。遂为删定若干卷,因为之序。其秋七月死。"则陈廷会卒于康熙十八年(1679)。朱溶《忠义录》卷八称陈廷会"卒年六十二",可推知陈廷会生于是年。

　　陈廷会(1618—1679),字际叔,号瞻云,又号鹣客,浙江钱塘人。入清后,绝意仕进。著有《瞻云集》、《史论》、《鹣客问》等。生平详孙治《亡友柴汪陈沈四先生合传》。

陆圻弟陆培生。

> 张右民《东皋诗文集》有《陆鲲庭传》,曰:"陆培,字鲲庭,号部娄,吉水令运昌第二子也。……闻变,遂入横山之洞坞岭,作《绝命诗》二章,一夕自经,卒时年二十八。"陆培卒于顺治二年(1645),可推知其生于万历四十六年(1618)。

> 陆培(1618—1645),字鲲庭,号部娄,浙江钱塘人。崇祯十三年(1640)进士,未谒选,归而读书。崇祯十七年(1644)九月,赴南京福王政权谒选,授行人司行人。顺治二年(1645)清兵攻占杭州,自缢殉国。著有《旃风堂集》。生平详张右民《陆鲲庭传》。

万历四十七年己未(1619)
张丹生。

> 张丹《张秦亭诗集》卷首自序:"襄壬午仲夏,先子读书家园相鸟居室,予侍立,先子诲予作诗法。至八月,试事甫毕,而先子见背焉。哀毁之候,掩关深坐,诵诗至《蓼莪》篇,因作纪哀八章。昔王裒读因《蓼莪》而废诗,予读《蓼莪》而学诗,俱有所感于衷也。因是日月有作,时年二十四。"壬午即崇祯十五年(1642),时张丹二十四岁,则张丹生于万历四十七年(1619)。

> 张丹(1619—1687),初名纲孙,晚年梦神人,更名丹,字祖望,号秦亭,别号竹隐君、西山樵夫,浙江仁和人。入清不仕。著有《张秦亭诗集》、《张秦亭文集》、《秦亭词》、《秦亭风雅》等。生平详王嗣槐《张秦亭先生传》。

孙治生。

> 孙治《孙宇台集》卷二十四《先考文学复庵府君行实》曰:"己未生不孝治。"

> 孙治(1619—1683),字宇台,号鉴庵,浙江仁和人。甲申后隐居不仕,自署武林西山樵者。为人慷慨尚气节,敦友谊。家贫力学,手不释卷。以著述称于时,四方求文者接踵而至。著有《孙宇台集》。生平详张右民《孙宇台传》。

万历四十八年庚申（1620）

正月十九日子时，沈谦生。

　　沈谦《东江集钞》末附沈谦之子沈圣昭《先府君行状》："先君生于万历庚申岁正月十九日子时。"

　　沈谦（1620—1670），字去矜，号东江，浙江仁和人。崇祯十五年补县学生员。明亡后，隐居不出。著有《东江集钞》、《词韵》、《临平记》等。生平详应㧑谦《东江沈公传》、毛先舒《沈去矜墓志铭》。

泰昌元年庚申（1620）

十月十五日寅时，毛先舒生。

　　毛奇龄《西河集》卷九《毛稚黄墓志铭》："君生于泰昌元年十月十五日寅时"，"生君时，母许梦虎登于床，占之者曰：'大人虎变，其文炳也，是儿后以文显乎？'"毛先舒《沈去矜墓志铭》："去矜与余同齿，而生先余九月。"

　　毛先舒（1620—1688），一名骙，字驰黄，四十岁时更字稚黄，浙江仁和人。明末诸生。诗文与毛奇龄、毛际可齐名，时有"浙中三毛，文中三豪"之誉。父殁后弃举业，悉心著述。著有《毛驰黄集》、《濮书》、《思古堂集》、《诗辨坻》等。生平详毛奇龄《毛稚黄墓志铭》。

本年，陆圻三弟陆堦、王嗣槐生。

　　孙治《孙宇台集》卷九《陆梯霞六十寿序》："余友自庚申生者凡三人，曰陆子梯霞、王子仲昭、毛子稚黄。"

　　陆堦（1620—1702），字梯霞，浙江钱塘人。少与兄陆圻、陆培为复社名士，称"陆氏三龙门"。明亡，隐于河渚，以佃渔授徒为生。著有《白凤楼集》、《大成录》、《四书大全》等。生平详毛奇龄《陆三先生墓志铭》。

　　王嗣槐（1620—？），字仲昭，号桂山，浙江仁和人。诸生。康熙十八年荐举博学鸿词，老不与试，授内阁中书舍人。与同里吴农祥、吴任臣、海盐徐林鸿、萧山毛奇龄、宜兴陈维崧，咸为大学士冯溥所延致，称"佳山堂六子"。著有《太极图说论》《桂山堂偶存》《啸石斋词》。生平详《己未词科录》卷四、《清史列传》卷七十。

天启二年壬戌（1622）

二月十七日，丁澎生。

> 上海图书馆藏《顺治十二年乙未科会试三百八十五名进士三代履历便览》载丁澎"壬戌年二月十七日生，嘉善籍，仁和人。"丁澎《扶荔堂诗集选》卷九有《辛酉三月初度日自酌》，其中有"玉历人间还甲子，丹砂鼎内合雄雌"之句。古代用干支纪年计算岁数，一甲子为六十岁，丁澎应生于天启二年。
>
> 丁澎（1622—1691），字飞涛，号药园，浙江仁和人。崇祯十五年举于乡，顺治十二年进士。初官刑部主事，调礼部郎中。顺治十五年充河南乡试副考官，以科场案牵连流徙尚阳堡。康熙二年期满南还。游食四方，以著述终身。著有《扶荔堂诗集选》、《扶荔堂文集选》、《扶荔词》等。生平详林璐《丁药园外传》、多洛肯《〈中国回族文学史〉中清初诗人丁澎生平考辨》。

天启三年癸亥（1623）

十月初五日，毛奇龄生。

> 毛黼亭《萧山毛氏宗谱》卷四《大房世系纪》载毛奇龄"生于明天启癸亥十月初五日"。
>
> 毛奇龄（1623—1713），原名甡，字大可，又字于一、齐于，号西河，又号初晴、晚晴等，学者称西河先生，浙江萧山人。清初著名学者、诗人。康熙十七年，荐举应试博学鸿词科，中二等，授翰林院检讨，任明史馆纂修官。康熙二十四年充会试同考官，不入，告假回乡，闭门著书终老。著有《西河集》。生平详毛奇龄《自撰墓志》、《清史稿》卷四百八十一。

天启五年乙丑（1625）

毛先舒能辨四声。

> 毛奇龄《西河集》卷九《毛稚黄墓志铭》："君六岁能辨四声。"

沈谦能辨四声。

> 沈谦《东江集钞》卷末应㧑谦《东江沈公传》："幼颖异，六岁能辨四声。"沈圣昭《先府君行状》："生而颖异，六岁能辨四声，先王父奇爱之。"

天启七年丁卯（1627）

毛先舒能为诗，其咏西湖诗为一时传诵。

> 毛奇龄《西河集》卷九《毛稚黄墓志铭》："八岁能诗。"马如龙、杨鼐等纂修，李铎等增修《（康熙）杭州府志》卷三十四："毛稚黄先舒八岁至西湖，作诗云：'杨柳千条绿，桃花万树红。船行明镜里，人醉画图中。'"

> 《国朝杭郡诗辑》卷三《毛先舒传》："八岁至西湖，有'船行明镜里，人醉画图中'之句，为一时传诵。"

丁澎始读诗、古文。

> 赵士麟修、张衡等纂《（康熙）浙江通志》卷四十"丁大绶妻顾氏"条曰："澎六七岁时，顾即教读诗、古文。大绶谓非所急，顾笑曰：'所望此子者岂仅科名耶？'"

崇祯元年戊辰（1628）

沈谦能诗，受时风影响，喜温庭筠、李商隐之风。

> 沈谦《东江集钞》卷首陆圻《东江集钞序》："沈子去矜九岁能为诗，度宫中商，投颂合雅。其天性然也。乃其风气间，喜温、李两家。"

崇祯二年己巳（1629）

毛先舒能为文。

> 毛奇龄《西河集》卷九《毛稚黄墓志铭》："十岁能属文。"

> 毛先舒《潠书》卷六《与王轸石书》："仆自束发学为文，几三十年矣。盖十一、二读古文，即知所为千秋者。然纷华外夺，每为文，欲人人赏之。"

沈谦读书灵晖馆中，此后长达十三年。

> 沈谦《东江集钞》卷六《灵晖馆梧桐记》："予年十岁，读书其中。……乃予发箧下帏，朝夕吟讽，卧起必以桐影上下为期。俄花而子，岁密月繁，与年俱长。凡十三年，相对如友。"后灵晖馆及梧桐树一并为火所焚。

崇祯三年庚午(1630)

吴百朋能为文章。

> 孙治《孙宇台集》卷二十四《亡友吴锦雯行状》:"君生而岐嶷,年十五已能文章,读五经子史数千万言。"

崇祯六年癸酉(1633)

吴百朋补博士弟子。

> 孙治《孙宇台集》卷二十四《亡友吴锦雯行状》:"十八补博士弟子,学使者黎左严先生拔置第二,称君为千里才。"

陆圻始学诗。

> 陆圻《威凤堂集》卷二《唐翼六诗序》:"余年二十而学诗。"

柴绍炳始结交陈廷会。

> 柴绍炳《柴省轩先生文钞》卷七《陈际叔四十寿序》:"予于同郡相友善称异性昆弟者,无虑什数人,乃得交陈子际叔最早,时方崇祯癸酉,予年未弱冠,际叔则总发童子耳。两人皆处城东偏,密迩往还,而予居尤僻,瓦屋数楹,厕于短垣废圃间,枯桑败竹,丛杂三径,叔际时一过从,辄剧谈角艺,奋褒低邛,击节起舞,故虽樵苏不爨,意气足豪也。乘兴即登城揽胜,此地去凤山只尺,徘徊其上,南望富春,东眺海门,目极千里,凭吊古今,不胜歔欷。"

陆圻始结交吴百朋。

> 陆圻《威凤堂集》卷六《吴锦雯濯足图》:"吴生豪举世希有,弱冠结交殊耐久。"可推知陆圻与吴百朋结交当在是年。

崇祯七年甲戌(1634)

毛先舒与孙治同师从闻启祥,闻启祥称二人为"二俊"。

> 《国朝杭郡诗辑》卷三《孙治传》:"幼与毛稚黄游闻子将之门,子将称为

'二俊'。"孙治《孙宇台集》卷八《赠毛稚黄序》："自吾十六七时即与稚黄为亲友。……稚黄之为童子也，早慧，诗书略皆上口，便已绝人。而其尊先生令稚黄学贾，稚黄持筹市上，束书不观者三载。已又负笈读书，与余同席也。"则二人同砚席读书当于崇祯七年。

闻启祥，字子将，浙江钱塘人。博综群书，工制举业。万历四十年举人，天启二年与嘉定李流芳同上公车，闻警报踵至，未及国门而返。后屡被荐征召，坚辞不赴。著有《自娱斋稿》。生平详毛先舒《闻孝廉传》。毛先舒受闻启祥教诲甚多，对其颇为感激。毛先舒《潠书》卷七《闻孝廉传》："予时年少疏躁，公含容之，益教诲亡倦，视今日士大夫，公真不可及也。使公至今而在，虽日跽公侧，倾耳幸一言奉为依刑，且乐之矣。"

陆圻之父陆运昌中进士。

施闰章《学余堂集》文集卷十一《重建永丰陆侯祠堂记》："君讳运昌，字梦鹤，浙江钱塘人，崇祯甲戌进士。"

陆运昌（？—1641），初名鸣勋，字梦鹤。万历四十六年举孝廉，崇祯七年进士，官江西永丰知县，后迁吉水知县。崇祯十三年因母丧还家，崇祯十四年卒于京口。著有《大易吴学》《元图集》《学制肤言》等。生平详孙治《陆太孺人墓志铭》。

崇祯八年乙亥（1635）
吴百朋娶顾氏。

孙治《孙宇台集》卷二十四《亡友吴锦雯行状》："年二十，娶于顾文学。顾子隽公奇其文，以妹妻之。"

陆圻之父陆运昌官江西永丰县知县。

施闰章《学余堂集》文集卷十一《重建永丰陆侯祠堂记》："明崇祯乙亥，武林陆梦鹤先生知永丰县，期年称治，用调繁例改吉水，又称治。二县之人思之，并祀名宦，而永丰有特祠。"

崇祯九年丙子（1636）
孙治与陈廷会始交。

孙治《孙宇台集》卷四《陈际叔文集序》："己未春,程子骏发以其师际叔陈先生之命赍文集数百篇属余裁定。念与际叔缔交四十三年矣。"

崇祯十年丁丑(1637)

毛先舒著《白榆堂诗》,刊行于世。

毛奇龄《毛稚黄墓志铭》："十八岁著《白榆堂诗》,镂之版。"

陆圻与陈廷会初识于孙治席上。

陈廷会《寿陆配孙夫人文》："忆余弱冠,初与丽京交,实自夫人之弟宇台始。一日,余与同人共集宇台所,操觚为制艺,方毕就饮,而丽京至,遍读同人文,独目属予者四三。未几,复遇于灵芝兰若,是时当崇祯之中。"

崇祯十一年戊寅(1638)

正月,沈谦师从祝锦川。

沈谦《东江集钞》卷首祝锦川《东江集钞序》："吾始见沈子,年才十九龄耳,为戊寅之春。"沈谦《临平记》卷首祝锦川《临平记序》："予自戊寅首春应献廷沈公之招,命其幼子谦从予游。朝岚夕月,瀹茗论文者四易寒暑。游屐所至,竟日忘归。愧予潦倒不文,无能一振山川之色。"

祝锦川,字文襄,号慎庵,海宁人。生平不详。

沈谦娶妻徐氏。

沈谦《东江集钞》卷六《先妻徐氏遗容记》："妾自崇祯戊寅得侍巾帨,积有数年。"《东江集钞》卷八《祭亡儿圣旭文》："吾年十九娶汝母。"

崇祯十二年己卯(1639)

冬,柴绍炳娶妻张氏。

柴绍炳《柴省轩先生文钞》卷八《亡妇张氏传》："张于己卯冬归予。"

本年，张丹与孙治结交。

孙治《孙宇台集》卷九《张母沈太夫人寿序》："仆与纲孙之相识也于己卯。"

毛先舒与沈谦结交。

沈谦《东江集钞》卷首毛先舒《东江集钞序》："当卯、辰之间，两人俱弱冠。予时并卧清平山中，去矜就访余，且赠以诗。予望而遽，霍然起谢曰：'读子诗已疗我酲之疾，而亲其人且饮我以瑶浆之凉。子殆示吾天壤，而吾之即发于踵。子不从人间来邪？'"

陆圻与赵元开结交。

陆圻《威凤堂集》卷十八《祭太学赵元开文》："崇祯己卯岁，予交太学赵君元开于临平，是时余年二十余，君亦始逾三十。予苦食贫，而君则拥高赀，称素封，然君以儒雅爱予，而予以侠烈重君，两人者遂相与为友焉。"

赵元开(1606—1658)，生平事迹不详。

祁奕远于涌金门外举兰里文社，徐继恩、张右民、吴百朋、陆圻、陆培、毛奇龄皆与会。

毛奇龄《西河集》卷一百五《陆三先生墓志铭》："崇祯己卯举两浙乡试，先生偕两兄合梓其社业行世，而鲲庭君子是年中式。……予是年初赴试场，从祁君奕远举兰里文社于涌金门外，杭之名士唯徐君世臣、张君用霖、吴君锦雯先后至，曰：'三陆君何在？'既而丽京、鲲庭来，而先生不赴。次日访先生于板儿巷。"

沈谦父沈士逸开章庆之堂，延请文学士。

毛先舒《沈去矜墓志铭》："忆己卯、庚辰之间，流贼蹦蜀、豫，转入三晋，时遣重臣将兵出，率挫衄遁逃。西北势已危，而大江以南蜚蝗从北来蔽天，米一石值六七缗钱。饥馑连数岁，道殣如麻。士大夫方扼腕慷慨，指陈时事，联络风声，互相推与，怀古人揽辔登车之思焉。是时逸真先生亦开章庆之堂,多延文学士与去矜为周旋。陆景宣为东南士类冠冕,馆于沈氏,与诸公赋诗,悲歌饮酒,连日达夜。余时卧病不得与,然心向而驰,盖意气犹壮也。越四年,天下乱,客皆散去。"

沈士逸(1583—1650),字逸真,号献亭。善骑射,万历末以功授游洋将军。辞官后以医名于吴越间。著有《海外纪闻》《翊世玄机》《绳枢约言》《清乘简园集》。

崇祯十三年庚辰(1640)
沈谦之子沈圣旭生。

> 沈谦《东江集钞》卷八《祭亡儿圣旭文》:"二十一生汝。"

陆圻弟陆培中进士。

> 屈大均《明四朝成仁录》卷七《杭州死节传》:"陆培,字鲲庭,仁和人。生而倜傥,负气发愤读书,日不尽数卷不止。为文辞振笔风发,光采烂然,人皆叹其华赡。崇祯十三年成进士。"

登楼社成立。

> 全祖望《鲒埼亭集》卷二十六《陆丽京先生事略》:"吉水尝曰:'圻温良,培刚毅,他日当各有所立。'大行举庚辰进士,当是时,先生兄弟与其友为登楼社,世称为'西陵体'。"毛奇龄《西河集》卷六十六《五贤崇祀乡贤祠记》:"当予见五贤,在崇祯之末,维时乙卯庚辰间,修里社之废而集乡之文人学士以为社,在五贤立社则有所为登楼与揽云者,其人尚气节,以东汉诸儒为宗,而其为文则精深奥博,破陋学之藩而一归于古。"

崇祯十四年辛巳(1641)
三月十七日,钱安修举临社,陆圻与尤侗、黄淳耀、夏云蛟、吴𩄔、钱安修、侯元涵等人盟会于拂水岩。

> 尤侗《西堂杂组》杂组一集卷五《游虞山记》:"辛巳暮春,钱子方明有临社之盟,期于拂水岩。十五之夕,予与沈子石均、章子允文、汤子卿谋买一叶鼓行而东,泊于齐女关。……十七日,游钱氏红豆庄。……久之石均允文

来,催赴方明之约,座上客为西泠陆丽京,鄮城黄韬生、夏启霖、侯记原、研德、松陵吴羽三,而方明与薄远之、归朗星、叶景如、陆幼于为琴上主。酒半,与诸子衔杯酬答,赋诗相赠,极欢而罢。是夕,辞主人。十八日,解维张帆,乘长风直下,顷刻抵家。"

五月,孙治母七十初度,陆圻为撰寿序。

> 陆圻《威凤堂集》卷十七《孙母张太孺人寿序》:"岁在辛巳,夏五月为孙母张太孺人七十初度,同盟与其孙宇台兄弟相友善者咸奉觞于阶下,而圻犬马齿稍长,有辱配其孙女,于是称祝词以进曰寿者,至德之符契德者,闻教之大宗也。"

毛先舒《白榆堂集》流传至山阴,时陈子龙任绍兴推官,于祁彪佳座上见之,称赏,并于赴杭时造访先舒。毛先舒感念陈子龙知遇之恩,遂结为师友。

> 据毛奇龄《毛稚黄墓志铭》,毛先舒"十八岁著《白榆堂诗》,镂之版。华亭陈子龙为绍兴推官,见而咨嗟。于其赴行省,特诣君。君感其知己,师之"。陈子龙自撰《年谱》崇祯十四年辛巳"附录"引《白榆集小传》云:"先舒著《白榆集》,流传山阴祁中丞之座,适陈卧子于祁公座上见之,称赏,遂投分引欢,即成师友。"《国朝杭郡诗辑》卷三《毛先舒传》:"弱冠,刊《白榆堂诗》。陈卧子方司理绍兴,见之嗟赏。读至'沧海春潮随月落,潇湘暮雨带云还',叹曰:'吐句可谓落落孤高,惜非功名中人耳。'"

陈子龙为毛先舒《歇景楼诗》作序。

> 毛奇龄《毛稚黄墓志铭》,毛先舒"时复有《歇景楼诗》质子龙,子龙为之序。"黄云《濮书序》云:"往时陈卧子先生为当代宗匠,《歇景楼》一序,倾心推与,欲以斯文相属,遗翰犹存,他不具论也。"《歇景楼诗》今佚。

毛先舒《井幹轩诗集》成书,柴绍炳为撰序。

> 柴绍炳《柴省轩先生文钞》卷六《井幹轩诗集序》:"钱唐毛子驰黄者,今年二十有二,学诗数年,所已逾数伯子万言,而投诸筍篚,篚且饱,不胜录,顷

乃汰什存一而衰为集,得凡乐府选古近体律绝如干首,其友人柴绍炳为之序。"①此书当成于崇祯十四年。

丁澎为东林党人所推崇。

> 丁辰槃《扶荔堂跋》:"先生秉性醇厚,博学能文,弱冠即为东林诸先达所推重。"

丁澎与海宁朱嘉徵结交。

> 丁澎《扶荔堂文集选》卷四《同年朱止溪先生八十寿序》:"予弱冠即与先生游,先生长予二十岁,时相效为乐府古诗歌。壬午间同举于乡,忝齐名天下,不知为忘年交也。"

张丹与孙治结为兄弟。

> 孙治《孙宇台集》卷九《张母沈太夫人寿序》:"仆与纲孙之相识也于己卯,而与纲孙之结为亲友也以辛巳。……仆曰:'嘻!此其为吴越大男子,相其识度已在山涛、魏舒间矣。'于是遂结为兄弟,张子拜吾父吾母,仆亦拜其父稗青先生、母沈太夫人也。"

孙治授书于临平赵元开家,时陆圻授书于沈谦家。读书之暇,孙治与诸子饮酒赋诗。

> 孙治《孙宇台集》卷四《安隐寺同诸子效柏梁体》:"辛巳、壬午间,余下帷于临平赵氏元开家,而景宣亦下帷于去矜氏。读书之暇,日与诸子饮酒赋诗。尝憩安平泉闲游,或效柏梁之体,或仿皮、陆之制,亦一时之快也。今已三十余年矣,追忆曩游,若在昨日。检旧笥中,得诸子效柏梁一纸,不欲删去,以存凤昔于千一云。"同书卷八《赠赵元开序》曰:"仆自辛巳岁即说经赵氏矣。"卷二十四《先室沈孺人行状》:"庚辰、辛巳连年饥馑,余遂下帷临平赵氏。"

---

① 柴绍炳:《井幹轩诗集序》,《柴省轩先生文钞》卷6,《四库全书存目丛书》集部第210册,济南:齐鲁书社,1997年,第272页。

陆圻以陈子龙诗授沈谦,沈谦特喜,遂去温、李之绮靡而效汉魏盛唐。

> 沈谦《东江集钞》卷首陆圻序曰:"沈子去矜九岁能为诗,度宫中商,投颂合雅。其天性然也。乃其风气间,喜温、李两家。崇祯辛巳,予以华亭陈给事诗授之,沈子特喜,于是去温、李之绮靡,而效给事所为。即沈子诗益工,寻汉魏之规矩,蹈初盛之风致。内竭忠孝,外通讽谕,洵诗人之隩区也。"

丁澎与严沆结交。

> 丁澎《扶荔堂诗集选》卷一《五君咏·严黄门子餐》:"二十友严生,弱冠抒幽抱。同游宛洛间,神清企叔宝。探扶石室藏,置身青云早。朝阳有鸣凤,翚羽挨奇藻。明发排紫宸,俯啄玉山草。浮翳闪羲驭,上得摩苍昊。金石难淬砺,冰霜各相保。"

陆圻父陆运昌卒,又值饥荒,陆圻家生计艰难。

> 陆圻《威凤堂集》卷十五《孝女倪孺人传》:"辛巳,先府君捐馆。"同书卷十八《祭太学赵开元文》:"岁辛巳大饥,予方罹先君子忧,歠粥饮水,三旬九食,家人率炊麦沈自存。"孙治《孙宇台集》卷二十三《陆太孺人墓志铭》:"辛巳,吉水君遭内艰以死,太孺人称未亡人,如不欲生。"

柴绍炳与张右民结交。

> 张右民《东皋诗文集》有《祭柴虎臣文》,曰:"余与公交逾三十年所,平时往返亦殊落落,而神理之间则如磁石之合、针芥之投,惟公知我,惟我知公,而今已矣。"

崇祯十五年壬午(1642)

春,复社成员于虎丘大集,吴百朋、陆圻、陆培、丁澎皆与会。

> 杜登春《社事始末》:"壬午之春,又大集虎阜。维扬郑超宗先生元勋,吾松李舒章先生雯为主盟。桐城方密之先生以智、伊弟直之其义、孙振公先生中麟,合肥龚孝叔先生鼎孳,溧阳陈百史先生名夏、宋其武先生之绳,江右曾

庭闻先生传灯,武林登楼诸子如严子岸先生灏、严子问先生津、严子餐先生沆、吴锦雯先生百朋、陆丽京先生圻、陆鲲庭先生培、陈元倩先生朱明、吴岱观先生山涛、禹穴张登子先生陛,及锦雯之徒丁子飞涛澎、海盐范文白先生骧、查伊璜先生继佐、彭仲谋先生孙贻、嘉兴陈子木先生恂、徐亦于先生郴臣、曹秋岳先生溶、秦中韩圣秋先生诗,楚中杜于皇先生浚,白下郭卧侯先生亮、余澹心先生怀、邓孝威先生汉仪、叶天木先生舟、白孟调先生梦鼎、白仲调先生梦鼐,武进唐采臣先生德亮、咸价人先生藩、董玉蛟先生文骥,维扬冒辟疆先生襄,吴门黄心甫先生,及前所称诸先生之子弟,云间之后起皆与焉。其他各省名流,余不能悉。"

仲夏,张光球授子张丹作诗法。

> 张丹《张秦亭诗集》卷首《从野堂诗自序》:"襄壬午仲夏,先子读书家园相鸟居室,予侍立,先子诲予作诗法。"

九月二十日,张丹之父张光球卒。

> 张丹《张秦亭诗集》卷首《从野堂诗自序》:"至八月试事甫毕,先子见背焉。"孙治《孙宇台集》卷九《张母沈太夫人寿序》:"壬午稚青先生没。"施闰章《前孝廉张稚青先生墓志铭》:"年四十三,崇祯壬午九月二十日卒。"

秋,沈逸真举章庆堂宴集,延请文士。宾主十人先为柏梁体一篇,继而各赋七言律诗一首,由沈谦整理成集,祝锦川为作序。

> 沈谦《东江集钞》卷六《章庆堂宴集记》:"堂落成之六年,岁在壬午,予师祝慎庵先生至自海宁,黄平立至自槜李,骧武、景宣二陆子、宇台孙子至自郡城,南邻郎季千俱翩然来集也。家君以群贤萃止,遂张歌舞之筵。予兄弟持筋劝客酬酢燕笑,极为愉快。时维秋暮,玉露既零,金花特盛,一堂之内,焕若春阳。已而白月东升,列炬如昼,帘幌低垂,表里映彻,有吴伶宝郎者,能为凄断之音,佐以丝竹,愁惨靡曼,闻者啜泣,清歌未终而鸡已三号矣。景宣曰:'兹会偶尔,然皆一时之彦。南北东西,又讵得常聚,诸公能无一言以志其盛?'宾主十人先为柏梁体一篇,继各赋七言律诗一首,而祝先生为之序,尊齿也。明日家君命予总录都为一集,藏之箧笥,备观览焉。"《国朝杭郡诗续辑》卷三郎驹《章庆堂宴集同祝天孙、陆骧武、丽京》:"玉露金风爽气催,兰

堂星聚绮筵开。红牙按曲梁尘绕,彩烛流觞斗柄回。管鲍谊高东海士,机云藻掞洛阳才。不须中坐生愁叹,已志澄清在草莱。"沈諴《同人宴集章庆堂》:"凤膏云幄郁金堂,夜集清流进羽觞。鄂杜广交通侠少,邯郸徵伎使名倡。愧无美酒行兰室,已见鸿文擅柏梁。此夕可矜投辖事,有人星部奏奇光。"

沈谦补诸生。

> 沈谦《东江集钞》卷末沈圣昭《先府君行状》:"崇祯壬午补诸生。"同书卷末应撝谦《东江沈公传》:"崇祯壬午补县学生。"

丁澎举于乡。

> 林璐《岁寒堂初集》卷三《丁太公传》:"壬午,澎举于乡。公奉母观鹿鸣,孙簪花马上,喜溢老人颜色。"丁澎《扶荔词》卷首梁清标《扶荔词集序》:"往壬午岁飞涛丁子举于南,余举于北,当时即闻丁子负隽才,名噪海内。"

孙治与蒋亭彦结交。

> 孙治《孙宇台集》卷九《武唐蒋去华先生寿序》:"三蒋子发迹于武唐,名闻天下。壬午余交亭彦。"
> 蒋玉立,字亭彦,嘉善人,顺治十一年(1654)副贡,著有《泰茹堂集》。

孙治绝意仕进。

> 张右民《东皋诗文集》有《孙宇台传》,称:"壬午后,治遂坚节不复应制举,日从行僧往江干收遗骸。教授生徒,贫乏不能自存者,损其余粮以资给之。"

吴百朋举于乡,师从宋琬仲兄宋璜,并受陈子龙推赏。

> 孙治《孙宇台集》卷二十四《亡友吴锦雯行状》:"壬午举于乡,受知莱阳宋玉仲先生之门,而云间陈卧子先生实暗中揣摩为名士。本房得士七人,君为殿,而实以君为国士也。君自此益抱击楫中原之志矣。"

崇祯十六年癸未(1643)

春,钱充子招陆圻、吴百朋、丁澎、方文、关键、汪沨等人夜集。

> 方文《嵞山集》卷四《钱充子招同徐兰生、关六铨、陆丽京、吴锦雯、汪魏美、丁飞涛夜集》:"年年劳梦想,今始上君堂。独立三峰秀,群言九畹香。室云通海气,沼月动江光。况有杯中物,谁能废古狂。弹棋观圣手,默坐亦清嘉。弱柳烟中树,残梅雨后花。渚鸿春有序,檐鹊曙将哗。归客多惆怅,扬舲问水涯。"

春,陆培举西陵大社,吴百朋、严沆、张右民皆与会。

> 张右民《东皋诗文集》有《祭吴锦雯文》,曰:"癸未鲲庭有正盟之集,余与公与焉,嗣后情好日笃。"同书又有《祭严颢亭文》,曰:"继有西陵大社,癸未春有正盟之举。"

三月,沈谦始撰《临平记》。

> 沈谦《临平记》卷一:"谦撰此书,经始于崇祯癸未三月。"

时危,沈谦尝邀毛先舒至其家避难。未几沈家遭大火,南园焚掠几尽。

> 沈谦《东江集钞》卷首毛先舒序:"然去矜家临平湖,余在会城,与酬对日少。一日过,把余臂曰:'时殆矣。予家东乡有园林池台之胜,足可游陟;藏书百卷,可自娱;种鱼卖药,可以养生;俗朴而信,可以为城。予且治十亩之桑,聊与子逝。行有缓急,其毋忘予所云东乡焉。'予曰:'诺。'未几,临平盗特起,纵火焚略,比屋之庐荡然。凡事不可豫料类如此。"沈圣昭《先府君行状》:"崇祯壬午补诸生。明年家难起,南园焚掠几尽,即两伯所居之地也。先君割宅之半畀兄居焉,先王父深嘉之。"

八月,丁澎游京师,值祀典,赋《灵坛》诗。

> 丁澎《扶荔堂诗稿》卷一《灵坛》小序:"祀典也。癸未秋八月,帝有事西郊,夕月礼成。臣方游京师,得从辇跸下备观大仪,为之赋《灵坛》。"

秋,吴百朋下第而归,适母病,于家奉母。

> 孙治《孙宇台集》卷二十四《亡友吴锦雯行状》:"癸未秋计偕锻羽而归,会母夫人病,衣不解带者匝月,居忧哀毁。"

里社诸子辑《敬学集》,柴绍炳为撰序。

> 柴绍炳《柴省轩先生文钞》卷六《敬学集序》:"岁在壬、癸之交,东南文事大盛矣。里社诸子鸠同人之所为会艺而论定厘次之,凡若干篇,都为一集,名曰'敬学'。既已授剞劂氏,乃属序于不佞,既受而卒业,揔其起讫,绎思名义,不禁喟然长叹曰:'旨哉,敬学之称也,诸君子良贤乎哉!'……仆束发受书,尊闻行知,幸为二三兄弟所推挽,切磋文义,身在其间。盖西陵学者,咸归我党。观矣往昔师古经始,而登楼、揽云继之,虽三集题拂小殊,互为鼓吹,要以通经合雅,深于义理之文,未始不相得益彰也。顷者诸君子推原家学,斌斌有其文。执笔谋篇,义符经传,臧否取舍,各畅所怀,爱憎异同,一时都尽。语云:君子以文会友,以友辅仁。视师古、登、揽之役,有后先而无彼我。然其于道也,宜较深矣。以是术追圣教,即汉宋颛之说,尽可通而广之,又宁溺于甘陵南北部及洛蜀分门者哉?"

刘宗周讲学于蕺山,毛先舒拜其为师。

> 毛奇龄《毛稚黄墓志铭》:"后因过绍兴,谒子龙官署。会山阴刘中丞讲学于蕺山之麓,君执贽问性命之学。"毛先舒《潠书》卷七《与姜定庵书》:"仆昔曾侍山阴之门,至今追忆模楷,常抱九原可作之思。"恽格《毛稚黄十二种书序》:"昔者先君与毛子同游蕺山夫子之门,略相先后。"据《明史·刘宗周传》,刘宗周于崇祯十六年归里讲学,故毛先舒师从刘宗周当于是年。

郭璘招陆圻、朱嘉徵等人至其宅饮酒赋诗,陆圻作《癸未岁郭彦深招同朱岷左、杨荤厓、郭咸六、范玉宾诸子即席分赋得灰字,时值风雨》。

> 陆圻《威凤堂集》卷九有《癸未岁郭彦深招同朱岷左、杨荤厓、郭咸六、范玉宾诸子即席分赋得灰字,时值风雨》。

孙治与蒋云翼、蒋玉章结交。

孙治《孙宇台集》卷九《武唐蒋去华先生寿序》:"三蒋子发迹于武唐,名闻天下。壬午余交亭彦。又逾年而始交鸣大、篆鸿,其诗文皆今之隽也。"

蒋云翼,初名会真,字鸣大,嘉善人,顺治甲午举人,官泾县知县。蒋玉章,一名瑑,字篆鸿,号禹书,蒋玉立弟,顺治辛卯副贡生,著有《三径草灵威集》。

崇祯十七年甲申(1644)

正月初六日,陈确饮徐孝先家,初晤柴绍炳。

> 吴骞《陈乾初先生年谱》卷上"大清顺治元年"条:"正月复与吴仲木渡江至山阴,渡江日记初六日,补寿沈朗思尊公号龙锡,同席沈方则、黄晦木。晚饮徐孝先家,初晤柴虎臣、陆遐征。"

正月初七日,陈廷会于陆圻家初晤陈确。

> 吴骞《陈乾初先生年谱》卷上"大清顺治元年"条:"初七日,陆五畴、孙宇台过,晚饮陆丽京家,初晤陈际叔、陆紫躚、陆豨胡。"

春,吴百朋得惊悸症。

> 孙治《孙宇台集》卷二十四《亡友吴锦雯行状》:"甲申春遂因痰疾得惊悸症,不省人事者阅五七月。"

三月十九日,李自成攻陷京师,崇祯帝自缢。消息传至浙西,陆圻与陈廷会等人哭崇祯于学宫。

> 陈廷会《寿陆配孙夫人文》:"又数年,闯贼犯阙,神京陷,丽京与余辈二三兄弟哭大行皇帝于学宫。"

陆培与汪沨游闽之温陵,闻京师陷落,恸哭而返。

> 《(康熙)仁和志》载陆培"甲申,与友汪沨游闽之温陵,闻北都陷,恸哭而返"。

夏,临平大旱,沈谦著《临平湖考》,倡效苏轼浚西湖法,用以筑堤。后此事因国变未果。

> 沈谦《临平记》卷三:"崇祯十七年夏,临平大旱,湖水涸绝。里人扬州太守誉星、夷陵别驾似车二徐公欲倡义开浚,而难于贮泥。予劝其效东坡浚西湖法,用以筑堤,诚为两便。迨所蓄既深,渐次兴复四闸及东江故道,诚盛举也,因著《临平湖考》以劝其成。后以遭时多难,不克竟其功云。"

毛先舒与山阴祁理孙、祁班孙兄弟结交。

> 毛先舒《毛驰黄集》卷六《贺祁太夫人五十序》:"予获交山阴二祁兄弟盖甲申之岁也。时忠敏公由御史起家为大中丞,镇抚南都,道经钱唐,而公有别墅西湖之滨,与太夫人寓居之。先舒时与诸祁宴于湖,酒醴笙瑟,以相酬答。而遥望公别墅,灯火如星,烟香如云,百禄所臻,郁郁纷纷。"二祁兄弟即祁彪佳之子祁理孙、祁班孙。
>
> 祁理孙(1627—1663),字奕庆,号杏庵,祁彪佳长子。明亡后,祁彪佳投水殉节。祁理孙与弟祁班孙皆毁家纾难,与四方抗清之士暗中结交,因叛徒告密均被捕,后由弟班孙代兄流放。祁班孙(1632—1673),字奕喜,山阴人。班孙次六,人称"六公子"。康熙元年(1662)以浙江"通海案"被流放宁古塔。康熙二年至戍所。康熙三年春,曾被征调乌喇充当水手,同年逃归,隐姓埋名,至苏州吴县尧峰山寺中为僧,号咒林明大师。康熙十二年(1673)卒。著有《紫芝轩集》。

甲申国变后,沈谦家计零落,托迹方技,绝口不谈世务,亦不求仕进。

> 沈谦《东江集钞》卷七《答丁飞涛书》:"仆伏处岩穴,樵木为徒,卖药种鱼,聊以自活。"沈圣昭《先府君行状》:"嗣后家计益落,风鹤屡惊。先君乃托迹方技,寄情翰墨,绝口不谈世务,亦无欣慕仕进意。"应㧑谦《东江沈公传》:"后家计零落,终肆力诗古文,口不谈世务,亦不求仕进。"

毛先舒、张丹赴沈谦居所,于沈氏南楼烧烛盟誓,抒啸高吟,时称"南楼三子"。

> 毛先舒《沈去矜墓志铭》载:"越四年,天下乱,客皆散去。于是去矜遂自

托迹方技,绝口不谈世务,日与知己者余与张祖望登南楼抒啸高吟。楼东眺海,西望皋亭,群峰苍然,大河南流,酹酒临风,凭吊千古,时称'南楼三子'。"沈谦《东江集钞》卷七《与张祖望》:"南楼之盟,足下与稚黄不皆夙夜相聚哉?雪风较猎,花月征歌,骧首论心,通宵秉烛,时虽小创,意气尚豪,一时翕然称为三家,比于西园竹林之盛。"张丹《张秦亭诗集》卷五《钱唐三子歌》云:"钱唐东流众星奔,倾沙陷石泻孤村。潮声直撼临平湖,湖上高楼动云根。中有三子烧烛拜,冬雷夏雪盟弗败。云是张姓及沈毛,晤言不知日月迈。意气俱干青云端,管鲍相交乌足怪。予也耻为一日长,家无担储多慷慨。樽前直起乞槟榔,雪中自好披鹤氅。望海偏踞秦亭高,把杆欲溯严濑广。须鬐三尺空老大,中夜悲歌萝薜幌。秦宫玉虎游人闲,汉苑铜驼埋草莽。沈子此时同戚戚,援琴奋袖弹霹雳。寂寂古井哀王粲,荒荒野鸡舞祖逖。予舞且止子哀多,桐木挝鼓如鸣鼍。白鹤飞出皮破碎,大呼风急鼎湖波。卖药但令种红杏,作书不妨笼白鹅。秋思别作吹蓬曲,春伤还唱伯劳歌。座中毛子感相泣,斗酒不醉葛巾湿。少年诗赋动公卿,傲气轩轩但长揖。避世已同梅市隐,出游未羞皂囊涩。几时还制屈子衣,几时还呼桃叶楫。如君说诗解人颐,如君弈棋群贤集。胡床坐听张镜谈,茅宇欲傍云祯茸。嗟嗟兰蕙自同根,蛟龙自同蛰。沈子毛子真奇才,予也得倚玉树立。天地物情多变化,莫忘乘车还戴笠。"

吴百朋病,求医于沈谦父。

孙治《孙宇台集》卷二十四《亡友吴锦雯行状》:"甲申,君病,余适馆于临平。君就沈翁献亭医药,余得视君病。"

十二月,沈谦《临平记》完稿。

沈谦《临平记》卷一:"告成于甲申十二月。岁凡再阅,稿凡三更。其间或困于疾厄,或疲于乱离。墨突孔席,几无一息之暇。每当兵火仓卒中,辄恐此稿散失,乃于愁病之余,竣勉厥事。故凡考订论议,卒多未备焉。"

除夕,陆圻与孙治占阴晴,皆应验。

王晫《今世说》卷七:"陆丽京、孙宇台并精京氏学,于甲申除夕各占元旦明晦,丽京决晴,宇台断雨。次早曈昽日出,晚即滂沱雨来,人咸异之。"

顺治二年乙酉（1645）

春，毛先舒始作《诗辩坻》。

> 《诗辩坻》卷末载毛先舒自序："《诗辩坻》四卷，作于乙之首春。"可知该书始作于顺治二年（1645）。

沈谦泛舟苏州、常州，时南都新破，百姓流离。沈谦目击此情形，凄然有感，录是年所作诗四十余首写为长卷。

> 梁绍壬《两般秋雨庵随笔》卷二《沈去矜卷子》载："先生于顺治乙酉泛棹苏常，时南都新破，百姓流离，目击情形，凄然有感，取是年所作之诗写成长卷，计古今体诗四十余篇，末缀小跋，字画苍劲，诗格浑成，允为名迹。是卷藏塘栖金氏，姚君部试托其携入都中，遍征题咏，展卷名公钜卿，山人墨客，诗词歌赋，无美不臻。"杨钟羲《雪桥诗话》三集卷一载沈谦"避乱舟中，手书诗卷自跋云：'庚寅四月二十三日四鼓，过寒山，晓月映塔，流尸触船。披衣起视，悲怆欲绝。天明，因录本年所作五言律诗四十四首，聊以当哭，余体不书。'海宁朱霞举水曹题诗二首，有'骚人经板荡，雪涕走关河'及'投竿子陵节，蹈海鲁连心'之句。"吴庆坻《蕉廊脞录》卷四载其尝见里中金氏所藏沈谦手书诗卷，录沈谦自跋："庚寅四月二十三日四鼓，过寒山，晓月映塔，流尸触船。披衣起视，悲怆欲绝。离乱之苦，大略可见。天明，因录本年五言律四十四首，聊以当哭"，及卷中诗句"鼓鼙孤客泪，书札故人心"、"孤冢儿啼苦，空庭马迹深"、"白发悲行役，青山厌乱离"、"苦雾沉荆棘，青磷见髑髅"，并称该卷"多凄婉之音"。

四月，吴百朋、宋琬皆至京口，与方文相聚。

> 方文《嵞山集》卷四《喜宋玉叔吴锦雯来京口》："悔作江东客，西归又未能。沐猴看傲吏，云鸟忆良朋。二妙一时至，千峰四月登。明朝整游策，先访鹤林僧。"

九月，陆圻至三十岁，作《三十岁后酌酒作》。

> 陆圻《威凤堂集》卷六《三十岁后酌酒作》："手酌东家琥珀色，欲饮不饮

心欲辞。谓道不如年少时,不觉泪下如连丝。须臾顾影漫自怜,莫说红颜不及前。会须千钟比尧舜,何妨百壶称大贤。行年却看过半百,又惜此时未头白。"

陆圻由杭州至东瓯,作《登楼赋》《南征赋》,述东瓯风物。

> 陆圻《威凤堂集》卷二《林弱仙诗序》:"岁在乙酉,余自西陵泛海至东瓯,作赋二篇,曰《登楼》,曰《南征》,述瓯中风物为多。"

沈谦之子沈圣旭六岁,因遭家难,如成人,常有忧色,不与群儿戏。

> 沈谦《东江集钞》卷八《祭亡儿圣旭文》:"六岁,遭家难,转徙流离,汝如成人,常有忧色,不与群儿戏。"

吴百朋迁家于江南。

> 孙治《孙宇台集》卷二十四《亡友吴锦雯行状》:"乙酉从江上归,即迁家于江南。"

顺治三年丙戌（1646）

沈谦作《行路难》十八首,述生平遭际,慷慨悲凉。

> 沈谦《东江集钞》卷一《行路难》其十八:"世事有凶吉,穷达无他术。古人三十称壮年,我今二十已加七。"

吴百朋家资被乱兵洗劫一空。

> 孙治《孙宇台集》卷二十四《亡友吴锦雯行状》:"丙戌阻兵于越,乱兵抄其资囊,矢及于夫人之幄。是时羽旗旁午有欲以卿席待君,君有先几之哲,叹曰:'此何时而欲官耶?'窜于僻野而绝迹焉。已乱靖,还归旧里,家益贫,不能名一钱。"

方文至杭州,与吴百朋相见。

方文《嵞山集》卷七《武林喜晤吴锦雯》："菩提秋寺解装初,即遣长须叩尔居。闻说故人家尚在,天涯怀抱乐何如。形容憔悴残灯下,妻子间关百战余。烽火隔江经岁别,可怜才返旧蓬庐。"

方文过陆圻弟陆培故居,作诗凭吊。

方文《嵞山集》卷七《过陈玄倩、陆鲲庭旧居有感》："两贤相厄自当时,此日精灵共所之。但使天人无愧怍,何论意见有参差。沉渊志决真移孝,嫉恶名成不负师。回首昔年觞咏处,秋飙凄紧岳公祠。"

秋,丁澎于杭州云栖寺初识函可。

丁澎《扶荔堂文集选》卷十二《普济剩禅师塔碑铭》："念丙戌秋,师卓锡云栖,予得从鹫山一识。"

顺治四年丁亥（1647）
陆圻自闽归里,辑殉节士人遗文为《孤忠遗翰》。

孙治《孙宇台集》卷二十八《题陆丽京集殉节诸公卷后》："嗟嗟乎此卷也。吾友景宣氏为余姊婿,丙戌、丁亥之交从闽峤归,访殉节故人遗迹,自漳浦以下,及弟大行君若干首,辑为此卷。已遭罹患难,颠沛流离,而此卷勿失也。"陈廷会《寿陆配孙夫人文》："亡何,其仲氏殉难,丽京亦弃夫人崎岖入闽越,凡两历岁始归。归则与虎臣、魏美及余同讲灵芝、金匮诸书,将以医隐。"王源《居业堂文集》卷十二《孤忠遗翰序》："武林陆鲲庭先生乙酉死于难,留书辞其母及兄弟,其兄丽京先生集一时南北徇难如倪鸿宝、陈木叔、黄石斋诸君子平昔往还书牍、赠答诗、古文装潢成卷,而附其书于后,题曰'孤忠遗翰'藏之。后丽京先生亦遂弃家,长往不返,其子寅寻之十余年不得遇。丙寅夏,寅遇源于京师,出其卷示源使源为之序。源读罢,涔涔泪雨下不可止。"

吴百朋闻陆圻归里,作《喜丽京闽归游赠》。

吴颢《国朝杭郡诗辑》卷二有吴百朋《喜丽京闽归游赠》,诗曰："细雨沉沉云走壑,欲见西头出城郭。有客半夜扣门归,孙郎吴子相蹴脚。（时与宇台相迎)子昔红颜美丈夫,瞿昙黄面胡为乎。秉烛相看如梦寐,畏去牵衣有凤雏。束发读书誓车笠,我才十八君二十。两家子弟定珠盘,余子声名渐角立。发愤要为天下奇,忧时欲鼓中流楫。顾厨俊及互题评,徐陈应刘如雨集。平原家学人所宗,陆生豪气如元龙。方羡上林给笔札,更思幕府开芙蓉。岂知一旦沧桑变,荆棘铜驼未央殿。手里空持金仆姑,马上谁弯大羽箭。大行仲子死如归,厉鬼茫茫白日见。彄环别母赋《南征》,沃焦海若随鲲鲸。兰亭四明不可住,天台五岳何峥嵘。可怜烽火来闽峤,登楼无地堪清啸。自此高蹈提青囊,小儿带下皆奇妙。嗟予碌碌无一长,褊性幽居薛荔墙。袁豹之书未遑读,向平之债岂得偿。单衣短后隐尘市,白狐人立黄狐翔。"

"西陵十子"始朝夕相聚吟咏。

张丹《张秦亭诗集》卷首《从野堂诗自序》:"二十九岁时与友人陆大丽京、柴二虎臣、孙大宇台、沈四去矜、毛五稚黄、丁七飞涛朝夕吟咏,因有西陵十子之选,而源流始明。故中州侯子朝宗曰:'西陵十子之诗,俱有源委者是也。'"该序还称壬午年张丹二十四岁,则张丹二十九岁时即顺治四年。

顺治五年戊子(1648)

三月六日,孙治作《迪躬诗》。

孙治《孙宇台集》卷三十一《迪躬诗》小序曰:"戊子三月六日为余初度,岁月如驶,倏已立年。吾道将废,吾学罔成,感时触绪,悲非一端。因念前人以孝节名臣起家,至于我祖我父,聿修厥德,又增崇之,岂其于吾身而敢有废也。昔蔡邕述祖德之颂,张华作励志之诗,情有兼焉,乃作《迪躬诗》。"

初秋,祝锦川为沈谦《临平记》撰序。

沈谦《临平记》卷首祝锦川序末署"顺治戊子新秋盐官友祝文襄锦川氏撰"。

毛先舒撰《唐人韵四声表》《南曲正韵》。

毛先舒《韵学通指自序》:"戊子岁杪,先舒撰《唐人韵四声表》及《南曲正韵》既成，适同郡柴子虎臣撰《柴氏古韵通》，沈子去矜撰《沈氏词韵》，钱雍明先生撰《中原十九韵说》。"永瑢等撰《四库全书总目》卷四十四《韵学通指》提要曰："国朝毛先舒撰。是编与柴绍炳《古韵通》、沈谦《词韵》同时而出，三人本相友善，故兼举二家之说，其得失离合亦略相等。"陈维崧《陈迦陵文集》卷三《毛驰黄韵学通指序》："钱塘先舒毛氏撰《韵学通指》一卷，汇说古今声韵之沿革通关，既取柴氏绍炳、沈氏谦与所撰诸韵而荟撮之。"王晫《今世说》卷四："西陵诸名士风雅都长，虎臣、稚黄、去矜尤精韵学。虎臣作《古韵通》，去矜作《东江词韵》，稚黄作《南曲正韵》。丽京叹曰：'恨孙愐、周德清曾无先觉。'"

孙治之子孝桢生。

孙治《孙宇台集》卷二十四《先室沈孺人行实》："戊子始举孝桢。"

顺治六年己丑（1649）

夏，吴伟业至杭州，与吴百朋、丁澎等人游，吴伟业与吴百朋互有赠诗。

吴伟业《梅村家藏稿》卷三《赠吴锦雯兼示同社诸子》："吾家季重才翩翩，身长七尺虬须髯。投我新诗百余轴，满床绢素生云烟。自言里中有三陆，长衫拂髀矜豪贤。弟先兄举致身早，我亦挟册游长安。其余诸子俱岳岳，感时上策愁祁连。会饮痛哭岳祠下，闻者大笑惊狂颠。皋亭山头金鼓震，万骑蹴踏东南天。贻书诀别士龙死，呜呼吾友非高官。余或脱身弃妻子，西兴潮落无归船。我因老亲守穷巷，买山未得囊无钱。息心掩关谢时辈，五年不到西溪边。比因访客过山寺，故人文酒相盘桓。手君诗篇令我读，使我磊落开心颜。岂甘不死愧良友，欲使奇字留人间。跳刀拍张虽将相，有书一卷吾徒传。吾闻其语重叹息，平生故旧空茫然。不信扁舟偶乘兴，丁仪、吴质追随欢。酒酣对客作长句，十纸谡谡松风寒。后来此会良不易，况今海内多艰难。安得与君结庐住，南山著述北山眠。"顾有孝辑《骊珠集》卷六有吴百朋《赋赠吴骏公太史二首》，其一曰："藏书石室道何依，揽辔中原愿总违。序体久推皇甫谧，诗篇又遇谢玄晖。论文我欲攀车辙，倒屣君能重布衣。此日郊居应有作，莫愁真赏世全稀。"其二曰："片片湖光起白云，田田荷叶映红裙。宝刀时挂要离冢，油壁遍寻苏小坟。银管编成人未老，玉台咏罢草初薰。独怜卧对南屏月，画角城头不可闻。"

秋,吴伟业自桐庐归里,丁澎兄弟为送行。

> 吴伟业《梅村家藏稿》卷五《别丁飞涛兄弟》:"把君诗卷过扁舟,置酒离亭感旧游。三陆云间空想像,二丁邺下自风流。湖山意气归词苑,兄弟文章入选楼。为道故人相送远,荷花萧瑟野塘秋。"

十月,尤侗至杭州,访柴绍炳。

> 尤侗《西堂诗集》小草《访徐世臣柴虎臣》:"偕隐能如是,奇哉此二臣。卖浆毛共薛,采药肇同晨。名变鸱夷子,方传秦越人。莫因废歌啸,诗卷不风尘。"尤侗《西堂杂组》杂组一集卷五《六桥泣柳记》:"己丑秋,自长安归,将游于东诸侯。以九月二十六日,涉吴江,入檇李。至十月七日,始抵于杭,临江而舍,期以明发。渡钱塘,日移午矣。"

冬,慎交社成立,陆圻参与其中。

> 陈去病《五石脂》:"汉槎长兄弘人名兆宽,次兄闻夏名兆夏,才望尤夙著,尝结慎交社于里中,四方名士咸翕然应之。而吴门宋既庭实颖、汪苕文琬,练水侯研德玄泓、记原玄汸、武功蘂,西陵陆丽京圻,同邑计改亭东、顾茂伦有孝、赵山子沄,尤为一时之选。"

孙治馆于王圣翼家。

> 孙治《孙宇台集》卷二十四《亡长媳王氏事略》:"亡长媳王氏为吾亡友王君圣翼之季女,予门人王遵、王逊之季妹也。己丑,予下帷于其家。"

顺治七年庚寅(1650)

三月,吴百朋至芜湖,与方文相聚。

> 方文《嵞山集》卷七《喜吴锦雯来自越》:"春江知尔欲扬舲,日日登楼数驿亭。杨柳低垂人始至,风波吁骇事初经。看云岂独郎为宿,照水应知客是星。若话游踪愁转剧,茫茫大海两浮萍。　妙年能不赴春闱,此意如今识者稀。无论君亲恩可忘,只言师友训难违。愁中白发三千丈,雨后霜皮四十围。怀我新诗情自苦,夜深读罢泪沾衣。"

八月,沈谦父病,谦旦夕祈祷,衣不弛带者五月。

> 沈圣昭《先府君行状》:"庚寅八月,先王父患痎疟,先君旦夕祈祷,愿以
> 身代。每痰嗽郁塞,辄以口吮之,衣不弛带者五月。"

十一月,柴绍炳妻张氏卒。

> 柴绍炳《柴省轩先生文钞》卷一《感逝赋》小序曰:"岁庚寅冬十一月,余
> 丧室。张淑而才,克相余贫者,竟以劳瘁。如何落魄中年,失此良偶。"同书
> 卷八《亡妇张氏传》载张氏"于庚寅冬卒"。

十二月二十一日,沈士逸卒,沈谦毁瘠过礼至呕血。

> 沈圣昭《先府君行状》:"十二月二十一日王父没,先君毁瘠过礼至呕
> 血。"应㧑谦《东江沈公传》:"父疾,旦夕祈祷,衣不弛带。居二丧,毁瘠呕
> 血。"王晫《今世说》卷一:"沈去矜为人孝友,父殁,毁瘠呕血。"陆圻为沈士逸
> 作挽诗,《威凤堂集》卷七《挽沈献庭》,题下小字注"庚寅年作"。

孙治家遭屯营。

> 孙治《孙宇台集》卷二十四《亡长媳王氏事略》:"庚寅室庐构屯营之变,
> 王君哀我,移挈子于馆。"

张丹妻沈氏卒,张丹不复娶。

> 王嗣槐《桂山堂文选》卷七《张秦亭先生传》:"年三十二丧妻,不再娶。"

沈谦始辑《东江集钞》,凡五易稿。

> 沈谦《东江集钞》卷末沈圣昭跋:"《东江集钞》者,先大人手辑之书也。
> 自庚寅而后,凡五易稿。大率艰于梓,即严于选,故兹刻仅什一耳。"

毛先舒、柴绍炳辑《西陵十子诗选》刊刻。

毛先舒《思古堂集》卷三《万里志序》:"庚、辛间余辈有西陵十子之选。"《西陵十子诗选》当成书于顺治七年(1650)。现存顺治七年(1650)还读斋刻本,国家图书馆藏足本,福建师范大学藏残本;顺治七年(1650)辉山堂刻本,上海图书馆藏。是书首载柴绍炳序,次载辉山堂主人顺治七年仲春《刻西陵十子诗选启》,次载毛先舒《西陵十子诗选略例》六则。是集共收录"西陵十子"诗作955首,按诗体分卷排列。因陆圻为"西陵十子之冠",故是集除风雅体、四言古诗、五言排律、七言排律外,其他诗体皆以陆圻诗为首。是集内有"十子"小传,多援引众家之评论。诗后间附评语,多为"十子"互评。"十子"于诗深受陈子龙影响,古体宗汉魏,近体师盛唐,有着明显的复古倾向。

陆圻以卖药为生。

陆圻《威凤堂集》卷一《张潜庵诊籍序》:"岁庚寅余卖药长安道,张子为余守邸舍。"

顺治八年辛卯(1651)
张丹所居房屋被清兵圈占。

吴颢《国朝杭郡诗辑》卷三张丹小传:"所居第宅,国初圈入满城,播迁无定所。"据《仁和县志》卷二十七《纪事》:"自顺治二年,大兵抵浙,清泰、望江、候潮三门一带民房,悉为抚院、总镇、标兵垒矣。至五年,议以江海重地,不可无重兵驻防,以资弹压。于是遣一将军,组练马兵数万,端圈民屋以居之。北至井字楼,南至将军桥,西至城,东至大街,皆不获免。军令甫出,此方之民,扶老携幼,担囊负簦,或播迁郭外,或转徙他乡。而所圈之屋,垂二十年输粮纳税如故,后亦题蠲。至八年,又遣领兵官各带官旗马骑,以协驻防,更下圈屋之令,民皆并屋而居。是岁始筑满城,以隔兵民。"可知顺治八年始筑满城,张丹房屋被圈即在此年。张丹《张秦亭诗集》卷二《述怀》:"归来遭屯牧,兵戈塞四隅。牛羊践几筵,驴骡粪户枢。负亲出西郭,荷蓧行泥途。"

毛先舒与沈谦书信往来,讨论填词之道。

毛先舒《毛驰黄集》卷五有《与沈去矜论填词书》。沈谦《东江集钞》卷七有《答毛稚黄论填词书》:"昨省览赐书,论列填词之旨,一何其辨而博也。但仆九岁学诗,今且三十有二,头鬓欲白,而闻道无期,岂天之所靳,寔人事有未尽也。"

毛先舒与陈维崧结交。

毛先舒《思古堂集》卷二《与吴志伊书》:"仆庚岁山中接其年札,谓拟刻骈体百篇,要仆序之。"可知陈维崧于康熙十九年(1680)尝请毛先舒为其文集作序。而陈维崧信中提到"此卅年密契,千里心期",由此推算出毛先舒与陈维崧结交当在顺治八年。

春,赵元开结社于东城之莲居。此社持续时间至少在五年以上,孙治与陈廷会时过之。

孙治《孙宇台集》卷九《赵元开五十寿序》:"辛卯春,赵子元开结社于东城之莲居,犹东林之遗义也。本金上人,其戒律同于慧远,方外遽朽,何殊沙门道昺、昙常。而与者江子道信,王子圣翼,赵子益之,钱子黼明、雍明,张子仲嘉、开之,徐子世臣,即犹夫雷次宗、刘遗民、周续之、张诠、张野、宗炳诸贤也。而予与际叔颓唐跌宕,或至或不至,诸公有以灵运、渊明相目者,未知何如也。自辛卯至乙未五稔矣。诸先达贤人君子与于社者众多,然其始实本于赵子。"

七月,陈维崧至杭州,与陆圻相见。

任源祥《鸣鹤堂文集》卷三《与陆丽京书》:"丽京足下,自甲申握手,于今七稔。惊风动地,飘蓬入云,岁月几何,宛如隔世。……敝邑同志者有陈子其年,今来湖上,得奉光塾。仆恨不能偕,以一诗见志。"陈维崧《陈迦陵俪体文集》卷六《陆丽京文集序》:"仆年齿壮盛,智术芜落。有越石绕指之讥,抱颜远贫贱之叹。丽京弘我以鸿藻,开我以骏烈。我思古人,此意良厚。间者羁旅懵怛,百卉俱腓;四节悲凉,适与事会。撰序至此,沾脸弥襟。又何遽以文举之知刘备,玄晏之序左思,用加标榜,巧为缘借也。"

张丹闻陈维崧至杭,过湖上相访,未遇。后过南屏相见于浦口,张丹作《湖上访陈其年不遇,过南屏于浦口相值》。

张丹《张秦亭诗集》卷三《湖上访陈其年不遇,过南屏于浦口相值》:"绿萝生西风,凉露降清溁。侵晓过湖滨,言访陈氏子。秀色已在眼,恨不搴兰芷。素琴时与弹,可以听流水。浦口忽邂逅,把袂且色喜。人行烟寺深,鸟响菱荷里。欲去复回顾,三叹不能止。落日南屏峰,钟鸣徒徙倚。"

陈维崧与吴百朋、张丹、毛先舒、吴振宗饮西湖酒楼。

陈维崧《湖海楼诗稿》卷五有《同吴锦雯、张祖望、毛驰黄、吴兴公饮酒西湖酒楼》:"钱塘七月秋风早,橐驼骦駃嘶白草。美人招我登酒楼,玉缸溶溶向余倒。劝君但饮无百忧,才到红颜便白头。明年此际空相思,菱叶荷花相对愁。"陈维崧《湖海楼诗集》卷一《广陵赠陆景宣》:"昔年见子西陵陲,吹箫挟弹相追随。吴质雅能好声伎,毛苌只解谈声诗。钱塘门外北风大,四人蹋臂上床卧。夜半鸡鸣非恶声,吾为楚歌若且和。吴毛一别八九年,传闻落魄真可怜。陆生药囊提在手,杖头亦少青铜钱。陈郎连岁客江浒,乞食为佣更辛苦。醇酒常污魏信陵,进钱屡负桓宣武。人生离别心自伤,鹡鸰鸿雁参差翔。相逢今夕此何夕,会须一饮城南冈。揖君下马指君口,此口于今只宜酒。"毛先舒《思古堂集》卷二《答陈其年书》:"阔别者二十载,每怀昔游。与足下偕锦雯、祖望西湖之楼,脱略盘薄,辩锋互起。旁坐者惊以为哄斗,已乃相视而笑,命酒如初。"

陈维崧结交丁澎弟丁潆。

陈维崧《湖海楼诗稿》卷八《酬丁素涵》:"牢落他乡旅鬓新,登楼对酒一逡巡。砧传银柝凌秋急,笛奏金风入夜频。丁橼由来称好士,陈遵那得便惊人。相携日暮休回首,闻道西湖起战尘。"

八月,吴百朋、毛先舒、陈维崧同宿陆圻宅,论陈子龙遗事。是日火药局大火,死亡九百余人。

陈维崧《湖海楼诗稿》卷五《火药局行》:"钱塘陆圻于我厚,为我余杭兑美酒。维时飒飒号秋风,武林门外尽枯柳。欲倾未倾双玉觞,青轩琐阁浩茫茫。忽闻一声若裂帛,日色哀澹沙尘黄。众宾罢酒悉不乐,一望城头昏漠漠。须臾九衢银钥收,知是局前失火药。辽西健儿如游龙,秃衿红袜斜当胸。马上捉人去救火,尔曹饱饭何从容。祝融朱蠹焰天地,世间咄咄多异事。可怜九百十三人,同日随风化青燧。此间佑圣高嵯峨,红衣大炮宛马驮。幸然烟焰一朝熄,不尔百姓当奈何。"

九月,陈祚明赠诗孙治,孙治亦作酬答。

　　孙治《孙宇台集》卷三十二有《辛卯秋九月陈胤倩赠诗五章率尔作答》。

秋,柴绍炳病逾月,作《省疾》自遣。

　　柴绍炳《柴省轩先生文钞》卷十二《省疾》:"岁辛卯秋,余抱病逾月,沉忧莫展,乃假主客之词用以自省,豁情遣哀,庶几良剂,率笔所就,殊恧斐然,录之聊示好我者耳。"

秋,施闰章奉使广西,沿途游览赤壁、江夏、君山、长沙及南华山、大庾岭等地,皆有诗,辑成诗集《使粤纪行》,丁澎为作序。

　　丁澎《使粤纪行序》曰:"纪行诗者,宛中施比部尚白奉使粤中之所作也。……今比部以盛年成进士,出入承明,雍容侍从,比之华林菟苑,何适不可。一旦简书南指,万里间关,叱驭桂岭,又使之遭逢流乱,徘徊侧足于落日大旗风萧马鸣之间,故其诗沉郁顿挫,愈变愈工,非行旅之能愁人,而天之所以厚望诗人者,哀怨流离,若同一辙。"

顺治九年壬辰(1652)

正月初一日,张丹作《壬辰元日示圣昭》。

　　沈谦《东江集钞》卷三《壬辰元日示圣昭》:"悲吾逢正日,怜汝未成人。书卷时休旷,征徭岁转频。城云沙鹰白,山雪野梅春。努力耕耘早,衡茅莫厌贫。"

五月,祝锦川为沈谦《东江集钞》撰序。

　　沈谦《东江集钞》卷首祝锦川序末署"顺治壬辰夏五月盐官友人祝文襄撰"。

夏,沈谦与祝锦川同游盐官(属海宁)佛塔。

> 沈谦《东江集钞》卷七《与祝同山世兄》:"及壬辰之夏,与仆登盐官浮图,凭空眺远,始以功名不立为恨。"

十二月,毛先舒《诗辩坻》成书。

> 《诗辩坻》卷末载毛先舒自序:"《诗辩坻》四卷,作于乙之首春,成于壬之杪冬,首尾八年。"可知该书成于顺治九年(1652)。

孙治之子孙孝栴生。

> 孙治《孙宇台集》卷二十四《先室沈孺人行实》:"壬辰始举孝栴。"

吴百朋出仕理官。

> 孙治《孙宇台集》卷二十四《亡友吴锦雯行实》:"壬辰上公车,傥得复失,始就检选当得理官。"

陆圻至松江,遍交云间名士。

> 陆圻《威凤堂集》卷一《彭古晋诗序》:"岁壬申以还,诗乃独盛于云间,云间之诗以大樽先生为之倡,而二三君子和之。余时时往还,知其含风吐骚,投颂合雅,斌斌乎可弦而讽也。而今年壬辰余复与蒋子篆鸿客云间,得遍游诸公间,而作者为弥盛,其稍绌者不具论。其尤工者不啻三十有余家。"

顺治十年癸巳(1653)
四月,陆圻、骆复丹、吴伟业等于嘉兴鸳湖举十郡大社。

> 毛奇龄《西河集》卷九十八《骆明府倪孺人合葬墓志铭》:"当顺治初年,好为文社,每会集,八县合百余人,钟鼓丝竹,君必为领袖进退人物,人物亦听其进退,不之难。尝同会稽姜承烈、徐允定、萧山毛甡赴十郡大社,连舟数百艘,集于嘉兴之南湖。太仓吴伟业,长洲宋德宜、实颖,吴县沈世奕、彭珑、尤侗,华亭徐致远,吴江计东,宜兴黄永、邹祗谟,无锡顾宸,昆山徐乾学,嘉

兴朱茂晭、彝尊，嘉善曹尔堪，德清章金牧、金范，杭州陆圻争于稠人中觅叔夜，既得叔夜，则环而拜之。越三日，乃歃血定交去。"《吴梅村年谱》卷四引《王随庵自订年谱》："十年上巳，吴中两社并兴，慎交则广平兄弟执牛耳，同声则素文、韩侼诸公为之领袖，大会于虎丘，奉梅村先生为宗主。梅翁赋《禊饮社集四首》，同人传诵。次日，复有两社合盟之举，山塘画舫鳞集，冠盖如云，亦一时盛举，拔其尤者集半塘寺订盟。四月，复会于鸳湖，从中传达者研德、周肇两人，专为和合之局。"

毛先舒病甚，戒杀。

　　　毛先舒《匡林》卷上《戒杀说一》："余癸巳岁下血，凡十月，病甚，因以戒杀。"

陆圻游岭南。

　　　《孙宇台集》卷二十八《题陆丽京集殉节诸公卷后》："吾友景宣氏为余姊婿，丙戌、丁亥之交从闽峤归，访殉节故人遗迹。……其后六年，景宣又游岭南。"

十二月，陆圻母六十寿，毛先舒为撰寿序。

　　　毛先舒《毛驰黄集》卷六《陆太夫人六十寿序》："岁癸巳之橘涂，陆太夫人诞弥之月也。四方诸君子为文章以颂太夫人者，咸称其廉吏之妇，名臣之母矣。"

张丹作《吁嗟行与陈瞻云》。

　　　张丹《张秦亭诗集》卷五《吁嗟行与陈瞻云》："吁嗟吾生三十五，白发种种不可数。茅簷暂茸秦亭下，坐见日没复月吐。可怜离乱无已时，学剑不成去学诗。低头苦思不得句，往往背手临清池。"

顺治十一年甲午（1654）
春，陆培之子陆繁弨被檄入学，力拒之，柴绍炳代撰辞免入学启。

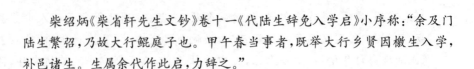

柴绍炳《柴省轩先生文钞》卷十一《代陆生辞免入学启》小序称:"余及门陆生繁诏,乃故大行鲲庭子也。甲午春当事者,既举大行乡贤因檄生入学,补邑诸生。生属余代作此启,力辞之。"

是年至顺治十三年(1656)孙治于吴郡授书。

孙治《孙宇台集》卷五《吴门徐电发诗序》:"往余下帷于吴郡,自甲至丙三载,所得诗不过咏怀古迹数章。"

毛先舒作《儒者内外合一之学论》。

毛先舒《潠书》卷五《格物说》:"大学格物,朱紫阳熹以为穷至事物之理,而司马温公光、王新建伯守仁、近余友柴虎臣绍炳大略皆主格去物欲之意立言。余昔遵朱氏已久,心虽疑之,未敢遽从其说。甲午岁尝作《儒者内外合一之学论》一篇,仍主朱说。"

八月,张安茂为丁澎《扶荔堂文集选》撰序。

丁澎《扶荔堂文集选》卷首张安茂序末署"顺治甲午八月之望云间弟张安茂蓼匪氏题于虎林之青镂斋"。张安茂,字子美,号蓼匪,华亭人。顺治四年进士,官西宁道。

十月,祁彪佳妻商景兰五十初度,毛先舒为作寿序。

毛先舒《毛驰黄集》卷六有《贺祁太夫人五十序》。商景兰《五十自叙》曰:"岁甲午十月,我年当五十。"

陆圻为查旦《始读轩遗集》作序。

查旦《始读轩遗集》卷首有陆圻序,署顺治甲午年作。

顺治十二年乙未(1655)
春,毛先舒为沈谦《东江集钞》作序。

沈谦《东江集钞》卷首毛先舒卷末"顺治乙未春日同学弟钱塘毛先舒稚黄拜题"。

沈谦母范氏卒,沈谦哀毁如丧父。

沈圣昭《先府君行状》:"乙未,王母又没,哀毁如丧王父。"

夏,沈谦避兵湖上。七月十二日,沈圣旦卒。

沈谦《东江集钞》卷八《第四子圣旦墓志铭》:"今夏避兵湖上,旦或惊窜走风雨中,竟以滞下死。……卒于乙未七月十二日辰时。明年某月,葬分金坞祖兆路东。"

丁澎进士及第。

丁澎《扶荔词》卷首梁清标《扶荔词集序》:"及乙未,丁子成进士,官仪部。"嵇曾筠、李卫等修:《(雍正)浙江通志》卷一百四十一:"丁澎,仁和人,乙未进士。"法式善《清秘述闻》卷一:"丁澎,字飞涛,浙江仁和人,乙未进士。"《国朝杭郡诗辑》卷一《丁澎传》载丁澎"顺治乙未进士"。

十月十六日,赵元开五十大寿,孙治为撰寿序。

孙治《孙宇台集》卷九存《赵元开五十寿序》。

顺治十三年丙申(1656)

三月,丁澎抵达长安。

丁澎《扶荔堂诗集选》卷一有《丙申岁三月初抵长安作》。

丁澎在京期间,晤吴伟业,作《酬吴司成梅村》。

丁澎《扶荔堂诗集选》卷一有《酬吴司成梅村》,赞其"博涉慕马卿,退览追谢傅"。

秋末,柴绍炳撰《城西观象记》。

柴绍炳《柴省轩先生文钞》卷十二《城西观象记》:"予丙申秋杪客燕京已一岁余,旋有归兴之赋。"

毛先舒与恽格结交。

清康熙间崇道堂刻本《毛稚黄十二种书》(一名《思古堂十二种书》)卷首载康熙二十五年恽格序,序曰:"余友毛子稚黄氏,钱唐博雅好古之士也。与余交将三十年。"故可推算毛先舒与恽格结交约在本年。

恽格(1633—1690),初名格,字寿平,后以字行,改字正叔,号南田、白云外史、瓯香散人、云溪外史、东园客、巢枫客、草衣生、横山樵者,江苏武进(今江苏常州)人。入清后,以绘画为业,最工花卉,为"清初六家"之一。恽格兼工诗书,题句清丽,诗格超逸,书法俊秀,号称"三绝"。著有《瓯香馆集》。

张丹与姜定庵结交,并馆于姜家。此后游览浙江、江苏等地。

张丹《张秦亭诗集》卷首《从野堂诗自序》:"至三十有八,得交于姜子定庵,乃馆于其家两水亭。由是扁舟鼓棹,尽越之境。入云门,登秦望,访天衣寺,问王大令笔冢与盘古社木,坐任公钓,攀越王走马峥,寻兰亭流觞处。已而南游,上金陵,临燕子矶,踞牛首山绝顶,极睇江海淮泗郏徐,一目尽之,楼台城郭,水霞烟树,隐隐叠叠,似画中景,靡不采以为句,迭相唱和,而予之诗有不自知其变者。定庵曰:'秦亭诗雄奇精浑,悉以平淡出之,此所以游泳山泽间,徜徉适志而傲然长啸也。'"该序还称壬午年张丹二十四岁,则张丹三十八岁时即顺治十三年。

毛先舒长子熊臣生。

毛先舒《潠书》卷八《祭母文》:"今先舒已得一儿,三岁矣。"该文作于顺治十五年,故毛熊臣当生于顺治十三年。

除夕,丁澎作《丙申除夕》。

丁澎《扶荔堂诗集选》卷三《丙申除夕》:"病怀常计日,客邸况逢春。白发新年事,黄昏隔岁人。星河低北阙,角鼓静东邻。对酒浑难尽,明朝向紫宸。"

顺治十四年丁酉（1657）

吴百朋任姑苏司理,甚廉洁。未几,病,并遭诽谤。

> 孙治《孙宇台集》卷二十四《亡友吴锦雯行状》:"丁酉调选,得理姑苏。一至官,以清节自励。凡一切刑狱,多所平反,而猾吏豪蠹,敛手避迹。督理漕务,州县各属陋规,尽行谢绝。官收官兑,严束军丁,不得分外勒索。每到水次,自备饮膳,即所随差役,亦不许食粮长一勺水也。乃视事未几,即得病,盖犹甲申症也。病未几,会有青蝇之谤,遭当事诋诃。"

丁澎任河南乡试副主考,撰《河南乡试录后序》。

> 丁澎《扶荔堂文集选》卷一《河南乡试录后序》:"今上御极十有四年。"

丁澎慧眼识李天馥。

> 王晫《今世说》卷四:"丁药园知中州贡举,闱中搜采玮异,得一卷,奇之。同考以波澜简质,度其人已老,请置于乙。丁曰:'才与胆峙,岂老生所办?必年少知名,终为大器。'榜发,乃庐阳李湘北天馥也。同考出语人曰:'吾以世目衡文,几失此佳士。'李果方弱,冠名振西清,以文章道谊服天下。"

黄鈊、丁澎遭朱绍凤劾奏,皆被革职。

> 王先谦《东华录》"顺治二十九":"给事中朱绍凤劾奏河南主考官黄鈊、丁澎进呈试录四书三篇皆由己作,不用闱墨,有违定例。且黄鈊服官向有秽声,出都之时,流言啧啧。及入闱,又挟恃铨曹,恣取供应,请敕部分别处分。得旨:黄鈊着革职,严拏察究,丁澎亦着革职察议。"法式善《陶庐杂录》卷一:"刑科给事中朱绍凤劾奏河南主考官黄泌、丁澎进呈试录四书三篇皆由己作,不用闱墨。"

秋,丁澎父丁大绥卒。

林璐《岁寒堂初集》卷三《丁太公传》:"记吾父语予时岁在丁酉,公以是秋殁。"

冬末,毛先舒与沈谦在东湖草堂夜饮吟诗,颇为畅快。

毛先舒《潠书》卷六《寄沈去矜书》:"仆自前岁冬末与足下为夜饮,吟诗至霜白不止,以为清快。尔后别去行二年,札书少通。然思之至今,犹如坐东湖草堂,白光射衣,酒气在襟也。闰三月尽,家兄自临平来,感足下谊甚高,并传贤嫂病逝已数月,闻之殊惊。"沈妻徐氏卒于顺治十六年二月二十九日,由此可推算沈谦与毛先舒聚会当在顺治十四年。

顺治十五年戊戌(1658)
毛先舒《蕊云集》成书。

据沈谦《东江集钞》卷四《雪霁寄稚黄》:"去岁严冬汝出城,草堂烧烛待鸡鸣。……《蕊云》新制能携赠,共赏东湖烂漫晴。"毛先舒与沈谦严冬相聚在顺治十四年,可推算《蕊云集》成书时间约在顺治十五年(1658)。

袁于令过西湖,与毛先舒、沈谦皆有会面。

毛先舒《潠书》卷一《赠袁蓣庵七十序》:"始先生戊戌来西湖,余与一再会面即别去,未由展谈宴。然先生颇亦有以赏余。"沈谦《东江集钞》卷七《与袁令昭先生论曲谱书》:"湖楼之聚,得闻巨论,辟若发懵,但恨日薄崦嵫,匆匆遽别,无能挥戈而再中也。"袁于令(1592—1674),原名晋,明季易名于令。字令昭,又字韫玉,号凫公、蓣庵,别署白宾、古衣道人、慢亭仙史等,吴县(今江苏苏州)人。明贡生。入清历官工部虞衡司主事、营缮司员外郎、荆州知府。被劾罢官,贫困潦倒而终。著有小说《隋史遗文》,杂剧《战荆轲》《双莺传》,传奇《西楼记》《鹔鹴裘》《长生乐》《珍珠衫》等。

丁澎被责四十板,流放至尚阳堡。

王先谦《东华录》"顺治三十一":"辛酉,刑部议河南主考黄鉷、丁澎违例更改举人原文作程文,且于中式举人硃卷内用墨笔添改字句。黄鉷又于正额供应之外,恣取人参等物。黄鉷应照新例籍没家产,与丁澎俱责四十板,不准折赎，流徙尚阳堡。命免钤、澎责，如议流徙。"

八月十五日，张丹泊舟黄河古城，作《戊戌中秋予四十初度，泊舟黄河古城，夜坐望月二首》。

　　　张丹《张泰亭诗集》卷十三有《戊戌中秋予四十初度，泊舟黄河古城，夜坐望月二首》。

秋，丘象随举西轩社集，张丹至会。

　　　方文《嵞山集》续集北游草《丘季贞西轩社集分韵》题下注："同集者刘阮仙学士、姜真源御史、姚山期、鲁仲展、张祖望、何龁音、诸骏男、宋份臣、张伯玉、胡天放、张虞山、阎再彭、程维东、娄东。"诗曰："卜居久已定长淮，此日机缘又不谐。且系孤舟寻旧侣，况逢群彦聚高斋。歌声清脆悦人耳，诗句苍凉感我怀。三宿西轩莫轻别，飞蓬明日又天涯。"

顺治十六年己亥（1659）

春，丁澎辞家戍边塞，张丹赋诗赠别。

　　　张丹《张泰亭诗集》卷二《春日送丁飞涛出塞》："出关悲永路，投荒惜离别。送子一执手，发言俱哽咽。苕苕塞岭高，洋洋辽水绝。六月霜风吹，三春冰草洁。断雁愁广野，惊狐惨深穴。追忆夙昔欢，抚景寡所悦。不闻马嘶坂，但看鸡栖桀。相思何能已，园梅飞玉屑。"同书卷十三《送丁七飞涛出塞》："燕台送子泪痕斑，北望迢遥山海关。鸭绿江头春草色，几时骑马踏沙还。"

二月二十九日，沈谦妻卒。

　　　沈谦《东江集钞》卷六《先妻徐氏遗容记》："妻于己亥二月十六日写照，二十九日死。"沈圣昭《先府君行状》："后五年，先母徐氏亡，先君心益苦。顾诸儿幼弱，欲娶继室，恐虐前子，因置侧室江氏。"

三月，丁澎抵达尚阳堡。

　　丁澎《扶荔堂文集选》卷三《送给谏季公奉敕归衬序》:"未抵戍所前一月,季君死矣。"龚鼎孳《定山堂诗集》卷四有《闻二月十一日季天中给谏殁于谪所,用少陵〈折槛行〉韵遥吊之》一诗,可知季开生卒于顺治十六年二月十一日,则丁澎抵达戍所时间当在三月。

暮春,张丹与陈祚明、纪映钟、沈麟、韩诗、吴绮等人集柳湖萧寺。

　　陈祚明《稽留山人集》卷四有《己亥暮春,同纪伯紫、韩圣秋、叔夜、张祖望、陈子寿、沈友圣、徐存永、吴园次、陈伯建、谢尔元、黄仲丹、方孟甲、宋牧仲、铁帆上人集柳湖萧寺,伯紫将之闽粤,叔夜将之永嘉,存永将之中州,仲丹将之莱阳,孟甲将之晋阳,人赋诗一章赠别,座有李校书侑觞》。

夏,毛先舒于净慈寺东房堆云精舍养病。

　　毛先舒《溪书》卷二《题堆云》:"物贵享日之永也久矣。余馆净慈东房,曰'堆云'。湖南本少喧杂,而堆云虽在寺中,去殿阁复远。病僧一二人守之,自晨至暮,不闻人声。余亦病不亲书卷,兀坐终日而已。一日之长如数日。日午酣寝至足,起犹未晡也。松声鸟声时来侵耳,日光穿屋隙,树影附之入,交横满地。翠竹映窗,几榻尽绿。微闻鸡鸣,远在下界。于时也,空观内外,身心洒然。"该文卷末有"己亥夏日书壁",故可知作于顺治十六年。

六月,方文卖卜杭州,尝访陆圻。

　　方文《嵞山集》续集徐杭游草《饮陆丽京斋头因与刘望之留宿》:"卖药长年在海滨,偶因殡妹入城闉。布袍不与群公接,蔬酌偏于旧友亲。旅寺欲归愁路暝,书堂留宿见情真。中宵风雨声凄切,俱是萧萧械械人。"

秋,陆圻父下葬南山。

　　陆圻《威凤堂集》卷七《己亥之秋先君子始克葬,悬棺而窆,伤哉贫也,诗以言志,兼谢形家董文》:"卜葬南山地,江流拱墓前。青鸟依旧域,白兔绕新阡。"

顺治十七年庚子（1660）

清廷严禁士人结社。

《清世祖实录》卷一百三十一载顺治十七年正月，"礼科右给事中杨雍建疏言：臣闻朋党之害，每始于草野，而渐中于朝。宁拔起本塞源，尤在严禁结社订盟。今之妄立社名，纠集盟誓者，所在多有，而江南之苏杭、浙江之杭嘉湖为尤甚。其始由于好名，其后因之值党，相习成风，渐不可长。请敕部严饬学臣，实心奉行，约束士子，不得妄立社名，纠众盟会。其投剌往来，亦不许用'同社'、'同盟'字样，违者治罪。倘奉行不力，纠参处治，则朋党之根立破矣。得旨：士习不端，结社订盟，把持衙门，关说讼事，相煽成风，深为可恶，著严行禁止。以后再有此等恶习，各该学臣即行革黜参奏；如学臣徇隐，事发一体治罪。"《清通志》卷七十四："上谕士习不端，结社订盟，把持衙门，关说公事，相煽成风，著严行禁止，以后有犯者，该学臣即行黜革。参奏学臣徇隐，事发一体治罪。"

鉴于清廷严禁社事，柴绍炳撰《与友人论止诗社书》。

柴绍炳《柴省轩先生文钞》卷十《与友人论止诗社书》论止诗社理由有三，其三曰："兼之社盟有禁，屡挂弹事，分朋树党，实生厉阶。东林复社首唱者，原属名贤，希声逐貌，未免流滥，遂贻门户之祸，迄今未息，令谈者切齿。凡我同志谓当冲怀味道，养气息机，绝口会盟，一雪此诟。"该文当撰于清廷屡禁社事之后，姑系之本年。

十月，丁澎徙居东冈。

丁澎《扶荔堂文集选》卷八《归斯轩记》："顺治十七年庚子冬十月，予徙居威远，去沈城八十里，迤浑河以东有麓焉。山环泉洁，予诗中所指东冈者是其处。"

十月十六日，王世显为毛先舒《潠书》作序。

王世显《潠书序》末署"顺治十七年阳月既望汉阳同学弟王世显仙潜拜题"。王世显（1619—1672），字亦士，号仙潜，王家模之子，王士乾从弟，复社成员。顺治十五年（1658）进士，顺治十七年授浙江永嘉令。康熙三年

（1664）罢官。康熙八年（1669）与熊伯龙、吴正治等纂修《汉阳府志》。著有
《仙潜文集》。

十二月二十四日，沈谦作《先妻徐氏遗容记》。

> 沈谦《东江集钞》卷六《先妻徐氏遗容记》末署"庚子十二月二十四日沈
> 谦记"。

陆圻家遭火焚。

> 孙治《孙宇台集》卷十六《先伯姊陆夫人传》载陆圻"家难频仍，庚子火，
> 辛丑又火，羁囚犴狴，日惟求死，天于吾姊又何酷也"。

顺治十八年辛丑（1661）

春，丁澎在尚阳堡，作《辛丑立春》。

> 丁澎《扶荔堂诗集选》卷七"居东稿"有《辛丑立春》，诗曰："雪尽南山见
> 敝庐，霏微庭日散郊居。盘冰洗甲蒡丝嫩，岁首逢辛麦气舒。明日醉拼人日
> 酒，他乡愁发故乡书。椒花彩胜喧儿女，冷落园梅几树疏。"

夏，宋琬读毛先舒文，甚为欣赏，延入上座。

> 宋琬《重刻庵雅堂文集》卷一《毛继斋先生八十寿序》："武林毛生稚黄，
> 以文章操行掉鞅词坛者殆三十年。今海内盛称诗歌古文，有所谓'西陵十
> 子'者，先舒其一也。……岁辛丑，余备员浙臬，读毛生文而奇之，延入上座，
> 因得备闻先生之贤。"

夏，毛先舒作《题扶荔堂诗卷》。

> 毛先舒《潠书》卷二《题扶荔堂诗卷》："飞涛沉深蕴藉，众共推其识度。
> 为诗抽骚激艳，自然发采。其五七诸律体尤称秾逸，足使摩诘掩隽，达夫失
> 豪。……辛丑夏日题。"

施闰章来西湖，有《湖上草》，毛先舒为其作序。

毛先舒《溪书》卷一《湖上草序》："宛陵愚山先生宦游辙迹几半天下，而独喜西湖，道所经，必久驻驾。亦乘闲来游，游屐所届，必有吟咏，交好投赠亦如之。辛丑复过湖上数十日，得诗亦略如其日之数。"

陆圻同施闰章、朱彝尊、王猷定泛舟西湖。

朱彝尊《曝书亭集》卷五有《同王处士猷定、施学使闰章、陆处士圻泛舟西湖遇雨》。

秋，毛先舒、吴百朋、施闰章、宋琬、徐汾同游西湖。

施闰章《学余堂诗集》卷三十七有《吴锦雯湖舫同荔裳、稚黄、武令》："鹭渚灯前散客筵，虎林雨后荡歌船。清秋共剧江湖兴，旧咏犹传京洛篇（往在都下，有京社诗）。日落严城喧鼓角，年来羁宦总林泉。岭南几载音书阔，拼醉蓬窗对月圆。"

七月二十八日，陆圻母裘氏卒。

孙治《孙宇台集》卷二十三《陆太孺人墓志铭》："庚子，融风为灾，家室尽毁，太孺人慭之，然亦寻自遣放。明年，旧疾发，复进参、附，罔效，遂卒，时辛丑七月二十八日也。距其所生之年六十有八年。"孙治《孙宇台集》卷十六《先伯姊陆夫人传》："辛丑裘太孺人殁。"

秋，黄云为毛先舒《溪书》作序。

毛先舒《溪书》卷首有黄云序，末署"顺治辛丑秋日广陵黄云仙裳氏拜题"。黄云（1621—1702），字仙裳，号樵青，姜堰（今属江苏）人。工诗词，与吴嘉纪善。著《樵青集》《悠然堂集》《桐引楼集》等。

顾炎武来西湖，结交毛先舒、柴绍炳。

顾炎武《蒋山佣残稿》卷二《与人书》："庚子南涉江淮，辛丑薄游杭、越，乃得提挈书囊，赍从佑客。"张穆《顾亭林先生年谱》："顺治十八年辛丑，四十

九岁。回苏,至杭州。渡江谒禹陵,吊宋六陵。闰七月仍返山东。"毛先舒
《潠书》卷五《答顾宁人书》:"辛岁湖干把酒,商略古今,实获闻所未闻,同人
咸共快心豁抱,不独仆如发懵也。至今追味昔游,恨不得大君子时时把袂作
欢剧耳。"毛先舒《韵白》:"宁人昔游西陵,携所著书于逆旅,殆不止与身等。
与予论韵,深叹服其博雅。"柴绍炳《柴省轩先生文钞》卷十《与顾宁人论古韵
书》:"前辱车骑,枉重报谒于东城兰若,遂获披觌,大慰平生。且荷足下一见
如旧,出示尊著古音一书,每相咨尽。"

张丹与施闰章结交。

> 施闰章《前孝廉张稚青先生墓志铭》:"往岁辛丑,识武林张子祖望于湖
> 墅。告余曰:'先子久弃,不孝孤愿有铭以葬'。会予赴官豫章,不果作。"

屈大均至杭州,晤孙治于南屏寺。

> 屈大均《翁山诗外》卷十六《南屏寺逢孙宇台》:"一声钟动暮禽还,秋色
> 苍苍雨过山。高士翩来栖白社,相逢啸咏虎溪间。"

陆圻家遭火焚。

> 详见"顺治十七年"条。

康熙元年壬寅(1662)
张昊归胡大瀗,劝其力学。胡大瀗拜毛先舒为师。

> 胡大瀗、张昊《琴楼合稿》卷首存毛际可《张昊传》:"劝夫力学,文漪因从
> 毛先舒游,而与诸匡鼎、洪昇为友,以是文行益有闻。"汪启淑编《撷芳集》卷
> 十六"张昊"条引张振孙《槎云传》:"年十九,归胡遵仁子大瀗。劝其力学,从
> 同里毛先舒为师,诸匡鼎、洪昇为友。"张昊卒于康熙七年(1668),年二十五,
> 故胡大瀗拜毛先舒为师当在康熙元年(1662)。

二月,王猷定急病,陆圻为调治,昼夜不息。卒,陆圻为敛资棺殓,并出床头十金,
令其仆扶柩归里。

陆莘行《老父云游始末》:"康熙元年壬寅春二月,父友王于一者,自闽至浙,寓昭庆寺。忽疾作。父巫为调治,昼夜不息。王竟不起。父为敛资棺殓,并出床头十金,令其仆扶柩归里。"

夏,吴百朋归杭州,临行,方文作诗送之。

方文《嵞山集》再续集卷一《送吴锦雯归杭州》题下注:"以下壬寅年作。"诗曰:"我友官吴门,数月即解组。良以性高岸,不肯事伛偻。兼之病风眩,复不耐劳苦。去官意甚适,如鹿归林薮。只有一恨事,才子奋羁旅。旁人且辛酸,何况尔慈父。哀痛几失明,三年不出户。今夏稍稍瘳,扬舲至江渚。访我哺雏轩,累夜共深语。花前酒一杯,灯下愁千缕。每为嗣息忧,欲取金陵女。女颇有机缘,君却无资斧。怅然空归去,临去又延伫。云当八月初,千谒往南浦。虽有贤主人,其地甚贫窭。所愿未必谐,奔波亦何取。劝君早入都,一官犹可补。此番须折节,力疾趋公府。小有三径资,汲汲返园圃。著书与生儿,允矣传千古。"

九月,张丹与诸九鼎游济南,遇方文,结伴共游趵突泉、华不注、历山等。

佟世南《东白堂词选》卷十一存张丹《念奴娇·秋日历下途次》:"才离野店,任登登,马足历城南去。一路凄凉霜气冷,愁对满林红树。落月长堤,新烟古道,总是销魂处。几番翘首,乡关正尔秋暮。　那更长笛吹残,悲笳调咽,清泪纷如雨。无限忧心,千里隔又是哀鸿飞度。乡信难传,客衣谁寄,沙草迷归路。年华似水,早添白发无数。"张丹《张秦亭诗集》卷九《秋日历下登华不注峰眺望,有怀于鳞先生》。王士禛《感旧集》卷八诸九鼎《历下怀友诗》其一:"犹忆方文历下来,青枫黄菊共衔杯。酒酣上马泰山去,夜弄海日金光开。"方文《嵞山集》再续集卷二有《同张祖望、诸骏男游历山归饮酒家醉后作歌》。

九月,陆圻游天台山。十一月,陆圻因明史案被株连下狱。

陆圻《威凤堂文集》记部《游天台山记》:"壬寅九月几望,予将游天台山,入邑之郭。明旦,以舆出东郊。……十一月,归杭,大狱起。十二月,而槛车征京师,如神人言。"

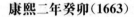

康熙二年癸卯（1663）

正月二十四日，陆圻与与范骧、查继佐被押送至京，投入刑部大牢。

> 陆圻长女陆莘行《老父云游始末》载："正月二十四日，吾父到京，与查、范同入刑部牢。"

二月下旬，洪润孙请请柴绍炳为其母周氏撰寿序。

> 柴绍炳《柴省轩先生文钞》卷七《洪景融母周夫人六十寿序》："岁在癸卯，仲春月下浣，为洪母周夫人六十设帨之辰，其子景融率弟若子腆称寿，而豫述其母德，丐言于诸君子以介千秋觞。"洪润孙，名景融，洪昇族叔，钱唐人，以博雅擅名。

三月二十五日，陆圻一家得诏获释。

> 陆莘行《老父云游始末》载："是月二十五日，吴姊处奥人罗五匆匆至云：'本下矣，本下矣。'伯兄亦与至。子长伯、胡夫人、可成妇亦至。三姓主仆，复上刑具。……及末，方点吾父等，至明伦堂，三人此际魂已去身。督抚皆曰：'尔等不惟无罪，且有钦赏。'于是叩谢出，分路各归。凡开张行路之人，无论识与不识，见父得释，欢声载道，拜贺于前，父亦答拜。途中泥泞，时尚服祖母之丧，素衣为皂。归，骨肉重逢，浑如隔世。桂兄喉音已失，不能发声，见父泪流满目而已。入屋，惟有尘埃满目，青草盈庭。赖吴姊所携仆为之洒扫。"

八月，徐世臣之子徐汾请柴绍炳为其母沈氏撰寿序。

> 柴绍炳《柴省轩先生文钞》卷七《徐汾母邵夫人五十寿序》："岁在癸卯，秋仲徐生汾为其母邵夫人乞言为寿。时先二岁吾友世臣已更号悢亭，飘然方外游矣。"徐汾，字武令，仁和诸生，徐继恩之子，著有《万卷楼集》。

九月初五日，陆圻五十岁生日，孙治为其作寿序。

> 孙治《孙宇台集》卷九《陆景宣五十寿序》："景宣春秋五十，将及悬弧之辰，其情事若有愀然者，走至鼍江而避之。"

十月初,诏书下,将庄、朱家产一半给首人吴之荣,一半给无辜被牵连的陆圻、范骧、查继佐三家。陆圻将自己的一份送与范骧与查继佐。

> 陆莘行《老父云游始末》载:"十月初,有旨,将庄、朱家产一半给首人吴之荣,一半给查、陆、范。父曰:'合家获免,幸矣,反贪他人产耶?'尽归查、范。"

康熙三年甲辰(1664)

春,徐石麒五十初度,陆圻与王嗣槐作七言古风为之寿。

> 王嗣槐《桂山堂诗文选》文选卷二《祝徐母顾太夫人六十寿序》:"康熙甲辰春,余与陆子丽京为七言古风,祝吴门坦庵徐先生五十初度。"

三月初九日清明,张丹与王士禛、林古度、杜濬、孙枝蔚等人修禊红桥。

> 王士禛《渔洋山人自撰年谱》:"春,与林古度茂之、杜濬于皇、张纲孙祖望、孙枝蔚豹人诸名士修禊红桥,有《冶春诗》,诸君皆和。"孙枝蔚《溉堂前集》卷九有《清明王阮亭招同林茂之、张祖望、程穆倩、许力臣、师六、家无言泛舟城西,酒间同赋冶春绝句二十四首》,题下注"甲辰清明作"。

沈圣旭卒。

> 沈谦《东江集钞》卷八《祭亡儿圣旭文》:"汝年二十有五而死。"沈圣昭《先府君行状》:"逾时兄圣旭又早世,二十年中,叠遭四丧,皆废产称贷以期如礼。悲悼过深,渐至病困。"

吴百朋任广东肇庆司理。

> 孙治《孙宇台集》卷二十四《亡友吴锦雯行状》:"甲辰再任广东肇庆司理,平心听断,不敢阿承督抚意旨,死囚有可生者,必犯颜抗诤,得当而止。"

丁澎为陆进《付雪词二集》作序。

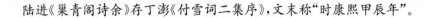

陆进《巢青阁诗余》存丁澎《付雪词二集序》,文末称"时康熙甲辰年"。

毛先舒作《闲兴十二首》。

> 毛先舒《东苑诗钞》有《闲兴十二首》,其二曰:"前日诸隐君,无病忽已卒。迩日胡山人,又复溘然没。山人三十余,隐君六十阙。我已四十五,安必无奄忽。因之发深省,百虑坐自歇。"则该诗当作于是年。

康熙四年乙巳(1665)
春,王士禄游西湖,与毛先舒文酒赏叙,并出《辛甲集》请先舒序。

> 毛先舒《潠书》卷一《辛甲集序》:"新城王西樵先生,春寓西湖者累月。文酒赏叙,致相乐也。已出《辛甲集》示余,题曰'尘余',曰'拘幽',盖皆驰骋于燕、晋、梁、宋及被絷秋官时作。"王士禛《王考功年谱》:"三月,侍礼部公之武林,徘回第二泉,留湖上四阅月,赋《西湖竹枝词》三十首。"王士禄游西湖时间在康熙四年春。

三月,陆培妻陈氏五十寿,孙治为之作《陆夫人五十寿序》。

> 孙治《孙宇台集》卷九《陆夫人五十寿序》:"有明行人鲲庭先生其配曰陈夫人,岁乙巳姑洗之月为五十设帨之辰,而其子繁诏来言,曰:惟先子执友,敢以一言为请。"

夏,王士禄、宋琬、曹尔堪三人相聚西湖,各赋《满江红》词八首,为《三子倡和词》,毛先舒撰《题三先生词》。

> 毛先舒《潠书》卷二《题三先生词》:"始莱阳宋夫子为浙臬,持宪平浙,以治未一岁而无望之狱起。既而新城王西樵、吾乡曹子顾亦先后以事或谪或削,久之得雪。今年夏月,适相聚于西湖。子顾先倡《满江红》词一韵八章,二先生和之,俱极工思,高脱沉壮。至其悲天悯人、忧谗畏饥之意,尤三致怀焉而不能已。"

夏,孙治从吴门归里,为侄孙忠楷竹枝词作序。

孙治《孙宇台集》卷七《侄宪葵竹枝词序》："乙巳夏,余从吴门归,见同人之为西湖竹枝者,不一而足,犹子忠楷亦为数十首,以进而并属余为同人之序也。"

八月,毛先舒父毛应镐八十大寿,先舒征友人诗文三百余篇为父寿,合为《德寿录》。

柴绍炳《柴省轩先生文钞》卷六《毛氏德寿录序》："同郡毛继斋先生今年秋仲为八十初度,其子毛稚黄先舒之执友若四方雅游,皆以通门之谊登堂,修敬择言而侑之卮,凡为诗文如干篇,稚黄汇而集之,一时士大夫莫不乐观其盛,且请题之曰《德寿录》,本众志也。"毛先舒《毛驰黄集》卷八《毛氏家乘·先考继斋公行略》："公八十大齐,同郡诸君子合辞为公征文章者四十四人,得古文、诗歌三百余篇,一时称盛事。"《德寿录》今未见。

八月二十八日,吴百朋五十寿,毛先舒为其撰寿序。

毛先舒《思古堂集》卷三存《赠吴锦雯五十序》。

九月九日,毛先舒同宋琬、宋实颖同登葛仙岭。

毛先舒《晚唱》有《九日登葛仙岭奉和宋荔裳先生令弟既庭之作》。宋琬《安雅堂未刻稿》卷四有《九日登葛仙岭》。

冬,宋琬离杭州,临行前嘱毛先舒为其《安雅堂文集》撰序。

毛先舒《潠书》卷一《安雅堂文集序》："事已大白,复来浙游湖上。自去年冬月至今年冬乃去。将行,出文若干篇,命先舒叙。"

康熙五年丙午(1666)
冬,陆圻作《杜丽娘祠堂记》。

陆圻《威凤堂文集》记部《杜丽娘祠堂记》："岁丙午中冬,予过南安,李子笠翁为予言:'徐山人亦樵谋所以祠杜丽娘者,子盍为诗歌纪之?'予曰:'唯唯。微君言,吾固将纪之矣。'"

十一月,刘鲁栻为陆圻文集作序。

> 陆圻《威凤堂文集》卷首刘鲁栻序署"康熙丙午畅月临沂同学弟刘鲁栻
> 拜撰"。

虞黄昊举于乡。

> 姚礼《郭西小志》卷十"虞景铭"条载:"虞景铭,名黄昊,本石门人籍,德
> 园先生之孙,仲鱼名宗瑶之子也。其外家钱唐氏,遂侨居于杭城东。与西
> 陵诸子唱和,称'十子'焉。十岁即善作文,尝薄柳州《乞巧文》,更作《辞巧
> 文》,识者知其远到。康熙丙午举于乡。"钱林《文献征存录》卷六"虞景铭"条
> 载:"虞黄昊,字景明,一字景铭。十岁善属文,尝薄柳州《乞巧文》,更作《辞
> 巧文》,人赏其工,以是知其为远到器。康熙五年举人。《十子诗选》序谓:
> '景铭妙龄嗣响,一洗芜累,雅才秀色,蔚然名家。五言古体,尤号独步,比于
> 毛驰黄七绝,妙得天纵非由钻仰。'有杨柳枝词云:'杨花如雪扑征衣,马上征
> 夫苦忆归。曾向曲中回首望,不知真在路傍飞。'"阮元《两浙輶轩录》卷三:
> "虞黄昊,字景明,一字景铭,石门籍,钱塘人。康熙丙午举人,官临安教谕。"

丁澎为王鑨《大愚集》作序。

> 王鑨《大愚集》卷首有丁澎序,末署"康熙岁丙午如月西陵年家弟丁澎药
> 园氏拜题于琅琊道院"。

康熙六年丁未(1667)

正月,陆圻至南州谒周体观,适逢其长子周元驭卒,陆圻作《哭周公子文》。

> 陆圻《威凤堂集》卷十八《哭周公子文》:"岁丁未正月有九日,右北平周
> 公子元驭卒于洪都之官。……乃伯衡先生久以其文与道为士类所宗主,予
> 方持敝帚之业谒之南州,而适会公子之丧,亦从诸嗙客后白衣冠往送之。"

正月,施闰章为陆圻父陆运昌作《重建永丰陆侯祠堂记》。

> 陆圻《威凤堂文集》有施闰章《重建永丰陆侯祠堂记》,文末署"康熙丁未

春正月江西分守湖西道参议加一级前山东按察使司佥事提督学政刑部广西清吏司员外郎宣城施闰章撰"。

正月十五,丁澎与吴绮于碧浪湖张灯泛舟,丁澎作《过秦楼·吴园次郡守碧湖元夕泛灯分赋》。

> 丁澎《扶荔词》卷三《过秦楼·吴园次郡守碧湖元夕泛灯分赋》:"太守风流,裁红摘翠,点就玉湖妍景。画船载酒,绣幕调笙,香送素波千顷。树杪几队灯红,鸧鹳飞来,惊栖难定。看银蟾一色,蕊珠宫里,竟摇波影。　畅好是皓魄初圆,青樽浮满,画里江城如镜。六街箫鼓,兰桨齐开,钗色珮声交逓。良夜试问如何,起视参横,虬壶未冷。休更把紫云低唤,红粉两行娇并。"

春,陆圻至徽州,祝发为僧。

> 陆莘行《老父云游始末》载:"丁未春,辞叔至徽州。是岁,祝发齐云,不肯背前誓也。"

暮春,丁澎至吴门,与陈维崧相见。

> 陈维崧《湖海楼诗集》卷二"丁未"有《吴门晤丁飞涛及送其之毗陵》,其中有"我在姑苏已暮春"句。

秋,丁澎至南京,遇宋琬。

> 丁澎《扶荔词》卷二有《风入松·建业遇宋荔裳观察》。

十一月十九日,陆寅入黄山请求陆圻还家,陆圻不允。

> 陆莘行《老父云游始末》载:"十一月十五,褚仆妇归,道所以,举家悲泣。十九日,冠兄就道迎父。于山顶见之,曰:'冤业至矣。'兄哭拜于地,请父同归。父不允。兄又禀曰:'大人纵不怜妻子,独不念先人坟墓乎?'父曰:'汝先归,吾当于来年仲春朔回杭扫墓,兼与弟侄一诀。'"

康熙七年戊申（1668）

正月，陆圻归里，然不还家。

> 陆莘行《老父云游始末》载："戊申正月，仲兄预于江干觅一精舍，号曰草庵。至二月十七，吾父果至。十九，母嫂往见。二十，余与吴姊往见。诸姊兄弟亦相继往见。次第决已，誓不入城。挈童子王保，法名透月，居江渚庵中。"

五月，陆堦病危，陆圻至其家为之医病，但始终不入己家。

> 陆莘行《老父云游始末》载："五月，三叔父病危，迎入城，父不忍辞。至叔家，医药并施。叔小愈，谓父曰：'弟命赖兄以生，健饭始任兄行。'父曰：'唯唯。'余母子相隔一垣，父不顾也。"

五月七日，孙治母沈氏卒。

> 孙治《孙宇台集》卷二十四《先考文学复庵府君行实》："先妣沈孺人生于戊戌年五月十日未时，卒于戊申年五月七日戌时。"

九月，陆圻以陆堦病愈，决意离乡入粤。

> 陆莘行《老父云游始末》载："九月，叔已平复。父召兄曰：'吾以叔疾，违约入城。吾之交广，若使有疾，谁非当治者？是吾以逃禅为名，而以医僧终也，奚可哉？适丹霞金道隐师相招，且复往粤，避迹三年，然后结茅近地。尔若阻我，我必雉缢。'兄不敢拒，命褚随行。时戊申九月二十六日也。"

丁澎游恒山，结识梁清标，并出示《扶荔词》，梁清标为作序。

> 丁澎《扶荔词》卷首梁清标序曰："今年过恒山，晤余田间，执手相劳苦，见其人雅度冲襟，澹然自远，宜其吐词抒采，春容温粹，婉约而多风也。"末署"康熙戊申冬日年弟梁清标序"。

康熙八年己酉（1669）

三月，吴百朋自武林发，赴任南和令，与孙治同行。临行前宴请友人，柴绍炳邀毛

先舒同去，然先舒病剧，未能去。沈谦闻先舒病，前往探望。

> 毛先舒《沈去矜墓志铭》："先舒自己酉春病剧，困甚。三月十四日锦雯之官南和，宴友生为别，虎臣过，要予偕往，不能行。去矜时买舟入会城视余。"

张右民作《送吴锦雯之南和任》。

> 张右民《东皋诗文集》有《送吴锦雯之南和任》，诗曰："渊明已赋《去来》篇，百里今还借大贤。一路新花辉紫绶，千门垂柳映金鞭。有官堪下庭前榻，无屋徒牵岸上船。此日行藏各努力，暂时分手莫凄然。"

四月，孙治于北上途中，作《白杨赋》。

> 孙治《孙宇台集》卷一《白杨赋》小序："余于己酉暮春辞家远行，及乎首夏，溯河而北策，疲寒经荒原。忽焉悲风崛窟起于丛树之际，其声槭杀怆急，骤然闻之，泪流不止。即途之人问之，曰：'此所谓白杨也。'然后知古诗与太白之言其信然矣。下马宿逆旅，揽笔为此赋。"

夏五，吴百朋与孙治抵邑，孙治作《北征赋》。

> 孙治《孙宇台集》卷一《北征赋》小序："友人吴锦雯为南和令，订余偕行。己酉三月发武林，夏五抵邑。慕叔皮之制，以写行路愁幽之思，遂有是篇。"

夏，孙治作《南和四先生诗》。

> 孙治《孙宇台集》卷三十三《南和四先生诗》小序："四先生者，宋相国璟、侯尚书泰皆产于南和者也，李北海邕、元鲁山德秀，李为南和令，元为南和尉，皆吏于南和者也。己酉夏五，从友人锦雯吴子来此署中，感今伤古，情不能已，乃作《南和四先生诗》。"

秋，丁澎至济宁，结识徐釚。

> 徐釚《南州草堂集》卷三有《陆吴州水部招同丁药园祠部任城署园小饮

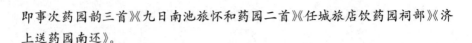

即事次药园韵三首》《九日南池旅怀和药园二首》《任城旅店饮药园祠部》《济上送药园南还》。

毛先舒《晚唱》成书。

> 毛先舒《晚唱》卷末自跋:"始余作《晚唱》,录成一帙,以示余友临平沈去矜谦。去矜赏叹,且云:'当拟此体数十篇,与足下合刻之。'已寄来《柳烟》《塘上》二曲,秾丽淡宕,语语惊魂,令我伧父欲自匿。乃未几而去矜溘焉矣。"

柴绍炳抱疴连月,作《续乐志论》。

> 柴绍炳《柴省轩先生文钞》卷二:"岁在己酉,余抱疴连月,自分短期,已念闻道未遑,儿子尚稚,世出世法,皆难可便死也。因效仲长统续作《乐志论》一篇,虽曰有待为烦,聊解拘愁,用蠲疾陋云尔。"

康熙九年庚戌(1670)

正月,柴绍炳卒。

> 毛先舒《沈去矜墓志铭》:"乃明年正月,虎臣死。二月十三日,去矜讣来。是月锦雯卒于官,三月凶问亦至。余以宛转床蓐之身,不及周时而三哭故人。"柴绍炳《柴省轩先生文钞》卷首周清原《崇祀理学名儒柴省轩先生传》:"庚戌寝疾,卒年五十有五。"方象瑛《健松斋续集》卷六《柴虎臣先生传》:"庚戌正月寝疾,卒年五十五。"

孙治闻柴绍炳卒,作《哭虎臣》。

> 孙治《孙宇台集》卷三十四《哭虎臣》:"凤昔缔交白首期,壮心直视青云里。十人之交天下闻,最先莫过柴氏子。柴子卓荦无等伦,子渊好学原宪贫。贯穿七略与四部,被服仁义何斌斌。"

张右民作《祭柴虎臣文》。

> 张右民《东皋诗文集》有《祭柴虎臣文》,曰:"晚年乐天知命运,平情恕

物,至于大义皎然,秋霜比烈,其志弥笃,其节弥坚,其学弥进,其诗文愈纯古而澹泊。平生体少羸,去年夏患病,肤□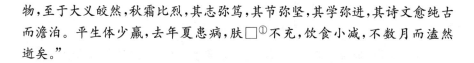①不充,饮食小减,不数月而溘然逝矣。"

二月十三日,沈谦卒。

　　沈谦《东江集钞》末附沈谦之子沈圣昭《先府君行状》:"卒于康熙庚戌岁二月十三日子时,享年仅五十有一。"应撝谦《东江沈公传》:"于康熙庚戌二月卒。"

闰二月三日,吴百朋卒。

　　孙治《孙宇台集》卷二十四《亡友吴锦雯行状》载孙治"卒于康熙庚戌岁闰二月三日巳时"。

春,宗元鼎为丁澎《扶荔词》撰序。

　　丁澎《扶荔词》卷首《扶荔词记》:"康熙庚戌春,余读书于芜城道院,评阅丁药园仪部《扶荔词》三卷,曰:'美哉,斯词庶不愧扶荔之名乎!'"

夏五,孙治邂逅张居仲,并为其文集作序。

　　孙治《孙宇台集》卷五《束鹿张居仲文序》:"岁庚戌夏五,邂逅束鹿张子居仲于友人逢伯之学署,与余谈文,莫逆于心,间以饮酒之暇,作岁寒一艺,不激亢,不诡随,寓感喟于舒遟之际,又出其平昔所著,明庶物,察人伦,诸艺理益蕴涵,气益纯粹,印之王唐诸家若合符节,而又有神明,此予所以服膺不置也。"

张芳为张丹文集撰序。

　　张丹《秦亭文集》卷首有张芳序,署康熙九年。

───────────────
① 此处字迹模糊不可辨。

丁澎作《袁孝子小记跋》。

> 丁澎《扶荔堂文集选》卷十一《袁孝子小记跋》:"明年澎五十。"

康熙十年辛亥(1671)

九月,沈荃为丁澎《扶荔堂文集选》撰序。

> 丁澎《扶荔堂文集选》卷首沈荃序末署"康熙辛亥九月家同学弟沈荃顿首题"。

周亮工六十大寿,丁澎作《湖上酌酒歌介周栎园司农六十》。

> 丁澎《扶荔堂诗集选》卷二有《湖上酌酒歌介周栎园司农六十》,周亮工生于 1612 年,故该诗当作于是年。

孙治过乾所刘夫子故里,作《哀刘夫子赋》。

> 孙治《孙宇台集》卷一《哀刘夫子赋》小序:"辛亥岁余以泉州太守王省庵之招,过乾所刘夫子故里,访二子士鳞、士铎,迫述生平,不胜感怆。昔任昉于王仆射殁后作怀德赋,仆早年受知于夫子,眷念明德,岂独西州之叹哉? 遂挥泪以赋之耳。"

康熙十一年壬子(1672)

春,陆圻家仆褚礼与陆莘行舅翁郭皋旭入广东丹霞寺寻陆圻,得知其于一月之前入四川武担山。褚礼至武担寻之,未得。

> 陆莘行《老父云游始末》:"壬子春,父已逾期。仍命褚从余舅翁郭皋旭入广,至丹霞迎父。方知一月之前,已去武担。仆追至武担,不能踪迹。盖吾父意在弃家,不欲人知,每至即易姓名,无从察也。后值三藩之乱,往来不通,虽仲兄复分险阻,遍为寻觅,终不能得。兄幸成进士,竟以神竭咯血而卒。"

康熙十二年癸丑(1673)

仲冬,丁澎至梁溪,为龚鼎孳《定山堂诗余》撰序。

龚鼎孳《定山堂诗余》卷首有丁澎序，文末署"时康熙癸丑仲冬西陵丁澎药园氏敬题于锡山旅社"。

康熙十三年甲寅（1674）

仲春，丁澎为徐釚《菊庄词》撰序。

徐釚《菊庄词》卷首存丁澎《菊庄词序》，文末署"时康熙甲寅仲春上浣西陵同学弟丁澎药园撰"。

秋，李渔与丁澎相聚于武林。

李渔《笠翁诗集》卷二《赠丁药园仪部》小序："药园归自谪所，已经数年，予浪游四方，苦不相值。甲寅之秋，始得快聚于武林。读其出塞、入塞诸诗词，天怀如旧，绝无悲楚之音，是才人达士克兼之矣。喜而有作，即以寄之。"诗曰："十载重逢旧赏音，啸歌悲涕总难禁。玉门关喜犹生入，沙碛诗能不苦吟。身作令威人是鹤，才同司马赋为金。卖文尽有山中禄，莫更飞翔侈远心。"

冬，毛先舒招方象瑛、毛际可至其宅，设宴款之。

毛际可《安序堂文钞》卷十七《题稚黄兄扇》："甲寅冬，稚黄五兄招饮两计生者，曰以闻仲贤坐中歌新曲，为赋《清平乐》纪之。"

方象瑛避乱至杭州，与毛先舒结交。

方象瑛《健松斋集》卷六《思古堂雅集记》："余自甲寅秋偕毛会侯之避地西陵，播迁之余，惟诗文朋友稍慰晨夕。"同书卷十一《与毛稚黄书》："闻足下名二十年，嗣从会侯处读《汉书》，自叹僻处山陬，无由亲承教益。乃逐日过访扬亭，足下引之卧室，出藏书共读。高雅之怀，亦似念睦陵僻壤，尚有可与言文如方生者。……今避乱西湖，翻因患难而获周旋于足下，斯不幸中大幸也。"方象瑛《毛稚黄十二种书序》："余自避乱居武林，始得与毛子定交。毛子方病甚，卧起小室中，积书满案，其神穆然，自是以后，时相过从。毛子谈论，竟日夕不倦。凡古今升降之由，人物事类之变，与夫经史之源流，学术之

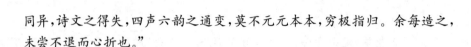
同异,诗文之得失,四声六韵之通变,莫不元元本本,穷极指归。余每造之,未尝不退而心折也。"

康熙十四年乙卯（1675）
昆山徐太夫人寿,孙治为作寿序。

> 孙治《孙宇台集》卷九《昆山徐太夫人寿序》:"乙卯为太夫人设帨之辰。"

春,毛际可访毛先舒,促膝论文至深夜。

> 毛际可《安序堂文钞》卷十七《题稚黄兄扇》:"乙卯春日,偶步过斋,因留小饮。剪蔬烧烛,促膝论文,至月落始散。醉余作《更漏子》一阕。"

春暮,孙治与张丹、陆进、王晫等人泛舟游湖。

> 孙治《孙宇台集》卷四十有《乙卯春暮,同张祖望、王仲昭、陆荩思、王丹麓汎舟》。

四月七日,毛先舒招毛际可、李东琪、徐武令、徐邺、诸虎男、毛先舒侄毛次瀛宴集于思古堂,饮酒谈诗,通宵达旦。

> 毛际可《安序堂文钞》卷六《思古堂雅集记》:"明年四月七日,毛子稚黄,李子东琪,徐武令、华征兄弟,诸子虎男,稚黄从子次瀛,招集思古之堂。……肴馔既陈,觥筹交错,啜蒁羹,啖含桃,极论古今诗文之变,与夫山川名胜,人物臧否。……谑浪诙谈,载醉载醒,墨渍酒痕,点染阶砌,不知鸡人已戒曙矣。"同书卷二十七《题稚黄兄扇》:"今四月七日同人复大集于思古之堂,分体得《绮罗香》长调,五兄遂命余并为书扇。夫昔人宴集,赋诗见志,识者因以占人,如操鉴引绳,盖言慎也。余三厕末坐而皆以词自放,亦可见其志之慆矣。顾五兄善病,盛夏袭重裘,摇动凉风发,恐非所宜,则此扇真当永置箧中,为魏收藏拙。"毛际可《安序堂文钞》卷五《啸竹轩宴集序》:"乙卯春,余与渭仁寓西陵,东琪、虎男暨武令昆季招饮于家稚黄宅,适荩思亦以他事至,盖不异南皮之游也。觞酌既酣,唫咏间作,因分占诸体以纪胜集。"

十月,丁澎游海昌安国寺,撰《海昌安国寺重修钟楼记》。

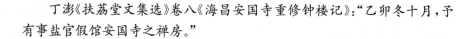

丁澎《扶荔堂文集选》卷八《海昌安国寺重修钟楼记》："乙卯冬十月，予有事盐官假馆安国寺之禅房。"

康熙十五年丙辰（1676）
正月，姚弘任之母六十寿，孙治为之作寿序。

　　孙治《孙宇台集》卷九《姚太君寿序》："丙辰孟陬为太君周甲之辰，诸君子属有赠言，余安得默然而已也。"

正月初七，丁澎为梁清标《棠村词》作序。

　　梁清标《棠村词》卷首有丁澎序，署"时康熙丙辰人日西泠年后学丁澎敬题于扶荔堂"。

夏，丁澎至苏州，与施闰章、毛际可等人相聚赋诗。

　　徐釚《南州草堂集》卷五有《暂归吴门，宋先生招同施愚山大参、丁飞涛仪部、尤展司李暨萧山毛大可、会稽张南士、平湖郭皋旭、同郡袁重其雅集读书堂分赋》。

冬，丁澎至庐阳，作《丙辰除夕客庐阳有怀李湘北学士》。

　　丁澎《扶荔堂诗集选》卷九"游稿"有《丙辰除夕客庐阳有怀李湘北学士》。

康熙十六年丁巳（1677）
三月三十日，丁澎与曹尔堪、吴绮、沈珩、顾彩、宋实颖宴集于尤侗看云草堂。

　　尤侗《看云草堂集》卷八《顾庵、园次、飞涛、昭子、天石、既庭枉集草堂赋得三月正当三十日》："三月正当三十日，诸公集我水哉亭。已伤春色逐飞絮，常念人生如聚萍。潦倒杯盘殊率意，婆娑裙屐渐忘形。何须长叹催头白，遮莫高歌放眼青。"顾庵即曹尔堪，字顾庵；园次即吴绮，字园次；昭子即沈珩，字昭子；天石即顾彩，字天石；宋实颖，字既庭。

四月四日立夏,林鼎复招丁澎、陈维崧、尤侗、曹尔堪、吴绮、沈珩、顾彩、宋实颖等人宴集于虎丘平远堂。

> 陈维崧《迦陵词全集》卷十四《水调歌头·平远堂雨中即事林天友使君席上,同曹顾庵,丁药园,胡存人,吴香为、园次、六益,余澹心,尤悔庵,宋既庭,钱宫声,顾云美、伊人、天石,赵旦分、毛行九分赋共用烟字》。尤侗《看云草堂集》卷八有《林天友明府招同诸子集虎丘雨中送春限韵》。

秋,施闰章再过杭州,为张丹父撰墓志铭。

> 施闰章《前孝廉张稚青先生墓志铭》:"丁巳秋,再过武林,张子巫以状请,盖别去十七年矣。张子以文辞称,又所游多贤豪能言者,顾独迟十许年惟予是征。于乎,余何敢不铭!"

沈兰先卒。

> 孙治《孙宇台集》卷十五《亡友柴、汪、陈、沈四先生合传》载沈兰先"丁巳年六十病死"。

康熙十七年戊午(1678)

仲春,施闰章为毛先舒《匡林》作序。

> 毛先舒《匡林》卷首存施闰章《匡林序》,末署"康熙戊午仲春月宛陵同学弟施闰章谨序"。

仲春,陆圻妻孙氏卒。

> 孙治《孙宇台集》卷十六《先伯姊陆夫人传》:"戊午余归自温麻在长夏之九日,而姊已殁于仲春之四日矣。"

夏五,孙治自闽中归里。

> 孙治《孙宇台集》卷四《林玉逵集序》:"乃今戊午夏五,余自闽中归里。"

秋,孙治为林玉逵诗文集作序。

> 孙治《孙宇台集》卷四《林玉逵集序》:"戊午夏,余从温麻归里,及秋则林子玉逵远还自江右,两人各相慰劳已。林子出其文若干、诗若干属余为序。"

秋,毛先舒为林璐《岁寒堂初集》撰序。

> 林璐《岁寒堂初集》卷首毛先舒序末署"康熙著雍敦祥之秋钱唐同学毛先舒稚黄顿首拜撰"。

冬,孙治为林璐《岁寒堂初集》撰序。

> 林璐《岁寒堂初集》卷首孙治序末署"康熙戊午冬日西陵同学孙治宇台拜题"。

康熙十八年己未(1679)

春,孙治为陈廷会文集作序。

> 孙治《孙宇台集》卷四《陈际叔文集序》:"己未春,程子骏发以其师际叔陈先生之命赍文集数百篇,属余裁定。"

三月,孙治作《闻元亮葬记》。

> 孙治《孙宇台集》卷十三《闻元亮葬记》:"康熙己未春三月有二日,同人为闻子元亮暨其元配杨氏合葬于祖墓之旁,而其友人孙治为之记。"

四月初二,丁澎为林璐《岁寒堂初集》撰序。

> 林璐《岁寒堂初集》卷首丁澎序末署"康熙己未初夏后一日西陵同学丁澎药园题于金间舟次"。

七月,陈廷会卒。

> 孙治《孙宇台集》卷十五《亡友柴、汪、陈、沈四先生合传》:"己未春,余适在家。使其门人程骏发囊其书稽首而前,属予评定。予曰:'诺'。遂为删定若干卷,因为之序。其秋七月死。"

十月十五日,毛先舒六十初度,孙治为撰《赠毛稚黄序》。

> 孙治《孙宇台集》卷八《赠毛稚黄序》:"今年秋,稚黄门下士喜稚黄之疾起,而又当初度之辰,属余制文以举觞,因叙天人之不测者为赠耕为寿云。"

陆堦六十寿,孙治为之作寿序。

> 孙治《孙宇台集》卷九存《陆梯霞六十寿序》。

陈维崧致书毛先舒,请其为新刻骈体文集作序。

> 详见顺治八年条。

张右民作《祭陈际叔文》。

> 张右民《东皋诗文集》有《祭陈际叔文》:"去年腊月颢亭榇归,予与公尚同泛舟出郭外迎于屿,歧路而哭。今年谷日,生一、且庵于快雪堂致奠□公,公遂不克赴矣,将意有所郁结,其竟以此疾而终耶。"

康熙十九年庚申(1680)

秋,丁澎为叶光耀《浮玉词初集》作序。

> 叶光耀《浮玉词初集》卷首有丁澎序,署"康熙庚申秋日同里年家弟丁澎药园顿首撰"。

十月十日,孙治父孙锡卒。

> 孙治《孙宇台集》卷二十四《先考文学复庵府君行实》:"先府君生于万历己亥年六月二十九日未时,卒于康熙庚申年十月十日巳时。"

陆进妻邵氏卒,陆进为之作悼亡词六十首,毛先舒为作序。

毛先舒《巢青阁诗余悼亡词题词》曰:"荩思再娶,俱极伉俪之乐,而再悼亡,亦极缠绵之思。今词为后夫人邵作,得六十首,几三千余言。骚屑怨乱,思愈入而情愈不穷。即转摺层复处,喁喁然不厌。要之,极其凄惋而止。"陆堦《巢青阁诗余悼亡词题词》曰:"庚申,余弟荩思试吏部,其后妇邵以讣闻。荩思伉俪之重,作悼亡词一帙,属余序。"

康熙二十年辛酉(1681)

三月,丁澎六十寿,作《辛酉三月初度日自酌》。

丁澎《扶荔堂诗集选》卷九有《辛酉三月初度日自酌》。

朱嘉徵八十大寿,丁澎为撰写寿序。

丁澎《扶荔堂文集选》卷四有《同年朱止溪先生八十寿序》。

冬,叶燮游西湖,毛先舒与王仲昭访其客舍。

叶燮《己畦诗集》卷一有《予自癸丑春过明圣湖,辛酉冬重至湖上,访昔年同学故人,大半为异物,孤山六桥一带亦沧凉非昔日,毛稚黄、王仲昭访予客舍,为谈往事,慨然赋长歌贻二子》。

康熙二十一年壬戌(1682)

丁澎作《与林西仲论著作书》。

丁澎《扶荔堂文集选》卷七《与林西仲论著作书》:"自鲁哀公十四年,以迄今上康熙之壬戌,更历岁二千一百六十有三矣。"

康熙二十二年癸亥(1683)

孙治卒。

孙治《孙宇台集》卷首陆嘉淑《孙宇台先生遗集序》:"盖癸亥之秋,而我宇台亦捐馆舍于泽州之旅寓矣。时予方客吴中,明年始得归,哭之于钱唐里舍,则嗣子世求孝桢已经刻宇台诗文衰然成集,出以见示,余得受而卒业焉。"

浙江巡抚王国安修《浙江通志》,毛先舒被延入馆。

> 毛奇龄《毛稚黄墓志铭》:"康熙癸亥,浙抚王君修通志,请召诸名士乞以属笔,次及君。君所登载必择忠孝节义事。"

丁澎参与修撰《浙江通志》。

> 丁澎《扶荔堂文集选》卷二:"岁癸亥奉诏直省咸修通志,于是浙江督臣维翰、抚臣国安下共事于承宣,臣琳乃征聘本省耆硕俊髦之士,开局棘院,搜采编辑,斟酌损益,殚厥心力,阅三月而书告成。以臣澎之谫劣,亦获与评论之末焉。"

十二月,周起辛为丁澎《扶荔堂文集选》撰序。

> 丁澎《扶荔堂文集选》卷首周起辛序末署"癸亥嘉平题于苕溪舟次"。

康熙二十三年甲子(1684)
孙孝桢为父梓《孙宇台集》四十卷,顾祖禹、陆嘉淑为之作序。

> 顾祖禹序称:"武林孙宇台先生既殁之,明年,孤孝桢梓其遗文三十卷、遗诗十卷既成,介贵池吴君正名属祖禹曰请为之序。"亦可参见康熙二十二年条。

康熙二十四年乙丑(1685)
仲冬,潘耒为毛先舒《思古堂集》撰序。

> 毛先舒《思古堂集》卷首有潘耒序,称:"钱唐毛子稚黄少负轶材,为西陵十子之最。其诗篇隽妙,得骚雅之遗则,已乃脱去畦径,自名一家。中年偃蹇,不与世合,肆力而为古文辞,沉深壮阔,一去绮丽之习,而上与古人为朋。既而卧病床榻者十余年,澄怀味道,气益静,养益充,久之病愈起,而著书劈肌分理,削肤见骨,于学术异同、人物白黑,确然其有定见,超然其有独得,非

强为论辨也,盖不容自已而出之者也。"末署"康熙乙丑仲冬日吴江潘耒拜撰"。

张丹作《从野堂诗自序》。

张丹《张秦亭诗集》卷首《从野堂诗自序》:"今则发白齿落,再加三岁即皤然一七旬老翁矣。"该序还称壬午年张丹二十四岁,则张丹此序作于六十七岁时即康熙二十四年。

林璐六十寿,丁澎为作《介林鹿庵六十》。

丁澎《扶荔堂诗集选》卷九有《介林鹿庵六十》。林璐生于天启六年(1626)。

康熙二十五年丙寅(1686)
八月,方象瑛为毛先舒《毛稚黄十二种书》作序。

方象瑛序末署"康熙丙寅八月之望遂安同学弟方象瑛渭仁拜撰"。

九月,恽格为毛先舒《毛稚黄十二种书》作序。

恽格序末署"康熙二十五年秋九月毗陵恽格正叔氏拜撰"。

康熙二十六年丁卯(1687)
张丹卒。

张丹挚友王嗣槐《桂山堂诗文选》文选卷七《张秦亭先生传》载张丹"年老,气益衰,食饮颇健。病卧,终不服药,一夕逝,时年六十九也"。可推算出张丹卒于康熙二十六年(1687)。

陆圻次子陆寅乡试中式。

毛奇龄《西河集》卷一百五《陆三先生墓志铭》:"寅于康熙丁卯举乡试中式。"陆宗楷《陆氏家谱》载陆寅"丁卯赴顺天乡试,中试。"

康熙二十七年戊辰(1688)

十月初五日,毛先舒卒。

> 毛奇龄《毛先舒墓志铭》:"卒于康熙二十七年十月初五日子时,享年六十有九。"

陆圻次子陆寅进士及第。

> 毛奇龄《西河集》卷一百五《陆三先生墓志铭》:"寅于康熙丁卯举乡试中式,戊辰成进士。"陆宗楷《陆氏家谱》载陆寅"戊辰成进士,束装南归,计欲效朱寿昌,期以必得。"

陆寅拟寻父,朱彝尊为作《零丁为陆进士寅作》。

> 朱彝尊《曝书亭集》卷六十一有《零丁为陆进士寅作》。

康熙二十八年己巳(1689)

丁澎与毛奇龄、张子毅、杜湘草、俞犀月等人宴集于莘野之草堂。

> 毛奇龄《听松楼宴集序》:"康熙己巳,淮阴张子毅文、杜子湘草,与吴门俞子犀月,顾子迁客、侠君兄弟同来明湖。适睦州方子渭仁、家季会侯寄湖之南屏,而越州吴子应辰、王子六皆、张子星陈、金子以宾皆前后至,因偕丁子药园辈若干人高会于莘野之草堂。"

陆圻次子陆寅卒。

> 陆宗楷《陆氏家谱》载陆寅"戊辰成进士,束装南归,计欲效朱寿昌,期以必得。而长以思慕劳瘁,患咯血,越二年而卒,年四十有三。"《(雍正)浙江通志》:"康熙丁卯,举顺天乡试,明年成进士,以哀慕劳悴,逾年咯血死。"

康熙二十九年庚午(1690)

六月二十九日,张右民卒。

张右民《东皋诗文集》附录有子张韩撰《先处士崇祀乡贤东皋府君行略》："君生于万历戊申年九月十一日辰时,卒康熙庚午年六月二十九日丑时,享年八十三岁。"毛先舒尝师从张右民。

八月,毛熊臣等将毛先舒卜葬于西湖青石桥。

毛奇龄《毛先舒墓志铭》："康熙庚午八月日孝子熊臣等将卜葬于西湖青石桥先茔之傍。"

九月,高士奇撰《和韵答丁药园》,此时丁澎尚在世。

高士奇《归田集》卷五录"古今体诗共五十八首",下有小字注"庚午九月"。则《和韵答丁药园》当作于康熙二十九年九月,诗曰："烟霞僻性年来遂,免逐红尘蹋紫衢。墙角灌蔬双户掩,田头过雨一犁扶。新诗乍展银泥纸,胜友从怀石鼓湖。莫话云亭随辇事,息机近绘汉阴图。"

康熙三十年辛未（1691）
十二月,丁澎为米万济《教款微论》撰序。

米万济《教款微论》卷首载丁澎序,署"康熙辛未嘉平穀旦礼部祠祭清吏司郎中仁和丁澎拜题"。

丁澎卒。

毛奇龄《沈方舟诗集序》曰："予迟暮还里,因医瘠来杭,而故交凋丧。景宣已行遁,而药园先我而逝。"而据毛奇龄《杭志三诘三误辨》："康熙三十年,予以医瘠僦杭州,客有持《神州》一书相咨询者,予乃发其误,并翻汉魏六代诸史志,作《三日课》。"可知毛奇龄为医病移居杭州当在康熙三十年（1691）,是时丁澎已卒,而前述丁澎1691年尚为米万济撰序,则丁澎当卒于康熙三十年（1691）。

康熙五十五年丙申（1716）
三月,丁辰槃为父丁澎《扶荔堂文集选》撰跋。

丁澎《扶荔堂文集选》卷首丁辰槃《扶荔堂跋》末署"康熙丙申三月朔日不孝男辰槃顿首百拜敬识"。

附录三：《西陵十子诗选》序文资料

一、柴绍炳《西陵十子诗选序》

诗者，古六经之一也。采风观俗，立言明志，是以君子重之，学者不废。自三百篇而降，厥体屡变，大抵根极情性，缘于文藻，轨因代殊，要归雅则。是故骚词、乐府，长句胚胎；《十九》、"河梁"，五言堂构；陈隋、李唐，则律绝之禘祫也。然祖构相沿，折衷论定，古风极于元嘉，近制断自大历，人代更始，邻下无讥，抑何哉？

考镜五言，气质为体。俳俪存古，仰逮犹近；浏亮为工，失之逾远。近体务竭情澜，求谐音节，托兴汉魏，选材六朝，意贯语融，靡伤气格。变调无取，旁门益乖，故武德而降难为古，元和而还难为近也。又况宋习鄙钝，元音俚下，艺林厄运者乎。明初四家，扫除不尽，廓清于何、李，再振于嘉、隆，斯道嗣兴，斌乎大雅。然七子颓流，驯趋浮滥；竟陵矫之枯率，狷浅殊恶。斐然自余，纷纷妄作，殆无关商较者矣。

近世士大夫风流丕扇，户被弦管，人怀珠玉。雌黄相轧，私衷酷薄。海内作者，何敢厚诬。第屈指闻见，时论共推，即青土、皖城、云间及我郡耳。三邦之秀，各有成书。我郡英彦如林，竞飏菁藻。曩仆与景宣将举《西陵文选》之役，拟网罗群制，勒成一编，遭乱忽忽，兹事不果。年齿增长，旧游凋谢，鲲庭玉折，骧武兰摧。因念岁月逡巡，事会难必，相知定文，宜属何等。于是毛子驰黄悯焉叹兴，要仆暨诸子先以次第唱酬有韵之言，斟酌论次，录而布诸。期于割弃少作，力追渊雅。义在研精，法无虚借。故人具长短，体有衰益，就其合构，集为要删。仆不揣暗劣，与观成事，请因得而论之。

景宣经史论叙，淹通藻密，翰墨之勋，先驱首路。诗则绮丽为宗，符采昭烂，云津龙跃，不厌才多。锦雯才情斐娓，兼有气势，故鸣笔不羁，境非绝诣，致异小家。乐府歌行，飓飓大国风也。际叔文笔雅健，谛称冠绝。宇台清驶，略足相当，于诗词讽寄，营殊惨淡，可谓升堂睹奥者也。若宇台《琴操》《迪躬》、际叔《赠季》《怀陆》，皆古近名构，其他篇或未能称是。祖望骨格苍劲，虽其源出于杜陵，而法能独运，语有利钝，无妨老境。去矜吟咏最勤，少多艳情，瑕瑜不掩，近乃一变。篇体環卓。飞涛天性愉夷，丕耐搜剔，染翰伸纸,宛尔妍好,譬则合德入宫,芳馨竟体,以自然标胜。三子体诣相兼,才能各骋,张《山村杂咏》、沈《己庚新律》、丁《婺游》诸什,虽古词流,曷以过之耶?驰黄素工韵语,复精裁鉴,沉婉名秀,罕出其右。或整栗微乖,神韵恰合。小词杂著,都属可传。擅场所乏,未办作赋耳。景明妙龄嗣响,一洗芜累,藉婉弱有之,而雅裁秀色,蔚然名家。五言古体尤为独步,比于驰黄七绝,盖妙得天纵,匪由钻仰。

嗟乎!爰自风骚,以迄近代,数千百年所作者众矣。诸子身在其间,与为扬榷,互有甲乙,未须过让。乃碌碌如仆,谬厕坛坫,前犹糠粃,后钧瓦砾。然才分虽局,志窃向往。迟之岁时,磨厉朽钝。俾诸子日进高明,而仆亦勉努困学。所称黼黻以为国华,吐纳而成身文者,庶几得当万一哉。其在于今,则四方君子览观斯集者,务明作者之指,于不腆之词陶汰而簸扬之,仆固日夜望焉已。

二、辉山堂主人《刻西陵十子诗选启》

西陵文雅,南国宗盟。家腾白雪之声,人擅青云之目。故乃客比龙门,书传鸿宝。登楼雅集,不唯风月之观;揽云缀思,具有神仙之气。白榆啸唱,入名部以弦歌;威凤斐文,贵通都之纸价。久已沾溉词林,鼓吹艺苑者矣。是编仅出十先生有韵之言,辑而布之,兴寄一时,风流百代。人不让于曩贤,语必登于作者。同年高会,断推擅场;即事命题,无烦足曲。兰亭、金谷,发艳采于胜游;莲社、竹林,属幽情于高韵。方建安而弥富,较大历以争奇。实则誉施博物,岂有悔类凋虫也欤?意者正平、文举,齿不挂于邺园;士衡、彦先,名宁掩乎楮季。又史公非作赋之材,董子在谭经之列,此地英绝,不尽网罗,《文选》续成,快睹全美,当与海内共赏之也。不揣僭列,识者鉴焉。

顺治庚寅仲春辉山堂主人识

三、毛先舒《西陵十子诗选略例》六则

一、我党相期,立言居末。诗赋小道,抑益其次。徒以世更衰薄,心存忧患,慷慨讴吟,颇积篇帙,聊当风谣,稍存讽谕。且也斯道屡变,正声寖衰,今兹所录,义归百一,旨趣敦厚,匪徒感物攸关,庶亦颓流之障矣。

一、同社诸子,顷值兵燹之余,寄迹不一。或有事桑弧,或托业渔钓,或钩味经传,拟勒成书。唱和之席,间多希阔。至若景宣提囊,研翻《肘后》;际叔庐次,全废歌咏。以故是录,书不必备人,人不必备体,综次偶然,无关

甄汰。

一、临川为三谢之首,篇什逊于宣城;修撰为四杰之雄,词翰俭于卢、骆。是知群归英绝,不在连篇;品覆上中,匪关枚数。今诸子才华等埒,托致攸殊。或挥翰漂逸,而务于盈累;或含毫矜慎,而勇于断割。故选中篇数,盈缩小殊,益善既不在多,览者毋存见少。

一、丹阳《河岳》,题目时贤;太仓《卮言》,品藻交契。要存扬扢,不尚标榍。是编余与虎臣同事校榷,笔墨所涉,颇有发明,遂附见本诗,不复刊去。然折衷群彦,柴子有焉;掎摭乖方,仆滋惧矣。

一、诸子巨篇雅什,亦既斌斌;宫体闺襜,时或染指。若锦雯《湘烟》之作,虎臣《霁雪》之唱,去矜《秋怀》之篇,景明《白罗》之咏,美人芳草,托寓固多,转蕙汜兰,流连不少。间存少作,罔讳忧思。或是元亮白璧之瑕,无假才伯理还之喻。

一、诸子经注史辑,各有专家;赋颂古文,尤盈缥帙。今以部帙繁多,未能悉举,故先以韵文行世。然力求简净,仍多阙如。其诸家合集及经史完书,稍需岁时,统图嗣出。

　　钱塘毛先舒识

按:以上两篇序文及凡例均录自《西陵十子诗选》卷首,其中柴绍炳《西陵十子诗选序》亦见于《柴省轩先生文钞》卷6[1],内容与《西陵十子诗选》卷首所存完全一致。《西陵十子诗选》为清初"西陵十子"作品合集,毛先舒、柴绍炳选编,共十六卷,刊刻于顺治七年(1650)。现有还读斋刻本,国家图书馆藏足本,福建师范大学图书馆藏残本;另有辉山堂刻本,藏于上海图书馆。是集按诗体分卷排列,收入十子诗作计955首。除风雅体、四言古诗、五言排律、七言排律之外,其他诸体诗歌皆以陆圻为首。各诗家均有小传,小传多援引众家之评论。诗后缀有评语,多为十子互评,其诗学以汉魏、盛唐为尚。沈德潜《清诗别裁集》评是集刊刻动机为:"悯诗教陵夷,而斟酌论次,以期力追渊雅也。"[2]

四、陆圻《西陵十子诗选序》

司马迁曰:诗三百篇,大抵皆圣贤发愤之所为作也。或曰:诗能穷人。

---

① 柴绍炳:《西陵十子诗选序》,《柴省轩先生文钞》卷6,《四库全书存目丛书》集部第210册,济南:齐鲁书社,1997年,第273—274页。
② 沈德潜编:《清诗别裁集》上册,上海:上海古籍出版社,2013年,第324页。

或曰：非也，诗穷而后工也。夫援昔人之论以求诗，则诗必有待于穷与愤，而古者明堂合舞之什、铙歌清燕之篇，庸不乃甚窘，即曷为而亦传也？顾诗以道性情，小雅则许其怨诽，声音则妙其愁苦，其为教一似重有尚于此者，而顾可无所于忌，故即以为穷而工，发愤而作，无乎不可也。往岁诸子居同里闬，年齿相次，望若肩背，顾尝载笔为词章，炳炳麟麟，欲以扬光铜马之庭，润色严更之署。而岁月坐移，壮盛不再，逝将老去，索焉寡欢，十年以来，各复流废放散，与酒人博徒为伍，或窜医师，或入屠钓，岂不痛哉！而犹以伏腊余闲，橐履相过，使医贳酒，使钓具鲂鲤，使屠出犬豭，酒酣耳热，叫呼为乐，连袂蹋地而唱，不自知为破柱之曲，而变徵之声也。夫边、徐树帜于骚坛，王、李连镳于艺圃，并皆遨翔鸳鹭，郁为国华，而今之江潭憔悴，有恻隐古诗之义者，哀而思凄，厉而多慨，曾不得比于正风正雅之列，尚何大历十才子为足貌其荣名哉！虽然同盟啸咏所在，多有抽毫振响，温丽不乏，而驰黄毛子以一时之聚及之，固知邺下兰亭未为定论，而终以同此悲羁，遂加诠次者，即又何居。良以诉则不可，泣则近妇人，不得已而忘于穷与愤而后托于诗。呜呼！我歌可乎？

按：此文录自陆圻《威凤堂集》卷二，南开大学图书馆藏清钞本。

附录四："西陵十子"集外诗文辑佚

一、沈谦集外诗文辑佚

吴颢辑《国朝杭郡诗辑》卷三"沈谦"条载："里中金氏今藏有去矜手书诗卷，自跋云：'庚寅四月二十三日四鼓过寒山，晓月映塔，流尸触船。余披衣起视，悲怆欲绝。离乱之苦，大略可见矣。天明，因录本年五言律四十四首，聊以当哭，余体不及备书，缘惊悸颤掉，笔势敧斜，不足观也。'以《东江集》检对，内三十七篇未刊入集中，今就录二十篇以入辑，集中诸体遂不复录。"笔者翻检《东江集钞》，知以下二十首诗确未收入集中，故录于下，以飨同好。

人日即事

去国又人日，风光殊可怜。江鸿回冻雪，沙竹淡春烟。世事交游浅，乡关战伐偏。病余聊骋望，无那惜华年。

雪夜集太仓何山人草堂

把烛草堂夜,雾雾雪正飞。未妨欺短鬓,偏欲近征衣。看剑客愁在,衔杯世事非。萧条复何恋,朋旧未全稀。

雨中郎季午过访

故友经时别,乘春问草堂。鸟啼花淡淡,山静雨苍苍。逢世应无计,论交转自伤。风尘今未息,吾意在沧浪。

喜张祖望馆余南楼寄毛驰黄

南楼春色好,幽客□①来过。把烛酒杯罄,凭栏诗兴多。飞花捎白鸟,残雪带青萝。寄语毛公子,何时其浩歌。

晓起望雨

竟夕听春雨,开门失晓山。云低沙树黑,泥渍野花斑。薄醉聊扶杖,闲吟好闭关。愁怀奈萧索,行客几时还。

送友人北上

嗟君此行役,把酒一沉吟。驱马河冰滑,听鸡塞雨深。鼓鼙孤客泪,书札故人心。念母归应早,天涯勿滞淫。

春日慰祖望

春来风日好,因汝一伤心。孤冢儿啼苦,空庭马迹深。但愁增白发,讵遂惜黄金。且对生前酒,西湖花满林。

同友人集西公竹林衬

西公有精舍,春日更来过。修竹啼莺换,斜阳醉客多。钟鸣殷洞壑,泉响咽松萝。堪衬浮生事,风尘奈尔何。

饮田家

田翁知爱客,溪上对倾樽。白鸟飞春草,桃花媚远村。狂歌山愈静,醉眼日初昏。莫厌为农苦,优游弗复论。

夜雨宿昭庆寺

到寺仍逢雨,登楼已叩钟。山烟入夜暝,湖色向人浓。清梵随孤磬,禅灯出万峰。空王怜病客,何日遂相从。

饮天竺山楼

闲登天竺路,春酌可销忧。乱石沉山磬,飞花扑酒楼。野禽如解意,溪女不知愁。此地堪幽赏,何妨日暮留。

半山即事

归棹一何速,春游正此时。客呼田舍酒,花覆女郎祠。艳曲临风苦,明

---

① 此处字迹模糊不可辨。

妆渡水迟。重看行乐事,野老不胜悲。

重经岳忠武墓

重经岳祠下,松柏昼阴阴。共洒中原涕,谁怜我辈心。绣旗疑出塞,石马自空林。遗恨班师诏,南枝独至今。

新晴同钟师夏过安隐寺

西郊春雨歇,古寺况幽期。白发悲行乐,青山厌乱离。泉香僧茗熟,石立径花垂。不谓风尘里,悠悠共采芝。

春游即事

霁色西村好,寻春强自宽。山花衬茵席,溪鸟怪衣冠。元发愁时变,红尘醉眼看。不知归兴晚,落日过前滩。

晚步示祖望

与尔庭前步,苍茫夜色分。落花多映草,新月乍离云。漂泊无归计,歌呼忆故群。如何子规鸟,啼向醉中闻。

将赴吴门对月留别诸子

惜别重携手,堂前月色澄。苏台后夜望,知与阿谁登。素彩沉珠斗,清辉映玉绳。独怜游子意,孤棹待晨兴。

石门雨望

石门北去远,游客倍愁思。云湿炊烟倒,泥深驿马迟。苦吟聊泽畔,对酒忘天涯。设险真何用,吴宫重可悲。

晓至震泽镇

挂席乘清晓,谁怜此路长。重关喧急水,古墙射初阳。野草犹春色,浮云自故乡。风尘有行役,何处不沾裳。

晓月

寒山四更月,流影到孤舟。苦雾沉荆棘,青磷见骷髅。风尘吾自识,战伐几时休。借问长征者,栖栖何所求。

二、张丹集外诗文辑佚

东皋诗文集题词

用兄诗雅润如玉,古朴之中极其华腴,此真取材汉魏,非止撷秀三庾也。昔陆士龙见兄文,欲烧笔砚,今弟读兄诗,亦欲食韵书,古今之美,难以比拟。讽咏之际,深自佩服,三复宁能已已。

秦亭弟纲孙僭笔

按：此文见于张右民《东皋诗文集》卷首，清钞本，天津图书馆藏。题目为笔者所拟。卷首除张丹题词外，尚有魏禧跋。

张右民（1608—1690），字用霖，号东皋，仁和诸生，葛寅亮之徒。著有《东皋诗文集》《甲申疏稿》《史论》《史略》《竹窗语录》等。明末，张右民与陆圻、陆培、柴绍炳等人创立登楼社，"风行宇内"。入清后绝意仕进，隐居城东，以讲学授徒为业，"远近负笈者甚众"，毛先舒即为其门生。清康熙十八年（1679），诏举博学鸿儒，张右民以"某年老，志耽泉石，不耐远游"[①]辞之。张右民与"西陵十子"多有往来，交谊甚厚，其《与陈际叔书》曰："予辈数人，比年以来，形迹虽疏，情好弥笃。然或悬壶市上，或友教一方，或寄身萧寺，或浪迹江湖，亦未能数数常聚会也。惟予与足下、江子道信、柴子虎臣、应子嗣寅、陆子梯霞结庐甚迩，下帷不远，花月之朝，风雨之辰，闲相还往。"[②]张右民在诗歌创作亦与"西陵十子"近似，魏禧称其诗曰："古体清老，不袭汉常调；近体流逸，非复以粉泽为工者。"

三、丁澎集外诗文辑佚

大愚集序

诗人一代之兴，岂偶然哉？庆云起而颂声扬，宝鼎见而郊歌作，运会所开，风雅应焉。故河岳英灵，间气所钟，代有其人，崛起而振之，以辟草昧而启荆榛，此初、盛之攸分，即诗家之流别也。我友河阳王公大愚与大宗伯文安公伯仲相继起，以文章教天下，海内学者宗之，如百川之赴巨壑，犹河东之有文中、无功，琅琊之有大、小美也。今大愚奉简命抡才海岱间，出其所著辞赋乐府诗歌近体，凡若干卷，授不佞澎。卒读之，忾然而叹曰："人文辈出，应景运而开初盛者，其在斯乎！"删诗断自尼山。二南，周之初也。古诗肇于录别、十九首，渐迄班、蔡之俦，汉之盛也。邺魏道丽，要本建安为宗；六季绮秀，必推太始为断。历代风会之变，由初而盛，不爽累黍，岂独三唐为然哉？明诗彪炳前轨，启祯而降，繁音靡靡，气数因之。我兴朝鼎建，歌风蕴瑟，垂二十余年，其间荐绅先生以及隐逸旁流，涤靡刬新，云蒸霞焕，亦既斌斌矣。大愚特起而修明之，挽颓流于既下，振朝秀于方萌，酌古准今，创前轶后，比诸河朔以陈、刘为称首，洛阳本潘、陆为先觉者，何多让耶？要大愚为诗，涉猎广博，靡所不有，勿屑规规然摹效昔人，往往神合。如拟古今乐府，顿挫音节，镵划苍凉，类能自出机杼，直举胸臆，弗滥觞于醴泉，匪新丰于历下，正如

[①] 张右民：《东皋诗文集》文集卷首，天津图书馆藏清钞本。
[②] 张右民：《与陈际叔书》，徐士俊、汪淇辑评：《分类尺牍新语》卷上，上海：广益书局，1915 年，第 139 页。

巫马代宓,各不相师,巷议街谈,均协管磬,宋人刻楮为末技矣。古诗歌行激楚慷慨,必极沉雄变宕而止,刊四杰之纤秾,绝元和之浮曼,殆汾阴、石鼓之遗响乎? 五七言近体寄怀苍远,抒写极情,格浑密而不佻,气纡悍而自适,远得嘉州,近惟季迪,殆大历、弘治之先驱乎? 良由峻拔,自命篇体嶙峋,直据昆仑之巅,下视方隅,悉同培塿。向使高廷礼鉴别流品,必当位置于正始大家之间,又何疑也。一赋纵横光怪,剖抉鸿濛,握椠之家鲜能蠡测。晋宋以后,斯道几祧,即太白《明堂》、少陵《三大礼》杰出一时,尤未免为渊、云作廊庑。惟兹巨制,洵二千年来所未有也。昔何信阳、李济南为前后七子之冠,然皆起家视学,声施烂然。大愚继之,有如合辙,方将采峄阳之孤桐,探泗滨之浮磬,汇群材以报当宁。若古太史采风之献,则郊歌庙颂,辑辑雍雍,以鼓吹一代风雅之盛者,非公谁属? 固文安持运会之权舆,大愚接风声之管龠,虽与钟吕琳球并悬可也,仅曰诗人之渊海已哉?

　　康熙岁丙午如月,西陵年家弟丁澎药园氏拜题于琅琊道院

　　按:此文录自王鑨《大愚集》卷首,清康熙五年王允明刻本,中国科学院图书馆藏。卷首除丁澎序外,尚有吴伟业、陈鉴、王铎、傅而师、陈盟、毕振姬、赵宾、质公黏、马云举、周亮工序及王鑨自序。

　　王鑨(1605—约1670),字子陶,号大愚,别号海棠峪长、嵩华啸隐,孟津(今属河南)人,王铎三弟。顺治二年(1645),任江苏昆山知县,旋升銮仪卫经历,转刑部河南司员外郎。康熙三年(1664),以金事任山东提督学道。著有《大愚集》《红药坛诗》《秋虎丘》《双蝶梦》等。马云举评其诗曰:"沉雄浑朴,重得少陵之体,而离奇迈逸,仍不失青莲遗意。"[1]王鑨为孟津诗派领袖,于诗尊奉前后七子,主张宗唐复古,与丁澎颇为类似,二人多有往来,交谊甚厚。丁澎《扶荔堂文集选》卷二有《王大愚比部拟骚序》,称王鑨"以诗雄一代"[2],可谓推崇备至。王鑨对丁澎文才亦颇为欣赏,曾点评其《扶荔词》,如评《归自谣·咏枕》"神似清照"[3],评《蝶恋花·别意》"疏落自喜,神似老髯"[4]。

藤坞诗集序

　　予尝读《小雅·北山之什》而深叹,古之劳臣皆诗人也。惟其人挟经营

---

① 马云举:《大愚集序》,王鑨:《大愚集》卷首,中国科学院图书馆藏清康熙五年王允明刻本。
② 丁澎:《王大愚比部拟骚序》,《扶荔堂文集选》卷2,《清代诗文集汇编》第78册,上海:上海古籍出版社,2010年,第469页。
③ 丁澎:《扶荔词》卷1,《续修四库全书》第1724册,上海:上海古籍出版社,2002年,第609页。
④ 丁澎:《扶荔词》卷2,《续修四库全书》第1724册,上海:上海古籍出版社,2002年,第625页。

四方之才,而朝夕从事,驰驱靡盬,不遗余力,以身之所历、目之所睹悉举而发于政事,形诸咏歌,惟忠厚恒挚,无几微抑郁不平之气,此治术之所著而咏歌因以传也。独于冶湄梁令君见之。令君以恒山世胄,来莅钱塘,下车甫三载,即报最称第一,以父老攀留,更增秩借寇。君今邑当都会之冲,素号繁剧,邻封屡惊,正羽檄交驰之际,军储匮乏,仰给不暇。使他人处此,虽欲栖迟偃仰,图知叫号而不可得者,令君率御之晏如。日与二三知己载艇湖山,倡酬于两峰三竺间,凭眺山川,留览云物,往往湛乐饮酒,不屑作惨惨畏咎之状,此其诗固宜婉约而多风轼?在昔循良之最著者,如陆浚仪任新安元道州之属,治行卓茂,独非诗人乎?令君之诗,体无不备,大抵得士龙之整赡而划其蔓,采孝标之韶秀而汰其浮,本次山之朴挚而祛其茸,庀彼众材,匠心独造,其兼资往迹,以成治效,不犹乎诗成之轮奂也哉?故予甚爱其集中《村行》句云:"书生作吏腰初折,民物惊心冀欲苍。"词以见志,仁言蔼如。他日玺书内召簪笔著作之庭,出入风议,以左右明光,当不止为北山诗人之所美者,又何惜乎诗人之嗟鞅掌劬劳者耶?

　　西泠丁澎药园撰

　　按:此文录自梁允植《藤坞诗集》卷首,清康熙刻本,笔者所见为《四库未收书辑刊》影印本[1]。卷首除丁澎序外,尚有徐釚、汪懋麟、方象瑛、龙光、牛钮、陆进序。

　　梁允植(1629—?),字承笃,号冶湄,直隶真定(今属河北)人。梁清宽之子,梁清标之侄。顺治间拔贡生,出为浙江钱塘知县。康熙三年(1664)耿精忠变,征讨督运有功,调福建延平知府。著有《藤坞诗集》9卷、《柳村词》1卷。龙光评其诗曰:"见夫雄浑高厚者若干首,见夫清俊横逸者若干首,诗不一体,吟咏非一时,大都触目琳琅,咳吐皆宝,直使李、杜避席,高、岑失色。"[2]梁允植在杭州任上时结识丁澎,二人唱和甚勤,交谊颇厚。

---

① 梁允植:《藤坞诗集》,《四库未收书辑刊》第5辑第30册,北京:北京出版社,1997年。

② 龙光:《藤坞诗集序》,梁允植:《藤坞诗集》卷首,《四库未收书辑刊》第5辑第30册,北京:北京出版社,1997年,第674页。

参考文献

一、所有文献,分古今著述、学位论文、期刊论文三项,依次排列聚合。

二、古今著述以拼音为序排列,论文按发表时序排列。

一、古今著述

A

《安序堂文钞》 毛际可撰,《四库全书存目丛书》集部第 229 册,济南:齐鲁书社,1997 年。

《安雅堂稿》 陈子龙撰,《续修四库全书》第 1387 册,上海:上海古籍出版社,2002 年。

《安雅堂全集》 宋琬著,马祖熙点校,上海:上海古籍出版社,2007 年。

B

《白居易集笺校》 白居易著,朱金城笺校,上海:上海古籍出版社,1988 年。

《百名家词钞》 聂先、曾王孙编,《续修四库全书》第 1721 册,上海:上海古籍出版社,2002 年。

《抱山堂集》 朱彭撰,《清代诗文集汇编》第 376 册,上海:上海古籍出版社,2010 年。

《本事诗》 徐釚辑,《四库禁毁书丛刊》集部第 94 册,北京:北京出版社,1997 年。

《遍行堂集》 金堡撰,《四库禁毁书丛刊》集部第 127 册,北京:北京出版社,1997 年。

C

《柴省轩先生文钞》 柴绍炳撰,《四库全书存目丛书》集部第 210 册,济南:齐鲁书社,1997年。

《巢青阁集》 陆进撰,《四库未收书丛刊》第8辑第20册,北京:北京出版社,
1997年。

《陈迦陵文集》 陈维崧撰,《四部丛刊正编》第82册,台北:台湾商务印书馆,
1979年。

《陈维崧诗》 陈维崧著,扬州:广陵书社,2006年。

《陈与义集校笺》 陈与义撰,白敦仁校笺,上海:上海古籍出版社,1990年。

《陈子龙全集》 陈子龙著,北京:人民文学出版社,2011年。

《陈子龙诗集》 陈子龙著,施蛰存、马祖熙标校,上海:上海古籍出版社,
1983年。

《陈子龙文集》 陈子龙著,上海:华东师范大学出版社,1988年。

《尺牍初征》 李渔辑,《四库禁毁书丛刊》集部第153册,北京:北京出版社,
1997年。

《尺牍新钞》 周亮工辑,米田点校,长沙:岳麓书社,1986年。

《重刻天佣子全集》 艾南英撰,复旦大学图书馆藏清光绪五年艾舟重刻本。

《春融堂集》 王昶撰,《清代诗文集汇编》第358册,上海:上海古籍出版社,
2010年。

《词话丛编》 唐圭璋编,北京:中华书局,1986年。

D

《定香亭笔谈》 阮元撰,北京:中华书局,1985年。

《定乡小识》 张道撰,《丛书集成续编》第233册,台北:新文丰出版公司,
1989年。

《东白堂词选》 佟世南选,《四库全书存目丛书》集部第424册,济南:齐鲁书
社,1997年。

《东皋诗文集》 张右民撰,天津图书馆藏清钞本。

《东华录》 王先谦撰,《续修四库全书》第369册,上海:上海古籍出版社,
2002年。

《东江集钞》 沈谦撰,《清代诗文集汇编》第70册,上海:上海古籍出版社,
2010年。

《东山国语》 查继佐撰,《四部丛刊广编》第16册,台北:台湾商务印书馆,
1981年。

《东苑诗钞》 毛先舒撰,《四库全书存目丛书》集部第211册,济南:齐鲁书社,
1997年。

《赌棋山庄词话》 谢章铤撰,《续修四库全书》第 1735 册,上海:上海古籍出版社,2002 年。

《杜诗详注》 杜甫著,仇兆鳌注,北京:中华书局,1979 年。

《读书脞录》 孙志祖撰,《续修四库全书》第 1152 册,上海:上海古籍出版社,1996 年。

《钝吟老人文稿》 冯班撰,国家图书馆藏清初毛氏汲古阁刻本。

《钝吟杂录》 冯班撰,冯武辑编,《景印文渊阁四库全书》子部第 192 册,台北:台湾商务印书馆,1986 年。

F

《樊榭山房集》 厉鹗著,董兆熊注,陈九思标校,上海:上海古籍出版社,2012 年。

《分类尺牍新语》 徐士俊、汪淇辑评,上海:广益书局,1915 年。

《扶荔词》 丁澎撰,《续修四库全书》第 1724 册,上海:上海古籍出版社,2002 年。

《扶荔堂诗集选》 丁澎撰,《清代诗文集汇编》第 78 册,上海:上海古籍出版社,2010 年。

《扶荔堂文集选》 丁澎撰,《清代诗文集汇编》第 78 册,上海:上海古籍出版社,2010 年。

G

《感旧集》 王士禛辑,《四库禁毁书丛刊》集部第 74 册,北京:北京出版社,1997 年。

《杲堂诗文集》 李邺嗣著,张道勤校点,杭州:浙江古籍出版社,2013 年。

《古今词话》 沈雄著,上海:上海古籍出版社,2009 年。

《古今诗删》 李攀龙编,《景印文渊阁四库全书》集部第 321 册,台北:台湾商务印书馆,1986 年。

《古文辞通义》 王葆心编撰,武汉:武汉大学出版社,2008 年。

《广志绎》 王士性撰,吕景琳点校,北京:中华书局,1981 年。

《桂山堂文选》 王嗣槐撰,《四库未收书辑刊》第 7 辑第 27 册,北京:北京出版社,1997 年。

《国朝闺阁诗钞》 蔡殿齐编次,复旦大学图书馆藏清道光二十四年娜嬛别馆刻本。

《国朝杭郡诗辑》 吴颢辑,浙江图书馆藏清嘉庆五年刻本。

《国朝杭郡诗续辑》 吴振棫辑,浙江图书馆藏清光绪二年钱塘丁氏刻本。

《国朝杭郡诗三辑》 丁申、丁丙辑,浙江图书馆藏清光绪十九年钱塘丁氏刻本。

《国朝耆献类征初编》 李桓辑,北京:中国书店,1983 年。

《国朝先正事略》 李元度著,易孟醇点校,长沙:岳麓书社,1991 年。

《国朝姚江诗存》 张廷枚辑,吉林大学图书馆藏清乾隆三十八年张氏宝墨斋刻本。

《郭西诗选》 赵时敏辑,周膺、章辉点校,杭州:浙江工商大学出版社,2013 年。

《郭西小志》 姚礼撰辑,杭州:浙江工商大学出版社,2013 年。

H

《汉诗说》 沈用济、费锡璜辑评,《四库全书存目丛书》集部第 409 册,济南:齐鲁书社,1997 年。

《汉语等韵学》 李新魁著,北京:中华书局,1983 年。

《杭州三书院纪略》 王同撰,《西湖文献集成》第 20 册,王国平主编,杭州:杭州出版社,2004 年。

《洪昇集》 洪昇著,刘辉校笺,杭州:浙江古籍出版社,1992 年。

《湖舫诗》 沈奕琛等撰,王国平主编:《西湖文献集成》第 26 册,杭州:杭州出版社,2004 年。

《黄雪山房诗选》 徐逢吉撰,南京图书馆藏清钞本。

《黄宗羲全集》 黄宗羲著,吴光主编,杭州:浙江古籍出版社,2012 年。

《会侯先生文钞》 毛际可撰,《四库全书存目丛书》集部第 229 册,济南:齐鲁书社,1997 年。

J

《几社壬申合稿》 杜骐徵等辑,《四库禁毁书丛刊》集部第 34 册,北京:北京出版社,1997 年。

《嘉禾征献录》 盛枫撰,《续修四库全书》第 544 册,上海:上海古籍出版社,2002 年。

《甲行日注(外三种)》 叶绍袁撰,长沙:岳麓书社,1986 年。

《茧斋诗话》 张谦宜撰,《续修四库全书》第 1699 册,上海:上海古籍出版社,2002 年。

《健松斋集》 方象瑛撰,《清代诗文集汇编》第 128 册,上海:上海古籍出版社,2010 年。

《健松斋续集》 方象瑛撰,《清代诗文集汇编》第 128 册,上海:上海古籍出版社,2010年。

《江盈科集》 江盈科撰,长沙:岳麓书社,1997年。

《鲒埼亭集》 全祖望撰,《四部丛刊正编》第85册,台北:台湾商务印书馆,
1979年。

《解春集文钞》 冯景撰,《清代诗文集汇编》第182册,上海:上海古籍出版社,
2010年。

《今世说》 王晫撰,北京:中华书局,1985年。

《今文短篇》 诸匡鼎辑,杭州市余杭区图书馆藏清康熙刻本。

《净慈寺志》 释际祥著,杭州:杭州出版社,2006年。

《静志居诗话》 朱彝尊著,姚祖恩编,黄君坦校点,北京:人民文学出版社,
1990年。

《绝妙好词笺》 周密辑,查为仁、厉鹗笺,北京:中华书局,1957年。

K

《考古类编》 柴绍炳撰,《四库全书存目丛书》子部第227册,济南:齐鲁书社,
1995年。

《空同集》 李梦阳撰,《景印文渊阁四库全书》集部第201册,台北:台湾商务印
书馆,1986年。

《匡林》 毛先舒撰,《四库全书存目丛书》子部第114册,济南:齐鲁书社,
1995年。

L

《琅嬛文集》 张岱撰,杭州:浙江古籍出版社,2013年。

《郎潜纪闻初笔、二笔、三笔》 陈康祺著,晋石点校,北京:中华书局,1984年。

《梨庄词》 周在浚撰,国家图书馆藏清康熙刻本。

《李渔全集》 李渔著,杭州:浙江古籍出版社,1991年。

《历代妇女著作考》 胡文楷编著,上海:上海古籍出版社,1985年。

《两浙輶轩录》 阮元、杨秉初辑,夏勇等整理,杭州:浙江古籍出版社,2012年。

《两浙輶轩续录》 潘衍桐辑,《续修四库全书》第1685册,上海:上海古籍出版
社,2002年。

《蓼村集》 王苹撰,周晶编:《五里山房珍本丛书》第7册,济南:齐鲁书社,2015
年。

《列朝诗集小传》 钱谦益撰,上海:古典文学出版社,1957年。

《临平记再续》 陈棠、姚景瀛编辑,孙忠焕主编:《杭州运河文献集成》第5册,

杭州：杭州出版社，2009 年。

《灵芬馆诗话》　郭麐撰，《续修四库全书》第 1705 册，上海：上海古籍出版社，
　　2002 年。

《柳烟词》　郑景会撰，国家图书馆藏清康熙间红蓴轩刻本。

《龙性堂诗话初集》　叶矫然撰，《清诗话续编》上册，郭绍虞编选，富寿荪校点，上
　　海：上海古籍出版社，1983 年。

《吕晚村诗》　吕留良撰，《续修四库全书》第 1411 册，上海：上海古籍出版社，
　　2002 年。

《履园丛话》　钱泳撰，北京：中华书局，1979 年。

M

《埋忧集》　朱梅叔著，熊治祁标点，长沙：岳麓书社，1985 年。

《毛驰黄集》　毛先舒撰，山东省图书馆藏清康熙刻本。

《毛稚黄十二种书》　毛先舒撰，国家图书馆藏清康熙间崇道堂刻本。

《梦粱录》　吴自牧撰，杭州：浙江人民出版社，1984 年。

《名家诗钞小传》　郑方坤撰，北京：中华书局，1991 年。

《明词汇刊》　赵尊岳辑，上海：上海古籍出版社，1992 年。

《明季社党研究》　朱倓著，上海：商务印书馆，1945 年。

《明清词谱史》　江合友著，上海：上海古籍出版社，2008 年。

《明清文学论薮》　邬国平著，南京：凤凰出版社，2011 年。

《明清遗书五种》　姜垓、解瑶等撰，高洪钧编，北京：北京图书馆出版社，
　　2006 年。

《明清浙籍曲家考》　汪超宏编著，杭州：浙江大学出版社，2009 年。

《明清之际江南词学思想研究》　李康化著，成都：巴蜀书社，2001 年。

《明诗纪事》　陈田辑撰，上海：上海古籍出版社，1993 年。

《明史》　万斯同撰，《续修四库全书》第 331 册，上海：上海古籍出版社，2002 年。

《明史》　张廷玉等撰，北京：中华书局，1974 年。

《明遗民诗》　卓尔堪选辑，北京：中华书局，1961 年。

《墨林今话》　蒋宝龄撰，上海：上海古籍出版社，2015 年。

《牧斋有学集》　钱谦益著，钱曾笺注，钱仲联标校，上海：上海古籍出版社，
　　1996 年。

N

《南疆逸史》　温睿临撰，北京：中华书局，1959 年。

《南宋杂事诗》 厉鹗等撰,虞万里校点,杭州:浙江古籍出版社,1987 年。

O

《瓯香馆集》 恽格撰,《清代诗文集汇编》第 129 册,上海:上海古籍出版社,
2010 年。

P

《蒲褐山房诗话新编》 王昶著,周维德辑校,济南:齐鲁书社,1988 年。

《曝书亭集》 朱彝尊撰,《四部丛刊正编》第 81 册,台北:台湾商务印书馆,
1979 年。

Q

《栖里景物略》 张之鼎撰辑,周膺、吴晶点校,北京:当代中国出版社,2014 年。

《祁彪佳集》 祁彪佳著,北京:中华书局,1960 年。

《千山剩人和尚语录》 函可撰,《四库禁毁书丛刊》子部第 35 册,北京:北京出
版社,1997 年。

《箧中词》 谭献选编,北京:人民文学出版社,2015 年。

《琴楼合稿偶钞》 胡大溁、张昊撰,中国科学院图书馆藏清钞本。

《清波小志》 徐逢吉、陈景钟辑,施奠东主编:《清波小志(外八种)》,上海:上海
古籍出版社,1999 年。

《清波三志》 陈景钟辑,施奠东主编:《清波小志(外八种)》,上海:上海古籍出
版社,1999 年。

《清词史》 严迪昌著,南京:江苏古籍出版社,1990 年。

《清词序跋汇编》 冯乾编校,南京:凤凰出版社,2013 年。

《清初遗民词人群体研究》 周焕卿著,上海:上海古籍出版社,2008 年。

《清代词学》 孙克强著,北京:中国社会科学出版社,2004 年。

《清代前期古音学研究》 张民权著,北京:北京广播学院出版社,2002 年。

《清代前中期词学思想研究》 陈水云著,武汉:武汉大学出版社,1999 年。

《清代诗学史》(第一卷) 蒋寅著,北京:中国社会科学出版社,2012 年。

《清代诗学研究》 张健著,北京:北京大学出版社,1999 年。

《清代文学批评史》 邬国平、王镇远著,上海:上海古籍出版社,1995 年。

《清人词话》 孙克强、杨传庆、裴喆编著,天津:南开大学出版社,2012 年。

《清诗别裁集》 沈德潜编,上海:上海古籍出版社,2013 年。

《清诗流派史》 刘世南著,北京:人民文学出版社,2004 年。

《清诗史》 朱则杰著,南京:江苏古籍出版社,1992 年。

《清史稿》 赵尔巽等撰,北京:中华书局,1977 年。

《清史列传》 王钟翰点校,北京:中华书局,1987 年。

《屈大均全集》 屈大均著,欧初、王贵忱主编,北京:人民文学出版社,1996 年。

《全清词·顺康卷》 南京大学中国语言文学系《全清词》编纂研究室编,北京:中华书局,2002 年。

《全浙诗话》 陶元藻辑,《续修四库全书》第 1703 册,上海:上海古籍出版社,2002 年。

《全祖望集汇校集注》 全祖望撰,朱铸禹汇校集注,上海:上海古籍出版社,2000 年。

R

《榕城诗话》 杭世骏撰,北京:中华书局,1985 年。

S

《山斋客谭》 景星杓撰,《续修四库全书》第 1268 册,上海:上海古籍出版社,1996 年。

《社事始末》 杜登春著,北京:中华书局,1991 年。

《圣学真语》 毛先舒撰,《四库全书存目丛书》子部第 95 册,济南:齐鲁书社,1995 年。

《诗辩坻》 毛先舒撰,《清诗话续编》,郭绍虞编选,富寿荪编校,上海:上海古籍出版社,1983 年。

《诗持》 魏宪辑,《四库禁毁书丛刊》集部第 38 册,北京:北京出版社,1997 年。

《诗归》 钟惺、谭元春编,《四库全书存目丛书》集部第 337 册,济南:齐鲁书社,1997 年。

《诗品注》 钟嵘著,陈延杰注,北京:人民文学出版社,1961 年。

《诗薮》 胡应麟著,北京:中华书局,1958 年。

《诗问四种》 周维德编,济南:齐鲁书社,1985 年。

《石樵诗话》 李树滋撰,道光二十九年湖湘采珍山馆刊巾箱本。

《始读轩遗集》 查旦撰,复旦大学图书馆藏清康熙刻本。

《水西近咏》 田茂遇撰,《四库未收书辑刊》第 7 辑第 23 册,北京:北京出版社,2000 年。

《思古堂集》 毛先舒撰,《四库全书存目丛书》集部第 210 册,济南:齐鲁书社,1997 年。

《思绮堂文集》 章藻功撰,《清代诗文集汇编》第 198 册,上海:上海古籍出版社,2010 年。

《四库全书总目》 永瑢等撰,北京:中华书局,1965 年。

《宋史》 脱脱等撰,北京:中华书局,1977 年。

《宋元诗会》 陈焯编,《景印文渊阁四库全书》集部第 402 册,台北:台湾商务印书馆,1986 年。

《随园诗话》 袁枚著,杭州:浙江古籍出版社,2011 年。

《遂初堂集》 潘耒撰,《四库全书存目丛书》集部第 250 册,济南:齐鲁书社,1997 年。

《岁寒堂初集》 林璐撰,《四库全书存目丛书》集部第 283 册,济南:齐鲁书社,1997 年。

《孙宇台集》 孙治撰,《四库禁毁书丛刊》集部第 148 册,北京:北京出版社,1997 年。

T

《谈艺录》 钱钟书著,北京:中华书局,1984 年。

《唐音癸签》 胡震亨著,上海:上海古籍出版社,1981 年。

《退庵随笔》 梁章钜撰,《续修四库全书》第 1197 册,上海:上海古籍出版社,2002 年。

W

《晚唱》 毛先舒撰,《四库全书存目丛书》第 211 册,济南:齐鲁书社,1997 年。

《晚晴簃诗汇》 徐世昌辑,《续修四库全书》第 1633 册,上海:上海古籍出版社,2002 年。

《王粲集》 王粲著,俞绍初校点,北京:中华书局,1980 年。

《王氏家藏集》 王廷相撰,《四库全书存目丛书》集部第 53 册,济南:齐鲁书社,1997 年。

《威凤堂集》 陆圻撰,南开大学图书馆藏清钞本。

《威凤堂文集》 陆圻撰,《四库未收书辑刊》第 7 辑第 20 册,北京:北京出版社,1997 年。

《温飞卿诗集笺注》 温庭筠著,曾益等笺注,上海:上海古籍出版社,1998 年。

《文澜》 毛先舒撰,《四库全书存目丛书》子部第 95 册,济南:齐鲁书社,1995 年。

《文人结社与明代文学的演进》 何宗美著,北京:人民出版社,2011 年。

《文献征存录》 钱林辑,王藻编定,《近代中国史料丛刊三编》第 14 辑,台北:文海出版社,1986 年。

《景印文渊阁四库全书补遗》 杨讷、李晓明编,北京:北京图书馆出版社,1997 年。

《吴郡志》 范成大撰,陆振从校点,南京:江苏古籍出版社,1986 年。

《吴梅村全集》 吴伟业著,李学颖集评标校,上海:上海古籍出版社,1990 年。

《吴山城隍庙志》 卢崧修,朱文藻等辑,王国平主编:《西湖文献集成》第 25 册,杭州:杭州出版社,2004 年。

《吴熊和词学论集》 吴熊和著,杭州:杭州大学出版社,1999 年。

《吴之振诗集》 吴之振撰,徐正点校,杭州:浙江古籍出版社,2012 年。

《武林坊巷志》 丁丙著,杭州:浙江人民出版社,1990 年。

《武林旧事》 四水潜夫辑,杭州:浙江人民出版社,1984 年。

《武林灵隐寺志》 孙治撰,杭州:杭州出版社,2006 年。

《武林掌故丛编》 丁丙辑,台北:京华书局,1967 年。

X

《西河集》 毛奇龄撰,《景印文渊阁四库全书》集部第 260 册,台北:台湾商务印书馆,1986 年。

《西湖二集》 周清原著,周楞伽整理,北京:人民文学出版社,1989 年。

《西湖佳话》 古吴墨浪子辑,上海:上海古籍出版社,1980 年。

《西湖梦寻》 张岱著,栾保群点校,杭州:浙江古籍出版社,2012 年。

《西湖三祠名贤考略》 戴启文撰,王国平主编:《西湖文献集成》第 25 册,杭州:杭州出版社,2004 年。

《西湖新志》 胡祥翰辑,上海:上海古籍出版社,1998 年。

《西湖游览志余》 田汝成辑撰,上海:上海古籍出版社,1980 年。

《西陵词选》 陆进、俞士彪辑,国家图书馆藏康熙十四年刻本。

《西陵十子诗选》 毛先舒、柴绍炳辑,国家图书馆藏清顺治七年还读斋刻本。

《郋园读书志》 叶德辉著,上海:上海古籍出版社,2010 年。

《详注历代闺秀文选》 叶玉麟选注,上海:大达图书局,1936 年。

《小仓山房诗文集》 袁枚著,周本淳标校,上海:上海古籍出版社,1988 年。

《筱园诗话》 朱庭珍撰,《续修四库全书》第 1708 册,上海:上海古籍出版社,2002 年。

《撷芳集》 汪启淑辑,复旦大学图书馆藏清乾隆末汪氏飞鸿堂刻本。

《续甬上耆旧诗》 全祖望辑选,杭州:杭州出版社,2003 年。

《潠书》 毛先舒撰，《四库全书存目丛书》集部第 210 册，济南：齐鲁书社，
　　1997 年。

Y

《养自然斋诗话》 钟骏声撰，山东大学图书馆藏清同治十三年刻本。

《艺术哲学》 ［法］丹纳著，傅雷译，北京：人民文学出版社，1963 年。

《艺苑卮言校注》 王世贞著，罗仲鼎校注，济南：齐鲁书社，1992 年。

《隐秀轩集》 钟惺著，李先耕、崔重庆标校，上海：上海古籍出版社，1992 年。

《(雍正)浙江通志》 嵇曾筠等监修，沈翼机等编纂，《景印文渊阁四库全书》史部
　　第 282 册，台北：台湾商务印书馆，1986 年。

《虞初新志》 张潮辑，上海：上海古籍出版社，2012 年。

《渔洋诗话》 王士禛著，丁福保辑录：《清诗话》，北京：中华书局，1963 年。

《袁宏道集笺校》 袁宏道著，钱伯城笺校，上海：上海古籍出版社，2008 年。

《越绝书》 袁康、吴平辑录，上海：上海古籍出版社，1985 年。

《越缦堂读书记》 李慈铭著，由云龙辑，上海：上海书店出版社，2000 年。

《韵问》 毛先舒撰，《四库全书存目丛书》经部第 217 册，济南：齐鲁书社，
　　1997 年。

Z

《增补艺苑卮言》 王世贞撰，《续修四库全书》第 1695 册，上海：上海古籍出版
　　社，2002 年。

《增订晚明史籍考》 谢国桢编著，北京：中华书局，1964 年，第 55 页。

《增修云林寺志》 厉鹗撰，杭州：杭州出版社，2006 年。

《张秦亭诗集》 张丹撰，《四库全书存目丛书》集部第 210 册，济南：齐鲁书社，
　　1997 年。

《照隅室古典文学论集》 郭绍虞著，上海古籍出版社，1983 年。

《中国词学史》 谢桃坊著，成都：巴蜀书社，1993 年。

《中国词学大辞典》 马兴荣等主编，杭州：浙江教育出版社，1996 年。

《中国妇女文学史纲》 梁乙真著，上海：上海三联书店，2014 年。

《中国文学大辞典》 钱仲联等总主编，上海：上海辞书出版社，1997 年。

《竹笑轩吟草》 李因著，沈阳：辽宁教育出版社，2003 年。

《麈史》 王德臣撰，上海：上海古籍出版社，1986 年。

《庄氏史案本末》 傅以礼辑，《四库未收书辑刊》第 9 辑第 4 册，北京：北京出版
　　社，2000 年。

二、学位论文

《沈谦词学思想研究》 储博著,南京师范大学硕士学位论文,2009 年。

《回族词人丁澎及其词研究》 谷利平著,西南大学硕士学位论文,2009 年。

《清初浙籍回族诗人丁澎及其诗歌创作研究》 胡立猛著,西北民族大学硕士学
位论文,2011 年。

《清初西泠派及其诗学思想研究》 蓝青著,山东大学硕士学位论文,2012 年。

三、期刊、会议论文

《浙派诗论》 钱萼孙撰,《学术世界》1935 年第 4 期。

《〈明史纪事本末〉杂识》 陈祖武撰,《文史》第 31 辑,北京:中华书局,1988 年。

《略论明清之际诗坛上的西泠派》 朱则杰撰,《杭州师范学院学报(社会科学
版)》1989 年第 5 期。

《周稚廉、丁澎生平考》 邓长风撰,《戏剧艺术》1991 年第 3 期。

《毛先舒及其文学批评》 邬国平撰,《中国语言文学研究的现代思考》,上海:复
旦大学出版社,1991 年。

《沈谦、毛先舒词学思想异同论》 李康化撰,《中国韵文学刊》2002 年第 1 期。

《〈明史纪事本末〉的史源、作者及其编纂水平》 徐泓撰,《史学史研究》2004 年
第 1 期。

《毛先舒对洪昇的教诲及对其创作的影响》 冷桂军撰,《苏州大学学报(哲学社
会科学版)》2006 年第 6 期。

《毛先舒词论简论》 孙克强、岳淑珍撰,《南开学报(哲学社会科学版)》2008 年
第 4 期。

《清初钱塘诗人和毛奇龄的诗学倾向》 蒋寅撰,《湖南社会科学》2008 年第 5 期。

《毛先舒〈南曲正韵〉考析》 郭娟玉撰,《文学遗产》2010 年第 3 期。

《论明清之际宗唐派诗歌选本对七子诗学的继承与修正》 王兵撰,《东岳论丛》
2010 年第 4 期。

《〈中国回族文学史〉中清初诗人丁澎生平考辨》 多洛肯、胡立猛撰,《民族文学
研究》2011 年第 6 期。

《清初著名回族诗人丁澎生平补考》 多洛肯、胡立猛撰,《西北民族研究》2013
年第 3 期。

《清初回族诗人丁澎诗学思想探析》 多洛肯、胡立猛撰,《西北民族大学学报(哲
学社会科学版)》2013 年第 4 期。

《"西陵十子"系列考辨》 朱则杰撰,《浙江树人大学学报》2015 年第 3 期。

图书在版编目(CIP)数据

明清之际"西陵十子"诗学研究/蓝青著. —上海:上海三联书店,2021.1
ISBN 978 - 7 - 5426 - 7051 - 9

Ⅰ.①明… Ⅱ.①蓝… Ⅲ.①诗学－研究－中国－明清时代
Ⅳ.①I207.2

中国版本图书馆 CIP 数据核字(2020)第 083379 号

明清之际"西陵十子"诗学研究

著　者 / 蓝　青

责任编辑 / 殷亚平
装帧设计 / 一本好书
监　制 / 姚　军
责任校对 / 张大伟　王凌霄

出版发行 / 上海三联书店
　　　　(200030)中国上海市漕溪北路 331 号 A 座 6 楼
邮购电话 / 021 - 22895540
印　刷 / 上海惠敦印务科技有限公司

版　次 / 2021 年 1 月第 1 版
印　次 / 2021 年 1 月第 1 次印刷
开　本 / 710×1000　1/16
字　数 / 600 千字
印　张 / 25.75
书　号 / ISBN 978 - 7 - 5426 - 7051 - 9/I·1634
定　价 / 98.00 元

敬启读者,如发现本书有印装质量问题,请与印刷厂联系 021 - 63779028